网络文学经典解读

WANGLUO WENXUE
JINGDIAN JIEDU

邵燕君 主编

博雅导读丛书

北京大学出版社
PEKING UNIVERSITY PRESS

图书在版编目(CIP)数据

网络文学经典解读/邵燕君主编. —北京：北京大学出版社，2016.3
（博雅导读丛书）
ISBN 978-7-301-27054-7

Ⅰ. 网… Ⅱ. ①邵… Ⅲ. ①中国文学—当代文学—文学研究 Ⅳ. ①I206.7

中国版本图书馆 CIP 数据核字(2016)第 074500 号

书　　名	网络文学经典解读
著作责任者	邵燕君　主编
责任编辑	艾　英
标准书号	ISBN 978-7-301-27054-7
出版发行	北京大学出版社
地　　址	北京市海淀区成府路 205 号　100871
网　　址	http://www.pup.cn　新浪微博：@ 北京大学出版社
电子邮箱	编辑部 wsz@pup.cn　总编室 zpup@pup.cn
电　　话	邮购部 010-62752015　发行部 010-62750672
	编辑部 010-62756467
印刷者	北京虎彩文化传播有限公司
经销者	新华书店
	965 毫米×1300 毫米　16 开本　25.25 印张　376 千字
	2016 年 3 月第 1 版　2024 年 1 月第 5 次印刷
定　　价	59.00 元

未经许可，不得以任何方式复制或抄袭本书之部分或全部内容。
版权所有，侵权必究
举报电话：010-62752024　电子邮箱：fd@pup.cn
图书如有印装质量问题，请与出版部联系，电话：010-62756370

目录

导　言　网络文学的"网络性"与"经典性"/1
　　一、网络文学的"网络性"/2
　　二、"网络性"对雅俗二元对立结构的瓦解/7
　　三、"网络性""类型性"与"经典性"/10
　　四、"网络类型经典"的初步定义和选文标准/16
　　五、"学者粉丝":研究者的立场和方法/18

第一章　西游:青春的羁绊
　　　　——以今何在《悟空传》为例/27
　　一、西游"同人":从"大话西游派"到
　　　　"玄幻西游派"/28
　　二、《悟空传》:网络时代的"公路小说"/33
　　三、成长:是"转圈"还是"羁绊"?/38
　　结语:后青春期的"中二病"/43
　　今何在创作年表/45
　　《悟空传》粉丝评论综述/46

第二章　奇幻:"恶人英雄"的绝望反抗
　　　　——以烟雨江南《亵渎》为例/50
　　一、奇幻类网文的一座孤峰/51
　　二、多重"亵渎"的悖论/54
　　三、爱情:唯一的救赎之地与避难之所?/56
　　四、绝望之路:"好人英雄""贱人英雄"与
　　　　"恶人英雄"/57
　　五、"知识就是力量"与"技术天花板"/61
　　六、"平衡设定"与"任性YY"/63
　　烟雨江南创作年表/65
　　《亵渎》粉丝评论综述/66

第三章　修仙:东方新世界
　　　　——以梦入神机《佛本是道》为例/71
　　一、何谓修仙:从"仙侠""修真"到"修仙"/72

目录

二、《佛本是道》：沟通人神、再造仙境、重写神谱/76

三、怪力乱神：修仙小说的"新自觉"/82

结语：修仙——古老又现代的超脱之梦/87

梦入神机创作年表/87

《佛本是道》粉丝评论综述/89

第四章　玄幻练级：作为欲求表象的数目化抽象世界
——以天蚕土豆《斗破苍穹》为例/93

一、作为表象的"世界"：抽象化与等级数目化/94

二、作为欲求的"世界"：超越社会的束缚与身体的限制/97

三、现实理性的"铁笼"/102

结　语/105

天蚕土豆创作年表/105

《斗破苍穹》粉丝评论综述/106

第五章　盗墓小说：粉丝传奇的经典化之路
——以南派三叔《盗墓笔记》为例/113

一、以"盗墓"的名义集结类型/114

二、"烧脑"和"走心"：男女"稻米"的不同快感/117

三、"浪漫之美"：对传统文学批评的挑战/124

南派三叔创作年表/129

《盗墓笔记》粉丝评论综述/133

第六章　历史穿越："大国崛起"与"个人圆满"的双重YY
——以月关《回到明朝当王爷》为例/138

一、回到明朝去"维新"："崛起"的集体无意识/139

二、理想主义"权臣"与"历史外挂"/142

三、作为"男性向"小说快感机制的"女性"/146

余　论/150

月关创作年表/153

《回到明朝当王爷》粉丝评论综述/155

目 录

第七章 网络官场小说:"去政治化"的现实书写
　　——以小桥老树《侯卫东官场笔记》为例 / 161
　一、两种类型与两条脉络 / 161
　二、中性的叙述与客观的"官场" / 164
　三、从"成长小说"到"成功指南" / 166
　四、"当官是一门技术活" / 170
　小桥老树创作年表 / 175
　《侯卫东官场笔记》粉丝评论综述 / 175

第八章 穿越文—清穿:"反言情"的言情模式
　　——以桐华《步步惊心》为例 / 184
　一、穿越文:作为一种类型的出现 / 184
　二、不问来路,不求归去 / 187
　三、没有江山,何来美人? / 190
　四、臣服王权的历史 / 192
　桐华创作年表 / 195
　《步步惊心》粉丝评论综述 / 197

第九章 宫斗:走出"白莲花"时代
　　——以流潋紫《后宫·甄嬛传》为例 / 201
　一、大周后宫:硝烟弥漫的大观园 / 202
　二、甄嬛:反"白莲花"女主形象 / 207
　三、宫斗剧:在"亚文化"与"主流"之间 / 214
　流潋紫创作年表 / 219
　《甄嬛传》粉丝评论综述 / 221

第十章 都市言情:爱情已朽,如何重建神话?
　　——以辛夷坞《致我们终将腐朽的青春》为例 / 228
　一、告别革命,推开琼瑶 / 229
　二、"易朽的青春"与"不完美的男主" / 231
　三、渴望绝境,挥霍青春 / 234
　四、橡树已去,木棉如何依旧? / 236

五、再造禁忌，抢救爱情/ 239

　　辛夷坞创作年表/243

　　《致青春》粉丝评论综述/245

第十一章　耽美：不止是"沉溺于美"

　　——以风弄《凤于九天》为例/ 249

　　一、耽美的内涵及其在中国的发展/ 250

　　二、《凤于九天》的"男男罗曼史"/ 254

　　三、从风弄的创作看耽美同好社群的文学理念/ 259

　　结　语/ 263

　　风弄创作年表/264

　　风弄小说粉丝评论综述/266

第十二章　"废柴"精神与"网络女性主义"

　　——"女性向"代表作家妖舟论/ 273

　　一、"小市民"的"废柴"精神/ 274

　　二、"网络女性主义"：幻象空间的性别革命/ 279

　　三、"我爱你"不如"在一起"/ 285

　　妖舟创作年表/290

　　妖舟小说粉丝评论综述/292

第十三章　"情怀""世俗意""文青范儿"

　　——"最文青网络作家"猫腻论/ 297

　　一、"情怀"：启蒙精神的网络回响/ 299

　　二、"世俗意"：从草根立场肯定"中国精神"/ 302

　　三、"文青范儿"：文学传承、网络性与个人风格/ 307

　　结　语/ 312

　　猫腻创作年表/313

　　猫腻小说粉丝评论综述/314

网络文学词条举要/ 325

网络文学重要类型文发展简史/ 350

后　记/ 399

导　言　网络文学的"网络性"与"经典性"

邵燕君

文学的"经典性"通常意味着典范性、超越性、传承性和独创性。它不仅是衡量文学作品的标尺，其本身就是文学标准变化的风向仪。每一次文学变革运动都是一次经典重塑的过程，媒介变革自然更具颠覆力量。

如果从1998年台湾蔡智恒（痞子蔡）在BBS上连载的《第一次的亲密接触》在大陆中文网络迅速传播算起①，至2015年中国网络文学的发展已经走过十七年。2015年底，中国网络文学用户已达2.97亿②。经过近二十年的迅猛发展，特别是2003年VIP制度成功建立促使其向类型小说方向发展以来，网络文学不但形成了自成一统的生产—分享—评论机制，也形成了有别于五四"新文学"精英传统的网络大众文学传统，以及

---

① 关于中国网络文学何时起步？一直说法不一。如果从1991年中国留美学生王笑飞创办海外中文通讯网（chpoem-1@list-serv.acsu.buffalo.edu）算起，中国网络文学已经起步二十余年，后来又有1994年方舟子等人在海外创办的第一份网络文学刊物《新语丝》（www.xys.org）。中国内地网络文学的萌芽是1995年8月水木清华站建立的BBS，这应该是大陆原创网络文学的最初基地。1997年12月25日"榕树下"全球中文原创作品网（www.rongshu.com）开通，标志着中国网络文学的大门正式开启。不过，笔者还是赞同从1998年《第一次的亲密接触》在网络流行算起，因为这种"纪元法"的侧重点不在作者/原创一方，而在受众/传播一方——这正是网络文学与传统的纸媒精英文学的区分线。

② 据中国互联网络信息中心（CNNIC）2016年1月发布的第37次中国互联网络发展状况统计报告，截至2015年12月，网络文学用户较2014年底增加了289万，占网民总体的43.1%，其中手机网络文学用户达2.59亿，较2014年底增加了3283万，占手机网民的41.8%。网络文学近年来稳步高速发展，网络文学用户2009年1.63亿，2010年1.95亿，2011年2.03亿，2012年2.33亿，2013年2.74亿，2014年2.94亿。

建立在"粉丝经济"上的"快感机制"(如"爽"、YY等)。这一切都对传统学院批评体系构成挑战。

不容忽视的是,这场"文学变局"是在媒介革命的背景下发生的。这就意味着,传统精英批评体系面临的真正挑战不是来自一种商业力量支撑下复燃的"旧文学",而是一种媒介力量支撑下爆发的"新文学"——虽然网络文学的媒介之"新"还很大程度上隐身于传统类型文学之"旧"里,但其发展趋势已经不以人的意志为转移。如此,传统批评者要理解网络文学就不仅需要"放下身段",更需要"脱胎换骨"——不但要建立一套适应网络文学的评价体系和批评话语,并且要在这一过程中完成自身的价值体系和话语体系的更新换代。

一、网络文学的"网络性"

由于网络文学发展速度过快,且挑战的评价体系过于根本,目前学术界对于网络文学的评价还缺乏一个"共识平台"。网络文学也能像传统文学那样拥有自己的文学经典吗?对于很多至今仍将网络文学视为垃圾的研究者来说,这一问题的提出本身就是过于抬举网络文学了。而对于持肯定态度的人来说,顺着这一提问方式,即使答案是肯定的,也只能以传统精英文学的经典定义作为参照。在这一参照系下,我们最多可以引进通俗经典文学的尺度。但不管我们如何自觉地另建一套批评价值尺度,都难免受限于精英本位的思维定势,落入为网络文学辩护、论证其"次典"地位的态势。

如果从媒介革命的视野出发,这根本是一个伪问题——中国网络文学的爆发并不仅仅是被压抑多年的通俗文学的"补课式反弹",而同时是一场伴随媒介革命的文学革命。在不久的将来应该不再存在"网络文学"的概念,相反,"纸质文学"的概念会越来越多地被使用。因为作为"主导媒介",网络将是所有文学、文艺形式的平台,"纸质文学"除了一小部分作为"博物馆艺术"传承以外,都要实现"网络移民"。目前经常被等同于"网络文学"的"网络类型文学"应该只是网络文学的一种形态,虽然可能是最大众的主流的文学形态。在它之外,还会有各种各样的"非主流"文学、小众"文学",其形态也很可能是"纸质文学"中未曾出现的,如"直播帖""微小说"等。所以,真正的问题不是"网络文学也可以像传统文学一样拥有自己的经典吗",而是"经典性"在网络时代是否依然存在。至少从目前的发展情况来看,笔者对这一问题的回答是肯定的,因此才有本书的研究成果。不过,对网络文学"经典性"的考察不能参照"纸质文学"的标准(不管是传统经典还是通俗经典),而要以媒介变革的思维方式,参照"经典性"这一古老的文学精灵曾经在"口头文学""简帛文学""纸质文学"等不同媒介文学中"穿越"的方式,考察其如何在"网络文学"中"重生"。所谓"媒介即讯息"——被誉为"先知"的麦克卢汉在半个世纪前提出的媒介变革理论理应成为我们今天考察互联网时代一切文化形态的理论前提——对网络文学"经典性"的考察离不开对"网络性"的考察,网络的媒介特征必然内在于网络经典的标准,正如印刷术的媒介特征一直习焉不察地内在于我们今天自然认同的"永恒经典"中一样。

从"网络性"出发,我们首先需要对"网络文学"下一个狭窄的定义。网络文学,并不是指一切在网络发表、传播的文学,而是在网络中生产的文学。也就是说,网络不只是一个发表平台,而同时是一个生产空间。我们至少需要从以下几个方面理解"网络文学"的"网络性"。

首先,"网络性"显示"网络文学"是一种"超文本"(hypertext),这个概念是相对于"作品"(work)、"文本"(text)提出的。

我们在传统意义上所说的"作品"是印刷文明的产儿。印刷术解决了跨时空传输的问题,但封闭了所有感官,只留下视觉,并且把创作者和接受者隔绝开来。这就需要一群受过专门训练的作家和读者系统地"转译"和解读——作家们在一个时空孤独地编码,把所有感官的感觉"转译"成文字,读者在另一个时空孤独地解码,还原为各种感觉。这种超越时空的"编码—解码"过程,使文学艺术具有了某种专业性和神秘、神圣性。即使是最低等级的大众读者也必须识文断字,具备一定的在形象思维和抽象思维之间转换的能力,并且在一定程度上与作家共享某种"伟大的文学传统"。

从结构主义—后结构主义的理论谱系上看,印刷时代的"作品"是典型的结构主义的概念。"艺术家"是孤独的天才,他们谛听神的声音创造出具有替代宗教功能的艺术品,这样的"作品"是一个封闭完整的世界,读者和批评者的任务只是探索出其中隐藏的真理而已。上世纪六七十年代,几乎在麦克卢汉提出"互联网""地球村"概念的同时,后结构主义理论家罗兰·巴特提出了"文本"概念,打破了"作品"的封闭完整性,认为"文本"是无限开放的,读者不仅拥有创造性解读的权利,甚至具有创作自己"文本"的权利。而"网络文学"则是"超文本",它由"节点—链接"的"网络"构成,链接的目的地可以通往内部,也可以通向外部另一个"超文本"。网络技术使"超文本"具有了无限的开放性和流动性。

出于各种原因,中国网络文学的发展没有经历因特网早期西方那样大规模的自省性"超文本"实验①,而是以商业化的类型写作为主导。"超文本性"在这里表现为其"网站属性",每个网站本身就像一个巨大的"超文本"。比如,你在点开一篇网文时,首先是点开了它所属的类型(如玄幻、穿越,等等)。在同一类型下,有很多网文供你选择。在每个网文的下端,有"本书作家推荐"通向其他网文的链接,在网文的右侧是书评区,你可以发表评论,可以和其他网友直接交流,可以投票、打赏、拍砖。在这里网站永远比单一的网文重要,在网络中"追文",与等网文完结后下载阅读的感受很不一样,更不用说阅读纸版书了。

如果说"作品"意味着一个向往中心的向心力,"超文本"则意味着一种离心的倾向。我们可以说"作品"的时代是一个作者中心、精英统治的时代,"超文本"的时代是一个读者中心、草根狂欢的时代。

其次,网络文学的"网络性"是根植于消费社会"粉丝经济"的,并且正在使人类重新"部落化"。

在网络文学的生产过程中,粉丝的欲望占据最核心的位置。网站经

---

① 在欧美等西方国家,"网络文学"并不是一个明晰的概念,网上写作大多数被称作 Electronic Literature,除了粉丝的"同人"写作外,基本是一种小众先锋的超文本实验。这种基于文字的实验比较大规模地出现在因特网兴起早期,也就是上个世纪末,具有很可贵的媒介自省性。

营很大程度上利用了"粉丝经济"①,有人称之为"有爱的经济学"②。粉丝既是"过度的消费者",又是积极的意义生产者。他们不仅是作者的衣食父母,也是智囊团和亲友团,与作者形成一个"情感共同体"③。从媒介革命的角度分析,这种根植于"粉丝经济"的"情感共同体"正是网络时代人类重新"部落化"的模式。在麦克卢汉看来,印刷时代以前,人们生活在一个彼此息息相关的部落化社会中,印刷文明使人从部落中独立出来,也孤立起来。而电子技术作为一种"人的延伸",与轮子(人类腿脚的延伸)、房子(人类皮肤的延伸)、文字(人类视觉的延伸)不同的是,它延伸的是人的中枢神经,"在电力时代,我们的中枢神经系统靠技术得到了延伸。它既使我们和全人类密切相关,又使全人类包容于我们身上。我们必然要深度参与自己每一个行动所产生的后果。我们再也不能扮演读书识字的西方人那种超然物外和脱离社会的角色了"④。电子时代使人们的感官重新全面打开,这个时代最"受宠"的模式是感官的深度参与,"我们的时代渴望整体把握、移情作用和深度意识,这种渴望是电力技术自然而然的附属物"⑤。或许历史的发展未必如麦克卢汉预计的那样乐观——人类打破印刷文明建构的"个人主义",在"地球村"的愿景上重回

---

① "粉丝经济"是约翰·费克斯在粉丝文化研究奠基性论文《粉都的文化经济》(收入陶东风主编:《粉丝文化读本》,北京:北京大学出版社,2009年)中提出的概念,他认为生产力和参与性是粉丝的基本特征之一。粉丝的生产力不只局限于新的文本生产,还参与到原始文本的建构之中。以后的粉丝文化研究者也倾向认为,"粉丝经济"最大的特点是生产—消费一体化,粉丝既是"过度的消费者",又是积极的意义生产者,于是产生了一个新词——粉丝"产消者"(Prosumer,由 Producer 和 Comsumer 两个单词缩合而成)。
② 此说法来自目前正在北京大学中文系攻读博士学位的林品,他于2011年春季学期参加笔者开设的网络文学研讨课,在课程讨论中提出,此后大家经常使用,特此感谢!参阅林品、高寒凝:《网络部词典:二次元·宅文化》之"有爱"词条(林品编撰),《天涯》2016年第1期。
③ 此说法来自鲁迅文学院王祥研究员,笔者大概于2012年某次研讨会上听到,此后经常在文章和教学中使用,特此感谢!参阅王祥:《网络文学中的愿望—情感共同体》,《南方文坛》2013年第4期。
④ 〔加〕马歇尔·麦克卢汉:《理解媒介——论人的延伸》(增订评注本),何道宽译,作者第一版序,南京:译林出版社,2011年。
⑤ 同上。

彼此密切相关的"部落化"生活——但至少重新"圈子化"了。只有在重新"部落化"或"圈子化"的意义上我们才能真正理解"粉丝文化"那样一种"情感共同体"模式，这不但是一种文学生产模式，也是一种文学生活模式。

再次，网络文学的"网络性"指向与ACG（Animation动画、Comic漫画、Game游戏）文化的连通性。

网络文学方兴未艾，但我们不得不清醒地意识到，作为"文字的艺术"，它本质上是印刷文明的遗腹子。几百年来，文学居于文艺的核心位置实际上是印刷文明技术局限的迫不得已。互联网时代最盛行的是ACG文化，未来最居于核心的文艺形式很可能是电子游戏。根据媒介变革的理论，每一次媒介革命发生，旧媒介不是被替换了，而是被包容了，旧媒介成为新媒介的"内容"（如"口头文学"是"文字文学"的内容，"纸质文学"是"网络文学"的内容，文学是影视的内容，而这一切都是电子游戏的内容），而旧媒介的艺术形式升格为"高雅艺术"。当电子游戏君临天下的那一天真正到来的时候，文学，即使是寄身于网络的文学，除了作为一种小众流行的高雅传统外，或许主要将以"游戏同人文本"的形态存在——并非人类在印刷文明时代形成的一系列关于文学的标准和审美习惯都要被废弃，而是要如麦克卢汉所言引入"新的尺度"，必须把"新的尺度"带来的"感官比例和平衡"的变化引入对文化的判断标准之中①。

对于网络文学创作者和研究者而言，我们不得不面对这样一个残酷的事实——网络文学尚未获得合法性就已经开始准备被边缘化。但这并不意味着在此期间网络文学不能出现一批经典化作品，更不意味着不能形成其不可替代的经典化传统。只是我们在考察其"经典性"时必须同时考虑到其过渡性，特别是与ACG文化的连通关系。与此同时，我们也必须调整判定经典的"时间尺度"——"从前慢"（木心诗歌名），在印刷时代，所谓经典至少是百年经典。而在各领风骚三五天的如今，能流行三

---

① 麦克卢汉曾谈到："技术的影响不是发生在意见和观念的层面上，而是要坚定不移、不可抗拒地改变人的感官比率和感知模式。"〔加〕马歇尔·麦克卢汉：《理解媒介——论人的延伸》（增订评注本）何道宽译，第30页，南京：译林出版社，2011年。

五年就已经有了经典意味。所以,考察一部作品是否具有"经典性",更要看它对更新换代者的影响力——不仅要看"原唱"流行的时间,还要看它被"翻唱"的频率;不仅要看它被多少人致敬,也要看它被多少次颠覆。

二、"网络性"对雅俗二元对立结构的瓦解

在"网络性"的意义上讨论"网络文学"的"经典性",首先要确立的一个前提是,把"经典性"与那种一以贯之、亘古不变的"永恒价值"脱钩。在这个问题上,笔者明确反对以《西方正典》作者哈罗德·布鲁姆为代表的那种带有文化保守倾向的审美精英主义的观点,而站在他所说的"憎恨学派"的一边[①]。

如特里·伊格尔顿在《二十世纪西方文学理论》一书中所言,"文学"就像"杂草"一样,不是一个本体意义上的概念,而是一个功能意义上的概念。如果说"杂草"是园丁需要拔除的一切东西,"文学"可以相反,是被人们赋予高价值的写作。这就意味着"文学"不再是一个稳定的实体,拥有永恒不变的"客观性"。什么样的写作可以算作"文学"?什么是"好文学"?都是一时一地的人们价值判断的结果。价值判断与判断者"自己的关切"密切相连,本身必然是不稳定的,随着历史环境的变化而变化,但又不是随心所欲的,"它们根植于更深层的种种信念结构之中,而这些结构就像帝国大厦一样不可撼动"[②]。这个隐藏着的价值观念结构,就是意识形态的一部分。在这个意义上,"永恒的经典"的说法就是一种彻头彻尾的"妄见","所谓的'文学经典'以及'民族文学'的无可怀疑的'伟大传统',却不得不被认为是一个由特定人群出于特定理由而在某一

[①] 布鲁姆以"审美价值"为核心的经典研究有鲜明的针对性,他对当代一些流行的批评理论持反对态度,称之为"憎恨学派"(school of resentment),包括新马克思主义批评、女性主义批评、拉康的心理分析、新历史主义批评、结构主义符号学等,因为这些批评观念常常主张颠覆以往的文学经典,并特别重视社会文化问题。参阅〔美〕哈罗德·布鲁姆:《西方正典》译者序言,江宁康译,南京:译林出版社,2005年。

[②] 〔英〕特里·伊格尔顿:《二十世纪西方文学理论》,伍晓明译,第14页,北京:北京大学出版社,2007年。

时代形成的一种建构(construct)"。只要历史发生足够深刻的变化,未来很可能出现一个社会,人们不再理解莎士比亚,也不需要读懂他,因为以那个社会的情感和思维方式,人们不再能从莎士比亚那里获得任何东西。虽然很多人会认为这种社会状况将是一种可悲的贫乏,但未必不可能是进化的结果,"不考虑这种可能是武断的,因为这种社会状况可以产生于普遍全面的人的丰富"①。

网络时代发生的一个最深刻的社会变化就是,网络的媒介特性为瓦解精英中心统治提供了技术可能。"超文本"与和 ACG 文化的共通性,打破了创作的封闭状态和"作家神话",甚至"个人作者"也不被认为是必需的②,由此,"天才的原创性""绝对个人风格"等信条也就烟消云散了。"粉丝经济"决定了网络文学只能以受众为中心,判断什么是文学、什么是"好文学"的,不再是某个权威机构代表的"特定人群",而是大众读者自身。

在印刷时代虽然大众通俗文学也相当发达,但一直存在着"精英文学"和"通俗文学"两个系统,"通俗文学"无论拥有多庞大的读者群也是"不入流"的,而"精英文学"无论多小众,也握有"文化领导权"。"精英文学"必然是高雅的、难懂的,大众要么敬而远之,要么以谦卑的态度学习。哈罗德·布鲁姆也承认,"经典的原意是指我们的教育机构所遴选的书"③。"西方正典"的形成在相当大的程度上是英国文学作为一个正式学科建立的结果。然而,自从经典确立以来,高雅文学和通俗文学之间就始终存在着竞争,不断有通俗文学登堂入室,被布鲁姆奉为"经典的中心"的莎士比亚,本身正是由通俗成为经典的写照④。中国自五四"新文学"建立以来,通俗文学一直处于被压抑状态。但 1990 年代"市场化"转

---

① 〔英〕特里·伊格尔顿:《二十世纪西方文学理论》,伍晓明译,第11页,北京:北京大学出版社,2007年。

② 参阅许苗苗:《"作者"的消解——媒介的转换与文学观念的变迁》,《当代西方文论与中国文论建设》论文集,中国文艺理论学会、曲靖师范学院人文学院主办,2014年4月。

③ 〔美〕哈罗德·布鲁姆:《西方正典》,江宁康译,第11页,南京:译林出版社,2005年。

④ 参阅〔美〕斯蒂芬·格林布拉特:《俗世威尔——莎士比亚新传》,辜正坤、邵雪萍、刘昊译,北京:北京大学出版社,2007年。

型以后，通俗文学的影响力日益扩大，"超越雅俗"逐渐成为学术界的主导倾向。到20世纪末网络文学兴起的时候，金庸的经典化地位已基本确立——这或许可以象征着印刷时代末期雅俗合流的大势所趋。

网络革命不但打破了精英文学—大众文学之间的等级秩序，而且根本取消了这个二元结构。在"网络性"的主导下，未来的网络文学将不再分"精英文学"和"大众文学"，只有"主流文学"和"非主流文学"、"大众文学"和"小众文学"。那些针对各种特定人群、特定趣味的"非主流文学""小众文学"，有的可能更高雅，也有的可能更低俗；有的可能更先锋，也有的可能更保守。它们将形成一个"亚文化"空间，与"主流文化"之间保持既对抗又互动的张力关系。

目前的"网络文学"以类型小说为主，但也不是铁板一块。随着2012年互联网进入"移动时代"，针对移动受众阅读时间碎片化的特点，一些主打"小而美"的APP终端应运而生，如韩寒主编的《ONE·一个》，中文在线推出的"汤圆创作"，专门发表短篇小说的"果仁小说"，以及2011年底就上线的"豆瓣阅读"。此外微博、微信公共账号也是相当活跃的个人作品发表平台。这些"小而美"有很浓的"文青"色彩，某种意义上可以看作当年被资本"一统江湖"压抑下去的"网络文青"的复活。与此同时，传统文学期刊也开始进行"网络移民"，如由《人民文学》杂志推出的"醒客"也于2014年7月上线。各种具有"纯文学"追求的网络平台的出现，极大丰富了网络文学的生态，使网络真正成为一个媒介平台，而不是网络类型小说的专属平台。但是，它们不再可能形成一个"精英文学"系统，高居于网络类型文学之上，而是将进入到网络环境中本已存在的"非主流""小众"文学圈中，为居于主流的大众流行文学提供文化思想和文学探索方面的借鉴资源，推动其发展，但难以再形成"文化领导权"。

我们必须意识到，网络时代也是文化全球化的时代。在资本主义文化体系中，居于主流、承载一个国家主流价值观的"主流文学"只能是大众流行文学，这是大众读者的阅读趣味决定的，也是文化工业的性质决定的。21世纪的中国已经置身于全球化体系之中，我们的"主流文学"可能会因为特殊的文化制度而颇具"中国特色"，但也不再可能是由文学精英和政治精英联手打造的精英文学的大众化版本。由精英启蒙、教育、引导大众的历史时期已经终结,各种精英力量只能隐身其后发生作用。① 目前,拥有最大量读者的文学就是网络类型小说,它能不能分层、分化,形成一个内在的精英指向,从而担纲"主流文学"的职能?能不能以"网络性"的形式重新让文学的"精灵"长出翅膀?这正是我们考察网络类型小说"经典性"的重要意义所在。

三、"网络性""类型性"与"经典性"

对网络类型小说"经典性"的考察,必然涉及"经典性"与"网络性""类型性"之间关系的问题,也就是要引进"网络性"和"类型性"的尺度对"经典性"重新定义。

从"网络性"的角度出发,正如上文谈到的,网络时代经典的认证者不再是任何权威机构,而是大众粉丝。不再有一条神秘的"经典之河"恰好从每一部经典之作中穿过——任何时代的大众经典都是时代共推的结果,网络经典更是广大粉丝真金白银地追捧出来的,日夜相随地陪伴出来的,群策群力地"集体创作"出来的。经典的传承也是在当下进行的,没有"追认"一说,并且是否被传承本身就是确认一部作品是否经典的重要指标之一。在网文圈内,如果一部作品不但走红后很快引来众多跟风者,几年后还被后来居上的"大神"们借鉴、改装、升级换代,往往会被称为"经典"。而他们反复致敬的前辈大师之作,会被认为是"传世经典"。所有的"传世经典"都曾经是"当代经典"——"网络性"放大了人们经常忽视的经典的"当下性",经典的"超越性"在于它穿透了那个孕育它的时代而不是超离了那个时代,正是对于本时代的"盈满状态"使其获得了"穿越"的力量。

根植于"粉丝经济"的"网络性",使原本依据读者不同口味而形成的"类型性"获得了新的生机。"类型"是一个古老的文学概念。即使在雅俗文学的秩序内,"类型"也不是通俗小说的专属特性。类型化倾向是文学创作的一种普遍特征,它与人类基本欲望的固定表达方式相关,"类型

---

① 参阅拙文《网络文学的崛起与"主流文学"的重建》,《文艺评论》2014年第11期。

是一系列贯彻同一种内在确定性的文本"(亚里士多德)①；与作家写作经验的积累和读者的阅读期待相关，"类型就是一套基本的成规和法则，随着时代的变化而变化，但总被作家和读者通过默契而共同遵守"(罗兰·巴特)②；也与文学研究的分类有关，"在文学批评中指文学的种类、范型以及现在常说的'文学形式'"(艾布拉姆斯)③。但文学的类型化倾向与类型文学不同，后者是文学类型化倾向的固定形式。它是为满足读者某种既有阅读预期(如题材、情节模式、情感关系、语言风格，等等)的文学生产，因而被认为是通俗文学，并且是通俗文学的基本存在方式。类型小说的发展依赖于媒介发展，可以说，每一次媒介革命(出版、报刊、网络)都带来一次类型文学的繁荣，而这一时期的类型文学样式也与新媒介特征密切相关。这也无怪乎中国的网络空间刚一打开，网络类型小说就旺盛蓬勃地生长起来。

中国网络文学发展十几年以来，产生的"类型文"的丰富性是古今中外前所未有的：既有从西方舶来的，如奇幻、侦探、悬疑、言情，又有从中国古典小说继承的，如玄幻、武侠、修仙、官场，还有在"拿来""继承"后发扬光大的"耽美""穿越"等，更有网络原创的"盗墓""宅斗/宫斗""练级"等。在各种"文"的大类下，还有各种分类更细的小类或变化更快的"流"，如"仙侠·修真"类中有"修真流""洪荒流"，"玄幻·练级"类中有"凡人流""无限流"，"都市言情"类中有"总裁文""高干文""宠/虐/暖文"等，"宫斗·宅斗"之后有"种田文"，等等。正是借助网络媒介提供的细分和互动功能，网文类型才能层出不穷、变动不居。每一种"文"、每一种"流"都"戳中"不同粉丝群独特的"萌点"，那些生命力强大、可以衍生无数变体的类型文，大都既根源于人类古老的欲望，又传达着一个时代的核心焦虑，携带着极其丰富的时代信息，并且形成了一套独特的快感机

---

① 转引自〔法〕让-玛丽·谢弗：《文学类型与文本类型性》，见〔美〕拉尔夫·科恩主编：《文学理论的未来》，陈锡麟等译，第416页，北京：中国社会科学出版社，1993年。

② M. H. Abrams, Geoffrey Harpham 编：*A Glossary of Literary Terms*，转引自陈平原：《小说史：理论与实践》，收入《陈平原小说史论集》，第1316页，石家庄：河北人民出版社，1997年。

③ 同上。

制和审美方式——网络文学发展十几年来成为中国最大的"欲望空间"和"幻象空间",甚至形成了一套"全民疗伤机制"①,如果要考察当下中国人的生存状态和精神欲求,应该说没有一种文学创作比网络类型小说更具"盈满状态"的了。

"类型化"为网络类型小说抵达"当代性"提供了经验模式和欲望通道,但其固有的商业性、程式化、娱乐性会不会与"经典"要求的文学性、原创性、思想超越性具有天然冲突呢?这正是我们从"类型性"的角度重新探讨网络时代"经典性"问题时,必须事先排除的几个误区。

首先,类型小说的商业性不排斥文学性。

在雅俗文学的体系架构内,作者的创作动机被认为是有本质分界的——"纯文学"是诉诸自我表达的,"俗文学"是为满足读者欲望的。作为类型小说"本分"的商业性,在"纯文学"一边堪称"原罪"。这样一种楚河汉界的形成貌似天然,其实是有其特定历史背景的——进入19世纪后,资本主义粗鄙的功利主义将中世纪欧洲的各种有机社会组织全面拔起,艺术家失去了贵族保护人,又尚未在新兴的资本主义市场找到消费者。在与政府和市场的双重决裂中,"文学场"开始形成。根据布尔迪厄的"文学场"理论,"文学场"的"自主原则"(如"为艺术而艺术")建立在一种"颠倒的"经济原则上:输者为赢。艺术家只有在经济地位上失败,才能在象征地位上获胜。"文学场"的内部等级建立在不同形式的"象征收益"上,如声望(prestige)、成圣(consecration)、知名度(celebrity)。在这个意义上,"文化场"是一个"信仰的宇宙"。纯艺术的生产者除了自己产生的要求外,不承认别的要求,只朝积累"象征资本"的方向发展,而"象征资本"可以再转化为经济资本。② 这一逻辑虽然十分有利于形式实验和创新,但毕竟是一种产生于特定历史环境下的带有口号性的原则。不

---

① "全民疗伤机制"一说的提出者是目前正在美国加州大学戴维斯分校攻读人类学博士学位的周轶女士。2013年12月周女士在笔者于北京大学中文系开设的网络文学研讨课上做专题报告时提出此说,尚未正式发表。笔者提前借用,特致感谢!

② 参见〔法〕皮埃尔·布迪厄:《艺术的法则——文学场的生成和结构》,刘晖译,第99—100页,北京:中央编译出版社,2001年。

过,在1980年代中期,这一高蹈的信念却特别契合于同样急于摆脱政府和市场双重压迫的中国文学界的普遍心理,被奉为"纯文学"的神圣律条。很多作家开始"背对读者"写作,这是致使以文学期刊为中心的传统文学在"市场化"转型过程中迅速被边缘化的重要内因之一①,而其观念惯性仍延续至今。

如果"纯文学"真的是"背对读者"的,且不说如何生存,也违背了小说兴起的原始动因:交流的需求②。从交流互动的意义上说,鼓掌和投币只是读者两种不同的回报方式。互联网的本质不是商业而是分享,粉丝文化的核心要素是影响力,影响力如同象征资本,可以转化为商业资本也可以不转化。目前的互联网写作中也存在一些非盈利的网站、论坛,即使对以赚钱为首要目的的商业类型小说而言,"有爱"和"有钱"也是双重存在的动力源,其文学价值和商业价值可以并行不悖,甚至相辅相成。③ 可以这么说,卖得好的类型小说不一定是好小说,但好的类型小说一定是好卖的。因为类型不是任何人预先设定的,而是多年来"好看"文学经验的积累,能成功调动这些文学经验的小说必定是"好看的",也会是"好卖的"。当然,这里的"好看"标准不是由专家认定,而是由粉丝认定的。"经典性"的作品必然是高品位粉丝推出的,对更大众的读者也有广泛的影响力。

其次,类型小说的程式化不排斥独创性。

类型小说的最大特点就是有一套约定俗成的套路,所谓"程式化"就是为了保障其最优化地实现娱乐化功能的快感机制。这其实是该类型在长期发展过程中积累起来的最有效的满足读者快感的成规惯例。按照这些套路,一个平庸的写手也能生产"大路货",而再具个性的作者也不能随意打破这些套路,否则就违背了与读者的契约。程式化是保证类型小说作为一项文化产业得以繁荣的技巧基础,但会不会限制一个作家的原

---

① 参阅拙文《传统文学体制的危机与新机制的生成》,《文艺争鸣》2009年第12期。

② 如克林斯·布鲁克斯在《小说鉴赏》中开篇所言:"当夜色笼罩着外边的世界,穴居人空闲下来,小说便诞生了。"主万译,北京:中国青年出版社,1986年。

③ 参阅徐艳蕊:《网络女性写作的生产与生态》,《北京大学学报》2015年第1期。

创性？对于这个问题的思考,我们仍然需要跳出印刷文明的限制,从网络时代人类重新部落化的角度思考人们"文学生活"方式的改变。

印刷时代是一个孤独的时代,文学的功能在于使孤独的个人更好地与自己对话,如布罗姆所说:"西方经典的全部意义在于使人善用自己的孤独,这一孤独的最终形式是一个人和自己的死亡相遇。"[①]所以,他会把作家的原创性指向"陌生化",一种人类前所未有的、天才的、个人的神秘创造。虽然他认为经典作家都处于深深的"影响的焦虑"中,但其竞争的对象却只是同一系列的经典作家——那条神秘的"经典之河"必然穿过的人。如他关注莎士比亚与乔叟、但丁之间的竞争,而对与莎士比亚同时期的戏剧家们不屑一顾。事实上,莎士比亚更是在与他同辈戏剧家的竞争中成为经典大师的,他在文学史上表现出的"陌生性"很可能是同时期作家的时代共性。在一个文化全球化的时代,纯粹的"陌生性"难以存在,所谓作家的"原创性",不如称为"独创性"。网络时代的读者不再追求"众人皆醉我独醒"的孤独感,而是迷恋于在一个"情感共同体"内的集体沉醉,他们迷恋的"大神"既要"独具魅力",又要负载一个群体的欲望投射,太多的"陌生感"是不能被接纳的。

对于类型作家而言,"影响的焦虑"更直接表现为生存危机,既有同行紧逼,又有前辈压顶。粉丝们可不是好伺候的,资深粉丝都是专家级的,对各种桥段了如指掌,对前辈作品如数家珍,除非能在前辈搭起的"危楼"上再加一层,否则,谁会奉你为"神"？正如陈平原在谈到类型小说成规与创新性关系时所言,这些艺术成规"与其说是缩小了作者的独创性,不如说是帮助说明了独创性"[②]。一种有足够生命力的类型可以跨越时空在不同代作家手中花样翻新。那些堪称大师的类型小说作家不但能把该类型的各种功能发挥到登峰造极,往往还能融合其他类型的精华,甚至进行"反类型"的创新(如金庸大师的最后两部作品《天龙八部》和《鹿鼎记》,前者是武侠小说的集大成之作,后者则是有意的"反武侠"之

---

① 〔美〕哈罗德·布鲁姆:《西方正典》,江宁康译,第21页,南京:译林出版社,2005年。
② 陈平原:《小说史:理论与实践》,收入《陈平原小说史论集》,第1322页,石家庄:河北人民出版社,1997年。此处为引用法国学者基亚的说法。

作)。从一定意义上说,类型文学就是在类型化和反类型化的抗衡张力中发展的,所谓类型经典的"大师"就是"规定动作"跳到满分之后还能跳出自己风格的作家。

再次,类型小说的娱乐性不排斥严肃性。

就像商业性是类型小说的"本分"一样,娱乐性是类型小说的"天职"。但是,娱乐性就一定是严肃性的天敌吗?难道娱乐性就只能满足人的本能欲望,不能托起价值关怀吗?如果是这样,"寓教于乐"又如何谈起?将文学的娱乐性完全等同于消遣性,从而与严肃性、思想性对立起来,这仍然是延续了"新文学"传统建立之初奠定的价值模式——五四先贤们当年迫于救亡图存的压力,从西方引进现实主义定为唯一正统,将消遣性的类型小说作为传统腐朽的"旧文类"压抑下去。新中国成立以后,文艺大众化工作也是由革命大众文艺承担的,对代表资本主义腐朽文化的通俗文学进行了严厉的批判和驱逐。如上文所述,在全球资本主义文化体系中,承载一个国家主流价值观的"主流文学"必定是大众流行文学。对于文学研究者和管理者来说,面对拥有如此庞大读者群的网络类型小说,建设性的态度是如何引导其将快感机制与"主流价值观"对接,积极参与"主流文学"的建构,而不是继续怀着傲慢与偏见将之定位在消遣性的"快乐文学"的位置上。

网络类型小说无疑是快乐的,但在快感的高速路上,思想也同样可以飞奔。特别是一些需要建构"第二世界"的幻想类小说,尤其适合宏大命题的探讨。事实上,随着启蒙价值的解体,现实主义文学"赋予现实世界以意义与形状"的功能遇到严重障碍,早已开始变得"不再可能",这正是现代主义小说兴起的一个重要内因。[①] 中国网络文学发展十几年来,最繁盛的类型文都是幻想类的(奇幻、玄幻、穿越、重生)。那些"架空"的世界,既是欲望满足空间,也是现实折射空间、意义探讨空间。许多原本在现实主义文学中讨论的现实命题、人性命题,诸多现代主义文学勘察的人类悖论困境,都被放置在"第二世界"特定的"世界设定"和"世界观设

---

① 参阅〔斯洛文尼亚〕斯拉沃热·齐泽克:《斜目而视:透过通俗文化看拉康》,季广茂译,第一部分第三章,杭州:浙江大学出版社,2011年。

定"下重新探讨。一些注重"情怀"的作家正在努力寻求在"第二世界"重新立法,将人们的"爱与怕"引向对道德、信仰的思考,重建人们的道德底线和心理秩序。① 至少在笔者看来,这些年来中国类型小说中的优秀作品(包括刘慈欣《三体》为代表的科幻小说,科幻小说先于网络文学以期刊为中心发展起来)对严肃命题的思考,其尺度之大、深度之广、现实关怀之切,远非当下很多号称精英文学的传统写作可比。当然,这些既有极高娱乐性又有相当思想性的作品,目前在网络类型小说中还算少数,但能在"小白当道"的商业竞争环境中脱颖而出,说明衷心拥戴它们的"高端粉丝"不在少数,其影响力也不在"小众"。一批超越"大神"级别的具有"大师品格"的作家开始出现,一个相对成熟的"高端粉丝"群逐渐形成——这意味着中国网络类型小说的经典时代开始到来了。

四、"网络类型经典"的初步定义和选文标准

只有在承认类型小说也可以同样具有文学性、独创性和思想严肃性的基础上,我们才能够讨论网络类型小说的"经典性"。在讨论有关定义时,既要参照"经典性"曾经穿越"口头文学""纸质文学"等多种媒介形式的"共性",如典范性、超越性、传承性和独创性,又要充分考虑到"网络性"和"类型性"的特性构成。

从这三重视野出发,笔者姑且尝试概括出以下的网络类型经典的"经典性"特征——其典范性和超越性表现在,传达了本时代最核心的精神焦虑和价值指向,负载了本时代最丰富饱满的现实信息,并将之熔铸进一种最有表现力的网络类型文形式之中;其传承性表现在,是该类型文此前写作技巧的集大成者,代表本时代的巅峰水准,在该类型文发展进程中具有里程碑的意义,并且首先获得当世读者的广泛接受和同期作家的模仿追随;其独创性表现在,在充分实现该类型文的类型功能的基础上,形成了具有显著作家个性的文学风格,广泛吸收其他类型文以及类型文之

---

① 参阅邵燕君、猫腻:《以"爽文"写"情怀"——专访著名网络文学作家猫腻》,《南方文坛》2015 年第 5 期。

外的各种形式的文学要素,对该类型文的发展进行创造性更新。

以上定义的概括主要还是从理论层面出发,真正有效的定义必须通过创作实践的检验,在经验的提炼和理论论证之间反复推演。其中一项非常重要的工作就是选出一批具有经典性的优秀作品,作为次第兴起的网文类型(尤其是那些具有中国本土特色的新类型)的代表。通过"解剖麻雀",挖掘出这一网文类型的文学渊源、独特的世界设定、世界观设定、核心快感机制(爽点)、人物设置、审美特征,以及促使这一类型流行的国民心理趋向和隐蔽其后的"如帝国大厦般不可撼动"的意识形态心理结构。这些作品本身未必是经典之作,但却蕴含着经典要素。只有把这些鲜活的网络原生要素提炼出来,在此基础上建构的网络类型经典体系标准,才能在网络空间落地生根。

经过反复讨论,我们挑选出12部小说作为12个最重要网文类型的代表来解读。它们分别是:今何在《悟空传》(后西游故事)、烟雨江南《亵渎》(奇幻)、梦入神机《佛本是道》(修仙)、南派三叔《盗墓笔记》(盗墓)、天蚕土豆《斗破苍穹》(玄幻·练级)、月关《回到明朝当王爷》(历史穿越)、小桥老树《官路风流》(即《侯卫东官场笔记》,官场)、风弄《凤于九天》(耽美)、辛夷坞《致我们终将腐朽的青春》(都市言情)、桐华《步步惊心》(清穿)、流潋紫《后宫·甄嬛传》(宫斗)、关心则乱《知否知否,应该绿肥红瘦》(种田)①。此外,还挑选妖舟作为"女性向"作家代表、猫腻作为"最文青""最具经典性"作家代表,以作家论的形式讨论其创作中的经典指向。篇幅所限,这12个类型并未囊括网络重要类型的全部,本书尽量包括早期类型,对于近年兴起的重要类型(如网游文),留待以后续作。对于一些子类型,在附录2"重要类型文发展简史"中有较细的梳理。还有一些类型虽然火爆(如职场文、总裁文),但缺乏具经典性的作品,也不予选择。

目前作为个案解读的作品,挑选标准大致有这样几条:可能是引爆这一潮流的"第一本书",可能是这一类型发展到高潮的集大成之作,也可

---

① 由于篇幅原因,最后一个类型"种田文"的论文未列入,部分内容分置在"清穿文""宫斗文"的解读中。

能是此类型落潮后再度出现的"反类型"的"重生"之作。不管处于哪一个关节点上,通过对这些作品的深度解读,都能挖掘出这一网文类型的特点。与此同时,也通过文本细读,品评这一作家作品的独创性风格。这里需要特别提出的一个问题,是如何处理"网络红文"与"畅销书"和"影视热播剧"之间的关系。网络文学是一个自成一统的文学生产场域,有自己的分享—评价机制,但在发展初期,仍然离不开对出版、影视剧改编的依赖,并且成功的出版策划和影视剧改编也能在相当程度上影响这一网文类型在网络内部的走向。本书的选择标准是将重心立在网络文学内部的评价标准上,如果一部作品在网文圈内部被认可度不高,即使畅销热播也不予选择。但如果作品本身是"网络红文",堪为某一网文类型的代表之一,又是出版界或影视界的宠儿,获得广大社会影响,则优先选择。因为,这显示目前代表着主流价值观和审美趣味的主流传媒,对于一种虽然人数众多但在文化上尚处于"亚文化"阶段的网络文学的挑选,从中可以更全面地透视国民心理趋向和审美趋向的流转。

五、"学者粉丝":研究者的立场和方法

随着网络文学的迅猛发展,网络文学研究逐渐开始成为"显学",不但出版了一些成熟学者的研究专著,更可喜的是出炉了一批出自"网络一代"之手的硕士、博士论文。其中,最值得关注的是北京大学中文系韩国留学生崔宰溶博士2011年6月答辩通过的博士论文《网络文学研究的困境与突破——网络文学的土著理论与网络性》,作者虽是留学生,但对中国网络文学了解之深,对中国网络文学研究困境"点穴"之准[①],着实令人钦佩。文中所提出的突破方法也颇具启发性和可操作性——如提出要注重对网络文学"网络性"的研究,推重粉丝文化研究前驱者之一、也是当前该领域最具权威性的研究者亨利·詹金斯(Henry Jenkins)以"学者粉丝"(Aca-Fan,或称"学者粉")身份进行的"介入分析"(intervention a-

---

① 比如针对笔者此前发表的论文《传统生产机制的危机和新型机制的生成》(《文艺争鸣》2009年第12期)表现出的对法兰克福学派精英立场的惯性继承的批评。

nalysis），提出学院研究者要深入网络文学的"领地"，在"精英粉丝"（elite fan）的"土著理论"（vernacular theory）和学院派的学术理论之间架起一座桥梁——这些都对本书的研究工作产生了重要影响。

尽管崔博士的论文已经问世几年，并且有着相当高的下载率[①]，然而，他当年直言不讳指出的中国网络文学研究的外围化困境依然在很大程度上存在着。主要表现在这样几个方面：第一，对网络文学发展脉络的梳理描述上，依然较多参照传统文学史的方法，分段分期或分网站对重要作家作品进行介绍，而缺乏对网文发展内在逻辑（比如重要网络类型文的起承转合轨迹）的把握；第二，在研究方法上，目前大多采用传统文化研究的方式，而未进入"阵地战"式的文学研究——这主要是对网络文学的文学价值缺乏信心，刻意保持距离，这样可以把自己的研究价值和被研究对象的文学价值分开；第三，同样基于以上原因，即使进入到网络文学作品研究也基本以讨论类型为主，很少对单个作家作品进行细读式的研究；第四，在对生产机制的研究上，目前较多的是对各种网站数据的整理和分析，缺乏深入到网络文学的生产过程中，针对点击量、收藏数量、月票、打赏制度等，以及评论区、贴吧的粉丝评论对作者写作的互动性影响等，进行内在性研究；第五，在评论标准上，研究者多会自觉不自觉地沿用传统精英标准，对于建立在"粉丝经济"上的网络大众文学，缺乏在深入理解基础上的公允评价，由此也缺乏对其新美学特征的发掘和论证；第六，在批评话语上，大都封闭在现有的学术话语体系内，缺乏对网络"土著"语言的提炼融汇。

本书的研究力图突破目前网络文学研究的"外围化"困境，深入到网络文学机制的内部，进行"身在网中央"式的"内在性"研究。要进行这样的突破确实很难，其中最关键的一个关口是研究者自我定位的转身——从学者到"学者粉丝"——这要求我们从自小接受的"客观""中正""超然"的学者训练中解放出来，让自己"深深卷入"，面对自己的迷恋和喜好，放弃"研究者"的矜持和体制特权，和粉丝群体们"在一起"。

---

① 在中国知网（cnki）"网络文学"关键词下，这篇论文的下载率长期居于前列，2015 年 8 月 15 日的数据是 5430 次。

"学者粉"这一概念的提出者一般认为是亨利·詹金斯。虽然"学者粉"一词并未在《文本盗猎者——电视粉丝与参与性文化》(Textual Proachers: Television Fans and Participatory Culture, 1992)一书中正式出现,但在这本后来被粉丝文化研究界奉为经典的著作中,詹金斯首次全面展现了这一研究姿态和研究范式,在同行尤其是后辈同行中引起强烈震动。自此以后,詹金斯一直被人尊称(或贬称)为"学者粉"的代表人物,他也一直以"学者粉"自命。正如詹金斯说言,"就像很多含义丰富的概念一样,这个词汇是在长期与学生、同事与粉丝的交流中慢慢打造成型的"①。所以,"学者粉"与其说是一个概念,不如说是一种身体力行的研究态度和方法。在《文本盗猎者》以及此后的《融合文化——新媒体和旧媒体的冲突地带》(Convergence Culture: Where Old and New Media Collide, 2006)、《可扩散媒体》(Spreadable Media, 2012)等一系列学术研究著作中,詹金斯非但不避讳自己是一些研究对象的铁杆粉丝②,甚至直言是"粉丝迷恋"而非"学术好奇"的动力最终使他进入媒体文化研究领域。他的很多研究工作是在粉丝圈与其他粉丝的讨论中进行的(《文本盗猎者》初稿完成后就曾在粉丝圈发布),他接受粉丝们的反馈,在论著里大量引用粉丝们的精彩观点,视他们为"积极的合作者",而其论著本身也成为粉丝文化圈文化建设的一部分。这就是所谓的"介入分析"。③

　　詹金斯的学术实践向我们展示了"学者"和"粉丝"这两个概念之间的对立统一,如他自己所说,"学者粉丝"的概念要求研究者"直面自己的文化品味和学术身份","当我写作关于粉丝文化的文字时,我同时既是一个学术界人士(了解一定流行文化理论,一定批评和民族志文献),也是一个粉丝(了解粉丝圈这个社群的知识和传统)。我的叙述在两个不

---

① 《二十年后——亨利·詹金斯和苏珊·斯科特的对话》,见〔美〕亨利·詹金斯:《文本盗猎者——电视粉丝与参与性文化》,郑熙青译,北京:北京大学出版社,2016年。
② 比如电影《星球大战》、电视剧《星际迷航》,后者是美国1966—1969年播出的一部科幻电视剧,在美国科幻粉丝圈享有经典地位,是詹金斯反复讨论的对象。
③ 〔美〕亨利·詹金斯:《文本盗猎者——电视粉丝与参与性文化》前言,郑熙青译,北京:北京大学出版社,2016年;Henry Jenkins: *Fans, Bloggers, and Gamers, Exploring Participatory Culture*, New York: New York University Press, 2006, p.52.

同层面的理解之间不断游移,虽然两个层面并不一定处于针锋相对的矛盾状态,却也并不一定和谐共处"。①相对于前辈学者,詹金斯显然"更是粉丝","当我的导师约翰·费斯克(1992)自称是'粉丝'的时候,他的意思仅仅是他很喜欢某部电视节目,但是当我自称粉丝的时候,我是在宣布自己是特定亚文化的一员"②。詹金斯一直十分强调自己对所属的粉丝社群的归属感、同盟感和责任感,在《文本盗猎者》出版二十年后与苏珊·斯科特的对话中,他谈到:"使用'学术粉丝'这个词汇至少有三点重要因素:承认我们在所研究的流行文化中的个人兴趣和投入,民族志作者对我们所研究的社群负有的责任,以及我们身为研究核心的社群成员的归属感。对我来说这些因素至今都是极其重要的。"在他看来,粉丝群体不仅是一个情感共同体,还是一个有乌托邦指向的"想象的共同体","乌托邦想象是粉丝圈子的精神动力,在粉丝们抵抗公司商品化其文化产品和交流的时候鼓舞着他们。如果我们极力淡化粉丝圈子这一乌托邦性质的话,我们可能会损失其批评性的锐利边角"。所以,学者粉丝的学术研究不是学者自己的事,而是整个粉丝群体的事,"费斯克的写作中,意义往往产生自个人过程,但在我的写作中,意义产生则是深刻的社会过程"。③

伴随"学者粉丝"对自己"粉丝"身份强调的是研究方法的转型。"民族志"(Ethnography)④一直是粉丝文化研究的一种重要方法,1992年与詹金斯《文本盗猎者》一并问世的另两部该领域"奠基之作"《进取的女人们》(贝肯-史密斯,Camille Bacon-Smith)和《女性主义、精神分析及大众

---

① 〔美〕亨利·詹金斯:《文本盗猎者——电视粉丝与参与性文化》前言,郑熙青译,北京:北京大学出版社,2016年。
② 同上。
③ 《二十年后——亨利·詹金斯和苏珊·斯科特的对话》,见〔美〕亨利·詹金斯:《文本盗猎者——电视粉丝与参与性文化》,郑熙青译,北京:北京大学出版社,2016年。
④ 民族志是一种源于人类学的研究方法,通常需要研究者深入到某偏远的族群或社区,以"田野调查"的方式获得大量一手资料,在此基础上对该族群或社区的文化制度、社会习俗等做出理解和描述。

文化研究》(潘黎,Constance Penley)都不约而同地采用了这一方法①。但詹金斯认为,"民族志"研究应该改变"抽象、客观、冷淡"的经典模式,"新型民族志的叙述中参与和观察同样重要,民族志调查者和社群的界限消弭了,社群成员能以自己的经验为例积极挑战民俗志的叙述"。② 这种转型最重要的一点是研究者自身的代入,"学者粉"不是深入到某个部落的观察者,通过"体验生活"读懂这个部落的"心",而是原本就生活在这个部落中,具有了描述自己"主观经验"的权利甚至义务,你需要告诉别人,你是谁?你来自哪里?你和谁在一起?你为谁说话?

正如詹金斯指出的,文化研究中的"主体转向"已经发生很久了,以雷蒙德·威廉姆斯为代表的英国伯明翰学派在很多叙述中都有自传体倾向。而粉丝研究的"主体转向"更直接地受到"女性主义"研究和"酷儿研究"的影响。女性主义研究者一直在争取"第一人称写作"的权利,酷儿学者认为"对自己所知所识的来历以及学术写作的动机一直保持诚实是道德义务"。和很多粉丝文化研究者一样,詹金斯自认,"学术粉丝圈本质上是一个女性主义课题,不管学者的性别为何","对我来说,这种态度也进入了我对粉丝圈的写作中"。③

当"粉丝"的身份归属和主观权利受到肯定之后,"学者粉"的学术距离问题都格外突出,身为粉丝的学者,是否会对其研究对象过于认同?詹金斯承认,"学术粉丝"这个词汇本身带有某种对立的紧张感,但同时亮出了一种"自省的学术范式","虽然我承认在粉丝群体内部写作民族志存在上述风险(媒体研究版的'本土化'[going native]),但我必须同时指出在采用更传统的'客观'视角时这一风险并不会显著降低。过去的学

---

① 参阅杨玲:《转型时代的娱乐狂欢——超女粉丝与大众文化消费》,第61页,北京:中国社会科学出版社,2012年。该著作为作者2009年通过答辩的博士论文,不但对"学者粉丝"的概念及相关的粉丝文化理论进行了梳理,更以"学者粉"的身份进行了身体力行的研究。在国内的粉丝文化研究领域内,无论在理论还是实践上都具有宝贵的开拓性和示范性。

② [美]亨利·詹金斯:《文本盗猎者——电视粉丝与参与性文化》前言,郑熙青译,北京:北京大学出版社,2016年。

③ 《二十年后——亨利·詹金斯和苏珊·斯科特的对话》,见[美]亨利·詹金斯:《文本盗猎者——电视粉丝与参与性文化》,郑熙青译,北京:北京大学出版社,2016年。

者对粉丝群体既无直接知识也无社群内的感情投入，却将个人想象的大众文化的危险的恐惧、不安和幻想投射在粉丝圈子之上。这种远距离观照并没能保证学者理解这一复杂现象，只让他们能讨论一个不能反馈他们表现的群体"。①

其实，这里的学术距离就像麦克卢汉所关注的媒介一样，只有在被突破的时候才被发现。到底什么是学术距离？是否存在着一种客观、中立的学术距离？当我们厌恶一个流行文本时，我们与它的距离是否比迷恋要远？如果客观只是超然，那研究又有什么意思？所以，学术距离不应该是一种情感态度，而应该是一种自省意识。"学者粉"的出现让我们猛然意识到以往隐藏在各种"客观研究"之中的学术距离——不管你是不是你研究对象的粉丝，你的研究都存在着不同程度的"距离控制"的问题，你都需要反省自己的生活经历、情感结构、知识背景与所研究对象之间的关系——所以，"学者粉"也是一种方法论，让我们学习如何在学术研究中"承认并肯定自己的欲望和幻想，而同时仍保持学术热情和理论的复杂度"②。

目前"学者粉"的研究者身份定位和"新型民族志"的研究方法概念越来越在流行文化研究界受到肯定，乃至成为主流。这本身也反映出网络时代学术生态的一种民主化转型。如果说，源自人类学的民族志研究不可避免地带有殖民色彩的话，流行文化领域的经典民族志研究也难免带有文化精英倾向。它的前提是，粉丝群体缺乏自我言说的能力，包括以一种逻辑理性的方式观照、思考自身生活的能力，而学者原则上都在粉丝群体之外。崔宰溶博士在他的论文中就着意提醒，学院学者必须警惕一种文化殖民的倾向，他还举了一个非常生动的比喻：学者们应该首先把自己当成一个外地人，而不是殖民者。面对难懂陌生的语言，首先是学会，然后是翻译。崔博士设计的"善循环"是：首先，理论研究者向网络文学的实

---

① 〔美〕亨利·詹金斯：《文本盗猎者——电视粉丝与参与性文化》前言，郑熙青译，北京：北京大学出版社，2016年。
② 《二十年后——亨利·詹金斯和苏珊·斯科特的对话》，见〔美〕亨利·詹金斯：《文本盗猎者——电视粉丝与参与性文化》，郑熙青译，北京：北京大学出版社，2016年。

践者,特别是精英粉丝们学习,倾听他们几乎是本能地使用着的"土著理论",然后,将它们加工(或翻译)成严密的学术语言和学术理论,最后,将这个辩证的学术理论还给网络文学。① 这一忠告,对于像笔者这样的由印刷文明哺育长大、成长于"启蒙时代"的学者是非常必要的。但是,时代变化得太快了,在笔者这一代学者尚未完成转变之际,"网络一代"学者已经蓬蓬勃勃地成长起来了。网络文化本就是以粉丝为中心的,未来的学院学者基本都是某种流行文化的粉丝。当"原住民"有足够学术言说能力的时候,还要"外地人"做什么?相信在不久的将来,对于流行文化研究者来说,"粉丝"是基本的入场资格,"学者"是必要的方法,而对"学者粉"身份的自觉和自信则是"过渡期"最重要的素质。

参加本书写作的 14 位作者,除了徐艳蕊副教授以外,都是正在攻读硕士、博士学位的"网络一代"。而艳蕊自从十年前进入耽美研究领域以来,与粉丝群体休戚与共,自己也创作耽美小说,是地道的"学者粉丝"。在他们的成长过程和日常生活中,网络文学是不可或缺的一部分。他们未必是本书研究对象的铁杆粉丝,但作为"圈内人",对"局内人的知识"有足够的了解和把握。在写作论文之前,他们都系统梳理了粉丝评论,在本书中一方面作为附录呈现,一方面作为引用材料②,其中一些精彩见解也直接影响了论文观点的形成。

他们做的另一项创造性工作是网络文学部分常用术语词条的编撰。网络文学在自成一统的发展过程中形成了自成一体的"黑话系统",这个系统每天都在随着网络语言的爆炸而膨胀更新着。避开这套"黑话系统",研究就失去了网络原生性;纳入这套系统,传统读者很难看懂,如果每个都做注解释,几乎"步步惊心"。本书采取的方式是鼓励作者在目前通行的学术话语中,巧妙地嵌入网络术语,做适当解释说明。对于一些经

---

① 崔宰溶:《网络文学研究的困境与突破——网络文学的土著理论与网络性》,北京大学中文系 2011 年答辩通过的博士论文,第 60—61、91 页。

② 本书所引用的材料许多来自网络。由于网页经常有变更,在 2016 年 2 月终校时做了最后一次统一审核。凡网页已打不开或发生变动的材料,注明当初使用该材料的引用日期。凡网页信息未变者,仅注明发布日期。

常使用、已经约定俗成的概念术语，做成统一的词条附录。词条的撰写部分参考了百度百科定义，因为这毕竟是 web2.0 时代"集体编辑"的成果，但对其中的信息和说法进行了认真辨析，除依据有关学术文章的定义外，更依据本词条使用最广泛群落内粉丝的惯常用法，以及作者自己的研究见解。此外，作者们还对各类型文发展的来龙去脉做了深入梳理，在各种圈内"草根说史"的基础上，考证增补各种数据材料，尤其是网络文学在被"主流化"进程中，与"主流文坛"的互动，政府相关政策、法规、"行动"，以及纸质出版、影视改编、IP 开发等信息，最后聚合而成"网络文学重要类型文发展简史"（附录2）。这应该是迄今为止最全面、也最能打通网文界圈内圈外壁隔的网络文学类型史，相信是一份很有参考价值的研究资料。

  本书的主要研究目的是，通过对代表性作品的系统解读，对网络类型小说发展十几年来的经典性成果做出学术性概括和描述，在此基础上提炼出一些初步的网络文学类型经典标准，并将一部分网络"土著话语"纳入到目前通行的学术体系中，尝试建构与独立的网络文学评价体系相配的网络文学批评话语体系。如果说除此之外还有什么"野心"的话，那就是希望我们的研究也能在网络文学内部产生影响。如果我们提炼的"类型经典标准"能在一定程度上影响到粉丝们的"辨别力"（Discrimination）与区隔（Distinction）[①]，甚至在各种商业榜单和网文圈的"口碑"之外，形成一个有学院影响力的"精英榜"；如果我们尝试打造的网络文学批评话语不但能与国内外前沿学者对话，也能在网文圈内与"大神"粉丝对话——那么就能够在网文圈和学术圈之间架起一道桥梁，形成"善循环"，并能真正"介入性"地影响网络文学的发展了。当然，目前还做得很不够。但这点"野心"一直是激励我们的学术理想。

  在本书讨论、撰写以及反反复复修改的过程中，笔者看到新一代的

[①] 辨别力（Discrimination）与区隔（Distinction）也是约翰·费斯克提出的粉丝的基本特征之一。粉丝会非常敏锐地区分作者，推崇某些人，排斥某些人，在一个等级体系中将他们排序，这对于粉丝是非常重要的。参见〔美〕约翰·费斯克:《粉都的文化经济》，见陶东风主编:《粉丝文化读本》，北京:北京大学出版社，2009 年。

"学者粉"在蜕变成长。当然,目前他们的步履还相当蹒跚,强大的学术体制的桎梏经常让他们不敢迈步,如何把握好"学者"和"粉丝"之间的微妙平衡,是需要每个人在严肃的学术研究和"深切的个人书写"之间反复体味的。希望他们在未来的学术道路上,一方面进一步接受"学术规范"的严格锤炼——这是现代学术积累数百年的专业法则,是绝不该丢掉的;另一方面,也更自信地运用自己作为粉丝的情感体验和阅读经验——这是"网络一代"学者无可替代的"独门内功"。只有每一代人都把自己的生命激情融入到学术生命中,学术之树才可能长青。

第一章　西游:青春的羁绊
——以今何在《悟空传》为例

2000年4月5日,当今何在更新完《悟空传》的最后一章时,他一定不会想到,这个全新的西游故事将被迅速经典化,并撬动中国文学版图——"畅销十年不朽经典,影响千万人青春",这是2011年《悟空传(完美纪念版)》封面上的醒目标语。十年间,《悟空传》共有8个纸质版本,加印147次,销量达200余万,如此强势的数字让人不禁疑惑:《悟空传》之"千万级"影响力因何而来?

答案在问题中:青春。

对许多读者来说,《悟空传》不单单是一部小说,九州写手萧如瑟称它"让每一个平凡而温和的人燃起撕裂命运的勇气,也为每一段青春留下烙入骨血的印记",奇幻作家goodnight小青更将此书视作"一代人的青春回忆"与"网络生命的开幕曲"。① 当"青春"遭遇"西游",当"网络生命"遭遇"古典名著",这新世纪隘口处的狭路相逢,便是《悟空传》横空出世的大背景。我们必须追问的是,与《西游记》相比,《悟空传》究竟改写了什么?以它为代表的网络西游故事为什么会引起青春的共鸣?那个"古典四大名著"意义上的"经典"与网络时代的"经典"是同一种评判标准吗?如果不是,那么在这不同的价值体系背后,又呈现了何种"时代精神"的更迭?

---

① 《悟空传(完美纪念版)》封底评论,长沙:湖南文艺出版社,2011年。

一、西游"同人":从"大话西游派"到"玄幻西游派"

2000 年,今何在开始在新浪社区"金庸客栈"①发表连载小说《悟空传》,共二十章。这部小说一经发表即引发网友热捧,并获奖无数:在"榕树下"举办的第二届网络原创文学奖中,《悟空传》获得最佳小说奖和最佳人气小说奖;在起点中文网第一届"天地人榜"的评选中,《悟空传》名列天榜;后来,《悟空传》又入选了《新京报》评出的"网络文学十年十本书"并名列第一,评委称其"缔造了国人对网络文学的'第一印象',也许正因为这'第一印象'还不错,越来越多的网络小说开始流行开来"②。作为"网络第一书",《悟空传》无疑具有划时代意义。

《悟空传》何以横空出世?追溯其精神源头,则不得不提周星驰的喜剧电影《大话西游》。1996 年,《大话西游》结束了大陆影院的惨淡经营,将拷贝转到北京电影学院,意外遭遇了师生的满堂喝彩。随后的五六年间,"大话风"以北京高校 BBS 论坛为阵地席卷开来,诸如《大话西游之中国电信版》《〈黄金时代〉宝黛相会》《大话三顾茅庐》等"大话系列"随处可见。事实上,任何语体(文化符号)的爆炸式传播都有赖于社会语境的变革,而《大话西游》风靡大陆正是三种媒介话语变革相互耦合的结果:其一是中央电视台电影频道于 1996 年 1 月 1 日正式开播,依托于"权力的媒介"(央视),电影成为"媒介的权力"的延伸,《大话西游》登陆央视电影频道 1997 春节档,也就意味着官方与民间意识形态表述的共谋,影片本身即具有意识形态国家机器的功能;其二是电影介质的转型,即从录像带变革为 VCD,更轻便也更易复制,VCD 的数码刻制技术直接把电影观众从公共空间(如电影院、录像厅)转移至私人空间(如家庭 VCD 机、个人电脑),这次空前的技术民主实践助推了《大话西游》在校园内的广

---

① 金庸客栈:属于新浪论坛历史文化社区,成立于 1996 年,主要分为武侠小说讨论、影视评论与原创小说等版块,众多当下负有盛名的网络写手都曾混迹其中。http://club.history.sina.com.cn/forum-24-864.html。

② 轻钢、秋水:《网文十年十书:从〈悟空传〉到〈鬼吹灯〉》,《新京报》2008 年 7 月 26 日。

泛传播①；其三是互联网的普及，校园论坛成为民主议事的新公共场域，《大话西游》的网络引爆点恰是"水木清华 BBS"(bbs.tsinghua.edu.cn)，波澜壮阔的"贴台词运动"②使这批高校青年在《大话西游》中发现并重新编译了一套全新的语言，那就是"大话"。作为最初的网络流行语，"大话"（包括"乱弹""水煮"）近于一种幽默搞笑的"戏说"，它用戏谑对抗严肃，用能指混淆所指，并且具有代际的区隔性，因而成为"网络一代"登上历史舞台进行自我表达的重要媒介。正是这三种媒介层面的民主话语实践，使得电影《大话西游》深深刻入了网络一代的"情感结构"(structures of feelings)之中。

  再回到文本内部，综合周星驰电影的一贯风格，有人将"大话"定义为"解构一切，除了爱情"③。作为"准网络时代"的重要文本，《大话西游》解构了一切关于崇高的表述，这尤其表现为孙悟空形象的降落，在影片的大部分时间里，他只是活得"像一条狗"的山贼。可到了结尾，孙悟

---

① 电影《大话西游》在内地广泛传播的主要原因之一是盗版 VCD 市场："据一位号称北京盗版界四大家族之一的大卖家透露，早在 1995 年，就在北京市场出现过《大话西游》的盗版录像带，但销售平平，直到 1996 年底 VCD 版本出现，当时每盘 30 元的高价位都没有吓倒《大话西游》迷们。真正的火爆是在 1997、1998 年间，在这一段盗版 VCD 的黄金时节，《大话西游》的销售也屡创高峰，最高纪录一天就卖到上百张，热销的场面通常发生在公司和新闻单位。这个大卖家透露，在这两年期间，他无论拿多少《大话西游》的盘子会被抢购一空，光他个人这些年手中卖出的《大话西游》VCD 就有两三千张，以他的'业内专业眼光'分析，全国至少卖出十万张以上，北京至少占到四五万张。钟鹭：《大话西游之路》，选自张立宪等编：《大话西游宝典》，第 96—97 页，北京：现代出版社，2001 年。

② "水木清华"曾经是中国大陆最有人气的 BBS 之一，代表着中国高校的网络社群文化。1997 年国庆期间，有人将电影中一段经典台词贴了 BBS 上："曾经有一分真挚的爱情放在我面前，我没有珍惜，等我失去的时候我才后悔莫及，人世间最痛苦的事莫过于此。你的剑在我的咽喉上割下去吧！不用再犹豫了！如果上天能够给我一个再来一次的机会，我会对那个女孩子说 3 个字：我爱你。如果非要在这份爱上加上一个期限，我希望是一万年！"过了几天，这个 IP 地址又连篇累牍地续贴好几段台词，引发了校园大学生对《大话西游》的广泛关注。随后，学生们争相租借、购买电影 VCD，并掀起了一场波澜壮阔的"贴台词运动"，而在清华的聊天室内，至尊宝、紫霞、菩提老祖等网名也比比皆是。

③ 《新新人类体味生活的另类文化——"大话"文风在流行》，搜狐文教频道，http://news.sohu.com/84/27/news145702784.shtml，发布日期：2001 年 6 月 28 日。

空竟然恢复了本相,他穿着盔甲踩着七彩祥云,上演一出英雄救美的高潮戏,那一刻,"爱情"被陡然拔升至理想主义的高度,被重建为某种"崇高"。"解构一切,除了爱情",这一定义切中肯綮地描述出《大话西游》所内蕴的"时代精神":一面是自王朔以降的"躲避崇高"①(或曰虚无主义),另一面却是对美好爱情的诗意向往(或曰理想主义)。当然,极度的理想主义者很容易转化为极度的虚无主义者,因为他们的理想总是太美太脆弱,一旦遭遇现实的冲击,便碎了一地,随即陷入冷漠、自私、玩世不恭的信仰真空状态。如果说,当下中国青春文化的症结之一正是"小时代的犬儒主义"②,那么这种犬儒主义在十余年前的《大话西游》中,恐怕还没那么决绝,至少,他们还信仰爱情。

到了《悟空传》,除了愤世谐谑之外,那种关乎爱情的理想主义信念依然倔强地延续着。论格局,《悟空传》甚至比《大话西游》更趋宏大,作者在重写"大闹天宫"段落时,曾引用德国古典浪漫派诗人荷尔德林的《面包与美酒》,旨在重建悲壮而崇高的史诗气质:

> 待至英雄们在铁铸的摇篮中长成,
> 勇敢的心像从前一样,
> 去造访万能的神祇。
> 而在这之前,我却常感到,
> 与其孤身跋涉,不如安然沉睡。

一边"躲避崇高",一边"造访神祇",《悟空传》继承了《大话西游》的"精神分裂症"——在渎神与敬神之间,在"小时代"与"大人物"之间,文本自身构成了一种张力。其实,荷尔德林的诗并没有写完,今何在隐去的后四句诗或许更能说明问题:

> 何苦如此等待,沉默无言,茫然失措。

---

① 王蒙:《躲避崇高》,《读书》1993年1月。
② "犬儒主义支配下的中国当代青春文化或低眉顺眼,或少年老成,或虚假励志,以一种自欺欺人、逆来顺受的姿态抚慰着青年的心,也麻醉着青年的心。"邵燕君:《中国当代青春文化中的犬儒主义》,《天涯》2015年第1期。

> 在这贫困的时代,诗人何为?
> 可是,你却说,诗人是酒神的神圣祭司,
> 在神圣的黑夜,他走遍大地。

"贫困时代的诗人",驯顺的孙悟空,还有作者今何在,他们其实是三位一体的。事实上,《悟空传》写成于今何在大学毕业后的第一年,在这个有趣的人生节点上,今何在创造了一组西天取经的人物群像,他们恰好也是世纪之交中国青年的社会镜像:"大智若愚坚持理想的唐僧,深深掩藏感情与痛苦的猪八戒,迷失自我狂躁不安的沙僧,还有那只时狂时悲的精神分裂的猴子。"①今何在以自叙传抒情的方式替那一代青年人苦苦追问:如何才能在"小时代"做个"大人物"?正是对"大"的追问,使得《悟空传》突破了《大话西游》的既有框架,周星驰舍不得解构的那份爱情,被今何在化归于"理想"之下。2011年的再版序言中,今何在将"理想"视作整部小说的主题词:"西游就是一个很悲壮的故事,是一个关于一群人在路上想寻找当年失去的理想的故事,而不是我们一些改编作品里面表现的那样,就是打打妖怪说说笑话那样一个平庸的故事。"②以"理想"为名义,《悟空传》的核心焦虑不再是"一份真挚的爱情",而是关乎存在,关乎人为什么活着。从赞美爱情到伤悼理想,《悟空传》把《大话西游》的"心理年龄"陡增了几岁,而这个微妙的年龄差,恰是大学生从走进校园到走向社会的几年。只有当他们走出象牙塔之后,"理想"才真正成了一个"问题",成了永远在消逝中并且永远被回溯性建构的"创伤性内核",因而"理想"也就能真正有效地生产阅读快感。

从《大话西游》到《悟空传》,其油滑、戏谑、桀骜不驯的腔调收获了一大批追随者,也开启了网络西游故事的一个重要脉络,即"大话西游派",主要包括《唐僧传》(明白人,2001)、《沙僧日记》(林长治,2002)、《唐僧情史》(慕容雪村,2003)等。这些作品延续了周星驰"解构一切,除了爱情"的"大话"风格,即便主角换成了唐僧、八戒、沙僧,他们的人生观也是

---

① 今何在:《一万年太久(书序)》,周星驰、今何在:《西游降魔篇》,南京:江苏文艺出版社,2013年。

② 今何在:《序:在路上》,《悟空传(完美纪念版)》,长沙:湖南文艺出版社,2011年。

一样的,他们不想成佛,只想做个俗人,尝遍人世间的爱恨嗔痴。

同时,从文本生产方式的角度来看,"大话西游派"还具有"同人"创作特征。何谓"同人"?"同人"一词来自日语的どうじん/doujin,这个词在日文中有两种含义,一是"同一个人、该人",二是"志同道合的人、同好"。真正使"同人"成为关键词的正是日本 ACG 文化,其"同人"取第二个意思,即业余动漫游戏爱好者所进行的非商业的自主创作,本质上是二度创作,是同好者在原作或原型的基础上进行的再创作活动。换言之,同人创作往往需要遵从原作的基本设定,其人物性格、主要情节等都和原作基本相符。然而,同人创作的真正乐趣并不在复述,而是可参与的改写。如果"同人文"是戴着镣铐跳舞,那么重要的不是"镣铐",而是"跳舞"。为了进一步说明这种粉丝生产力,我们必须引入西方文学的"粉丝小说"(fan-fiction)概念,它或可看作"同人"的某种对应物。费斯克指出,粉都(fandom)的文化经济拥有符号生产力、声明生产力和文本生产力三个特征。其中,文本生产力(textual productivity)这一概念有效地表明了粉丝文本的衍生能力,它将以"延异"的方式织出一个流动的文本网络。对此,西方世界的典型案例莫过于《星际迷航》。1966 年,电视连续剧《星际迷航》首次在美国播映。这部播放时间长达三十九年的系列剧培养了几代忠实的"航迷"。"他们撰写了完整的小说来填补原版叙事中的语意空白,并利用一个广泛的发行网络在粉丝中传播这些小说和其他作品。"针对粉丝经济这种强大的文本生产力,费斯克得出结论:"粉丝文本必须是'生产者式'(producerly)的,因为它们必须是开放的,包含空白、迟疑不决和矛盾,使粉丝生产力得以成型。在这些文本被粉丝重新创作和激活之前,它们都是欠缺的,不足以发挥其传播意义和快感的文化功能,粉丝们正是通过这种重新创作的活动生产出自己的大众文化资本的。"[①]

网络西游同人的文本生产力在 2005 年以后表现得更为突出。随着以《诛仙》为代表的玄幻文学的兴起,西游同人开始越来越多地与玄幻类型相融合,生产出一批玄幻西游小说,形成了与"大话西游派"相反相承

---

① 〔美〕约翰·费斯克:《粉都的文化经济》,见陶东风主编:《粉丝文化读本》,第 11—13 页,北京:北京大学出版社,2009 年。

的"玄幻西游派",这一脉络主要包括:《朱雀记》(猫腻,2006)、《重生成妖》(蛇吞鲸,2008)、《重生西游》(宅猪,2008)、《黑风老妖》(和气生财,2008)①等。如果说,"大话西游派"是在古典名著《西游记》的语意空白中发现了"爱情",那么,"玄幻西游派"则有意强化了西游故事的"战斗"主题及其英雄主义情结。以战斗与英雄主义为快感模式,"玄幻西游派"甚至走出了文学场域,发展出更加丰富的产业链。以"网易西游三部曲"(《大话西游》《梦幻西游》《创世西游》)及腾讯《斗战神》②为代表的网络游戏,使我们在面对"英雄"时,开始用"养成"这个动词,而非从前惯用的"成长"。因为当"打怪升级"成了全新的"时代精神",通往"大人物"的道路也就变成了可量化的指标,以战斗次数、怪物等级、经验值为基本参数的养成体系,使"英雄"变成了一种可复制再生产的"热血"产品。

从"大话西游派"到"玄幻西游派",《悟空传》开启了网络西游同人的两条丰富光谱。从亦庄亦谐的风格上说,《悟空传》是"大话西游派"的开山之作;但从英雄主义的角度上讲,《悟空传》的战斗精神又与"玄幻西游派"相合。基于这种复杂性,我们必须回到《悟空传》的文本内部,对其主题进行深入探讨。

二、《悟空传》:网络时代的"公路小说"

《悟空传》的故事主线依然是西天取经路,但与《西游记》不同,《悟空传》重在写"心理"而非"行动"。也就是说,这不是关于九九八十一难的历险故事,而是师徒五人叩访真经的心路历程。作者深入剖析了每个主要人物的性格特征,并始终围绕三个基本问题展开讨论——为何成佛?如何成佛?何苦成佛?

作者对命运的执着追问,使得《悟空传》的人物群像立体而饱满:"唐

---

① "玄幻西游派"多以起点中文网为主要平台,其中,《朱雀记》《重生成妖》《重生西游》《黑风老妖》等作品均名列起点中文网总点击排行榜的前1000名,每部小说的点击量都在400万以上。

② 腾讯网游《斗战神》以小说《悟空传》为背景蓝本,并由今何在担任世界观架构师。

僧是带着五百年前记忆的如来弟子金蝉子,他为了指出佛祖的谬误不惜放弃一切所得的功业再次转世寻求真理,他是个真理的执着者;孙悟空成了忘记齐天大圣为何物,一心只为成仙的乖猴儿,一个为目标而非理想奋斗的人;猪八戒由于不肯放弃前世的记忆而根本不相信玉帝,却又不得不按照玉帝的指示护送唐僧西游,一路上,他揣着明白装糊涂,辛酸种种都被他当做笑话在不经意中表达,他是生活中那类不得已而必须为之的人;最悲剧的是沙僧,为救王母娘娘打碎了琉璃盏被贬下凡,自以为努力找回琉璃盏的所有碎片就可以重回天界,殊不知玉帝贬他的真正目的是为了让他监视悟空,一生辛苦却不知为何忙碌的人;再算上一只为爱痴狂的白马,五个人组成的西游团队正可以代表一个社会,而五个人的结局也无不暗示了社会人的最终结局——无法超越的社会存在和宿命的悲剧。"①读者"林间的猴子"把小说主题归纳为"宿命"二字,这在《悟空传》的粉丝评论中极具代表性,"宿命"也是最常被读者粉丝提及的关键词之一。所谓"宿命",是指生命的局限性,即我们的青春敌不过衰老的局限,我们的自由意志也敌不过社会规训的局限。《悟空传》里的角色之所以给人宿命悲剧感,正因为他们的根本理想不是"成佛","成佛"不过是外界强加给他们的规定,他们知道"西游"是虚伪的,但却无力抗拒。

  西游果然只是一个骗局。

  没有人能打败孙悟空。能打败孙悟空的只有他自己。

  所以要战胜孙悟空,唯一的办法就是让他怀疑他自己,否认他自己,把过去的一切当成罪孽,把当年的自己看成敌人,一心只要解脱,一心只要正果。

  然而,在神的字典里,所谓解脱,不过就是死亡。所谓正果,不过就是幻灭。所谓成佛,不过就是放弃所有的爱与理想,变成一座没有灵魂的塑像。②

---

 ① 林间的猴子:《你们的经典,我们的自传》,豆瓣网,http://book.douban.com/review/5270586/,发布日期:2012 年 1 月 16 日。

 ② 今何在:《悟空传(完美纪念版)》,第 114 页,长沙:湖南文艺出版社,2011 年。

毫无疑问,这是《悟空传》最悲情也最动人的段落之一,借由孙悟空的内心独白,今何在从根本上取消了"西游"的合法性,质疑了"成佛"的正面价值,最终收束于繁华落尽的虚无主义情调,极具煽动性。然而,我们必须追问的是:明知骗局,何必西游?当"成佛"沦为"理想"的反义词,当"西游"沦为自甘平庸与自我放逐,孙悟空为何不能像从前一样奋起反抗呢?他为什么毫无行动力?困住其无边法力的"紧箍咒"究竟是什么?在这个意义上,对秩序的服膺与忍受(而非反抗),才是《悟空传》的真正命题。对此,今何在于文本中给出的解释是"失忆",即由于失去"大闹天宫"的前世记忆,孙悟空便忘记了自己是谁,所以才会驯服得像一条狗。可正如《大话西游》一样,这种"前世今生"的叙事策略(或曰修辞)不过是为了延宕那个脚踏七彩祥云、现出悟空真身的高潮戏时刻,而所谓"失忆"也不过是一种"选择性遗忘",是精神分析意义上的"压抑"。对于"大闹天宫",孙悟空无法想起,也不愿想起,因为"抵抗"的逻辑在当今世界已然不再可能。《悟空传》对抵抗性记忆的放逐,正是它与现实达成和解的前提,只有忘记"大闹天宫",才能安心"西天取经"。

　　《悟空传》完美诠释了齐泽克的"启蒙的绝境":"人们很清楚那个虚假性,知道意识形态下面掩藏着特定的利益,但他拒不与之断绝关系。"[①]当整个社会文化走向犬儒,民众不爱真理,只爱"鸡汤";他们不要悲观的清醒,只要温暖的慰藉。如果十年前的今何在仍纠结于要不要抵抗,那么十年后的他早已放弃抵抗。在2011年《悟空传(完美纪念版)》的序言中,今何在以"在路上"为题,用人生导师的"过来人"口吻如此劝慰读者:

> 我心目中的西游,就是人的道路。每个人都有一条自己的西游路,我们都在向西走,到了西天,大家就虚无了,就同归来处了,所有人都不可避免要奔向那个归宿,你没办法造反,没办法回头,那怎么办呢?你只有在这条路上,尽量走得精彩一些,走得抬头挺胸一些,多经历一些,多想一些,多看一些,去做好你想做的事,最后,你能说,

---

① 〔斯洛文尼亚〕斯拉沃热·齐泽克:《意识形态的崇高客体》,季广茂译,第40页,北京:中央编译出版社,2002年。

> 这个世界我来过,我爱过,我战斗过,我不后悔。①

十年后,今何在将"西游"阐释为"道路",这实在意味深长。这段"肺腑之言"至少包含两种意思:其一是时间的维度,即人生必将虚无,理想终将逝去,故"西游"的基调一定是悲观的;其二是空间的维度,即"在路上"的真义不在终点,而在道路本身,不求结果,只问过程,于是"西游"又被裹上了一层糖衣。今何在用所谓的"在路上"提醒读者:与其在"小时代"中渴求"大人物",不如在"大悲观"中保持"小乐观"。这种化"大悲观"为"小乐观"的鸡汤逻辑,不仅是对"在路上"这一能指意涵的混淆,更是对1960年代历史文化语境的"降维"表述。

在此,我们有必要把"在路上"视作一种"话语",并对其进行知识谱系考察,因为任何话语的形成都是一个历史化的过程,解析其历史嬗变,才能洞见其背后的意识形态变革。"在路上"首先是美国作家杰克·凯鲁亚克的一部长篇小说的名字。《在路上》(1957)描绘了战后美国青年浑浑噩噩的精神空虚,它被认为是1960年代嬉皮士运动和"垮掉的一代"的代表作品,其核心文化症候是自由与反叛,是对一切秩序、规范的彻底拒绝。同时,"在路上"又联系着诞生于二战后、鼎盛于1960年代的一种美国电影类型,即"公路片",尤以《邦妮和克莱德》(1967)与《逍遥骑士》(1969)为代表。"公路片"以汽车或摩托车为主要交通工具,旨在用路途来表达人生感悟,主角往往因生活挫败而展开一段自我放逐的心路历程,其文化底色依然是1960年代世界青年的反秩序诉求。

然而,随着1960年代的终结,"在路上"逐渐被置换为"公路"。"公路"作为一种话语变体,将"在路上"原始语境中的"抵抗"改写为"治愈"。于是,青年人"开车上路"的动机不再是反叛,而是疲惫,他们只是渴望"一场说走就走的旅行",借以暂时摆脱沉闷无聊的日常生活,尤其是家庭生活;而在做好心灵按摩之后,他们终将回归家庭。这种转变首先表现在美国"公路片",以《雨人》(1988)为标志,那条"反叛之路"正式被改写为心灵救赎的"回归之路"。事实上,自尼克松之后,美国历任总统

---

① 今何在:《序:在路上》,《悟空传(完美纪念版)》,长沙:湖南文艺出版社,2011年。

都在试图修复保守主义的中产阶级家庭观,以防1960年代幽灵的复归。吉米·卡特在1976年的竞选演讲中反复强调"美国家庭出了问题",乔治·布什更是在1988年骄傲地指出,美国已经从1960年代的"逍遥骑士社会"遗留风气(长发、性爱、吸毒、暴力社会抗议)中成功恢复过来。可以说,在这个保守主义政治时期,1960年代遗留的反秩序诉求与抵抗精神代表了某种具有破坏力的东西,它是民族经济复兴的阻力,是"退步"的。①

可见,"公路"的治愈功能是与资本主义经济稳步上行、都市中产阶级崛起等社会现实息息相关的,这也就是为什么"公路"直至新世纪才真正成为中国文艺生态的关键词。特别是2010年以来,中国都市中产阶层在金融危机的重创之下纷纷"逃离北上广",治愈系公路片也随之成为极具市场号召力的电影类型,如《无人区》(2013)、《心花路放》(2014)、《后会无期》(2014)等,都十分典型地呈现出"公路"这一话语在当下中国社会文化中的煽动性。尤其是《后会无期》,韩寒选择"公路片"作为自己的电影导演处女作,恐怕绝非偶然。从某种程度上说,《后会无期》是网络文学"后西游"故事的精神之子,因为它真正遗传了自《悟空传》以降的中国青春文化的"公路病"。早在2010年,韩寒筹划新作《1988:我想和这个世界谈谈》时,便与其团队共同提出了"公路小说"的概念。这部小说以一辆1988年出厂的旅行车为载体,通过在路上的见闻、过去的回忆、扑朔迷离的人物关系等各种现实场景来获取一种观察世界的别样眼光。韩寒将"公路"理解为"旅途",这种治愈系风格直接延续至电影《后会无期》。韩寒声称《西游记》是这部电影的母本,他也将《西游记》视作中国"公路小说"的鼻祖。在2014年7月24日的微博中,韩寒写道:"《后会无期》就像一场各取所需却各自失去的西游记,很多遗憾只能遗憾,有些错过不是过错。"

至此,以"公路"为话语系统,古典名著《西游记》及其当代改写构成了一个重要的文本序列,它们彼此交叠,构成了中国当代青春文化的一组

---

① 李彬:《从反叛圣歌到心灵鸡汤——20世纪80年代以来美国保守主义家庭观回归与公路电影转型》,《贵州大学学报(艺术版)》2013年9月。

剪影。韩寒在2014年8月3日的微博中说:"这首朱茵的《追月》是《后会无期》里的一段环境背景音乐。'青春的心灵百般奇妙,缤纷的思潮,梦中一切没缺少'。是的,它是《大话西游》的片尾曲。它和《女儿情》是《后会无期》对两部西游和过往青春的致敬。"从《大话西游》到《悟空传》,再到《后会无期》,这些作品无一例外地书写着青春成长,并且塑造了同一种青年形象:叛逆的皈依者,即以叛逆的姿态上路,并最终被社会收编的青年人。这一形象谱系正是索解《悟空传》之精神遗产的关键所在。

三、成长:是"转圈"还是"羁绊"?

顾名思义,《悟空传》是为孙悟空作传,因此,要理解《悟空传》所包孕的"时代精神",则必须首先理解原著中孙悟空这一人物的变化轨迹。历来认为,《西游记》的故事主线存在着明显断裂,具体到孙悟空,就是前七回"闹天宫"与后面"取经记"之间的矛盾,这直接导致了小说主题的不统一,而这一矛盾也成为后世研究者的争论焦点:1950—1970年代的研究范式以张天翼的《〈西游记〉札记》①为代表,倾向于使用唯物主义阶级论的方法来分析这一矛盾,结论是农民起义英雄孙悟空最终被统治阶级"招安";进入1980年代,对《西游记》的阐释回归"大写的人",研究多侧重讨论人生现实,有研究者认为孙悟空经历了从"追求"到"挫折"再到"成功"的过程,他的历史"是一条完整的人生道路","是一部很典型的精神发展史"②;1990年代以降,学界对《西游记》的研究呈现出一种"少年化"的趋势,林庚的《西游记漫话》③重点讨论孙悟空形象的"童话精神",施战军更是直接将《西游记》解读为"中国式的成长小说"④。

如果把《西游记》的学术史脉络做简单梳理,我们会发现,为了弥合

---

① 张天翼:《"西游记"札记》,《人民文学》1954年3月。
② 金紫千:《也谈〈西游记〉的主题》,《文史哲》1984年3月。
③ 林庚:《西游记漫话》,北京:人民文学出版社,1990年。
④ 施战军:《论中国式的成长小说的生成》,《文艺研究》2006年11月。

"闹天宫"与"取经记"的根本矛盾,研究者的研究方法呈现出从"阶级"到"人"的演变过程。事实上,学界对《西游记》的研究本身即是"文本",背后是当代中国文化政治的变迁,其"后革命氛围"恰是《悟空传》诞生的背景。正如福柯所说,重要的不是话语讲述的年代,而是讲述话语的年代。面对"阶级""人生""少年"等话语织就的历史语境,今何在仍需回应那个古老的命题:"闹天宫"的孙悟空与"取经记"的孙悟空是同一个人吗?

对此,《悟空传》给出的答案是肯定的,作者将这一根本矛盾解读为个体的"成长",即"闹天宫"的孙悟空是青春期少年,"取经"的孙悟空则是中年,而从"闹天宫"到"取经记"正是孙悟空成长的必然过程。这无疑是对《西游记》的重要改写:在原著中,自孙悟空于生死簿中勾去自己的名字,他的生命便与"时间"无关了,他长生不老,永不消亡;可《悟空传》却充满了"时间"的焦虑,充满了对生命有限性的嗟叹。这种焦虑感内化于孙悟空的精神世界,使他的心理时空阴晴不定,那只原本活泼明媚的猴子竟多了几分阴鸷之气。《悟空传》的开篇即交代了孙悟空的精神分裂症(或可看作对"六耳猕猴"一回的改写),第一个孙悟空杀死唐僧、打死龙王、撕去生死簿、捣毁天地伦常,第二个孙悟空却浑然不觉、坚守大义,结局是真假美猴王终极对决,孙悟空杀死了自己:

> 他忽然觉得很累了。
> 方寸山那个孱弱而充满希望的小猴子,真的是他?
> 而现在,他具备着令人恐惧的力量,却更感到自己的无力。
> 为什么要让一个已无力作为的人去看他年少时的理想?
> 另一个孙悟空的声音还在狂喊:"你们杀不死我!打不败我!"
> 他又能战胜什么?他除了毁灭什么也做不了了。①

所谓"少年的理想",具体来说就是"闹天宫",就是那个不会投降的自己,在此时此刻,它只能作为心理闪回出现,变成了一段不可讲述的前史,一种被压抑的潜意识。套用弗洛伊德的"本我—自我—超我"结构,

---

① 施战军:《论中国式的成长小说的生成》,《文艺研究》2006 年 11 月。

《悟空传》显然将"闹天宫"的那只猴子指认为邪恶本我,"取经记"的孙悟空是麻木自我,"斗战胜佛"则是修正成果的超我,而所谓西游,就是自我不断压抑本我,最终达成超我的人生之路。事实上,这种"自我"杀死"本我"的结局本身即是一种价值判断,它包含着从恶到善、从兽到人、从少年到成年的进化论——现代性逻辑。在这个意义上,"成长小说"其实是现代主义的发明,而"成长"的世界观正是《悟空传》与《西游记》的根本差异:《西游记》是空间小说,"取经"之路是漫游与历险,一回合一地点,章回之间也自成单元,并不构成逻辑上的递进与生命时空的累积;《悟空传》则不同,它有效植入了"时间"的维度,用五百年前/五百年后对应着少年悟空/中年悟空,于是,"大闹天宫"成为孙悟空青春记忆的显影,以彼时的热血反抗与此时的冷血麻木相对照。如此说来,原著里的空间漫游不再是无目的、无功利的,而是现代个体获得成长的必要条件,孙悟空必须在取经路上习得如何做"人"的基本要领。至此,作者将"大闹天宫"的反叛精神归于青春期叛逆,实际上是把"成长"的逻辑植入了孙悟空的生命链条之中。今何在想说,人终将走向成熟,终将走上"取经"的西游之路,而"真经"正是那个规则与秩序,谁都无法逃脱。当抵抗精神降维成"青春期叛逆",一切蕴含着革命诉求的行动也就不过是少不更事的"热病",那仿佛是在告诫我们:既然无力改变世界,我们就只能驯服自己。

于是,文本中的"成长"或可解读为个体对外部世界的适应,解读为纯洁心灵对"丛林法则"的服膺,孙悟空获得"成长"的前提正是对既有秩序的认可。作为《悟空传》的基本叙事策略,"成长"无疑是对《西游记》的一次缝合式改写,其缝合对象在文本层面是"闹天宫"与"取经记"的断裂,在意识形态层面则是中国"独生子女一代"[①]的心灵创伤。在中国,"独生子女一代"大多具有城市家庭背景,从小衣食无忧,因而将注意力更多地投射于自我,关注"存在"的意义。从小到大,他们一直是家庭的中心,一直背负着父母双亲(乃至爷爷奶奶外公外婆)的情感负荷,因此,

---

① 1980年9月,五届人大三次会议确立了20世纪末将中国人口控制在12亿以内的奋斗目标,随后,中国人口政策骤然收缩,从"晚、稀、少"变为"一胎化",这种政策调整直接造就了中国的第一代独生子女,并催生出"80后""90后"等诸多关乎代际命名的关键词。

他们的自我价值实现总是受到诸多制约,他们必须在内部理想与外部期待之间苦苦周旋,随之而来的自然是令人窒息的生存焦虑。对独生子女一代来说,他们只是"看上去很美"而已,在万千宠爱于一身的高压之下,他们的"自由"其实相当有限,那种囚禁感也就是今何在所说的"转圈":

> 很小的时候,因为是独生子女,父母上班后,我就一个人在家中自己与积木游戏。然后我发明了一个游戏,骑一辆儿童小三轮车,车轮沾上水,就在客厅里不停地转圈,然后看着自己划出来的轨迹,非常开心。
>
> 可能每个人童年的经历都会暗中影响我们的一生,现在我也总有一种感觉,这世界其实只是看起来很大,可实际上你哪儿也去不了,只能在这有限的几平米空间中不停地划圈,你以为你走了很远,一看里程表都好几万公里了,其实只是在转圈。①

可以说,"转圈"形象地描绘了独生子女一代的精神困境,那是一种进退维谷的牢笼状态,那是一条以特立独行的名义随波逐流的命运轨迹。在第三卷"百年孤寂"中,今何在将这种困境具体阐释为一堵"透明的墙":"你以为你可以去任何地方""事实上你没有选择"的"界限"②。对于这一悖论,读者宋阿慕有着相当深入的讨论:"社会学的发展成功地限制了个人自由,于是个人对社会的反抗也就极有源头地理所当然起来。这几乎是个无解的问题,要么选择个人自由的无限放大,同时社会陷入相互抵消合力为零的怪圈,要么选择适当压抑个人自由,产生能够令社会前进的正合力——如果有可能,我想最初定下现代社会格局(起码是现代民主主义社会的格局——包括资产阶级性质的民主社会主义格局)的马克思简子一定不愿意做这样的妥协——个人自由是一个人赖以度生的根本,但社会赖以发展的关键就在于,通过各种合力抵消个人绝对自由对社会的侵蚀。"③在现代社会学的大背景之下,我们必须追问的还有"代际"与

---

① 今何在:《序:在路上》,《悟空传(完美纪念版)》,长沙:湖南文艺出版社,2011年。
② 今何在:《悟空传(完美纪念版)》,第150页,长沙:湖南文艺出版社,2011年。
③ 宋阿慕:《从黄粱一梦里醒来的悟空如你如我》,豆瓣网,http://book.douban.com/review/1389754/,发布日期:2008年5月26日。

"情感结构",即这一代人的生命感觉何以如此困顿?他们的"自由"何以如此受限?可以肯定的是,独生子女一代的自我意识相当强大,在他们的自我世界与外部世界之间,存在着明显的紧张关系,换言之,"百年孤寂"的根源是外部压迫。可面对这种压迫,他们却无力指责,无权控诉,因为这座囚笼是以"爱"之名建造的。当他们被排山倒海的"爱"所包围,只能阳奉阴违地做着"两面派":在现实世界中驯服自己,而在"二次元世界"中投射过剩的自我意志。有趣的是,在"自由"与"禁锢"之间,在个体意志与社会规训之间,他们确实找到了某种中间状态,找到了这一代专属的生命关键词,那就是"羁绊"。

"羁绊"(きずな/kizuna)一词来源于日本动漫文化,它在日语中表示人与人之间难以断绝的情感联结,通常表现为"剪不断理还乱"的友情或爱情。"羁绊"之所以能够引起中国独生子女一代的情感共鸣,正因为它有效地慰藉了这群空前自由却又空前孤独的现代个体。当然,"羁绊"一词所指向的情感纽带又与现实世界不同,它是"二次元"人物在冒险过程中建立起来的,是战斗热血的燃点:"在'二次元'的世界观设定下,这种情感联结往往同时还承载着某种为'世界之意志'所'选召'的'使命感',叠加有某种被'因缘的纽带'所牵引的'命运感';在世界规模的危机持续深化的过程中,人物之间的'羁绊'也不断受到近乎生离死别的威胁和考验,为了在极端情境下维系这份虽然脆弱但必须守护的'羁绊',人物必须让'因缘的纽带'化作激发潜能的钥匙,从而经受住超乎常人的磨难和历练,释放出'内心小宇宙'的无穷能量,克服重重阻力,战胜种种挑战,在守护'羁绊'的同时拯救'外在的大宇宙'。"① 其实,《悟空传》里取经团队走上西游之路的根本原因都是某种"羁绊":金蝉子(唐僧前世)对佛祖的弑师之愤,孙悟空对阿瑶、紫霞的暧昧之伤,猪八戒对阿月的深情之痛,小白龙对唐僧的暗恋之苦。如果我们把"西游"看作一个冒险故事,那么,"保护唐僧"也就成了西天取经的终极使命,在这种使命的感召下,在降妖除魔的战斗过程中,原初设定的种种负向"羁绊"又逐步深化为更具战斗能量的正向"羁绊",使这个战斗团队不离不弃,生死相依。

---

① 林品:《"二次元""羁绊"与"有爱"》,《中国图书评论》2014年10月。

因此,"羁绊"或可看作对"转圈"的修正性表达,它展现出独生子女一代心灵成长史的积极面向,这也让《悟空传》的精神内涵变得更加复杂。如果说"转圈"指向的是"成长"的结果,是成年,是虚无,太虐太屈服;那么"羁绊"则指向"成长"的过程,是少年,是热血,很燃很叛逆。更重要的是,今何在希望《悟空传》能够激励读者在无聊的"取经"路上重拾"闹天宫"的激情,哪怕结局还是"转圈",也别忘记一路走来的"羁绊",这种"老男孩"式的自我激励无疑是当代中国青春文化最具症候性的表述之一。

结语:后青春期的"中二病"

《悟空传》的结局是一场烧了七天的"天宫大火",不只孙悟空杀死了自己,天地间的一切都被焚毁,西游也随之成为如烟往事。那些叛逆的主体不复存在了,可天地间的秩序却重新凝聚。原来,我们终究改变不了世界,到头来,还是世界改变了我和你:

> 瓦砾重新聚成殿宇,天宫又回到了安定与祥和。众神开始各归其位。
>
> 二郎神驾云出了天庭,奉命收拾战场,他忽然愣住了。云头下烧焦的花果山大地上,孙悟空扔下的金箍棒不见了。
>
> 怎么可能有人将它拿走?除了孙悟空还有谁搬得动它呢?
>
> 观音驾云出了天庭,她从怀中摸出了金蝉子那本手写的经文,抚着,若有所思。
>
> 他们飞过的天空下,五行山,默默地立着,等着那漫长岁月后的一声巨响。
>
> 这个天地,我来过,我奋战过,我深爱过,我不在乎结局。[①]

在这场自我与外部世界旷日持久的较量之中,曾经无比倔强的自我终于败下阵来,这是"老男孩"们无法改写的结局。说来说去,其实"天宫大

[①] 今何在:《悟空传(完美纪念版)》,第119页,长沙:湖南文艺出版社,2011年。

火"烧死的只有自己,如此悲情的不可抗力灾难无非是为叛逆者的"皈依"提供一个契机,使他们能够不失尊严地妥协。"我来过,我奋战过,我深爱过,我不在乎结局",这四句自我激励之所以简洁有力、感动人心,正缘自其残忍的过去时态,而与之相对的,正是"我"丧失行动力的现在时态。所以,《后会无期》的片尾曲一定是"平凡之路",因为那些叛逆少年除了融入主流社会之外,似乎别无选择,听上去,那歌词更像是对《悟空传》结尾的复现:"我曾经跨过山和大海/也穿过人山人海/我曾经拥有着一切/转眼都飘散如烟/我曾经失落失望失掉所有方向/直到看见平凡才是唯一的答案。"

作为一种臆想式补偿(或曰"脑补"),"老男孩"们试图用"少年热血"为中年的疲惫心灵注入活力,他们不断地宽慰自己说:我还年轻,我还有梦想,我还要奋斗。这种臆想或许是一群老男人"飙车斗恶煞"(九把刀小说《后青春期的诗》),或许是一场"任岁月风干理想再也找不回真的我"的音乐选秀(筷子兄弟微电影《老男孩》),更或许是一部能让自己一夜暴红、屌丝逆袭的公路小说(韩寒电影《后会无期》)。以上种种具有"返老还童"症候的叙事单元提示我们,"后青春期"①正在成为一种有效的理论话语,这里的"后"不是英语里的 after,而是 post,它既是生理年龄的断裂,又是心理年龄的绵延。

诚然,作为一个被不同社会阶层共同认可的超级能指,"后青春期"仍是一种弥合社会矛盾的润滑剂,它的基本功能是让不安分的社会主体宣泄掉那些过剩的力比多,进而更平滑地回归其社会位置。然而我们真正需要反思的是,"后青春期"这一话语是否还孕育着某种抵抗能量?"人不中二枉少年",这句网络流行语或可看作对"后青春期"的另一种阐释,它牵引出当代中国青春文化的另一症候,我们称之为"中二病"②。

---

① "后青春期"指青春期过后却尚未成熟的过渡状态。作为一种文化现象,这个概念首先出现在 2008 年台湾摇滚乐团"五月天"的专辑《后青春期的诗》中。2009 年 5 月,台湾作家九把刀又出版了同名小说。参阅白惠元:《后青春期的网络文化寓言——试解读网络文学视阈内的"孙悟空"形象》,《网络文学评论》第 4 辑,广州:花城出版社,2013 年。

② "中二病"语出日本主持人伊集院光的广播节目《伊集院光深夜的马鹿力》,后流行于网络。

"中二"是日语对"初中二年级"的称呼,"中二病"则用来指称一种如青少年般"病态"的强烈的自我意识。然而,当我们宣称"中二"是一种"病"时,似乎先在地否定了其可能内蕴的能动性,否定了青春文化中那种"羁绊"与"热血"的正向价值。福柯的病理学研究曾告诉我们,任何的"精神病"都源自一种社会分类,都源自主体对他者、中心对边缘、压迫者对被压迫者的权力筛选。同理,如果对主体性的强烈自觉都成了一种"病",那么,我们又何谈改变世界呢?

因此,仍需感谢《悟空传》,感谢那些让我们感受到"青春的羁绊"的网络文学"后西游"故事,它们不仅开启了当代中国文学的"网络生命",更询唤出一批对自身主体性保持警觉的网文读者,只要他们还能意识到"我"的存在,只要他们还能感知到"我"与"世界"的矛盾冲突,他们就持存着改变世界的最后可能。正是在这个意义上,《西游记》得以跨越古典时代,成为网络时代的不朽经典。

今何在创作年表

【今何在,本名曾雨,江西南昌人,1977年生,1999年毕业于厦门大学行政管理专科。毕业后,曾任网络小说写手、编剧、游戏策划、商人、杂志主编等。2000年,开始在新浪网"金庸客栈"论坛连载小说《悟空传》,随即走红网络。2005—2012年,与江南、潘海天合作创立《九州幻想》杂志,并出任九州公司副总经理。现主要从事影视策划。】

1. 2000年2月18日开始在新浪论坛"金庸客栈"连载《悟空传》,2000年4月5日完结,共56520字。2001年2月,《悟空传》由光明日报出版社出版,首印10万册。同年4月,光明日报出版社推出"修订版"。2002年,繁体版登陆台湾,由红色文化出版。2004年,漫画版由中国友谊出版公司出版。2006—2008年,由二十一世纪出版社先后推出红、黑、黄三个版本。2011年,由湖南文艺出版社出版"十周年完美纪念版"。2012年,繁体再版,由圆神出版社出版。此外,《悟空传》先后有两个话剧版本,分别是2001年和2004年两度上演的中国人民大学学生话剧团版与2013年于北京西区剧场首演的今何在改编版。2011年,以《悟空传》为蓝本的网络游戏《斗战神》由腾讯游戏出品。2015年,由郭子健导演、今何在参与编剧的电影《悟空传》正式开拍。

2. 2002年,电影小说《天下无双》由上海文艺出版社出版。

3. 2003年,长篇奇幻小说《若星汉天空》由盖亚文化出版,首发于台湾地区。2004年10月,经过多次修改后终于登陆大陆地区,由二十一世纪出版社出版,2008年再版。2013年,由北京联合出版公司推出新版。

4. 2004年,短篇小说《新大陆狂想曲》被改编成绘本《一直向西·直到你和世界的尽头》,由天津人民出版社出版。

5. 2005年,长篇小说《九州·羽传说》由新世界出版社出版。

6.《中国式青春》,系列中篇小说。《中国式青春 I》首发于《九州幻想》2006年10月号,2006年10月20日发布于今何在新浪博客,同年由四川人民出版社出版。《中国式青春 II:麦田里的终结者》首发于《九州幻想》2007年3月号,从2006年12月9日开始,断续连载于今何在新浪博客,完结于2007年4月23日。《中国式青春 III:变形记》发布于2007年5月5日,今何在新浪博客,未完结。《中国式青春 VI》发布于2010年2月16日,今何在新浪博客,未完结。

7. 2006年,长篇小说《九州·海上牧云记》由天津人民出版社出版,2008年由二十一世纪出版社再版。

8. 2010年,《2050的母系氏族》收录于与潘海天联合主编的同名小说集,由万卷出版公司出版。

9. 2010年,长篇小说《我们的征途是星辰大海》由万卷出版公司出版。

10. 2012年,长篇小说《西游日记》由湖南文艺出版社出版。

11. 2013年,电影小说《西游降魔篇》(与周星驰合著)由江苏文艺出版社、盖亚文化分别在大陆、台湾同时出版。

《悟空传》粉丝评论综述

关于《悟空传》的粉丝评论主要集中于豆瓣网与"龙的天空"论坛,此外,知乎与文学期刊亦略有提及。总体而言,评论者与作者共享着一个具有"文青"属性的文学场,因此,他们的评论也集中在以下几个方面:

首先是"自传",即《悟空传》是一代人的精神自传。小说中师徒四人的悲剧命运,恰是"独生子女一代"的必经之路,与之相关,《悟空传》成了他们眼中一曲伤悼"理想"的悲歌,是他们成长历程中的"青春"纪念册。如读者林间的猴子在《你们的经典,我们的自传》中犀利地指出:没出大学校园的我们是唐僧,壮志未酬,满载理想;初入社会的我们是悟空,对抗现实,处处碰壁;中年之后,我们成了八戒,圆滑世故,无可奈何;怕只怕晚景凄凉,我们却活成了沙僧,到头来不知自己为何而庸庸碌碌,终究虚无此生。① 读者路兔甲则直接将《悟空传》指认为"一代人的精神困境"②:所有的痛苦皆因"界限",只要有"界限"存在,我们就无法获得真正的自由,于是,孙悟空终究是要戴上钢圈的。这种"自传"类评论大多以《悟空传》为引子,展开自己青春时代的追忆。或许是共鸣太过强烈,读者在评论时常常偏离文本,陷入自我伤悼的泥淖,检阅自己的青春忧伤,当然,这也从"接受美学"的角度印证了《悟空传》的强大魅力。

其次是"反抗",即讨论《悟空传》中孙悟空形象所蕴含的"反抗"精神,这类评论多引入政治学视野,在更为宏观的格局上讨论"革命"与"阶级"的议题。读者宋阿慕在《从黄粱一梦里醒来的悟空如你如我》中提到,孙悟空历来被视作"革命者"形象,他追求绝对的民主与绝对的自由,然而,孙悟空的"阶级属性"却始终是可疑的:在社会主义时代,孙悟空被解读为无产阶级英雄,毛泽东认为,他将斗争矛头指向剥削与帝制;然而在当今时代重新思考,孙悟空并非"一穷二白","他有他的花果山水帘洞,还有足够让他得意洋洋独霸一方的猴子猴孙们——活脱脱一出世外桃源的戏码——他的反抗,更像是中产阶级同时怀揣对底层民众的怜悯与上层社会的不满发起的充满浪漫色彩同时隐含私人利益的暴动,在中国近代史上,孙悟空的形象则很容易让人联想起如今长眠中山陵衣冠冢的孙逸仙先生。"③可以肯定的是,对孙悟空的政治学讨论始终与中国近

---

① 林间的猴子:《你们的经典,我们的自传》,豆瓣网,http://book.douban.com/review/5270586/,发布日期:2012年1月16日。

② 路兔甲:《〈悟空传〉:说一个你我都熟悉的故事》,豆瓣网,http://book.douban.com/review/5671339/,发布日期:2012年11月27日。

③ 宋阿慕:《从黄粱一梦里醒来的悟空如你如我》,豆瓣网,http://book.douban.com/review/1389754/,发布日期:2008年5月26日。

现代史紧密联结在一起,围绕孙悟空所产生的阶级争议,本身就是中国现代性命题。事实上,从《西游记》到《悟空传》都离不开黑格尔的"主人/奴隶"哲学:《西游记》到底是不是一部讲述国民奴性的"顺民之书"?《悟空传》又是否真的逆转/强化了奴性哲学?读者泪满天在《〈悟空传〉完美解读》中认为,"反抗"与"秩序"是一组悖论关系,他更愿意从"强者/弱者"角度去理解《悟空传》:"这是一个弱者对强者建立的既有体制不满,却又无力改变,由叛逆到妥协,由妥协到屈膝,最终欲屈膝而不可得,被统治者恣意践踏摧残,至死也未能逆天改命的悲剧故事。"①而这种悲剧性本身,成了对"革命性"的压抑,而非激励,其最终后果只能是固化社会既有的统治秩序。

最后是"解构",即关注《悟空传》所引发的网络文学审美风格的变异。这种荒诞、戏谑、油滑的"大话"文风引发了学术研究界的强烈关注,研究者多试图将其纳入"现代/后现代"的理论语境中进行讨论。其中,姜振宇在《文艺报》上发表的《后现代皮相下的现代主义写作》一文尤其值得关注。作者指出,《悟空传》对《大话西游》的征引、颠覆、讽刺、继承,使得文脉上的"无厘头"风格很具有后现代特征,然而究其本质,却仍是讲述个体困惑与成长觉醒的故事,因此,在"荒诞"与"崇高"之间,《悟空传》呈现了一种与众不同的分裂感:"这种颇具'无厘头'风格的语言,成功地在丰富、深沉的情节以及意蕴之间有意拉开了距离。尽管文本以'没有路了'这样举重若轻的语句开头,崇高依旧是以荒诞的形式得以表露的;这种荒诞与崇高之间的急剧落差,赋予文本以强大的张力——这也是贯穿《悟空传》甚至今何在整个创作历程的标志性风格。"②换言之,《悟空传》的戏谑文风与严肃旨趣是其收获更广泛社会认同的前提条件,而学术研究界对其"文体"层面的关注,也恰恰反证了《悟空传》的"文学品质",这在现今泥沙俱下、体积庞杂的网络文学界是稀有的,也是其"经典性"所在。

---

① 泪满天:《〈悟空传〉完美解读(下阕)——史上最详细的情节解读》,"龙的天空"论坛,http://www.lkong.net/thread-1191681-1-1.html,发布日期:2015年4月13日。
② 姜振宇:《后现代皮相下的现代主义写作》,《文艺报》2014年7月21日。

综上所述,"自传""反抗"与"解构"三个关键词构成了粉丝介入《悟空传》的三条路径,其评论人群的共同特征是"文青",是精英化。因此,《悟空传》所引发的阅读快感根基是反类型的类型化:形式上的"类型"(西游同人、大话文风)与趣味上的"反类型"(个体启蒙、政治哲学)。正是《悟空传》自身的"类型化"张力,使其读者圈贯通了学术研究界与网络粉丝,沟通了精英与大众,真正做到了雅俗共赏。

(本章撰写:白惠元)

第二章 奇幻："恶人英雄"的绝望反抗
——以烟雨江南《亵渎》为例

"奇幻"是网络文学中一个发展较早的类型，这一概念最初来自于欧美的 Fantasy（通常译作"奇幻"或"魔幻"）。欧美奇幻文化脉络纷繁复杂，其中对早期中国网络文学影响最大的是"龙与地下城"（Dungeon and Dragon，常用缩写 D&D 和 DND）体系，这一体系在 1970 年代起源于桌面角色扮演游戏，其后发展出小说、漫画和电子游戏，在 1980 年代至 21 世纪初占据欧美奇幻文学的主流地位。D&D 体系在 1990 年代被翻译至台湾地区，并在 1998 年由《大众软件》增刊正式引进中国大陆。这一体系在中国以《无冬之夜》《博德之门》《冰风谷》等电子游戏为主要载体，经由中国最早的一批网民进行传播，在它影响下产生的文学创作高度依附于网络，并确立了目前网络文学中"奇幻"这一类型的写作范畴：西方中古世界背景下"剑与魔法"的故事。

中国本土的网络奇幻小说从 D&D 处获得了成熟的世界设定、故事类型和语言风格，因此成为 2003 年前后网络文学最为成熟、精致的类型之一。与此同时，奇幻网文也面临着本土落地的问题：D&D 强调平衡与多元的世界设定如何与以 YY[①] 为主的网文接轨？中古西欧风格的人物与故事如何投射当代中国社会的现实？源自纸质文学的奇幻网文写作又如何应对网络文学 VIP 收费制度[②]的刺激与桎梏？

网络奇幻小说《亵渎》创作于 2003 年 11 月至 2006 年 6 月，这是早期中国网络文学发展的重要时间段，各大文学网站开始兴起并成为网络文

---

① 参见附录"网络文学词条举要"之"YY"。
② 参见附录"网络文学词条举要"之"VIP 收费制度"。

学创作的主要平台,起点中文网创立的VIP制度逐渐成为网络文学的主流商业模式。原本在同好论坛里创作、传播的网络奇幻小说开始面对大众读者,D&D的红利与桎梏逐渐显现——正是基于以上背景,《亵渎》这部创作于网文第一个大转型期的作品呈现出独特的样态,对奇幻网文所面临的根本问题进行了充满独创性的探索,成为研究网络奇幻文学无法回避的经典作品。

一、奇幻类网文的一座孤峰

在2003年前后,随着网文读者群与作者群扩大,D&D复杂庞大的设定所带来的阅读与创作门槛日渐凸显:中国的作者写故事给中国的读者阅读,却要使用西式的人名地名、世界设定和翻译文风。奇幻网文作者面临两条创作道路的选择:一条是对原有西方经典奇幻设定进行微调,在保持原本奇幻类型文特征的基础上添加本土化设定;另一条则是更彻底地本土化,对原有设定进行根本性的改造,构造全新的幻想世界,逐步脱离原有的奇幻范畴。坚持走前一条道路的创作仍然被称为"奇幻",后一条道路则逐渐归入了"玄幻"和"仙侠"。

中国的网络奇幻文学对D&D原有的设定进行了删改与增补,存留下了一些基础的元素,这些基础性要素包括:贵族、王权与教会博弈的世俗社会结构,凡人与超凡存在组成的力量等级体系。但无论如何"坚持",本土化依然是必然的。一方面,作者不可能脱离当下中国的文化思潮和时代逻辑;另一方面,读者也不愿意接受内里完全西式的作品。因而,中国网络文学中的奇幻小说是一种"中学为体,西学为用"式的"中国奇幻",西方奇幻的外衣搭配中国文化的内在逻辑。在如何处理"体用矛盾"的方式上,奇幻网文又分为两个脉络:"正统奇幻"和"西式奇幻"。"正统奇幻"的世界设定会较为严格地遵循D&D为主的经典西方奇幻设定,通常采用"穿越"的设定来使得中国化视角显得合理:主角的灵魂来自当代中国,他要带着原本生活赋予他的文化与思维方式去西方中古异世界生存,这一类作品代表为《术士的星空》(银灰冰霜,2010)、《魔装》(三生醋酱,2007)。"西式奇幻"则大刀阔斧地改变经典设定,让整个世界体系趋于中国化:D&D庞杂的多元宇宙①被简化为大陆、魔界、亡灵界等几个版块,九大阵营②划分的神祇谱系被缩减为"光明神"独尊,而基于魔网③的超自然力量体系也被简化为等级制。最终,"西式奇幻"占据了上风:删改重塑之后的人物、种族、社会设定更为简明通俗、易于为读者接受;删减经典设定后留下了大量设定空间,作者更容易在其中构建当代中国在西方中古异世界的投影。并且,主角也未必是异世界原住民,可以有"穿越"背景。"西式奇幻"的重要作品有《亵渎》《魔运苍茫》(瑞根,2006)、《大魔王》(逆苍天,2008)等,其中,《亵渎》堪称一部奠基性的作品。

  作为一部奠基性的作品,《亵渎》完善了此前作品(例如《我是大法师》,网络骑士,2002)较为粗糙的设定模板。无论是"正统奇幻"还是"西式奇幻","中国式奇幻"都继承了经典西方奇幻的一个标志性设定:神祇与教会。在欧美的D&D故事中,邪恶/中立/善良、混乱/中立/守序两组属性为一切事物划分了九大阵营,其中也包括神祇,例如守序善良的"晨曦之主"和守序邪恶的"暴政之神"。这个体系中并不存在集大成的唯一神。《亵渎》化多元为二元,将D&D中重要的混乱/守序这一对立属性隐藏了起来,强化了表面上的邪恶/神圣二元对立,"光明神"是唯一合法信仰,拥有神圣、正义、崇高、秩序的名号。D&D的多神体系被化为了欧洲中世纪式的一神教与教廷。在D&D等西方经典奇幻故事中,极少出现凡人反抗神祇的情节,即使有,也是凡人英雄反抗邪恶神祇,并且这种反抗充满希望和可能,因为九大阵营中没有任何一方可以一家独大,挑战某一神祇的反抗者总能寻得对立神祇的援助,甚至还有"神上神"来维护多元

---

  ① "多元宇宙"是奇幻小说通用的设定概念,指由形态各异的多个位面组成的立体的庞大世界。

  ② "九大阵营"指善良/中立/邪恶、守序/中立/混乱两组对立属性组合产生了九种阵营属性:守序善良、中立善良、混乱善良、守序中立、绝对中立、混乱中立、守序邪恶、中立邪恶、混乱邪恶。

  ③ "魔网"是D&D设定中超自然力量的来源和运作媒介,可以简单理解为遍布多元宇宙绝大部分区域的多层能量网络。

宇宙的终极规则。即便反抗者最终失败，仍有神祇无法触及的位面①供其逃离和生存。而《亵渎》直接在设定层面上堵死了主角的后路："光明神"居于力量与规则的顶点，控制一切和毁灭一切位面，没有其他神祇、亡灵或魔鬼能与之抗衡。主角的屈服只能延缓毁灭的时间，而反抗则充满痛苦与绝望。

《亵渎》讲述了无恶不作的贵族子弟罗格得到了亡灵法师②的传承，他起初凭借这一力量在腐败的光明教会与贵族王权间上下钻营、发家致富，却因为自己暗恋的魔女埃丽西斯被教会处刑而走上了反抗光明神的道路，在这一过程中他发现了世界轮回的真相，在惨烈的斗争失败之后，罗格在最终审判日后幸存，逃离到自己创造的小世界里成为新的神祇。和很多"西式奇幻"生硬地套用通用模板不同，《亵渎》的本土化设定契合了其独特主题：惨烈而绝望的反抗。如此将关于探究世界真相、展现万物命运的宏大叙事引向没有出路的绝望结局，这样的文本即便在欧美奇幻文学中也极为罕见，在中国奇幻网文中更几乎是孤本。

《亵渎》之后再没有一部作品将反抗推入如此终极的绝望境地，但这座"孤峰"留下的命题却谁都不能绕过：处于社会中的个体应当如何面对占据权力和法理的绝对权威？在奇幻网文构建的异世界中，这个问题的表述为：凡人如何面对神祇？每一个试图在奇幻设定下建构中国异世界的作者，都不得不面对这一当下中国人心灵困境的投影。也有一些奇幻类作品回避了《亵渎》提出的问题，例如红极一时的"爽文"《兽血沸腾》（静官，2006）与架构宏大、情感细腻的《历史的尘埃》（知秋，2004），前者崩掉了整个西式奇幻的通用设定来追求阅读快感，后者则力图关注人物的内心成长和身世纠葛，简化和淡化了"神"与终极命题。这些作品也被视为奇幻类网文的经典，但从整个文类发展与作品思想性的角度来看，并没有太多探讨的空间。

---

① 参见附录"网络文学词条举要"之"位面"。
② 亡灵法师（Necromancer）又称死灵法师，是奇幻文学中的常见职业，使用邪恶法术操纵尸体与灵魂。

二、多重"亵渎"的悖论

在《亵渎》内,亵渎是多重发生的,并且每一层亵渎中都存在着悖论。

首先,是异端对正统的亵渎。《亵渎》的序章讲述了亡灵法师亵渎神殿,并夺取了圣女的贞洁。这一情节不仅为整部作品的故事埋下伏笔,同时埋下了悖论:亡灵法师邪恶卑鄙,教廷圣女圣洁崇高;与此同时,亡灵法师又是卑微的弱者,圣女背后的教廷则极其强大。亡灵法师以一己之力对强大的光明教会发动自杀性的袭击,弱者对强者的反抗使得邪恶的弱者在某种程度上获得了"亵渎"行为的正义性,尽管此时这种正义性微乎其微,却在其后成为解构教廷之"正义"的关键要素。

其次,是世俗领域内潜规则对规则与意义的亵渎。亡灵法师的残魂附身于主角罗格的身上,情节随之以罗格的视角展开。主角罗格作为一名落魄贵族,需要在教会与王权笼罩的社会中钻营求生。《亵渎》中的世俗社会或许可以看作是世纪之交中国官场在异世界的投影,充满了权钱交易与潜规则,而关于"正义""光明""高尚"的话语则成为潜规则的遮羞布。罗格通过行贿、陷害等手段在教会控制的社会中如鱼得水,做出恶行时几乎没有任何心理负担;在与任何人相处时都心存算计,包括自己的"朋友"和家族。具有讽刺意义的是,亡灵法师以生命赠予的力量反而成为罗格在光明神教的秩序体系中钻营的助力。一方面,异端遗留的反抗火种包含着超越世俗的意义,却在充满潜规则的世俗社会中被消解;另一方面,拥有亡灵法师邪恶力量的主角却在正义之名下干尽恶事,主角与贵族、主教们共同完成了对真正的正义与神圣的亵渎,这一切都是在光明教会内部发生的。这样一个价值崩解的世俗社会将利益作为唯一取向,而超出世俗利益的意义,都会被交易、媾和与倾轧消解掉。

再次,是反抗意义上的亵渎。在第四卷的末尾,罗格面对被追捕的魔女埃丽西斯,选择站在教会的对立面,并在埃丽西斯死后选择出逃并决心复仇。当神界降临的天使也以世俗的逻辑试图引诱罗格背叛魔女时,原本处于崇高地位的神也暴露了伪善的面目。在这个情节关节点,两重"亵渎"发生了:"神圣崇高"的天使以可憎的嘴脸对罗格威逼利诱,自行解构了崇高正义;而原本毫无价值底线的罗格有意识地维护"爱情"这一价值,对"神圣崇高"的天使以反抗行为进行"亵渎"。自此,罗格彻底从世俗社会中脱出,以复仇为驱动力,对整个光明神教进行反抗。在这一过程中,"光明神"和末日审判的真相逐渐被揭示出来:跨越位面进行掠夺的神祇群体将榨干并毁灭世界,而弱者罗格需要在最终审判到来之前击败强大的神祇。光明神和罗格都通过恶行解构了自身所宣扬秉持的崇高价值,"邪恶"与"神圣"都还原为自利的本来面目。当二者站在同一个道德底线上时,罗格的亵渎行为的正义性实际上来自于弱者的生存权利,被剥削的弱者试图颠覆强者制定的剥削秩序。这一行为与整个世界"大多数人"的利益相一致,于是具有了崇高意义,手段的非正义性被暂时搁置了。

当故事发展到第七卷的时候,罗格的反抗在光明神绝对控制的力量之下宣告失败,他为了拯救自己的爱人风月,被迫为教会效力,消灭其他反抗者。反叛者最终服从于秩序,原本反抗之英雄的崇高形象也随之崩塌,"爱情"成为压迫的秩序体系下最后的伊甸园。在终章里,世界末日之后,罗格在自己创造的小世界中重生,与爱人一起成为小世界的新神祇。反叛者最终成了新秩序的创造者,成了自己世界里的"光明神",这一结局某种程度上是对罗格此前所有恶行与反抗的极大反讽。如果把从审判中幸存也作为对光明神的"亵渎",那么相比序章里亡灵法师的决绝惨烈,罗格最终的"亵渎"已经完全丧失了反抗性,而沦为一种无奈的抉择。对此,读者评论道:"在原来的位面,罗格已经死去了,这一切也可以说是他自己的意淫,他对原来的世界无能为力,终究只能在自己幻想出来的世界里逞威风,这也可以说是对现实的无力和逃避。"①

事实上,在奇幻网文中,"亵渎"几乎存在于每部作品中。"神祇"是奇幻类型文的基础设定元素,居于统治地位的信仰必然需要构建正义性,而正义性又与主角的中国化视角存在冲突。对于当代中国的大部分网文作者和读者而言,几乎不可能想象一个纯洁、神圣、至善的信仰体系,这与中国的历史传统和当下现实都不兼容。中国奇幻网文中的教会和政权只

---

① 妖红的雪:《规则之下,苦苦挣扎——异端者罗格》,"龙的天空"论坛,http://www.lkong.net/forum.php? mod=viewthread&bid=349&tid=875114,发布日期:2013 年 11 月 14 日。

能是存在神祇和"正义"的官场,面对官场和广场之外的混沌区域,主人公无论是穿越者还是原住民,都只有两种选择:在既有秩序中寻找缝隙往上爬,或是推翻和重建秩序。前者是关于"奋斗"的小叙事,在奇幻网文中的代表为《大魔王》;后者是涉及"革命"的宏大叙事,代表为《术士的星空》。大部分奇幻网文都会二者兼有,而《亵渎》则把这两者的价值和可能性都否定了,只剩爱情作为最后的价值。

三、爱情:唯一的救赎之地与避难之所?

《亵渎》的前四卷描绘了一个价值崩解、不辨善恶的社会,而在第四卷的末尾,"爱情"成为罗格唯一愿意捍卫的价值,并使其反身对抗"神圣崇高"的秩序体系。这种"为爱成魔"的情节在《亵渎》同时期的网文中十分常见,最为典型的是《诛仙》。不同的是,《诛仙》(萧鼎,2003)中的正邪对立体系中,正道和邪派的价值观念都是真实而真诚的,爱情则是超越价值对立的桥梁,而在《亵渎》中,爱情是价值废墟之中唯一幸存之物,是主角最后的底线。

罗格在整部作品中经历了三种两性关系模式:奉献、陪伴与占有。在作品的开篇,罗格强奸并陷害女佣兵,展现了其对于女性赤裸裸的占有欲与蔑视,"女人"只是世俗倾轧争夺中的战利品之一。而魔女埃丽西斯则为罗格展现了女性本身的魅力:不仅仅是容貌的超凡脱俗,更是强大力量带来的神秘感以及充满魅力的性格。埃丽西斯与大公之子奥菲罗克两情相悦,卑琐丑陋的罗格完全明白自己单方面的仰慕与渴求毫无希望,但他仍然牺牲了自己的一切去努力拯救陷入教会陷阱的埃丽西斯。在这种无望的单恋中,赤裸裸的占有欲被压抑和剔除了,"奉献"在绝境之中凸显出来,使得"爱情"能够超越世俗利益,获得崇高价值。

风月则为罗格提供了陪伴式的爱情。这一人物最初是罗格召唤的骷髅魔宠,在罗格的驱使下进行战斗。风月在独自探索亡灵界的过程中逐步发掘世界的真相,并且恢复了自己作为女神的本来面目。她协助罗格复仇,同时也从中获得利益。这种契约约束下的陪伴关系最终发展为生死相依的爱情,罗格为了拯救风月甚至愿意放弃复仇和反抗,成为光明神教的"打手"。对埃丽西斯的无望之爱为罗格提供了脱离世俗泥潭的动力，而与风月的情感则使得罗格在绝望的反抗道路上有所寄托，并且让放弃与逃生都获得了理由。在"亵渎"名义之下的钻营和反抗都在重重悖论之中失去了崇高的意义，而"陪伴"产生的情感关系再一次引出了"奉献"。罗格前一次为埃丽西斯奉献的是自己的世俗前途和身家性命，而这一次为风月甚至能够牺牲自己的反抗事业，也就间接地牺牲了其他的反抗者和他们为之拼搏的崇高利益。"爱情"彻底取代了反抗，成为主角行为的最终驱动力。

《亵渎》连载时期，"男性向"网文大开后宫、物化女性是普遍现象。女性往往成为主角与他人争夺的战利品，即便作品试图赋予这种过程以情感的外皮，然而内里仍然是瞄准了一个女性所能带来的"好处"：性的满足，女方家族的助力。"爱情"中的男性角色缺少奉献，更不用说"牺牲"。《亵渎》站在网文商业化的起点将奇幻网文的大部分重要命题推演到极致之后，反身解构了"奋斗"与"革命"这两个网文中重要的主流叙事，却将"爱情"作为价值废墟里的唯一崇高之物，使其成为贯彻情节始终的内驱力，不得不说这是其后的奇幻类网文乃至大部分"男性向"网文都难以做到的。然而讽刺的是，很多"男性向"网文中充满占有欲的两性关系设置又深受《亵渎》的影响：在走上复仇之路后，罗格行事的手段更加残忍冷酷，拆散相爱的恋人，占有美貌的女性，逼迫他人做出牺牲。在埃丽西斯和风月之外，罗格仍然是一个赤裸裸的恶人。

四、绝望之路："好人英雄""贱人英雄"与"恶人英雄"

在奇幻网文的发展脉络中，私利为先、无道德底线的"恶人英雄"属《亵渎》首创。在 D&D 中，"恶人英雄"的形象较早可以追溯到"龙枪"[①]

[①] "龙枪"(Dragonlance)系列小说一般是指一系列由美国作家玛格莉特·魏丝(Margaret Weis)和崔西·西克曼(Tracy Hickman)创作的，作为龙与地下城战役背景设定的奇幻小说，包括《龙枪编年史》三部曲、《龙枪传奇》三部曲、《夏焰之巨龙》和《灵魂之战》三部曲。最早的作品《龙枪编年史：秋暮之巨龙》出版于1984年。

系列的雷斯林·马哲里①。与"龙枪"系列的英雄群像不同,《亵渎》将恶人罗格作为叙事的核心视角以及推动情节的唯一主角,通过罗格的成长与蜕变展示了奇幻世界中其他英雄道路的不可能性。"好人英雄"最终只能无谓牺牲,"贱人英雄"无法找寻秩序体系的缝隙,只有"恶人英雄"才能进行看不到希望的反抗。

"贱人英雄"是在网文中发展壮大的一类英雄形象。这一形象最早可以追溯到《鹿鼎记》的韦小宝,本身带有强烈的喜剧色彩,言行滑稽有趣,没有太多束缚,不在意行事手段,本身也不以强大力量达成目标。在经过周星驰的无厘头喜剧演绎之后,这类形象最终被命名为"贱人",并非"下贱",而是不具有崇高目标和沉重责任,轻松自在地推动故事前进,但最终往往会达成具有正义性的结果。在网文中,最具代表性的"贱人英雄"是《冒牌大英雄》(七十二编,2007)的主人公田行健。"英雄贱化"可以说是网文世界的一个普遍倾向,很多作品的主人公或重要人物即使不是"贱人英雄",也多少带有一些韦小宝式的行事风范。

在烟雨江南最初的设定里,罗格就应该是一个"贱人英雄"。《亵渎》最初连载时的作品简介是这样写的:"(罗格)如愿以偿地攀附上了巴伐利亚大公的独子、真正的英雄'黄金狮子'奥菲罗克。然而他随即发现自己已经无可奈何地被绑上了公国这辆战车。在各大势力的乱流中,为求活命,罗格不得不使尽全部手段。……这是个动荡的时代,这也是个英雄辈出的时代。"②可以看到,最初《亵渎》试图讲述的是《鹿鼎记》式的故事,年少有为的奥菲罗克带有金庸笔下康熙的气息,而罗格则是韦小宝式的"贱人英雄"。《亵渎》的前三卷也基本按照这一模式展开。但有所不同的是,相比韦小宝尚有"义气"这一道德底线,罗格更加自私残酷,欺软怕硬,行事毫无顾忌。

---

① 雷斯林·马哲里为"龙枪"系列中最著名的人物之一,是性格阴暗偏执的邪恶法师,试图杀死黑暗女神取而代之,但最终为了保护世界而牺牲自己。
② 来自烟雨江南2004年10月19日发布的《英雄的挽歌——〈亵渎〉作者及其作者简介》,http://read.qidian.com/BookReader/5060,410987.aspx。

"黄金狮子"奥菲罗克代表了早期奇幻网文中典型的"龙傲天"①形象,"一头金发飘扬,浑身散发着有若实质的金色斗气,直耀得人眼无法直视""带着连太阳神都要嫉妒的微笑"。② "龙傲天"往往能够凭借穿越或者重生所带来的外挂,广收小弟,艳遇不断,在异世界打破既有秩序,最终称王封神。尽管在 2007 年以后由于此类人物的泛滥,"龙傲天"逐渐成为"霸道""嚣张""愚蠢"的代名词,但早期网文中,"龙傲天"在其所处的世界中作为"好人英雄"存在,占据正义的高地。然而,在《亵渎》的第四卷,"好人英雄"奥菲罗克为了拯救自己的爱人埃丽西斯,被教皇化作雕像,即便是强大的英雄在光明神的力量面前也无抵抗之力:

> "背弃主的信仰的,必被剥夺主的恩赐!"教皇再次凌空一指!
>
> 奥菲罗克一声惨叫,无数黑色的羽毛从他的双翼上脱落,漫天的血雾中,那副黑色的羽翼竟然一点一点地被剥落下来!
>
> 教皇伸足向前,在地上轻轻一踏。整个广场都随着他这一踏晃动起来!
>
> 奥菲罗克的双翼被彻底地撕裂下来,两道紫黑色的血液标上了天空,他眼中的光彩迅速地暗淡了下去……③

这一审判性的情节宣告了"龙傲天"道路的不可能。即便是在幻想中的异世界,面对强大力量维持的秩序,"好人英雄"正面、英勇的抗争也只能迎来失败的结局。"好人英雄"失败的原因在于,在一个逻辑自洽、设定完整的异世界,既有秩序的牢不可破自有强大的力量和逻辑支撑,"好人英雄"也必须受到现实的桎梏。奇幻网文中"好人英雄"的失败,实际上与现实主义文学中好人们的悲剧如出一辙:现实秩序不允许他们向上攀爬的同时保持"好人"的价值理念,逼迫他们舍弃其价值观中的崇高事物,而他们一旦反抗,就会遭到无情镇压。

当"好人英雄"失败之后,"贱人英雄"的道路也随之被否决了。"贱

---

① 参见附录"网络文学词条举要"之"龙傲天"。
② 《亵渎》第一卷"轮回"第十四章"睥睨"。
③ 《亵渎》第四卷"问情"第九章"问情"。

人英雄"必须在一个总体向善、有上升空间的秩序里攀爬,不时依靠好人们提供助力,他们不可能带头去反抗秩序,就如同韦小宝不可能带领天地会反清复明。当"好人英雄"在现实秩序面前彻底跌落,"贱人英雄"就面临屈从苟且抑或共同牺牲的两难处境,一旦选择了屈从于既有秩序,就意味着"英雄"的故事彻底失败。

  罗格选择成为了"恶人英雄"。"恶人英雄"与"贱人英雄"的不同在于具有明确的目的与强悍的个人意志,与"好人英雄"的不同则在于不择手段,不在乎牺牲无辜之人。并且,"恶人英雄"的英雄性不是由其自身的目的所赋予的,而是由其所处的位置赋予的。当罗格站在了压迫者及其秩序体系的对立面,即便其驱动力是复仇和爱情,其行为也具有正义性与英雄性。"好人英雄"与"贱人英雄"明朗欢乐的升级之路在"恶人英雄"身上只能成为黑暗血腥的复仇之路。《亵渎》通过异世界的沉重现实关闭了两条英雄道路的可能性,而"恶人英雄"的道路最终也被宣布为一条绝望之路。这种绝望性不仅在于强大的力量粉碎了反抗的前景,更在于一旦反抗被粉碎,此前"恶人英雄"手中无辜者的牺牲全部失去了意义。恶人英雄在反抗的名义下行恶的过程,本身就是一个不断消解自身正义性的过程,牺牲无辜者以达成目的的行为使得反叛者与其反叛对象无限趋近。而一旦反抗本身都无法进行,那么恶人的英雄性也就彻底崩解。更重要的是,即便罗格付出如此代价进行反抗,神甚至都不在乎,读者视角中的恶人英雄是唯一主角,但当视角转换到光明神一边时,罗格渺小得令人绝望。

  当反抗失败、风月被化作雕像,罗格再次面临抉择,是反抗到底,还是屈从于光明神以拯救挚爱?罗格选择了后者。这一选择一方面使得罗格彻底丧失了英雄性,另一方面也使罗格的恶人形象淡化了。恶人英雄的失败实际上是"英雄"的失败,罗格本身无意也无力承担拯救大众的崇高使命,唯一的价值底线让他只能选择去拯救自己的爱人,为此他甚至可以掉转矛头去消灭其他的反抗者。作者烟雨江南似乎不甘于英雄的消失,在罗格救出风月之后,为其安排了最终审判之中壮烈的冲锋,但最终章里小世界中相依幸存的结局还是表明,英雄的时代结束了,存活的只有"凡人"。

在《亵渎》之后，网文中大量的作品使用了罗格式的恶人英雄设定，并热衷于构建价值崩解的异界社会。《亵渎》一直努力地试图从极低的道德底线出发，不断探讨正义性与英雄性，而其他大部分网文中的恶人主角则彻底舍弃价值观命题，恶人主角所做的仅仅是服从丛林法则，进行个人奋斗，私利主义与不择手段都没有指向一个强大的压迫性力量，这使得这些主角们不过是恶人版的龙傲天，畅快淋漓的恶行生产出的快感使得恶人叙事与"英雄"渐行渐远。当网文产业进一步发展、类型套路日趋成熟之后，挑战道德的恶人主角本身也较少出现了，作品更多会让主角的恶行变成"不得已"，减少读者的代入障碍，而恶行最终往往会通往美好的目的。而在奇幻网文中，穿越和其他"金手指"的大量使用也让揭露了真相的世界不再那样难以面对，主角的手段依旧可以杀伐果决，却不会被逼入道德的绝境。然而，这也意味着奇幻类网文难以在原本的框架内解决架空世界的问题了。

五、"知识就是力量"与"技术天花板"

"恶人英雄"的绝望与整个《亵渎》世界的绝望是密切相连的。随着反抗过程中对世界的不断探索，罗格视角中的世界从扁平的"大陆"变为多位面体系，再变成宏伟的多元宇宙。最终，罗格发现了位面轮回的秘密：光明神在一个完好的位面播撒信仰，进行掠夺，并在榨干世界之后将其变为死亡之地。"世界真相"所包含的知识尽管为罗格带来了更强的力量，却也使得反抗的绝望感越发强烈，因为光明神早已洞悉"世界真相"，掌握终极规则，获得压倒性的力量。

> 罗格的双眼紧闭，可是仍然无法阻挡那强烈之极的光芒。整个位面中都充斥着无法言喻的强烈光辉，这光芒是如此强烈，以至于罗格感觉到自己每一下呼吸，都吸的是光，喷的是火！①

由于"终极规则"的存在，奇幻网文构建的知识—力量体系是封闭

---

① 《亵渎》"七日之书卷"第六日"救赎（八）"。

的,"知识天花板"使得主人公几乎不可能后来居上,超越"终极"。《亵渎》用罗格面对"世界真相"的巨大绝望揭示了奇幻网文本身的设定尴尬:要么告诉读者原来的神祇其实没有掌握"终极规则",主人公才是真神;要么在作品接近结尾的地方崩掉原来的设定,以"世界之外还有世界"逃逸。

这样的世界设定实际上是一个失去"另类选择"的社会在异界的投影:《亵渎》连载期间(2003—2006),刚刚加入世贸组织(2001)的中国正大踏步地进入全球化体系。"光明神"对各位面生物的圈养与掠夺,不由得令人想到在全球范围内扩张的跨国资本——考虑到作者烟雨江南本人的留学经历与金融行业背景,其中确有可能包含现实影射。正如斯拉沃热·齐泽克(Slavoj Žižek)2012 年 9 月在"占领华尔街"运动中对群众演讲时曾言,"想象世界的末日很容易;想象资本主义的末日却极困难"。在如此的心理投射下,一个土生土长的异界住民难以找寻到突破的出路。

《亵渎》之后的奇幻网文几乎清一色地设定主角为穿越者而非罗格那样的异世界原住民。以银灰冰霜创作的《术士的星空》为例,D&D 设定中的多元宇宙被描绘为一个封闭禁锢的体系,来自体系之外的穿越者主角成为神祇突破禁锢的唯一希望,并因此陷入了死亡之神的阴谋。在结局处,主角利用自己穿越者身份带来的情报优势绝地翻盘击败死神。在这一类的作品中,"穿越"使得主角超脱于异世界,能够在封闭的力量体系中找到漏洞与破绽。这样的异世界想象如同新世纪之初关于互联网英雄的创业神话:他们拥有某种突破性的技术,这技术似乎不会被窃取,不会被资本力量压榨,无法被政治力量限制,使得他们发家致富功成名就。但问题是,这种机械降神式的套路并没有突破奇幻网文世界的设定逻辑的根本尴尬:主角越是依靠穿越者的身份逆境翻盘,就越说明异世界原本的"知识—力量体系"存在牢不可破的天花板,原住民们面对神祇毫无获胜的希望。而一个穿越的主人公大获全胜,看起来像是当代中国人面对中古异世界的胜利,实际上不过是一种作弊式的心理慰藉——这一内在矛盾到 2013 年的《奥术神座》(爱潜水的乌贼,2013)发展得最为极致。

在《奥术神座》里,穿越者路西恩将近现代数理科学的研究范式引入剑与魔法的异世界,"神"最终被证明是掌握某种高级力量的凡人,控制信仰的教会败在了掌握科学式魔法的法师面前。《奥术神座》仍然遵循着《亵渎》创立的故事模式，"世界真相"带来知识，知识带来实质性的个体力量，只不过给主角提供了一整套地球文明发展出的知识用以对抗原住民的教会。既然在后工业社会的天花板下无法想象制度与社会的前进，那么就回到前工业时代，完成高技术对低技术的碾压。而《亵渎》所展示的绝望根源仍然没有得到解决：如果既定秩序中的统治者同样具备这一体系的终极知识，并同样可以从中获得力量，那么后知后觉的主角该如何反抗呢？

《亵渎》触及的根本问题实际上是当由启蒙运动引发的"双元革命"（法国大革命和英国工业革命）被剪除了人文价值的一翼只剩下功利主义时，自由、平等这些"普世价值"受到的挑战：当"知识就是力量"在一个封闭单向的世界里演变为"只有知识才是力量，只有力量才是法则，法则本身即为神圣"之后，势单力孤的个人如何去守护"天赋人权"？

六、"平衡设定"与"任性 YY"

《亵渎》在整个网文发展史中几乎是一个奇异的存在——似乎一切都是反着"爽文"快感模式来的——以极其压抑的方式书写绝望的反抗，以极端虐主①的情节贯彻始终，甚至设置肥胖猥琐的主角形象来有意制造代入障碍。这部作品能成为"经典"，不能不说得益于其诞生的时期：在网文发展的早期，VIP 制度刚刚实行，可看的书还太少，读者的胃口还没有被惯得太坏——2003 年 10 月起点中文网推出试行的 VIP 收费制度，网文逐渐进入商业时代。之前的 8 月份，起点推出了"天地人榜"，盘点此前所有的网文作品，其中不乏《悟空传》这样为反抗赋予悲剧色彩的作品。由于 VIP 制度的推行，这份由当时的网文圈手工评定的榜单也就成了免费时代的绝唱。《亵渎》虽然完全处于网文的商业生产机制中，但抓住了网文商业模式早期尚不成熟、产业规模有限的情况下剩余的一丝

---

① "虐主"指网文中主角遇到了一些恶劣的境遇，这些境遇包括修炼不顺、被人打败、爱情失败等等。"虐主"往往会招致读者的不满。

表达空间,这使得它几乎成为奇幻网文中的一座孤峰。

尽管"空前绝后",《亵渎》创立的"亵渎""恶人英雄"和"世界真相"三个概念仍对其后的奇幻文产生了重要影响,而其延续 D&D 而来的"平衡设定",更有异于玄幻文(尤其是其中的"小白文")的任性 YY。

D&D 产生于桌面角色扮演游戏之中,多人游戏为保证平衡性,发展出逻辑严密的数值化设定体系,为参与游戏的玩家提供支持和约束。这一套规则是在玩家的博弈中逐渐打磨成熟的,想要扮演"龙傲天"的玩家不得不妥协于其他参与者,否则打破平衡的游戏无法进行下去。因此,D&D 为玩家提供的是依据现实逻辑的幻想体验,而非无限 YY 的梦境,这一传统贯穿于 D&D 体系衍生的小说和电脑游戏之中,并延伸到国内的奇幻网文。

相较其他网文类型,奇幻网文属于设定严密、追求内部逻辑自洽的文类。玄幻网文(例如《斗破苍穹》《盘龙》)和仙侠网文(例如《凡人修仙传》《仙逆》)常常为了推进情节而修改设定,且设定本身简单松散,主角往往会在关键情节处大开"金手指",YY 程度较高。

在《亵渎》创作之时,奇幻、玄幻尚未划分清晰的界限,烟雨江南自己甚至将《亵渎》称为"玄幻小说"①,而在《亵渎》之后(尤其是起点中文网商业化运营后),奇幻、玄幻分流,《亵渎》这部作品本身就是分类的重要标尺:"恶人英雄"在异世界现实面前绝望的反抗故事,基本划定了奇幻网文的写作范畴;可以更改 D&D 的设定,可以加入各种创新元素,但要遵循设定的逻辑。

就在《亵渎》连载期间,起点中文网大幅推进了商业化运营,奇幻不仅是作品的类型,更是商业售卖的标签,一部高度幻想的作品放入玄幻分类会更受欢迎。2010 年以后,起点中文网的奇幻区陷入了衰落。大部分起点老牌大神都放弃了奇幻类网文,例如唐家三少,其前期的五部作品都是划入奇幻区的玄幻,而在 2010 年以后便再也没有为自己的作品挂过"奇幻"的分类标签。到了 2012 年以后,起点奇幻区的作品便很少能进

---

① 《英雄的挽歌——〈亵渎〉作者及其作者简介》:"玄幻小说,以我的理解,就是讲个故事,供大家闲时解解闷罢了。"

入起点月票榜前五十了，2013—2014年的现象级作品《奥术神座》则是挂在玄幻类名下的。而到了2015年8月，起点月票榜前五十没有任何一部奇幻类作品，月推荐榜前五十仅有一部。

从整个网文产业发展的角度来看，以"平衡设定"映射现实困境的奇幻网文几乎必然会衰落。究其根本，社会现实本身的问题越尖锐，读者和作者群体所感受到的压力越大，约束较多、逻辑严密的幻想就越难进行。《亵渎》用"亵渎"概念解构了"崇高正义"，又对"亵渎"本身的反抗性进行了反讽，把好人英雄、贱人英雄和恶人英雄的道路都断绝了，告诉读者在这个封闭的体系内"世界真相"就是强大秩序的剥削与压迫无可阻挡，最好的道路是苟且偷生。在近十年之后回看，这是很大一部分网文读者在现实日常中被迫接受而又试图摆脱的价值和逻辑，当他们被现实的压力逼入网文的幻想空间时，实在不想再经历一次《亵渎》式的噩梦了。最终，读者和作者共同做出了选择，如罗格一般进入了宽松的小世界内，拥抱娱乐和消费逻辑，做一个没有绝望和痛苦的幻梦。

尽管《亵渎》表面上完全违逆网文商业机制的"爽"原则，但仍为其后包括"玄幻"在内的作品奠定了一些基本模式："虐主"带来的压抑和痛苦某种程度上会增强爽感，先抑后扬将为读者带来更强的刺激；"反抗"的叙事并非不可，"扮猪吃虎"、以弱胜强也会受到欢迎；主角手段残忍、挑战道德底线也不是问题，认同丛林法则的读者反而会大加赞赏。而所有这些最后必须通往"胜利"，必须有成功的可能性，在情节进行时需要不断有"爽点"，结局必须光明。遵照幻想世界的"现实法则"，在"平衡设定"的基础上，《亵渎》让主角罗格在反抗之路上探索，最终宣告这是一条死路。这是在VIP制度完成合围前才能进行的探索，在2006年之后，网络文学的商业体系基本建成，"小白文"用"金手指"在死路上用暴力撬开了一条看似光明的缝隙。而《亵渎》之后，再无"亵渎"了。

烟雨江南创作年表

【烟雨江南，原名邱晓华，男，1974年生。本科毕业于复旦大学，毕业后进入新华社，任记者。后旅英留学，取得硕士学位回国发展，从事金融行业。2003年开始网络写作。现为纵横中文网大神级签约作家，中国作

家协会会员。】

1.2003年11月—2006年6月,在起点中文网连载《亵渎》,全书约266万字。

2.2005年成为起点签约作家,2006年5月离开起点中文网,与17K小说网签约。

3.2006年5月—2009年7月,在17K小说网连载《尘缘》,全书约129万字。

4.2009年7月—2012年1月,在17K小说网连载《狩魔手记》,全书约217万字。

5.2011年12月—2014年2月,在17K小说网连载《罪恶之城》,全书约425万字。

6.2014年3月离开17K小说网,与纵横中文网签约。

7.2014年3月至今,在纵横中文网连载《永夜君王》。

《亵渎》粉丝评论综述

《亵渎》的粉丝评论集中于百度贴吧"亵渎吧"、"龙的天空"论坛、豆瓣《亵渎》评论区、起点中文网《亵渎》书评区。评论主要集中于三个方面:一是关于《亵渎》作品地位的评价,二是对于《亵渎》人物的评述,三是对《亵渎》世界设定的评述与解读。

1.《亵渎》的价值观与作品地位

《亵渎》连载完成距今已将近十年,在这十年里网文圈已经发生了巨变,读者群体变动极大,资格较老的"老白"与后入的"小白"对于《亵渎》的评价存在较大的分野。其中最直接的交锋点是"价值观",如何看待罗格毫无道德底线的行为,尤其是开篇即有的"强奸"?在《亵渎》连载过程中,这方面的情节引起过较大争论,但由于时间过于久远,当时的讨论已无从查考。而后人的一部分"小白"读者则对此有相当程度的不适,一篇较为激烈的转帖评论表示:"书籍需要宣扬的是一种好的人生和态度,是对看书的人和后世子孙有启发和有人生道理的,黑暗的一面不应该用主角的方式写出来,作者更不应该以主角的思维来介绍。就像是人的私生活,是存在于世的,是难登大雅之堂的,却可以在介绍'性'的书籍上找到,烟雨江南就是逾越了这一个界线,看看现在和古代的、鲁迅的、金庸的以及一些文学作品,书中或可以找到其黑暗的描述,但并不是像《亵渎》这样,主角成为邪恶的存在而许多的善良人成为作者在对主角铺陈的一个架设,成为作者通过书籍反映人生'大道理'的一个毫不起眼的存在,难道就为了一个道理,一个意淫,一个 yy,就让这么多出现在《亵渎》中的好人,善良人而冤枉的死去吗?"①

　　另一种观点则认为,《亵渎》中反映的是真实的社会样态和现实的价值取向,强奸之类的情节不是重点:"2003 年,我刚刚大学毕业,踏入社会,第一次看《亵渎》,几章后放弃,几乎不能忍受这样一个角色。2006 年工作 3 年再次看《亵渎》,看到罗格逼精灵勇士屠杀兽人村落时,理性上认为没错,书却是看不下去了……2009 年,我经历了人生挫折,认识了社会生存的法则,明白了真正的强大,我看完了《亵渎》,并深深为之叹息,看这书的过程,几乎是对我心理的一次强迫助长,逼迫我面对一些理性上认为正确但却一直不愿意接受的事实。……这本书,不是给那些涉世未深,脑里、心里、嘴里都是从书本、长辈、明星借来的观点的孩子们看的。对于正处于成熟蜕变的人来说,它逼你面对现实,对于已经成熟的人,它催你强大!"②

　　关于《亵渎》在整个网络文学中的地位,也有很多争论。一部分读者将《亵渎》上升到一个极高的地位,认为是"本土网络第一西幻",甚至认为其具有世界性意义,并自发进行译介工作③。《亵渎》的粉丝群体认为这部作品有深度有质量,这使得他们与"小白文"读者有所区分,但又往往易于与"小白文"粉丝发生冲突。例如《九鼎记》书评区曾有粉丝评论:"烟男(即烟雨江南),也没看过。不过估计番茄写《星辰变》的时候,他还

---

① 书友 100317172840412:《转帖:没有人性的亵渎》,起点中文网,http://forum.qidian.com/NewForum/Detail.aspx? threadid =132331596,发布日期:2010 年 11 月 8 日。

② 绿树在 1979:《我看〈亵渎〉》,起点中文网,http://forum.qidian.com/NewForum/Detail.aspx? threadid =141446373,发布日期:2010 年 12 月 2 日。

③ 特里伦休特:《【英文版】亵渎 第一卷 轮回 第一章 苹果》,百度贴吧"亵渎吧",http://tieba.baidu.com/p/1654608607,发布日期:2012 年 6 月 12 日。

在上小学吧?"①此评论立刻引起了烟雨江南粉丝的嘲笑,因为被认为是"小白文"代表作家的番茄(即我吃西红柿)是1987年出生的,《星辰变》创作于2007年。夸张点儿说,烟雨江南创作《亵渎》(2003年)时,番茄刚小学毕业不久。"老白"粉丝们的冷嘲热讽也引起了"小白"粉丝们的不满,他们在《亵渎》书评区发表评论:"别动不动就SB小白挂在嘴,《亵渎》都成了学历文化素养测试器了,要知道我们上网看书主要为了休闲,《亵渎》的故事情节极其枯燥无味,人物阴暗恶心,看这样的书不是找虐么。"②

2.《亵渎》人物评述

《亵渎》塑造了大量鲜明的角色,对此很多读者都有所评述。对于主角罗格的形象塑造,有读者从类型与反类型的角度进行分析:"《亵渎》的开头,基本上是刻意的在反那个年代的潮流——当时外形俊美的主角们在各种世界不分时间地点的王八冒气虎躯连震,出于彻底的反潮流的目的,在《亵渎》的开篇罗格被设定成了这么一个集各种负面效果于一身的形象。但负负为正的事情是不存在的,负的越多,脸部仇恨就越高——唯一的好处是很容易让人记住这么一个与众不同的家伙。……所以时过境迁之后,新读者对于《亵渎》的开头部分,感到不能适应的人的比例非常之高。——毫不客气的说,以为'卑鄙无耻的胖子'是萌点进而写了一个相似的主角出来企图复制罗格的成功的那些人,都是彻头彻尾的蠢货。"③

对于罗格的恶人形象,精英读者大多将其放在残酷的世界背景之下来评判:"《亵渎》里世界的通行法则绝对是弱肉强食,小到个人,大到国家,再大一点到位面,强者对于弱者的掠夺是毫不手软的,在这样的世界

---

① 书友100317172840412:《质量为胜,让速度流见鬼去吧(申精)》,起点中文网,http://forum.qidian.com/NewForum/Detail.aspx?threadid=132124849#,发布日期:2010年4月9日。

② 阉了江南:《亵渎为什么好?因为它有一群心理阴暗的枪手团队!!!!》,起点中文网,http://forum.qidian.com/NewForum/Detail.aspx?threadid=135387281,发布日期:2012年7月7日。

③ 小安.cn:《【龙牙之评】我讨厌胖子,但罗格例外——回顾下〈亵渎〉》,优书网,http://www.yousuu.com/thread/349/517244,发布日期:2011年11月30日。

里,如果对敌人仁慈,就意味着对自己残忍。《亵渎》没有慈悲,没有宽恕,有的只是掠夺而已。……身逢此境,人命如草,死胖子费尽心机,不择手段,归根结底也只是为了生存而已。他绝对和高尚绝缘,和伟大无边,但他至少不无聊,有担当,一切都是一只蚂蚁卑微的挣扎罢了。"①

此外还有大量对于女性角色的评述,例如风月、芙萝娅、安德罗妮。对于《亵渎》中后期在主角配角间多视角转换的写法,有读者评论:"《亵渎》的善与恶不过是虚影罢了,之所以会有这种感觉,是因此作者把平常读者阅读的角度,由平视转到俯视,故事正如一幅画,它就是如此微不足道。角度转换的一刻,仿佛自己身在画外,画中的一切大事,画中人执着的一切,在那观念虚无的画外角度是多么的微妙。它没有表达出自己对社会,对观念的理论,因为作者知道天外有天,他明白自己的理论也许并非真理。他没有把自己的观念告诉读者,令读者们被作者的观念框架,而是让读者在那书中的世界接触画外的境界,由最本源的思维去思考画中的一切。"②

3.《亵渎》世界观评析

对于《亵渎》构造的世界体系,有读者进行了解析:"《亵渎》是个关于规则与挑战的故事。……失败或者成功其实并没有本质的不同,规则仍然是规则,并不会因挑战者的成败而有所改变,成功不过是被规则同化的另一种形式。要打破规则,就要创造出一套新的规则。这真正的力量,就是制订规则。《亵渎》创造出新的规则的了么?没有。罗格的无属性领域不过是个笑话,擎起风月的死神镰刀,冲向天界的大门才是罗格应有的结局。有挑战,却没有创造出新的规则。《亵渎》注定是一曲挑战者的悲歌。"③

---

① 荒塘:《【人物】〈亵渎〉——罗格》,优书网,http://www.yousuu.com/thread/349/770363,发布日期:2013 年 5 月 19 日。

② superyyhking:《谁来告诉我亵渎有什么好看的...》,天涯社区,http://bbs.tianya.cn/post-no124-8076-1.shtml,发布日期:2009 年 3 月 21 日。

③ 六梨:《折翼的天使——规则与挑战的〈亵渎〉》,优书网,http://www.yousuu.com/thread/349/239340,发布日期:2010 年 5 月 15 日。

在《三体》第三部出版之后,有粉丝认为二者的世界观存在共通之处:"看书仔细的筒子们可能已经发现了一个更加隐秘,更加精巧的秘密,那就是《三体:死神永生》中的宇宙理论可以惊人地解释《亵渎》中罗格所在的世界!好吧,这么说的确有点耸人听闻,但是这两本书对于世界的整体构想的确是有惊人的一致性。这么说吧,可以将《亵渎》看作是一本经过神话过程的恒星史。"[①]该文的作者用《三体》的世界观解释了《亵渎》的位面、诸神、小世界等设定。

在整理《亵渎》粉丝评论的过程中,可以明显感觉到相对精英的"老白"读者与"小白"读者的激烈冲突,关于网文的价值、评判作品的标准、读者的身份认定等问题,二者间存在不可调和的矛盾:"老白"读者用大量的评析来试图说明《亵渎》是具有内涵和思想性的经典作品;"小白"读者则否定解读的意义与价值,指责精英读者具有优越感,认为网文的唯一价值在于娱乐。这种冲突在其他作品的粉丝群间也时有发生,在电影、动画和明星粉丝群体间更是有愈演愈烈之势。这背后恐怕反映了整个中国网络舆论的撕裂。

(本章撰写:王恺文)

[①] 常明鬼火:《鬼火乱弹琴之用〈三体〉的眼睛看〈亵渎〉》,百度贴吧"亵渎吧",http://tieba.baidu.com/p/951584559?see_lz=1,发布日期:2010年12月10日。

第三章 修仙:东方新世界
——以梦入神机《佛本是道》为例

从诞生第一天起,"修仙"小说就成为中国网络文学中最流行的小说类型之一,并被视作武侠小说传统在网络时代最重要的继承者。"修仙",也称"修真",长期又被混称为"仙侠",是在欧美与日式幻想文艺的刺激下,从传统武侠和神魔小说中生长出来的一种中国风格的小说类型,主要讲的是由人修炼成仙的故事。"修仙"小说分为"幻想修仙""古典仙侠""现代修仙""洪荒封神"4个子类型。网络文学发展早期,颇负盛名的"网文三大奇书"①中,就有两部——《飘邈之旅》(萧潜,2002)和《诛仙》(萧鼎,2003)属于"修仙文"——分别是"幻想修仙"和"古典仙侠"的网文开山之作。开创"现代修仙"类的是血红的《升龙道》(2004),创作于2006年的《佛本是道》则是"洪荒封神"类扛鼎之作——既开先河,又是高峰。

在这个大作频出的类型里,梦入神机的《佛本是道》不是最早的,也不是最成熟的②,但却是最具标本意义的。它是承前启后的里程碑式作品,代表着"修仙"小说的真正自觉。这当然是因为《佛本是道》糅杂了《山海经》《封神演义》《西游记》《蜀山剑侠传》等书中的神话故事,沟通人神、再造仙境并重写神谱,回答了"东方的修行世界从何而来,如何演

---

① "网文三大奇书":分别是《诛仙》《飘邈之旅》《小兵传奇》,于2005年被网友评选出,是网络长篇类型小说早期的代表作。它们最大的意义在于开辟了新的小说类型,并引发了后来者的广泛模仿。

② 到本章写作的2015年为止,修仙文在写作上最成熟、影响力也最大的作品当属《凡人修仙传》(忘语,2008)。

变至于今日"的问题,从而为创造一个"东方新世界"提供了丰富的资源。与此同时,《佛本是道》又是一次完全拓荒式的探索,是在对传统神魔小说世界架构进行修补的基础上完成的,其中部分新观念也无法和旧体系完美契合。《佛本是道》在传统元素与现代理念之间的碰撞,既为后来的"修仙"小说提供了模仿的对象,也提供了可资借鉴的教训,对旧的东方神魔世界的现代演绎,成为建立新的东方修行世界最重要的一块基石。

一、何谓修仙:从"仙侠""修真"到"修仙"

网络小说中现有的类型分类并不是根据研究者个人的学术眼光确定下来的,而是编辑、作者与读者在长期的实践当中逐渐形成的共识,但分类的标准和使用的术语历来都相当混乱。尤其在"修仙"小说刚刚诞生之时,类型的划分尚未明确,各主要文学网站都将"仙侠"这一"修仙"小说的先声(也是第一个子类)当作这一类小说的总称,并且沿用至今。但作为一个独立的小说类型的"仙侠"并不存在,"古典仙侠"实际上就是以中国古代文化为背景的修仙小说,一如"幻想修仙"是以宇宙星空等幻想世界为背景,"现代修仙"是以现代社会为背景,"洪荒封神"是以创世神话、《封神演义》或《西游记》的神话世界为背景,修仙小说的这四大子类,区别只是故事发生的背景世界不同。

类型的创新都是在常规变异之中演进,或多或少都受制于既有的规范。最初的仙侠小说便是武侠向修仙过渡的产物,是武侠走到尽头之后寻求突破和转向的结果,而仙侠之名更是从武侠而来,两者的渊源可谓深厚。在早期使用"仙侠"来命名这一类型,既是由于尚未有足够的类型自觉,也是试图利用武侠的影响力来推动此类小说的发展,但到了修仙小说逐渐发展成熟的今天,"仙侠"已变成了一个有相当误导性的概念,必须在梳理修仙小说发展历史的基础上厘清一些混淆之处。

如果追述到民国时期还珠楼主的《蜀山剑侠传》,那么我们就更容易理解为什么在20世纪与21世纪之交时,武侠小说会一变而为修仙小说,因为这种转变早已开始,只不过又被压抑了下去。《蜀山剑侠传》一直以来被视为第一部真正意义上的仙侠小说,也是从武侠过渡到仙侠的典范之作,且无论是报刊连载的形式,还是书虽未最后完成却已有500万字的规模,都与今天的网络小说极为相似。作者还珠楼主自认为《蜀山》真正开始于全书第五卷之后,前五卷的文笔囿于一般的武侠形式写得甚不惬意,思想上也只停留在"无论仙佛英雄,没有不忠不孝"的窠臼中,第五卷之后才逐渐进入神魔斗法的奇妙佳境。民国时期真正的武侠高潮的到来,正是因为还珠楼主和他的《蜀山剑侠传》,但这种神妙的幻想与追求科学进步的"五四精神"乃至整个20世纪中华民族救亡图存的基调都有些格格不入。在建国之后,还珠楼主因为政治原因停止了《蜀山剑侠传》的创作,并于1956年在报上发布过关于写神怪荒诞小说的公开检讨。虽然还珠楼主对后世武侠作家影响之大,在同辈人中无人能及,但在当时的政治环境中最受评论界斥责,被称为"荒诞至极"。他将神魔与武侠融汇一炉的《蜀山剑侠传》虽有"天下第一奇书"之称,但即使在大陆的武侠热中也识者寥寥,最终在大陆流行并被尊为武侠第一人的还是深受"五四精神"和西方文学传统影响,将历史与武侠结合起来的金庸。

  《蜀山剑侠传》将武侠与神魔结合的写法,虽然因为历史和政治的原因未能引领起大的风潮,却在半个世纪之后的网络时代被追认为修仙小说的开山之作。《蜀山剑侠传》对后世修仙小说影响最大的,是其丰富的幻想力与成体系的修行法则,这两点是优秀的修仙小说必备的基础。当然还珠楼主丰富的想象力不是凭空而来的,大都是从中国的古籍之中得到的灵感,部分还是从现代科学知识中得到的启发,是作者博览群书的结果,而这也仍是现今修仙小说作者想象力的源头。而明确的力量与修行体系的出现,更是将修仙小说与传统武侠真正区别开来的核心要素,"《蜀山剑侠传》一书之所以不可及,是因为作者在这部书中,建立了一个'思想体系'(姑妄称之),有一定的规律和步骤,指出一个'人'到'仙''超人'的途径,成为一种修仙的法规。《蜀山》全书,讲的是'修道人'如何努力,去修成正果的事"①。

  在《蜀山剑侠传》之后,有重大影响的仙侠小说就要数萧鼎2003年开始连载的《诛仙》了。而在此之前黄易的《大唐双龙传》与《破碎虚空》

---

① 倪匡:《天下第一奇书》,香港《武侠春秋》月刊创刊号。

等玄幻武侠作品,以及1995年台湾大宇资讯公司开始制作发行的《仙剑奇侠传》系列单机游戏,都只能称之为有"高魔"①色彩的武侠或言情。并非是仗剑行侠的手段由侠客手中的宝剑化为了仙人的法宝与神通,武侠就一变为仙侠,更不像在某些粗略的划分中,以人物是否具有凌空飞行的能力为标准来区别仙侠和武侠。仙与武如果只作为载体就没有本质的区别,真正的不同在于由不同的力量等级所造就的不同的社会形态与价值观念,背后是一整套世界观的差异——虽然称之为仙侠,但仙侠小说写的并不是江湖侠客寻仙访道的故事,仙侠的核心是由人修炼成仙的过程,没有也不需要侠的存在,修仙者与游侠儿代表的是两种截然不同的精神气质与行为方式。

萧鼎的《诛仙》就是介于武侠与修仙之间的作品,是传统武侠在网络时代最后的辉煌,也是古典仙侠最重要的早期代表作。作者虽然自述"天地不仁,以万物为刍狗"是小说的主题思想,但支撑该书的核心要素其实是"仙"与"情"——少年惨遭家门不幸,为异人所救,而后历经磨难险阻,修行得宝,征服上古神兽、异禽,游历各种奇异之地,并与几位人间奇女子演绎出动人、凄美的爱情故事——其中,"侠"或者说"修行"只是一种点缀。《诛仙》虽然大获成功,但终究只是过渡时期的产物,书中曾让人耳目一新的想象在不断地被重复翻新后,已难免流俗,而随着女频网站与"女性向"②小说的兴起,寻找爱情故事的女性读者们有了更多更好的选择,不再需要去忍受某些她们认为毫无意义的打打杀杀。失去了"侠"与"情",连"武"也被"仙"所替代,"武侠小说"的彻底没落就不足为奇了,而"女性向"小说的蓬勃发展与女性读者的转向,也使后来修仙小说的作者更加自觉地为男性读者写作,这对于作为一个独立类型的修仙小说乃至整个"男性向"网络小说的定型都有深刻的影响。

在以《诛仙》为代表的早期仙侠小说真正流行之前,萧潜于2003年开始在大陆连载的《飘邈之旅》(2002年在台湾鲜网连载后出版)已经让"修真"这个概念深入当时的网络小说读者的心中,虽然就对一般读者的

---

① 参见附录"网络文学词条举要"之"高魔/低魔世界"。
② 参见附录"网络文学词条举要"之"女性向"。

影响力而言，《飘邈之旅》远不如有着广泛武侠和言情读者基础的《诛仙》，但对"修仙"这一类型发展的贡献却是远远胜之。如果说《诛仙》还有不少典型的旧元素，是武侠小说尝试突破的结果，那么《飘邈之旅》则更多受到包括漫画和游戏在内的国外奇幻作品的影响，在西方奇幻之外首次开辟了中国风格的奇幻修真，同时打破了网络小说发展初期西方奇幻一家独大的格局。《飘邈之旅》作为第一部非仙侠类的修真小说，引发了后来作者模仿的狂潮，使"修真"成为一个独立的小说类型——以中国古代文化为背景的《诛仙》在实体书出版时还能被冠以"后金庸时代的武侠圣典"之名，但面对以宇宙星球为修行背景的《飘邈之旅》的流行，没有人能够否认属于网络修真小说的时代已经真正开始。

《飘邈之旅》在西方奇幻的刺激下试图把被压制和埋没的东方幻想世界重新构建出来，但有别于脱胎于历史神话的传统仙侠世界，作者引入了宇宙和星球等现代性的概念，并且融合了各种东西方神话故事，使之成为一个混搭的冒险世界。《飘邈之旅》化用道教修真体系，将凡人修炼成仙的过程划分为十一个层次，分为旋照、开光、融合、心动、灵寂、元婴、出窍、分神、合体、渡劫、大乘，每一层次又分为前中后期，而这一严密的修行体系实际上直接来源于当时的西方奇幻小说和游戏，只不过改头换面使用了有中国佛道特色的词汇来命名。而无论是《飘邈之旅》还是后来的所谓"修真"类作品，其中的"修真"大多可直接视为"修仙"，已无修真原本的"借假修真"之义，只以追求长生不老、神通广大为最终目的，只是因为《飘邈之旅》中使用的是"修真"这一概念，因此相继沿用。今天，网文界也普遍意识到，"修仙"比"修真"更能概括这一类型的小说的特点，主流文学网站也已在分类中用"修仙"代替了使用多年的"修真"。

《佛本是道》所开创的"洪荒封神"是修仙小说四子类中出现最晚的，其所引发的"洪荒流"在短暂的流行之后也成为修仙小说中的小众类型，甚至除了《佛本是道》以外，"洪荒流"之中再无拥有足够影响力的小说，但《佛本是道》的出现却代表着修仙小说的真正自觉。在修仙小说发展初期，从武侠中生长出来的古典仙侠，有中国风格而缺少高魔世界的宏大壮阔；在西幻刺激下产生的幻想修仙，有足够的幻想力但在本土色彩上有所欠缺，虽然都有了不少修仙小说的特质，但都不能从根本上回答"修仙小说到底从哪里来？什么算是真正的修仙小说？"这些根本的问题；而所谓的现代修仙更只是披着"修仙皮"的都市异能小说，"修仙"不过是获得神通以满足物欲的手段。这时"修仙"还通常只被看作一个新颖的题材，而非有完整体系的小说类型。① 到了2006年初，由《诛仙》与《飘邈之旅》带来的第一次修仙小说高潮已经过去，修仙文出现了后继乏力的状况，此时开始连载的《佛本是道》回归本土神话，从中国传统神魔小说出发构建东方修行世界，展露出非凡的设定世界与讲述故事的才能，构筑起一个从洪荒到现代连贯不绝且能自圆其说的神话世界，也开启了一个新的潮流，在修仙小说中有着承前启后的里程碑式地位，因此起点中文网官方罕见地对《佛本是道》给出了"独自扛起了2006年仙侠小说的大旗"的评价。

二、《佛本是道》：沟通人神、再造仙境、重写神谱

《佛本是道》书名源自伪经《老子化胡经》，其中记述了老子出函谷关入天竺变化为佛陀，教化胡人之事。而梦入神机定书名为《佛本是道》，并非是为了谤佛毁佛，借以抬高道教地位，而是"仙道是道，魔道是道，妖道是道，佛本是道"的略写，以表达作者所认为的主旨，即天地万物都只有一个统一的道，《佛本是道》讲的就是这个"道"。《佛本是道》虽然试图以现代精神为古老的神话体系注入新的内涵，但无论思想还是情感都常常受制于原本的陈旧设定，天命、气数、因果、轮回等较难被现代读者接受的概念，都成了故事推进的重要线索与人物塑造的核心要素。《佛本是道》的主角周青建立"天道教"，并自封"天道教主"，其理念为"天道无常，天道无形，包容万物，游离其外。无善无恶，无是无非，无恩无怨，无喜无悲"。虽然大谈天道，但《佛本是道》实际上是完全以"利益"为先，这当然不是修仙小说最理想的模式，不过却也是现代社会丛林法则的直接投射，有着广泛的受众基础。这种所谓"直指本心"的自我中心式的爽快也一直是梦入神机之后创作的核心理念。

---

① 从2003年年终时出现的一本书的书名可以一窥当时网络小说的混沌状态：《一个有黑社会关系的流氓大学生在修真天界中纵横无敌的风流传说》。

虽然对《佛本是道》的主旨及善恶是非观念的评价趋于两极化，但梦入神机将中国古代纷乱的神话传说融为一个体系，明确地告诉我们"修行世界为什么是这样而不是那样"的努力，却毫无疑问得到了普遍的认可，历来读者对此都评价极高。在《佛本是道》之前并非没有以《西游记》或《封神演义》为背景的小说，但论体系之完整、逻辑之严密则无一能与《佛本是道》相提并论，其中猫腻的《朱雀记》虽然在人物和情节刻画上稍胜一筹，但在世界设定上却远远不如，可以说没有《佛本是道》修仙小说中就不会有"洪荒封神"这一子类。《佛本是道》的出现对"幻想修仙"和"古典仙侠"的分类产生了极大的冲击，书的背景虽然是在幻想世界中，却又以旧有的神话传说与神魔小说为根基；有着突出的中国古典风格，但与武侠小说中生长出来的仙侠小说绝不类似。没有人认为《佛本是道》和《诛仙》或者《飘邈之旅》属于同一子类，因此只好单独为《佛本是道》设置了"洪荒封神"一类，并把此后以创世神话、《封神演义》和《西游记》为背景的修仙小说归入到这一类中。虽然《佛本是道》开创了"洪荒流"，但梦入神机的野心其实并不止于此，他想做的是补全从创世神话到现代社会的整个神话历史发展脉络。只是由于《佛本是道》是梦入神机的处女作，故在开篇"人间界"的数十万字中，多为当时的网络小说流俗所误导，文字过于稚嫩，情节设计也相当草率，因此未受到重视；直到写到"地仙界"转而借鉴《西游记》与《封神演义》的笔法与设定，才逐渐流行开来。《佛本是道》本身不是真正的"洪荒流"小说，内容上不限于封神和西游故事，只因为关于"洪荒世界"这一部分的设定尤为出彩，后来的模仿者大多在此基础上展开创作，故一直以"洪荒流"鼻祖的身份为人所知。

　　《佛本是道》的故事发展脉络可以依据主角周青的修炼进程分为三个阶段：由人修炼成仙；从普通的仙人成为至高的圣人；以圣人的身份参与封神与灭世。第一个阶段依托的是《蜀山剑侠传》的故事，主角周青作为一个普通大学生机缘巧合闯入了原本隐藏在日常生活之外的修行世界，而这个修行界就是"后蜀山剑侠传"的世界。在《佛本是道》的设定中，人间修行界原本是天圆地方、无边无际的大陆，但在巫妖之战中被打成无数的碎片，如今的地球只是其中残余的一片小天地，而崩裂的人间已不再适合修行，因此仙人们纷纷移居到了地仙界中，人间只剩下他们残留的部分道统。在人间界的修行被分为炼精化气、炼气化神、炼神返虚、炼虚合道四种境界，炼虚合道之后便是飞升成仙，地球上的修行者们在"末法时代"①的人间苦苦挣扎寻找着成仙的可能。虽然在开篇的前几章出现了当时都市异能小说中的流行元素如吸血鬼、教廷和日本忍者等，但很快就回到了后蜀山故事里来，继续展开本土的修行世界，而有意识地忽略掉了外部世界的存在。周青在修行成仙的过程中，也因为被算计而沾染种种因果，成为飞升之后立教、成圣、封神等诸多大事件的引子。人间界的故事没有后期地仙界的精彩与宏阔，不过却埋下了许多重要的伏笔，有的在百万字之后才被揭开，数十万字的情节铺垫与情绪积累，让《佛本是道》在地仙界中的爆发有了坚实的根基，而这种不动声色地布局到小说中段才真正拉开大幕的手段，与梦入神机曾经的象棋职业选手经历密不可分。

第二个阶段依托的是《西游记》的故事，周青成仙之后飞升到了地仙界，而地仙界之名就来自《西游记》中的地仙之祖镇元子，周青在这一阶段的所作所为可以被视作一个更加叛逆更加肆无忌惮并且毫不妥协的孙悟空。直到地仙界中，《佛本是道》的故事主线才逐渐清晰起来。这并不是一个凡人巧得机缘艰难修炼成仙的故事，而是一位上古仙人"红云老祖"让"周青"代替自己成为天道的工具，在末世将至之时被选中成为这一量劫（56亿年为一量劫）的主角，以唯一一位开天辟地后修炼而成的"圣人"的身份，完成灭世的无量杀劫，重新演化生灵，开始下一个量劫。在从一位普通仙人到至高圣人的过程中，周青深刻参与到地仙界、天庭、幽冥血海等各大势力的冲突中，并极大地改变了各方的力量对比。这其中最让人印象深刻的是周青与孙悟空的对手戏，《佛本是道》中的孙悟空更多是以取经归来后的斗战胜佛的身份出现，是一位接受了招安的英雄而非战斗到底的反叛者。孙悟空在周青尚未真正明白自己的来历与使命

---

① 修仙小说中多指地球灵气枯竭，各种大道古经遗失，各派修行手段皆难有大作为的一个时代。本出自佛经，真实义乃众生三毒心炽盛不能领会佛法真谛。有谓佛陀入灭后正法有五百年，像法一千年，或谓正法、像法各一千年之后，方为末法时期，关于正法、像法、末法的时限诸说不一。

之时便向他施恩，还显露出可以直达圣道的大神通以现身说法诱惑周青重走他的老路，进入到旧秩序之中然后安心成为天道的工具。周青最初欣然接受但逐渐发现这是一个陷阱，选择反抗到底并以绝对的暴力来打碎一切，而在最后的封神一战中孙悟空也死在了元始天尊之手。随着周青境界与实力的提升，他开始接触到各种神话时代绵延至今的恩怨斗争，这里面一部分来自封神故事，同时还有相当多属于梦入神机独创的内容。

第三个阶段依托的是《封神演义》的故事，但不过是重演了一次封神大战，只是这一次在阐教、截教、人道教之外，多出了以周青为教主的天道教，结果反转成了周青协助在《封神演义》里大败的截教通天教主将阐教与人道教的门徒送上了封神榜。而此时《佛本是道》的整个设定终于全部清晰地展现在了读者面前，从混沌未分，天地开辟，一直到"末法时代"地球上的周青被选中，逐渐成长为圣人并最终灭世，这是一个从创世到灭世完整自洽的神话体系。不过重写神谱并不是指再立封神榜，而是指重写创世神话，建立起一个新的神祇谱系，这一意图贯穿始终。从某种意义上说，这是对中国本土神话进行的第一次可能也是最后一次系统性的总结与补全——《佛本是道》之后的修仙小说作者更热衷于在此基础上创造新的修行世界。中国历来的神仙故事虽然各自都能勉强自洽，但就整体而言却是杂乱无章，《佛本是道》尝试着将它们统合到了一个体系之中。沟通人神则是因为有"绝地天通"这一类事件，传说中上古时人神杂居，神可以自由地来往人间与仙界，而现代社会成为"末法时代"便是因为天地隔绝，人神不能相通，在《佛本是道》中人间界因封神大战崩坏不适合修行也是"绝地天通"的一种形式。

在《佛本是道》所构建的这一庞大复杂的神话体系中，《封神演义》《西游记》《蜀山剑侠传》是最重要的三块基石，此外《山海经》、"七仙女""白娘子"等民间传说也是重要的补充。要将这些不同时代不同地域不同风格的神话传说融为一体，需要大量的有独创性又与原本的神魔世界血脉相连的内容来打通，梦入神机在这里展现了他在世界设定和故事设定上的超凡天赋。这一体系中影响最大评价最高的是关于洪荒世界的部分，大事件有开天辟地与巫妖之战，而这也是梦入神机个人风格最突出开拓最多的部分。

在此书的设定中，世界本是一个混沌，不知何时，这片混沌中产生了许多强大的生灵，又不知何时，大道的化身鸿钧道人开坛讲法，并收下弟子盘古、女娲、太一，另有无数仙、妖、各种存在一同听讲。鸿钧讲道，带来成圣的机缘，而除三大亲传弟子盘古、女娲、太一外，机缘未定。其中，红云老祖让座，准提道人打鲲鹏落位，与接引道人一同得到听讲的座位，有了证道的机缘。此后，女娲、准提道人、接引道人一一证道，只盘古、太一尚未成圣。而盘古遵鸿钧法旨，以盘古幡劈开混沌，以太极图定地火风水，分清浊乾坤，开辟洪荒世界，演变六道轮回。盘古因无力支撑而薨，元神分化三清(太上老君、元始天尊、灵宝道君)继续开天辟地：元始持盘古幡破混沌，分天开地；老子顶天地玄黄玲珑塔，持太极图定地水火风，使得万物演化；通天无法，只得最后演日月星辰，分山川河理。至此，鸿蒙初成，创世成功，太一以混沌钟镇压鸿蒙世界，为天帝；女娲造化天地生灵，为万灵之宗。

盘古元神所化三清，由于得到了开天精义，在开天辟地的同时，证道为混元圣人。盘古身体精血的大部分化为十二祖巫，即帝江、共工、祝融、蓐收、句芒、后土、玄冥、强良、奢比尸、烛九阴、天吴、拿兹，还有一小部分流转于六道轮回之中。鸿蒙开辟以来，便有无穷无尽的世界产生，但多数是一片混沌，真正成形的只有三界：天界、地仙界、人间界。而人间界有不可想象之大，故称为洪荒。此后女娲捏土造人，人类开始繁衍，女娲还创立妖教，为妖教教主，这时人也被认为是妖的一种，人道妖道合为一体。东皇太一带领上古妖族，一部分在天界立天庭，掌天；一部分为下界子民。彼时，妖族为三界正统。而十二祖巫掌管六道轮回，六道轮回中的盘古精血随人类、妖族的轮回，附着于魂魄之上，再生出来，便有天生神通，是为大巫，形成巫族。巫门一脉，因无盘古元神烙印，空有法力，却不能参悟天机。大巫虽无元神，祖巫却有，只是先天不足，以至不能成道，除非得三清圣人盘古元神烙印；或十二祖巫归一，聚集盘古真身，再以混沌钟力证。是以祖巫之间不合，混沌钟更在妖族手中，为巫妖之争种下因果。大巫虽无元神，但天生神通，法力高强，形成共工、祝融、有熊、九黎、防风等许多部落。著名的大巫有夸父、后羿、蚩尤、刑天等。天庭中，太一为天帝，手下众多上古妖兽，分管周天星斗、日月更替，可借星力修炼，星斗也以此命名。东皇太一为因果纠缠，只得完过巫妖杀劫，以力证道。而星斗至尊太阳星，更是由自己十子三足金乌交替管理。此时鲲鹏祖师为天庭妖师，又有计蒙、英招、毕方、饕餮、青牛等妖神。至此，妖掌天庭，巫行人间。

人间界中，祖巫好战，共工与祝融不知何故在不周山大战，双双身殒，其间共工怒触不周山，天柱断，女娲补天。又东皇十子犯天条，东皇责罚轻，大巫夸父不满，逐日而行，东皇十子杀夸父。大巫后羿大怒，举部落之力，加以巫族各种秘术，造箭射杀九只金乌，后羿又被众多妖神杀死。由此，引起巫妖大战。巫族有剩余十ླ巫，妖族有东皇太一凭借周天星斗大阵和混元河洛大阵守护天庭，经此一战，其余祖巫殒尽，而玄冥修为最强，与太一同归于尽。若干上古妖族身亡，余者有的躲藏起来，有的归附仙道，巫妖两族由此势弱，人族大兴。巫妖一战，洪荒（即人间界）泯灭，碎片化成太虚星空，人间地球不过其中一片，故诸天修士迁移地仙界。此后三清各自所创的人教（太上老君所创）、阐教（元始天尊所创）、截教（通天教主所创）兴起，合在一起称为盘古正宗，也称玄门，后统称道教。又接引道人演沙门，立西方教，接引道人即为佛主阿弥陀佛，准提道人则为二教主。女娲的妖教随巫妖大战泯灭。而东皇太一身殒后，三清推举鸿钧身边童子童女为天庭玉帝、王母娘娘。

梦入神机对洪荒世界的种种设定，当然有将创世神话与《封神演义》的故事衔接起来的考虑，以保证两者的力量等级没有大的断裂，因此有了道的化身鸿钧以及三清、女娲、准提道人、菩提道人六圣人。而其最大的独创即"巫妖大战"，至少同时解决了三个大问题，一是各种零散的不成体系的神话故事都可以找到归宿，极大地增强了洪荒世界的容量，如夸父逐日与后羿射日，都能够被接纳进这一体系；二是为主角周青最终选择"以力证道"的方式奠定了合法性，盘古元神化三清开天辟地，而盘古肉身所化的周青灭世，并以纯粹暴力的方式抵达不朽；三是为"绝地天通"找到了变通的形式，现代社会科技发达神通不显，就是因为巫妖大战毁灭了人间界。

此后的封神大战、西天取经都发生在地仙界之中，梦入神机为了将《封神演义》的故事放置在《西游记》的背景世界里，重新调整了主要人物的力量对比与身份定位，把这两部中国历史上最重要的神魔小说融进一个体系之中。如将教导孙悟空的须菩提祖师设定为西方教二教主准提道人,悟空的出世即是准提道人教化当年女娲补天遗留下来的一颗石头的结果,让悟空皈依佛门的机缘一出生便奠定;将如来佛祖设定为在封神之战中被老子抓走的通天教主首徒多宝道人,而老子化胡时留下多宝道人化身如来佛,就是为了分裂西方佛门的气运,理顺佛道的因果关系。虽然在这种种设定中必然多有不可详考纯属杜撰的成分,但梦入神机的确让无数后来的修仙小说作者获益匪浅,其影响力绝不只限于"洪荒流"本身,在沟通人神、再造仙境、重写神谱这一补全旧的神魔世界的过程中,创造新的修仙世界的一切资源都已经准备妥当。

三、怪力乱神:修仙小说的"新自觉"

修仙小说在完全的本土风格之外,还塑造了一个与传统武侠小说相当不同的新的东方幻想世界,这个新世界是中国风格与幻想小说结合的产物,也是这二十年来社会心理变化的直接映射,其基本要素可以形容为"怪力乱神"。"怪"不是逻辑的混乱,而是修行世界有不同于现实社会的基本法则,许多超自然的事情,依据该世界的规范是可能发生的,甚至被视作理所当然的,怪异是指全新的可能性,是想象的盛宴。"力"是通过暴力的方式抵达不朽,暴力本身不是目的,但却是维系自身主体性必不可少的手段,对力量的追求是修仙小说的永恒主题,力量是获得逍遥和超脱的必要保障。"乱"是一种反叛的态度和不稳定的状态,是一种不断尝试着突破边界的渴望,是在没有稳定的价值判断时重估一切的冲动。"神"是修仙小说逻辑的起点,神仙和修仙之道的存在是修仙小说的基本前提,超人的"神"也承载着对于人类未来生命状态的玄想,是一个不可能的抚慰、救赎与想象。

"怪力乱神"从来就与"五四精神"以及社会主义价值观念格格不入,甚至也被儒家传统所摒弃,但如今事情却起了一些变化。包括修仙小说在内的幻想文学,都不是为了反思过去改变现实以创造美好将来,而是在对可能生活的想象中获得当下的价值,其得以流行的根基在于技术手段的发展和社会形态的改变。

修仙小说虽然与武侠小说已完全是两种类型，但核心场面却与武侠小说没有太大区别，仍是"受挫""拜师""寻宝""得宝""练功""游历""逃亡""受伤""疗伤""灭敌"等场景的组合变换，若在武侠小说的基础上去理解修仙的"新自觉"，则更能明白其背后的社会文化变迁。

首先说"怪"。修仙小说这种普遍属于高度幻想的高魔小说的流行，实际上也是技术和理念进步的结果。被各种科幻大片喂养长大的受众，很难再靠"飞檐走壁"满足想象，所谓"武功再高，一枪撂倒"，相对于武侠小说所创造的世界，现代社会就像是一个科幻世界，只有更加神奇的修仙小说的世界才能承载新的想象。但这并不意味着各种"封建迷信"开始复活，随着启蒙运动建立起来的无神论体系并没有动摇，只是人们有足够的能力将小说中的虚拟世界与现实世界截然分开，这种能力普遍获益于由代码构成的网络虚拟世界在日常生活中的扩张，每一个由代码所构建的游戏世界，都是一个天然的有着与现实世界不同规则的异世界，人们习惯于穿梭在不同的异世界中，却并不会将它们与现实混淆起来。同时修仙小说的世界不仅是一个鬼神世界，也像是一个科幻的世界——如果大家越来越能接受宇宙生命的概念，也就越来越能接受神仙的存在，修道成仙这一中国人古老的幻想方式也就有了现代通道。

再说"力"。随着社会形态和价值原则的变化，武侠小说中那个靠小农经济组织起来的社会，其价值观念已经全然不适应这个新的时代。陈平原认为，"武侠小说的根本观念在于拯救"[①]，游侠之所以为人钦佩，在于拯救他人，同时也拯救自我，内在精神是"祈求他人拯救以获得新生和在拯救他人中超越生命的有限性"[②]。"侠以武犯禁"，自掌正义的前提是拥有足够的武力，在王朝法度之外有可以支撑个人做更多选择的力量，但这力量毕竟有限，所以有了江湖与庙堂，有了斩不断的恩怨情仇，侠客必须要在群居的生活中来获得个人的价值，只有在拯救他人的过程中才更有可能超越渺小的个体生命的有限性。

---

① 陈平原：《小说的类型研究——兼谈作为一种类型小说的武侠小说》，《上海文学》1991年第5期。

② 同上。

而修仙小说的根本观念则是"斗争",即自我拯救。因为现代人相信:神仙与皇帝不一定有,但救世主一定没有,拯救他人和等待他人拯救都已经是不可能的选项。修仙小说中的主角大多是从一无所有的平凡小子到修炼有成的神仙,主要内容也不外乎与天命斗,与自然斗,与人斗,与神仙妖魔鬼怪斗,这些战斗的场面与传统武侠小说并不会有根本的区别,好看的打斗都是它们吸引读者的重要手段。而修仙小说"斗争"的精神也并不在于精彩的打斗中,而在"求道"的过程之中,是一种宿命感的体现。这种宿命感自然是现代社会丛林法则的投射,甚至更加赤裸,"以他人为地狱",但同样揭示了某种历史与世界的真实运行规则,人们已经有权利也有能力获得真相。二十年来经济的发展已经使绝大多数人解决了温饱问题,但社会阶层的激烈分化和上升通道的日渐阻塞,以及由此所带来的"屌丝"认同与日常焦虑,都使得对"力"的追求是如此的赤裸裸。但这种"宿命感"也并非是在一味宣泄负能量,更是在消解负能量,"斗争"即是"自我拯救",是个体对残酷命运的绝望反抗,只是在这种反抗中对于力量的渴求是前所未有的。

然后说"乱"。当"力"成为生存的唯一法则时,任何"斗争"总体上来说都只能是"乱"。"天地不仁,以万物为刍狗"与"人之道,损不足以奉有余"是诸多修仙小说共同的底色,站在金字塔巅峰的人在任何世界都只是少数,在想象中的修行世界的社会形态里也不例外。长生久视与神通广大都需要罕见的机缘或者难以计量的资源,而在修行世界中阶级的鸿沟更令人绝望,普通人如蝼蚁,仙人则永生,中间的修行者们要么再进一步,要么寿元耗尽,千百年苦功化为流水。修道成仙本就是逆天行事,不争则等死,争尚有天地之间的一线生机。现实社会中的人们尚可自我安慰,争夺的不过是蜗角虚名、蝇头微利,到头来都是冢中枯骨,而于仙侠世界中,争夺的则是生命的升华乃至永生的机会,每个人都是为了生存而斗争,斗争便被天然赋予了巨大的道德合法性。修仙小说与武侠小说最大的区别就在于仙侠世界是一个超自然的神魔世界,讲述的是从凡人一步步成为非人的仙人的经历,是一个巨大的升华也可以称之为异化的过程。对于深受等价交换的市场原则与失落的历史经验影响的网文读者,无法梦想像侠客那样"吃饱了自家的饭,专管别人家的事",也无法幻想自己"免费被救",最多只能 YY 走上一条"凡人修仙路","自我拯救",任性逍遥。所以,修仙小说与武侠小说虽同为失去英雄的"小时代"中的"英雄梦",但对英雄的定义则发生了变化。

对力量的无限崇拜并不能够消除我们内心的恐惧与绝望,这唯一可能的自我救赎之路在被不断高举的同时也在被不断地质疑,自我怀疑的结果当然只能是"乱"。"缓急,人之所时有也"可以说是武侠小说最重要的社会心理基础,然而当漫天神佛都被推下了神坛,人世间的侠客与救世主也都现出了原形,没有了可以祈求拯救的对象,却并不意味着人们真的以为命运就完全掌握在自己手中,真的能"扼住命运的咽喉",像修行世界中最美好的宏愿一样,"人人如龙""人人如圣"了。当外来拯救的希望已经断绝,而"自我拯救"与"反抗绝望"却是建立在一种"反抗必有希望"的假设上,不能不说这种希望常常太过渺茫。在个人意识到自己于时代中的无足轻重与无能为力,失去了少年时"不畏天命"的勇气后,通过个人奋斗而"当上总经理,出任 CEO,迎娶白富美,走上人生巅峰"[①]都只是个笑话,更何况成为长生不老的仙人。"外挂"便成了唯一能够接受的解释,要取得远超同辈的成功只能依靠"外挂",只能通过作弊利用"规则之外的规则"来获得能够摧毁一切阻碍的暴力,并得到最终的胜利。就算我们可以通过"外挂"来不断变强,但变强之后又如何呢?这个问题时时刻刻都存在于"我要变强"的过程之中——变强就可以满足一切欲望,这是最直接最朴素的答案,但走到尽头之后也很可能发现获得的是空虚和悔恨。

最后说神的非道德化。《诛仙》被认为是仙侠小说的原因除了有奇妙的想象外,也在于书中反复探讨了"何为正道"的问题,显示出一种对于传统武侠小说的反叛态度。传统武侠小说并非对善恶对立的简化思路没有反省,但只有在一个忠奸正邪是非两极对立的结构中,武侠小说里的杀伐才可能被道德化,若打斗双方正邪未定、是非未分,则读者将怀疑甚至否定这种杀伐的价值。于是武侠小说的作者并不愿意去改变这个大背

---

① 著名的网络迷你喜剧《万万没想到》中的台词,因讲述屌丝王大锤的传奇故事而在青年中影响极大。

景,而只能修修补补,在角落里做一些反讽和嘲弄。但《诛仙》的结论是天道无私,不分正邪。在之后的修仙小说中,更普遍存在着对杀戮道德化倾向的拒斥,没有简单的善恶对立大背景,只有阵营与认同的不同,这并非代表失去了价值判断,而是正表现出一种对于"暴力道德化"的深层警惧,也普遍反感将暴力和杀戮道德化的行为。而在早期的网络小说创作中,一直有一种反叛的冲动,拒绝以任何正义之名将暴力行为道德化,人们普遍多疑,怀疑任何神圣和权威背后都潜伏着虚伪与罪恶。因而,宁愿毫不羞愧地承认利益或情感亲疏是出发点,回归到道德的基点上来重塑伦理。因此在部分修仙小说中毫不掩饰地表现出嗜血欲望与暴戾之气,对此,需要研究者也同样毫不掩饰地面对,但同时也不能简单地归结为道德沦丧。在一个社会重大的道德转型期,在网络文学这样一个当时还基本是"化外之地"的欲望空间,以真的勇气面对人类欲望的探索并不一定以恶为终点,也有可能触底反弹,是道德重建过程中的必由之路。

梦入神机无疑是在人性恶与"超人"价值观的探索之路上走得相当远的一位作者,因此也极具争议(具体见后文粉丝评论)。笔者认为,小说中对人性幽暗面的探讨本来就不应当有尺度的限制,更何况在这种前所未有的宏大叙事中,有超人的存在自然会有超人的价值观,《佛本是道》所进行的尝试只是将这些可能性放大到极致。几乎所有的修仙小说都有非道德化的一面,这是因为新世界必然要求有新道德,也是因为当下中国社会的道德观念本身就在急剧的变动和重塑中,但并不代表丢失了人性的底线,人们只是不再等待和祈求着天地间"善的力量"的拯救。《凡人修仙传》[①]便在"自我拯救"的大前提下,描写了一个仍然有血有肉、有情有爱的主角韩立,这也是《凡人修仙传》获得远超其他修仙小说成就的重要原因。即使是在《佛本是道》中,周青在灭世的最后一刻也仍然会为龙女敖鸾神伤,神的非道德化更多体现在拒斥过时的旧道德上。

---

① 忘语所著修仙小说,2008 年 2 月 20 日开始在起点中文网连载,2013 年 9 月 23 日完结,总字数 760 余万。以 1330 余万张推荐票居起点中文网总推荐榜第一名(截至 2015 年 12 月底)。

结语:修仙——古老又现代的超脱之梦

　　修仙何以能成为这个时代最重要的网文类型？答案很简单:传统文化基础加上幻想文学推力。古典仙侠作家管平潮认为"修真文学""有着无比辉煌的过去","其实是一个一直与东方主流文化血脉相连的有机组成",称赞它有"几可提升到传承中华民族文化传统的意义"。① 作家徐公子胜治也坚信"古代典籍中,讲了许多古人的修炼内容,如果将其中得道成仙的,或者神异传说的东西去掉,对于人生真正的表达是一步步走向超脱的理解,这就是一个体系,这是几千年来沉淀在人们骨髓中的东西"②。

　　"仙"对于中国文化和文人的影响从来不在"侠"之下,同样被高度文学化,成为一种审美的需求,少年游侠、中年游宦、老年游仙,更是中国文人最理想的人生境界。"仙"和"侠"一样是对现实生活的超越,是对平庸的世俗和日常生活的批判,只不过"仙"更加缥缈。但这更加不切实际的仙如今已不只是王侯的追求,在科技高度发达的现代社会里,对于饱暖无忧的普通人来说,仙要比侠更能满足他们深层的渴望。

　　"仙"是一种古老的精神气质与人生追求,"修"则充满现代社会的理性与进取精神,"修仙"本身就是融合古典与现代的产物,它的存在一刻不停地刺激着我们潜藏在血脉中的独属于中国人的梦想与渴望,也最能够且最应该从古典智慧与现代精神的碰撞中生长出能给我们最多抚慰和激励的作品。

梦入神机创作年表

　　【梦入神机,本名王钟,1984 年生,湖南常德人。高中毕业就成为职业象棋选手,笔名即来自明代象棋棋谱《梦入神机》,后因比赛成绩不佳,

---

① 管平潮:《"长生久视,不必仙乡"——论仙侠文学的意义暨展望》,BBS 精粹,http://www.univs.cn/newweb/channels/bbs/2007-06-14/759265.html,发布日期:2007 年 6 月 14 日。

② 徐公子胜治创作谈,"龙的天空"论坛,http://www.lkong.net/thread-656597-1-2.html,发布日期:2012 年 9 月 25 日。

22岁时转行以写作谋生。曾为起点中文网白金作家,2010年转入纵横中文网。现为纵横中文网签约作家。】

1.2006年2月20日,在起点中文网开始连载处女作《佛本是道》(2007年3月4日完结,总字数202万)。梦入神机凭借此书签约起点白金作家,奠定了其著名网络作家的地位。《佛本是道》被起点中文网官方评价为"独自扛起2006年仙侠小说的大旗",并被广泛认可为修仙小说中"洪荒流"的开拓者。

2.2007年3月1日,在起点中文网开始连载《黑山老妖》(2008年6月完结,总字数130万)。因涉及革命历史敏感题材,《黑山老妖》最终仓促结尾,并在2014年的"清网行动"中被起点中文网屏蔽链接,这也是梦入神机所有作品中商业成绩最差的一部。

3.2008年5月31日,在起点中文网开始连载《龙蛇演义》(2009年11月10日完结,总字数228万)。《龙蛇演义》被认为是"国术流"最重要的代表作。

4.2009年7月27日,在起点中文网开始连载《阳神》(2010年7月3日完结,总字数308万)。《阳神》曾在起点中文网创造了连续八个月月票排名第一的记录,是梦入神机至今最具人气的作品。

5.2010年7月18日,在纵横中文网开始连载《永生》(2012年2月5日完结,总字数508万)。因梦入神机离开起点入驻纵横而导致的版权问题,《永生》版权被判为起点中文网所有,目前纵横中文网已屏蔽该书链接。

6.2012年3月1日,在纵横中文网开始连载《圣王》(2013年4月30日完结,总字数508万)。《圣王》是梦入神机第一部被改编为游戏的作品,但从《永生》中后期起,梦入神机的创作就开始过度靠拢商业化,因此被读者不断批评,人气有所流失。

7.2013年7月1日,在纵横中文网开始连载《星河大帝》(2015年2月14日完结,总字数348万)。在连载过程中《星河大帝》曾一次性获得粉丝一百万人民币打赏(业内也有人认为有炒作嫌疑),但《星河大帝》整体成绩相对有所下滑,评价也进一步走低。

8.2015年12月31日,在纵横中文网开始连载《龙符》。

《佛本是道》粉丝评论综述

《佛本是道》是一部在读者中影响极大、评价很高的网络小说,被认为是修仙小说中"洪荒流"的开创者,在修仙小说发展过程中具有里程碑意义,但在思想主题方面也颇有争议。关于《佛本是道》的粉丝评论主要集中在百度贴吧"佛本是道吧"、起点中文网书评区和"龙的天空"论坛。这些评论主要集中在以下三个问题:一是书中的正邪是非观念,以及所谓天道;二是作者对中国传统神话体系的总结和新说;三是具体的人物情节和神通法宝。

1. 正邪是非与所谓天道

在《佛本是道》中,梦入神机彻底地抛弃了善恶是非二元对立的观念,借用和改造道家的天道观,认为天道是"无善无恶,无是无非,无恩无怨,无喜无悲"。而书中主角周青在前半卷也常以"恶人"与"怪人"自居,行事肆无忌惮,并且有意挑战世俗常规而自立正义,对此有相当多的读者表示难以接受,认为"三观不正"。网友彭海泉就表示"圣人周青其实质不过是强盗一流""这也反衬后期的谈玄不过是为玄而玄"[1],还有读者认为"华丽的外表改变不了黑道修仙和拼爹拼前世的本质"[2],甚至有信仰佛教的读者批评"这部小说,骨子里是在为天魔张目",认为作者摧毁了宗教的善恶报应机制,"把世人寄予最后拯救希望的天国世界,变成了弱肉强食的丛林社会"[3]。

当然也有读者认为这些批评实际上是没有明白《佛本是道》的真正意图,他们认为书中的天道观与《道德经》中的"大道废,有仁义;智慧出,有大伪"是一脉相承的。如粉丝神牛五彩便认为"梦入神机的书,痛快淋漓,直

---

[1] 彭海泉:《流年逝水话书单之仙武》,"龙的天空"论坛,http://www.yousuu.com/book/425,发布日期:2014 年 5 月 10 日。

[2] 阿斯摩蒂尔斯:《天下小说是一家,也看仙草也看渣》,"龙的天空"论坛,http://www.yousuu.com/book/425,发布日期:2014 年 9 月 23 日。

[3] 爆破鬼才:《评价〈佛本是道〉》,"龙的天空"论坛,http://www.lkong.net/thread-814965-1-1.html,发布日期:2013 年 7 月 25 日。

指本心！没有高风亮节、高尚情操；没有风花雪月，儿女情长；一切回归本源，'利'字当头，'益'字在心。用时髦点的话说就是：一切为了生存和发展，并且是更好的生存与可持续发展。世间万事万物都不能动其本心！这正是人间大道！是为人道！"他坚信"德本是道，道是德的起源！为道而德是真正的德，为德弃道是愚蠢的德，是无本之德，必定阻碍社会发展，自身发展"，而作者梦入神机正是"戳穿了一切假惺惺、扭捏作态的有德之士，山盟海誓、情深意长的痴情人种"。① 这部分读者认为《佛本是道》并不是不讲道德，没有是非，只是有意放纵"击穿套中人的外壳"，打破那些虚伪的道德说教，给我们呈现一个真实的世界并试图在此基础上重建道德。

2. 再造仙境与重写神谱

由于大部分读者认为网文最重要的功能在于娱乐，因此最看重的还不是书中的善恶是非观念，与小说主题相比，他们更在意的是故事的世界设定与人物设定。而对于《佛本是道》所开创和整合的洪荒世界，历来的读者都评价极高。"这本书打破了幻想文学这块西方魔幻独成体系的历史，与之相抗衡，它能清楚的告诉你仙侠世界为什么是这样而不是那样。书成之后，无数跟风之作蜂拥而上。"②《佛本是道》的再造仙境与重写神谱，最大的价值还不在于故事本身的精彩，更在于开创了一个能够被后来者借鉴的设定体系。

《佛本》一书最大的看点，在于它对于中国传统神话体系的整合与创新，提起《佛本》，就不能不有此一说。《封神演义》《西游记》《山海经》是《佛本》化用的基础，但是《佛本》所做的整合体系，却是从未有一部作品曾做过的，三清、三宝、盘古、女娲、三皇五帝、山海巫族、玄奘师徒、镇元子、龙王、天庭百官、玉帝王母、散仙、修罗、蜀山、昆仑、截教、阐教、东郭先生、南郭先生、夸父、后羿、嬴政、白起、蚩尤、七大圣……神机做了一番大糅合，如此费力而未必讨好的事情神机竟然做

---

① 五彩神牛：《〈佛本〉的真意》，起点中文网，http://forum.qidian.com/NewForum/Detail.aspx? threadid=113150117，发布日期：2010年4月2日。

② 天天都要好心情：《梦入神机的作品——〈佛本是道〉》，起点中文网，http://forum.qidian.com/ThreadDetail.aspx? threadid=114593746，发布日期：2009年5月17日。

到了,开创了洪荒流这一写作模式,这本身就是一件很有价值的事。①

在广泛吸收中国古代传统神话和神魔小说,以及民间流传的不成体系的传说故事的基础上,梦入神机还借鉴《蜀山剑侠传》的结构和手法,使得《佛本是道》更具可读性,并在网文界掀起了一阵阅读和考证中国古代神话传说的风潮,引发了许多读者对中国古代神话的兴趣。有读者赞叹"《佛本》是一本好书,一部难得的好书。上承封神故事,下接网络YY。而更难得的是,作者对于两者把握十分到位,使人读起来既无古文的生涩之感受,亦无网络YY纯粹空洞的无聊意淫。使一个普通的,从未看过《封神》的人,能对这部古典小说充满向往,竟然会生起去看的念头!"②

3. 人物情节与法宝神通

在粉丝关于《佛本是道》的讨论中,关于主题和背景设定有不少评论针锋相对,这在网文中是比较罕见的,对于以娱乐为主的网文读者而言,具体的人物情节和神通法宝通常才是他们最津津乐道的。而《佛本是道》中的人物情节、法宝神通,也不可谓不精彩,同时这些内容本身也是"洪荒"体系的重要组成部分。

《佛本是道》中的人物一大部分是读者耳熟能详的角色,有粉丝便曾撰文认为"《佛本是道》的成功是大片模式的胜利"③,除了主角周青,对部分神话传说中大人物的改写同样令读者印象深刻。如将孙悟空塑造为放弃反抗、接受招安、成佛后更回过头来招安主角周青的反派,这让有的粉丝难以接受,但同样让有的读者念念不忘,乃至认为书中孙悟空的死是"看网络小说以来最惊心的一句":

---

① 渊默:《阿弥陀佛,善哉善哉,老衲要淡定——读〈佛本是道〉随笔》,"龙的天空"论坛,http://www.lkong.net/forum.php? mod = viewthread&tid = 236859&bid = 425&extra = page% 3D1,发布日期:2010年5月10日。

② 太乙道人:《致不喜〈佛本〉者》,百度贴吧"佛本是道吧",http://tieba.baidu.com/p/146032151,发布日期:2006年11月8日。

③ 像科比一样战斗:《〈佛本是道〉用好莱坞的方式走向胜利!!》,百度贴吧"佛本是道吧",http://tieba.baidu.com/p/162127242(原帖已不存,此为最早转帖),发布日期:2007年1月9日。

晚上静坐,不知为什么想起梦入神机《佛本是道》中,孙悟空被原始天尊打死时说的那句:"良久,猴子终于忍受不住这份寂静。身体颤抖,向天发出一声苍凉的咆哮:'寂寞啊!'"①

然而《佛本是道》并非只是靠大人物与大场面成就的,梦入神机对小人物的塑造也相当出彩,笔下的一些小场面也极有生气。"最值得称道的是,《佛本》将《封神榜》和《西游记》里仅仅是一笔带过的小人物也变得形象丰满起来,比如花果山的芭将军、马元帅,比如七大圣除孙悟空和牛魔王外的其他几位。"②

对《佛本是道》人物与神通法宝的评论有一大特点是多考证和索隐,这与梦入神机重写中国传统神话体系的努力密不可分。因为故事特别精彩,体系合乎情理,再加上普通读者对古代神话的陌生,对《佛本是道》中许多纯属梦入神机杜撰的神话人物与修行理念,读者很难将之与一同出现的真实神话区分开来,如"十二祖巫"一说就常常被读者当作真实的神话故事。

在一篇名为"关于《佛本是道》中古代神话人物的考证"③的帖子中,作者便明确提出,因为"中国古代神话是没有完整清晰的神仙体系的,各典籍中说法不一",而"《西游记》《封神演义》是小说,和古代神话、典籍是不同的概念",所以"尽我所能找一些资料,希望能让大家对此有个简单的认识,免得将一些杜撰的东西和中国神话记载混淆"。帖子中对盘古、鸿钧、三清、准提道人、接引道人等出现在《佛本是道》中的神话人物进行了详尽的考证。

(本章撰写:吉云飞)

---

① Pheado:《看网络小说最惊心的一句》,"龙的天空"论坛,http://www.lkong.net/forum.php? mod = viewthread&bid = 425&tid = 708348,发布日期:2013 年 1 月 27 日。

② 丰收一号,回答网友 asdf73142 在百度知道的提问"你对《佛本是道》有何见解",百度知道,http://zhidao.baidu.com/link? url = 7AJ2ub2ik_Q3TP8zi2olvu5tMHF1ohwuLOK7-a6QEVh6pief7reQcH8D-xI-ZP-PtFuJxSQOIwEJ2ixNHYlJq0a,发布日期:2008 年 8 月 12 日。

③ 我要天使 a;《关于〈佛本是道〉中古代神话人物的考证》,"龙的天空"论坛,http://www.lkong.net/thread-628994-1-1.html,发布日期:2012 年 7 月 28 日。

第四章　玄幻练级:作为欲求表象的数目化抽象世界
——以天蚕土豆《斗破苍穹》为例

在网络小说各种类型中,影响之大者莫过于玄幻,而应用最普遍的结构因素则是升级。玄幻类的练功升级小说(以下简称"玄幻练级小说",网文群一般直称"练级小说"),可以说是网络小说读者最多、影响最广、作品数量最多的一脉。① 网络作家中最有影响力的"大神",如辰东、梦入神机、我吃西红柿、唐家三少、天蚕土豆等,作品多属此类。因此,甚至可以说玄幻练级小说是网络类型小说的主流。

以超过 8 万的单章最高订阅以及高居首位且遥遥领先的无线阅读点击数称霸的《斗破苍穹》无疑是最具代表性的玄幻练级小说。② 本章将以《斗破苍穹》为例,解读玄幻练级小说的结构原则、基本叙述句法,并解剖其背后的社会价值结构和读者心理机制。

---

① 在起点中文网,直接带有"练功升级"标签的作品共 92388 篇,约占起点书库作品总数(1099589)的十分之一(2014 年 3 月 12 日查询数据,因其标签体系变化,故无法追踪最新状况),远超其他标签。占据点击、订阅、月票等各种排行榜前列的小说也多为玄幻练级类。本章所谓"练级小说"指的是小说明确提出其想象世界中"功法"的等级,并以主角功法等级的提升作为主要内容。

② 《斗破苍穹》在起点中文网的单章最高订阅居首位,超过 8 万;在中国移动的阅读基地高居首位(比曾经的第二名《很纯很暧昧》几乎多一倍,2015 年 9 月 5 日查询,点击量为 2982665014,从这个数据看,其正版消费移动读者总数超过 300 万);另外,相关百度搜索指数(2011 年 3 月 20—26 日达到巅峰,该周搜索平均值达 2444108)远远超过同期其他知名网络小说;考虑盗版等因素,保守估计其读者总数超过一千万。在网络小说界,这部作品可谓尽人皆知。

一、作为表象的"世界":抽象化与等级数目化

广义的玄幻小说,相当于"高度幻想"小说,与"低度幻想"小说(如武侠小说、骑士小说等)、科幻小说、写实小说对应,泛指小说中的虚构世界与现实基本甚至完全脱钩,不遵守现实经验规律,任由幻想构成。由于世界设定的想象总有其文化根源,因此依照文化背景可进一步分类。其中来源于中国神话传说、神魔小说、剑仙小说叙事传统,整合并较严格遵循其等级系统的分支归为"修仙小说";来源于西方奇幻小说传统并较严格遵循其世界设定和等级系统的分支归为"(西方)奇幻小说";而其他虽然或多或少吸收本土、西方以及其他幻想文学元素但并不严格遵循其世界设定和等级系统,主要由作者自己根据需要构造世界的"高度幻想"类型小说,属于狭义的"玄幻",本章所论述的玄幻专就此而言。

所谓玄幻之"玄",意味着具有某种极度的抽象性,并且无法在现实中找到对应物。它所描绘的世界是与现实完全脱钩的假定的高度幻想世界。当然,这种幻想总是基于某种现实的抽象而产生,并在这个抽象幻想世界中实现读者欲求最便捷的满足。

玄幻世界是与现实完全不同的"架空世界"。玄幻文学不但不受自然世界的物理法则、社会世界的理性法则和日常生活规则的制约,有时甚至完全颠倒了自然世界和社会世界的秩序。由于抽象化,玄幻的设定可以灵活采用各种叙事传统的相关元素,比如接续"神魔""剑仙"传统,也可以完全根据自己的想象设计世界模式,它极为灵活,可以容纳各种想象,方便任性YY,因此成为网络小说最为热门的类型。

练级小说的首要元素是等级。等级这一元素作为基本设定,在网络小说官场文、军事文乃至竞技文等其他类型也普遍存在,都是为了使读者体会到提升等级的虚拟快感。与它们相比,玄幻练级小说的等级设定的特殊之处即在于,其核心设定必须涂饰以某种对读者有吸引力的玄幻元素,以此构成最为重要的对于虚构世界之想象,这与官场文、军事文乃至体育竞技文等类型仍有对应的具体现实所指物不同。官场文的等级基于现实官僚科层制,其中人物关系根据官阶而定,能力主要来自政治技巧;

军事文的等级基于军事职阶,人物能力主要系于身体、武器和军事谋略;其他类型设定的等级关系也大体基于现实。而玄幻练级小说的等级设定往往指向人物的力量,虽然一开始也基于身体,但是很快就会突破传统武术的范畴,迅速进入幻想层次,并越来越高级,越来越抽象——不再有现实的逻辑,只要合乎读者欲求这一根本逻辑即可,直到作者想象的尽头。而读者也与作者达成默契,对于世界的设定和人物的能力并不深究其合理性和严密性,只要大体符合等级想象即可,因此玄幻练级小说往往开篇甚至在小说简介中就把世界设定和盘托出。比如《斗破苍穹》的简介:

>这里是属于斗气的世界,没有花俏艳丽的魔法,有的,仅仅是繁衍到巅峰的斗气!
>
>新书等级制度:斗者,斗师,大斗师,斗灵,斗王,斗皇,斗宗,斗尊,斗圣,斗帝。

在这一设定中,力量递进也存在一定的逻辑。大众通俗小说对于力量的崇拜是一贯的,但是玄幻练级小说与传统的通俗小说最大的不同便在于其设定的等级明确而森严,甚至数目化。《斗破苍穹》的力量体系设定里每个级别都进一步细分为九个小的级别,合称为"X 星斗 Y",来标明人物的力量等级,共有 100 多个级别(每个小级别又分低中高三个小阶)。此外,作为辅助能力的炼药师体系,同样也分为九品。类似的数目化等级体系设定普遍存在于玄幻练级小说中。

为什么会形成这种等级数目化且数目繁多的趋向?

最直接的原因是网络游戏的影响。天蚕土豆的第一部小说《魔兽剑圣异界纵横》的主角就是在玩游戏时穿越到了异界,获得了游戏"魔兽世界"中剑圣的技能。而玄幻练级文的前驱,其实就是网游文。2003 年,在当时的中文互联网世界里,网游和阅读是除了网络聊天之外最普及的娱乐活动。与《传奇》《大话西游》等网络游戏相伴生的是一大批名为《网游之XXX》的网游小说,它们占领了各书站的周点击和新书榜的高位。网游小说中描述在游戏世界不断升级的部分,可视为练级小说的前身。网游小说每个等级并没有一个专门的等级名称,而是直接就简单地设定为:一级、二级、三级、四级……十级。网游小说还部分地描写游戏玩家的现

第四章 玄幻练级:作为欲求表象的数目化抽象世界 95

实生活,并不完全是纯粹幻想世界,而且幻想世界的设定是直接来自既有的电子游戏设定。同时期,萧潜的《飘邈之旅》引入修真等级体系,升级作为小说结构主线的有利性——简易、灵活,合乎读者最大需求,适于超长篇连载——开始显示出来。其后,我吃西红柿的《星辰变》(2007)创造了一个极致力量的体系,并以高潮迭起的紧张情节吸引读者,将玄幻练级小说推到一个高峰。《星辰变》在2009年改编为网络游戏,更显示出玄幻练级小说与网络游戏在产业上容易形成直接对接的上下游,已然形成可互相兑换的密切关系。而后期部分网游小说甚至可直接视为是玄幻练级小说的一种特殊子类。

这种等级观念数目化,从宏观角度看,是与社会理性化进程同步的文化现象。小说以及游戏中的"练级"之所以对级别有着清晰的界定,其深层原因在于马克斯·韦伯所说的现代社会"科层制"特征:权力依职能和职位进行分工和分层,以规则作为管理主体的组织体系和管理方式。只有到了理性化时代的科层制社会,这种等级数目化的想象才如此自然。社会科层化使得人们感觉到等级的无处不在,并将之内化为自身关于个人能力的等级意识。然而,一个合理的科层化社会里,虽然人们经济水平、社会地位有高低,但社会大体公正,各尽所能各得其所各安其位,层级差别或者差距并不会引发人们的极度焦虑。而网络小说里玄幻练级小说热潮所根植的社会心理根源,恰恰显示了当代中国社会科层化过程的特殊性。

1970年代末以来的中国社会转型是在一元组织的权威主导下,进行理性化的经济技术改革。整个过程导致社会阶层结构剧变,以职业为基础的新的社会阶层分化机制逐渐取代过去以政治身份、户口身份和行政身份为依据的分化机制,原来一元领导下的工人阶级、农民阶级和知识分子阶层的结构,分化成更多职业阶层,并在经济水平、权力地位上分化为五大社会经济等级(社会上层、中上层、中中层、中下层、底层)。[①] 而且当代中国整体社会分层结构并非良好的"橄榄型"或"纺锤型"结构——所

---

① 陆学艺:《当代中国社会阶层研究报告》,北京:社会科学文献出版社,2002年。

谓的中产社会,而是呈"倒'丁'字型",社会底层的比例非常大。① 这一社会结构在1990年代初其实就已经定型,此后的经济改革和发展并未改变这个结构,只是使得结构中不同阶层的差距不断扩大。② 虽然社会结构从转型到定型是常规,但是如果违背了公正的原则,固化就将是一种畸形的定型。就社会现象和人们的日常经验而言,"富二代""官二代""穷二代""拼爹"等词语的流行反映出竞争机会不平等的资源代际传承已成为社会关注的焦点,可见阶层固化对于国人的刺激之深。③ 处于社会底层的直接感觉是,压力重重,上升通道堵塞。等级化的玄幻设定就是这种阶层急剧固化社会中的世界观之表象。而2007年之后网络文学的主要受众是底层民众,突破现实等级最便捷的方式就是建构一个脱离现实等级设定的玄幻世界。

二、作为欲求的"世界":超越社会的束缚与身体的限制

"超越社会的束缚与身体的限制",这两个向度的渴望是通俗—大众文学的根本动力。武侠小说中,"武"的技能超越了自然界以及"系统世界"对人类身体的管制,"侠"的行为超越了社会规范的限定。④ 玄幻练级小说承袭了这种根本渴望,并将其推进到极致。

武侠小说的没落与玄幻小说在网络中的崛起是同时发生的。这种文类更迭在弗莱的文学历史内在发展模式看来,是神话—真实—反讽等诸种型相的流动。⑤ 但事实上,文学内在动力说并不足以说明促动文学变化的根由,因为它忽略了语境。跳出来看,这种流动是需要强大的社会动力才能实现的。

"武"的没落,最直接的原因是由于现代社会的暴力已经远远超过肉

---

① 李强、王昊:《中国社会分层结构的四个世界》,《社会科学战线》2014年第9期。
② 孙立平:《断裂——20世纪90年代以来的中国社会》,北京:社会科学文献出版社,2003年。
③ 杨文伟:《转型期中国社会阶层固化探究》,中共中央党校2014年博士论文。
④ 宋伟杰:《从娱乐行为到乌托邦冲动》,第185页,南京:江苏人民出版社,1999年。
⑤ 弗莱:《批评的剖析》,陈慧等译,第33页,天津:百花文艺出版社,1998年。

身力量所能抗衡的层次,以肉身力量为基础的武术想象也就不再能如之前那样满足读者的强力心理追求。实际上,还珠楼主的"剑仙"早已经融神魔、武侠为一体,只是由于历史断档未能延续。在港台武侠小说界,黄易在金庸之后别开生面突破"低武"层次,开创"高武"想象,并标新立异以"玄幻"名之,已然终结了武术叙事。而在大陆,2003年左右,以金庸为宗的"大陆新武侠"曾经有过短暂的兴盛,其间也已略微沾染玄幻色彩。其后的网络原创长篇连载小说则宗祧黄易,并彻底撇却现实联系,直接进入纯粹虚构的玄幻空间。

而"侠"的衰微则另有因由。个人在公正问题上自作主张"私力救济",其实意味着对社会秩序的不认同。私力救济观念泛滥,是"公力救济"不足的表征。"侠"作为追求社会公正的欲求、对于社会结构的抗争,在金庸、梁羽生时期达到鼎盛,其实是有着强烈的国族主义、集体主义的文化背景;而这在金庸后期代表作《鹿鼎记》里就已经自我消解了。其后是古龙小说主人公的浪子潇洒,温瑞安的少年伤感。到这个阶段,对于"侠"的公共信念已经淡化;而到了李凉,港台武侠已变为谐谑流氓,很难再找到"侠之大者,为国为民"的高亢格调。在大陆网络小说里,《缺月梧桐》(作者亦名缺月梧桐,2006)最为痛切地从社会观的角度写出了"侠"的沦落。在《缺月梧桐》中,有正义感的少年侠客不但没能锄强扶弱,反而被迫害得家破人亡,最终变成江湖帮派中忠顺的冷血杀手。当初血气方刚倾盖相交一起勇敢抗争的少年伙伴,在强大的社会塑造下,或自暴自弃,或归顺驯服。这个绞杀纯真淘汰良币天下无侠的"江湖"更为接近"现实"。"侠"的衰微,当然并非说网络读者没有公正的欲求,而是读者已经不再相信仅凭借个体身体力量的个人英雄主义能够战胜烂污实现正义。关于公正的追求被导入制度探讨的轨道,转移到热衷于探讨社会变革的历史穿越小说。从根本上说,当下人们面对的社会困境,不再指向偶然的具体的恶人,而是指向整体压抑性的社会氛围。

总之,武侠赖以存在的"江湖",在反武侠式的《鹿鼎记》后再难以维持其幻想的神话效果。对于读者来说,由于时代的变化,生活中出现的新问题是前所未有的,在武侠所存在的古典社会"江湖"里不易找到对应,即便是国族、正邪之争等等传统议题,观念和表现形式也发生了变化,因此武侠符号已然不易唤起现实中不能满足的欲望。在现代化语境下成长的年轻一代,没有前现代社会的相关体验,需要一个更易于代入幻想的新空间。① 如前文所述,抽象化的等级世界体系与这个阶层差异迅速扩大并固化的社会结构最具有对应性。因而,玄幻练级取代了武侠,成为主导的想象。

想象与现实经验可能性的距离越大,作品的现实反映/摹仿功能就越弱化,而欲望投射功能越强。等级化的社会秩序强力地延伸到个体生活的各个层面,因而个体只能通过想象等级地位的提升来达成个人的欲求。作为当代神话的练级小说,纯粹根据需要截取现实的某些因素,组合创构出一个与现实社会断裂的幻想世界。在这个世界中,最大的快感就是等级的提升,个体只有幻想无限的力量才能重新找回现实中失落的个人梦想。主体的自我力量被无限夸大,以达成个体超越现实之幻想。这种冲动植根于追求绝对自由的人类精神和抽象的权力意志,其想象世界建构必然具备高度的投射特征。玄幻练级小说于是极致地展现出这种提升权力的欲望。

玄幻小说里的人物尤其是主角有明显的去肉身特征,以便"意志胜利"。与其相应的,是力量幻想的高度抽象化。小说中的人物没有现实的饮食需要,所谓的修炼,只要以莫名其妙的方式表示吸取宇宙能量即可,而其意义也仅与技能增长相关。寿命被极度夸大,并且老而不衰,力量技能与生命力脱离——这更显示幻想的暴力指涉的是现实中的权力。肉身既已弱化,肉身的痛苦也就不再具有重要意义,只有概念化的死亡作为人物的终止。在打斗时,哪怕断头断手都可以轻易再生,甚至死也可以复生。但是矛盾的是,在描写修炼场景时会极度夸大其痛苦。这是为了显示升级的艰难,制造轻微的暂时压抑,以便成功升级时获得更多的快感。这种神话化的主体,是读者想象式得偿所愿所必需的中介。

小说主要内容是动机—练功—升级—遂愿不断循环的历程,即限于特定的升级欲望的同语反复。更为内在的限定是,主角必须依靠自己的

---

① 参见吕进、韩云波:《金庸"反武侠"与武侠小说的文类命运》,《文艺研究》2002 年第 2 期;孙金燕:《现代神话:金庸"反武侠"后"江湖"》,《东方论丛》2011 年第 2 期。

能力(主要为暴力,但实际上是更为抽象的等级权力)来实现愿望——获得凌驾于他人之上的优越感。升级的快感并不在于升级本身,而在于升级带来的能力飞跃克服障碍,在斗争中获胜,实现目标。至于斗争,在大多数情况下主角和对手基本上进行正面对决——这是一种简单化的人际博弈想象。它几乎不涉及智谋,只用简单的某种身体暴力能量来替代人的所有能力,没有考虑其他因素,因而显得简单初级。接受这种形式的读者如此之多,意味着网络大众读者对于人际关系想象的简单初级,不愿意更深刻地复杂化、社会化;除了作者和读者都年龄偏低且社会融入度偏低以外,也说明了社会压力如何沉重,以至于读者最需要的只是最简单的宣泄。

总之,玄幻练级小说创造与现实完全断裂的玄妙世界,尽情渲染主体近乎无限的技能,是为了权力意志完全伸展。

那么,为什么《斗破苍穹》比其他玄幻练级小说更吸引读者?

对于连载小说而言,必须在开头数章就牢牢抓住读者,主角必须迅速使读者产生认同。天蚕土豆《斗破苍穹》出彩之处就在于善于营造"低开高走"的氛围,为主角的"逆袭"创造情节基础动力。小说的开头描述了主角萧炎的困境,第一章就写主角家族检测斗气,曾经被视为天才的主角如今不进反退,被家族其他年轻子弟轻蔑议论,并在和别人的对比中进一步强化这一点,压抑主角。然而又荡开一笔写天才的女主角萧薰儿对他的安慰,引起别人的羡慕,这马上使先入为主代入主角的读者产生一丝人生失意但情场得意的爽感。第二章简介这个虚构世界的等级结构,赋予主角灵魂远强于常人这样的"金手指";描绘身为族长的父亲对他的期望,进一步设定主角的发展目标及其紧迫性;在结尾处又埋下伏笔,点出主角所佩戴戒指的特殊处。而之后第3章到第7章则讲述了主角遭遇退婚的耻辱。围绕婚约进行辩论时,对方蛮横地诱惑和威逼,让主角发出愤怒的宣言:"三十年河东,三十年河西,莫欺少年穷!"当场写下休书并提出三年之后决斗。

小说开头用7个章节、约2万字写出了主角的困境,并展示了主角的论辩能力和宁折毋弯的性格,引导(同样面临生活困境而以读小说娱乐的)读者想象代入。至此,铺垫压抑的过程已经足够蓄势,于是顺理成章地让主角道出这部作品最为根本的力量崇拜观念:"呵呵,实力呐……这个世界,没有实力,连一坨狗屎都不如,至少,狗屎还没人敢去踩!"(第八章)于是,"金手指"的出现就正当其时。第一章所埋伏的戒指异常这一伏笔揭开了谜底——其中附有强者药老的灵魂,并解释了主角萧炎之所以天才变废材的原因,正是因为药老灵魂恢复过程里吸收了他的斗力。在解释疑问之外,更重要的是要满足读者期待已久的升级。其后写主角如何在药老的指导下炼药、修炼,触底反弹重新变强,读者也跟随主角享受不断超常规提升实力的快感;主角依靠炼药解决家族经济问题,巩固了父亲的地位,这些成功也象征性地使读者产生满足感。

这一过程一环扣一环,足以打动预期读者群,形成阅读惯性。其后只要保持合适的升级节奏,给读者爽感和刺激,就可以获得商业成功。而天蚕土豆很好地做到了这一点。主角从低阶升到最高等级的奋斗过程就成为小说的主要线索。小说共有 1647 章、550 万字,每隔数章主角就有一次实力提升。对于练级小说而言,这种节奏把控至关重要:既不能让读者觉得升级太快,太过轻易,又不能让整体等级设定失控,还要尽量避免每次等级提升过程过于同质化,令读者厌倦,必须绞尽脑汁设计兴奋点,保持刺激性。《斗破苍穹》的升级速度节奏合理,情节内容较同类小说充实又较多变化,能让读者保持阅读的快感。

天蚕土豆还有意让主角在关键时刻介入。小说情节常见模式如下:主角离开(或者闭关)—敌人来攻—主角友军即将溃败—主角出现—敌人落花流水—主角进入下一轮练功。在这样于关键时刻扭转局面的情节结构中,主角有如古希腊悲剧中"机械降神"的神,处于最高点,支配着局面,对他高度代入的读者自然也就能享受到那种幻想的成就。

这种节奏快、爽点多的套路,很好地与日更连载体制合拍,有效地保持了阅读的悬念和吸引力。

在全书的布局上,天蚕土豆也颇有可圈可点之处,并非如一些传统批评者所说的那么平淡无奇。最出彩的部分,便是从第 333 章"萧家,萧炎!"到第 354 章"下山"——这 20 章叙述了萧炎去找悔婚的未婚妻纳兰履行决斗之约。这一段写得波澜起伏,高潮迭起,作者展示了相当强的情节布控能力,每一个章节都有反复起伏,萧炎与纳兰的打斗过程更是一波三折:胜利之后又横生枝节,用上前文铺垫的伏笔(萧炎被人认出之前曾杀人),使风波进一步扩大。纳兰背后的云岚宗长老和萧炎的压阵者纷纷卷入,形成大战,双方不断翻出新牌,将高潮推至巅峰。最后,主角扬眉吐气,大胜大爽。

　　练级小说的写作技巧中,最为微妙之处是处理越阶挑战的必要和限度,其间的分寸拿捏颇为考验作者。在角色间的关系上,爽感的实现主要有两种方式。第一种是自上而下的"碾压式"快感:主角报复之前压迫他的角色,这是对之前压抑性情节的回应。但是这种快感在等级体系中没有难度,只能作为主角提升等级的附带式证明,即便有冲突,也不容易让读者产生紧张感。因此,就情节发展的悬念来说,更重要的是另一种快感模式:以下克上的越阶挑战。这种模式中,主角总是需要一些特异的天赋和优势,即所谓"金手指",使得他们能够在一定程度上撼动等级。

　　天蚕土豆所描写的战斗,比较严格地遵循阶段性差别的挑战。他一般安排等级适当稍强的敌人,恰恰能让主角战胜,这是他的一个特点。因此读者的阅读期待主要需要关注的是主角升到什么级别了,那么就可以蹂躏哪个级别的敌人了。至于主角失败,当然不可能了。若敌人派出远超过主角能力范围的打手的话,主角要么临阵突破,要么暂避锋芒。这种模式说来简单,然而在实际操作上并不是那么容易,尤其是要兢兢业业做到每个等级都遵守这一规则,更不容易。作为练级小说的另一代表,我吃西红柿的作品中偶有力量断层的明显疏漏。而天蚕土豆恰恰就能够不断地给主角安排这种稍高等级的对手并战而胜之,从而给读者带来连续不断且稳定的快感爽感。这种规则的明确性和连贯性,也是小说吸引读者的重要因素之一。

　　因此,《斗破苍穹》虽然文字浅白、意趣不高,但也绝非如蔑视者所说的那么一无是处,它清晰地把握读者的主导需求,颇为精准地拿捏,在情节的编排、场面的描绘、气氛的营造等方面,都达到了相当不错的水准。

三、现实理性的"铁笼"

　　玄幻练级小说必须跨越社会现实,将读者引入纯粹幻想空间,实现个人的暂时解放。然而释放欲求的情境总是需要一定程度的现实性,即便根据欲求原则虚构的玄幻想象与现实的对应关系再怎么抽象,现实也总是如跗骨之蛆般挥之不去。玄幻世界和武侠小说中的"江湖"类似,具有同样的"政治隐喻"功能,象征着社会斗争——在文本里,社会斗争基本被转化为暴力斗争处理。

由于陷于"练级情结",玄幻练级小说叙事就缺乏批判性的反思维度,只能以解说性的方式,围绕着等级原则和升级斗争展开。于是,小说中最不可缺少的是对各个等级力量的崇拜式描绘,投射的是现实权力的崇拜和渴望。练级小说是个人在社会急剧科层化并且固化的语境下,针对自身所受压力进行一种精神胜利法的想象。

不过,即便是精神胜利幻想,对于实力等级的绝对原则也只能有小范围的挑战,绝不可以彻底地颠覆——如果跨度过大,力量体系就没有意义,进而崩溃了。问题在于:为什么即便是幻想,也要有"现实可能性"?幻想,不正是读者现实的替代或增补,何以还要遵守某种现实性原则?这是因为当下社会的"现实"原则,对于网络读者来说也还是不得不承认的,它是铭刻在精神最深层的社会无意识。而这便是练级小说不可撼动的社会机制的内在逻辑。

《斗破苍穹》一再宣扬膜拜"实力":

> 那些在过去三年中对自己万般嘲讽的族人,当看见自己展现实力的时候,会是何种表情?自己当日在大厅中对纳兰嫣然所说的话,又何尝不是在对他们所说?(第26章"苦修")

> 哪个男人心中没有这种干出一番大事的热血梦想?只不过因为能力所限,很多人注定了只能空想而已。(第356章"回家之途")

> 现在的他,实在是太弱了,这点实力,不要说想要保护药老不被"魂殿"抓走,就是连一个云岚宗,都是能够将他撑得犹如丧家之犬。
> "没有实力,便是这般无力啊",什么都干不了,萧炎轻吐了一口气,拳头紧握,此刻,他再一度感受到了三年前,在萧家大厅中时,面对着纳兰嫣然的那股无力以及对力量的渴盼!
> "力量!我需要力量!"(第381章"神秘势力,魂殿?")

> 实力为尊的法则贯穿所有的事与人。(第466章"黑洞")

在武侠小说中,虽然有力量差别,但是没有如此明确且严格细密的等级;虽然也会突出力量的差距,但还容许高手失手于比他实力低得多的人,因为它们承认高手的弱点,也重视激情对实力的超越性提高;人物还未神魔化,其中的非现实力量还接近于现实社会的复杂博弈。而在玄幻练级小说里,力量差距几乎被视为绝对的、不可动摇的决定因素。

单一化的练级想象不断重复,正是由于现实重力逻辑替代了想象力演化逻辑。网络游戏行业也存在同样的状况,国内游戏主导模式也是升级,玩家追求的不是游戏本身的乐趣,而是高于其他人的优越感。消费者的价值取向以及消费习惯引起的类型模式的扭曲,是商业利益反复淘汰后的结果,也是玩家付费不断选择沉淀出的结果。练级小说的"小白"化现象,正是社会整体秩序格局的产物。

练级小说并非一开始就这样推崇杀伐果断唯我独尊。比如《飘邈之旅》(萧潜,2005)的友情描写就很饱满。然而,随着梦入神机等原本颇具创作个性的作者在利润的诱惑下滑向单调的套路,"练级"迅速成为网文最热门的主流,与之相应的是社会上广为流行的成功学。2007年国内开始大规模推广宽带,网络用户指数连续上升,涌进一批新的网络文学读者——"小白"[①],于是以《星辰变》为代表的"小白文"得以大行其道。2011年移动互联网的普及,又带入一批新的文化、年纪、收入"三低"读者,如初高中生、青年民工,于是产生了《斗破苍穹》为代表的新一波"小白文"热潮。日本漫画中的主流也是打斗、升级,但以"中二""热血"为主导价值观;而《斗破苍穹》等小说则不时流露出一种极其阴鸷的自私怨恨,透露着压抑扭曲的气息。

社会背景和读者市场直接决定了文学形式及其想象方式。并不是天蚕土豆们没有能力复杂,而是他们不必复杂。他们必须保持简单直接,才能满足最大多数读者的需求。练级小说于是也不必成长。"成长小说"是启蒙主义文化的产物,主角经过生活的训练,提升自己对于世界的认知和自身的精神层次,其背后是对"人"的人文主义信念。而玄幻练级小说只关心如何实现读者的欲望。在练级的逻辑之下,小说中的人物始终由

---

① 参见附录"网络文学词条举要"之"小白/小白文"。

读者的欲望所控制,无法形成自主性。在小说所描写的残酷世界里很难找到对抗性的价值,它所携带的价值观再一次加剧了现实世界的残酷性。没有超越性的共同追求,导致权力到达巅峰后产生极度的空虚——这也是练级小说最大的内在心理局限。

结　语

真正终结骑士文学的不是塞万提斯的《堂吉诃德》,而是资本主义的兴起及其时代新英雄鲁滨逊,只有社会结构和社会心理发生改变,玄幻练级小说的铁笼子才会被突破。

从积极的角度看,"小白化"具有某种文化民主的意味。在这个体系中"废柴"有了某种表达的可能,这种基本的欲求满足有着存在的合理性。文化民主是网络时代发展的必然趋势,这个过程在一定时期内会导致精神文化的拉低摊平,但是底盘的扩大,总体上又是人类精神整体上升的必经之途,文化的普遍提高必须在这一基础上才能成立。当我们能够宽容地看待不乏浅白粗陋的玄幻练级小说,并理解这一文化现象背后所隐藏的人性追求和历史潮流时,才能够形成宽广而敏感的内心,去营造真正美好的社会。

天蚕土豆创作年表

【天蚕土豆,本名李虎,1989 年生于四川德阳。2008 年 4 月,高中毕业后在空闲时间尝试创作,于起点中文网连载《魔兽剑圣异界纵横》(完本共 262 万字),成为当时新人榜的第一名,由此与网站签约。第一笔稿费就拿到 3000 多元。进入大学后不久就辍学转而专职从事网络文学创作。现为起点白金作家,2014 年起担任浙江省网络作家协会副主席。】

1. 2008 年 4 月,开始在起点中文网连载《魔兽剑圣异界纵横》(完本共 262 万字)。

2. 2009 年 4 月开始连载的《斗破苍穹》(完本共 530 万字)于 6 月上架,当月即成为月票榜第三名,此后席卷各类榜单,并因赶上智能手机移动互联网阅读的潮流而屡创新纪录。

3. 2011年7月,《武动乾坤》开始连载,2013年4月30日完结,共约394万字。

4. 2013年7月,《大主宰》开始连载。

5. 2012年11月29日,在《华西都市报》独家发布"2012第七届中国作家富豪榜",天蚕土豆以五年版税总收入1800万元位列网络作家富豪榜第三。

6. 2013年3月22日,与唐家三少、骷髅精灵、我吃西红柿同为嘉宾参加湖南卫视《天天向上》节目。12月3日发布的"2013中国网络作家富豪榜"上,天蚕土豆以2013年单年度版税2000万元居第二位。

7. 2014年,担任浙江省网络作家协会副主席,以2550万元的版税列中国网络作家富豪榜第三名。作品相继被改编为网游和手游,所有作品都已改编为漫画,《斗破苍穹》更是被改编为电影。

《斗破苍穹》粉丝评论综述

《斗破苍穹》的热销在网络文学界引起了巨大的震动,评论主要有三种:粉丝读者高度认同、赞赏;其他资深读者鄙夷、嘲笑;其巨大市场成就使得其他作者、编辑等网文从业者视之为"现象"加以分析,从中提取行业资讯,以资借鉴。

粉丝读者主要集中在起点中文网书评区以及百度贴吧"斗破苍穹吧","龙的天空"论坛、知乎和豆瓣上也有一些评论。书评区和百度贴吧的读者主要是中学生,阅读经历较浅。他们主要是从作品中直接吸取"正能量"。在百度贴吧"斗破苍穹吧","经典书评"栏主要是关于作品中人物与情节的,有连载时的讨论、猜想,也有连载后的提炼、回顾、总结,如《斗破苍穹》那些感动读者的情节回顾一览、《斗破苍穹》之萧炎战役回顾一览、《斗破苍穹》之四猛四绝十三杰、《斗破苍穹》最失败的酱油人物TOP20。关于作品的积极评价,代表性的观点如下:

> 个人最喜欢斗破里面的正能量,特别是开始药尘教萧炎的时候,萧炎不怕吃苦、坚持不懈的精神,撼动我心,至今记忆犹新。然后个人觉得斗破最大的优点就是善于挖坑打埋伏,这一点我不只一次感

叹过。①

不知道还有多少个人记得那个莫欺少年穷。

记得那个当他踏上云岚宗时那个萧家.萧炎。

记得不知道多少次反复看那几句话,看到热血沸腾,看到激情无限。

……②

负面评价则主要集中在其他网络小说的评论区和贴吧、"龙的天空"论坛。这部分评论者主要是阅读较多的读者("老白"),他们主要是讥讽《斗破苍穹》及其作者其他作品的模式化、简单化。其中,除了市场竞争,更有争夺美学领导权的因素。其中,下面这个帖子最为有名,讽刺作者《斗破苍穹》和《武动乾坤》在人物情节设定上的雷同。此帖流传甚广,几乎在每个热门小说贴吧都能看到:

萧炎:我认识你,你是林动,放眼整本《武动乾坤》,也是凤毛麟角般的存在。

林动:我也认识你,你是萧炎,一出手,就能震惊整本《斗破苍穹》

萧炎:想当年,在乌坦城,我们萧家是三大势力之一

林动:想当年,在青阳镇,我们林家是四大势力之一

萧炎:想当年,在乌坦城,我得到了一枚戒指

林动:想当年,在青阳镇,我得到了一枚符文石

萧炎:我的戒指里有药老,他来历神秘

林动:我的符文石里有貂爷,他来历也神秘

萧炎:乌坦城有个拍卖行,我常在那里卖丹药

林动:青阳镇有个地下交易所,我也在那里卖丹药

萧炎:我有个妹妹叫熏儿,不是亲生的

---

① 风染:《话说当年我追斗破的那些事儿》,"龙的天空"论坛,http://www.lkong.net/thread-975170-1-1.html,发布日期:2014年5月12日。此篇是该站极少见的对《斗破苍穹》作品本身的正面评价帖。

② Edcvvvv:《可曾还有人记得那个莫欺少年穷.萧家.萧炎.可曾有人看到这哭过?》,百度贴吧"斗破苍穹吧",http://tieba.baidu.com/p/902684225,发布日期:2010年10月2日。

林动:我也有个妹妹叫青檀,也不是亲生的

萧炎:我的红颜知己小医仙是厄难毒体,本来很受罪,控制了毒丹就厉害了

林动:我的青梅竹马青檀是阴煞魔体,本来也很受罪,控制了阴丹也厉害了

萧炎:我的目标是上云岚宗,击败纳兰嫣然

林动:我的目标是去大炎林家,击败琳琅天

萧炎:我还有个身份,是炼丹师

林动:我也有个身份,是符师

萧炎:我们炼丹师靠的是精神力

林动:我们符师靠的也是精神力

萧炎:我们那有座塔叫丹塔

林动:我们那有座塔叫符塔

萧炎:药老带我去修炼

林动:貂爷陪我去修炼

萧炎:我修炼的目的是去找异火

林动:我修炼的目的是去找祖符

萧炎:有了异火我就是强大的炼丹师,实力倍增

林动:有了祖符我就是强大的符师,实力也倍增

萧炎:我的第一次给了美杜莎

林动:我的第一次给了绫清竹

萧炎:我的第一次……不是自愿的……我失控了

林动:我的第一次……也不是自愿的……我也失控了

萧炎:完事之后,美杜莎要杀我,却又救了我

林动:完事之后,绫清竹也要杀我,也又救了我

萧炎:……

林动:……

萧炎:我是一个叫土豆的家伙写出来的

林动:我也是一个叫土豆的家伙写出来的

萧炎:如有雷同

林动：实属巧合

这个段子大约是 2011 年 10 月 25 日开始广为流传的，出处不可考，据说是起点作者 QQ 群里的集体吐槽。

在聚集了众多资深网文读者以及作者、编辑的"龙的天空"论坛，虽然大家集体嘲讽天蚕土豆的作品水准，但其市场成功使得他们不得不转而去分析其成功的原因。

斗破这么火，不管白不白，我想每个作者都想要这样的成绩，大家不妨来说说你心中斗破的爽点在哪里，好吧，我先说，我看斗破最爽的就是焚诀可以进化，一个一个异火吊着我追看。①

本人厚颜一次稍稍解析一下《斗破》的这种爽文模式，希望各位看官多多支持支持！爽点一：职业发展到极致，先天便优越于他人……爽点二：模式化冲突，爽得十分地有节奏……爽点三：金字塔式阶级，身份碾压不留余力……爽点四：酣畅淋漓的打斗……②

斗破的情节丰富人物众多，力量体系明了，虽然很多都老套而似曾相识，但至少看起来一泄千里不用思考满满的爽点，非常付合快餐爽文读者的味口。

简单的说就是迎合了大多数读者的阅读需求。③

起点中文网编辑"方士"也点出：

萧炎上云台宗这段，从开始说一个月后上云台宗，到更新三十多天终于上云台宗。这一段的节奏，是可以作为网文教科书的一段。一个作者如果真能明白斗破节奏的掌控，那么在这一行月入数万就

---

① plxs:《你认为〈斗破苍穹〉火在哪里?》，"龙的天空"论坛，http://www.lkong.net/forum.php? mod=viewthread&tid=450721&mobile=1，发布日期：2011 年 7 月 20 日。
② cly1474:《对〈斗破苍穹〉的些许点评(虽然有点马后炮了)》，"龙的天空"论坛，http://www.lkong.net/thread-600058-1-1.html，发布日期：2012 年 5 月 30 日。
③ 神农尺:《请教〈斗破苍穹〉高订和受欢迎的原因?》，"龙的天空"论坛(7 楼回复帖)，http://www.lkong.net/forum.php? mod=viewthread&tid=750868&mobile=1，发布日期：2013 年 4 月 18 日。

是轻轻松松。①

这些评论的特点是从如何有效吸引读者这个特定的实用目的出发。

而豆瓣、知乎上的评论者,基本上并非通俗性网络连载小说的深度读者,他们只是由于《斗破苍穹》太过热门、溢出网文圈子而接触此作品,对其水准本身的评价也更为严厉:

> 当初看完番茄的小白文,想:还有比这更幼稚的小说吗?看过这本之后,我发现:还真有……②

> 现在在中文网出来的玄幻小说真垃圾,为了凑字数可以把小说写的那么长,佩服……这书在起点排行一直是第一,于是就以它的名气试着看了下。塑造人物方面,主角永远是无敌的(感觉现在的玄幻差不多这样),塑造其它的人物的时候,就像是在写流水账一样。在主角性格方面,塑造的极其极端,而现在看玄幻类小说的在校学生占的比重较多,这样的小说对未踏上社会的学生而言无疑是糟粕。故事的结构方面不用说了,看过小说的人多知道,想到哪里是哪里,没什么结构。而这样的小说在起点能排第一,可想而知现在中文网的小说的质量到底是在怎么样的一种程度了?!③

> 土豆的《武动乾坤》和《斗破苍穹》为什么能长期跻身百度搜索榜第一位,最热的小说,其实就是3个字:简单,爽。小说主角这种彪悍的人生谁不喜欢,现实中的苦逼生活让众屌丝(尤其男屌丝)都愿意看这种极度YY,酣畅淋漓的小说来寻找快感,满足了现实中不可能达到的各种欲望(后宫欲、权力欲,想杀谁想踩谁就杀谁踩谁的变态发泄欲……)。而且这种爽得来全不费工夫,情节简单,剧情简

---

① 方士:《聊聊斗破模式本质:糅合日本动漫龙珠精华的网络小说》,"龙的天空"论坛(35楼回复帖),http://www.lkong.net/forum.php?mod=viewthread&tid=726663&extra=%26page%3D1&page=2,发布日期:2013年12月19日。

② 麦加登:《幼稚的小白文》,豆瓣网,http://book.douban.com/review/5168746/,发布日期:2011年11月14日。

③ 林中有个小空谷:《这种书竟然也敢出……》,豆瓣网,http://book.douban.com/review/5134055/,发布日期:2011年10月17日。

单,打斗简单,什么都不用太费脑子,只要把自己代入,跟着虚拟的主人公去爽就行了。①

也有部分网友从更为广阔的背景来审视分析其成因:

> 起点读者大都是男生,主角的好运艳运桃花运让现实中在工作与生活以及爱情重重压力下疲累的人们感受到了快乐吧,所以看的人多。……其实作为意淫文来说,这部书无疑是很对男生胃口的——
>
> ……
>
> 在现实生活中的男人们,面对工作上种种压力,努力了不一定有回报;在中国失衡的性别比例下,可能30岁了还光着;有女朋友的,好吃好喝好玩好穿地伺候着,偶尔发发小脾气还得好言好语地哄着,哪像书中随便遇个美女就甘之如饴地为他洗衣做饭洗碗扫地?②
>
> 为何大家都喜欢借鉴吸收或直接套用斗破模式呢?原因很简单,市场化的商业需求。
>
> 越来越快的生活节奏,越来越浮躁轻进的少年心性,致使的网络玄幻小说的广大读者们迫不及待的一睹书中主人公大显神威笑傲争雄。其实这也与网络玄幻小说的读者群类型有关,因为毕竟大多数阅读网络玄幻小说的读者是长期玩乐于网络游戏的网迷。这些读者自然不喜欢看到小说中的主人公处处碰壁同现实中的自己一样,自然希望书中的主人公能够化身成自己的愿望,能够火速受到外界环境的帮助飞速成长起来,尽快与周围的众人一较高下一决雌雄。③

在这些分析中,已经基本涵盖了从文学生产消费模式来观察分析文学现

---

① 鸡哥:《〈斗破苍穹〉和〈武动乾坤〉的创作模式》,豆瓣网,http://book.douban.com/review/5781208/,发布日期:2013年2月17日。

② 沧河:《这种书竟然也敢出……》,豆瓣网(3楼回复帖),http://book.douban.com/review/5134055/,发布日期:2012年3月31日。

③ 杀尽天下:《聊聊斗破模式本质:糅合日本动漫龙珠精华的网络小说》,"龙的天空"论坛,http://www.lkong.net/forum.php?mod=viewthread&tid=726663&extra=%26page%3D1,发布日期:2013年3月11日。

象的要点。

由《斗破苍穹》本身的文本性质及其引发的文学现象,网络业余评论者已经初步涉及了网络文学整体的反思,但遗憾的是仅止步于此,尚缺乏总体性的严密分析。

(本章撰写:陈新榜)

第五章　盗墓小说：粉丝传奇的经典化之路
——以南派三叔《盗墓笔记》为例

在网络小说的诸多类型中，"盗墓"应当属于一个特殊的类别。这个述宾词语，将小说题材限定在相当狭小的范围内。诚然，在这个范围内命题作文，繁衍出一个庞大的类型绝非易事。事实上，起点中文网灵异大类下大部分的盗墓小说都不温不火。这个类别的门户，很大程度上依赖于其中少数诸如《鬼吹灯》（天下霸唱，2005）、《盗墓笔记》（南派三叔，2006）等较早孵化的"开流"作品的支撑。它们通过其显著高出侪辈的精妙结构、动人情节和风格化语言，在长期"被跟风"中成为经典，并以其光环效应为整个类型捕获了庞大的读者群。略微夸张地说，"盗墓"整个类型中绝大部分作品都可视作这两部作品的"同人小说"。因此研究这一小说类型，与其泛泛而谈，不若从原型文本出发去探讨盗墓类小说的魅力所在。

在红遍大江南北的《盗墓笔记》和与之颉颃的《鬼吹灯》之间挑选一部作为盗墓小说的代表作品实在太难。两者一是盗墓探险小说中迄今体量最丰、影响力最广的集大成之作，一是首开风气的不祧之祖，可谓各有千秋。其实，单就小说类型来说，天下霸唱的《鬼吹灯》更加切合"盗墓"的主题：胡八一、Shirley 杨、王凯旋这个"铁三角"几乎在每一部都要深入一个充斥着尸体、诅咒、鬼怪传说的古墓或类似的秘境，而小说最吸引眼球的也是他们在秘境中令人匪夷所思的惊险经历。相形之下，《盗墓笔记》则更像是挂在"盗墓"钉子上的一件融探险、悬疑、黑帮、谍战甚至现代武侠为一身的百衲衣——然而，这正是笔者选择它作为盗墓类型小说解读文本的重要原因之一。因为只有在类型融合中才能更好地把握盗墓小说的类型特征。笔者选择它的另一个原因是，作为一部引发众多同人创作的同人小说,《盗墓笔记》与粉丝之间丰富活跃的互动关系,生动体现了根植于"粉丝经济"和"粉丝文化"的网络文学的"网络性"特征。

一、以"盗墓"的名义集结类型

《盗墓笔记》最初作为《鬼吹灯》的同人小说在百度贴吧连载,因大受欢迎而于 2006 年进驻起点中文网。小说系列包括《盗墓笔记》(1—8 部)、续集《藏海花》(目前连载至第 2 部)、续集《沙海》(目前连载完前 4 部),以及穿插其中的《老九门回忆录》《黑瞎子师父》《幻境》《三日静寂》《大探险时代》《十年后》等独立的中短篇。

《盗墓笔记》讲述了这样一个故事:出身土夫子①世家的古董店小老板吴邪,受到亲人保护一直生活在阳光下,然而长于分析思考。因为"偶然"的机会他卷入了一系列盗墓活动,在其中结识了潘家园②文玩贩子王胖子、本领奇高而背景复杂的长生者③张起灵等生死朋友。在数次探险经历中吴邪发现了从古到今多个政权对于"长生"令人匪夷所思的隐秘探索,并逐渐意识到到自己、家人和朋友作为强大势力谋求"长生"的棋子,都受困于"楚门的世界"当中,所有"偶然"的行为都受到控制——为了自由,这些身份卑微的盗墓者不惜自我牺牲,化被动为主动愤而反抗强权,最后以沉重的代价取得成功。

小说开始于山东古墓的一次探险,可是随着情节的铺展,更加复杂的人物关系和线索浮出水面,盗墓行为反而越来越背景化,这在《盗墓笔

---

① 土夫子:长沙一带的一类职业盗墓者,最初以挖掘烧炭用黄泥为业,后逐渐开始团伙盗掘墓葬。他们发挥职业优势,对墓葬区的地层、土质很有研究。在《鬼吹灯》和《盗墓笔记》中,土夫子属于南派盗墓贼,和行规、忌讳颇多的北派相比,重视实际、风格粗豪。

② 潘家园:北京东三环附近著名的文玩收藏品市场,大到专卖店小到路边摊有四千余家,每天都吸引大量文玩爱好者前去淘货。

③ 长生者:小说中出现了多种形态的长生,张起灵因其新陈代谢缓慢的家族体质而拥有漫长的生命,可以活三百年左右。

记》系列第2辑《藏海花》①和第3辑《沙海》②中尤为明显。读者中最热门的话题，也从"墓里到底有什么秘密""'终极'是什么"变成了"三叔到底是谁""张起灵有怎样的过去""吴邪设计的反击能否粉碎汪家的控制，他本人又能否从天罗地网中生还"，正如南派三叔借小说人物"三叔"之口点出的，"比鬼神更可怕的是人心"，这部小说对于自身"盗墓"的类型似乎有意无意地总有点离经叛道的意味。

笔者以为，恰恰是《盗墓笔记》类型特征上的复杂性，形成了小说丰富的层次、质感和容量，带来了不同年龄段和文化背景的读者。这种特征也提示出盗墓类小说在文学史上复杂的渊源。

虽然盗墓活动伴随着厚葬风习古来有之，但"盗墓"在网络时代之前并不是中国文学中常见的题材。为数不多的研究者常将盗墓小说的渊源上溯到《搜神记》卷一五的17则死人复生笔记和《太平广记》卷三八九和三九〇"冢墓"条下笔记等志怪笔记小说，其中《李娥复生》《严安之》等条多涉及战乱年代（尤其是盗墓活动猖獗的魏晋时期）的盗掘活动。这些志怪小说和衍生的民间传说能够写正史所不容、所不屑，又有一定可信度，的确为网络小说提供了关于盗墓职业传统、墓葬机关设置、墓中神异传说等的材料；《鬼吹灯》和《盗墓笔记》中最重要的盗墓者名号"摸金校尉"和"发丘中郎将"就来自于曹魏时代的史料记载③。然而，这一主题在传统文学中似乎停留在了艺术粗糙的笔记小说的阶段，唐以后未能发展出结构更复杂的中长篇作品。

比起本土志怪，和盗墓小说血缘关系更密切的，或许是近代以来风靡欧美的探险小说，尤其是以《所罗门的宝藏》《夺宝奇兵》为代表的丛林考

---

① 《藏海花》：《盗墓笔记》续篇，讲述《盗墓笔记》结束之后的第5个年头（2010），吴邪偶然去往西藏墨脱，在那里遇到多方势力、了解张起灵身世，并逐渐认清贯穿前一部小说的隐蔽敌手"它"的面目的故事。

② 《沙海》：《盗墓笔记》第2部续篇，改用第三人称多线叙事，讲述十年期限到来之前的两年（2013、2014）中，经历了种种磨练的吴邪和朋友们终于发展出成熟的力量，开始按照严密的计划分头出动，向数百年来控制、利用他们的势力"它"发动全面反击的故事。

③ 见于汉代陈琳《为袁绍檄豫州》，曹操为补充军饷设立"摸金校尉""发丘中郎将"等军衔，使有特殊本领的军士盗墓取财，补贴军用，后世盗墓者或以其为鼻祖。

古探险类小说(包括翻拍的电影)。正如南派三叔在《盗墓笔记》系列微信贺岁篇《幻境》"连续更新二十天的纪念"中所说：

> 大家也可看到我写作的一些习惯和特征……其实是一部经典的丛林探险电影，这种电影需要有几个要素，首先是神秘的幻境。我已经写出了广袤的南中国边境，原始雨林笼罩下的巨大无人区域。其次是折戟的前人和他们晦涩的目的，已经有美国的探险队在雨林中进行了探险并且遇到了意外，全体失踪。第三是不知名的生物，诡异毒虫的出现烘托出探险队寻找的目的地非比寻常，预示着更加诡秘的冒险。①

关于小说对丛林探险小说经典结构的借鉴，作者并无讳言。严格就故事整体来说，《鬼吹灯》较之《盗墓笔记》更契合这种结构，但也因此受到诟病——随着国外考古探险类小说、影片的大规模引入，其千篇一律的模式下粗糙的情节和人物刻画，以及难以掩饰的殖民色彩，已经开始将这一类型拖向了下坡路。而对于《盗墓笔记》，一方面小说深厚的知识背景、复杂的世界观和作者驾驭多线情节的能力使得借鉴有别于一成不变的生搬硬套；另一方面"探险""夺宝"显然不是小说的"终极"所在。当主人公吴邪在三叔、张起灵、陈文锦口中三个版本的"二十年前科考队"的"罗生门"中苦苦探寻当年真相时，当所有线索全被截断，他在鬼蜮老宅绝望地想要砍掉自己的手指时，读者会感到心被《盗墓笔记》所构建的悬疑世界牢牢抓住；当回到地上，吴邪和解雨臣以三爷和小九爷的名义清理门户、收复堂口时，当《沙海》中作者借少年黎簇之口写出十年后的吴邪和朋友们棋走险着，在全国范围内与控制他们三代人的势力"它"殊死搏斗时，或许会看到香港古惑仔电影和黑帮小说为我们勾画出的黑社会的影子；甚至小说中武艺高强又熟悉现代军械，同时个性鲜明、侠肝义胆的众多人物还有几分"当代的"武侠小说的面目。探险小说、黑帮小说、悬疑小说都是在国外发展比较成熟，有很多脍炙人口的中文译本，然而本土写作在网络时代之前并不发达的小说类型；"武侠"能否用当代素材表现也一直

---

① 南派三叔：《连续更新二十天的纪念》，微信公众号 DAOMU_BIJI，2014 年 2 月 6 日。

是通俗文学的一个棘手问题。在南派三叔的创作中,这些小说类型的要素以"盗墓"的名义集结在一起,较为充分地利用各自的审美和快感机制(同时也能避免单一"类型化"带来的单调空洞)构建一个仿佛触手可及的万花筒般的小说世界。它所开启的,不仅仅是一个类型,而是之后诸多网络写手争相模仿而难以达到神似的一种"万物皆备于我",以鲜明主题贯于多元素材之中的更为自由的写法。因此,这样一部文本的成功所带来的启迪,是远非"盗墓惊悚"题材下的其他作品所能企及的。

二、"烧脑"和"走心":男女"稻米"的不同快感

除了类型上的融合与创新,《盗墓笔记》在点击和销售上的骄人成绩也使其成为网络文学中"不得不说"的奇迹。最初作为《鬼吹灯》的同人连载在百度贴吧"鬼吹灯吧"里的这部小说①,自2006年进驻起点中文网以来,一直高踞盗墓类小说排行榜榜首,并时常在更新时造成点击量爆炸。截至2015年12月31日,共完成14部长篇和若干相关中篇。《盗墓笔记》实体书9部总销量超过1200万册,长期蝉联(甚至包揽)各畅销书综合排行榜前3名,获第七届中国作家富豪榜最佳冒险小说奖,并使南派三叔自2010年来一直稳居作家富豪榜前列。伴随巨大阅读量的是稳定而活跃的粉丝群体——"稻米"②。稻米的聚集之地百度贴吧"盗墓笔记吧"有超过252万粉丝,是"灵异超能力小说"目录下最热门的。作为小说周边,《盗墓笔记》拥有CAH美版、极东星空工作室、知音漫客等多版官方漫画、包括AVG阅读游戏在内的数款app游戏、2013年开始全国巡演的话剧《盗墓笔记·七星鲁王宫》和《怒海潜沙》③、官方授权的3个主

---

① 小说的第一部《七星鲁王宫》2006年6月26日首发于"鬼吹灯吧",当时作者尚未注册百度账号,只出现了他的IP地址,这个帖子后来被《盗墓笔记》粉丝们称为"祖坟"。《盗墓笔记》开头出现了《鬼吹灯》的人物大金牙,一直没有交代姓名的主角王胖子在形象、性格、背景上与《鬼吹灯》的主角王凯旋也有很大重合,因此当时被视为《鬼吹灯》同人作品。

② 稻米:谐音"盗迷",指《盗墓笔记》系列小说(不包括周边影视作品)的粉丝。

③ 话剧版《盗墓笔记》是目前多种再创作中好评度最高的,由上海创.戏剧工作室改编,刘方祺导演,杜光祎、苏航等主演。

题逃脱密室,以及不可计数的道具、画册、手办、广播剧、同人小说和同人歌(据粗略统计,《盗墓笔记》应是目前国内同人写作总量最高的网络小说)。2015年6月,星皓电影和光线传媒授权拍摄的《盗墓笔记》季播剧第一季终于"千呼万唤始出来"。虽然这部由"小鲜肉"李易峰和杨洋领衔的电视剧因为改编缺乏逻辑、表演浮夸、特效粗糙、强行植入广告等诸多硬伤在豆瓣的评分勉强达到3分(满分为10分),遭到稻米嘘声一片,但这不妨碍大家每周五晚准时坐在电脑前一边吐槽,一边将这部剧的收视率顶上榜首。在乱哄哄你方唱罢我登场的网络文学时代,《盗墓笔记》系列声势之浩大、热度之持久足以令人叹为观止。这些成绩都使得这部作品成为网络小说研究不可回避的重点。

"《盗墓笔记》为何受欢迎"是研究者必须尝试解决的问题。在此之前,首先要明确这部小说粉丝的组成——是哪些人以十年如一日的热度与作者一同制造了这个奇迹?实体书阅读者的信息不易收集(并且结合网络读者购买实体书收藏的情况看,两者应该重合较大),仅从网络上"稻米"最为活跃的百度贴吧(包括"盗墓笔记吧""藏海花吧""沙海吧"和"吴邪吧""张起灵吧""瓶邪吧"等一系列人物贴吧)上看,"稻米"的年龄基本在30岁以下,其中以高中、大学或专科学校在校生居多。值得注意的是,年龄似乎是"稻米"群体唯一的区分特征,他们中间年长者多在2006年20岁左右时开始接触这部小说;还有数量较少的受众是受到子女影响或通过有声书接触《盗墓笔记》的中年读者;而年龄最小的甚至还未进入初中。除此之外,"稻米"们在学历、职业尤其是性别上并未表现出明显特点——充满惊悚、枪械、格斗、推理的小说获得了几乎同样众多的男性和女性读者,这与人们惯常的经验很不一致。

不过,我们或许可以通过男女"稻米"略具差异的粉丝行为来理解小说对不同人群的吸引力。如前所述,"稻米"们的交流主要依靠百度贴吧。在贴吧上的帖子除了通常的热烈讨论、面基①和组CP等内容外,最受欢迎也最容易进入贴吧精品区的是考据分析帖和同人作品(小说、歌曲、画作、Cosplay等)。这些文本的存在对于研究者来说是了解小说原著

---

① 面基:在网络上熟悉的吧友以某活动为契机集体约见。

的吸引力来源、快感机制的绝好材料。

考据分析帖为悬疑小说所特有,根据作者在不断推进的情节中留下的线索、伏笔,对于小说世界的核心问题,如"'它'是谁""'终极'是什么""张家、汪家和老九门之间是什么关系"等给出自己的推断,并进一步预测小说的走向。在《盗墓笔记》更新到最后两部之前,最著名的考据帖要数暖和狐狸发布于2011年初的《盗墓笔记之最终的大谜团》[①],这篇文章对于小说细节的注意、逻辑思维的缜密与对于神话和历史体系的了解都令人叹服。虽然随后更新的《盗八》上、下否定了暖和狐狸的大部分预测,但马上又有更多的"稻米"根据新的剧情分享自己的考据分析。

更加传统的小说读者——大部分"稻米"的父辈们,不容易理解如此绞尽脑汁地对小说片段进行考据的意义。对于他们来说,小说是"假的",里面的世界无论多么精致,都是作者为了娱乐消遣,至多是为了以隐喻的方式表达某种现实关注而编造出来的,当然想怎么编造就怎么编造,读者如果当真,就是"孩子气的""幼稚的"。而考据帖的作者虽然也不会相信此刻长白山下真的有一扇青铜门,但他们的确选择了以更严肃的态度对待这份娱乐性的文本,同样也选择了相信作者是以"较真"的态度来创造它的。

这种选择并不仅由读者的趣味所决定,而和今天网络小说在读者生活中所扮演的角色不无关联。对于传统读者,通俗小说(经典化了的如金庸除外)或许意味着街边出售的装帧劣质的小册子,更适合出现在洗手间或卧室的枕头下而不是知识者的书房里。但今天,文化消费的"杂食性"(omnivore)已经逐渐取代了分层的"专食性"(univore),娱乐更加同质化、大众化乃至狂欢化——正如我们对"稻米"群的观察所发现的——所有人都在消费同样的文化产品已经不是秘密。一部畅销书可以自豪地同时摆在公司经理和小学生的房间里,并构成他们娱乐生活的重要部分。因此,在这个时代,好的作品再不能宣称为某些人群"量身定做",而需要容纳不同梯度、不同种类的需求:不仅仅要能制造轻松愉快,

---

① 暖和狐狸:《盗墓笔记之最终的大谜团》,新浪博客,http://blog.sina.com.cn/s/blog_4d78be2b0100rte5.html,发布日期:2011年4月18日。

还要释放各种"力比多",譬如满足读者开动智慧进行逻辑推理、补充知识或运用自己知识的快感——这种快感定然是客观存在的,近年来诸如《盗梦空间》《催眠大师》《星际穿越》的"烧脑"大片在普通观众中间叫好又叫座足以验证这点。而《盗墓笔记》作为考古探险和悬疑小说的优秀混血儿将丛林荒漠生存技能、西南少数民族风俗、文玩赏玩常识以及必不可少的历史典籍知识自然地穿插于节奏紧张、悬念迭出的叙述中,当然在逻辑和知识上都足以撩拨读者的脑神经。尤其是近年影视和书刊界"考古热"搭着"历史热"的便车高烧不退,鉴宝栏目也广受欢迎,对于古物文玩和历史掌故,很多人都有科普级别的了解和一定兴趣,这也为《盗墓笔记》系列带来了大量理想读者。所谓考据帖,一定意义上就是读者认同,并希望主动参与这种"烧脑"的快感机制的表达。

在网络世界,勾勒"稻米"的身份并非易事,不过考据帖的作者(尤其是较为知名的如暖和狐狸、鬼眼红二爷、注定的哀)大多是男性账号,这似乎很符合我们对于受众之间性别差异的预期:男性更加理性,更关注情节的内在逻辑而非外在表现。客观地说,男性"稻米"通常更擅长的古代军事史和武器知识,对于考古探险小说的考据更有帮助;而在同人写作圈腐女一统天下的境况下,考据帖排除枝枝蔓蔓的感情因素,亦不追求遣词炼句的雕琢,似乎更符合"男性化"的表达直觉。除此之外,很多考据帖在语言的组织上可以看出与大型网络游戏攻略的相似之处,也可以部分解释男"稻米"们对于"考据体"的熟练运用。然而,这个现象并不说明女性"稻米"不爱考据和"烧脑",由女性账号占领的同人小说中解谜向作品的大量存在证明了这一点——"烧脑"的乐趣普遍存在,只不过男女"稻米"或许更愿意选择不同的方式来分享这种乐趣。同人作品的范围很广,诸如音频怪物、小曲儿、妖言君、格尔木精神病院等的同人歌曲,银狐之殇、触月、kagalin、花酒清明等画手的同人画,禽兽组、304等社团的Cosplay作品在"稻米"圈内都很流行,但最重要的同人作品还是小说。如前所述,同人小说以女性写手创作为主,大致从结局上分为 HE(happy ending,喜剧结局)和 BE(bad ending,悲剧结局);从设定上分为架空向(原著人物出现在与原著无关的背景中)和原著向;从重心上分为主打 CP 情感向和情节解谜向等等。同人小说短不足万字,也不乏数十万字的长篇,虽说准入门槛很低,但很多知名同人小说的作者本身也是盛大、磨铁旗下网站评价很高的签约写手,同人小说中写作手法成熟、引人入胜的也很多见。

研究者其实可以将同人小说理解成一面放大镜,用YY和分享的方式放大读者最受触动的一面。《盗墓笔记》之所以受到同人写手青睐,很大程度上是因为它的"开源性"。这是一部未完成的速写风格的小说,它提供了一个开放的宽大骨架,可以容纳下更多的细节、更复杂的悬念和更浓烈的情感。前文所提及的解谜仍然是《盗墓笔记》同人小说的主要题材,但相对于考据帖,解谜向的同人小说更加自由:不追求唯一答案,只要给出符合原作逻辑、吻合已知线索的"你的"答案。一千个写手可以写出一千本吴邪的《盗墓笔记》,甚至诸如三品不良和type_Omega(均为女性账号)等理科背景强大的写手可以将原作的一点科普的味道放大为《观棋不语》这样精彩的软科幻。不过同人小说和考据帖最大的区别还在于对人物情感和情怀"走心"的渲染。

相比于大多数网络小说作家,南派三叔的抒情风格是很节制的,带有"男儿有泪不轻弹"的性别特征。他采用口语化的日常语言,在硬线条叙事的间隙通过自我克制的主人公穿插抒情,着墨不多但能恰如其分地直戳痛处。譬如在荒漠的篝火旁一向沉默寡言的张起灵感慨自己是一个"没有过去和未来的人";潘子在古楼临终前吼起一首《红高粱》壮行;甚至只是吴邪在卡车墓地刻"离人悲"的时候回忆起"这是我一个朋友的特长":笔墨越是寥寥越要引得读者唏嘘落泪。更多的时候,情感完全隐藏在叙事背后,读者无法被动地接受作者渲染的情感,但可以结合自身经验与人物产生共情。以小说主人公为例,吴邪的故事具有一个典型的"弱小强者"成长主题。读者看着他从不受欢迎的"路人甲"、优柔寡断的添头和爱吐槽的狗头军师,经过种种离别、磨难、牺牲和无休止的斗争成为有勇有谋而令人扼腕的悲情英雄,所感受到的或许有对弱者的怜悯、对强者的欣羡,对其艰难命运的同情,往往还有同样作为平凡者,对他所有的最终将他塑造成非凡者的传奇经历的向往。带着这种情感,"主角的成长"成为《盗墓笔记》同人最常见的题材元素。同人写手们常延续原作的第一人称,与小说人物产生共情,有意无意地将主观心理代入到他的喋血生涯中去想象他内心的恐惧、挣扎和希望。一方面按照自己的喜好充实了小说的情感框架(这也是当代阅读机制的特点,相比于轰轰烈烈的感情唤起,读者更愿意从自身情感出发主动产生共鸣);另一方面在这一过程中,同人的作者和读者也似乎暂时地超越了平淡的日常生活,在文字之间过了一回"刀头舔血""江湖恩仇"的瘾。

除去主角的成长,如果再用一个词来形容《盗墓笔记》的主题,或许最恰当的就是友谊,这是小说凸现在前景的唯一情感。同样作为畅销书,《盗墓笔记》和时下大量流行的的宫斗、宅斗题材,譬如《后宫·甄嬛传》《知否?知否?应是绿肥红瘦》几乎在任何方面都截然相反——阴冷地下的盗墓贼和温暖椒房里的佳丽娥眉;轻描淡写的出生入死和煞有介事的鸡毛蒜皮;最重要的是,《盗墓笔记》近乎夸张地将同生共死的友谊作为小说坚不可摧的基底,而宫斗小说则大肆渲染人与人之间的勾心斗角、尔虞我诈,强调利益面前感情的脆弱。小说中吴邪、王胖子和张起灵这个"铁三角"超越《鬼吹灯》里胡八一、王凯旋和 Shirley 杨的版本,成为当代网络小说中几乎最经典的友情组合,从未动摇地在小说内外坚持了十年。而在同人小说中,尽管作者一再强调吴邪和张起灵之间只是深挚的友谊,但受到耽美潮流的影响,他们还是不由分说地"被成为"腐向(着重描写同性之间恋情的)同人小说的绝对宠儿。对于耽美小说的风行,可以从女性性别意识、来自日本的国际影响、网络宣传策略等很多方面分析,但仅从情感认知的角度说,今天"严肃文学"和"通俗文学"中,对于友谊的强调和渲染都较为少见。或许是因为在个人化的现代社会,无论是在文字还是现实的价值系统中,"两肋插刀""刎颈之交"背后的舍生取义和利他主义很大程度上都已淡化。读者们能够接受古典名著中的"桃园三结义"、外国小说里的达达尼昂和三个火枪手或武侠经典里的曲洋和刘正风,但对于现代背景中亲密的友谊,反而感到陌生和难以置信:似乎永远不正经的黑社会掮客黑瞎子在双目失明、命悬一线时对高中生苏万说:"你首先为自己负责,再为他人负责,还是先为他人负责,再为自己负责,两者顺序的不同,会给你带来档次完全不同的伙伴和完全不同的人生轨迹……你现在还没有交到足够好的朋友,你遇到了你就知道,这个世界上有些人,你愿意放弃自己的一切去成全他。"①这友谊的浓度太匪夷所思,只能转换成更熟悉的爱情去"合法地"理解,何况这种荡气回肠的大手笔"爱情"让见多了你侬我侬的小儿女情长的读者眼前一亮。

不过,《盗墓笔记》的友谊并不仅限于个别主角之间,这部小说所有次要人物都拥有属于自己的色彩和轨迹,在这个轨迹中他们搭建各自的情感关系并以此牢牢地联结成了一个整体。抹去盗墓的神秘色彩,这个整体就是一个黑社会,老九门势力的交错联接,吴三省(三爷)对于潘子和哑姐及吴邪(吴小佛爷)对于王盟、坎肩等人的克里斯玛(超人)权威,乃至小说中时常出现的黑话,勾勒出这个黑社会的轮廓。它具有我们所熟悉的经过审美想象的黑社会团体的显著特征:重义轻生的亡命之徒、拟家庭化的亲密关系、绝对的信任、出色的默契和协作能力,以及"人人为我,我为人人"的献身主义精神——危险、非法,然而的确在人际关系受到质疑,交往普遍缺乏安全感的时代具有强烈的吸引力。其实抛开黑社会背景,我们也不应该对这种吸引力感到陌生,《排球女将》《变形金刚》《圣斗士星矢》《网球王子》《哈利·波特》《火影忍者》《复仇者联盟》这些影视作品,之所以会成为一代代人心中的经典,很大程度上是因为它们表现的团队间的友爱、责任和互助令人血脉贲张。在偏爱此类题材的日本,如今还有专门的类别"热血漫"来归类这种动漫作品。不过在小说中,"热血文"在当代的确比较少见。严肃文学从"现实主义"时代进入"先锋主义"时代起就对高歌猛进式的情节模式失去了兴趣,认为它所提供的快感庸俗,缺少深刻的内涵和丰富的层次;通俗文学又因为这种故事需要刻画丰满的群像,对于小说篇幅和功力要求较高而不愿涉足。而《盗墓笔记》系列目前已经推出了 15 部,有足够篇幅完成这一主题,在人物刻画上它采用了类似《水浒传》等通俗演义的手法,将人物小传编织进整体情节,塑造出明显标签化、同时有独特张力点的一系列人物:如从小卷入黑社会权斗、心狠手辣,但同时又是爱玩爱美的花鼓戏男旦的年轻当家解雨臣;表面上墨镜皮衣、举止浮夸,实际上是严谨靠谱好队友的"前清遗老"

---

① 南派三叔:《沙海三·不同的人生》,盗墓笔记官网,http://www.daomubiji.org/1301.html,发布日期:2014 年 9 月 22 日。

掮客黑瞎子；作为敌人，一脸弱肉强食，却时常流露出美式人文主义关怀的行动派女魔头阿宁……这些设定交织在一起，让人物之间的互动充满对比，充满戏剧性，引发读者无穷想象。

三、"浪漫之美"：对传统文学批评的挑战

如前所述，小说"烧脑"和"走心"的多层次快感机制为其赢得了可观的受众。但这种不带价值评判的讨论颇有"存在即有合理性"的意味，可以为网络小说平台提供市场策略，但对文化研究来说显然还不够。经典不是数据堆砌起来的，既然我们选择以更尊重、平等而审慎的态度对待网络文学，就需要意识到仅用点击量、粉丝量和市场价值这些指标是不足以合法化小说这种文化产品的。例如，很多对网络文学整体观念较为保守的评论家都认为盗墓小说只有光怪陆离的幻想外壳，重幻想而轻现实，一味迎合无聊趣味，甚至索性将《盗墓笔记》归入玄幻小说"一梭子打死"。如何评价玄幻小说不在本章讨论范围之内，不过传统批评界对网络文学现象的态度，恰如家长对待子女的校园恋情，是可以略见一斑的。更严峻的一种批评或者说指控，则针对盗墓类小说中普遍存在的幽暗、泥泞环境中的尸体、虫蚁、鬼怪，以及违法的地下活动。忧心忡忡的评论者认为对这些内容的渲染是典型的"审丑癖"，是对大众审美疲劳之下低俗的猎奇心理的迎合；靠粗糙的感官刺激、欲望释放打开销路，推崇恶趣味甚至封建迷信，造成文化市场上的劣币驱逐良币。这种论调对于《盗墓笔记》小说和影视作品的发行有实质性的影响。

的确很难否认，"猎奇"是包括《盗墓笔记》在内所有盗墓小说的一个重要噱头，尤其是近两年对《鬼吹灯》和《盗墓笔记》的效仿之作，常常通篇野狐谈禅、怪闻异事而没有连贯的情节，拿捏不好传统民间风俗和迷信之间的区别，似乎回到了六朝时志怪笔记的趣味；内容互相抄袭，语言乏善可陈。然而若因此全盘否定也很不妥当，志怪笔记汉魏以来古而有之，亦曾一度受到文学理论/批评的青目；若说在小说中描写违法行为就是教唆读者，则未免过于放大文学的"教化"功能了。至少就《盗墓笔记》而言，阴森恐怖和犯罪活动并非快感的直接来源。反思批评的根源似乎在

于,我们总是警觉而羞耻地谈论快感,认为制造快感是低俗地被受众牵着鼻子走,是作者主观能动性的丧失。但实际上,快感并不应该是天生的低等种姓,它对于一切试图与读者建立沟通的作者来说都必不可少。作为小说而不是教科书,没有快感的支撑,其他功能也无从实现,有时甚至无法明确对它们进行区分。

譬如,我们通常不用"审美"的理论观照《盗墓笔记》这样的网络小说,认为网络小说缺乏经典性,浅显的内容是批评理论"不可承受之轻"。但是深刻对于美来说真是必需的吗?一部小说受到欢迎,是否可以仅仅因为它带来了感官刺激?在现有美学框架内我们很难完全把审美机制从快感机制中剥离开来,但在阅读体验中我们却更容易发现"痛快"之外关于"美好"的经验。

网络小说美学的准绳何在?形式美的存在更容易借鉴正统文学的标准获得论证。对于一篇小说,"言之无文,行而不远",这尤其适用于类型小说。在内容重复率高的情况下,精彩的语言是它们脱颖而出的基本条件。南派三叔在语言的锻炼上就很有功力。他利用青年主人公的口吻进行叙事,语言幽默、口语化、个性鲜明,且非常准确——刻画环境的空间立体感和场景还原力很强;描写人物用漫画笔调,寥寥几笔就凸显了特征,还留有一定想象空间;抒情时也是造境为主,很写意地大笔点染,笔墨简练,风格清爽。时下网络小说普遍有一个问题:语言的套路化和风格的缺失。所有人物不是"邪魅狂狷"就是"古灵精怪";得意就"狂笑不止",失意就"阴晴不定"……作为量产的文化产品,千篇一面。正因如此,少数真正长期流行的网络经典,如《悟空传》《诛仙》《庆余年》等都从传统文学中吸收了较多表达技巧而被认为"不那么像网络小说",有时甚至能在这些小说中看到先锋文学的影子。《盗墓笔记》小说对于限制视角或多视角叙事、圈套叙事等策略的运用可谓得心应手,同时,小说系列的《藏海花》和《沙海》中逐渐出现了如《吴邪的野望》《真正的进化》等带有鲜明当代寓言色彩的章节。它们与故事线索暂时脱节,利用大量远取譬的隐喻"脑洞大开"地探讨诸如"动物进化的方向是什么""柏拉图的山洞能否被证明"等颇有哲学意味的问题。这些问题寓言实际上是提示之后情节的"楔子",但如此曲折晦涩的表达似乎更应该出现在马原、扎西达娃的新作而非网络通俗小说中。虽然不是所有"稻米"都能适应和理解这种风格，但还是大体乐于接受或者猜测的。

除去表达形式之外，在内容上《盗墓笔记》也表现出一定的审美特色。正如前文提到的，小说中满纸重义轻生的豪情壮志、刀光剑影的传奇生活，以及潇洒写意的各色人物，几乎涵盖了武侠小说的全部神气，只不过将其置于现代背景中。而武侠小说从平江不肖生、梁羽生到金庸、古龙，甚至到颇多争议的新派步非烟，无论作品优劣，都共享着重要的美学价值。它们追求热情奔放的情感、超乎寻常的形象；强化美和丑的对比；鼓吹自由、爱和人道主义精神；构拟超越于生活的理想，具有典型的浪漫主义美学特征。在中国，虽然浪漫主义也随西学东渐之潮涌入中国，但或许是文化中本来缺少那样恣意放纵的因子，或许是现代以来对于现实主义文学社会功能的迷恋垄断了浪漫主义的道路，浪漫主义几乎没能在中国扎根。除去稍纵即逝的革命浪漫主义，几乎就只有武侠小说在正统文学的外围坚守着浪漫主义的美学阵地。本来，以"美"为通行证的虚构应当获得一定的批评豁免权，但是浪漫主义所代表的对于此刻的超越、对于可能性的探索，表现在过于高大的英雄形象、完美的理想关系和神奇的功业上（《盗墓笔记》在这方面无可遁形），难免让我们被现实主义规训了的审美心理感到不适应乃至觉得肤浅。尤其是武侠小说（仙侠类和《盗墓笔记》姑且也归在内）在文坛上的边缘位置更使这种半生不熟的浪漫主义直接被打入"胡思乱想没深度"的冷宫。

对于《盗墓笔记》这样的小说，获得浪漫主义的合法护照应该是不可能了。然而在普通读者的共情阅读而非评论家的批评阅读中，小说中的人和事：主人公吴邪以卵击石万死不辞的勇气；张起灵毫无怨言的自我牺牲和永无止境的自我救赎；王胖子为兄弟两肋插刀的侠骨和为爱人终夜开眼的柔肠；黑瞎子"多惨都能够笑出来"的潇洒意气；潘子以生命验证的不渝忠诚；三代人父死子继的艰难探索，患难朋友的风雨同舟……都不仅是满足，更是鼓舞——用流行的概念说，是正能量的传递。这种能量当然是而又不仅是美的，因为它可以从超越现实的理想中投射回现实生活，创造出"此在"的社会价值。

这样谈论网络小说，似乎有过度拔高之嫌。但中国的通俗小说自古就不排斥严肃话题,严肃文学也常常要放低身段,"通俗"地获得观众,网络的传播平台和商业性质不能割裂了网络小说和文学的血脉联系。另一方面,正如宋元明清时平民靠戏曲来进行价值建构和传播,今天无论我们愿意与否,广泛普及的网络文化已经参与进了一代青年的价值建设,如同《圣斗士星矢》、BEYOND乐队参与了上一代青年的价值建设一般。对于流行的作品,回避谈论其社会意义无异于掩耳盗铃。

对于这一现实的明确认识,或许也是《盗墓笔记》能够承担得起严肃讨论的原因之一。这部小说一方面是超现实的,在杭州西湖边古董铺小老板的日常生活之上搭建出一个浪漫传奇的大厦,为读者朝九晚五的平淡生活提供一个逃离的可能——这也是很多网络小说精心搭建"另一个"世界的动机,但需要足够真实,读者才能够放松地让它们暂时取代琐碎而毫无美感的现实。而另一方面,小说又是现实的,南派三叔没有毫无节制地沉浸在挥舞的想象中,而是不断将视野拉回现实,拉回日常,拉回杭州西湖边古董铺那个狡黠而善良的小老板无关乎上古神迹的困境与抉择上,在讲故事之外,也来聊聊人生。

和他的小说的主角吴邪一样,南派三叔在聊人生的时候熟悉地运用着以退为进的策略。表面上,他摆出一副过来人的犬儒主义面孔,用人生最丑恶的际遇教导年轻的读者,"比鬼神更可怕的是人心"[①]。在小说的高潮,吴邪戴上人皮面具变成了吴三省,所有世态炎凉一下子涌过来,他在金钱、权力、背叛和杀戮中残酷地"被成长了"。但同时,作者又不遗余力地表现在种种黑暗的挤压中,在这些无论是实际还是象征意义上都过着不可见人的地下生活,沉沦于社会价值体系最底层,像蟑螂一样不免被碾压的亡命之徒身上那有点粗糙但是坚如磐石的友情、亲情和爱情。他甚至还试图在他们面目并不美好的世界中建立一个同样粗糙朴实的正义观:倚强凌弱是不义,以弱抗强是义;为生存而挣扎是义,但以生存为代价捍卫自由是更高的义。在恶劣的条件下,这种粗糙的义甚至不得不残酷地互相比较和衡量。在《沙海》中,吴邪安排王胖子和霍秀秀成为搅乱局

---

① 这句话出自《盗墓笔记》第5部,是以老奸巨猾著称的三叔吴三省在陷入危难之际给吴邪留下的信中的语句,在"稻米"中被广泛引用,可以称作是"稻米"的"十字箴言"。

面、分散敌人注意力的诱饵,为此他感到无尽自责:"当他把别人的性命放到天平上,放弃自己绝对不牵涉到任何人的信念之后……他能理解潘子的自我毁灭倾向,他想惩罚自己,惩罚那个之前希望所有人都可以好,现在却可以在手上掂量别人生命分量的人。他成为了自己最厌恶的那种人,而且更厌恶的是,必须成为很长一段时间。"但同时他意识到,自己也在一架善恶的天平上别无选择:"'我当盗墓贼是因为血统问题,也是因为一个承诺,因为我一旦离开这个圈子,很多事情我就没法去做了,很多人我也不可能去帮助了。有些人做一些小恶,是因为他知道,如果他离开了,这些小恶都可能变为真正的大恶。'"

小说所谓"把恶放在天平上称量"的困惑古来有之,这种极端条件下的选择因其灵活和不确定性不足以称为道德,但它毕竟是出于正面的价值观,可以成为道德的价值底线。相比于那些高居于云端但已经遭到人们质疑的"高大上"标准,或许这种权变与否的挣扎更能打动生活中难免遇到道德困境的当代人。审慎地讨论灰色领域,无论能否成功地给出自己的答案,都是网络小说更负责任、更成熟和更受到理智而非快感控制的表现,既不同于不负责地以越轨为乐,更不同于用一路畅通的道德顺境来制造道德快餐。

不过,必须承认,作为畅销的通俗小说,进行这种尝试本身具有一定风险性,因为小说对于读者的影响是作者无法逆料的。2013 年初,山东几个"90 后"少年因沉迷《盗墓笔记》盗掘战国文物,曾一度让《盗墓笔记》作者南派三叔面临"误导读者"的舆论谴责而不得不出面"表明立场"①。2015 年的电视剧版《盗墓笔记》也因类似原因不得不用"考古"替换关于"盗墓"的情节。《盗墓笔记》拥有强大而严谨的宣传团队,南派三叔也不是没有节制的作者,小说或许会很快摆脱其道德困境。然而这种指责背后的观念令我们反思:文学必须描写没有瑕疵的正确和没有阴影的阳光吗?对于《盗墓笔记》这样的通俗小说来说,分歧似乎更在于:文

---

① 在少年盗墓事件曝光之后四天,南派三叔的微博发表声明称:自己的小说轻猎奇重悬疑,想要传播的也是一种坚强的、与命运抗争的正能量。而盗墓只是小说的背景,自己也没有美化这个行当。由于他 2013 年 8 月前的微博已全部删除,无法获得原文。

学是否可以,按照何种标准,在何种程度下越轨,去涉及瑕疵和阴影?毕竟,对以整体经典化的现实主义和整体边缘化的先锋派为主的正统文学来说,很少有人在这点上拷问它们。个中原因,究竟是它们已跻身艺术殿堂,如前所述,拿到了美的豁免权,还是正统文学实际的受众较少,不会造成难以控制的社会影响?

不管哪种原因,为此而对通俗小说持有双重标准都是可疑的。对于这一新兴写作方式,以及其他方兴未艾的事物,我们常常同时加诸过低的评价和过高的社会期待,这很大程度上是因为这些小说仅仅涌入了生活,还没能在生活中获得合法的、稳定的位置、功能和自我表达的声音,我们尚不知道它们可能扮演的角色,也不清楚能适用于它们的评价系统。

敏感的读者也可以从本章分析的行文中感受到这点:无论是关于快感机制、审美取向还是社会价值,笔者在为了描述小说的特征而选择理论时总是煞费苦心而终不得理直气壮,似乎通俗网络小说的身份本身还未获得理论合法性,更遑论经典性了。这当然是不利的,无论理论界对于网络小说如何欲说还休,2015 年 8 月 17 日的长白山上仍旧人山人海,见证"十年之约"①;百万"稻米"仍然在贴吧上人声鼎沸,《盗墓笔记》系列仍然在畅销书榜首傲视群雄——回避只能让理论落后于现实。如何常态化地、有效地观照和评价《盗墓笔记》和类似的小说作品,对于我们是一个挑战。浙江作协曾经选送《盗墓笔记》参加 2011 年茅盾文学奖评选,然而初选即铩羽。这或许显示着:也许有一天这些网络传奇文本终会被人们视为经典,但是现在它们还在路上。

南派三叔创作年表

【南派三叔,本名徐磊,1982 年 2 月 20 日出生于浙江嘉善,后定居杭州,因此一度被误认为是小说主人公杭州吴邪的原型。他毕业于浙江树人大学电子商务专业,在开始创作前曾在广告、软件编程、国际贸易等行业工作。现为自由作家,南派投资公司董事长。】

1. 2006 年 6 月 26 日凌晨,《盗墓笔记》系列第一部《七星鲁王宫》开

---

① 详见以下"南派三叔创作年表"。

始作为《鬼吹灯》的同人小说在百度贴吧"鬼吹灯吧"上连载。27日,他开始在贴吧上使用"南派三叔"的笔名。

2.2006年7月,小说入驻起点中文网,开始以《盗墓笔记》为题连载。

3.2007年1月,《盗墓笔记·七星鲁王宫》由中国友谊出版公司出版(其后8部都由该公司出版)。

4.2007年4月,《盗墓笔记》第2部《秦岭神树》出版;11月,第3部《云顶天宫》出版。

5.2008年11月,《盗墓笔记》第4部《蛇沼鬼城》出版。

6.2009年7月,《盗墓笔记》第5部《谜海归巢》出版;12月,第6部《阴山古楼》出版。

7.2009年12月,南派三叔受盛大文学集团之邀将《刺陵》电影剧本改编成小说。

8.2010年3月开始,CHA(美国概念艺术屋有限公司)出品、周凯主笔的盗墓笔记美版系列漫画开始陆续由普天出版社出版。

9.2010年3月9日,"南派小说堂会"宣布成立,随后南派三叔以堂会的名义发布地质勘探题材的探险小说《大漠苍狼》。2011年8月,小说完结并在磨铁中文网授权连载。

10.2010年5月,署名南派三叔的长篇小说《黄河鬼棺》由文汇出版社出版,南派三叔于10月27日发布声明称小说只有前8—9万字是自己创作,之后的部分系他人伪托,但受出版商合同限制,他只能书面声明而不能制止。

11.2010年9月,《盗墓笔记》第7部《邛笼石影》出版。

12.2010年11月,以二战期间中国在缅远征军为背景的长篇小说《怒江之战》由文化艺术出版社出版,成为南派三叔第一部完成的作品。

13.2010年11月,南派三叔以285万元版税跻身年度中国作家富豪榜第14名。

14.2011年4月,浙江文联选送《盗墓笔记》参选当年茅盾文学奖评选,呼声甚高,因未完成线下出版落选。

15.2011年5月,由极东星空工作室创作的《盗墓笔记》第二版官方漫画由长江出版社出版。

16. 2011年12月,《盗墓笔记》第8部分为上下两册出版,至此9部总销量超过1200万册。

17. 2011年12月,南派三叔以1580万元版税跃居年度中国作家富豪榜第2名。

18. 2012年1月,南派三叔开始在《超好看》杂志和多个网络平台上连载《藏海花》,延续《盗墓笔记》最末的悬念,将故事设置在《盗墓笔记》结束五年之后(小说时间为2010年)。

19. 2012年5月,《盗墓笔记少年篇·沙海》在《漫绘SHOCK》(后改在《惊叹号》)上首发,放弃惯用的第一人称视角,用第三人称视角继续讲述《盗墓笔记》主人公的成长。

20. 2012年8月,《藏海花》第1部由北京联合出版公司出版。

21. 2012年12月,南派三叔再次入围年度中国作家富豪榜的同时,获得第七届中国作家富豪榜最佳冒险小说奖。

22. 2012年12月,《盗墓笔记》包揽该年度虚构类畅销书排行榜top30前三,《藏海花》也入围。

23. 2013年2月,《沙海》第1部由新世界出版社出版。

24. 2013年3月22日,南派三叔在新浪微博发布消息称,因压力巨大,将封笔不再进行创作;更于4月16日自曝感情出轨,婚姻即将破裂。两条新闻在网络上掀起轩然大波,然而随后家人证实南派三叔罹患"精神分裂及情感障碍",导致妄想并影响了创作,在家人的说服下他已经入院接受治疗。

25. 2013年7月,《沙海》第2部由长江文艺出版社出版。

26. 2013年7月17日,由上海创.戏剧工作室改编制作的《盗墓笔记》话剧第一季在上海首演。主演为杜光炜、苏杭、张庆庆等。之后一年中话剧进行了3次全国巡演。

27. 2014年1月5日,南派三叔病情好转出院。

28. 2014年1月中旬,《沙海》阅读AVG游戏面世。

29. 2014年2月,贺岁中篇《幻境》开始在微信等网络平台上连载。

30. 2014年3月,深圳创意投资集团旗下518动漫团队创作的《沙海》漫画开始在《知音漫客》连载。

31. 2014年4月,因《盗墓笔记》网游改编权被侵,南派三叔将北京千橡网景公司和新浪互联公司告上法院,索赔100万元,12月经法院审理胜诉。

32. 2014年5月16日,南派三叔出任全球冒险网游《勇者大冒险》首席世界观架构师。5月26日,南派三叔微博宣布复出。

33. 2014年6月,南派投资联合欢瑞世纪和光线传媒正式启动《盗墓笔记》大计划。这部将持续八年时间的季播剧由"国民校草"李易峰、杨洋、刘天佐等主演。

34. 2014年7月,《盗墓笔记》话剧第二季在上海首演。

35. 2014年10月,由漫工厂和翻翻动漫出品、巴布绘制、鱼蛋kid改编的《藏海花》漫画开始在《漫画行》连载。2015年1月,漫画单行本由长江文艺出版社出版。

36. 2014年12月25日,南派三叔和孙武领衔的九门工作室正式成立,集合中日韩一线网番制作团队,开始筹备制作《盗墓笔记》动漫。

37. 2015年2月,《盗墓笔记》在起点中文网上的点击量突破1000万。

38. 2015年2月6日由广东星辉天拓互动娱乐有限公司开发的《盗墓笔记》首款官方正版手游面世。

39. 2015年2月13日,《盗墓笔记》系列贺岁中篇《大探险时代》开始在南派三叔微信公众号、微博等平台同时连载。

40. 2015年6月12日,《盗墓笔记》季播剧第一季开始在爱奇艺周更,开播一小时内收视率即突破4000万,然而"稻米"对于情节改编、演员表现、特效技术等方面普遍不满。

41. 2015年6月13日,《盗墓笔记》电影计划由上海电影集团启动,导演暂定李仁港。刚刚对电视剧"累觉不爱"的"稻米"纷纷表示"还能再爱一次"。

42. 2015年6月15日,尽管《藏海花》和《沙海》还有待完成,南派三叔开始在各平台连载《盗墓笔记》故事大结局《十年后》。

43. 2015年8月17日,小说中最重要的时间截点到来,大量"稻米"前往长白山"见证"张起灵、吴邪十年之约。尽管南派三叔事先发布安全警示,"稻米"普遍行为克制,但景区仍然承受了巨大的客流压力。

44. 2015年8月17日,《十年后》最后一章以"桃李春风一杯酒,江湖夜雨十年灯"完结,吴邪和王胖子等来了走出青铜门的张起灵,南派三叔实现了"平和的结局"的承诺。当天这条微博转发量超过50万,在各大社交媒体掀起高潮。随后作者发表文章《死在一米外》,暗示精力难支短期内不会补完之前部分。

《盗墓笔记》粉丝评论综述

对《盗墓笔记》的粉丝评论进行统计似乎是不可完成的任务,除了常规的豆瓣、天涯、新浪博客等书评阵地外,真正的"稻米"都会在百度贴吧上占有一席之地。截至2015年12月31日,百度贴吧"盗墓笔记吧"已有超过290万人关注,帖子近亿篇。如加上相关的"藏海花吧""沙海吧"和主要人物吴邪、张起灵、王胖子等的贴吧,帖子更是难以计数。这以亿为单位的帖子中,有书评、相关资讯分享、同人创作、Cosplay图,也有"稻米"的日常碎碎念。有趣的是,"盗墓笔记吧"2007年建吧至今,一直非常活跃,即使在南派三叔基本停止创作的2013、2014年,"盗墓笔记吧"也丝毫未受影响地蝉联了百度贴吧人气排名灵异·超能力小说类第一名。自然,每当南派三叔有新的文字或动向,相关贴吧都会出现小规模的人气爆炸;即便在南派三叔封笔住院,几乎没有消息的一年中,粉丝仍然会到"盗墓笔记吧""暖吧",分享小说的细节、阅读感受,甚至是自己的线下生活。对于铁杆"稻米"们来说,翻翻小说、水水贴吧似乎已经成为一项稳定的爱好,或者说生活的一部分。我们也因此得以看到很多精彩的评论交流。除贴吧之外,起点中文网书评区、南派三叔微博和微信订阅号下也有质量颇高的评论,只是在数量上稍逊一筹。

在各种"稻米"书评之中,背景考据帖着眼于小说中半真半假的人物、事件和文物的现实依据,关于抗日将领张启山的人物原型、关键人物汪藏海的史料记载、秦岭青铜树的传说与现实等的讨论数量可观,让读者不仅对小说有了深入的理解,知识面也有所拓宽;解密考据帖在关注知识背景的同时仔细分析情节脉络和伏笔,"脑洞大开"地推测小说的来龙去脉;情感交流帖的作者多为追文多年的资深"稻米",对小说怀有深挚的感情,写下来和其他读者分享;盘点帖则如数家珍地将小说中性格和经历各异的各路人物、令人称奇的文物古建与一路走来的山川风貌一一道来,细致程度连作者都为之惊叹。

作为连载十年而尚未完结的悬疑探险小说,《盗墓笔记》书评中最引人注目的当然是关注故事真相的解密考据。解密帖的风格和小说发展方向紧密相关:从小说连载的前几部看,作者笔下仍是部标准的考古探险小说,充满上古秘境、异兽怪虫,这一时期的考据帖也主要指向历史考古,意图从神话传说和正史稗官的记载中为小说世界提供解释。其中最有代表性、影响力最大的就是暖和狐狸的《盗墓笔记之最终的大谜团》①。他用传说中伏羲部落的人兽共生、蚩尤部落的青铜文明和西王母部落的玉文明来解释小说的"终极"(在小说设定中,终极是某种物质、力量或规律,所有相关人物的命运在根本上都与对它的保护和窥探有关)背景,认为线索人物张起灵是蚩尤的现代后裔,并以此出发来说明整个小说的斗争关系。严密的推理和对于上古神话体系的如数家珍,一方面说明暖和狐狸等考据派粉丝不薄的历史文学基础,另一方面也似乎可以看出更早流行的以树下野狐《搜神记》《蛮荒记》等为代表的新神话主义东方奇幻的影响。总体上说,这类考据帖围绕早期出现的线索进行猜测,往往认为书中人物是某些上古势力的后裔,为了身负的使命而探索、争斗。这些猜测大大拓宽了小说的时间、空间广度,但正如前面所说,带有奇幻乃至占据网络文学半壁江山的玄幻的惯性影响。

然而,或许是最初构思本就如此,又或者是在漫长的创作过程中"写一部想象力最奇特的小说"的野心驱动作者离开人烟稠密的道路,《盗墓笔记》的高潮、结局和后继的《藏海花》《沙海》走向了完全不同于各家预测的方向。一方面,小说的古代背景越来越淡,重点从地下转移到了地上;另一方面,读者渐渐意识到,作者正在通过主人公对于自身经历的反思和晦涩抽象的寓言构建小说的世界观——作为纯粹的探险小说,世界观并非必要,而魔幻、玄幻类常见的世界观已不能满足南派三叔"挖坑"

---

① http://blog.sina.com.cn/s/blog_4d78be2b0100rte5.html,发布日期:2011年4月18日。

的胃口。随着几个提示性寓言章节《牧羊人》《黄昏草》和《蛇王国》的陆续更出,考据粉丝的讨论也随之深奥起来,哲学物理齐上阵,八仙过海各显神通地试图将小说的世界观拉出水面。例如相当受欢迎的考据粉鬼眼红二爷直接指出,《黄昏草》就是关于"薛定谔的猫"的寓言,并断言"这种生死叠加的状态就是黄昏时候的颜色,也就是'终极'本身。在世界某个地方存在或者通过某种方法能制造这样的状态,而接近或制造这样状态的人就可以永生"[1]。而解读《蛇王国》时鬼眼红二爷更祭出了超弦理论,认为"终极"会改变物质最基本构成"超弦"的震动频率,并随机地展开平行空间,因此处于量子叠加态的"薛定谔的猫"就会同时消失在环境的视野和记忆中。而另一位"稻米"宇佐见春彦在"盗墓笔记吧"中关于牧羊人寓言的寓言式分析帖下面更是盖起了高楼,他的观点可以概括为帖子中一句话:"狼不吃羊,他们只咬死羊,然后咬死牧羊人,羊不是他们的目的,人也不是,草也不是,他们需要的是没有人再牧羊。所以牧羊人需要牧羊犬。"[2]类似的考据评论还有很多,"盗墓笔记吧""藏海花吧"和"沙海吧"下的书评版块和精品区都能看到很多优秀的文章。它们的猜测或许接近了作者的意图,或许没有,或许作者也会因为这些猜测受到启迪……无论如何,其中展现的"稻米"的知性、智性水平令人称奇,至此《盗墓笔记》已经不是南派三叔一个人的故事,而是作者和读者共同的"烧脑"狂欢。

博学的考据爱好者们总是试图揭开小说的面纱,指点故事的走向,然而"稻米"更普遍的表达诉求往往集中在对于这部陪伴读者多年的小说,乃至小说所创造的、似乎就生活在我们周围的人物的感情上。"腐女"们将小说人物排列组合创造出各种CP,其中"瓶邪"(主角吴邪和二号主角张起灵,张绰号闷油瓶)、"黑花"(重要配角黑瞎子和解雨臣,解艺名解语花)CP人气之高,连没有读过《盗墓笔记》的网友也常有所耳闻。除此之

---

[1] 鬼眼红二爷:《看了三叔微信才发现了终极是什么》,http://tieba.baidu.com/p/2872945389,发布日期:2014年2月17日。

[2] 宇佐见春彦:《盗笔分析》,http://tieba.baidu.com/p/3570917589,发布日期:2015年2月6日。

外,"稻米"们的感想往往都围绕着成长和友谊的关键词展开。豆瓣网友_烬动情地写道:"记得《夏至未至》里有这样一句话'那个男孩,教会我成长,那个女孩,教会我爱。'而我想对三叔说,成长和爱,都是《盗墓笔记》教会我的。"①吴邪的故事从 2003 年起,走到了 2015 年,他和他的亲人朋友与读者分享着差不多的时间,分享着一天天的成长,用他们的喜怒哀乐点亮读者的生活。对于关注这部小说多年的读者来说,很大程度上存在这样的错觉,如"盗墓笔记吧"吧友面瘫 v587 所说,小说中的人物"好像是活生生的人,他不仅只活在盗墓笔记里,还活在我们身边"②。更有吧友坦诚自己爱上了小说中的人物,因为不在同一次元而心痛不已,只能通过一遍遍阅读想象陪伴。③ 2015 年 8 月 17 日,现实中普通的一天,长白山却迎来了熙熙攘攘的人群,数以万计的"稻米"在这一天来到小说中十年前约定之地,"看"历经沧桑之后吴邪能如愿结束一切磨难,接小哥回家。同一天凌晨,南派三叔在微博上发表了小说的最后一章,在十年磨难之后,"铁三角"终于在长白山上青铜门外重聚,"桃李春风一杯酒,江湖夜雨十年灯"④。一天之内这章小说转发量超过 50 万,一个作者和粉丝共同创作的温暖结局在这一天弥合了真实和虚幻的界限。网络小说在现实中留下如此鲜明的印记,在国内尚无人能够比肩。

除掉传统意义上的书评,浩如烟海的同人作品也可视为读者的评论和反馈,每天贴吧上动辄数万、数十万字的《盗墓笔记》同人小说在连载,夜藤的中篇《毒》、线性木头的长篇《战骨》、狐离的长篇《烟花刹那》,以及三品不良和 type_oemga 共同创作的长篇《观棋不语》,只是笔者随手举出的其中较为优秀的代表。这些同人小说在结构、情节和语言上都不输职业写手的作品,其中还有很多在起点、晋江、磨铁等站点上连载付费章

---

① _烬:《关于吴邪》,http://book.douban.com/review/5916956/,发布日期:2013 年 5 月 3 日。
② 面瘫 v587:《永远的铁三角》,http://tieba.baidu.com/p/3229685843,发布日期:2014 年 8 月 14 日。
③ 沧海一瞬:《【写给起灵】情深不寿》,http://tieba.baidu.com/p/3644062206,发布日期:2015 年 3 月 18 日。
④ 南派三叔:《十年后·end》,http://weibo.com/npss,发布日期:2015 年 8 月 17 日。

节。他们的创作在"稻米"中引起强烈共鸣,也在一定程度上影响着南派三叔的创作。小说之外,同人歌曲中也不乏佳作,如焰31填词、著名网络音乐人音频怪物演唱的《假面》[①],Finale填词、音频怪物演唱的《不朽》,无比填词、祝贺演唱的《一期一会》,血战到底创作、沉烟演唱的《沙海》等。同人歌曲有时采用现成曲调,但是原创的歌词都具有很强的感染力。

  无论是书评、同人小说还是歌曲,都倾注了"稻米"对于小说无限的感情和思考,这些文本和原作一道,构成了《盗墓笔记》庞大而不断扩充的再阐释体系,也勾勒出网络小说时代最独特的一道活的风景线。南派三叔说,"稻米"是"稻米"的粉丝。他们之间的互动超出了文学的范畴,形成了一种围绕着小说产生的社会能量。网络小说往往如此,对于这种具有即时性、"接地气"的文学形式,读者的关注或喜爱绝不仅仅是市场上的卖点,更是对于小说人文价值、社会价值的重要肯定,以及作者不断提升创作水平的核心动力之一。

(本章撰写:陈子丰)

[①] http://5sing.kugou.com/fc/2533496.html,发布日期:2010年8月17日。

第六章 历史穿越:"大国崛起"与"个人圆满"的双重 YY
——以月关《回到明朝当王爷》为例

《回到明朝当王爷》是月关的成名作,在网文界被普遍认为代表了历史穿越小说的主流模式①。在学院派的网络小说研究中,《回明》②也被研究者列为"历史穿越小说"的代表作加以分析③。

"历史穿越小说"的大致模式是,一位现代社会的主人公(多为男性)穿越到某个真实存在的历史时空,并在那里有一些影响历史走向的行动。《回明》中主人公为了影响历史走向而选择了一条"维新"之路,这其实正是百年来中国人的集体幻想之一。在"大国崛起"的背景下,这种幻想被呈现在历史穿越小说的文学幻象里。与此同时,当下中国人(尤其是男

---

① zzjulien:《从〈回到明朝当王爷〉浅谈起点主流历史文》,"龙的天空"论坛,http://www.lkong.net/forum.php?mod=viewthread&tid=641952&bid=28&extra=page%3D1,发布日期:2012 年 8 月 24 日。

② 有很多读者在评论时将《回到明朝当王爷》简称为"回明"。为避免混淆,需要说明的是,实际上有一部叫做《回明》的历史穿越小说,作者无辜的虫子,2010 年 3 月 26 日首发于起点中文网。该小说讲的是主角穿越重生为明朝建文帝朱允炆,最后改写了明朝历史的故事,影响力远不及《回到明朝当王爷》。为了表述和引用方便,本章沿用读者的简称,行文中的《回明》即《回到明朝当王爷》。

③ 近年来较为重要的研究网络"历史穿越小说"的论文,如《"异托邦"的想象——网络穿越小说研究》(刘迪,华东师范大学 2013 年硕士毕业论文)、《穿越小说叙事研究》(刘丹,中国海洋大学 2013 年硕士毕业论文)、《"压弯的树枝"——民族主义视野下的中国网络文学》(胡疆锋,《文学与文化》2014 年第 1 期)、《穿越的悖论与暧昧的征服——从网络穿越历史小说谈起》(房伟,《南方文坛》2012 年第 1 期)、《论网络小说中的穿越、重生、架空问题》(康桥,《中国现代文学研究丛刊》2012 年第 10 期)等均将《回到明朝当王爷》作为代表作品来分析。

性)在经济起飞过程中日益积攒的核心焦虑——如事业成功与道德圆满之间的矛盾冲突,也在YY叙事中得到缓解。

一、回到明朝去"维新":"崛起"的集体无意识

《回明》中主人公郑少鹏化身成为明代秀才杨凌之后,"想在这个时代做出一番事业,用自己的努力避免后世的诸多悲剧"(第321章"没个消停")。这些"后世的诸多悲剧"其实就是中华民族的历史创伤记忆。熟悉网络历史类小说发展脉络的读者认为,早期的历史穿越小说"大都着眼点于并大比重描写对历史的改变,对屈辱史的反思与规避"[1]。"你会发现这种小说虚构的权力与征服,在最初带来的几乎全部是'改变民族的命运'。"[2]与穿越到其他历史时期的小说相比,"明清穿""民国穿"里男主人公的故事大多是以近代中华民族的屈辱史为背景的,要处理的最大问题就是如何避免近代的屈辱(即《回明》中"后世的诸多悲剧")。

《回明》共11卷,除了前3卷是铺垫之外,后面几乎每卷都有对应着中国近代"屈辱史"的大事件:第4卷写杨凌下江南铲除贪官,是为政治经济改革做准备,对应的是封建制度这个"屈辱的根源"。第5—7卷写杨凌主持开展海外贸易,打击倭寇、海盗,大败佛郎机,这些都是海洋战略,对应着帝国闭关锁国,最后被列强从海上用坚船利炮打开国门的屈辱记忆。第8—11卷写杨凌入蜀、斗刘瑾、剿灭白衣军、平定宁王叛乱、开发辽东等,对应的是明朝末年内外交困、汉族政权覆灭的危机。总之,小说中杨凌的每一个行动都是针对历史伤痛在"对症下药",是有目的地改写历史。

当然,杨凌的那些具有"历史意义"的行动,不可能"改写历史",只能是改写一种"历史叙事"。在主流历史叙述中,晚明之后的历史就是一种

---

[1] zzjulien:《从〈回到明朝当王爷〉浅谈起点主流历史文》,"龙的天空"论坛,http://www.lkong.net/forum.php? mod=viewthread&tid=641952&bid=28&extra=page%3D1,发布日期:2012年8月24日。

[2] Weid:《一部标签的丰富史,一则原创小说类型谈》,"龙的天空"论坛,http://www.lkong.net/forum.php? mod=viewthread&tid=527863,发布日期:2011年12月23日。

悲剧式的、机械论的、激进主义的叙事组合①:自明代后期开始,中国就因为封建统治者的"闭关锁国",最终落后于西方世界,到晚清时被列强欺辱,丧权辱国。这种"落后——挨打"的因果解释有些机械色彩,背后其实是激进的"屈辱——崛起"的意识形态诉求。很久以来,正是这种意识形态塑造了我们的历史记忆。这种"落后就要挨打"的历史记忆召唤出的力量是惊人的,特别是改革开放三十周年前后,"中国奇迹""中国速度"成为21世纪初的热门话题。

"中国崛起"所带来的巨大自信使得国人有了重新定位自我、展开历史想象的诉求。在《回明》连载期间(2006—2008),中国大众文化市场正掀起一股"明朝热"(或称"明史热")②。我们可以通过对当时两部最有影响力的影视作品《大国崛起》(纪录片)和《大明王朝1566》(电视剧)的分析,透视在网络文学这个"亚文化"空间之外,主流文化叙述内历史逻辑的转型和大众心理趋向的变迁。

2006年11月,一部探讨西方国家崛起之路的电视纪录片《大国崛起》在央视热映,其"新历史观"的"挑战性"正如有评论者指出的:"纪录片《大国崛起》以多元视角,开放式解析历史,给受众提供了一种与历史教材迥然而异的影响历史,展现一种新的历史观。例如提到资本主义,普遍受众的第一印象往往是教科书灌输的'贪婪、残忍、原始积累'。而《大国崛起》还特别强调了资本主义的冒险精神,追求科学、鼓励市场竞争等现代社会发展的理性的另一面。对曾欺凌过中国、被我们称为列强的崛

---

① 海登·怀特在《元史学》里将编纂历史(建构历史叙述)的核心归纳为情节式解释、论证式解释和意识形态蕴涵式解释,它们按照亲和关系又形成四类组合:1.浪漫的、形式论的无政府主义的;2.悲剧式的、机械论的、激进主义的;3.喜剧式的、有机论的、保守主义的;4.讽刺式的、情境论的、自由主义的。〔美〕海登·怀特:《元史学:十九世纪欧洲的历史想象》,陈新译,彭刚校,第38页,南京:译林出版社,2004年。

② 重要作品包括:当年明月2006年3月开始在天涯论坛连载的《明朝那些事儿》,十年砍柴推出的《皇帝、太监和文臣:明朝政局的三角恋》(南宁:广西人民出版社,2007年1月),编剧刘和平的《大明王朝1566——嘉靖与海瑞》(北京:人民文学出版社,2007年1月)同名电视剧在湖南卫视上映,更是引起热议。学者毛佩琦在央视"百家讲坛"讲《明十七帝疑案》,先后出版了《毛佩琦正说永乐大帝朱棣》(石家庄:花山文艺出版社,2006年11月)、《明朝顶级文臣》(石家庄:花山文艺出版社,2007年1月)。

起的正面叙述,对国人根深蒂固的历史观提出了挑战。"①

这种历史"新视野"与《回明》不谋而合。杨凌在制定经济发展策略时,最初有意摒弃资本主义原始积累的方式。结果在西方人阿德妮的"开导"下,他终于"理解"了原始积累的必然性(第274章"群英会")。这里可以看到"大国崛起"的心态下"新的历史观"的影响。这种"新的历史观"表面上看是对西方历史的"新发现",实质上展现的是"屈辱的中国"到"崛起的中国"对西方历史想象的变化。它的前提就是想象主体"由弱变强",逐渐理解、认同了其想象对象,迫切地想要通过解释西方"如何崛起"来确立自己的合法性。相应的,在这一时期备受好评的历史剧《大明王朝1566——嘉靖与海瑞》则成功地激起了观众对明朝"大国衰落"的惋惜甚至痛恨的情感:

> 它讲述的不是"大国崛起"的经验,而是一个大国衰落的教训。这是中国封建社会由盛而衰的关键时段。在这里,我们看到了王朝机构的腐化与人性的丧失,看到了统治者言同圣旨、老百姓人人自危……②

有意味的是,这两部产生于同一时期,又分别讲述西方的崛起史和中华的衰落史的作品,带来的情感反馈竟是如此"无缝对接"。同质化的历史想象背后,一个"明朝热"/"回明"的时代心理坐标浮现出来:"大国崛起"的自豪感是建立在百年屈辱感上的,正如"暴发户"会努力修饰自己的不堪往事,快速"崛起"之后的国人,很容易以一种挑剔的眼光去审视自己的祖先,修正、粉饰自己的"前史"——"源头"即是晚明。

于是,网络文学历史穿越小说的核心设定就显现出特别便捷和美妙的功能——"穿越"的时空旅行,可以将"崛起"了的现代中国人送达"屈辱的"历史彼岸,直接去替祖先"修正"那段历史。借助古老文明的丰厚家底,抢在西方人之前率先"维新",进而称霸世界。参照海登·怀特的论述,不难发现,《回明》的设定可以说是一种喜剧式的、有机论的、保守主义组合的历史想象。这种组合,不仅是对"历史崛起"的现实幻想,也

---

① 娄和军:《〈大国崛起〉何以崛起?》,《视听界》2007年第1期。
② 杨青:《网络、出版、荧屏三把火烧旺"明史热"》,《深圳商报》2007年3月8日,第C01版。

是对"现实崛起"的"历史论证",小说里的这段话颇具代表性:

> 逆天造势,在不具备社会条件的时候去搞大跃进,亦或在改革条件刚刚露出一点苗头,还薄弱的禁不得一点风雨的时候就去拔苗助长,只会把自己闹的身败名裂、甚至被尚占主流的旧势力扼杀了那小小的萌芽。杨凌现在正在做的,就是呵护培养那个小小的改革萌芽,为它创造产生的土壤,当这些条件成熟时,它就会催生文化条件、政治条件的演变,然后改革才能应运而生。(第370章"刘六军来")

这段话其实揭示了回到明朝去"维新"的现实根源,"维新"更像是当代中国"崛起之路"的"明朝演绎"。在主流话语里,中国1970年代末1980年代初期的"新时期"的"转折"就是建立在对"大跃进""文革"之类"逆天造势"的实践的否定之上的,人们以"不争论"①的姿态"摸着石头过河",最终实现了"崛起"。在"崛起"之后,"道路之争"的胜负不言自明,"不争论"自然而然地变成了"道路自信"。以《回明》为代表的"历史穿越小说"之所以能够引起思想共鸣,很大一个原因就是其借助历史时空中的"维新"成功地演绎了现实时空中"崛起"的"道路合理性"。

二、理想主义"权臣"与"历史外挂"

"历史穿越"的设定虽然将人物故事分隔为"当下"和"历史"两个时空,但"穿越者"身上投射的永远是"当下"的集体无意识。在"回到明朝"去"维新"之前,郑少鹏已经历了"九次死亡、八次转世",成为"九世善人"。值得注意的是,郑少鹏的九次死亡,并不是简单的"善人不能善终"的悲剧,而是温州富商、副市长、当红歌星这一类当代"成功人士"的"意外"死亡:抛弃结发妻子的温州富商,最终被漂亮妻子所杀;与人狼狈

---

① "不争论"是"改革开放"后中国高层对实践与意识形态问题(包括道路之争)的基本态度。"不争论"的正式表述出自邓小平1992年初的"南方谈话"。"不搞争论,是我的一个发明。不争论,是为了争取时间干。一争论就复杂了,把时间都争掉了,什么也干不成。不争论,大胆地试,大胆地闯。农村改革是如此,城市改革也应如此。"(《邓小平文选》第3卷,第374页,北京:人民出版社,1993年)

为奸的贪官副市长,最终悔悟过来,却被人灭口;当红歌星外表光鲜,内心却扭曲痛苦,不小心摔死。这些"成功人士"在个人道德品行方面都有"不成功"的地方,等到他们良心发现,开始"行善"积德,意欲改过自新的时候,这个社会却终结了他们的生命。这不禁让人疑问:莫非在当下人们的潜意识里,事业成功和道德功业是悖反的?

"穿越历史"回到明朝去"维新",是修复中华民族的历史创伤,而成功与道德之间的尖锐冲突,则是这个时代无法调和的矛盾,也是当下中国人最大的现实伤痛。这也需要穿越小说用其特有的 YY 功能去抚慰,《回明》的抚慰方式是通过塑造杨凌这个"理想主义权臣"的形象来完成的。

在"明朝热"中,"权臣"是一个时常跃出的历史形象,最突出的代表就是因厉行改革而彪炳史册的张居正。无论是获得茅盾文学奖的《张居正》(熊召政),还是"草根说史"①代表作《明朝那些事儿》②(当年明月),都把张居正处理成一个有理想抱负但也极有争议的政治家,他打击政敌,权倾朝野,为了天下而强力推行改革,个人生活却奢靡腐化。当年明月特别强调,"在对他的描述中,我毫不避讳那些看上去似乎不太光彩的记载,他善于权谋,他对待政敌冷酷无情,他有经济问题,有生活作风问题,这一切的一切,可能都是真的。而我之所以如实记述这一切,只是想告诉你一个简单而重要的事实:张居正,是一个人,一个真实的人"③。接着,作者讲

---

① "草根"一词直译自英文的 grassroots。"草根"一说,始于19世纪美国掏金狂潮时期,当时盛传,山脉土壤表层草根生长茂盛的地方,下面就蕴藏着黄金。后来"草根"的说法被引入社会学领域,被赋予了"基层民众"的内涵。在汉语中"草根"多指出身寒微、收入较少的阶层。随着时代发展,特别是网络的兴起,使得"草根"有了自己的代言人。一批并非专业研究历史的人,用通俗易懂甚至娱乐化的方式在网络上讲述历史故事,引发了"读史热",就是"草根说史"。影响力较大的有当年明月、赫连勃勃大王、十年砍柴等。

② 2006年3月10日,石悦以"就是这样吗"的 ID 在"天涯社区"的"煮酒论史"版块发了一个名为《明朝的那些事儿——历史应该可以写得好看》的帖子,以每天三篇的频率定时更新,引起越来越多的人开始关注,作者的 ID 也由原来的"就是这样吗"改为"当年明月"。2006年5月22日,作者开通新浪博客,开始在新浪博客上连载该书,于2009年3月21日连载完毕,连载的同时也出版了实体书,共出版了7卷。本章所引的内容均来自新浪博客的始发稿。

③ 当年明月:《明朝的那些事儿——历史应该可以写得好看》(1150),当年明月新浪博客,http://blog.sina.com.cn/s/blog_49861fd501000bvx.html,发布日期:2007年11月16日。

述了一段自己的人生经历,树立了"良心""理想"的标杆。至此,张居正的形象完成了从"真实的人"再到"理想主义者"的"升级",他的所有行为都被理解、同情,他本人"工于谋国,拙于谋身"的悲剧,更是闪耀着道德理想的光芒。这种理想主义的"权臣"让幻想着"做大事"的普通人倍感亲切,在他们眼里,张居正们的胜利,是可信而且可爱的。

但是,即便"威猛"(当年明月语)如张居正,因为"私德有亏",在当年明月那里也只能算作理想主义"权臣"——在他的人物排行榜里另有"圣贤",那就是"明史第一人"王守仁①。王守仁文武双全,惊才绝艳,更重要的是"知行合一",事功和德行都无可挑剔。这样一个在各方面都堪称完美的"圣贤"形象,树立起比"权臣"更高的"标杆"。某种意义上说,王守仁的历史存在挽救了中国人的文化自信,也挽救了当前明月的历史叙述,使他在以"现实理性""草根立场"为"权臣"辩解的同时,对人性光辉的信仰始终不灭,让读者产生一种"虽不能至,心向往之"的美好情怀。

然而,像王守仁这样不世出的奇才即使历史上真实存在也是普通人无法自我代入的。因此,月关笔下的杨凌走的不是王守仁的路而是张居正的路,他甚至比张居正还要低,只是个心地善良的"权臣",而他身上的理想主义光辉则需要通过开"历史外挂"来完成。

在"历史穿越小说"里,"历史外挂"就是穿越者从现代社会带过去的现代意识和经验,包括对历史走势的"提前判断"等等,这些意识和经验能够让穿越者在"历史时空"中呼风唤雨。作为"穿越"的主角,杨凌一开始就有"穿越者"的身份自觉,也有"开外挂"的意识。总体来看,这些"历史外挂"表现在三方面:

---

① 当年明月评价于谦的时候说过自己对明史人物的排序:"明代有很多厉害的人物,我曾给这些人物做过一个排行榜,而于谦在我看来,应该排在第二名……而于谦不但才能过人,品德上也几乎无可挑剔,所谓德才兼备者,千古又有几人!""如无例外,于谦本应排在第一,可惜的是,在他之后,还有另一位高人横空出世,此人不但文武兼备、智勇双全,而且五花八门无一不通、三教九流无一不晓,且善始善终,堪称不世出之奇才。对这位仁兄,英雄的称呼似乎已不适用了,因为在很多人看来,有一个更适合他的称呼——圣贤。"(当年明月:《明朝的那些事儿——历史应该可以写得好看》[519],当年明月新浪博客,http://blog.sina.com.cn/s/blog_49861fd5010006d6.html,发布日期:2006年11月23日)

首先，《回明》的"历史外挂"表现在杨凌对"历史大势"的了解和把握上。他认为发展资本主义是谁也无法阻挡的历史趋势，而且"维新"道路是彼时的历史情境下最合理的道路。"真理在手"的他甚至可以使用一些非常手段来实现自己认定的"维新"大业，即便背上"奸贼"的骂名，也应该被理解、同情甚至赞美的。最有代表性的情节设置就是杨凌与祸乱朝廷的奸臣"八虎"的合作：杨凌先是借助"八虎"来打击东厂，后来又与"八虎"联合排挤与自己"维新"之路相左的文官谢迁、刘健等人，他认为"至于八虎因此从中分一杯羹，那也是没有办法的事，此时如果揽权擅专，将八虎排除在权力圈子之外，那就太不明智，也是根本不可能的事"（第149章"斩首夺营"）。这种心安理得的"明智"，都是为他抓住实权开始"维新"大计做准备。在这个过程中，杨凌被塑造成了一个为了达到目的而不惜使用非常手段的"权臣"形象。

穿越者开启"历史外挂"实际上就是给自己"加冕"。在"历史外挂"的光环下，"权臣"成为洞察"历史大势"的人，无所不知，无所不能，俨然具备卡里斯玛①气质的领袖，带领人们改写历史。他的选择代表着人类历史的前进方向，只身对抗着一个腐朽没落的时代。他本身已经超越世俗而成为"历史理性"的代言人。对于这种头顶神性光环的人物形象，显然是不能再以世俗的个人道德眼光视之的，这是"历史外挂"的"加冕"的作用。

其次，《回明》的"历史外挂"具体表现为现代知识和经验。在"维新"之前，杨凌时常与大臣们就治国之策发生争论，特别是在经筵上的"舌战群臣"，老臣们所遵从的传统治国之道、道德准则，在具有现代意识的杨凌那里都成了腐朽落后的"道德文章"（第107章"经筵之谈"）。正如在游戏中"开外挂"能让玩家获得"碾压"对手的快感一样，"穿越者"

---

① "卡里斯玛"（charisma）也被译作"领袖魅力"，最初是一个神学概念，表示早期基督教教会创建者所具有的精神使命感。韦伯在《经济与社会》中借用了这个概念，他提出了三种统治类型：理性型、传统型和卡里斯玛型。他认为卡里斯玛是"一个人的被视为非凡的品质，被视为天份过人，具有超自然的或者超人的，或者特别非凡的、任何其他人无法企及的力量或者素质，或者被视为神灵差遣的，或者被视为楷模，因此也被视为'领袖'"。参照〔德〕马克思·韦伯：《经济与社会》（上卷），林荣远译，第269页，北京：商务印书馆，1997年。

第六章　历史穿越："大国崛起"与"个人圆满"的双重YY

的现代意识和知识带来的优势,很容易让读者得到"碾压"古代人的快感。更重要的是,"碾压"又不断提示并强化了"穿越者"与"历史土著"(即原本生活在那个历史时空里的人)之间的对立。通过现代知识经验优势的夸耀性展示和对"历史土著"的调侃、嘲讽,"外挂"实际上成功地将小说的核心问题从"君子"/"权臣"的矛盾替换成了"文明"/"愚昧"的冲突,这大大缓解了"穿越者"(实际上是读者)的焦虑。

再次,《回明》的"历史外挂"还表现为"穿越者"对自己"命运"的"未卜先知"。在"穿越"的最初一段时间里,杨凌知道自己只有两年的寿命。要想做一番大事来"避免后世悲剧",他只有一次机会。他必须审时度势,也必须当机立断。这就可以解释他为什么必须与强大的奸臣势力合作,进而理解他为什么要坚决打击那些品行优秀但思想保守的文官。同时,"两年的阳寿"也使这个凡夫俗子特别具有英雄气魄,关键时刻舍生取义、英雄救美,这些不但有效弥合了现实中成功与道德的矛盾,也深层满足了读者的YY心理——深层的"爽"不是让凡人实现世俗欲望,而是让凡人以一颗凡心做了一场英雄梦。

总之,"历史外挂"是"历史穿越小说"的核心爽点,它将当代主流历史叙事所建构的"后见之明"(作为"教训"的历史知识)转换成了历史情境里的"先见之明",这种"转换"能够生效的现实前提就是中国"崛起"时形成的"改革共识"和"崛起"之后的"道路自信",否则,"维新"就不是"先见"而是"成规"了。因此,从小说与现实的关系来看,"历史外挂"实际上用一种欢乐的方式展示了"历史穿越"神话的时代现实,这个现实才是"回到明朝去'维新'"的根本动力。从快感机制来说,"历史外挂"能够有效地组织YY叙事,使读者获得一种类似于游戏作弊的快感。这种快感能够冲淡当下投射到"历史时空"里的巨大焦虑。

三、作为"男性向"小说快感机制的"女性"

月关是一个"能把男性欲望满足得特别妥帖的作家"[①],作为一部典

---

① 此语出自鲁迅文学院王祥研究员一次私下聊天中的妙语点评,此处借用,特此感谢!

型的"男性向"小说主人公,杨凌身边有"十二金钗":韩幼娘、马怜儿、高文心、成绮韵、玉堂春、雪里梅、红娘子、永福公主、朱湘儿、张符宝、银琦、阿德妮。这些"女性"与其说是"形象",不如说是"男性向"小说的一种"快感机制"——其本质是男性对于女性的欲望投射,其功能主要有两种:一是推动情节,二是满足"凝视/YY"的欲望。

"十二金钗"的设定被一些读者指责为"种马色彩浓厚"。的确,依照现代观念,杨凌与"十二金钗"中的很多人在爱情方面都有些"先天不足"。但若从小说情节的角度去分析,就会发现这"十二金钗"中的每一个都是不可或缺的(见下页表)。

如表所示,"十二金钗"是来自不同的社会阶层,而且身怀不同技能的,这既保证了小说展现社会的广度,也为小说的情节进展提供了多种可能性。她们的个人形象塑造,多数是在嫁给杨凌之前完成的;嫁给杨凌之前,她们的行动与小说的核心情节("单元结构")密切相关——她们不是被嵌入故事之中的点缀,而是推动情节的重要元素。在嫁给杨凌之后,她们的活动空间主要是在闺房之中,功能自然也弱化了一些。这与中国古代章回小说的"人物—情节"结构方式相似,如《水浒传》里梁山一百零八将的角色塑造是在他们上梁山之前完成的,他们各自的经历串联在一起,推动着整个故事的走向。月关曾解释说:"当然,如果我写玄幻或武侠,我有办法叫一两个女主贯穿始终,可历史作品,除非我让这男女主人公一直纠结、纠结、纠结到结尾再功德圆满,否则一旦让她成了亲,而男方又是有社会地位的人,在当时的社会背景下,如何叫这位夫人继续抛头露面?然而接下来,只写男人戏?那就只好增加新的女性角色。"[1]"那么既然美女也能推动,男人也能推动,我为什么不写美女,人家爱看,我也爱写。"[2]用"美女来推动情节"这一策略背后实际上有一套"观看/YY"的阅读情

---

[1] 移动悦读直播间:《月关访谈全整理》,http://tieba.baidu.com/p/1771256822,发布日期:2012年8月3日。

[2] 月关(李观鱼):《老年俱乐部对月关的采访(下)》,起点中文网月关个人中心"李观鱼的随笔",http://me.qidian.com/essay/hisEssayShow.aspx?userId=5675060&articleId=10043700&pageIndex=1,发布日期:2008年5月23日。

内容\\"十二金钗"特征	韩幼娘	马怜儿	高文心	成绮韵	王堂春	雪里梅	红娘子	永福公主	朱湘儿	张符宝	银琦	阿德妮
出身	农	官	官	青楼	青楼	青楼	匪	皇室	王室	宗教	边疆	海外
与杨凌发生关联的缘由	正妻,相濡以沫	鸡鸣驿相识,互相欣赏	替韩幼娘医病被杨凌营救	在江南与莫清河交锋	与正德在青楼碰见	与正德在青楼碰见	稳定北疆,镇压绿林,弥勒教	杨凌进宫	杨凌查蜀王谋反	宫廷,下江南	收服朵颜三卫	打击海盗时得到的礼物
性格特点	温柔贤惠	坚韧,识大体	聪慧贤淑	富有心机,敏感	活泼	文静	彪悍	贤淑	任性可爱	鬼灵精怪	彪悍	开放
专长	持家	武艺	医术	智谋	闺房	闺房	武艺	宫廷	宫廷	宗教	边疆	西方
与小说核心情节的关联	相濡以沫,入官,管理家庭	平定白衣军叛乱	下江南	平定江南,对外贸易,宫廷斗争	家庭生活情趣,与唐一仙/正德的故事关联在一起		剿灭绿林,平定白衣军,削弱朵颜三卫	宫廷斗争	查蜀王,平定都掌蛮人叛乱,平宁王叛乱	江南之行,平定宁王叛乱	收服朵颜三卫,稳定蒙古同势	打败佛郎机,学习先进技术,抵御外辱

感机制。先来看一幅有代表性的重逢画面：

> 杨凌心中一阵感动，悄悄望去，那低头温婉、含羞而笑的怜儿，正无比的深情望着他。她的肌肤如新雪乍降，两弯细细的柳眉犹如远山含黛，在杨凌的注视下，那白皙的脸蛋儿渐渐羞红了起来。
>
> 她掩饰地转过头去，从盒中拿出两只酒杯，斟上淡绿芬芳的竹叶青，轻轻放在盒盖上。
>
> 两个人对面而坐，马怜儿低头举杯，白瓷细杯衬着她润红的香唇，淡绿的酒液，缓缓从那红唇中渡入，风光无比旖旎，看得杨凌心中一荡，尚未饮酒，他已有些醉了。（第143章"红枫树下"）

这三段看似温馨的描写其实是充满欲望的，这种画面，让人想到了"穆尔维式凝视"①，"凝视"带来男性主体观看的快感；"男性向"的小说里，对女性的"凝视"成为快感的重要来源。另外，小说中男主角与"十二金钗"情爱场景的描写，则是直接通过女性的身体来唤起这种凝视的快感。

月关被许多读者戏称为"妇女之友"，并不是因为他完美地呈现了女性丰富的内心世界，而是因为他塑造了很多投射了男性欲望的"女性"形象。正如读者所说的，"让一大堆大有身份大有本事的美女臣服于自己的胯下，成为自己的办事工具和床上玩具，本就是男人心目中隐藏着的最强烈欲望之一……所以月关费尽心机设定了一大堆各色各样的美女，不管这些女人多漂亮，多聪明，多高贵，多矜持，一碰到主角的王八之气什么尊严，智商，脸面都可以不要……这样的设定才触摸到雄性读者的G点，才能让读者看着爽。月关让读者爽了，读者也会让月关爽，再加上他的文笔确实相当好，所以回明才能这么受欢迎。"②

---

① "穆尔维凝视"也称"凝视理论"，来源于劳拉·穆尔维1975年发表的论文《视觉快感与叙事性电影》》(Visual Pleasure and Narrative Cinema)，该文是当代电影研究和女性主义理论中最为重要和最具影响力的文章之一。在文章中，劳拉·穆尔维把精神分析用于解读好莱坞电影，指出了叙事电影中"男性凝视"产生快感的机制。参见〔美〕劳拉·穆尔维：《视觉快感和叙事性电影》，《外国电影理论文选》，第637—652页，北京：三联书店，2006年。

② "龙的天空"论坛，楚辞《高文心已死，请忘记》的讨论帖，中华飞刀回帖，http://www.lkong.net/forum.php? mod=viewthread&tid=387516&bid=28&extra=page%3D1。

总之,月关笔下的"女性"并非丰满的女性个体,而是"直男癌"①幻想的投射,"她们"的意义是依附于男性才存在的。"她们"的作为,或是为了支持男主角的宏图大业,或是为了满足男主角(准确地说是男性读者)的"观看"欲望。在历史穿越小说里,"女性"是"男性向"小说的快感机制的重要组成部分。

余 论

在《回明》大获成功之后,月关还尝试写了其他类型的小说②,但这些都没能像《回明》那样受读者欢迎。后来他回到自己擅长的类型,连写了三部历史穿越小说(《大争之世》《步步生莲》《锦衣夜行》),逐步确立了自己"历史题材的扛鼎人物"③的地位。在《锦衣夜行》即将完结时,月关对历史穿越小说这种类型有所反思:"总是一味的穿越——改历史,手段不外乎抄诗、经商、种田、发明、搞军事。""要闯新路,不要一味的在改变历史上 YY。"④于是,他从《醉枕江山》开始尝试一种新的历史小说类型——历史传奇小说,后来的《夜天子》⑤也是这种类型。

历史传奇小说的背景是真实存在的历史时空,主人公可以是历史记载的大人物,也可以是名不见经传的小人物,他们的经历都具有"传

---

① "直男"指性取向为异性恋的男性,"直男癌"一词本来是网友对那些有大男子主义观念的异性恋男性的一种调侃,后引申为对男性不尊重女性的言行的批评。参阅薛静、王恺文、陈子丰:《网络部落词典:社会流行词》之"直男癌"词条(薛静编撰),《天涯》2016 年第 2 期。

② 《回明》完结之后,月关先后在起点中文网连载奇幻小说《狼神》(2008 年 3—8 月)、都市生活小说《一路彩虹》(后改名《炒钱高手在花都》,2008 年 8—12 月),2008 年 12 月又在起点文学网发布了短篇小说《美丽童年》、剧本《追爱跨世纪》。但这些作品均反响一般。

③ 《三江名家访谈:月关》,起点中文网,http://chat.qidian.com/showtalk.aspx? talkid = 1032766,发布日期:2012 年 11 月 12 日。

④ 同上。

⑤ 2012 年 10 月至 2014 年 5 月,月关在起点中文网连载历史传奇小说《醉枕江山》;2014 年 7 月至 2016 年 5 月,在起点中文网连载历史传奇小说《夜天子》。

奇性"，在这里，"传奇"的意思跟唐传奇确立起来的"作意好奇"①是一脉相承的。历史传奇小说的主角不管身在庙堂还是江湖，都不以拯救民族、修改历史为己任，而是在大历史中追求个人生活，捍卫自己心中的底线。与历史穿越小说相比，历史传奇小说不需要处理"改变历史"之类的大问题，人物情节设定相对更加自由，也更容易吸收其他类型特别是都市小说、官场小说的元素，使得故事情节更加紧凑，也更加生动有趣。

最早的一批有影响力的网络历史小说如《从春秋到战国》《异时空——中华再起》《新宋》等②都是历史穿越小说。但在网络历史小说这个大的类型内部，与月关这种所谓的"历史传奇小说"相近的子类型早就存在，它们在读者中有很大影响力，其中有代表性的有酒徒的《家园》和贼道三痴的《上品寒士》。《家园》的历史背景是群雄逐鹿的隋末，小说主人公李旭却无意介入大历史去争夺天下，而只想"站着"守护自己的家园。在《上品寒士》里，从现代穿越到东晋成为庶族弟子的陈操之，最终凭借自己的出色文才和实干能力而位列"上品"。作者实际上是在借士族门阀历史来表现当下阶层固化的现实，讲述的是个人通过努力最终突破了阶层限制而改变自己命运的YY故事。总的来看，这类小说即便涉及民族、家国之类的宏大主题，也只是将其作为展现个人问题的背景来处理的。这些小说的主人公具备"英雄"的能力，但他们奉行、守护的是"凡人"的价值观，只追求"修身齐家"而不管"治国平天下"。

如果说《回明》为代表的历史穿越小说是"大国崛起"与"个人圆满"的双重YY，那么历史传奇小说（包括《家园》《上品寒士》等）则是只关注"个人圆满"的单一YY。历史叙事的重心从集体转到个人，表现内容从

---

① 关于"唐传奇"的相关论述可参照陈平原：《中国散文小说史》，第254—255页，上海：上海人民出版社，2004年。

② 一般认为，网络历史小说的发轫之作就是走"救亡流"路线的"历史穿越小说"，以梦回汉唐的《从春秋到战国》(2001)、中华杨的《异时空——中华再起》(2003—2006)和阿越的《新宋》(2004—2014)为代表。参见 Weid：《一部标签的丰富史，一则原创小说类型谈——试论二十一世纪以来大陆网络类型小说的兴起与演变》，"龙的天空"论坛，http://www.lkong.net/thread-527863-1-1.html，发布日期：2011年12月23日。

国族命运转到日常生活,这种转变似乎是1980年代后期"革命历史小说"向"新历史小说"转变的一次网络"补课",但二者在具体背景方面还是有一些差异的。新历史小说兴起的时代背景是"告别革命"、回到个人经验。因此,"与五六十年代的'史诗性'和1980年代初期的'政治反思'相比,它们(新历史小说——笔者注)重视的是表达一种'抒情诗'式的个人经验"①。历史传奇小说之所以能够勃兴,除了读者对千篇一律的"穿越改历史"模式审美疲劳之外,也与社会心理的变化有深刻关系:"崛起"的意识借助新兴的网络媒介发展成了一场"历史热"的集体狂欢,"创伤记忆"被YY修复,但随着"崛起"自信热潮的消退,狂欢之后的人们发现自己还是要直面日常生活,"个人如何站起来"这个问题比"民族如何站起来"更为实际。在"穿越改历史"模式大行其道的时候,《家园》《上品寒士》等小说之所以也能受到读者青睐,就是因为它们一开始就在"历史"里再现了不同于集体狂欢叙事的时代现实,这个现实里的一些个人焦虑(例如出身平凡的人如何冲破阶层壁垒而获得个人成功),只有通过单一的、强化的"个人圆满"的YY才能够缓解。

从"历史穿越"到"历史传奇",历史小说的快感机制并没有发生根本变化。首先,历史传奇小说仍然是"男性向"小说,男性个人事业的成功是核心"爽线","女性"仍然是一种推动情节、投射欲望的快感机制。其次,在情节设定方面,我们可以看到"穿越外挂"的变形。《醉枕江山》里杨帆的许多不同于唐人的理念、视角,是他为了复仇而去海外学来的,"海归"经历也算是一种"穿越外挂"。在《夜天子》中,叶小天在贵州能够逢凶化吉,与他在京城成长、工作所掌握的生存经验有关。相对贵州的官员百姓,他的见识和能力无疑也是"外挂"级别的。

历史叙事其实是在借助过去言说现在,进而召唤未来(异托邦)。历史穿越小说正是在"崛起"的时代借历史来表达当下男性的欲望和焦虑。在历史穿越小说的热潮逐渐退去之后,历史小说叙事整体会变得更加精

---

① 洪子诚:《中国当代文学史》(修订版),第333页,北京:北京大学出版社,2007年。

致化①或者娱乐化②,对未来世界的想象也更加个人化,但其"男性向"小说的欲望内核不会改变。

月关创作年表

【月关,本名魏立军,曾用笔名"梦游居士"。1972年生,山东平原人。最初在银行工作,后辞职专心写作。现为起点中文网白金作家,辽宁文学院客座教授,上海视觉艺术学院客座教授,沈阳市作协副秘书长,安徽省网协副主席,中国作家协会会员,中国作家协会网络委员会委员。】

1. 2006年4—8月,魏立军以"梦游居士"为笔名在起点中文网发布武侠同人小说《颠覆笑傲江湖》,共84万字。

2. 2006年10月,魏立军仍以"梦游居士"为笔名在起点中文网发布东方玄幻小说《成神》,该作品未完结。

3. 2006年11月至2008年1月,魏立军改笔名为"月关",在起点中文网连载《回到明朝当王爷》,共370万字。该作荣登2007年起点年度月票总冠军、最佳原创作品金奖。月关因此获得最佳原创作者金奖,成为起点中文网白金作家。

4. 2007年,《回到明朝当王爷》由太白文艺出版社出版。

5. 2007年,《回到明朝当王爷》由台湾高宝国际出版公司出版,并成为畅销书。

6. 2008年3—8月,月关在起点中文网连载奇幻小说《狼神》,共108万字。

7. 2008年8—12月,月关在起点中文网连载都市生活小说《一路彩虹》(后改名《炒钱高手在花都》),共102万字。

8. 2008年12月28日,月关在起点文学网发布短篇小说《美丽童

---

① 近年来网络历史小说写作的一个趋势是"考据流",即作者更加重视对历史资料的考据,落实历史细节,进行"精耕细作"的历史研究式的写作。可参考"特别白"的访谈(腾讯文学书评团名家专访"明朝专业户"特别白),http://bbs.book.qq.com/t-66472-1-1.html。

② 历史小说"娱乐化"成功的代表有张小花的《史上第一混乱》(2008—2009,起点中文网),详细介绍可参照本书附录的"网络文学重要类型文发展简史"中的"历史类"。

年》、剧本《追爱跨世纪》。

9. 在2008年10月至2009年6月由中国作家协会、17K网站与《长篇小说选刊》主办的"网络文学十年点评"活动中,《回到明朝当王爷》被评为"十大人气作品"。该活动有众多传统文学期刊和网络文学网站参与,还有50万左右的网络小说读者参与了投票海选。评选出的"十佳优秀作品"为:《此间的少年》《成都,今夜请将我遗忘》《新宋》《窃明》《韦帅望的江湖》《尘缘》《家园》《紫川》《无家》《脸谱》。"十佳人气作品"为:《尘缘》《紫川》《韦帅望的江湖》《亵渎》《都市妖奇谈》《回到明朝当王爷》《家园》《巫颂》《悟空传》《高手寂寞》。

10. 2009年6月,月关加入中国作家协会。

11. 2009年1—8月,月关在起点中文网连载穿越历史小说《大争之世》,共145万字。

12. 2010年,《大争之世》由台湾高宝出版集团出版。

13. 2009年11月至2011年3月,月关在起点中文网连载穿越历史小说《步步生莲》,共357万字。

14. 2010年,《步步生莲》由太白文艺出版社出版。

15. 2010年,《步步生莲》由台湾高宝国际出版公司出版。

16. 在起点中文网首届"金键盘奖"暨2010年年度盘点中,获年度作家奖。

17. 2011年5月至2012年9月,月关在起点中文网连载穿越历史小说《锦衣夜行》,共382万字。

18. 2012年,《锦衣夜行》由湖北少年儿童出版社出版。

19. 2012年,《锦衣夜行》由台湾野人文化股份公司出版。

20. 在起点中文网第二届"金键盘奖"暨2011年年度盘点中,《锦衣夜行》获年度作品奖。至此,月关赢得起点中文网最重要的三个大奖(年度作家、年度作品、月票总冠军),起点中文网"大神"中,有此成就的只有他和猫腻二人。

21. 2012年10月至2014年5月,月关在起点中文网连载历史传奇小说《醉枕江山》,共408万字。

22. 2013年,《一路彩虹》(即《炒钱高手在花都》)改名为《投资》在九州出版社出版。

23. 2014年7月至2016年5月,月关在起点中文网连载历史传奇小说《夜天子》,共343万字。

24. 2014年,《醉枕江山》由台湾野人文化股份公司出版。

25. 2014年,《回到明朝当王爷》改名为《大明首辅》,由九州出版社出版。

《回到明朝当王爷》粉丝评论综述

本章的粉丝评论主要来自百度贴吧"月关吧""回到明朝当王爷吧""回明吧"、起点中文网书评区、"龙的天空"论坛、豆瓣网评论区等。笔者从读者评论的几个话题焦点入手,归纳为主题、YY、人物三个方面,最后是读者对"穿越历史小说"的认识。笔者在系统整理的基础之上,尽量保持读者之间交流、碰撞的状态和张力,力求完整地呈现精英粉丝读者们对于《回到明朝当王爷》的看法。

1. 主题:个人奋斗改写民族历史

有丰富网文阅读经验的读者会将《回明》置于"穿越历史小说"的脉络之中来说明主角的个人奋斗与民族历史的关系:

> 早期的历史文,比如《中华再起》《新宋》《窃明》等大都着眼点于并大比重描写对历史的改变,对屈辱史的反思与规避。[1]

即便是在"穿越历史小说"内部,读者也会在主题方面将《回明》与其他的"穿越历史小说"进行对比:

> 《回到明朝当王爷》有别于其他历史穿越文的地方,在于它在运用大量笔墨进行描写叙述的同时,暗暗地阐述抒发了作者自己的历史观点和见解……作者聪明地以夹叙夹议,或者干脆以隐性柔软的笔调来阐述抒发自己的观点,读者读起来不会生出阅读教科书似的厌恶感,反而会隐隐感到这部书加入这些东西,整体格调又上升了一

---

[1] zzjulien:《从〈回到明朝当王爷〉浅谈起点主流历史文》,"龙的天空"论坛,http://www.lkong.net/forum.php? mod = viewthread&tid = 641952&bid = 28&extra = page%3D1,发布日期:2012年8月24日。

个层次。①

更可贵的是主人公的信念,为天下苍生谋幸福、明知不可为而为之,虽千万人吾往也的执着的信念,犹为动人,这在一般的穿越小说中都是比较欠缺的,惟其如此,才显出《回明》厚重的主题来。这,也才是我喜欢这本书的原因。②

主角在"穿越"之后通过个人奋斗来改变历史走向,避免历史上的那些遗憾,是"穿越历史小说"的核心主题。这一主题背后包含的作者个人的历史见解和现实关怀,正是小说引人思考的地方。在这方面,和其他的"穿越历史小说"(例如《新宋》《篡清》等)相比,《回明》并不像上面这些读者所说的那么"独特"。《回明》的成功,不在于"写了什么",而在于"怎么写的",就是怎样把这些大的主题与"爽""YY"结合起来。

2. 历史、现实与 YY

作为个人奋斗背景的"历史",是需要许多细节知识作为支撑的,许多读者表达了自己对《回明》里的"历史知识"的兴趣:

> 之前对《明朝那些事儿》很是感兴趣,一直觉得抛开清朝不谈,作为中国最后一个大一统的汉人封建王朝,明朝的制度建设,官僚体系乃至地方管理,土地税赋都对现在社会有所借鉴。因此看到书到中途,对明朝的历史、官职、文官集团内侍集团的权力把握颇合心意,于是便怀着一种学知识的态度继续看了下来……③

> 其实本文最大亮点在于,将诸多对于中国历史多次的思考注入架空的历史中,例如耕牧之争、大陆扩张与海洋扩张、政治集团间的博弈、经济理论的运用甚至对于邪教和农民运动的思考,也借杨凌之

---

① 紫禁风云:《意外当中的赞叹——评〈回到明朝当王爷〉》,百度贴吧"回到明朝当王爷吧",http://tieba.baidu.com/p/2757963612,发布日期:2013 年 12 月 13 日。

② 秋水为弦:《也评〈回到明朝当王爷〉》,百度贴吧"月关吧",http://tieba.baidu.com/p/517312652,发布日期:2008 年 12 月 23 日。

③ per se rule:《坐观垂钓者,徒有羡鱼情》,豆瓣网,http://book.douban.com/subject/2974188/,发布日期:2012 年 10 月 7 日。

手隐晦地阐述了作者的主张与见解。①

分析月关在《回明》前后创作的读者反馈，能够帮助我们反观《回明》的一些问题。在创作《回明》之前，月关(当时笔名是"梦游居士")还写了《成神》(2006，未完结)，一般认为，《成神》是"被读者骂太监的"②，这也成为网络小说"创作——评论"机制发挥作用的有意思的一幕。可以说，《成神》为《回明》提供了"经验教训"。

> 相比较《回明》，我更喜欢《成神》，主角一帆风顺的YY型小说，看过一本两本也就没什么意思了，还是《成神》这种更接近于真实社会的小说更能打动人……

> 看的出来，因为《成神》的太监，梦游(月关)在《回明》里做了退让，他不敢再让主角不"爽"了，即便稍有坎坷，但马上就会加倍地偿还。如此爽是爽了，但却少了点《成神》那种打动人心弦的东西。喜剧自然有喜剧的美，但悲剧却也自有他的力量，断臂维纳斯之所以举世无双，恰恰是因为她的断臂。③

许多读者将月关《回明》前后的作品没有受热捧的原因归结为"过于贴近现实"，"YY不够"。《回明》中主角对历史的改变都是在读者可接受范围内的，作者在立足于历史条件的基础上，很好地满足了YY的需求。

> 这是我到目前为止看到的最感人的一部YY小说，以前因为YY

---

① 妙一统元:《小品〈回明〉》，豆瓣网，http://book.douban.com/subject/2974188/reviews，发布日期：2010年1月30日。

② 在读者那里，说某部小说"太监了"，指的是该书作者没有写完结就放弃了，也叫"烂尾"。有关资料详见日辰夕青：《夕读月关〈成神〉》(起点中文网个人中心随笔，http://me.qidian.com/essay/hisEssayShow.aspx?articleId=10145634&pageIndex=1，发布日期：2009年2月27日)和AHLOHA：《从梦游居士到月关，从〈成神〉到〈一路彩虹〉》(起点中文网《炒钱高手在花都》[《一路彩虹》]书评区，http://forum.qidian.com/NewForum/Detail.aspx?threadid=107719653，发布日期：2008年8月17日)。

③ 同济熊猫：《惜哉，成神》，起点中文网，http://forum.qidian.com/NewForum/Detail.aspx?ThreadId=104049752，发布日期：2014年7月16日。

看YY小说,看了《回明》才知道,原来YY小说也可以有这种高度,《回明》通过主人公回到明朝多(笔者按:原文如此)那个朝代的一系列改革,力挽狂澜,以图改变中国后来的屈辱史(这要比一些单纯YY的小说要高明许多)。很多人爱看,因为我们对那段屈辱史实在是很痛恨却又无力改变,只能通过小说YY一下……①

现实生活中实现不了的,就让我们把自己代入小说中,想象自己就是那一个个神采飞扬的主角,在小说中寻求那如梦如幻的精神享受吧!②

读者们对这个问题的讨论,体现了他们对网络小说反映现实与"爽"这两个基本功能关系的认知,两者究竟以何种方式共存,达到一种平衡,只有靠作家自己去摸索了。可见,月关的转型,与其说是作家探索个人风格的尝试的过程,不如说是被读者的趣味和想象力所规训的过程。当然,这也折射出了当今这个时代读者的复杂性。

3. 人物:"种马"与"情节推动"

在《回明》的粉丝评论中,对小说人物的讨论,最多的还是针对女性的。《回明》中,男主角杨凌身边的女性有12人之多,被读者戏称为"十二金钗"。针对"十二金钗"的问题,批评者说这部小说"种马色彩浓厚",甚至有读者极端地认为"真正喜欢幼娘的人,是不会看完《回明》的"③。对此,有读者从"历史情境"的角度解释,"由于是历史文,合理性大大增加,反正三妻四妾有理,占据制高点,不怕喷"④(实际上,月关本人也是这

---

① zchening:《力挽狂澜筑盛明》,豆瓣网,http://book.douban.com/subject/2974188/reviews,发布日期:2009年9月12日。

② 心的出口:《五十本经典网络小说推荐及点评》,新浪博客,http://blog.sina.com.cn/s/blog_5e99b19e0100d16i.html,发布日期:2009年5月8日。

③ hellhitler:《真正喜欢幼娘的人,是不会看完〈回明〉的》,百度贴吧"韩幼娘吧",http://c.tieba.baidu.com/p/933204551,发布日期:2010年11月12日。

④ zzjulien:《从〈回到明朝当王爷〉浅谈起点主流历史文》,"龙的天空"论坛,http://www.lkong.net/forum.php?mod=viewthread&tid=641952&bid=28&extra=page%3D1,发布日期:2012年8月24日。

么解释的)。然而,即便"妻妾成群"是历史情境里的逻辑,也有读者对这种遵从"古代逻辑"的做法表示质疑:"男一号怎么说也是从现代穿越过去的吧,怎么一点现代人思想也没有呢?"①可以看出,"古今思想"碰撞的命题"延伸"到了文本之外,现代女权、婚姻家庭观念成为价值评判依据。也有读者试图从小说本身出发,讨论检验小说"种马""后宫"标准的方式,以此来为《回明》辩护:"一本网络小说是否种马、后宫文,显然不能按女主角的数量来定义。我认为,应该看两点:(1)女主角的个性是否鲜明;(2)女主角的生命周期(即戏份)长短。"②按照这个标准,《回明》的"十二金钗"在嫁给杨凌之前的戏份很多,在这之后有所减少,但都是个性鲜明、各具特色的。有读者认为,"即便是有着相同遭遇的雪里梅和玉堂春(两人同时认识杨凌,又是同时被杨凌所接受),两人性格也是各异,并不会让读者产生模糊感"③。

在百度贴吧"回到明朝当王爷吧"里有一个"回明女主角删减之我见"的讨论,有读者认为这些女主角"一个也不能删",理由是"所有的女人都是为了推动情节才存在的,你把她们砍了,情节就不合理了"④。这种观点是很有见地的,作为典型的"男性向"小说,"穿越历史小说"中设置众多的女性多数都是以一种"抱得美人归"的 YY 欲望牵引着读者,其实是为了推动小说情节的发展。

从《回明》的精英粉丝评论中关于"主题""历史与 YY""女性形象"等问题的讨论里,我们大致也可以看出"历史穿越小说"这一小说类型的基本特征。这些粉丝读者所关注的大多数问题都有学术讨论价值,限于

---

① 百度贴吧"回到明朝当王爷吧","忠良四少"跟帖,http://tieba.baidu.com/p/3186109805,发布日期:2014 年 7 月 25 日。

② newgnay2008:《网络小说中种马、后宫的定义及其出现的原因》,百度贴吧"回明吧",http://tieba.baidu.com/p/578256574,发布日期:2009 年 5 月 14 日。

③ 烈日吹冰:《历史文中的言情——〈回到明朝当王爷〉》,"龙的天空"论坛,http://www.lkong.net/forum.php? mod = viewthread&tid = 387817&bid = 28&extra = page% 3D1,发布日期:2011 年 4 月 1 日。

④ 219.133.169.:《对于"回明女主角删减之我见"帖的回复》,百度贴吧"回到明朝当王爷吧",http://tieba.baidu.com/p/527642393,发布日期:2009 年 2 月 4 日。

篇幅,这里未能充分展开。更重要的是,对这些读者而言,"网文"从来都不是客观冰冷的学术问题,而是温暖真情的陪伴。在这些鲜活的评论背后,是粉丝读者自己深切的生命体验,这些体验无法从学理角度直接呈现,但绝对是网文研究中最值得珍视的部分。

(本章撰写:李强)

第七章　网络官场小说："去政治化"的现实书写

——以小桥老树《侯卫东官场笔记》为例

网络文学对无远弗届的想象力的推崇，使得许多写实性的文类不得不改弦更张。不过，仍有作品以较为鲜明的写实姿态介入这一场域，并获得承认。网络官场小说就包含了两个走向，一脉走向幻想，与穿越、重生等类型嫁接；一脉固守写实，凭借与现实的精确对接而站稳脚跟。在后一脉作品里，《侯卫东官场笔记》堪称代表。作为一部在网络和出版市场都甚为火热的网络官场小说，《侯卫东官场笔记》具有多重属性。它既类似于传统现实主义取向的官场小说，也潜移默化地顺应着网络文学的文类规则和趣味取向，同时也与基本局限于网络空间、更具幻想虚拟性的官场小说保持距离。也正是这多种属性，使其显示了在一个"去政治化"的时代，具有"现实主义欲求"的网络官场叙事的多重困境。

一、两种类型与两条脉络

2008 年首发于起点中文网的《侯卫东官场笔记》（以下简称《笔记》）初名《官路风流》，作者小桥老树，网络连载未及完结便转为图书出版，无论是在网络上还是图书市场上都大获成功。[①] 小说以 300 余万字的规模

[①] 在图书市场，《笔记》累计发行突破 500 万，而在网络上，以总点击量来看，《官路风流》也超过 1270 万。2014 年 12 月 30 日，小桥老树忽然在起点中文网继续更新《官路风流》，2015 年 8 月下旬再次停止更新，截至 2015 年 12 月 31 日，作品仍未完结，却已从网站下线。作品连载字数现已超过 300 万，总点击量超过 1300 万。本章所涉及的小说内容，不包括继续更新的部分。

事无巨细地讲述了主人公侯卫东如何从底层一步步迈向权力中心:从初出大学的楞头青,考取公务员却下放为乡村干部,历任镇长、县委秘书、市长,最后年纪轻轻便官至省级要员,期间权力斗争和情爱纠纷贯穿整个叙事。小说以岭西省为背景(岭西似暗指四川重庆地区),时间跨度为自侯卫东大学毕业的 1993 年直到 21 世纪初,有始有终地勾连起中国改革开放以来的重大历史事件:从 1990 年代的国企改革、农村信用合作社危机到 2003 年的"非典"等等。最为重要的是小说精确地刻画了官场潜规则,透彻地讲述官场权力斗争和利益分配的秘密,将官场生态细致入微、真实贴切地呈现出来,被普遍认为"写实、真实、现实"①。在这里,现实逻辑被较为彻底地遵循,各种现实主义技术被充分调用以叙述历史和现实,具有强烈的写实性。我们可以称此类作品为"写实性网络官场小说"。

然而,在网络官场小说中,"写实类"并非最受宠的类型。据笔者 2012 年 7 月 4 日统计,在起点中文网"都市/官场沉浮"这一类别共 1435 部作品中,《笔记》按总点击量排名位列第 7。② 排名前 10 的作品中有 8 部都嫁接了"重生"或"穿越"类型。这类网络官场小说常常将现实视为一款可更改参数的游戏,借助于穿越、重生等设定,违背甚至颠覆现实逻辑展开叙述,故可称之为"幻想性网络官场小说"。以排名第一的《重生之官道》(录事参军,2008)为例,小说讲述的是主人公唐逸由一个研究生重生到 1991 年,成为年轻时的养父,并代替养父在官场纵横的故事。由于重生的唐逸具有未卜先知的能力,他得以轻易地越过现实逻辑,操纵官场,改变历史,既赢得江山又怀抱美人,最终刚及不惑之年便入主中央,抵达国家权力巅峰。在这里,历史和现实由于"重生"这一设定而被幻象

---

① 参见本章附录对此小说的网友评论的综述。

② 排名前 10 的作品由高到低依次是:《重生之官道》(录事参军)、《医道官途》(石章鱼)、《弄潮》(瑞根)、《官家》(不信天上掉馅饼)、《官仙》(陈风笑)、《官场风流》(天上人间)、《官路风流》(小桥老树)、《重生之衙内》(不信天上掉馅饼)、《官神》(何常在)、《宦海沉浮》(舍人)。起点中文网,http://all. qidian. com/book/bookStore. aspx? ChannelId = 4&SubCategoryId = 20&Tag = all&Size = -1&Action = -1&OrderId = 13&P = all&PageIndex = 1&update = -1&Vip = -1&Boutique = -1&SignStatus = -1,引用日期:2012 年 7 月 15 日。

化,读者的 YY 心理获得如其他玄幻、穿越、重生等幻想文类同等的满足。① 然而,"幻想性官场小说"虽受热捧但并没有占据压倒性优势。事实上,对于 4 家主要网络文学网站排名前 10(按总点击量)的官场小说的抽查表明,"写实类"与"虚拟类"颇有分庭抗礼之势。② 这说明,即使在网络这样一个崇尚虚拟的空间,"写实性"对于官场小说来说也依然是非常重要的文学要素。

在进入到网络空间以前,"官场小说"在"新时期"以来的当代文学创作中有两条脉络:一条是以张平、陆天明、周梅森"三驾马车"为代表的"主旋律"官场小说,一条是李佩甫、王跃文、阎真等人创作的"文人化"官场小说。两种"官场叙述"兴起的共同前提是 1980 年代改革叙述的终结——意识形态与现实主义叙述的"蜜月关系"解体了,于是,意识形态需要旗帜鲜明的"主旋律"小说进行维护和修复,而现实主义叙述则试图延续批判现实的立场,但这两种写作都遇到了困境。

1990 年代中期开始风行的"主旋律"官场小说,一开头便是以虚化现实来完成对现实的言说的。这类小说常常通过承诺政治的清明未来、悬置政治危机与改革本身的关系而将危机归之于"一小撮"贪官的恶行。某种意义上说,"主旋律"像是某种"设定",在作者、读者和相关审查者某种心照不宣的默契下,这类作品可以集中揭示贪官们的种种恶行,从而具有一定的"黑幕小说"的属性,让老百姓"喜闻乐见"。而像李佩甫、王跃文、阎真等人坚持现实主义创作的作家,则力图"直面现实",并保持批判

---

① 另一部起点中文网排名第五的《官仙》(作者陈风笑)更为夸张:小说男主人公是重生为凡人的神仙,可以凭借法力随心所欲地混迹尘世,随意僭越现实的规则,美女、权力唾手可得,情场、官场如鱼得水,令人叹为观止。

② 各网站的幻想性官场小说和写实性官场小说的比较分别如下:起点中文网为 7 部与 3 部,纵横中文网为 5 部与 5 部,逐浪小说网为 3 部与 7 部,17K 小说网为 0 部与 10 部,写实性官场小说占全部选取样本的 62.5%。需要说明的是,选取样本均是各网站总点击量排名前 10 的作品,结果为 2012 年 3 月 26 日的搜索结果;由于逐浪小说网并无官场小说类别的单独排行榜,故在该网站 2012 年 3 月 29 日搜索到的总排名中排查列出前 10 部官场小说(按总点击量),依次为:《官途》《官道天骄》《教育局长》《官场教父》《重生之官商》《官运》《官场之铁律》《当官记》《官缘》《官魂》。

立场;或者以人道主义的视野对权力进行起源论意义上的叙述(例如李佩甫的《羊的门》);或者批判官场对知识分子的压抑、排斥与规训(例如王跃文的《国画》与阎真的《沧浪之水》)。但在一个"后启蒙"时代,作者借以批判现实的启蒙价值本身在小说内部即经常遭到质疑;字里行间流露的是对官场作为异化力量的震惊、屈从及屈从后的悲哀;"写实性"又使这类小说中充满了对权力斗争的细致描写,权钱交易、权色交易,主人公在政治操守、道德人格上处处污点。这一切同时成为小说的"看点"和"禁点"。可见无论是"主旋律"官场小说还是"写实性"官场小说,在写作口号、写作意图、写作内容和作品接受之间,都存在着矛盾和错位,使其显得很"拧巴"。这种"拧巴"首先就表现在"官场小说"的命名上——写作者在写作时都是以"主旋律"作家或现实主义作家自命,"官场小说"却更多的是来自读者市场的称谓,但这一称谓逐渐被文学界接受,1990年代以后的"主流文学"创作中凡是题材上较多涉及官场的都可能被称为"官场小说"。

"官场小说"于"主流文学"界的种种"拧巴"在网络文学界被一扫而空。在各大网站,"官场小说"都是作为类型标签直接出现的,其核心爽点正是《笔记》在网络连载时的书名《官路风流》所标明的:"官路"和"风流",其中,"风流"是"官路"的辅助要素。在这里,对"官场"的透视摘除了价值眼镜,"官场"成为单纯的欲望空间和攻略基地。

二、中性的叙述与客观的"官场"

《笔记》对"官场"的书写是正面的、直接的、内在的,作者以"过来人"的口吻娓娓道来,方方面面、枝枝蔓蔓,不厌其烦、苦口婆心,却基本不涉及价值判断和政治理想,有的只是知识和攻略:如何在官场中挣扎不前或者激流勇进,如何升官发财或者权财两空,如何在官场上下逢迎、左右讨好,如何进行权力博弈与妥协。尤为引人注意的是小说对"官场"一词大量强调性的使用。叙事人一再瞩目"官场",为"官场"的权力运行机制做出详尽、明了的解释,使"官场"在小说中呈现为一个无所谓价值判断的"客观存在物"。

首先,"官场是一个典型金字塔结构,底层人多,越往上走人数越少"①,各结构要素在权力空间中稳定地行使功能,保持官场的正常运转;不但如此,一旦被纳入这一结构之中,"整个官场就是一个庞大的系统,我们只是其中一小部分,就算是自己不动,也会被巨大的惯性带动着"(第 228 章)。其次,官场作为一个特定权力空间,行走官场需要具备"专业化的学问",一般意义上的知识并不一定适用于官场:"刑事侦查是一门系统学问,可是你们官场中人心思百转千回,是另一个系统,不能以常人度之。"(第 627 章)因此,"进了官场,思考问题的方式就要变,不要想着真理,也不要想着正义"(第 271 章)。再次,"官场有许多或明或暗的规则用以维系官场秩序,保证官场的运转"(第 455 章),然而"明规则"是白纸黑字清清楚楚的,更重要的是"潜规则",这是使得权力分配与利益争夺成为可能的更为内在、更为基础的规则。能否在官场如鱼得水,就在于能否领悟到这些潜规则,因为"在不需要成绩,只需要领导评价的官场体系中,小心翼翼地遵守官场潜规则,往往比干出实绩更重要"(第 147 章)。最后,作为一个自动运转的官僚机构,"官场和商场是最讲究现实的势力场,没有实力和明显潜力,纵然是天大的人才也会受人白眼。在这里,友情只能是陪衬,处于官场人际关系的补充地位"(第 730 章)。因而,官场具有非人格化的特性,它成了中性化的机制,除了权力与利益之外,人与人之间温情脉脉的面纱完全消失,剩下的只是"人对人是狼"的残酷,所以"官场、商场都如战场,量小非君子,无毒不丈夫"(第 321 章)。

权力等级、专业化、(潜)规则和非人格化,这就是"官僚制"或者说"科层制"的基本特征。② 在这样一个科层化的空间中,已经没有"政治化"的理想与价值的容身之处,人们只感到权力关系的微妙,前途生死都可能在细枝末节中一锤定音,因此,"官人"在"官场"中如履薄冰如临深

---

① 小桥老树:《笔记》第 563 章。本章对《侯卫东官场笔记》的引用仍参照网络版。下引该小说只注明章节数。

② "官僚制"与"科层制",都是"Bureaucracy"的英译。"科层制"最初由德国社会学家马克斯·韦伯所提出,是一个中性分析范畴,由于受马克思主义的影响,中国以贬义性的"官僚制"来作为译名。参见彼得·布劳、马歇尔·梅耶:《现代社会中的科层制》中译序言,马戎、时宪民、邱泽奇译,上海:学林出版社,2001 年。"科层制"的四个特点参见该书第 6—7 页。

第七章 网络官场小说:"去政治化"的现实书写　　165

渊，一言一行谨小慎微，只感到"官场就如女人的心情，总是在不断的变化之中"（第476章）。"官场就如雪人，温度稍有变化就会变形"（第735章），"官场就是一个漩涡，进去难，出来更难"（第846章）。不仅如此，《笔记》《重生之官道》这样的网络官场小说的章节划分都是以官场的等级为依据①，而主人公升迁的前提条件便是充分地认可官场的等级结构，将其视为必然要遵循的客观自然，如果触犯这一等级结构，就会被视为不成熟，不讲政治，最终被残酷淘汰。

在《笔记》《重生之官道》与《抉择》《人间正道》《国画》《沧浪之水》之间，是一道由时代的巨变所劈开的断崖。随着改革开放的进程，整个社会也走向"一切以经济建设为中心"的市场经济之路，时至今日，"在市场经济条件下，政党已经从特定政治价值的团体蜕变为一种结构性的和控制性的权力体制；政党内部的分歧被纳入了现代化基本路线的技术性分歧之中"②。国家公共权力机构从作为政党政治理想与价值的实现工具，逐渐转变为扮演着中立的角色、发挥协调不同利益功能的体制。"去政治化"的公共权力空间蜕化为"官场"。在"官场"中，政治的幽灵时刻徘徊，但是却永远遮遮掩掩或明或暗地落实为权力博弈与利益分配，转化为价值中立的"争取分享权力或影响权力分配的努力"③。这就是"去政治化"的政治现实，也就是"科层化"的政治现实。

三、从"成长小说"到"成功指南"

《笔记》不只是讲述官场权斗的故事，也试图讲述一个成长的故事，

---

① 等级特征毫无疑问与官场的科层制结构有着密不可分的联系，或许与网络游戏和玄幻小说的打怪升级叙事也有关。如果说侯卫东的升官发财之路类似于打怪升级，看起来相差不会太远，因其都是层级上升的结构、资源的不断累积、主角的不断成长成功。不管如何，从现实的官场到虚拟的网络游戏和小说，等级性都成为关键特征，这是否显影了当代中国社会的等级性对人们日常生活和精神生活渗透力的无所不在，以致我们已经到了对此习以为常的地步？

② 汪晖：《去政治化的政治：短20世纪的终结与90年代》，第15页，北京：三联书店，2008年。

③ 〔德〕马克斯·韦伯：《学术与政治》（第二版），冯克利译，第55页，北京：三联书店，2005年。

一个底层青年如何成长成功,最终进入权力中心的故事。与《笔记》同在起点中文网此类作品中排名前10的其余9部官场小说,8部的主人公最初都是普通大学生(大部分是公务员),没有官职(或官职很小),无权无势,一无所有地从底层开始奋斗,一步步升迁,最后进入权力中心。这一特点也广泛见于辟有"官场小说"类别的文学网站。例如,对前述4家文学网站排名前10的官场小说的抽查表明,具有这一叙事特点的小说占85%。① 这种叙事模式的普遍采用是与网络读者的底层大学生身份和当代大学生谋求公务员职务的热潮密切相关的。大学扩招源源不断地为网络培养主流用户,而1993年正式确立并在2005年进一步规范化的公务员公开招考制度,则为过剩的大学生提供了升迁之路。以《笔记》为例,百度贴吧的一个帖子统计过约220个读者的年龄,其中最小的17岁,最大的达65岁以上,多数年龄在20—40之间,也就是说,大多是"70后""80后",其中"70后"读者大多是公务员,"80后"则大多是大学生或也已是公务员。②

在侯卫东们的官场生涯中,他们时刻处于"上升"和"扩张"的状态,无论是财富还是权力,或者是女人,都是如此。侯卫东和唐逸的官场奋斗生涯都是从1990年代初开始的——这并非偶然——此时恰是中国更深地被纳入全球化的时刻,也是现代化原始积累更为迅速地展开的时刻,又是发展主义笼罩改革时代的时刻,侯卫东和唐逸的奋斗成长历程与中国这一进程恰相吻合。事实上,这种"上升"和"扩张"可以视为时代的象征,这一点《笔记》的作者已然明白宣示:"侯卫东生于七十年代初期,他的成长恰好伴随了社会的巨变,这种变化既有看得见摸得着的物质变化,更有深入骨髓的精神改变。侯卫东具备了这个时代的重要精神——欲望和进取。"③侯卫东的欲望和进取,非常接近于西方所说的资本主义精

---

① 具体情况为:起点中文网、纵横中文网、17K小说网各9部,逐浪小说网7部,总计34部。

② 百度贴吧:《调查官路读者年龄段》,http://tieba.baidu.com/p/927814963?pn=1,发布日期:2010年11月5日。

③ 《新京报》:《潮流与遗珠:秋季要读的十本书》,转引自新华网,http://news.xinhuanet.com/book/2010-10/11/c_12645915_3.htm,发布日期:2010年10月11日。

第七章 网络官场小说:"去政治化"的现实书写

神,而这种资本主义精神的承载者,竟然是侯卫东这样的政府官员,而非西方所谓的资产阶级。这一事实表明中国的市场化进程具有某种特殊性。

很多年轻的豆瓣网友对这种进取、上升和扩张心领神会,他们指出《笔记》其实也是一部成长小说。[①] 有网友甚至说:"《官路》(指《笔记》)这本小说,带给我的感受,不亚于当年的《平凡的世界》,侯卫东的成长之路,我们是如此的熟悉,无论当时的社会环境、政治人物还是经济事件,都历历在目,所以侯卫东所代表的这种人生的崛起,让我感觉非常的真实。"[②]的确,侯卫东白手起家以至成长成功的奋斗史,颇受同样一无所有却屡遭失败的年轻大学生和底层公务员的青睐,正如他们热爱《平凡的世界》一般。《平凡的世界》也正是侯卫东刚起步奋斗时的励志读物。然而,同样是讲述主人公成长的故事,《平凡的世界》关注的是人物内心的成长,重在过程而非结果。孙少平和孙少安的成长历程,从容而丰富,但若从结果论,按照当代成功学的标准,最后只在一个煤矿做了一名普通矿工的孙少平甚至可以说是"失败"的成长。

反观《笔记》,侯卫东的心路历程的丰富性和复杂性不再是重点,侯卫东的故事也难以算是丰富细腻的成长故事。直接点儿说,侯卫东的成长故事其实并没有真正的成长内涵。因为我们看到,小说一开始侯卫东大学毕业被"发配"到农村当村官时的形象,与他在县、市、省的形象竟然大同小异。他从来没有像孙少平那样,在对世界的认识中不断拓展自己的人格境界,也没有像池大为(《沧浪之水》主人公)一般,经历了与官场疏离、接近到融入的社会化过程和坚持自我、怀疑自我、放弃自我的心理转变。侯卫东的成长之路,是一条熟稔而顺畅的成功之路,是从成功走向成功、从胜利走向胜利的光辉大道,变的是权力、女人和财富的级别,不变

[①] 例如,有网友说:"小说更让我有感触的不是官场,而是主人公本身的奋斗和成长史。原来,20世纪90年代的大学生所经历的,也和如今的大学生所经历的很雷同。"见豆瓣评论:《〈侯卫东官场笔记〉:官场版的〈奋斗〉》,http://book.douban.com/review/3283453/,发布日期:2010年5月19日。

[②] 豆瓣评论:《从〈官路风流〉到〈侯卫东官场笔记〉》,http://book.douban.com/review/3263364/,发布日期:2010年5月12日。

的是欲望和权谋之心。人物的成长缺乏内在性来证明，反而以外在的官场的不同阶段来标志和定义。这不是成长的故事，而是一个成功的故事。

　　令人更觉得有意味的是，侯卫东跟与《笔记》同时期红遍网络的《二号首长》①主人公唐小舟和《重生之官道》主人公唐逸相比，如同一个模子印出来的，他们的官场形象并无本质不同。唐小舟发迹前就是中年版的小林（刘震云《一地鸡毛》《单位》中的主人公），玩世不恭，为人张扬，与领导关系恶劣，如果说小林是学生气残留，唐小舟则是知识分子气多余。然而天降御命，让唐小舟担任省委书记秘书时，他的知识分子气忽然消失殆尽，立即实现了华丽转身，成为名副其实的官场权谋家。那种池大为式的艰难到绝望的挣扎，对于唐小舟来说简直是矫情和幼稚。2009年也曾有一部在起点中文网首发、总点击量达到1500万的官场小说《官居一品》（三戒大师），讲述的是一个现代成年副处长重生为明代少年沈默，在明代官场飞黄腾达的故事。在这里，少年直接便是成年人，也就完全无所谓成长。而《重生之官道》中的唐逸尽管是由青年研究生重生为二十年前的更为年轻的养父，但是饱经沧桑预知未来的经验和记忆一旦重生，也就意味着跳过了成长的一般步骤。通过重生而提前成人化甚至中年化，这是很多网络小说的特点。一旦跳过和抹除成长的必然阶段，少年、青年、中年和老年便同质化了，都化约为精明的算计者，一种圆滑世故顺应现实的中年甚至老年形象。甚至，不仅侯卫东、唐逸、沈默这样的主人公，围绕着主角的次要人物也都是如此，他们的本质与主角只有清晰与否的差别。

　　然而，这些同质的人物形象却能够收获同样的成功，或许在于他们顺应了我们时代的成功学意识形态。我们的时代太需要成功，以致一切成长都要由成功来衡量：唯有成功的才是启迪人心的。所以说《笔记》这样的小说的成功，不在于讲述一个成长的故事，而在于讲述一个成功的故事。唯有精明算计、圆滑世故、顺应现实的中年甚至老年形象，才是我们这个时代的成功者形象。当然，所有这些人物的成功，不仅在于他们拥有强烈的欲望和进取精神，也不仅在于他们个个都功利现实精于算计，更在

---

　　① 《二号首长》全称《二号首长：当官是一门技术活》，黄晓阳著，2010年底开始在新浪读书连载，2011年5月由重庆出版社正式出版发行。

于他们掌握了一套精妙的官场知识。

四、"当官是一门技术活"

的确,《笔记》的真正主角不是人物而是知识,传递成功的官场知识是其最重要的目标。或者说,《笔记》这样的网络官场小说的写实目的与现实主义小说完全不同——不是以贯穿性的价值立场作为结构小说的透视点,"透过现象看本质",而是以无数零散的知识本身作为小说的根本诉求。

于是,我们会看到,《笔记》中遍布的是各种官场经验之谈,是苦口婆心的官场训诫,叙事人不断通过官场中的细枝末节,教授读者如何混迹官场、获得升迁的"知识"。叙事人对于官场人物的言行举止的解说如此及时、到位,如此反反复复、不厌其烦,生怕面对这些看似漫不经心其实暗藏玄机的细节,读者体会不到其中的奥妙。正是借着对这些细微言行翻来覆去、津津乐道的解说,官场的权力运转机制、升迁秘诀才得以被成功提炼,成为攻略。比如,《笔记》第773章,身为省委副秘书长的侯卫东忽然接到电话,要求他给省委书记汇报工作:

> 侯卫东经过反复思考,还是给省委常委副省长周昌全打了电话,报告了省委书记钱国亮要召见一事,并简要谈了自己的汇报要点。
>
> 听说省委书记要召见侯卫东,周昌全吃了一惊,侯卫东这个副秘书长是协助自己工作,钱国亮不找自己问情况,却直接召见侯卫东,这就让他有些紧张和疑惑。
>
> "为什么钱书记要召见侯卫东,难道对我不满,我的工作有错失?"
>
> 越级,分为向上越级和向下越级,两种越级都不符合官场规则。但是程度又稍有不同,向上越级是大忌,越级者自以为聪明,却经常死得很难看。向下越级者都是领导,中间层级的领导经常将火气窝在心里,敢怒不敢言,最多腹诽一句"四处插手"或者"管得太细"。
>
> 省委书记与副省长只是相差半级,实际权力却相差太大,因此,钱国亮越过周昌全召见侯卫东,周昌全连意见都几乎没有,反而想着

自己是否有问题。

这就是官场人特有的思维方式,在官场的时间越久,留下的烙印就越深。

周昌全很随意地问道:"钱书记怎么突然想听金融办报告?"

他这是很委婉的询问,侯卫东听得明明白白,道:"据说他是看了铁州市委关于张振农的汇报。"

这两句话都很有深意。

省委办公厅通知侯卫东,并不会说明原因,只是出一个通知:"请某某同志几点钟到某某地方做什么。"这就是标准的通知用语,一般来说,不会附加解释,除非,出通知者与被通知者很熟悉。

侯卫东如此回答,说明他在省委办公厅有熟人,能了解到召见的来龙去脉。

周昌全便稍觉放心,在他心目中,侯卫东经过了成津县的锻炼以后,在政治上已经很成熟了。今天主动报告,就是成熟表现之一。对此,作为老上级,他很欣慰。

在这里,以一个官场日常行政的情境,传达出了许多"知识"。首先,在官场中,越级是不允许的;其次,下级面对上级的越级召见,应该向自己的顶头上司请示;再次,为避免顶头上司的怀疑又不至于引起不快,下级应该将被召见的缘由委婉地说明,消除上级的疑虑。小说正是如此反复地在叙事的推进中对人物的言行举止一一解说,对涉及的官场运行规则一一说明,事无巨细,让读者在看似日常的官场对白中见惊奇,在最正常不过的官场程序中窥视权力的微妙与官员的心理及其巧妙的处理方式。

《笔记》就是靠着这样精致的细节,形象地解析了官场知识,向读者证明,如此这般是可行的。因而,《笔记》书写"现实"的目的只是赋予官场经验以可明确认知的形式,将官场秘诀"知识化"。这一特点也见于《二号首长》。在《二号首长》中,借助秘书唐小舟在省委官场的沉浮经历,叙事人也不断地讲述和提炼官场"技术"和知识,并强调,当官是一门"技术活",甚至是一门"艺术"。正是凭借将写实主义的技术成功地应用于"模拟教学",官场的权力运转机制、升迁秘诀才得以被成功提炼,成为一门可感知、可传递、可学习、可模仿的"技艺"与"知识"。这才是《笔记》《二号首长》如此吸引读者的秘密。难怪《笔记》被称为"公务员必读手册""官场百科全书",或者"知识小说"。有网友甚至总结出"侯卫东经典语录"①,以突出这些"知识"的教材性和启发性。事实上,这种知识追求不独见于《笔记》及其类似的网络官场小说,那些涉及职场、爱情的小说也常常有这种趋势,它们都宣称其作为知识的有用性和对于现实的指南作用。例如,前几年在网上受热捧的《杜拉拉升职记》传播的便是关于职场奋斗的知识,作者李可在自序中说"可以把它当经验分享之类的职场使用手册来使用",并认为《升职记》能够使职场经验具有实用性,变得"容易理解和记忆","以便于人们达观的遵从及现实的获益"。② 2010年度起点中文网"年度作品"(女生频道)《庶女攻略》(作者吱吱)则教授如何在无爱的世界里有技巧地赢得爱情的知识,这从"攻略"二字便可一眼得知——既然爱情都可以教授,那么失恋了也可以学习应对技巧,而这就是2009年豆瓣网络直播帖《失恋33天》(作者鲍鲸鲸)的副标题:小说,或者指南。

  对于"知识"来说,如果重要的不是知识得以生根的价值系统,而只是它的实用性,是它运用到现实中的方法,那么这种价值中空的知识便是安全而可靠的,因为知识对现实的质询和诊疗的可能性被取消了。然而,这些"知识"果真有效吗?侯卫东和唐小舟果真是凭借这些"知识"才飞黄腾达位高权重的吗?深入小说,我们会发现,小说常常依赖偶然性来构造情节,最常使用的手段便是生硬的"大逆转"。比如,在《笔记》中,侯卫东起初穷困潦倒,又被发配到偏远乡村,但却忽然获得采石场的经营权,转瞬便腰缠万贯。正感伤晋升无门之时,又偶然间救助了一位市委实权派副部长粟明俊的女儿,由此官场之门大开。按照现实经验,若无此两点,侯卫东的官场起步将甚为艰难,官场之路必多坎坷,即使能有升迁,恐怕也是蜗牛爬山而不是火箭升空。然而,天降巨富和英雄救美这种桥段,

---

① 网友总结出的"侯卫东经典语录"共六季,每一季20余条语录,堪堪将《笔记》的精粹都摘出来了。详细内容见推一把论坛,http://bbs.tui18.com/thread-664621-1-1.html,引用日期:2012年7月5日。

② 李可:《杜拉拉升职记》,第2页,西安:陕西师范大学出版社,2008年。

实在不能说是由于熟练掌握了官场知识和技术。同样,《二号首长》更是一出场就来一个"大逆转":起初唐小舟也是恃才傲物,饱受上级欺压,连妻子偷情都不敢挺身而出。忽然之间,新任省委书记一纸调令,唐小舟瞬间成为"二号首长"。这种"大逆转",严重依赖偶然性。还是《重生之官道》比较坦白,知道知识和技术的应用需要过硬的前提条件,而这前提条件并非常人所能获得,于是干脆让唐逸逆天重生,既有未卜先知之能,又家财万贯家世显赫,有了这些前提条件,才能扶摇直上,而所谓官场知识和技术,只不过是锦上添花罢了。

如果侯卫东和唐小舟的发迹并非主要得益于那些有可能在现实中实践的知识和技术,而是得益于现实中极为微弱的"偶然性",那么侯卫东的励志性又在何处呢?唐小舟值得学习之处又在哪里?难怪连小说叙事人也一再强调侯卫东的成功在官场是空前绝后,这种理想化同样被身为底层公务员的网友们所洞察,他们甚至由这种理想性而对照出自身的失败。① 事实上,侯卫东之成功的空前绝后,唐小舟之发迹的意料之外,唐逸之辉煌的亘古未有,只不过投射了社会底层的艰难困境,因为正是日益分化的社会现实和资源集中于政治领域的畸形态势,使得底层缺乏"上升"的硬件条件(例如经济基础和制度保障),因而像侯卫东这种底层大学生,像唐小舟这样的潦倒记者,只能够一厢情愿地相信凭借对官场知识和技术的熟练掌握,凭借走狗屎运的偶然性,获得"上升"的可能性。

看起来,所谓的成功的故事,所谓的使人成功的官场知识,其更为隐秘的动机,也许不是激励和教授读者如何在现实中成功,而仍然是创造、激发、满足读者的欲望。如果说《重生之官道》这样的"幻想性"网络官场小说是通过无视或扭曲现实逻辑以逃避现实的固化,以幻象满足读者在现实中被压抑的欲求,那么《笔记》则是依据现实逻辑的可能性进行过度推论,从而构造出写实性的幻象,同样实现了这一目标。或许我们可以

---

① 例如,曾经同样被发配农村的公务员网友痛苦地承认,读《笔记》只会让他痛苦地感到自己是"侯卫东的反面",并现实地指出侯卫东的成功是由"无数偶然"造就的,并"不奢望在现实中出现类似的例子"。见豆瓣评论:《站在侯卫东的反面》,http://book.douban.com/review/6135266/,发布日期:2013 年 3 月 26 日。

说,在网络官场小说中,"写实性"也可以看作某种"设定",这个"设定"以现实的规则和知识为基础,在想象中构造"现实的"世界,创造"成功的"人物,读者由此能够更为迅速和方便地将自我代入其中,使自身在现实中被压抑的欲望得到宣泄和满足。恰恰是在这里,置身于虚拟的网络空间中的网络官场小说,重新创造了"写实"的意义;也是在这里,置身于"去政治化"的现实中的网络官场小说,既揭示了传统现实主义官场小说的限度和困境,也展示出对现实的新的理解;而这种新的理解,正显影了我们时代的深层症候。

其实,无论是《重生之官道》这样的"幻想性官场小说",还是《笔记》这样的"写实性官场小说",都不同程度地触及了改革开放以来的重大历史变革,都怀有包纳历史、映射现实的宏大叙事的意图,换言之,都有着一定程度的现实主义欲求。小桥老树就一直强调自己有"一种记录时代的使命感"①,将《笔记》视为"一部折射这个时代的小说"②。出色的写实性的文学技术、宏大历史叙事的意图和"折射时代"的目标,似乎都暗示了《笔记》可能成为一部在网络空间延续现实主义传统的作品。然而,"去政治化"的政治结构逐渐固化为客观存在物并成为小说无须反思的叙事前提,成功学意识形态也极力地压抑和扭曲渴望成长的个体的主体性,这一切的后果是促使小说叙事的核心从价值转向知识,从认识世界转向意淫世界,小说最终成为一部宏大的"单向度"的笔记,无法实现文学赋予时代生活以形式的目标。网络官场小说"现实主义欲求"的失败显示了,在一个"去政治化"的时代,现实主义已经不再可能。③

---

① 小桥老树:《后记:写给读者朋友的几句话》,见《侯卫东官场笔记(8)》,第285页,北京:凤凰出版社,2011年。
② 《新京报》:《潮流与遗珠:秋季要读的十本书》,转引自新华网,http://news.xinhua-net.com/book/2010-10/11/c_12645915_3.htm,发布日期:2010年10月11日。
③ 齐泽克在谈到传统的心理—现实主义小说在1920年代被现代小说取代时,提出了一个特别有启发性的洞见:要探测所谓时代精神(Zeitgeist)的变迁,最为简易的方式就是密切注意某种艺术形式(文学等)何时变得"不再可能",并探讨其原因。齐泽克:《斜目而视:透过通俗文化看拉康》,季广茂译,第83页,杭州:浙江大学出版社,2011年。

小桥老树创作年表

【小桥老树,本名张兵,1970年生,1995年毕业于重庆文理学院,曾任永川区市政园林管理局党组成员、副局长,现任重庆市永川区文联副主席。】

1.2006年3月21日,小桥老树开始在起点中文网连载《黄沙百战穿金甲》,至2008年1月1日完结,总字数190余万,总点击350余万次。

2.2008年1月1日,小桥老树在起点中文网开始连载《官路风流》,至2011年6月6日第863章后停止更新,直到2014年12月30日忽然继续更新,2015年8月下旬连载至第912章再次停止更新,截至2015年12月31日,作品仍未完结,却已从网站下线。作品连载字数现已超过300万,总点击量超过1300万。

3.2010年6月,在读客图书有限公司运作下,《官路风流》更名为《侯卫东官场笔记》,由凤凰出版社出版发行,至2011年11月出版至第8部,此后,小说出版中断,直到2014年1月,由中国城市出版社出版《巴国侯氏》,被小桥老树视为《侯卫东官场笔记》第9部。《侯卫东官场笔记》系列出版后,累计发行已超过350万册。

4.2012年8月,凤凰出版社再次推出小桥老树的作品《侯海洋基层风云》第1部,此后由人民日报出版社于2012年12月出版第2部,由百花洲文艺出版社于2013年5月出版第3部,但小说未完结,出版却再次中断。

5.2012年3月,《侯卫东官场笔记》被评为"第三届中国图书势力榜"文学类年度好书;2013年3月,《侯卫东官场笔记》与桐华的《步步惊心》、李可的《杜拉拉升职记》等作品一道,获"西湖·类型文学双年奖"铜奖。

6.2013年4月,小桥老树被提名为重庆市永川区文联副主席,按程序就任。

7.2015年9月15日,小桥老树在起点中文网开始连载《静州往事》,据作者称这是一本和《官路风流》类似的现实题材小说,重点写青年们的成长和奋斗故事。截至2015年12月31日,作品仍在连载中。

《侯卫东官场笔记》粉丝评论综述

对《侯卫东官场笔记》的评论,主要来自豆瓣网和百度贴吧,后者包含"侯卫东官场笔记吧""官路风流吧"与"侯卫东吧"。豆瓣网上对《笔记》

（含《巴国侯氏》）的评论约有 200 条，数量不多，而质量普遍较高。百度贴吧各论坛共发帖约 40 万，绝大部分为索要或提供小说电子版的帖子，剩余部分则或与小说毫无关系或为八卦，真正与小说有关的评论帖数量有限。

一个约有 250 人参与的豆瓣调查帖显示，豆瓣用户绝大部分为"80 后""90 后"。① 这一年龄结构似乎也可应用到对《笔记》的豆瓣评论者的分析中。而在"官路风流吧"上的一个约 220 人参与的调查帖里，读者年龄最小 17 岁，最大达 65 岁以上，大多数年龄在 20—40 之间，也就是说，大多是"70 后""80 后"。② 从对《笔记》的发言所流露的口吻和信息来看，豆瓣评论者多为知识青年，学生居多，他们的评论显得较专业，操持着一套有专业素养的语言；而百度贴吧的评论者则成分复杂，公务员、小业主、家庭主妇、白领、学生都有，已工作和已婚人士占多数，故而他们看问题更为实在和朴素，但也常缺乏距离感。

从网友构成去理解豆瓣和贴吧的评论取向之间的异同，或有助益。简单说，豆瓣评论注重的是"官路"，而贴吧评论注重的是"风流"。然而，他们共同关注的，则是小说的真实性和现实性问题。

豆瓣评论念兹在兹的，是小说所讲述的官场生态的真实性和官场奋斗经验的启示性。大部分的评论用"真实/写实"来评价小说，《笔记》的"最大特点在于真实"③，它"掀开官场真实秘密与本来面目"④，是"官场的一面镜子"⑤，"强烈的生活感觉是它与一般官场小说最大的区别"⑥，

---

① 《想知道逛豆瓣的都是多大年龄的人，还有性别？》，豆瓣网，http：//www. douban. com/group/topic/36246723/？ start＝0,发布日期:2013 年 1 月 24 日。

② 《调查官路（风流）读者年龄段》，百度贴吧"官路风流吧"http：//tieba. baidu. com/p/927814963？ pn＝1,发布日期:2010 年 11 月 5 日。

③ 《一个公务员的奋斗史》，豆瓣网，http：//book. douban. com/review/3284764/,发布日期:2010 年 5 月 20 日。

④ 《〈侯卫东官场笔记〉：掀开官场真实秘密与本来面目》，豆瓣网，http：//book. douban. com/review/3277181/,发布日期:2010 年 5 月 17 日。

⑤ 《〈侯卫东官场笔记〉：官场的一面镜子》，豆瓣网，http：//book. douban. com/review/3347271/,发布日期:2010 年 6 月 21 日。

⑥ 《真实，才更风流》，豆瓣网，http：//book. douban. com/review/3264661/,发布日期:2010 年 5 月 13 日。

小说对官场的"上下游体系"进行"全景的展现","适合用来了解官场基本知识"[1],主人公侯卫东"身处的环境逼真却可怕,活生生就是你我他在现实的官场、职场挣扎的素描"[2]。

基于对这种真实性的承认,这些豆瓣网友从各个方面总结出官场经验和侯卫东的成功秘诀。他们或总结出各种官场潜规则和"官场斗争手段"[3],或总结出侯卫东的"为官之道"[4],并感慨"读了此书方才明白什么叫中国——什么叫中国社会——什么叫中国国情"[5]。不仅如此,对于即将成为、可能成为或已经成为公务员的读者来说,侯卫东的官场之路是他们的借鉴。例如有网友说"他的很多经验是值得我借鉴的,即使我没有他走得那么快那么好,也能让我少走一点弯路"[6]。有一些已经成为公务员的读者甚至借此反思自己的公务员之路何以如此失败[7],进而试图"透过侯卫东寻找自己的梦想"[8],以"助我成长"[9]。

这就难怪评论者要将小说称为"公务员必读""官场百科全书""官场教科书""官员日记""毕业前必读"。总之,"这本书适合将要踏入社会的

---

[1] 《生于天朝,死于天朝,这些事情你必须知道》,豆瓣网,http://book.douban.com/review/5198683/,发布日期:2011年12月4日。

[2] 《透过〈侯卫东官场笔记〉看官场和为官之道》,豆瓣网,http://book.douban.com/review/3292407/,发布日期:2010年5月24日。

[3] 《从〈侯卫东官场笔记〉看官场斗争手段》,豆瓣网,http://book.douban.com/review/3305396/,发布日期:2010年6月1日。

[4] 《透过〈侯卫东官场笔记〉看官场和为官之道》,豆瓣网,http://book.douban.com/review/3292407/,发布日期:2010年5月24日。

[5] 《全九部看完2遍,……》,豆瓣网,http://book.douban.com/review/5652270/,发布日期:2012年11月13日。

[6] 《走过别人走过的路》,豆瓣网,http://book.douban.com/review/5506243/,发布日期:2012年7月15日。

[7] 《站在侯卫东的反面》,豆瓣网,http://book.douban.com/review/6135266/,发布日期:2013年6月26日。

[8] 《透过侯卫东寻找自己的梦想》,豆瓣网,http://book.douban.com/review/3347274/,发布日期:2010年6月21日。

[9] 《助我成长》,豆瓣网,http://book.douban.com/review/3743838/,发布日期:2010年9月27日。

学生们看，书中主人公的经历或是对他们最好的指导；这本书也适合在社会中摸爬滚打了几年的人看，书中主人公的几番起落恰能带给他们心灵最大的共鸣；这本书更适合'身在此山中'的人看，或许书中主人公的那股疯劲能让他们重新回忆起自己那曾经的冲劲和干劲！"①

可以看到，豆瓣评论的首要特点是对小说的写实性叙述的高度认可。正是以这种认可为前提，豆瓣读者才得以坦然地以实用主义的态度展开进一步评论和总结，将小说所展示的能够应用于现实生活的经验启示都提炼出来。现实主义的视角和实用主义的态度，是他们评价小说的主要特点。

当然，并不是所有读者都无条件认可这种"真实性"。一方面，大部分评论者认可小说所描绘的官场生态以至社会生态的"真实性"②；另一方面，他们却又不愿意以同样的标准接受侯卫东的官场和情场经历的可靠性。有一则评论典型地体现出这一特点：《笔记》是"写实性非常强的官场小说"，可谓官场"教科书"，但侯卫东"是一个有着强烈理想色彩的人物"。③ 在他们看来，首先是侯卫东的情场太过得意，难脱意淫之嫌；其次，侯卫东一介草民，却能飞速升迁，31岁就官至副厅级，这在现实中可能性到底有多大？情人众多与火箭式升迁，让数名豆瓣网友自然地联想到武侠小说《鹿鼎记》中的韦小宝，由此论定《笔记》"写官场是虚，发韦小宝之愿是实"④。

尽管如此，侯卫东的故事至少很励志。有网友指出，侯卫东的人生虽

---

① 《真实,才更风流！》,豆瓣网,http://book.douban.com/review/3264661/,发布日期：2010年5月13日。

② 有网友认为对官场生态的描写也要有所区分,基层官场的刻画比较真实,越往上,想象甚至臆想的成分更大。这种判断的一大理由是：作者只是区区一个副局长,怎么可能熟悉上层官场？"我个人认为1—2本还可以,后面的就太虚假了。作者本人也只是一个处级干部,怎么能写出来正式的省部级和厅级干部的官场生活呢？"见《可以》,豆瓣网,http://book.douban.com/review/5531542/,发布日期：2012年8月3日。

③ 《学会从官场的角度去认识社会》,豆瓣网,http://book.douban.com/review/3284729/,发布日期：2010年5月20日。

④ 《写官场是虚,发韦小宝之愿是实》,豆瓣网,http://book.douban.com/review/5214445/,发布日期：2011年12月15日。

然传奇,但起码"前前后后上上下下都有理可据"①,有了这一前提,关注侯卫东的官场奋斗历程的读者,便将小说视为一部成长小说、奋斗小说或青春励志小说。这样,网友们便仍可半真半假地提炼出侯卫东的升迁秘诀和成功之道,以激励自己在现实中的奋斗。说到底,有些豆瓣网友会觉得:"小说更让我有感触的不是官场,而是主人公本身的奋斗和成长史。"②于是很自然地,《笔记》让他们不断地与类似的小说相比较:"写一个年轻人白手起家,让我觉得有《平凡的世界》的感觉"③,"能说是'杜拉拉'的官场版吗?"④,是"官场版的《奋斗》"⑤。

  总体来看,在执着于小说真实性的前提下,豆瓣读者注重官场生态的真实性和官场知识的有用性,以及侯卫东成长成功的励志性和启示性。在对官场生态的真实性和官场知识的有用性的评价上,豆瓣评论多少显露出一定的批判性。他们经由小说的触发,将自身在现实生活中的感受编织到对权力、社会、国家的反思之中,并延伸为对当代中国的政治生态的批判⑥;而借由侯卫东的奋斗和成长历程,他们也触及社会流动性受阻、底层公务员和大学生的生存困境等社会问题。⑦ 这种有限的批判意识,与评论者大部分是学生或者刚离校不久的公务员的身份相关,而对侯

---

  ① 《对这本书的三点介绍》,豆瓣网,http://book.douban.com/review/5968026/,发布日期:2013年5月18日。

  ② 《官场版的〈奋斗〉》,豆瓣网,http://book.douban.com/review/3283453/,发布日期:2010年5月19日。

  ③ 《平凡的世界+武侠》,豆瓣网,http://book.douban.com/review/4575775/,发布日期:2011年1月11日。

  ④ 《能说是"杜拉拉"的官场版吗?》,豆瓣网,http://book.douban.com/review/4939446/,发布日期:2011年5月8日。

  ⑤ 《官场版的〈奋斗〉》,豆瓣网,http://book.douban.com/review/3283453/,发布日期:2010年5月19日。

  ⑥ 《全九部看完2遍,……》,豆瓣网,http://book.douban.com/review/5652270/,发布日期:2012年11月13日;《体制内的蛋》,豆瓣网,http://book.douban.com/review/3286585/,发布日期:2010年5月21日。

  ⑦ 《读侯卫东官场笔记》,新浪博客,http://blog.sina.com.cn/s/blog_64abaebe0100oyvt.html,发布日期:2011年2月8日。

卫东的成长和奋斗历程的关注,则更由年轻的读者心中炽热的成长和成功的渴望所导引。

相对于豆瓣多元而有质量的评论,百度贴吧则泥沙俱下,稍有质量的评论都集中在对侯卫东与其情人的关系以及这些情人的评价上。侯卫东的情人郭兰最为引人评论和猜测。的确,这样一位空谷幽兰的知识女性,不顾一切地深爱着有妇之夫侯卫东,让男性读者陶醉,让女性读者评头论足。他们热衷于猜测,结局侯卫东到底是和情人郭兰在一起,还是和原配小佳在一起?小佳是正室,糟糠之妻,同甘共苦一路走来,而郭兰是情人,空谷幽兰,与侯卫东是真爱,一个是家庭伦理剧中的女主人,一个是爱情罗曼司中的纯真情人,那么,到底是糟糠之妻不可弃,还是有情人终成眷属?关键的问题是,郭兰该不该被认定为"小三"?该给这位"小三"以什么样的结局?最终是小佳身亡郭兰扶正,还是郭兰大龄不嫁老无所依?这成为网友们争论不休甚至相互詈骂的关键。

这种相互詈骂,往往转化为男性网友和女性网友之间的对峙。男性网友至少会包容郭兰,甚至不惜构想小佳意外身亡让郭兰道德地上位。正如认同郭兰的网友评论的:"人活在世,红颜难求,郭兰和卫东之间的精神支撑、精神慰藉,是最珍贵的,什么所谓的伦理道德,见鬼去吧。"①"每一个男人心中都有一个这样或者那样的郭兰,这既是生活的想象,也是现实的需要!"②而女性网友最多只会觉得郭兰可怜,但她破坏他人婚姻,无论如何也罪无可赦。正如一名女性网友所说,"小三就是小三,再怎么荷花,再怎么出淤泥不染又怎样?自己内心斗争又怎样?自己做的龌龊事还想找个好理由啊?张小佳哪哪都好,为什么总是要抹黑她来成全一个小三?"③某些女性网友则左右为难:一方面,她们自己也幻想成为郭兰,与心爱的人产生纯洁无瑕的真爱;另一方面,作为已婚女子,她们又

---

① 《有人同讨厌郭兰吗?》,百度贴吧"侯卫东官场笔记吧",http://tieba.baidu.com/p/1761026914,发布日期:2012年7月31日。

② 《郭兰人气高的原因全面解析!》,百度贴吧"侯卫东官场笔记吧",http://tieba.baidu.com/p/1682158646,发布日期:2012年6月18日。

③ 《张小佳的最终结局》,百度贴吧"侯卫东官场笔记吧",http://tieba.baidu.com/p/1224833473?pn=2,发布日期:2011年12月14日。

不禁担忧,如果自己的丈夫果真遇到这样的女人,作为妻子该如何抉择?总之,"郭兰的出现给已婚的我们敲了警钟"①,"郭兰出现的时候,心里一沉,明白真正的危险出现了"②。

有网友不禁感慨并分析其中原因:"小桥的小说写到今天这一步,恐怕他自己也没有料到,一本官场小说,最后涉及了一个近年来敏感的话题,小三的问题;郭兰这个人物,成了大家议论的中心。其实反过头来思索,造成今天这种分野,和当初小佳和郭兰这两个人物的过分理想化设定不无关系。"③看来,小说以写实的方式塑造了各执一端的"典型人物",并

---

① 《郭兰的出现给已婚的我们敲了警钟》,百度贴吧"侯卫东官场笔记吧",http://tieba.baidu.com/p/1629129503,发布日期:2012年6月2日。

② 《看官路的女生大集合!》,百度贴吧"官路风流吧",http://tieba.baidu.com/p/882045011,发布日期:2010年9月6日。网友发起了一项投票来选择侯卫东与郭兰最后的结局,截至2012年12月25日151名网友投票的结果中,73名网友选择"侯身败名裂,归于凡尘,最后郭兰帮助安慰,两个人走到了一起,做了一对平凡的商业夫妻"这样的结局,占总数的48.3%,为各项选择第一,第二则为"郭兰终于放手,与他人结婚,侯把爱情放在心里缅怀。"投票人数41,占比27.2%,而"小佳被暗杀,侯与郭兰终于在一起,侯继续升迁!"的选择则只有8人,占比5.3%。在这里,道德伦理与爱情之间的妥协,使网友既不愿意小佳结局悲惨,也不愿侯、郭之间的恋情归于尘土。考虑到网友也许大多为男性,这些选择的排序也许是不令人意外的。投票结果详见百度贴吧"侯卫东官场笔记吧",http://tieba.baidu.com/p/1684033609,发布日期:2012年6月25日。

③ 咖啡松:《关于小佳和郭兰人物设定的批评,及人物关系的重新架构》,百度贴吧"侯卫东官场笔记吧",http://tieba.baidu.com/p/1685864093,发布日期:2012年6月26日。有人持相同看法:"总觉得侯卫东与郭兰的感情太理想化了,这源于人们对神仙姐姐的向往。你们不觉得郭兰就有点金庸笔下的王语嫣、小龙女的影子么?对爱情的完美化、理想化,致使郭兰的感情脱离现实,虚无而飘渺,这是不会长久的。他俩真走到一起,现实意义也不大。说实话,侯卫东是个俗人,张小佳亦是俗人,李晶则是俗到极致,达到另一个境界。而郭兰,却是有点不食人间烟火,但凡有郭兰爱情观的,其结局往往是悲剧。过去我们批判过'门当户对',是封建思想,但在今天,'门当户对'依然是婚姻的基础。"见此百度贴吧13楼:http://tieba.baidu.com/p/1684033609,发布日期:2012年12月25日。关于这些争论,还可参见:

咖啡松:《我比较认同的结局如下》,百度贴吧"侯卫东官场笔记吧",http://tieba.baidu.com/p/1680575559,发布日期:2012年6月23日。

小者过而亨:《〈侯卫东官场笔记〉:令人纠结的郭兰》,百度贴吧"侯卫东官场笔记吧",http://tieba.baidu.com/p/776767520?pn=1,发布日期:2010年5月21日。(转下页)

由此构造出有张力的叙事,促使读者为之思考、辩论。我们再一次看到,小说又一次实现了对现实的精准把握,即小说以小佳和郭兰为两端,理想性地设置了婚姻和爱情的两难,从而触及了道德伦理和爱情欲望之间的困境,触及了当代男女的情感症结,也触及了愈演愈烈的"小三"问题。

真实性问题是豆瓣与百度贴吧中评论的核心。尽管评论不同程度地质疑小说叙事的真实性,但大体来说,作为一部写实主义小说,《笔记》成功地实现了自己的写作诉求,完成了对真实性效果的营造。基于这种真实性效果,首先,小说对官场知识和潜规则的传授,满足了人们对官场的一般想象和探索欲,也呼应了近年来不断盛行的公务员热;其次,对人物成长史和奋斗史的叙述,也迎合了底层青年对成长成功的渴望;最后,对不同女性的刻画及对其与男主人公关系的设置,既契合了男性对女性的不同想象,同时触及了当代男女在家庭和情感问题上的危机和困境。正

(接上页)

111.85.22.*:《这本小说里你最喜欢的女性角色:小佳 李晶 段英 郭兰 等》,百度贴吧"侯卫东官场笔记吧",http://tieba.baidu.com/p/1218991130,发布日期:2011年9月22日。

咖啡松:《再议小佳和郭兰与侯卫东之间的感情差异以及郭兰情感的微变化!》,百度贴吧"侯卫东官场笔记吧",http://tieba.baidu.com/p/1688863358,发布日期:2012年6月27日。

明道山人:《张小佳的最终结局》,百度贴吧"侯卫东官场笔记吧",http://tieba.baidu.com/p/1224833473? pn=1,发布日期:2011年9月27日。

helenyy1108:《关于侯卫东张小佳以及其他》,百度贴吧"侯卫东官场笔记吧",http://tieba.baidu.com/p/1249834190,发布日期:2011年10月18日。

58.16.135.*:《同意让郭兰在接下来的情节发展中去死的举手》,百度贴吧"侯卫东官场笔记吧",http://tieba.baidu.com/p/1237799708,发布日期:2011年10月8日。

《看官路的女生大集合》,百度贴吧"官路风流吧",http://tieba.baidu.com/p/882045011? pn=1,发布日期:2010年9月6日。

ZLAB19820829:《侯卫东和张小佳不会离婚》,百度贴吧"侯卫东官场笔记吧",http://tieba.baidu.com/p/888345728,发布日期:2010年9月14日。

125.69.8.*:《郭兰的幸福在哪里》,百度贴吧"侯卫东官场笔记吧",http://tieba.baidu.com/p/736490889,发布日期:2010年3月27日。

cly198303:《我是正室,我就是喜欢小佳,讨厌小三,小三们最好都去死》,百度贴吧"侯卫东官场笔记吧",http://tieba.baidu.com/p/996694813,发布日期:2011年2月9日。

长生神医:《真的很喜欢郭兰,支持的进来!》,百度贴吧"侯卫东官场笔记吧",http://tieba.baidu.com/p/847546415,发布日期:2011年8月3日。

是借助网络的开放性平台,网友得以自由地从自身的现实经验出发来阅读和理解小说,小说在真实性的幻觉里对现实中令人欲说还休的热点、矛盾、症结和危机的指涉,也得以在不同角度和不同侧重上获得呈现。

(本章撰写:石岸书)

第八章 穿越文—清穿:"反言情"的言情模式
——以桐华《步步惊心》为例

"清穿三座大山"之一《步步惊心》一经问世,就受到粉丝追捧,成为引爆"清穿"这一类型写作的重磅炸弹,同时也创造了根据穿越小说改编的"穿越剧"被禁拍、禁播前的电视剧收视高峰。该作品的畅销出版(民族出版社、海洋出版社,2006)和电视剧热播(湖南电视台,2011)让"穿越"这一话题从网络亚文化圈进入主流公众视野。《步步惊心》在女性穿越的叙事中所呈现的历史逻辑和言情逻辑既有对上世纪"清宫热"和"琼瑶热"流行大众文化的回应,又有自身新的言情特点和历史认知,因此成为网络写作中"女性向"文化的重要表征,问世以来不断被同类作品模仿、继承、对话。作为穿越文这一类型写作的代表,《步步惊心》在情节设计上建立的从穿越到"反穿越"、从言情到"反言情"、从追求戏剧性到回归庸常性的叙事方法成为穿越文近十年在网络中发展的主要轨迹。因此本章拟通过解剖《步步惊心》,总结出"穿越文—清穿"这一网文类型的基本特征以及言情模式转型背后的时代心理变迁。

一、穿越文:作为一种类型的出现

2003年,晋江文学城出现了一篇在男女情爱之外加入女主角"时空变换"幻想元素的言情小说《北风》(玄月汐),尽管其篇幅有限(76398字),但彼时网络中玄幻+言情模式的小说凤毛麟角,因此该小说显得与众不同①，很快被影视公司签下改编版权。2004—2005 年，晋江文学城先后出现了三部女主角"时空变换"设定的小说：《梦回大清》（金子，2004）、《步步惊心》（桐华，2005）、《瑶华》（晚清风景，2005）。与《北风》类似，它们由现代社会女主人公在机缘巧合之下发生时空旅行回到古代社会展开故事情节。因为这三部小说完成度高，人物丰满，情节紧凑，得到了众粉丝的追捧，影响力极大。粉丝们为了表达对这三部作品的喜爱和强调其在同类作品中难以超越的崇高地位，称之为"清穿三座大山"。

网络文学写作有极强的互文性和狂欢化特点，即不同作家喜欢在同一时间段集中写相似的题材，并在小说中引入与其他作品对话的元素。由于"清穿三座大山"的迅速走红，一时间网上出现了大量女主角"身体位移"或"灵魂转移"进入新时空的言情小说设定，这一类型小说被称统为穿越小说（穿越文）。"清穿三座大山"等代表作都是以清朝康熙末年"九子夺嫡"作为故事背景。根据被穿越朝代的不同，在穿越小说中也分为"清穿""明穿"等；在"女性向"言情穿越小说之外，还有"男性向"历史穿越小说，因其并非言情，故不纳入本章讨论范畴。

穿越小说在网络中发展迅猛，2006 年晋江文学城在文学类型标签"穿越时空"之外额外增加了"清穿"这一分类，便于读者检索阅读，可见其创作数量规模之大。线上热门带动线下出版，业界也将穿越小说大量出现、出版、热卖的 2006、2007 年称为"穿越年"。② 2011 年"清穿三座大山"之一《步步惊心》被改编拍摄成电视剧，成为当年最炙手可热的荧幕作品，"穿越文"和"穿越剧"因此成为全社会热议的流行话题，很多影视公司跃跃欲试打算大量投资拍摄此类题材。虽然官方以"不尊重历史，

---

① 在此之前，网络中具有穿越元素的小说只有香港作家黄易的《寻秦记》，1990 年代在大陆读者中产生广泛影响，被网友扫描到网上，掀起男性读者的阅读热潮，黄易也被不少人认为是穿越小说的鼻祖。

② 2006 年，主打女性阅读的悦读纪文化传媒公司出版了一系列穿越小说如《梦回大清》《寻找前世之旅》《独步天下》《第一皇妃》等，引发国内穿越阅读、出版潮流，使悦读纪一战成名，这股穿越风暴也迅速席卷越南、泰国等国家和中国台湾地区，并经久不衰；2007 年以出版传统经典为主的作家出版社以 12% 的版税签下了《木槿花西月锦绣》《鸾》《迷途》《末世朱颜》"四大穿越奇书"，而且保证每本书 10 万册的首印量，这 4 本穿越小说中有 3 本是"清穿文"。

第八章　穿越文—清穿："反言情"的言情模式　　185

过于随意"为由很快颁布了穿越剧拍摄"禁令"①,但是网络穿越小说对主流文化的辐射力量已经形成。

新世纪穿越文最早以"清穿"形式出现并非偶然,1990年代大众文化中"清宫戏"②的流行使得清朝历史为大众所熟悉,而"三座大山"着力描写的历史事件"九子夺嫡"在香港、台湾、大陆的文化市场上也有不少影视版本,可以说"穿越文—清穿"是网络中对1990年代大众文化产品"清宫戏"的一次跨媒介文化回应,也是"80后"创作群体对童年时期流行文化接受的一次怀旧式的集体书写。

迄今为止,"女性向"言情穿越文已发展十余年,穿越的朝代如汉、唐、魏晋、明、清等都有所涉及,但仍以清朝数量最为庞大。"清穿"作为一种已经成规模的类型小说,其发展大致经历了三个阶段:

1. "三座大山"阶段(2004—2006):除"三座大山"以外,重要作品还包括《情倾天下》(明珠)、《明月相思》(木子卉)、《清空万里》(星野樱)等。这一时期的作品着重描写穿越女主和几位贵族王公的情感纠葛与命悬一线的宫廷斗争,文风以优美、抒情为主。

2. 平淡阶段(2007—2009):以《清梦无忧》(易雪寒)、《笑忘清宫》(一生大将军王)、《至爱吾爱》(灵素)等为代表,承早期抒情文风,但轻

---

① 2011年12月1日,广电总局在北京召开2011年电视剧拍摄制作备案公示管理工作培训班,召集下属各局审剧人和十余家制作公司代表开会,讨论新的管理措施。其中一条就是严控2011年的穿越、宫斗剧热。禁播的具体内容主要有四条:其一,宫斗戏、穿越戏不准再上黄金档。这意味着,19时至22时,这两类电视剧不得出现在电视荧屏上。其二,2012年10月之前,不再接受此类剧情的立项申请,这意味着,从现在起到2012年10月之前,这两类电视剧不仅是黄金档不能播,连拍都不行了。其三,2011年在播或将在年底前播出的此类题材电视剧暂不受影响。这意味着,此政策的具体实施时间为2012年1月1日,2011年制定出播出计划的无须紧张。其四,除了宫斗戏、穿越戏之外,一直被"紧箍咒"罩着、刚想抬头的涉案剧也再次被强调,依然不得上卫视黄金档。同时,国外电视剧克隆翻拍剧也不得出现在卫视黄金档。

② 指以清朝为故事背景的电影、电视剧。大陆:《康熙微服私访记》系列、《铁齿铜牙纪晓岚》系列、《还珠格格》系列、《宰相刘罗锅》《日落紫禁城》《雍正王朝》,等等;香港:《乾隆大帝》(1997)、《金玉满堂》(1999);台湾:《戏说乾隆》(1991)、《一代皇后大玉儿》(1992)、《新月格格》(1995)、《欢喜游龙》(1997)、《雍正·小蝶·年羹尧》(1999),等等。

松幽默已经成为新的阅读追求,情节也从早期的跌宕起伏变得平稳舒缓。穿越女主的情感纠葛变少,以穿越后日常生活为主。

3. 交叉融合阶段(2010年至今):穿越文与其他几种类型如庶女文、种田文、修仙文等嫁接,如《知否,知否,应是绿肥红瘦》(关心则乱)、《穿越为清朝庶女》(苑小苑)、《跟着爷来混日子》(彩虹初霁),呈现出几种类型混合的共同特色。和早期女主角追求爱情、在古代社会创造惊涛骇浪的生活戏剧性相比,当下的穿越文出现了"反穿越"的特点,即穿越后不再追求爱情的戏剧性而是看重实在、实惠的日常生活。

如今回头看去,"清穿文"各个阶段的特点都在《步步惊心》中有所呈现或打下了伏笔。

二、不问来路,不求归去

虽然"清穿文"的诸多套路在各阶段的比重发生着变化,但是在女主人公"为何穿越"这一动机的设置上却基本一致:寥寥数十字,女主于百无聊赖中偶然穿越后立刻"全情"地投入到新生活中,除了拥有现代社会的某些生存技能外,她们从不惦记自己刚刚离开的现实生活空间,就像RPG游戏的玩家一样了无牵挂地进入新时空并"忘情"地遵守其游戏规则。在篇幅设置上,大都以"穿越"为"引子","新生"为第一章,即穿越后的故事才是小说的正文,例如《梦回大清》。

在《步步惊心》十几万字的篇幅中,女主穿越的"契机"只用了数十字;其后不少交叉类型的穿越文中出现了调侃穿越动因的元素,将其看作与吃饭、喝水的情节一样寻常或俗套,如"穿越文"与"种田文"结合的《非主流清穿》《四爷,我爱宅》,以"不会又穿越了吧,果然!"的语句交代了"穿越"这一情节的转折。显然,"为何穿越"在网络文学的写作语境中是一个不需要被修辞设计的部分,然而,从小说创作上讲,这却是一种"反情节"的规律,其中缘由耐人寻味。

在网络文学之外,作为一种写作手法,"穿越"这一情节都是被精心设计并赋予复杂多义的价值功能和阐释空间的:《牡丹亭》中杜丽娘梦魂穿越死而复生皆"因情而起",是"至情"理想的象征;李碧华《胭脂扣》中女鬼如花带着不忿、困惑为到人间寻找旧爱穿越阴阳,了却多年的心结;《大话西游》中至尊宝借助月光宝盒穿越是为了寻找本来的自我,完成更重要的历史使命。以情节密集为特点的网络文学类型小说为什么会出现"反情节"的规律呢?这种无意识的"反"中蕴含着什么样的时代心理症候?

"80后""青春教主"郭敬明以"小时代"来命名自己的系列小说①,一个"小"字相当精准地表达了他对这个时代的认识。《小时代》中的主人公们一方面敏感地关注着自己青春成长期的内心,另一方面又认同成王败寇、弱肉强食的生态原则;像菲茨杰拉德《了不起的盖茨比》中对纸醉金迷的纽约既反抗又迷恋的态度一样,郭敬明的小时代、大上海既冷酷残忍,又因为裹狭着一群年轻生命的青春成长而散发着感伤的迷人气息。《步步惊心》中的女主角叫"张小文"(电视剧版改名张晓,穿越后为若曦),桐华以"小"命名其主人公,直接表达了女主角渺小、飘摇的现实状态,数十字的"前穿越"生活可以看出张小文的境况:白领张小文从大都市深圳的公司下班,疲惫不堪,回到家无亲无故只能自己更换出租屋中的灯泡,而后突然发生穿越。不难看出作者对张小文这一人物的设置:漂泊异乡的打工者,繁重的工作需要经常加班;单一的社会关系,没有亲人朋友参与其下班后的生活、家务;不能负担不动产消费,只能住在出租屋中……

桐华略写的深圳就是郭敬明详写的上海,张晓(张小文)就是一个置身在"小时代"的小人物,以深圳、上海为代表的大城市因为消费主义弥漫而没有了时间纵深,波澜诡谲的大历史风云早已消失,同时消融的还有裹挟于其中的个体历史感的经纬存在。杰姆逊曾经概括过这一历史感的丧失:"在这种状态下,我们整个当代社会体系逐渐开始丧失保存它过去的能力,开始生活在一个永恒的现在和永恒的变化之中,而抹去了以往社会曾经以这种或那种方式保留的信息的种种传统。"②在郭敬明缔造的

---

① 郭敬明《小时代》三部曲《折纸时代》《虚铜时代》《刺金时代》,分别出版于2008、2010、2011年。

② 弗雷德里克·詹姆逊:《文化转向》,胡亚敏等译,第19页,北京:中国社会科学出版社,2000年。

"小时代"神话中,生活于其中的人追逐物质带来的满足,可是,神话之外的张晓没有丰厚的收入让她在大都市获得消费快感,也因为情感生活稀薄——小说中她是漂在异乡的外地人,电视剧中她是和男朋友分手的失恋者——而没有归属感,因此她是一个被消失的大时代和消费的小时代同样抛弃的人。带着这样的双重匮乏,张晓穿越回了古代社会。在古代社会中,她成为将军的女儿马尔泰·若曦。锦衣玉食,身居华府,阶层的改变使得她的消费焦虑被化解;几位王爷的爱情、友情使她成为感情上的丰收者;同时,她成为了一个在"大时代"超有存在感的人物,在"九子夺嫡"过程中处于举足轻重的地位,甚至隐秘地影响着历史走向——这都是张晓所没有的。因此在"意外"穿越后,她几乎是立刻全情地投入到新的世界中,对其所由来的"小时代"没有丝毫留恋与想念。

但是,当张晓以若曦的肉身去拥抱新世界的时候,她的问题并没有解决。正如所有的历史都是当代史一样,一个"小时代"的灵魂是无法、无力构想一个宏伟的"大时代"的。张晓和郭敬明小说中的主人公一样,以迷恋的眼光审视着这繁华社会的顶端,但作为个人在"小时代"中丧失的历史存在感却难以从若曦的世界里找回来。因此,她步步惊心、步步为营,由对自己命运的未知生发出感伤和自怜。作为一个已知历史结局的穿越者,她没有因为知道历史真相就自信能握住命运之手,而是沉浸在历史无情的变迁带来的伤感中。大历史对于来自"小时代"的人不再是一个因为"已知"就可以被因势利导的机会,张晓在"小时代"中丧失的存在感被她穿越携带而来,这种她一直隐忍的情感在穿越后的新环境中不断涌现,她已知历史结局却依然不知道自己需要什么,时代给个人的碾压感并未因为"穿越"而发生改变。她不想归去却也没有未来,因此张晓/若曦只能在遗憾与伤感中以死亡的方式告别这个曾给与她做梦的机会但她又不能掌控的时代。在这一意义上,穿越前后的世界对个人来说是一样的。汤显祖们之所以致力于书写穿越的动因,是因为穿越的两个世界对个人命运有完全不同的意义,穿越是投向一种"未知的希望";而桐华们懒得写穿越动因,是因为对于穿越回古代的穿越者,尽管身份、地位、境遇有所变化,但是穿越前后遵守的社会规则并无改变,近乎"已知的无望"。

张晓/若曦这一"无望"的情感被之后的穿越文全部继承,主要表现在两个方面：生活境遇之无望，即无论穿越到王侯将相还是寻常百姓家，个体如何求得生活、生存的命题并没有因为时空改变而改变；爱情境遇之无望，穿越后的爱情仍然无法摆脱现实利益的考量和比较。因此穿越这一戏剧化的动机从早期象征改变女主人公命运的"龙门"逐渐回归于平庸，穿越的彼岸并非天堂，只是一个重新包装的现实世界，没有法外世界，痛苦之外还是痛苦。

三、没有江山，何来美人？

当代言情小说的传统是从七八十年代开始由台湾、香港的通俗小说作家琼瑶、岑凯伦、亦舒、席绢、张小娴等人共同奠基形成的，这些小说中核心的爱情观包括伴侣双方互相尊重、爱护、忠诚，爱情价值凌驾于个人利益、家族荣誉之上，因而创造了一个男女相互奉献、彼此扶持、激情饱满的爱情伊甸园。这类小说最为推崇的浪漫之爱，是对18世纪启蒙运动以来所建立的单偶爱情理想的演绎。"清穿文"部分延续了言情小说的爱情套路：女主人公进入到新世界后往往获得古代社会中从身份到精神都是贵族的公子的喜爱，并且男女双方都忠贞不移，在经历重重考验的政治险境中"九死不悔"。这类小说中的女主人公大都面容姣好、才貌双全，"集万千宠爱于一身"——因为过于完美也被戏称为"玛丽苏"女主，这都是从传统言情小说中借鉴的写作套路。

但是在穿越言情文发展的过程中从未消失的力量就是不断地在尝试远离、批判以上套路，女主从无所不能的"玛丽苏"逐渐回归到普通人，她们总是尝试从令人陶醉又纠结的情爱关系中摆脱，更多关注如何在陷阱重重的陌生地域生存下来，因为她们内心隐藏着一种"不信的信念"：爱情什么也不能拯救。因此，这些以古代生活为重心的女主在穿越后不再让爱情凌驾于一切，而是用心谋划个人发展，男女之间细腻的情感都因为主人公过于关注现实生活的得失而变得与罗曼蒂克越来越远，对于爱情态度的转变使得穿越文在言情逻辑上走向了传统言情套路的反面，成为浪漫主义的叛徒，而这一反叛姿态在《步步惊心》中已经出现。

穿越后的若曦知道所有人的结局却不知道自己的命运，尽管她穿越成为贵族少女但是深知自己没有恋爱和婚姻的自由,而在古代这就意味着她的命运。当她意识到自己情不自禁地喜欢上八王爷时,最令她不安的不是八爷是她"姐夫"的背德负疚,也不是他有几房妻室已为人夫、人父——一个现代人的爱情伦理观如专偶、专一、平等对穿越后的若曦从不是问题。"她以现代人的智慧思考,却照古人的规矩行事,渐渐地比古人还古人……皇权和男权的秩序已是如此天经地义"①,在遵守皇权和男权秩序时令她痛苦的是她已经知晓八爷在夺嫡中失利的结局,和八爷在一起就意味着要共同承担他夺嫡失败的悲惨。与此同时,八爷也从未表现出因为对若曦有感情而愿意放弃皇位的追逐。八爷和若曦都不愿意放弃自己的底牌去争取对方的爱情,在这一情形之下,若曦开始向未来的皇帝四爷抛出橄榄枝。她留心四爷的饮食起居、口味爱好,使四爷注意到她。而若曦向四爷索取的也不是一心一意、相守终身、坚定不渝的爱情,而是让四爷答应将来一定会照顾她。当四爷承诺她以后,若曦第一次在穿越后的古代情爱关系中获得慰藉,这一慰藉并非来自于她钟情的男人,而是来自于未来拥有九五之尊身份和至高无上地位的人——唯有绝对的权力才能让她相对地安全。

传统言情小说推崇标榜情感价值,男主"不爱江山爱美人"才是最高境界。但对于四爷或八爷来说,美人或爱情从来不可以和江山的价值相比,而若曦也自觉地认同了这一男性理性逻辑——没有江山,何来美人?这一风向转移并非中国当代穿越小说所独有,2012年奥斯卡获奖影片《国王的演讲》中,英国国王乔治六世战胜自己口吃的缺陷而在二战中勇敢发表演讲鼓舞英国士兵作战,他的哥哥——那位曾经为了美人放弃王位的温莎伯爵正在自己遥远的南美城堡和爱人饮酒作乐享受人生,温莎伯爵曾经感动全世界的爱情传奇被拉下神坛;同年上映的影片《安娜·卡列尼娜》中,安娜的婚外情已不再迷人,她严酷的丈夫卡列宁因为负担家庭责任而获得了大家更多的同情。"爱情价值"在全球化格局下的新世纪已全面溃败,爱情回到了18世纪之前家庭的角色,成为经济、政治利

---

① 邵燕君:《在"异托邦"里建构"个人另类选择"幻象空间——网络文学的意识形态功能之一种》,《文艺研究》2012年第2期。

益最大化的有效途径，它背叛了浪漫主义并和主流价值体系中的个体价值实现捆绑在一起，即符合政治利益的爱情才有实现自我、获得幸福的可能。因此，当四爷和八爷以若曦作为王位争夺的筹码之一、若曦将自己的爱情和最高权力依偎在一起成为故事的主要逻辑，若曦的双重匮乏——政治的、情感的——合而为一，"小时代"的求爱者穿越之前就准备好了利益的天平，从而使浪漫主义自身所携带的反抗社会主流价值观的特性彻底褪色。

四、臣服王权的历史

臣服雍正的历史是从这一帝王符号的象征意义改变开始的。"清穿三座大山"中"夺嫡"的主角是雍正，在历史语境中他所携带的符号是异族（满族）身份和最高政权统治者。因此，在关于雍正是否合法继位即他是否篡改康熙遗诏的故事中，台湾、香港和大陆的立场表现出了明确的地缘政治倾向：台湾小说《雍正的第一滴血》（李大春，1988）、香港电视剧《君临天下之血溅太和殿》（1994）、台湾电视剧《雍正·小蝶·年羹尧》（1999）都将雍正塑造为一个阴险狡诈、喜怒不形于色、心底冷酷、为谋取个人利益不择手段的野心家。有趣的是，在九七回归前后的香港电影《江湖奇侠传之龙凤恩仇录》中，雍正还是一个篡位者的负面形象，到了2003年的香港电视剧《九五至尊》中，雍正却成了经商奇才，尽管他在清朝诡计多端谋取了皇位，但篡权夺位后并未能安享九五至尊之福，而是外困于自然灾害、内苦于勾心斗角，在民间势力追杀之下狼狈地穿越到香港，成了一个小市民。在丧失九五至尊的光环后，他仍凭借自己在古代社会练就的识人断事的能力得到当权者的赏识并创造了商业奇迹。这是一个将"九子夺嫡"的政治神话改写成商战神话的过程，其中渗透了吃苦耐劳、底层奋斗、勇于进取的香港人推崇的价值观。2003年香港经济持续不景气，报章中讨论的一个热点问题就是：中央政府能为香港做什么？曾经的统治者雍正通过时光穿梭成为一名香港市民，拯救了香港低迷的经济局面。这是TVB一个乐观的畅想：政治的历史已经终结，商业的历史正在打开，雍正接受了自己王朝的终结，安心地生活在香港这座国际大都市并愿意和它共进退，香港以其无所不包的商业逻辑想象力承认了雍正的合法性。

在1990年代"清宫戏"大量出现之前，清王朝在历史叙述中是一个以异族侵略建立、以昏聩腐败结束的朝代。雍正作为一个异族的、非法的皇权继承人的形象出现在大众面前，代表这个腐朽王朝中垮塌的一环。在1991年的电视剧《雍正皇帝》（周康瑜导演）中，雍正尽管胸怀大志，仍是一个非法继承者。但是在二月河的小说《雍正皇帝》(1991)被成功改编成电视剧《雍正王朝》（胡玫导演，1999）以后，雍正励精图治、兢兢业业、舍己为国的形象逐渐深入人心。饱经世故的康熙早已洞察了儿子这些优秀的品质，顺理成章地把皇位秘密交给了他。雍正的"翻案"工作被二月河彻底完成，其合法性继位和政治才干同时得到肯定，并且具备了借古喻今的当代政治意义。

网络文学兴起以后，从"三座大山"开始，雍正是否合法已经不再成为"问题"，大家集体承续了二月河的设定，同时承续的还有二月河对诸王的性格想象：四爷冷峻、八爷阴柔、十爷憨直、十三爷侠义，等等。这些网络小说的写作都可以视作二月河《雍正王朝》的同人小说。雍正的合法性问题不再被质疑，意味着若曦作为一个从现代到古代的穿越者，不再有理由和必要去改变历史。这也是大多数穿越女主们的共同选择，她们在遵守历史结局的规则下进入历史。"女性向"写作对这一模式的严格遵守不仅贯穿于穿越文，甚至延及耽美文。

《山河日月》（梦溪石，晋江文学城，2011）是以男男恋情为基本设定的耽美文，以八爷死后重生作为故事开端。当八爷带着前世的记忆回到童年重新经历"夺嫡"事件的时候，没有想利用自己对历史结局和对手胜负关键因素的知晓作为资本，挽回曾经的败局，而是和若曦一样顺从于历史的安排，并且和她一样"说服"自己对四爷产生感情，从而化解和四爷可能会有的夺嫡竞争关系，这也成为他重生后获得安全感的唯一方式。从性别视角看，作为女性，无论是张晓还是若曦，她们从出生起就背负着父权、夫权以及阶级的天然压迫，这都是造成前文所说张晓"双重匮乏"的可能缘由，但是和四爷一样同为男性的八爷在政治资本势均力敌的情况下是有可能反败为胜的，是什么让写作者放弃了这一想象呢？文本的答案是爱情。但这里所推崇的爱情和传统言情小说中爱情的内涵完全不同,浪漫所指向的已经不是两个独立个体的相互依恋,而是以"虐恋"为名的自我说服、自觉臣服,雍正成了一名"合法"的施虐者,受虐者们不断对他进行不得已而为之的乞怜,求得现世安稳的屈膝。但是他们在臣服之时却并不痛苦,而是心甘情愿地以自我迷恋的方式进入和雍正的关系,此时权力的压迫不再伤及自尊而是散发着迷人的色彩,这一"压迫"进入到"虐"的审美体系之后,成了一个无关利害的美丽对象(符号)。

"虐恋"是网络流行文化之一,它对被虐待一方(一般是故事中的主人公)痛感的心理细节进行审美化解读,施虐者可以是体制、权力、意识形态、病态的个体等等。"虐"文化认为被虐者能在痛苦中得到救赎,读者以阅读的方式感受、观看这一痛苦而进行自我释放、净化,阅读虐文可以给读者带来心灵治愈的效果。李银河在《虐恋亚文化》中曾对西方关于虐恋的心理学、社会学研究做了分类介绍,其中受弗洛伊德影响的心理学家瑞奇(Wilhelm Reich)认为,受虐者的逻辑是:鞭打我,这样我就可以宣泄而且不必为此负责了。他进一步认为,这就是鞭打幻想的最终意义。这里有两个要素,其一是焦虑和惩罚,其二是快乐和宣泄。虐恋倾向可以被快乐原则所解释,也没有超出对惩罚的焦虑感的范畴。总之,瑞奇认为,受虐倾向是攻击行为的受害者的自我保护心理。①

在若曦与四爷的关系中,进入帝国王朝的若曦不能把控自己的命运,因此她倍感焦虑,而只有当四爷控制她并且让她不得不臣服的时候,若曦的焦虑才有了释放的途径,即她找到了明确的让她感到痛苦的具体对象,而非深不可测的紫禁城,因此四爷对她的惩罚在她的心理上构成补偿,若曦感到自己被惩罚后就有了宣泄和寻找快乐的缘由。受虐者若曦在被情感虐待的过程中将"真实"的自我藏匿起来,自我逃避,施虐者四爷作为一个完整的主体对受虐者行使主权,合法占有受虐者;受虐者被合法占有的时候才是最自由的时候,因为此时它的真实自我可以成功逃遁,无需被命名和召唤,若曦因此才以看似"享受"的姿态进入和雍正的"爱情"。在一个消费主义盛行的"后革命"时代,反抗消失,而权力无所不在。因此,

---

① 李银河:《虐恋亚文化》,第179页,北京:中国友谊出版公司,2002年。

权力和消费选择了类似的包装，四爷喜欢喝的茶、钟爱的微雨天气以及御赐信物都是爱情的见证。施虐者藏起了权力的杖柄、杀伐决断的命令，受虐者忽略了屈膝的委屈、求生的颤栗，他们和"后革命"时代社会中的高级消费者一样，把时尚当作艺术，把臣服作为奉献，在肉体和心灵的麻醉愉悦中得到拯救。"爱上征服者"——这是"小时代"穿越者的最后归宿和历史认识的终点，而这一切均和古典爱情无关，言情小说最终形成其"反言情"的内化情感。

在"穿越文"成熟后流行的"宫斗文"当中，女人们停留在了古代，安心地玩起情感与政治较量的游戏，而这个男人，在电视剧《甄嬛传》中依然是雍正。年轻的若曦已然消失，化身成雍正口中证明自己曾经有情有义的"纯元皇后"——浪漫主义的爱情只是属于雍正自己的标签，成为他在现实中对其他女人冷漠的借口。而最像纯元的甄嬛在领教了一个男人吸引——宠爱——背叛的全部过程后，终于不再幻想占据他只存在记忆中的虚拟的浪漫爱情，她经历了若曦的屈膝也经历了若曦看到的命运之残酷，突然不再感伤，不再逃逸，而是向九五至尊举起了刀子。

桐华创作年表

【桐华，本名任海燕，1980年10月生，陕西汉中人。毕业于北京大学光华管理学院，毕业后在中国银行从事金融分析工作。2005年从中国到达美国，在晋江连载第一部小说《步步惊心》，因此名声大噪。曾用网名"张小三"，被称为中国文坛言情小说"四小天后"之"燃情天后"。当下从事写作、影视策划、专栏、词创作等，出版小说十余部，并已翻译成多国文字在海外出版。】

1. 2005年5月，《步步惊心》在晋江文学城连载，2005年末连载完毕，总计约四十万字。

2. 2006年，《步步惊心·上》由海洋出版社出版，《步步惊心·下》由民族出版社出版；第二部长篇爱情小说《大漠谣》由河南文艺出版社出版。

3. 2007年，《大漠谣·终结篇》由河南文艺出版社出版；《云中歌1》由作家出版社出版。

4.2008年,《云中歌2》《云中歌3》由作家出版社出版。

5.2009年,《步步惊心》(修订版)(上、下册)由花山文艺出版社出版;《被时光掩埋的秘密》由朝华出版社出版;《步步惊心》台湾繁体字版《待选秀女》《情归何处》《心中所爱》(三卷)由耕林出版社出版。

6.2010年,《那些回不去的年少时光》《那些回不去的年少时光·终场》由江苏文艺出版社出版;台湾繁体字版《大漠谣》《花落月牙泉》《情牵鸳鸯藤》《情飞祁连山》(三卷)由野人出版社出版。

7.2011年,《步步惊心》(新版)(上、下册)由湖南文艺出版社出版;《曾许诺·殇》由湖南文艺出版社出版;《云中歌》台湾繁体字版《情定绿罗裙》《情乱长安城》《相劫今生诺》(三卷)、《心系半生缘》《恨酬江山月》《悲唤来世梦》(三卷)由野人出版社出版;电视剧《步步惊心》播出。

8.2012年,《大漠谣》(新版)(上、下册)、《最美的时光》(原名《被时光掩埋的秘密》)由湖南文艺出版社出版;《步步惊心》台湾繁体字版《不思量,自难忘》《有请,终似无情》《往事,哪堪回首》(三卷)由野人出版社出版;《曾许诺》台湾繁体字版《桃花下,约今生》《曾许诺,存心寄》(两卷)、《天能老,情难绝》《桃花落,生别离》(两卷)由野人出版社出版;《最美的时光》(上下两卷)由野人出版社出版;《步步惊心》《大漠谣》《最美的时光》(海外版)由NHANAM出版社出版;话剧《步步惊心》上演。

9.2013年,《那些回不去的年少时光》(新版·上、下)、《长相思》《长相思2:诉衷情》《长相思3:思无涯》由湖南文艺出版社出版;《长相思》台湾繁体字版《孤月下·许君心》《人依旧·终离别》由野人出版社出版;《步步惊心》(海外版)由Paran media、SIAM INTER MULTIMEDIA出版社出版;《曾许诺》(海外版)由NHANAM出版社出版;越剧《步步惊心》上演;电视剧《最美的时光》播出。

10.2014年,《云中歌1:绿罗裙》《云中歌2:浮生梦》《云中歌3:忆流年》《半暖时光》由湖南文艺出版社出版;策划古装爱情轻喜剧《金玉良缘》;电视剧《大漠谣》播出;《大漠谣》(海外版)由Paran media、Jamsa出版社出版。

11.2015年策划现代都市浪漫偶像剧《放弃我,抓紧我》《抓住彩虹的男人》《偏偏喜欢你》《煮妇神探》;电视剧《大汉奇缘之云中歌》播出;电影《新步步惊心》上映。

12. 未出版作品:《解忧曲》《楼兰篇·曼陀罗华》《大唐双娇》《清明时节雨纷纷》《听说,你要结婚了》《书中游——写给潜心》《落花盈我衣》《那些回不去的年少时光》未发表的番外(宋鹏篇)。

《步步惊心》粉丝评论综述

关于《步步惊心》的粉丝评论主要集中在小说首发的晋江文学城、豆瓣、百度贴吧"步步惊心吧""步步惊心电视剧吧""桐华吧"等网站,由于时间保存问题,初刊于晋江的粉丝评论已无从查阅,综观百度贴吧、豆瓣书评、小说《步步惊心》改编电视剧剧评、包括以桐华实名在新浪所开的微博、博客等处可以看到,粉丝评论要点主要包括以下几个方面:

第一,"写实"与"架空"的博弈。关于《步步惊心》与史实关系的讨论包括:"史笔之恢弘,二十年纵横写去,全不凝滞"[1],"没有对历史的恶搞……对历史尊重的态度""作者是一个特现实的人,不愧是学经济出身,对数字对时间忠贞不二,连带连假账也舍不得做,笔笔都要落回实处,一笔虚的也舍不得,也可见作者的自许程度,不屑与空架野史小说为伍"[2]。在网络小说的写作中,具有历史背景的小说主要分为"写实"和"架空"两大派别,在紧贴史实的写作中,从小说作者到读者都极为在意在贴合历史重大事件的前提下的再创作,从这一意义上来讲,这类写作更像现存正史记载、野史资料、传记等历史素材的同人写作,因此小说中人物的穿戴、日常生活中所用器皿的描写,包括古风写作的语言风格,都是增强粉丝阅读快感的要素;由于《步步惊心》的走红是在整个网络写作高峰出现的初期,优秀作品数量有限,桐华在《步步惊心》中着重描写的围场狩猎、十三爷被囚、四爷几次得宠失宠的"大事件"都与二月河等人所写的关于这一历史时期的小说、传记基本贴合,与同期和《步步惊心》一

---

[1] 林淮:《只是意难平》,豆瓣网,http://book.douban.com/review/2065943/,发布日期:2009年6月9日。

[2] 桃木:《步步信手谈》,豆瓣网,http://movie.douban.com/review/5106895/,发布日期:2011年9月24日。

起走红的电视剧《宫》形成对照:《宫》的主要内容虽然也借助"九子夺嫡"的历史故事背景,但是"戏说"成分较重,被粉丝以"过于随意""篡改历史"为由诟病。

第二,"各为其主"的粉丝队形。《步步惊心》的主人公中几位王爷性格各有特色,电视剧的角色也挑选了吴奇隆、袁弘等俊美的男演员,因此,在从小说到电视剧的传播过程中,粉丝群体对几位王爷产生了自己独特的感情,"在《步步惊心》里面,谁才是你的知己?是内敛的四爷,温润的八爷,放肆的九爷,率真的十爷,还是桀骜的十三爷,重情义的十四爷,或是善解人意的若曦等等?"①鲜明的主角人物特征促使粉丝大量就人物本身进行讨论,这种偏爱首先表现在粉丝的同人创作中,喜欢四爷"性格冷峻,处乱不惊"的粉丝会写关于四爷的"番外":"四爷党"或重述四爷和十三爷、八爷、九爷的兄弟之情,或补叙四爷和若曦未能完满的爱情,在"意难平"的写作冲动中弥合四爷的"缺憾";"八爷党"则一方面认同于八爷性格温润、八面玲珑的绅士风度,又惋惜其在夺嫡的过程中缺少帝王的霸气,手段没有胤禛狠辣,当讨论若曦内心情归何处时,八爷的粉丝坚定地认为若曦的最爱是八爷,只是迫于环境的压力才不得不选择四爷;而"十三爷党"和"十四爷党"则热衷讨论这两位王爷给予女主角的生死相托的友情,是超越于男女之情以外更稀有的情感,因此认为他们具有比四爷或八爷更高贵的品质和感情。除了以上几位主人公外,《步步惊心》中的配角也引起了粉丝的关注,如《穿越步步惊心之我是明慧》《步步惊心朝露(玉檀&九爷)》《心若兰兮终不移(若兰篇)》等粉丝的同人写作,都是关于原小说的配角的。读者讨论配角的热烈程度是前所未有的:"八福晋明慧得到了大家的赞赏,我倒觉得前面几集露骨的嫉妒拍得不好,这怎么能是明慧呢?明慧是那种整死你也不让你知道的人,可不是一般的妒妇;若兰很美,也很符合原著的精神,她和十三是从一开始就把我带入故事感觉的人,不过若兰死的时候那一场戏我不喜欢,心如死灰的若兰即使欣

---

① Angle、瓷:《在〈步步惊心〉里谁是你的知己?》,百度贴吧"步步惊心吧",http://tieba.baidu.com/p/1891294120,发布日期:2012 年 9 月 29 日。

喜,也应该是默默去的,而不是把一群人缠在自己身边,纠结着死去。"①

第三,模仿《红楼梦》的古风写作。在网络小说的写作中,"古风写作"即以中国传统文化为基调的半文言半白话的小说写作风格已经形成固定的读者群体,对于当代作家来说,其最直接的临摹对象是明清章回体小说。以儿女情爱为主的《红楼梦》清丽的语言和细腻丰富的人物性格是"女性向"写作中被模仿频率最高的小说,《步步惊心》以及之后走红的《后宫·甄嬛传》都有明显的受《红楼梦》影响的痕迹,甚至包括意境和人物性格特点设计,如粉丝将《步步惊心》中的情节与"黛玉葬花""宝玉哭灵"作比,认为"女主和林黛玉一样多愁善感"②,而几位王爷对若曦疼爱、欣赏的细腻情致与贾宝玉对女性的欣赏和认同颇为相似。

桐华的古风创作中所引用的古典诗词为其小说增色不少,《诗经》、唐诗、宋词中的名段名章恰到好处地对小说情境进行了渲染,有众多粉丝讨论《步步惊心》中的诗词典故并将其中的诗词集中摘抄③,以帖子的形式在网络中传播开来。

第四,对男人世界的"腐女"想象。所谓"腐女"即喜欢将小说或影视剧中没有情爱关系的男人之间的兄弟情谊想象成爱情的女性群体,这部男人对手戏众多的小说中,几位王爷的兄弟关系激发了腐女群体的兴趣:四爷与八爷是夺嫡初期最有竞争力的对手,腐女粉丝热衷于将这种血雨腥风的斗争关系想象成力比多的吸引,四爷与十三爷肝胆相照、四爷与十四爷同根相生相煎都被腐女群体以"爱情"的名义进行重新包装,重新编制故事游戏逻辑,将几位王爷的政治夺权关系演化为情场中的角斗。这不仅表现在以几位皇子为主角的大量耽美同人文写作中,"索引派"甚至从正史资料中去挖掘"兄弟情愫":如网友在百度贴吧中将四爷写给十三爷的诗张贴出来——"《仲秋有怀》:翻飞挺落叶初开,怅快难禁独倚栏。

---

① 简狄:《关于电视剧〈步步惊心〉的几个看法》,豆瓣网,http://movie.douban.com/review/5115415/,发布日期:2011 年 9 月 30 日。

② 步落生心:《个人感觉步步和红楼梦有不解之缘》,百度贴吧"步步惊心吧",http://tieba.baidu.com/p/1231994833,发布日期:2011 年 10 月 3 日。

③ 气泡娃娃8:《步步惊心里面的古诗词》,百度贴吧"步步惊心吧",http://tieba.baidu.com/p/1232026049,发布日期:2011 年 10 月 3 日。

两地西风人梦隔,一天凉雨雁声寒。惊秋剪烛吟新句,把酒论文忆旧欢。辜负此时曾有约,桂花香好不同看。"①写作此诗时兄弟二人并不在一处,每逢佳节倍思亲,但是粉丝读者却将其理解为爱欲的表达。除了诗歌之外,皇室兄弟书信、奏折中的谦语往来也被腐女读者视作兄弟情爱的文字证据:"和硕怡亲王臣允祥等恭请皇上万安。……皇上批曰:朕躬甚安。臣等见此,喜悦之至。且又谕曰:尔等安好?臣等见此,不胜感戴。臣等皆系承蒙皇上隆恩之人,又叠沾嘉谕恩泽,何胜欢忭,委实安好。……和硕怡亲王臣允祥、和硕庄亲王臣允禄、领侍卫内大臣公臣马尔赛。"(和硕怡亲王允祥等奏请万安折 雍正二年七月二十七日)诸如此类在当代粉丝读者的眼中都成为捕捉、想象其兄弟情欲的铁证,被乐此不疲地发掘出来与小说进行互文读解。

(本章撰写:拓璐)

---

① 黑羽川翼:《盘点九龙夺嫡的各种腐,阿哥们的基情~慎入》,百度贴吧"步步电视剧吧",http://tieba.baidu.com/p/1380685533,发布日期:2012年1月19日。

第九章　宫斗：走出"白莲花"时代
——以流潋紫《后宫·甄嬛传》为例

流潋紫创作于2006—2009年间的网络小说《后宫·甄嬛传》①是"宫斗类"网络小说的一部经典之作。小说讲述了女主人公甄嬛在残酷的宫廷斗争之中，凭借智谋与手段走上后宫权力巅峰的故事。在这一过程中，甄嬛对于皇帝玄凌的爱情幻想破灭，昔日朋友安陵容成为不死不休的敌人，后又失去了最爱的男子玄清和一生的挚友沈眉庄，从一个向往爱情的少女，变成了一心复仇的绝望妇人，虽然最终登上太后之位，却觉得自己一无所有。

"宫斗"小说在2007年左右从"穿越""重生"题材网络小说中独立出来，成为一个独立的网络小说类型。《后宫·甄嬛传》的创作时段，恰逢"宫斗类"小说走向成熟的关键期。《后宫·甄嬛传》全面继承了此前出现的所有"宫斗"元素，并将之推向极致，因而具有集大成的意义。具体而言，《后宫·甄嬛传》创造了一个体制森严且绝对封闭的后宫世界，以此作为故事展开的场景，抛弃了古代言情小说中"爱情至上"的叙事逻辑，转而以宫廷斗争作为小说的核心内容，以至于后来的"宫斗类"小说鲜少能真正跳出《后宫·甄嬛传》所创构的这一"宫斗"模式。《后宫·甄嬛传》成为"宫斗类"网络小说最终成熟的重要标志。

《后宫·甄嬛传》又是一部颇具争议性的作品，特别是2012年郑晓龙导演的电视剧(改名为《甄嬛传》)播出后。一方面，该剧红极一时，达到"全民甄嬛"的程度，甚至走出国门，席卷东南亚并登陆美国，成为最有

---

① 连载出版情况见作者创作年表。2011年12月浙江文艺出版社出版《后宫·甄嬛传》(修订典藏版)，本章引用小说原文均采用此版本，后文不再说明。

文化输出力的国产电视剧①；另一方面，不少传统批评者却在痛陈该剧宣扬了"比坏比狠"的价值观——不过，主流批评界的声音也并非"一边倒"，《人民日报》《求是》杂志先后发表的文章颇有针锋相对的意思(具体见后文)。这一切都使这一现象更加耐人寻味：甄嬛这一人物是在何种社会心理环境之下产生的，为何会引发如此复杂的价值观争论？《后宫·甄嬛传》如何展现了"宫斗"小说集大成的艺术特色？又在何种意义上标志了"女性向"网络小说新的创作趋向？

一、大周后宫：硝烟弥漫的大观园

"宫斗"小说的特征之一，就在于设定一个争芳斗艳的后宫世界，作为故事展开的环境。《后宫·甄嬛传》在器用名物、习俗礼仪、人物形象、语言风格等方面全面模仿《红楼梦》，构筑起一个美轮美奂的"大观园"，成就了女性读者的"千古女子宫廷梦"②。然而这个如大观园般典雅秀丽的大周后宫，内里却是等级森严、硝烟弥漫的"修罗场"。这里放逐了如贾宝玉般真情真性的玄清，扼杀了如林黛玉般清高骄傲的沈眉庄，只余下一群如花女子，拼却年华、不择手段，为了生存，为了复仇，为了权势，陷入不死不休的争斗之中，无从超脱。

如果回溯古代言情类小说的发展历程，就会发现，关于宫廷的设定，呈现出由开放走向封闭的趋势，这一进程，在《后宫·甄嬛传》中达到了极致。

在以琼瑶创作为代表的古代言情小说和影视剧作品中，"宫廷"与"民间"呈现出良好的互通关系，如《还珠格格》(1998)③的故事便在"宫廷"与"民间"场景的不断转换中展开。在小燕子等人追逐爱情与自由而

---

① 详见作者创作年表。
② 意如何：《阴影下的"想象后宫"》，豆瓣网，http://book.douban.com/review/5377216/，发布日期：2012年4月6日。
③ 琼瑶经由剧本改编的同名小说于1997年10月由花城出版社出版，电视剧于1998年10月在大陆播出。

不断碰壁的"宫廷"生活中,"民间"成为一片宽容而淳朴的应许之地,主人公们不断从"宫廷"逃向"民间",以实现她们在"宫廷"之中无法获得的自由与爱情。最终,"民间"征服了"宫廷",小燕子以来自于"民间"的强大生命力感染了乾隆皇帝,主人公们有情人终成眷属,以皇后为代表的"宫廷"恶势力受到惩治,也变成了一个更加温柔宽和的世界。

可以看到,在这一时期古代言情小说的设定中,"宫廷"是一个"先天不足"的世界,它严苛而教条,践踏个性、自由与真爱,需要在"民间"之力的不断感召之下"改过自新"。在"女性向"网络小说诞生之后,这种关于"宫廷"世界"先天不足"的设定也被继承下来,女主人公与"宫廷"之间的关系常常是反抗性的,但这种反抗常常以妥协为最终结果。《步步惊心》为代表的"清穿"小说大都以"宫廷"为背景展开,是"宫斗"小说的前导。在《步步惊心》中,女主人公若曦的爱情选择不再表现为对权力规则的反抗,而是表现为对于最高权力的服膺,若曦之所以选择四阿哥而非八阿哥,便是由于预先知晓四阿哥会最终登上王位。在反抗性消失的同时,"民间"也逐渐淡出了视野,以"宫廷"为背景的古代言情小说由"宫廷—民间"的二元结构,转向了单一而封闭的宫中世界,"宫廷"中的规则也开始变得精细化、严格化、绝对化,并且彻底地女性化,成为以女性生活为中心的"后宫"。女主人公不再是规则的反抗者,而是要在顺从规则、利用规则的前提下挣扎求生。

如果说,在《步步惊心》中,孤身一人的若曦尚可以一死逃脱一切痛苦纠葛,《后宫·甄嬛传》中甄嬛一己的生死却牵连着整个家族的命运,她完全失去了逃离后宫的一切可能。对于甄嬛而言,后宫是她的整个世界。这样一个封闭、复杂、完备、完全取消了退出机制的后宫世界的设定,为女主人公的命运和生存境遇带来了关键性的改变,也是"宫斗类"网络小说真正成熟的一个重要体现。

在叙事方面,封闭的后宫世界为"斗"的设置提供了极为有利的空间,在这个只能背水一战的世界中,甄嬛身边的每一个人都是潜在的敌人。甄嬛从"常在"开始,一路披荆斩棘,成为后宫之主的整个过程中,冲突不断升级。有读者认为,"大周后宫"的设置,使《甄嬛传》暗合了"男性向""升级文"的快感创造机制,《后宫·甄嬛传》就是一部"女频爽文"。

第九章 宫斗:走出"白莲花"时代　203

但与"升级文"的主人公们在"升级"历程中获得力量,证明自己的价值不同,甄嬛只能在无可奈何的斗争之中步步沦陷。甄嬛的"升级"是被迫的,为了生存,为了保护家人和朋友,她只能选择战斗,她的地位越是提升,便越是背叛自己曾经拥有的"愿得一心人,白首不相离"的爱情梦想,越是远离自己当初"逆风如解意,容易莫摧残"的美好祈愿。

以《后宫·甄嬛传》为代表的"宫斗"小说中的后宫世界,与现实世界的职场有着复杂的投射关系。后宫中妃嫔的晋升模式可以看作是对职场晋升模式的一种模仿;森严的等级秩序、尔虞我诈的人际关系、你死我活的权谋争斗则是当代职场焦虑的极端化展现。甄嬛就是升级版的杜拉拉①,她没有假期,不能跳槽,一旦在"职场"斗争中失败,丢掉的也不仅仅是工资和地位,更有可能是自己乃至于整个家族的荣耀和性命。她越卷入到封闭后宫复杂的人际关系之中,便越成为孤绝无援的个人。最为悲哀的是,当甄嬛终于攀上了权力的巅峰,却发现自己一无所有。这一悖谬的结局指向了当代职场价值的整体性崩溃,升职所带来的不是个人价值的提升,而只是生存的延续。明明已经脱离了生存危机的职场人,却只能为了生存而疲于奔命,无法在工作中找到事业、理想、整体性的意义以及超越性的价值。大周后宫成了一个关于现实世界的大寓言,展现着每个人在现实生活中都会不断遭遇到的关于利益与道德的抉择,后宫世界则将这种焦虑推向了没有出路、无法逃离的境地,因而甄嬛的每一次违背初心,无论是为了家族还是为了爱人,都是那么的别无选择、无可指责。可以说,正是这样的甄嬛,为现实生活中的每一个人背负了良心的负担,也因而最具有打动人心的力量。

在后来的"宫斗""宅斗"小说,特别是由"宅斗"小说演化而来的"种田文"中,职场与后宫(包括大家族后宅)之间的投射关系越来越明晰。"穿越"或"重生"的女主人公,往往将皇帝(或者大家族中的丈夫)视为顶头上司,按照一整套的职场规则处理古代生活中的人际关系,活得风生水起、无往而不利;然而在这个过程中,她们以单一的利益关系取代了复

---

① 杜拉拉:李可创作的小说《杜拉拉升职记》(西安:陕西师范大学出版社,2007年)中的女主人公,是一位在职场中"摸爬滚打"的白领女性。

杂的血缘、情感关系,获得了成功,却失去了爱的能力。爱情的塌陷,是这些从异化的当代职场"穿越"而来的女主人公们身负的原罪。

同时,大周后宫也是一个关于女性身份和自我认同的试验场。这个封闭的后宫世界,一方面是男权极度强化、享有绝对控制权的世界,另一方面却又是一个完全以女性为主角,使各不相同的女性充分展现自我力量,相互竞争的世界。后妃们一方面受到男权的极度压抑,一方面又可以无所不用其极地彰显自我,共同构成了一个充满女性奇观的异度空间。在这里,关于女性的一切评价标准(美丽、贤惠等)都被充分实现并最终还原为一个强权男性(皇帝)的偏好和需求(甄嬛初次失宠离宫,实际上就源于甄嬛的自我认同与皇帝对甄嬛的认同之间的冲突——甄嬛自以为得到的是爱,但其实只是帝王恩宠——这也是甄嬛一切痛苦的根源),那些在现实社会中读者已经习以为常的诸多社会公认的"理想女性"标准,在小说中被解构为男性权力欲望与繁衍需求的产物,阅读"架空"世界中的甄嬛,实际上给了女性读者一个审视自身、看待两性关系的新视角。

在后宫环境的设置方面,《后宫·甄嬛传》之后的"宫斗"小说往往延续其以后宫一极为孤立世界的传统。近些年来"宫斗"小说有逐渐衰落的趋势,而与"宫斗"小说几乎同时兴起的"宅斗"小说则转变为"种田文",超越"宫斗"小说,成为"女性向"网络文学中更为主流的样式。这一变化,不仅仅是网络文学的类型更替,也是对于宫廷言情小说转向"宫斗"小说过程中,女主人公生存环境封闭化这一趋势的延续。从"宫斗"变为"宅斗""种田",女主人公所面对的生活场景从后宫变为了家宅,所处理的事务也变得更为日常、琐碎和普通,她们在更加封闭狭小的空间之中更为认真地经营起了有滋有味的"小日子"。

然而有趣的是,在电视剧领域,《甄嬛传》之后,掀起新一轮宫廷剧热潮的却是《陆贞传奇》[①]、《卫子夫》[②]等打破后宫封闭性的故事。在这些

[①] 《陆贞传奇》:2013年播出的45集电视连续剧,北京希世纪影视文化发展有限公司出品,于正制片,李慧珠、邓伟恩、梁国冠导演,赵丽颖、陈晓等主演。

[②] 《卫子夫》:2014年播出的47集电视连续剧,浙江华策影视股份有限公司、香港now TV出品,刘家豪、陈品祥导演,王珞丹、林峰等主演。

作品中，朝堂替代"民间"，与后宫构成了新的二元结构，陆贞成为可以入朝听政的女官，而卫子夫甚至尚未入宫便以"苦饥寒、逐金丸"之语引起了汉武帝对民生艰难的关注。朝堂的引入，为这些女主人公带来了新的价值诉求——家国情怀与苍生之念。在《甄嬛传》中，政治权力对于甄嬛而言是保全自己和家人的资本，是向皇帝复仇的工具，却唯独不是自我实现的路径。但对于陆贞和卫子夫而言，对"大时代"的关注和参与，从一开始就是内化于她们的人生信念之中的，她们不仅爱男主人公，也爱功业和苍生。

在纯粹的古代爱情故事失去了吸引受众的能量之后，古代言情类网络文学和主流传媒宫廷剧走上了两条不同的转型之路。在网络文学中，女主人公在舍弃了爱情至上的逻辑的同时，也越来越走入封闭的生活场景，不再向往政治权力和干预外部世界的能力，不再奢望以国家和天下作为自己实现人生价值的舞台。她们不求兼济天下，只求独善其身，没有伟大的理想和信仰，努力追求的不过是活下去，以及如果可能的话，更好地活下去。她们是一群不再相信爱情，只想过好"小日子"的"小女人"。可以说，《后宫·甄嬛传》恰恰是网络文学界这一转型的标志性文本。

在大陆的古装宫廷剧中，《甄嬛传》之后，女主人公变为陆贞和卫子夫这样的关心历史和政治的"大女人"。"大女人"的故事，一方面是一个女人将自己武装成男人，按照男权的逻辑获得成功的故事，另一方面也是一个女人按照正统价值观念的要求展现民族主义、集体主义或人道主义关怀，变为"完美女性"的故事。在这样的故事中，政治权力是女主人公们获得爱情的砝码，也是她们超越爱情的道路，这是主流价值观念之下，理想的"当代新女性"在电视剧中的显影——只可惜当下中国年轻女性政治热情的极度匮乏和实际参与路径的严重堵塞，使这些"大女人"的榜样作用变得比"穿越人物"还飘渺。

无论是"大时代"还是"小日子"，都是对于失落爱情的一种代替性满足，只不过前者更类似于令人心向往之的传奇史诗，后者才是似乎真实可信的生活场景。对于"80后""90后"的女性读者而言，在政治空间中建功立业的传奇人生或许会引起她们的羡慕和遐想，却很难真正成为慰藉她们现实爱情焦虑的良方。而网络小说中的"小女人"则与此相对地提出了一种似乎更加具有现实感和实践性的方案:日益封闭、缺乏选择的生活场景普遍出现在"女性向"古代言情网络小说之中,恰恰对应于"剩女"话题的甚嚣尘上,挤压着当代女性自主选择生活道路的空间,小说中的女主人公们接受了早已注定的身份和婚姻,但至少可以谁都不爱地活下去,可以用心经营一个人的精致生活,这是一种冷静而不动声色的反抗。

另一方面,以《后宫·甄嬛传》为代表的网络小说普遍表现出对集体主义价值观的宏大叙事的不信任,在以往的古代言情小说中屡见不鲜的无条件的奉献和牺牲越来越少见,基于等价交换原则的同盟关系(如甄嬛与齐妃的关系以前往往仅出现在反面角色身上)也开始被认可。网络小说的作者和读者敏锐地察觉到充满理想主义色彩的集体主义价值观在当下中国正面临失效的困境,并开始用人物和故事探索现代性道德焦虑之下,中国道德体系重构的新可能。古代言情网络小说中女主人公形象的嬗变,可以最鲜明地标识这一探索的路径与进程。

二、甄嬛:反"白莲花"女主形象

《后宫·甄嬛传》最重要的意义在于塑造了甄嬛这样一个颇具复杂性的女主人公。流潋紫在《后宫·甄嬛传》(修订典藏版)的序文《虽是红颜如花——我为什么要写后宫》中强调了她塑造甄嬛这一人物的一条重要原则——不完美:"我笔下的甄嬛……因为不完美,才更亲切吧。"[①]

如果按照传统言情小说女主人公的标准,甄嬛的确是一个"不完美"的人物:她虽从不主动害人,但面对敌人时也不吝惜使用狠辣的计谋和手段;她有仇必报,有恩必报,在条件允许时也愿意与人为善,对无辜者伸出援手;她向往真诚的感情,但并不盲目信任,总是对旁人投来的善意怀有一分警惕,甚至利用皇帝对她的留恋完成复仇。但恰恰是这个"不完美"的人物(特别是2012年郑晓龙执导的电视剧播出后),受到了大量读者的喜爱。

[①] 流潋紫:《虽是红颜如花——我为什么要写后宫》,引自流潋紫的新浪博客,http://blog.sina.com.cn/s/blog_4a8ccbd3010007tn.html,引用日期:2007年3月1日。

与此同时，《甄嬛传》也受到了来自官方和传统批评界的批评。2013年9月19日《人民日报》发表了著名学者陶东风的文章《比坏心理腐蚀社会道德》，批评《甄嬛传》宣扬了"比坏"的错误价值观。该文还将《大长今》与《甄嬛传》进行对比，认为大长今才是当下大众文艺作品中应有的充满"正能量"的女性主人公，而甄嬛则是一个缺乏底线的反面典型。有趣的是，到了2014年1月，《求是》杂志又发表了一篇题为《〈甄嬛传〉为什么走红？》（闫玉清）的文章，为《甄嬛传》正名，认为《甄嬛传》是"借一个个青春女性理想和生命的惨烈毁灭，揭示出封建社会的腐朽本质"。这一说法，最初来源于郑晓龙导演对于电视剧《甄嬛传》的宣传定位。不知是制片方"公关"的结果，还是《甄嬛传》走红并获得国际影响之后"官方"舆论转向，《甄嬛传》最终被"主流话语"所接纳。但对于甄嬛这个人物的评价，始终是有保留的。比起大长今，她总归是"不完美"。

然而，网上的舆论倾向却恰恰相反。粉丝们力挺甄嬛，认为她不但是个"真性情的女人"，而且"骨子里是善良的"①。她对爱是执着的，更是冷静负责的。她有能力保护她所爱的人，为了救助爱人、亲人、朋友不乏自我牺牲的勇气，对于所恨的人也不惜"心狠手辣"。她的道德底线正是建立在"爱恨明了"的基础上的，让人觉得可信、可亲、可敬。相反，大长今完美的道德却让人不能信服。

如果我们回顾古代言情类小说中女主人公形象的演变历程便会发现，流潋紫所强调的"不完美"，实际上是直接对话于此前在古代言情小说中最为普遍的女主角形象——集真善美于一身的完美女性，近年来，网络文学界将这种女主人公命名为"白莲花"②。

---

① 亦如：《甄嬛骨子里还是个善良的女人》，豆瓣网，http://movie.douban.com/subject/4922787/discussion/53182090/，发布日期：2013年5月10日。

② 参见附录"网络文学词条举要"之"圣母/白莲花"。反"圣母"或者反"白莲花"，不能仅仅看作是在某一种特定文学形式内部产生的思潮，而是当下中国民众在文学艺术领域的一种整体需求。2013年的韩剧《来自星星的你》（张太侑导演，金秀贤、全智贤等主演，韩国SBS电视台发行）在中国轰动一时，剧中的女主人公缺点鲜明，与传统韩剧中温柔善良的"圣母"型女主人公完全不同，暗合了中国观众反对"圣母白莲花"的心理需求，这或许也是《来自星星的你》在中国获得巨大成功的一个重要原因。

1990年代,琼瑶作品《梅花烙》中的白吟霜、《还珠格格》中的紫薇等都是最为典型的"白莲花"式女主人公。她们柔弱善良,逆来顺受,对于爱情忠贞不渝,实际上是"男性向"视角下理想女性的化身。如《梅花烙》便是一部完美女性的受难史,女主角白吟霜受到了种种压迫欺凌,最终投缳自尽,却自始至终对伤害过她的兰馨公主、雪如等人毫无怨怼。

"女性向"古代言情网络小说诞生后,在女主人公塑造方面延续了以白吟霜为代表的女主人公性情、价值观等方面的很多特征。随着古代言情网络小说的大量创作,这些作品中的女主人公便呈现出高度模式化的特征:

> 她们有娇弱柔媚的外表,一颗善良、脆弱的玻璃心,像圣母一样的博爱情怀,是那种受了委屈都会打碎牙齿和血吞的一类无害的人,总是泪水盈盈,就算别人插她一刀,只要别人忏悔说声对不起,立刻同情心大发,皆大欢喜的原谅别人。①

这便是"白莲花"女主人公。在早期的网络言情小说中,这些集真善美于一身的充满理想主义色彩的形象几乎一度占领了所有女主人公的席位。她们是人们于现实生活中难以实现的完美道德在文本中的投射,寄托着人们对理想人格的向往和追求。

事实上,"白莲花"女主人公虽然首先在网络言情小说中被作为一种症候而得到指认和命名,却并非仅仅在网络文学中存身,而是出现在几乎所有大众文艺作品之中。1990年,郑晓龙组织策划的电视连续剧《渴望》②中的女主人公便可谓大陆当代文艺中最经典的一朵"白莲花"。《甄嬛传》播出后,一些媒体也将《甄嬛传》与《渴望》相提并论③。《渴望》

---

① 引自百度百科"白莲花"词条,http://baike.baidu.com/subview/934307/10989731.htm#viewPageContent,引用日期:2014年8月8日。百度百科词条读者可随意编辑,因此可作为某种民间意见资讯。

② 《渴望》:1990年郑晓龙制片,鲁晓威导演的电视连续剧,共50集,中国电视艺术中心出品,张凯丽、李雪健等主演。

③ 如钱卓君:《从〈渴望〉〈金婚〉到〈后宫·甄嬛传〉——大牌导演郑晓龙:宫斗戏也能拍成"渴望"》,《都市快报》2011年12月2日,B16版。

第九章 宫斗:走出"白莲花"时代 ▎209

播出时,创下了高达 90% 以上的收视率,受到全国观众的喜爱。如果将《渴望》中的刘慧芳与《甄嬛传》中的甄嬛相比较,就会发现这两个时隔二十余年先后引起轰动的女主人公在性格、行为上的诸多不同之处,恰恰反映了中国人社会心理方面的巨大变迁。

  刘慧芳是一个集中国传统美德于一身的完美女性,善良勤劳,一心为人,无论是对捡来的孩子小芳,还是对王家姐弟,都是毫无保留的付出。然而,就是这样完美的慧芳,却承受了巨大的苦难,真心地付出仍得不到王家姐弟的信任,婚姻破裂,小芳与慧芳自己相继遭遇事故瘫痪在床。《渴望》通过慧芳的受难史,展现了经过十年"文革"动荡的中国社会道德体系崩坏的悲剧,人与人之间缺乏信任,好人常常得不到好报。所谓"渴望",实际上是人们对于传统美德的呼吁、对于道德体系重新建立的向往和对于"好人一生平安"的祈愿。正是在这样的历史时期,一个理想女性却在社会中遭受了巨大苦难的故事,才能够触动人心。刘慧芳饱受折磨,却不改至善至美的高贵品格,勇敢地面对一切苦难,她的形象实际上展现了人对于苦难的承担和包容,展现了即使命运残酷,也要有道德且有尊严地活着的生命姿态。观众在刘慧芳的身上指认和疗愈了自身的创伤,同时安抚着自身在政治变局、经济转型、意识形态重构的剧烈变动中感到迷茫和焦虑的心灵。

  不难看出,后来的"白莲花"式女主人公,实际上承接的正是这样一种传统,体现着人们对于完美道德的想象,描画着重建道德体系的美好愿景,并以"承担苦难的命题"许诺她的观众:对道德的坚守和对苦难的忍耐可以通向对自我心灵的救赎。

  然而时隔二十余年之后,再次引起观众追捧的却不是刘慧芳式的"白莲花",而是"不完美"的甄嬛。在"女性向"网络文学中,反"白莲花"浪潮的形成经历了一个逐渐自觉化的过程。2009 年左右,开始出现了一批重生、穿越题材的《梅花烙》同人小说,为白吟霜的对立人物兰馨公主

"平反"①,这些作品成为"反白莲花"②潮流在古代言情领域的先声。2010年左右产生的一批"种田文"如《庶女攻略》③、《知否？知否？应是绿肥红瘦》④等更是旗帜鲜明地"反白莲花"。文中特意加入了几个"伪白莲花"女配角,她们表面上柔弱善良,内心却阴狠毒辣,这些女配角成为女主人公打击的主要对象。2013年,伴随着《白莲花,滚粗》⑤、《黑女配、绿茶婊、白莲花》⑥等著名的"反白莲花"小说的出现,"反白莲花"潮流终于席卷了整个言情类网络文学领域。与此同时,反对"白莲花"也开始表征为一种比较普遍的社会心理,由网络小说领域兴起的"反白莲花",以及由动漫领域产生的"反圣母玛丽苏"等相似的情绪,也同样在电视剧、电影等大众文艺领域广泛产生。2011年播出的电视剧《倾世皇妃》⑦中的女主角马馥雅继承了原著小说中馥雅公主的"白莲花"形象,遭致很多观众的反感,2011—2013年间晋江文学城出现了近十篇抨击马馥雅,为反面女配角马湘云平反的同人小说,便可见"反白莲花"的情绪在

---

① 《梅花烙》同人小说如《梅花烙·公主之尊》,2009—2010年在晋江文学城连载(http://www.jjwxc.net/onebook.php?novelid=598584);《梅花烙·妾不如妻》,2009—2010年在晋江文学城连载(http://www.jjwxc.net/onebook.php?novelid=619764)等。

② "反白莲花":基本策略在于将已有的"白莲花"人物改写为外表善良无辜,而内心阴险狠毒的"伪白莲花",并将改写后的形象指认为"白莲花"的本来面目。在"伪白莲花"的创造模式为读者认可后,"反白莲花"便不再集中于同人创作之中,而是产生了诸多原创"伪白莲花"女配角,如下文提及的《知否？知否？应是绿肥红瘦》中的小秦氏、林姨娘等皆属此类。

③ 《庶女攻略》,吱吱2010—2011年在起点中文网连载的小说,http://www.qdmm.com/BookReader/1626560.aspx。2012年11月—2013年4月间由浙江文艺出版社出版。

④ 《知否？知否？应是绿肥红瘦》,关心则乱2010—2012年在晋江文学城连载的小说,http://www.jjwxc.net/onebook.php?novelid=931329,发布日期:2014年11月8日。2013年由湖南人民出版社出版。

⑤ 《白莲花,滚粗》,九紫2013年在晋江文学城连载的现代言情小说,是最为著名的"反白莲花"小说之一,http://www.jjwxc.net/onebook.php?novelid=1812362,发布日期:2014年8月19日。

⑥ 《黑女配、绿茶婊、白莲花》,玖月晞2013年在晋江文学城连载的现代言情小说,http://www.jjwxc.net/onebook.php?novelid=1784885,发布日期:2014年8月19日。

⑦ 《倾世皇妃》是根据同名小说改编的电视剧,2011年上映,梁辛全、林峰导演,林心如、霍建华等主演。

电视剧评论中也已经非常普遍。正是在此时,曾于1990年代塑造了刘慧芳这样深入人心的"白莲花"式女主角的郑晓龙导演拍摄了《甄嬛传》,创造了甄嬛这样一个成功的非"白莲花"的荧幕女性形象。

除去情节僵化①所带来的反感之外,"白莲花"式女主人公失败的原因可以从如下两个方面概括:

其一,时至今日,刘慧芳式的"白莲花"们身上所体现的道德理想已经趋于瓦解,其所坚守的道德观念在现实的生活中处处碰壁,对于苦难的承担也无法真正让好人一生平安。经济的快速发展,工具理性的盛行,以及社会的全面功利化,使得现代性道德危机在中国日益凸显出来,"白莲花"式女主人公无条件让渡个人利益的绝对化的集体主义作风与改革开放以来国家在经济领域所实行的自由竞争的市场经济政策实际上是有矛盾的,而要求个人利益与集体利益辩证统一的市场经济条件下的集体主义价值观则仅仅停留在学术探讨层面,并不能通过真实可感的文艺形象呈现在大众面前。可以说,近年来"白莲花"式女主人公在网络小说中遭受失败,宣告着解救现代性道德危机,重建社会道德体系,成为当代中国社会迫切的价值诉求。

其二,"反白莲花"浪潮的形成,也与网络空间中"女性向"文学得以建立、发展有直接关系。"白莲花"式女主人公实际上是男性视角下的完美女性,随着网络文学的类型划分日趋精细,"男性向"和"女性向"网络文学之间的差异也越来越大,女性作者和女性读者越来越自觉地以女性的视角完成对于女性自身的想象和书写,这也就导致了女性读者对于作为男性欲望投射的"白莲花"式女主人公的反感。前面提到,《后宫·甄嬛传》就是一个具有很强女性意识的文本,将"理想女性"的标准还原为皇帝的偏好和欲望,如果我们拿皇帝心目中的理想后妃与"白莲花"式女

---

① 《白莲花,滚粗》的文案可以说是反对"白莲花"的最著名的"檄文",其中对以"白莲花"为女主人公的言情小说剧情模式做出了经典概括:"周围只要是雄性生物都会爱上她,没爱上她的一定是恶毒的男配女配,总能在'无意'间将她对立面的人弄的生不如死,凄惨无比。"(晋江文学城 http://www.jjwxc.net/onebook.php? novelid=1812362,发布日期:2014年8月19日)

主人公稍加比对就会发现,两者是高度重合的:美貌、温柔、善解人意、逆来顺受。因此,甄嬛不愿再做帝王手心里的一朵"白莲花",反而将这个象征着无所不在、至高无上男性强权的帝王杀死,让他永远闭上了凝视着宫中所有女性的欲望之眸。

《后宫·甄嬛传》的主要创作时间是 2007—2009 年间,这正是"白莲花"式女主人公集中大量产生的时期,也正是其弊端逐渐显现的时期。流潋紫在此时便意识到"因为不完美,才更亲切"的道理,开始有意识地塑造有别于"白莲花"的不完美的女主人公,可以看作是反"白莲花"潮流的先驱者了。相比于"白莲花"式的通过原谅和感化敌人获得胜利,实现一个无差别的善良新世界的美好憧憬,甄嬛以雷霆手段击败敌人,保护自己的亲人、爱人、朋友以及其他善良无辜者的做法更容易为当代读者所接受。这种包含着朴素家庭伦理、人道主义和个人主义精神的奋斗观(其中融合着儒家家庭伦理、侠义精神、启蒙主义人权观念、市场经济竞争原则等多种来源的道德观念),可以看作是《后宫·甄嬛传》对于现代性道德该去往何方这一问题的朴素思考。

但相比于 2013 年以来彻底的"反白莲花"作品,《后宫·甄嬛传》又呈现出过渡性的特征。甄嬛不是完美的"白莲花",却仍旧在小说中"充当道德审判者"①。为使无法成为道德高标的甄嬛承担起这一职能,作者在人物关系设置、视角选择、心理描写等方面付出了很多努力。在慕容世兰死后,甄嬛有这样一段内心独白:

  ……慕容世兰死了,这个我所痛恨的女人。
  ……我……只是觉得凄惶和悲凉……②

面对慕容世兰,甄嬛的"凄惶和悲凉",使这一场算计不再是一场简单的复仇,更成为一次公正悲悯的判罚,甄嬛也不再停留于一个制服敌人的胜利者的位置上,而是由此完成了道德判罚的使命。值得注意的是,

---

① Betsy20125:《对宫斗文女主塑造问题及本书相关话题的一些看法》,百度贴吧"后宫甄嬛传吧",http://tieba.baidu.com/p/3135584543,发布日期:2014 年 6 月 29 日。
② 流潋紫:《后宫·甄嬛传(叁)》第三十九章"折兰",第 35 页,杭州:浙江文艺出版社,2011 年。

在《后宫·甄嬛传》中,"凄惶和悲凉"是独属于甄嬛的特权,在这部以甄嬛第一人称叙事的小说中,只有甄嬛的内心活动可以展现在读者面前。因而,在小说中种种阴谋斗争的背后,读者总能看到甄嬛的不忍心与不得已,正是这样混合着无奈与悲悯的情怀,每每使甄嬛的计谋手段去除了争权夺利的阴毒意味,在后宫没有硝烟的战争中,保持了一份可贵的正直与善意。由此,甄嬛才能令人信服地承担道德判罚的职能。

在《白莲花,滚粗》等"反白莲花"小说中,女主人公报复"白莲花"式女性角色是大快人心,完全没有心理负担的。但甄嬛的每一次复仇,都要承担来自自己良心的谴责,这使她的复仇带有了某种悲壮的意味。就如同现实生活中的读者,一方面反感"白莲花"式女主的虚假,另一方面又总在用"白莲花"的道德理想衡量甚至苛责一切网络小说中的女主人公。甄嬛的痛苦矛盾,恰恰成为读者心态的一种写照,相比于2013年以后的"反白莲花"小说中的人物,处于转折期、不断被作者"洗白"的甄嬛反而显得更深刻、感人。由此,流潋紫成功地让甄嬛站在了"白莲花"与"大反派"之间那根细细的钢丝上,成就了一个具有经典性的复杂人物。

三、宫斗剧:在"亚文化"与"主流"之间

与作者流潋紫将《后宫·甄嬛传》的主题定位于"不过是'情'"①(书写对爱情的向往与追求)以及"红颜如花"②(书写尘封历史中的女性命运)不同,电视剧《甄嬛传》的导演郑晓龙将这部作品的意义定为"反封建",即"拍一个有历史厚重感的戏,体现出封建制度对人性的摧残,对封

---

① 流潋紫:《〈后宫——甄嬛传(七)〉序文——不过是"情"》,引自流潋紫的新浪博客,http://blog.sina.com.cn/s/blog_4a8ccbd30100e3rq.html,引用日期:2009年7月8日。原文包括标题和使用繁体字,为保持统一,引用时一律改为简体字,引文中出现的"他"指玄清,在电视剧中改为允礼。

② 《虽流潋紫:《虽是红颜如花——我为什么要写后宫》,引自流潋紫的新浪博客,http://blog.sina.com.cn/s/blog_4a8ccbd3010007tn.html,引用日期:2007年3月1日。

建社会进行理性批判"①。在《甄嬛传》播出的2012年,"反白莲花"的普遍社会心理并未能在官方话语体系中得到承认和表述,甚至"白莲花"式的人物仍旧是官方主流价值体系所认可和推崇的通俗文学女主人公。直到2013年,《人民日报》对电视剧《甄嬛传》的评论文章也仍旧不能认可甄嬛这一形象在大众文艺领域的合法性,认为《甄嬛传》宣扬了以恶抗恶的错误价值观。②这样的主流价值观导向,使得"反白莲花"处于一种"不合法"的状态之中。在这样的氛围下,郑晓龙导演所选择的"反封建"的主题,既规避了受众对于"白莲花"式女主人公的反感,又与主流评价话语相挂靠,使得该剧赢得了符合官方价值体系的舆论导向。

  为适应体裁的改变,电视剧《甄嬛传》对原著小说做出了诸多改编,包括:将故事的发生时间定位于清雍正年间,与此相对应的,皇帝玄凌变为雍正,剧中后妃都有了满汉划分,姓名和封号也做出了贴近于清代实际的改变;出于简化情节的需要,电视剧大幅削减了原著小说中的人物,或将若干人物的主要事迹融合在一个人物身上,等等。但电视剧对于原著小说最核心的改编在于对甄嬛的进一步"洗白",特别是早期甄嬛的形象有了很大变化,原本一出场就成熟理性的甄嬛被改编得更为单纯善良,如杀死余氏的情节改由安陵容完成,其他一些原本由甄嬛独立策划的计谋也改由槿汐提出。由此,甄嬛入宫后由单纯善良到狠心绝望的变化过程就被勾勒得更为鲜明。在网络小说中,主人公往往在最初便少年老成,有足够的智谋应对前进路上的困难和危险,他们都仿佛是穿越、重生而来,先天带着前世无数次摸爬滚打所造就的经验。小说中的甄嬛当然也不例外,从故事最初便显示出了同龄人不具备的成熟心计。对于读者而言,这样的甄嬛就仿佛是他们经历过许许多多挫折和失败之后所渴望的那个足够老练的自己,因而阅读《后宫·甄嬛传》的过程也便纵容读者去畅想一个极具诱惑力的命题——假如生命可以重来。在故事中,如此聪慧而强大的甄嬛也不得不面对无可选择的绝境,面对自己良心的煎熬,面对故事

---

  ① 《导演郑晓龙批当下后宫戏"弱智"》,新浪网,http://ent.sina.com.cn/x/2011-12-13/02103505960.shtml,发布日期:2011年12月13日。
  ② 陶东风:《比坏心理腐蚀社会道德》,《人民日报》2013年9月19日。

终章时一无所有的悲凉,对于现实中本就不够完美的读者而言,这是一份沉重却真诚的慰藉。

小说《后宫·甄嬛传》的读者以"80后""90后""00后"的年轻女性读者为主,而电视剧《甄嬛传》则同时照顾到中、老年观众和男性观众的观剧品味,甄嬛因而也就从网文中习见的少年老成人物,变为一个更符合"60后""70后"审美习惯的成长型人物,并或多或少地从读者自我想象的化身变为观众同情或批判的对象。观众可以选择相对从容地站在一个道德正确的旁观者立场上来观看这部作品,这就给了那些相对无法接受甄嬛式价值观以及《后宫·甄嬛传》式人物塑造方式的中、老年观众一个观看《甄嬛传》的位置,扩大了作品的接受度。

"洗白"甄嬛的第二个重要改编在于让甄嬛选择了弘历,而非温实初和眉庄的孩子继位为帝。这一改动,在尊重历史事实的口号之下多少包含着维护男权秩序的意味,相较于原著小说而言是趋于保守的,同样照顾到了更多观众的观剧感受。

可以说,电视剧中的甄嬛是适当调和网络小说中"反白莲花"式人物和主流价值观念下传统女主人公形象之后的产物,但这一尝试的成功却并未指引宫廷剧的转型道路。在价值导向方面,电视剧相比于网络小说处于更加主流的位置。《甄嬛传》之后的宫廷剧女主人公基本上仍旧是《人民日报》所推崇的大长今式的"白莲花",然而两者间无法忽视的不同则在于:在故事结尾,大长今选择了爱情放弃了天下,与闵政浩离开宫廷,而陆贞、卫子夫等人则仍旧站在天下苍生的舞台上发挥自己的价值。这一差异,恰恰体现出了《陆贞传奇》《卫子夫》与《甄嬛传》、古装宫廷电视剧与古代言情网络小说所面临的共同挑战:在一个单纯爱情故事失去吸引力的年代,如何重新构筑一个可信而感人的"女性向"叙事。

事实上,爱情叙事逐渐远离叙述核心,以及爱情至上叙事逻辑的崩解,是与女性主人公形象逐渐背离"白莲花"相伴而生的现象。"白莲花"式女主人公总是爱情神话的女主角,爱情神话的逻辑(如爱与宽容可以弥合一切创伤,爱可以跨越阶级、种族等一切隔膜,爱是无私奉献,爱可以超越时空达到永恒等)弥散在她们的整个生活空间之中。她们通过爱情获得自我认可,获得超越性的意义,获得人生的信念和价值。爱情神话在

"白莲花时代"的古代言情小说中占据绝对核心的地位,这与女主人公所秉承的集体主义价值是相一致的。

在网络小说中,从《步步惊心》等作品开始,故事中的爱情便开始与欲望、与现世权力纠缠不清。因此,爱情也失去了弥合权力创伤的能力——爱情无法阻止四爷登基之后手足相残,也无法让若曦获得内心的安宁。失去了纯洁性的同时,爱情也开始丧失它的魔力。

《后宫·甄嬛传》则让一个怀抱着"愿得一心人,白首不相离"的信念寻找纯洁神圣之爱的甄嬛,遇到了只有权与欲而无情与爱的帝王玄凌。玄凌英俊潇洒,有才华也有智谋,如同以往一切"女性向"小说中让女主人公深爱而不能自拔的男主人公。讽刺的是,这样一个男性却是没有爱的能力的。甄嬛最大的痛苦莫过于一次次渴望着从玄凌那里获得真爱的回应,但得到的却只有帝王恩宠,而没有夫君爱怜。爱情彻底为权力所取代。流潋紫让无一处不符合爱情故事男主角的玄凌将自己的爱交付于已经死去的纯元皇后,然后任凭时间关闭通往过去的大门,与那个爱情至上的时代永别。不难发现,玄凌与纯元之间的爱情模式,恰恰是以往宫廷背景古代言情小说的最经典模式——专情的帝王与无法断绝的真爱。纯元已死,玄凌失去了爱的能力,这不仅仅是一个爱情悲剧,也是爱情本身的悲剧,它像是古代言情小说发展历程中的一个寓言,由此开始,爱情神话跌落王座。对于甄嬛与玄清的爱情,作者也抱有怀疑。甄嬛在唯一一次远离后宫、与玄清同游上京的过程中杀死身中蛇毒的女人,智斗赫赫汗王,这些行为引发了甄嬛与玄清二人间的隔阂。脱离了宫廷世界,两人失去了同病相怜、惺惺相惜的环境基础,情感的危机也随之产生。相比于甄嬛与玄凌的纠葛,这实际上更是对于爱情神话的根本动摇,爱情不再是永恒的和绝对的,也就无法作为超验的价值而给人以救赎的信仰。甄嬛是一个渴望着爱情的女子,却忘记了自己早已不是爱情故事的女主角,她总是怀疑先于投入,不到万不得已不肯依赖旁人,而相互信任、相互依赖、忘我投入恰恰是爱情神话中最动人的许诺。"后白莲花"时代,同时也必然是爱情失落的年代。

而电视剧《甄嬛传》中的爱情,实际上是对于原著小说爱情故事进行简约化的结果,一方面皇帝变成了彻底的"渣皇"①,另一方面甄嬛与允礼(即小说中的玄清)的情感被纯化为理想的完美爱情。玄清与玄凌是异中有同、互为参照的兄弟,而允礼与雍正则是彻底对立的两个形象。不难看出,这种对立,实际上是此前宫廷剧中"宫廷—民间"二元结构的变形,雍正及其主宰的后宫世界承接于等级森严、压抑人性、冷漠无爱的宫廷一极,而允礼则承接于自由、包容、鼓励爱情的"民间"一极。"民间"弱化塌陷为一个为宫廷所侵染、被禁止接近(甄嬛是允礼的皇嫂,与允礼的爱情实际上是禁忌)、早亡的个人,构成了与此前宫廷剧作品的有效对话:在现实之中,没有一片以"民间"为名的自由天地,收容大众文艺作品中理想化的爱情。电视剧《甄嬛传》因而可以称为一部"穿越现实主义"的作品,作品所批判的"封建",实际上是资本与权力密切结合之后,阶层之间壁垒森严的社会症候。

在《甄嬛传》之后,古装宫廷剧丧失了这一批判性的向度,选择以浪漫宏大的政治传奇填补爱情的空缺。而在网络小说的领域,甄嬛所经历的人情冷暖和爱而不得成为此后所有古代言情网络小说中女主人公们共同的伤痛经验,《后宫·甄嬛传》所体现的爱情焦虑在随后的"宅斗""种田文"中得到了更加充分的表达,这些故事中的女主人公不敢再对周围的人付出爱、信任与依赖,她们将甄嬛的理智冷静及"有限善良"推向了极致。

在甘露寺时,甄嬛曾向玄清讲述白娘子的故事,白娘子对许仙全心全意,却仅仅因为自己是妖便要永镇塔底,万劫不复,所以甄嬛说:"我是白娘子,我必定后悔。我情愿从来不要遇见他、不要认识他,老死不相往来。"②这一回答,也就开启了此后相当长时间内古代言情小说女主人公的基本爱情观,她们总是害怕受到伤害,因而不敢相信爱情,对她们而言,

---

① 即"渣男皇帝",参阅炎岩发表的主题帖《个性的碰撞,绝唱与遗憾一步之遥——浅谈雍嬛》,百度贴吧"后宫甄嬛传电视剧吧",http://tieba.baidu.com/p/2211193102? see_lz=1&pn=1,发布日期:2013年3月14日。

② 流潋紫:《后宫·甄嬛传(叁)》第五十章"丁香结",第172页,杭州:浙江文艺出版社,2011年。

动情往往意味着"做傻事"①,而在严苛的环境之中,每一步谋划都可能事关生死,她们错不得,所以爱不得。这一趋势在"宅斗""种田文"中达到顶峰,在这些故事中,爱情是危险而无用的奢侈品,完全不适合那些还挣扎在"宅斗"生死线上的女主人公们。

从言情到"宫斗",是《后宫·甄嬛传》以来古代言情网络小说新的发展趋向,在《后宫·甄嬛传》中,严酷的宫廷斗争超越爱情成为故事最重要的组成部分,女主人公形象也开始反叛爱情神话中的"白莲花",这些变化都标志着古代言情小说开始走出对理想道德和完美爱情的空洞描摹,转而关注当代女性在现实婚姻、职场生活中的真实处境,关注现代性道德焦虑之下重新建构可以信赖的道德体系的可能性。《后宫·甄嬛传》之后,古代言情网络小说延续其脉络而发展,终于走上了彻底的"反白莲花"和"反言情"的道路,进而在《知否?知否?应是绿肥红瘦》中"触底反弹",发现了重建爱情和重构道德的新可能。而我们在此时回顾《后宫·甄嬛传》,便会发现,这些可能性实际上在甄嬛的人生轨迹中已然孕育萌发。

流潋紫创作年表

【流潋紫,原名吴雪岚,1984年生,浙江湖州人。2007年毕业于浙江师范大学行知学院汉语言文学专业,获文学学士学位。任教于杭州江南实验学校。2005年末开始创作短篇小说及散文,陆续在各大杂志发表,并成为榕树下等文学网站专栏写手。2006年8月转战新浪博客从事博客文学创作,同年开始尝试写作长篇网络小说。2013年当选浙江省作家协会第八届主席团委员。2014年1月7日担任浙江省网络作家协会副主席。】

1. 2006年2月5日,在榕树下网站发表短篇小说《乌镇·沉醉水乡》,共4000字。

2. 2006年,在晋江文学城开始连载《后宫·甄嬛传》,后转而在新浪博客连载,共190万字。2007年2月—2009年9月先后由花山文艺出版社出版发行1—3册,广西师范大学出版社出版4—5册,重庆出版社出版6—7册。2011年12月浙江文艺出版社出版《后宫·甄嬛传》(修订典藏

---

① 参见《知否?知否?应是绿肥红瘦》第199回"世间道之世俗夫妻"。

版),收录《后宫·甄嬛传》番外《鹂音声声,不如归去——安陵容番外》《安能展眉如初——眉庄番外》《很爱很爱你——玉娆和小九番外》《夜深沉——皇后番外》《鹊桥仙》。流潋紫还参与了电视剧《甄嬛传》的编剧工作,该剧由郑晓龙导演,流潋紫、王小平编剧,孙俪、陈建斌等主演,于2010年9月18日—2011年1月30日拍摄完成,2011年11月17日在大陆地区首播,2012年3月26日在安徽卫视、东方卫视上星首播,2012年3月20日在台湾地区华视首播,2012年5月16号在新加坡Singtel有线电视台播出,2012年9月17日在香港高清娱乐台首播,2013年6月18日在日本BS富士台播出,此外亦在韩国CHINGTV及一些东南亚国家播出,并被剪辑为6集系列电影(每集90分钟),于2015年3月15日起在美国Netflix网站付费播出。

3. 创作《后宫·甄嬛传》期间,还创作了多篇番外、自述和人物评,包括:

(1)番外:

①《奈何天》,2006年12月24发布于新浪博客,近5000字;

②《玉簪秋》,2007年3月3日—2007年4月18日连载于新浪博客,近50000字;

③《鹊桥仙》,2006年七夕发表于新浪博客,后于2007年9月11日重发,共2000余字;

④此外还有为《后宫·甄嬛传》典藏版特别创作的番外《鹂音声声,不如归去——安陵容番外》《安能展眉如初——眉庄番外》《很爱很爱你——玉娆和小九番外》和《夜深沉——皇后番外》,30000字,与《鹊桥仙》一并收录于《后宫·甄嬛传》(修订典藏版)中。

(2)自述:

①《〈后宫——甄嬛传(七)〉序文——不过是情》,2009年7月8日发布于新浪博客,同时也是第一版《后宫·甄嬛传》(卷七)的序言,近600字;

②《虽是红颜如花——我为什么要写后宫》,2007年3月1日发布于新浪博客,共1000余字。

(3)人物评:

①《隐忍是最深的疯狂——记宜修》,2012年5月1日发布于新浪博

客,共1000余字;

②《安能展眉如初——爱是一件漫长的事》,2012年4月26日发布于新浪博客,共600余字;

③《因为流朱,只有一个》,2012年4月16日发布于新浪博客,共800余字;

④《华妃去,红药殇》,2012年4月15日发布于新浪博客,共800余字;

⑤《嫁人应嫁温太医——闲说温实初》,2012年3月30日发布于新浪博客,共800余字;

⑥《我是清都山水郎——闲说允礼》,2012年3月28日发布于新浪博客,共700余字等。

4.2011年起在《超好看》杂志连载长篇小说《后宫·如懿传》,并同时在磨铁中文网连载,共6册,目前仍在连载中。2012年起由中国华侨出版社出版,目前已出版到第5册,共计133万余字。

《甄嬛传》粉丝评论综述

小说《后宫·甄嬛传》及其电视剧自问世以来便受到了相当大的关注,出现了大量的评论、报道和同人创作。粉丝评论主要集中在晋江文学城、百度贴吧、豆瓣网和"龙的天空"论坛。由于小说《后宫·甄嬛传》在晋江文学城的连载已经下架,当日小说在晋江连载时的大量粉丝评论也就难以复见,所幸还有一些质量较高的同人文和长评以单篇的形式见于晋江文学城①,有200余篇。百度贴吧是小说《后宫·甄嬛传》及其电视剧的粉丝评论和同人创作最为集中的网络平台,其中尤以百度贴吧"后宫甄嬛传吧"②和百度贴吧"后宫甄嬛传电视剧吧"③中的评论最为丰

---

① 参见晋江文学城,http://www.jjwxc.net/search.php? kw=%D5%E7%8B%D6%B4%AB&t=1&submit=%B2%E9%D1%AF&p=1,发布日期:2014年9月14日。

② 百度贴吧"后宫甄嬛传吧",http://tieba.baidu.com/f? kw=%BA%F3%B9%AC%D5%E7%8B%D6%B4%AB,发布日期:2014年9月14日。

③ 百度贴吧"后宫甄嬛传电视剧吧",http://tieba.baidu.com/f? kw=%BA%F3%B9%AC%D5%E7%8B%D6%B4%AB%B5%E7%CA%D3%BE%E7&fr=ala0,发布日期:2014年9月14日。

富,此外,百度贴吧"甄嬛吧"①、百度贴吧"玄清吧"②等《甄嬛传》人物贴吧中也有相当数量的书评、剧评和同人创作。豆瓣网③和"龙的天空"论坛④也有一些《甄嬛传》的粉丝评论,但总体而言在数量和质量上不如晋江文学城和百度贴吧,"龙的天空"论坛关于《甄嬛传》的评论中有一些是从男性读者的视角出发的,是这一部分评论比较有特色的地方。

关于《后宫·甄嬛传》的粉丝评论主要集中在以下几个问题:

第一,对《后宫·甄嬛传》进行人物品评。大多数人物品评是对于《后宫·甄嬛传》中人物命运的感慨,但也有一些评论在人物设置、人物性格等方面做出了令人信服的分析,如《清凌》将玄清与玄凌进行对比分析:

> (玄凌和玄清)同是情痴,不愿将真心付与他人。清可以随兴而诗意,凌缺(原文如此,应为"却"之误)徒多了无奈和身不由己,哪怕同样落得一死,一个赚足眼泪,一个却大快人心。⑤

又如《我看允礼:理想主义者之殇(兼谈礼嬛)》中以"理想主义"和"现实主义"来划分允礼和甄嬛:

> 允礼是个"理想主义者",嬛儿是个"现实主义者"。所以允礼给予嬛儿的是"仙境"之爱,嬛儿赠予允礼的是"尘世"之爱。⑥

---

① 百度贴吧"甄嬛吧",http://tieba.baidu.com/f?kw=%D5%E7%8B%D6,发布日期:2014年9月14日。

② 百度贴吧"玄清吧",http://tieba.baidu.com/f?kw=%D0%FE%C7%E5,发布日期:2014年9月14日。

③ 豆瓣网评论参见《后宫·甄嬛传》小说及电视剧讨论区:http://movie.douban.com/subject/4922787/,引用日期:2014年9月14日;http://book.douban.com/subject/2004407/,引用日期:2014年9月14日。

④ "龙的天空"论坛评论参见 http://lkong.cn/search/甄嬛传/hot,引用日期:2014年9月14日。

⑤ [已注销]:《清凌》,豆瓣网,http://book.douban.com/review/2448136/,发布日期:2009年10月5日。本篇评论体现了对于玄凌这一人物的一种创造性解读方式。

⑥ 五月橙苑:《【甄嬛传·礼嬛】我看允礼:理想主义者之殇(兼谈礼嬛)》,百度贴吧"后宫甄嬛传电视剧吧",http://tieba.baidu.com/p/1865670841?see_lz=1&pn=1,发布日期:2012年9月16日。

还有一类人物品评借鉴了"红楼十二钗"的体例。如望穿黑夜的评论《十二钗头谏》便虚构了元妃夜读《甄嬛传》误入太虚幻境的情景,为《甄嬛传》诸女子创作判词12首;夹竹桃不悲伤亦在评论帖《甄嬛十二钗》①中以正册、副册、又副册的形式对25位②《后宫·甄嬛传》中的女子进行品评,并作判词,其中如正册第二钗甄嬛的判词"无端蝴蝶春风满,只今唯看灯花坠",正册第八钗曹琴默的判词"机关聪明尽,琴音空断弦",副册第十二钗孟静娴的判词"芳心痴,殿前凝笑空相欢"等句,皆点出了人物各自比较重要的特征,且包含着哀怜悲悯的情怀,与《后宫·甄嬛传》本身的风格和意境非常吻合,算是这一类评论中的佳作。

第二,感叹和重现《后宫·甄嬛传》中的悲剧爱情。如同人漫画《甄嬛传·叙花列》③,每一篇以一种花名为题,对应《后宫·甄嬛传》中的一个女子,放大《后宫·甄嬛传》中的情感主题,撇去权谋算计不谈,以唯美哀伤的风格展现这些女子各自的爱情悲剧,自连载以来颇受好评,是《后宫·甄嬛传》同人作品中很有代表性的一个。除《叙花列》以外,这种以爱情为主线的创作方式为大多数《后宫·甄嬛传》的同人古风广播剧、同人古风歌曲所采用,这些作品大抵篇幅较短,注重抒情性,比较适合表现线索相对简单而又唯美动人的情感主题,如同人音乐剧《西风独自凉》④、同人歌曲《守望》⑤等都是其中质量较高的作品,歌词典雅唯美:

---

① 夹竹桃不悲伤:《甄嬛十二钗》,百度贴吧"后宫甄嬛传电视剧吧",http://tieba.baidu.com/p/2034065997,发布日期:2012年12月8日。

② 25位:正册12位,副册11位,又副册截至2015年12月31日只更新到第一钗流朱,故共25人。

③ 《甄嬛传·叙花列》,夏天岛工作室制作,魏莹执笔,根据《后宫·甄嬛传》改编,2012年5月起在《漫客·绘意》杂志连载。

④ 《西风独自凉》,原著:《后宫甄嬛传》/流潋紫(已授权);策划:锦墨、准风月谈;改编:锦墨、准风月谈;后期:蹄蹄月【狼窝工作室】;指导:流潋紫;监督:心悦至尚;美工:嫣然雪菲、冥火幽;配音演员:万妖(饰甄嬛),橙大晨【XP工作室】(饰玄清)。土豆网,http://www.tudou.com/programs/view/EKKPrjINj0w/,发布日期:2011年11月10日。

⑤ 《守望》,作词:小鱼萝莉;作曲:只有影子;演唱:贰婶、只有影子;编曲:邓大片;混音:杜凌云。收录于鸾凤鸣原创音乐团队专辑《五时景》(2014)中。5sing中国原创音乐基地收听地址:http://5sing.kugou.com/yc/2578640.html,发布日期:2014年7月16日。

一端并刀如水隔断的高墙/一端是无尽的守望/最是留不住/人间合欢皆辞树

第三,从《后宫·甄嬛传》中总结职场、婚姻经验。《〈甄嬛传〉感情启示录》①、《甄嬛传——职场的生存哲学》②等是其中比较有代表性的作品。这些评论虽讨论《甄嬛传》中的人事,但实际上关切的却是现实生活婚姻、家庭、职场中的女性经验,如《〈甄嬛传〉感情启示录》第一篇《个性的碰撞,绝唱与遗憾一步之遥——浅谈雍嬛》以"渣皇"这一主题重新梳理了雍正(小说中为玄凌)的性格与言行,在这位评论者的眼中,雍正"霸气多疑,控制欲强""一直在寻找着她(指纯元)的替代品""刚愎自用",俨然便是现实中受到女性批判的"渣男"的代表人物。这位评论者选择以"渣皇"雍正和甄嬛的爱情来解析现实爱情、婚姻法则,却对允礼(玄清)与甄嬛缺乏现实基础的理想爱情"并无什么评价",体现出了很强的现实针对性。阅读《后宫·甄嬛传》,成为这一类评论者整理、总结、分享自身现实经验的机会,她们阅读的不仅仅是甄嬛的命运,也是各自的人生。

第四,评析《后宫·甄嬛传》的创作得失。这一部分评论涉及《后宫·甄嬛传》的第一人称叙事问题、女主人公塑造问题、价值观问题、快感机制问题等诸多方面,往往结合网络文学自身的传统与特征进行分析,产生了一些比较新颖的见解。如《对宫斗文女主塑造问题及本书相关话题的一些看法》③一文,以《后宫·甄嬛传》为例,深入探讨了宫斗文女主

---

① 《〈甄嬛传〉感情启示录》,作者炎岩,共分为三篇,分别是:《个性的碰撞,绝唱与遗憾一步之遥——浅谈雍嬛》,百度贴吧"后宫甄嬛传电视剧吧",http://tieba.baidu.com/p/2211193102? see_lz＝1&pn＝1,发布日期:2013年3月14日;《浅析浣碧之恋:一个傻姑娘的痴情》,百度贴吧"后宫甄嬛传电视剧吧",http://tieba.baidu.com/p/2184802920? see_lz＝1&pn＝1,发布日期:2013年2月27日;《懂你价值的人才真正适合你——浅谈眉初》,百度贴吧"后宫甄嬛传电视剧吧",http://tieba.baidu.com/p/2429228942,发布日期:2013年7月1日。

② 缘嬛Vanessa:《甄嬛传——职场的生存哲学》,新浪博客,http://blog.sina.com.cn/s/blog_6a9b159b01016otd.html,发布日期:2012年9月21日。

③ Betsy20125:《对宫斗文女主塑造问题及本书相关话题的一些看法》,百度贴吧"后宫甄嬛传吧",http://tieba.baidu.com/p/3135584543,发布日期:2014年6月29日。

人公的类型化特征、甄嬛这一人物对于这种类型化特征的因袭与变革,对于"圣母"类形象作为女主人公的宫斗文中女主人公承担的文本功能过于繁重,以及女配角形象过于片面机械等弊病做出了透辟的分析,是一篇颇有理论价值的评论文章。《甄嬛有多玛丽苏——论参照系,基础标准及其他》一文则广泛征引论文材料,梳理了"玛丽苏"这一概念的渊源和范畴,并企图运用"模糊数学、语义网络、数据库编程"等科学方法给出一套测试人物"玛丽苏"程度的科学方法,继而又以这一套方法对《后宫·甄嬛传》中的人物关系、小说与电视剧之间的异同作出了独特的解析,比如以数据为依据指出:

> (相比于小说)剧中男人普遍被弱智化了……但是可以看出,显然相对于书,剧的玛丽苏程度轻了很多,战斗力一栏基本没有大变,而魅力和智商都下降的很厉害——更接近于正常人,于角色塑造来说,未必是件坏事。①

这种解析文本的思路在网络文学粉丝评论中非常少见,完全依赖于数据的评论或许并不真的精确客观,但这些数据却也真实地为理解《甄嬛传》带来了一重新的视角。此外,《谁说女作者写不来升级文,〈后宫·甄嬛传〉碉堡了》②、《对宫斗文女主塑造问题及本书相关话题的一些看法》③两篇评论依据"男性向"升级文的创作传统分析了《后宫·甄嬛传》的快

---

① Betsy20125:《对宫斗文女主塑造问题及本书相关话题的一些看法》,百度贴吧"后宫甄嬛传吧",http://tieba.baidu.com/p/3135584543,发布日期:2014 年 6 月 29 日。使用的数据是通过评论中阐述的程序计算得出,具体数据如下:书:玄清:魅力 0.73,智商 0.29,战斗力 0.57;甄嬛:魅力 0.82,智商 0.64,战斗力 0.98;玄凌:魅力 0.63,智商 0.15,战斗力 0.44;宜修:魅力 0.11,智商 0.57,战斗力 0.76;眉庄:魅力 0.34,智商 0.36,战斗力 0.61;陵容:魅力 0.23,智商 0.58,战斗力 0.35。剧:秃子(指雍正):魅力 0.10,智商 0.29,战斗力 0.58;甄嬛:魅力 0.66,智商 0.65,战斗力 0.94;允礼:魅力 0.62,智商 0.25,战斗力 0.63;宜修:魅力 0.11,智商 0.79,战斗力 0.82。

② 宵一君:《谁说女作者写不来升级文,〈后宫·甄嬛传〉碉堡了》,"龙的天空"论坛,http://lkong.cn/search/甄嬛传/hot,发布日期:2012 年 1 月 2 日。

③ Betsy20125:《对宫斗文女主塑造问题及本书相关话题的一些看法》,百度贴吧"后宫甄嬛传吧",http://tieba.baidu.com/p/3135584543,发布日期:2014 年 6 月 29 日。

感机制,《阴影下的"想象后宫"》①、《本书和道德、三观及女权那些不得不说的故事》②以批判的眼光解析了《后宫·甄嬛传》所体现的价值观念等,也都是比较有价值的评论。

　　《后宫·甄嬛传》粉丝评论的多样性,一方面源自评论角度的多元,另一方面也源自读者对于小说的创造性理解,很多读者在《后宫·甄嬛传》原文的基础上融入大量主观想象进行二次创作,产生了极具网络小说批评特色的评论和同人作品。如同人小说《给眉姐姐的一封信》③的作者醉里风烟,便从《后宫·甄嬛传》中解读出了甄嬛与沈眉庄之间至死不渝的爱恋,这样的同性之爱,或许本非流潋紫创作《后宫·甄嬛传》的题中之义,但却受到相当数量读者的接受和喜爱。《给眉姐姐的一封信》以书信体的形式,书写了甄嬛对已经死去的沈眉庄的回忆和怀念,书写了她们之间纯粹的、永恒的爱情。醉里风烟沿用了《后宫·甄嬛传》中严酷的后宫环境作为背景,延续了甄嬛与沈眉庄二人的基本性格和生命历程,但却创造了一段实际上并不存在于原著小说中的唯美爱情。名为vianll的读者对于浣碧的评论很能代表这一类粉丝的心声:

　　　　浣碧的思想在原书里被简单化,大半是作为甄嬛的陪衬用的,原书太贬低她了……④

对于这位评论者而言,浣碧已经具有了独立的人格,脱离了作者的控制,评论者心中的浣碧要比书中所写的丰富得多、优秀得多。

　　无论是vivianll所说的浣碧,还是《给眉姐姐的一封信》中的甄嬛和沈眉庄,乃至于安陵容、皇后、华妃……对于读者而言都已经成为一个个

---

① 意如何:《阴影下的"想象后宫"》,豆瓣网,http://book.douban.com/review/5377216/,发布日期:2012年4月6日。
② Betsy20125:《本书和道德、三观及女权那些不得不说的故事》,百度贴吧"后宫甄嬛传吧",http://tieba.baidu.com/p/2795540709,发布日期:2014年1月3日。
③ 醉里风烟:《给眉姐姐的一封信(嬛眉向注意,迟到的七夕文)》,百度贴吧"后宫甄嬛传电视剧吧",http://tieba.baidu.com/p/1814725681,发布日期:2012年8月24日。
④ vivianll在百度贴吧"后宫甄嬛传吧"主题帖《浣碧小传》下的回复,http://tieba.baidu.com/p/2678443148?see_lz=1&pn=3,发布日期:2013年12月26日。

独立、完整的人物,而不仅仅是桎梏于文字间的文学形象,大量的评论与同人创作赋予了这些人物更立体的形象、更复杂的情感,以及更丰富的可能性——可以说,读者的二次创造与原著小说一起,共同构成了《后宫·甄嬛传》的想象世界。而这种独特的阅读、评论模式,则体现了网络文学所具有的民主化与共创性的独特魅力。

(本章撰写:王玉玊)

第十章　都市言情：爱情已朽，如何重建神话？
——以辛夷坞《致我们终将腐朽的青春》为例

2013年的春天，仿佛从电影版《致我们终将逝去的青春》①热映开始，辛夷坞的原著小说再次成为人们关注的焦点——尽管，它从未离开过人们的视野。作为网络文学都市言情类型的代表作品，《致我们终将腐朽的青春》(后文简称《致青春》)②于2007年首次在晋江文学城连载就获得了极高关注，3815万积分③在同时期作品中堪称佼佼者。随后出版的纸质图书，在过去七年间多次再版，总印数达300万册。电影上映当年，纸版图书再次冲入2013年亚马逊年度图书榜，并获得小说榜第2名

---

① 电影《致我们终将逝去的青春》，改编自辛夷坞同名小说，赵薇导演，李樯编剧，赵又廷、杨子珊、韩庚、江疏影主演，华视影视传媒有限公司出品，2013年4月26日在中国内地上映。

② 《致我们终将腐朽的青春》2007年4月4日起在晋江文学城(http://www.jjwxc.net/)连载，2007年8月由朝华出版社出版时改名为《致我们终将逝去的青春》，后经江苏文艺出版社、百花洲文艺出版社等多次再版。本章所引小说原文采用百花洲文艺出版社2013年5月版，只注页码，不再另作说明。

③ 因涉及版权问题，原连载地址已于2009年被晋江文学城编辑锁定屏蔽，仅能获取字数、积分、连载时间等基本信息。晋江积分计算公式:全文点击数/章节数×Ln(全文字数)×平均打分+∑(Ln(书评字数)×书评打分)+精华书评特别加分(其中ln只是一个大概的参数，实质的公式里，log的底数是一个经过反复调节的数，所以，该公式只能大致指明各项因素的比重，无法进行严格代入计算)。但本作品38148392分的积分，相较于同网站、同时期、同题材的顾漫《何以笙箫默》的28498580分(截至2015年12月31日)，匪我思存《佳期如梦》50717640分(截至2015年12月31日)，考虑到是截至2009年锁定前的数字，还是相当高的。

的佳绩。① 电影、纸书的火爆,仿佛使原著小说在网络空间累积已久的影响力,终于找到了一种迸发的形式。特别是由《致青春》开启的电影界青春怀旧潮,让《何以笙箫默》《左耳》等一批电影接连而上,随着一波波原著小说粉丝涌入影院,似乎打开了一扇扇网络空间的密门。在互联网三年一代的更替中,这一代代人如何叙述青春、感受爱情?他们的青春,和祖辈父辈《青春之歌》《阳光灿烂的日子》有何不同?他们的爱情,与琼瑶、亦舒的风花雪月又有何差异?

一、告别革命,推开琼瑶

正如詹姆逊那句经典的论断,"第三世界的文本,甚至是那些好像是关于个人和力比多趋力的文本,总是以民族寓言的形式来投射一种政治:关于个人命运的故事包含着第三世界的大众文化和社会受到冲击的寓言"②,言情小说在个人情欲的私密化讲述中,折射的却是民族国家的价值取向与时代精神的个人投影。特别是在社会潜移默化中经历变革的时代,曾经奉为圭臬的信条正逐步坍塌,而作为替代的准则却尚未建立,个人对于国族和理想的宏大书写无处安放,对于自我命运的担忧和主体认同的焦虑,促使作者笔下的世界内向坍缩为情感的刻画,通过一己情欲的压抑或放纵,映射出大时代中小人物的得失取舍。因而在言情小说的场域中,私密空间与公共话题并行不悖,个人主题和时代气质相辅相成,在爱恨痴嗔中彰显出的欲望与匮乏,既属于作者与读者,又属于整个时代。

而辛夷坞出道、写作其第二部作品《致青春》的2006—2007年,正是网络文学言情作品繁荣的时期。广为人知的匪我思存、桐华、金子、藤萍、寐语者等言情作家,都在这一时期出道并推出了自己的代表作品。一时间还出

---

① 2013年亚马逊年度图书榜,http://www.amazon.cn/gp/feature.html/ref=amb_link_44610672_17?ie=UTF8&docId=833588&pf_rd_m=A1AJ19PSB66TGU&pf_rd_s=foil-left&pf_rd_r=0YK1AGD7SS4KN9ZCXVKJ&pf_rd_t=1401&pf_rd_p=108658292&pf_rd_i=816848。

② 弗雷德里克·詹姆逊:《处于跨国资本主义时代中的第三世界文学》,收入张京媛主编:《新历史主义与文学批评》,第235页,北京:北京大学出版社,1993年。

现了网络言情"四小天后、六小公主、八小玲珑、三十二小当家"①等座次排列,虽然具体名单莫衷一是,但是其兴盛之状可见一斑。但也恰是这种繁荣兴盛,透露出一个信号:曾经的爱情模式已经不再被人们顺畅无碍地接受,新一代言情作家的崛起背后,是老一代甚至几代言情作家的退位。

这种传统言情的脉络是纷繁复杂的。左翼文艺"革命+恋爱"的套路,让爱情书写中的政治寓言,从潜在动力变为刻意赋予的意义,无论是建国后"十七年"至"文革"时期的政治动员式文学创作,还是"新时期"的反政治化文学创作,都没有逃开这个圈子。"爱情"作为"新时期"文学的重要主题,一方面是人性自由、解放的表征,另一方面也将过去几十年中国现代化进程中的困顿挫折,讲述成了一个追求完美爱人而不可得,屡屡被恶人阻挠、分离的故事。这种分离的延宕,促使作为现代化象征的"爱人"在想象中越来越丰满完美,也带来了一旦接近、发现瑕疵之后的慌张失措。琼瑶作品在 1980 年代进入中国大陆,成为风靡一时的大众文化现象,正是改革开放之后、现代化初期人们弥合裂隙的一种方式。琼瑶作品中的主人公尽管美好,却已暗含瑕疵:他们或已有妻妾恋人,或个性患得患失。爱情书写的焦点,从"人"转移到了"关系",转移到了爱情的过程,"只在乎曾经拥有,不在乎天长地久"。及至亦舒和张爱玲被文艺青年再度发掘,世俗社会中爱情关系的炽热纯美也受到了挑战和质疑:爱情何来无私无畏?不过是冷淡苍凉,不过是等价交换。至此,原有的爱情模式已经遭遇全面溃败,但启蒙时代以来依靠爱情神话确立自身主体性的现代人,却又很难坦然接受爱情破灭的现实,废墟之上缅怀爱情、寻找

---

① 这种说法源于网友评选,具体名次意见不一,但名单大体涵盖了当今网络知名言情作家。此处提供一份名单供参考:

四小天后:藤萍、桐华、匪我思存、寐语者;

六小公主:辛夷坞、顾漫、缪娟、金子、李歆、如姜;

八小玲珑:沧月、木然千山、明晓溪、米兰 lady、妖舟、唐七公子、媚媚猫、爱爬树的鱼;

三十二小当家:桩桩、念一、虫鸣、李李翔、倾冷月、叶迷、明前雨后、蓝莲花、人海中、谈天音、皎皎、陆观澜、安宁、雪影霜魂、萧楼、十四阙、自由行走、蓝紫青灰、晚歌清雅、三十、东篱菊隐、四叶铃兰、吴小雾、悄然无声、十四郎、十四夜、梅子黄时雨、晴空蓝兮、潇湘冬儿、电线、vivibear、暗夜流光。

爱情,成为当下人们的核心焦虑。

网络文学言情作家无疑就生活在这种语境之中。具体到都市言情来说,选择以当下为背景,也就是选择了直面现代化带来的困惑和都市人内在的焦虑,这里既没有穿越古今的机关,也没有天赋异禀的外挂,如果男女主人公形象太过完美,甚至还会遭到读者的调侃讽刺,因而为这些困惑和焦虑提供想象性解决的回旋余地,较之其他类型更为有限。对传统爱情模式再度梳理、思索,继而从废墟中寻找重塑爱情的方法,又是它们必须要解决的问题。

以辛夷坞的《致青春》为例,作为都市言情和大众文化的代表,它所建构的对青春与爱情的怀旧式书写,显示了怎样的社会症候?它又怎样从时间的距离中获得思考和回旋的余裕,从而清理遗迹、重述爱情,最终与现实的焦虑达成和解?通过对辛夷坞《致青春》的分析和这些问题的探索,我们意欲揭示的就是在爱人已逝、爱情将朽的背景下,现代都市人呈现的欲望与焦虑,时代变迁中人们的迷惘与应对。

二、"易朽的青春"与"不完美的男主"

从青葱无忧的学生时代,写到步入职场、进入社会,是辛夷坞一系列作品的最大特色,也是《致青春》获得高度接受的原因之一。作品在晋江连载时原题《致我们终将腐朽的青春》,出版时因政策要求避免"腐朽"等负面词汇,更名为《致我们终将逝去的青春》,而不论是"腐朽"还是"逝去",都牢牢地被"终将"二字控制。甫一开篇,青春的沙漏就已经开始了倒计时,如同身处一条背后不断塌陷的道路,主人公只有不停奔跑,才能暂时避免坠落深渊。而虽然不断奔跑,或主动奋斗或被动逃避,"终将"二字却又宛如最终的审判,让所有人都身陷无法回避的宿命之中。文本内含的线性时间之下,每个人都必须要走,却又无路可走。

从所有精力被兑换成考分的中学生,到"一切不以结婚为目的的恋爱都是耍流氓"的社会人,两个坐标之间,是被悬置了的大学四年。这个时空是一个乌托邦式的异度空间,它可以盛放青春、爱情,然而时间一到,一切都终将腐朽、逝去。

我们如此急迫地要去处理"爱情",焦虑的背后,是今日的语境下,"爱情"已经不能在"婚姻"中获得不朽,甚至原本缺一不可的两者,已经渐行渐远。"爱情"在启蒙话语中作为确立自我主体的标志,与个体意志息息相关。"婚姻"则关联着家庭,是整个社会、集体的基础。从爱情到婚姻,是个人与集体进行对接的一种方式。以爱情为信仰的1980年代,坚持"没有爱情的婚姻是不道德的",实则是相信个体与集体能够达到有效的互动、平衡,秩序仍旧存在协商与改变的可能。但是1980年代末期启蒙理想的坍塌,则让这种信任彻底崩盘。

将"爱情"与"婚姻"一分为二,不再奢求带有爱情的婚姻,个体已然丧失了任何协商的幻想,举起双手走向婚姻,服从秩序安然生活。但在此之前,那份仍然属于个体的"爱情",又该如何面对?

相较于其他都市言情作品或是以校园作为背景,描摹人们心目中至纯至美、毫无杂质的理想爱情,以填补缺失的匮乏,或是以初入职场作为开端,写下对于残酷社会、丛林法则的认知,以彻底的冷面冷心应对各取所需的结合,《致青春》则将两者相互拼接,并把接口处的断裂作为文本最核心的呈现内容。于是,前半部的校园之中,便出现了内在的紧张感,四年象牙塔生活无忧无虑,但四年后的毕业,宛如悬在每个人头上的达摩克利斯之剑,在宝剑坠落之前,是要尽情尽兴地享受青春,还是从此刻开始武装到牙齿?

郑微无忧无虑,也敢爱敢恨,在她眼中,青春应该被挥霍,而且只能被挥霍——因为除了此时此刻的青春,其他的苍老和枯萎,都是不可想象更无法享受的,于是美好与尽兴的疯狂,理应在此刻就开始:

> 青春是有限的,这没错,但她就更不能在犹豫和观望中度过,因为她不知道若干年之后的自己是否还能像现在一样青春可人,是否还有现在这样不顾一切的勇气,那为什么不就趁现在,趁她该拥有的都还拥有的时候,竭尽所能地去爱?(第98页)

而陈孝正则恰恰相反,人生之于他,是一栋精确无比的大厦,青春则要开始画蓝图、打地基的步骤,为此后高耸入云的人生做好准备。陈孝正十足理性,他的人生是不存在"此时此刻"的,所有的当下都是明天的前

奏,是向明天赊借而来:

> 陈孝正看了她很久,最后叹了口气,"大概是我太小题大做了,不过郑微,我跟你不一样,我的人生是一栋只能建造一次的楼房,我必须让它精确无比,不能有一厘米差池——所以,我太紧张,害怕行差步错。"(第92页)

郑微和陈孝正看似是两个完全对立的个体,实则是绝大多数当下人的一体两面。文本中对于青春终将消逝的焦虑,是1990年代以来飞速发展的时代带给人们的心理压力的反映。渴望奋斗的冲动仍旧强烈,但却找不到奋斗的方向和对象,这就带来了空间上的无目标。人们残留着陈孝正的野心和冲动,想在明天盖起高楼大厦,但又面临着郑微的混沌与迷茫,明天在哪儿?最后是我盖起了高楼,还是高楼征用了我?

特别是对于都市言情的主要读写者——女性而言,这种时代的压力在性别领域更加明显。现代社会为女性提供了更为广阔的平台,让她们看到、学到、做到了先辈们从未到达的高度,然而传统观念依旧盛行,要求女性最终以男人为重心,以家庭为归宿,在有限的时间选择什么样的男人,很大程度上决定了女性此后选择什么样的人生。一方面时间越来越迫切,另一方面选择的对象、标准、方法都不断坍塌,在都市言情作品中,这种选择的焦虑被不断以"不完美的男主角"呈现。

不同于高大全的英雄人物,或者英俊潇洒、专一多金的传统言情男主,网络文学都市言情小说中的主人公们常常是"软弱的凡人"。《致青春》里的陈孝正自卑敏感,他出身贫寒而背负家人希冀,万分努力却又不相信只凭自我努力就能获得成功,因而他攀附强者,又憎恨作为攀附者的自己。林静则充满对于生活的妥协,他曾因父亲与郑微母亲的婚外情而不断逃避,在国外有过荒唐的时光,也未拒绝施洁的温存与"好意"。赵世永像个永远不会长大的孩子,他不断索取阮莞的温暖,一旦轮到他需要牺牲,就会立刻变得张皇小心,躲回父母的羽翼之下。张天然倒是有自知之明,默默奉献"甘为配角的爱",但缺乏勇气的暗恋最后只不过感动了自己。就连吴医生——这个《致青春》里的配角、《我在回忆里等你》中的主角,对心爱的人也是只肯叶公好龙,不愿雪中送炭,而一个生性凉薄的人,又怎么能对本无感情基础的阮莞承担一个丈夫的职责?

当代大众文化中的爱情,成为时代焦虑的集中投射,这里已经不再能安放对于个体价值、家国命运的探索与想象,相反,在历史板结的天花板下,人们在爱情中面临着更为尖锐的拷问:当青春从不朽变成易朽,爱人从完美偶像变成软弱凡人,我们应该怎样重新赋予爱情以意义?怎样为最终走向庸常的婚姻与生活创造前史?

三、渴望绝境,挥霍青春

世间无良配,你我皆凡人,最重要的不是无可挑剔的人,而是恣意妄为的时间。那么,郑微对陈孝正的疯狂之恋也就有了理由:青春就像一生一次的舞会,为了邀请到那位男伴一同入场,放下自尊又有何妨,奉献童贞又有何妨?"再不相爱就老了",更何况,对于郑微来讲,青春不再、勇气渐失的未来,就算她仍然留着自尊与童贞,又有什么是值得交换的呢?即便有所收获,她又能像今天这般酣畅淋漓地享受吗?多少姑娘从妙龄等到大龄,最后却不得不承认郑微的明智,"对于我这个年纪的小龙女来说,谁当杨过已经不重要,重要的是谁当尹志平"①。

在这一场献出一切去追寻的青春爱情里,与其说郑微赌输了、不值得,不如说她从来就没有想过要赢。进一步说,在潜意识中,她是渴望去输的。否则,她为何不选择从性格、感情到外貌、家庭都更匹配的许开阳,而是选择了孤僻敏感、拒人千里的陈孝正?

渴望绝境,是当代年轻人的内心折射。在物质充裕的环境、树立理想的教育之中长大的当代青年,成年之后渐渐发现,社会已经逐步走向板结。他们有高等教育、健全福利,固然距离金字塔底层相去甚远,但仰望

---

① 大脸撑在小胸上:《武侠,从牛 A 到牛 C》,天涯社区天涯杂谈版块,http://bbs.tianya.cn/post-free-1246825-1.shtml,发布日期:2008 年 5 月 17 日。该帖用现代眼光探讨金庸武侠,以此句一炮而红,至 2015 年 12 月 31 日共获得 248 万余点击,4 万余回复,并由重庆出版社于 2009 年 12 月出版。在金庸小说中,杨过是小龙女的心上人,而尹志平则趁人之危奸污了小龙女。

顶层同样遥不可及;物质生活完全宽裕,但精神世界却严重匮乏。他们是餍足的平庸者,但在理想主义榜样和启蒙主义语境下成长的他们又不甘于这种平庸:既然前方没有高山,那我宁愿坠入巨坑——如果从巨坑中爬起,也算另一种成功。

郑微对陈孝正莫名的爱恋,始于陈孝正为了抢救模型,把她"像扔垃圾一样推了出去"(第36页),这对于从小养尊处优的玉面小飞龙来说,简直是奇耻大辱。但正是这场"要求道歉"的拉锯战,让郑微兴致盎然,这种"虚假的正义"激活了她生活的意义,最终让她在这种受挫受虐的快感中移情于陈孝正。郑微与陈孝正的地位是不平等的,她毫无保留地将物质、精神与身体全部奉献,陈孝正享受着这种奉献,郑微同样享受着这种奉献。她献出一切、一无所有,因而天然正义,站在了道德的制高点上,成为爱情中伟大的牺牲者。在这种不对等的、注定失败的恋爱中,郑微以丢出自己所有的筹码,为自己的青春与爱情赋予了意义。

和郑微分享了同样逻辑的还有阮莞,同样是青春美貌,还更加聪慧可人,但依旧陷入和软弱小男友的纠缠中不能自拔。直到另嫁他人,怀有身孕,面对赵世永再见一面的请求,阮莞还是不能拒绝,她为之流泪,"以为自己已经忘了他,可在接到他电话的时候,我才忽然又觉得自己的血是热的,才觉得我的心还会跳"(第236页)。无论郑微还是阮莞,她们本质上是难以忍受平凡的,然而面临的又是一个任何理想都无处安放的现实,于是爱情的幻境成为她们寻找主体价值与人生意义的最后一片土壤。幸福让人感到虚幻,痛苦才让人感到真实,她们内在呼唤着被抛弃,这从她们选定恋人的那一刻起就彰显无遗。

> 正如故乡是用来怀念的,青春就是用来追忆的,当你怀揣着它时,它一文不值,只有将它耗尽后,再回过头看,一切才有了意义——爱过我们的人和伤害过我们的人,都是我们青春存在的意义。(第264页)

郑微式敢爱敢恨的青春,实则是在精神领域中,不断追问个体的价值,在直面荒芜之后,为自己创造绝境、重写意义。当爱情已经不能再走向崇高,那么就让它去拯救陷落,甚至制造陷落。在陷落的绝境中,孤身坠落的痛苦、艰难爬起的顽强,终于让个体的存在再次被强烈地感知,终将逝去的青春也因此获得了意义。

四、橡树已去,木棉如何依旧?

尽管"自造绝境"使爱情一时灿烂,烟花过后,对于曾经遭遇爱情创伤、现今身处名利场中的郑微来说,重新回归心如赤子之爱,无疑是天方夜谭。郑微面对的,是一个不可爱的人——林静不辞而别,七年杳无音讯,若干前情往事只能选择性忽略,除此之外,还有一段不可靠的情——成年人之间你情我愿,各取所需,不问过去,也不谈未来。郑微面临的,是现代人在爱情上的普遍困境。

"文革"结束后"新时期"的中国社会,对内急切需要清理此前三十年的中国文化,建立评定"文革"的叙述模式,对外则大量引进西方文化,以再启蒙的方式,通过建构个人自由、国家民主的想象,为进入现代化铺路。爱情模式的建立,则是这两条路径的交合点。1979年曾引发全国大讨论的张洁的小说《爱,是不能忘记的》[1],引用恩格斯"没有爱情的婚姻是不道德的"之论,通过女作家和老干部跨越岁月的精神相知,一面否定了革命组织家庭的婚姻模式,对建国以来集体话语压倒个人话语加以反拨,一面以"爱情断念"[2]的方式将"文革"悲剧整合到道德范畴之中。爱情断念区别于爱情悲剧,爱情没能获得延续或展开,甚至未能发展出这段爱情,那个完美无瑕的爱人无奈离去的背影,作为有效而空洞的能指,承载

---

[1] 《爱,是不能忘记的》,张洁所著中篇小说,发表于《北京文艺》(后更名为《北京文学》)1979年11月号。作品讲述了女作家和老干部的精神之恋,哪怕在老干部和女工人结成革命家庭之后,女作家仍然默默惦念,不能忘记。发表后随即引发社会广泛讨论,黄秋耘的《关于张洁作品断想》(发表于《文艺报》1980年第1期)、谢冕、陈素琰的《在新的生活中思考》(发表于《北京文艺》1980年第2期)对作品中自由无拘的人性、真挚纯洁的爱情加以肯定,而李希凡的《"倘若真的有这样的天国"》(发表于《文艺报》1980年第5期)和肖林的《试谈〈爱,是不能忘记的〉格调问题》(发表于《光明日报》1980年5月14日)两文则因作品中的婚外恋、知识分子对革命家庭的挑战、小资产阶级倾向而加以否定。将作品定位为探索社会与人性,肯定直面人内心情感的创作,成为评论和此后创作的主流。

[2] "爱情断念"的概念,参考了戴锦华2014年9月在北京大学"中国电影文化史"课上对于"新时期"中国电影和"第五代"导演的论断。

了人们在"文革"中经历的伤痛,与此同时,"新时期"对自身的表述也就带有了重新表达爱情、追回爱人的意义。舒婷的《致橡树》作为一代人的爱情宣言,赞美橡树正直伟岸的形象,也愿化为木棉不断奋斗、与之并肩,"根,紧握在地下/叶,相触在云里"①——在爱情对象身上,人们寄托了过去已经错失但未来必须追寻的一切真善美,追随爱人,也就成为个人解放、追求理想的同义词。

但随着市场经济大潮席卷中国,本质化了的现代性以更加生动具体的面貌走进人们的生活,才令人发现它并非想象中的完美无瑕。理想爱人形象随之瓦解,建立在启蒙理想之上的爱情神话却不能轻易坍塌,此时引入大陆的琼瑶小说,正是在这种意义上拯救了人们的爱情想象。男主人公虽然依旧英俊潇洒,但多多少少有些无伤大雅的弱点:永琪的皇子身份,意味着小燕子要冒欺君之罪公开身份,还要永居并不适宜的后宫(《还珠格格》);书桓与如萍纠缠不清,内心也隐藏着对依萍感情的怀疑(《烟雨濛濛》);同样徘徊在两姐妹间的楚濂,优柔寡断,酿成悲剧,费云帆则是有过两段短暂婚姻的情场浪子(《一帘幽梦》)……但琼瑶小说中,对爱情本身的执着追求,掩盖了主人公身上不完美的缺点,引导人们将对"爱人"的期待与幻灭,转移到对"爱情"的追慕征服之上,从而重建起爱情的幻象:只要勇敢、真诚地追求爱情,爱人身上的缺点是可以克服的,更何况,爱情本身即是值得体验和享受的。

然而一旦"爱人"的完美形象不再,"爱情"本身也就成为空洞的能指,抽象的体验和享受不得不在现实语境中接受利弊的权衡。纵观亦舒的言情,无非是在剖白这样一份心迹:当你有财富的时候,我能够拿出美貌,当你有权力的时候,我能够拿出事业,当你有野心的时候,我能够拿出关系……你一手好牌,我也一手好牌,因此,唯有你拿出真爱的时候,才能换得我的真爱。亦舒笔下写的是最世俗的现实,却仍心怀一份不容玷污的爱情。而世纪之交被重新发现的张爱玲,则反映了人们怀有爱情理想而在现实中无处寻觅,只能通过等价交换结成利益同盟的困境。从"有那么一个人值得追慕"到"有那么一段情值得体验"再到现今"既无爱人

---

① 舒婷:《致橡树》,《诗刊》1979 年第 4 期。

也无情",天平颤颤巍巍在成年人你给我多少、我给你几分的测量中达到平衡,而这种短暂的平衡,一旦其中一方被怀疑超越底线,就会立刻崩盘。

郑微偶然发现施洁就是林静的前度情人,联想到林静负责中建二分的贪腐案件,而施洁和自己正是二分两位领导的秘书,不由心中惊颤。再见林静,总不免左右试探:

> 郑微的笑容里带了几分怅然,"一辈子那么长,一天没走到终点,你就一天没办法盖棺论定哪一个才是陪你走到最后的人。有时你遇到了一个人,以为就是她了,后来回头看,其实她也不过是这一段路给了你想要的东西。林静,我说得对吗?"
>
> 林静避而不答,"为什么今晚上有这么多问题?"(第231页)

最后,既然不能排除林静接近自己是为了侦破案件、平步青云,郑微也不免提出了自己的条件:

> 林静躺回她身边,看着天花板,郑微不再说话,呼吸渐渐清浅,就在林静以为她快要睡去的时候,她喃喃地问了一句,"周渠会坐牢吗?"
> ……
> "林静。"她叫住他。林静几乎是立即停住脚步,却没有转身,只听到郑微在他身后问道,"最后一个问题——你爱我吗?"
> ……
> 林静回答,"如果你心里不相信,我给多少次肯定的回答又有什么用?同样的问题,你又爱我吗?"(第231—232页)

郑微一激再激,林静摔门而去,两人关系由此降至冰点。一方怀疑对方利用感情获取情报,一方气恼对方企图以情徇私干预案件,当感情沦落到既无可爱之人、又无可爱之情的境地,再怎样精确计算的利益关系都只能达到短暂的平衡。张爱玲和亦舒希望以平衡的永续抚慰现代人内心的焦虑,然而辛夷坞却不吝将这种平衡一把掀翻,赤裸裸地揭露出它的自欺欺人。既然爱情神话已经像中建二分一样是一棵充满蛀虫空洞的朽木,那么推倒也只是早晚的事了。

但是摧毁平衡并非终点,辛夷坞的釜底抽薪,根本上则是为了另起炉灶。阮莞和吴医生搭伙过日子的平衡式婚姻,内里不过是两个并无感情之人的疏离冷淡,阮莞快忘了丈夫的容貌,吴医生也是在加班一夜回家之后,才发现妻子摔倒受伤多时。当然,这样的平衡也被摧毁:赵世永唤起了阮莞的心跳,然而阮莞却在赴约途中遭遇意外身亡。

阮莞之死带给郑微巨大的震撼,让她跌落到了最为悲恸孤寂的深渊,她在极端的绝境之中,终于重新敲开了林静的门,在林静那里得到了抚慰和温暖。半梦半醒之际,从阳台归来的林静在郑微眉心轻轻一吻,郑微终于落下了与悲伤无关的一滴泪。

> 不管她追问多少次"你爱我吗",也不管他给过多少次肯定的回答,都比不上这云淡风轻、无关欲望的一吻。这一刻,郑微终于愿意相信,身边这个男人,他毕竟还是爱她的,不管这爱有多深,不管这爱里是否夹杂着别的东西,然而爱就是爱,毋庸置疑。(第244页)

自此,辛夷坞在爱情神话坍塌的语境之中重新定义了"爱情",爱情已经不是一个完美无缺的至善至美之人,也不是仅靠全心付出、勇敢追寻就能够乐在其中的关系,从最根本上来说,爱情已经不是想象之中对于平凡生活的一种超越,而是平凡生活的一种保证,甚至就是平凡和琐碎本身。爱情傍身,如同为自己买到一张保险,平时不断地付出缴费,是为了突然陷落极端绝境之时,有最后一人,可以相互扶持、共同进退,成为能够抓住的稻草。

五、再造禁忌,抢救爱情

当爱情最终是为了归于平凡,开启爱情的动力也逐渐弱化,所有想象中构建的疯狂青春的前史,最终都导向了今日庸常的生活。新世纪以来,整个世界范围内的现代都市人都开始遭遇"爱无能"。

西方1960年代的性解放运动,发源于反对性别歧视,争取男女享有平等的社会、政治、经济权利的女权运动,要求改变宗教对于婚姻的限制,主张婚姻自由。但伴随着全球的左翼激进思潮,性解放逐渐开始以大胆直接地谈论性、裸露身体乃至不以道德伦常为限地发生性行为作为自己的运动方式。昔日散发着神秘光晕的异性身体,在性解放之下逐渐摘去了自己的纱衣,赤裸裸地呈现在每个人面前。特别是有发达科技下日渐完备的避孕手段助阵,作为人类诞生起源的性爱也逐渐被抽空意义,成为纯粹的欢愉形式。高频率的出现和大批量的复制,足以让神圣变得庸常。当从观念到肉体的障碍被一概去除,人类在性的领域的确完成了解放和自由,但也失去了激情和欲望。

原本作为爱情迸发本能和终极形式的性爱,成为唾手可得之物,速食性爱抛弃了传统两性关系中期待、试探、酝酿、调和的过程,爱情也因此被完全架空。反之,脱离了爱情、脱离了精神交融的性行为,也日渐变得乏味空虚,与动物本能毫无二致。正如博尔赫斯的经典意象,空无一墙的荒漠是最牢不可破的监狱,当推翻了一切限制,达到了绝对的自由,实质也就陷入了绝对的囚牢。

为了将爱情从这座囚牢中解放出来,"再造禁忌"就成为许多爱情故事的选择。这既存在于都市言情题材的小说、影视之中,亦存在于网络言情高干文、总裁文类型形成的脉络里,更是耽美作品诞生的重要原因。

用制造禁忌来解放爱情的方法,近者有同为网络都市言情作家的匪我思存,在最近两本新作《爱情的开关》①和《寻找爱情的邹小姐》②中,都设置了"疑似兄妹"的禁忌,远者有近年大红大紫的韩国连续剧《来自星星的你》③和美国电影、流行小说《暮光之城》④。《来自星星的你》中,男

---

① 《爱情的开关》,匪我思存所著都市言情小说,2012年2—4月连载于文秀网,http://www.wenxiu.com/book/13204.html,2013年1月由新世界出版社出版。

② 《寻找爱情的邹小姐》,匪我思存所著都市言情小说,2013年12月—2014年11月连载于网易云阅读,http://yuedu.163.com/source/ad6e5303f9da4ddabc02584399bfc7e4_4,2014年9月由新世界出版社出版。

③ 《来自星星的你》,张太侑导演,朴智恩编剧,金秀贤、全智贤主演,HB Entertainment出品的21集韩国电视剧。2013年12月18日—2014年2月27日在韩国SBS电视台首播,随即引发整个亚洲地区的收视狂潮。

④ 《暮光之城》,斯蒂芬妮·梅尔著系列小说,分为《暮光之城:暮色》(2005年出版)、《暮光之城:新月》(2006年出版)、《暮光之城:月食》(2007年出版)、《暮光之城:破晓》(2008年出版)。克里斯汀·斯图尔特、罗伯特·帕丁森主演的同名系列电影,由美国好莱坞顶峰娱乐公司制作出品,自2008年起以每年一部的速度推出(《暮光之城:破晓》分为上、下两部),总计获得全球约24亿美元的票房。

主角都敏俊作为滞留地球的外星人,虽然有着不会衰老的容貌、卓异常人的体能,但却不能承受人类的体液:接吻会让其感冒发烧、异能大减,更不用说做爱会带来的致命伤害。因而女神千颂伊与外星人都敏俊回归到牵手拥抱都脸红心跳的纯情时代,原本简单的"在一起",成为需要跨越星际才能完成的宇宙之恋。《暮光之城》里,高中女生贝拉和吸血鬼爱德华需要克服的,则是种族的限制:吸血鬼天生嗜血,亦不能与人类结合,爱德华一面需要克服自己对人血的生理欲望,一面则需要在看不到未来的道路上坚持彼此的爱;而贝拉则选择冒着生命危险怀上爱情结晶,以变成吸血鬼这种自我流放的行为,达成两人爱情的永恒。

网络文学中早成体系的高干文、总裁文,除却满足读者在白日梦中对财富权力的想象,亦是将人与人平面的不同立体化为阶级的差异,在跨越阶级的相爱中,要么是完成了自我奋斗、自我实现,升入更高的地位,与爱人并肩携手,要么是凭借善良聪慧得到了对方的认同、家庭朋友的祝福,完成了主体的塑造。

而从言情作品中独立而出的耽美,"同性之恋"同样是其策略,而非旨归。作为耽美拥趸的广大腐女,绝大多数仍旧是异性恋者,她们幻想两个美少年的恋情,根本上是异性之恋的现实状态与文艺幻想都已经不能满足她们的需求,被金钱、阶级、误会、绝症阻挡的爱情,都不是什么纯粹的爱情,而能跨越性别产生的火花,才是人与人之间最本质的吸引,才能在战胜世俗的过程中重建爱情的伟力神话。

为了再造禁忌、抢救爱情,辛夷坞的一系列作品就常常出现违背伦常的恋情。年轻有为的医生纪廷与温柔恬静的顾止怡、魅惑张扬的顾止安两姐妹一起长大,又都产生了情感纠葛,而名义上的亲姐妹,其中之一是顾父与妻妹乱伦的私生女(《晨昏》);坚强独立的女强人向远,也希望能依靠在丈夫叶骞泽的肩膀上,但叶骞泽心中念念不忘的,却是妹妹叶灵(《山月不知心底事》);本是富家千金的司徒玦,与家中养子姚起云情愫暗生,被怀疑、误解、陷害之后,毅然选择离开家庭和爱人(《我在回忆里等你》)……

《致青春》中林静不告而别,出国读书,也是因为无法面对自己父亲和郑微母亲的婚外情。直到父亲病逝,才决心重新追求郑微。父母一代的不伦之情,在故事结构上给两人的爱情造成了延宕,让林静和郑微一别七年,相恋后也遭遇了林静母亲的愤怒与反对,但正是林静离去—归来的过程,让他经历了外面的世界,从而对郑微的感情更加坚定。对于郑微而言,七年的杳无音讯固然令人愤怒,但却因他们的信物,那本《安徒生童话》的存在,而让她对林静的印象始终停留在最单纯的童年,成为她心中珍藏着的美好,就连与陈孝正相爱时也未曾忘记。

值得注意的是,除了在结构上造成延宕,父母一代的不伦之恋还成为对照的标准,显示出上一代爱情的勇敢、决绝与持久,反衬着林静、郑微面对感情时的患得患失、小心翼翼。林静和郑微之间的关系,与辛夷坞其他小说中设置的乱伦关系一样,追根究底,并非血亲乱伦,只是由于暧昧不清的亲属关系,让两人的结合成为伦理道德上的"不宜",带来迈出最后一步的犹豫。特别是父母一代已经各自成家却仍决定相爱的背景下,儿女一代所遭遇的道德控诉相较而言倒显得清白无辜。这枚伦理道德的擦边球,让双方在不断试探、确认、坚定的过程中,逐步建立、巩固了"爱情",最后打破禁忌的结果变得顺理成章,而不会引发读者的不适。

在中国的独特语境下,文本中林静、郑微一起长大、带有兄妹相恋意味的结合,也可以从另一角度解读。中国的独生子女一代,从小便面临着情的困惑。他们没有血脉相连的兄弟姐妹,却又不乏一起长大的玩伴、表亲,对同龄异性的感情因此处于亲情、友情和爱情相互杂糅的状态。从小被家人教育"别跟陌生人说话"的戒备,和成年以后快速、唯利的生存环境,让纯粹的"爱情"从定义到实践都成为难题。林静与郑微从一起吃饭、一起写字、一起成长,最终走到相爱结合,也正是在这种爱情难行的语境中,提供了从亲情到亲情的解决方案,借由情的杂糅,使跳过爱情达成了想象性的实现。

在彻底的自由之后重回禁忌,用禁欲的方式表现爱情,成为挽救"爱情"的一道法则。禁欲作为情欲的另一种表现形式,以"欲"的清冷缺位,来呼唤"情"的温暖填充。在现实生活中因常见而不被珍惜的欲望满足,在文本中被重新安放在触不可及的位置上,从动心动情到相互结合,过程被不断拉伸,道路亦充满荆棘,爱情得以重新赋形。

与此同时,当克服禁忌本身变得充满挑战、魅力与意义,因谁而起就显得不那么重要了。爱情的对象成为禁忌的肉身，人类通过爱情，跨越禁忌，征服异族，用这种宏大叙述和赫赫战绩，短暂掩盖了征服对象本身的乏味和无聊。禁忌的设置，在文本中重新为爱情提供了温床。在爱情由崇高走向庸常的背景下，成为当下书写爱情的权宜之计。

后启蒙时代中，整个社会的心态从积极进攻转为消极防守，不求改变世界，只求不被世界改变。爱情神话碎成了天平上称量添减的粉末，不用风吹，走两步就散了。伴随着爱情这一最为私人的空间都遭遇破坏，人们对自我价值的体认进入到前所未有的危机，对平庸生活的常态也越发感到焦虑和不安。辛夷坞的《致青春》，正是在这种意义上重新整理了过往遗迹，试图建立起当下爱情的表述话语。当青春终将腐朽，那么不如制造绝境，用痛苦标定这段生命的意义；当恋人不再完美，那么不如权衡之后，重新赋予平凡以意义；当爱情失去理由，那么不如再造禁忌，在冲破原罪中获得救赎，唤醒爱情的力量，体认自身的价值。

爱情已朽，但生活总要继续，那些幻象中的风花雪月，替代了现实中的枪林弹雨。人们终于在波澜起伏的青春前史中，体验到了今日平凡并非乏味而是可贵，在绝境与禁忌之中，感受到自身的存在，重塑起爱情的神话。

辛夷坞创作年表

【辛夷坞，本名蒋春玲，1981年生于广西桂林，毕业于广西师范学院。曾在某电力国企从事文秘工作，2006年11月开始在晋江文学城连载作品，现签约北京白马时光文化发展有限公司，为专职作家。】

1. 2006年11月30日，辛夷坞开始在晋江文学城连载《原来你还在这里》。2007年1月22日，连载完结，全文约13万字。

2. 2007年4月4日，《致我们终将腐朽的青春》开始在晋江文学城连载。因涉及版权问题，2009年被晋江锁定屏蔽，现仅能看到文章类型、风格、进度、字数、积分、发表时间等基本信息。但从截至锁定日的积分数38161392可见，这一作品在晋江连载时曾有相当大的人气。

3. 2007年6月3日，北京开维文化有限责任公司与辛夷坞签订《出版合作协议书》,双方就辛夷坞自 2007 年 5 月 25 日至 2012 年 5 月 24 日期间所著的作品合作出版事宜达成协议。

4. 2007 年 10 月,《原来你还在这里》由朝华出版社出版,书末附有中篇小说《晨昏》,未曾在网络连载,约 11 万字。

5. 2007 年 8 月,《致我们终将腐朽的青春》更名为《致我们终将逝去的青春》,由朝华出版社出版,全文约 26 万字。

6. 2007 年 6 月 17 日,《山月不知心底事》开始在晋江文学城连载。同样因涉及版权问题,2009 年被晋江锁定屏蔽。基本信息中虽显示"连载中"(即未在网络连载完结),但根据字数推定正文内容已经全部连载完。

7. 2008 年 5 月,《山月不知心底事》由朝华出版社出版,全文约 36 万字。

8. 2008 年 12 月,《许我向你看》由河南文艺出版社出版,全文约 42 万字。

9. 2009 年 7 月 3 日,《我在回忆里等你》开始在晋江文学城连载。2010 年 1 月 27 日,辛夷坞在《我在回忆里等你》的连载中发表公告,表示纸质版图书即将上市,但网络连载也会继续更新至完结。2010 年 2 月,《我在回忆里等你》由江苏文艺出版社出版,全文约 26 万字。2010 年 3 月 18 日,《我在回忆里等你》网络连载完结。

10. 2011 年 3 月 11 日,北京开维文化有限责任公司、北京悦读纪文化有限责任公司与辛夷坞签订了一份补充协议,原《出版合作协议书》于 2011 年 6 月 30 日终止。

11. 2011 年 4 月,《浮世浮城》(再版又名《再青春》)由江苏文艺出版社出版,全文约 20 万字。

12. 2011 年 6 月 1 日,北京儒意欣欣文化发展有限公司在官方博客发表公告[①]称,自 2011 年 7 月 1 日起,辛夷坞此前作品以及此后新作的发行权、代理权等均由儒意欣欣独家拥有,并在博文《关于辛夷坞不得不保密又不得不说的几件事——答粉丝问》中透露,《致我们终将逝去的青春》

---

① http://blog.sina.com.cn/s/blog_7f6d42310100t4af.html。

电影版权售出、制作团队已定,将于年内开机。

13. 2012 年 12 月,《蚀心者》由江苏文艺出版社出版,全文约 20 万字。

14. 2013 年 4 月 26 日,《致我们终将逝去的青春》电影版在中国大陆上映,由赵薇导演,李樯编剧,赵又廷、杨子珊主演,华视影视传媒有限公司出品。该片引发广泛关注,最终斩获 7.19 亿票房。

15. 2014 年 1 月,辛夷坞与北京白马时光文化发展有限公司签约,成为旗下作家。

16. 2014 年 6 月,《应许之日》由百花洲文艺出版社出版,全文约 21 万字。

17. 2014 年 9 月,开维文化与悦读纪公司因出版合作问题,将辛夷坞诉至法庭。南宁市中级人民法院开庭审理此案并作出一审判决:辛夷坞需支付违约金 50 万元。辛夷坞因不服一审判决,已提起上诉。

18. 2015 年 4 月,根据《原来你还在这里》改编的电影《致青春 2:原来你还在这里》开机,由周拓如编剧并执导,张一白监制,吴亦凡、刘亦菲主演。同年 7 月杀青。

《致青春》粉丝评论综述

随着赵薇执导电影的热映,《致我们终将腐朽的青春》作为陪伴万千读者度过青春的知名网络小说,其持久的影响力终于从线上走到线下。同名电影拍摄过程中,就有粉丝表示:"当初看辛夷坞的《致我们终将腐朽的青春》,哭的稀里哗啦,那个时候我薇姐还没放消息要拍这个小说。……后来我薇姐要翻拍这部小说,暨她的研究生毕业作品,我太高兴了当时,每天关注拍摄进程。"[①]影片上映后,亦有粉丝写道:"4 月 26 日,《致青春》首映的日子,死宅如我,也和朋友一起踏出寝门,走进久违的电影院。原因有二:……二是《致青春》在我的青春里留下了浓重的一笔,或许这是一段属于 80 后的青春,但是一个 90 后的女孩也曾经抱着已经

---

① 红色小辣椒:《〈致我们终将逝去的青春〉又一网络小说改编电影即将上映》,"龙的天空"论坛,http://lkong.cn/thread/751226,发布日期:2013 年 4 月 18 日。

被淹没在历史尘埃中的广播,一天天追着一个叫做郑微的女孩的故事。"①影片热映时,更是不乏原著死忠粉的支持:"我自己花钱买电影票去电影院看了三次,每一次都有新的感动和感悟。"②从小说连载到电影上映,六年的时间,《致青春》非但没有成为被拍死在沙滩上的前浪,反而作为网络言情的经典,在各路搜索引擎的答案中屡屡被提及。

  从上述粉丝对于电影爱屋及乌的喜爱不难发现,年少读书的"陪伴"、人物情节的"感动"、自我青春的"体悟",是粉丝对《致青春》诸多评论中凝聚出的三个关键词。

  由于《致青春》在晋江文学城的原始连载已经因版权被锁,大量连载追文时的粉丝评论不复得见,仅剩 100 余篇同人和长评文章以单篇创作的形式见于晋江文学城。③ 作者辛夷坞的粉丝论坛"辛有所属",因 2012 年搬迁,目前也仅存 20 余篇长评文章。④ 此外,百度贴吧"致我们终将逝去的青春吧""致青春吧""辛夷坞吧",以及"龙的天空"论坛中,也有部分粉丝讨论及书评。但现存《致青春》的高质量书评聚集之处,还要数豆瓣网。在"致我们终将逝去的青春"条目下,各版本共计 2378 篇形成文章的书评。从 2007 年 8 月纸书出版,到 2015 年 12 月 31 日,每年的书评数量分别为 37 篇、183 篇、300 篇、435 篇、287 篇、309 篇、685 篇、132 篇、10 篇。除了首尾两年不足整年,2013 年因电影上映,书评数量出现大爆发的 685 篇,其余年份,书评数量都稳定维持在 300 篇上下。《致青春》作为较早出现的网络文学作品,又被奉为都市言情中的经典,近十年间,几

---

① fiying:《谁的青春不轻狂——评〈致我们终将逝去的青春〉》,"龙的天空"论坛,http://lkong.cn/thread/756692,发布日期:2013 年 4 月 26 日。

② haoxueshen44:《作为 1981 年生的人对此片的感悟(去电影院看了三次)》,百度贴吧"致我们终将逝去的青春吧",http://tieba.baidu.com/p/2304270140,发布日期:2013 年 5 月 3 日。

③ 以"致青春"为关键词进行站内作品检索,截至 2015 年 1 月,共有 110 篇文章,除去少量无关同名作品,大多数为《致青春》的同人或评论文章。网页检索参见 http://www.jjwxc.net/search.php? kw = % D6% C2% C7% E0% B4% BA&t = 1&submit = % B2% E9% D1% AF。

④ 辛有所属——辛夷坞官方论坛,致我们终将逝去的青春版,长评区 http://www.ixinyiwu.com/thread.php? fid = 4&type = 28#tabA,以及不离不弃版,《青春长评集锦》,http://www.ixinyiwu.com/read.php? tid = 303&page = 1。

乎每个开始进入网络文学或者开始阅读都市言情的读者,都会被推荐此书。因而,对于《致青春》来说,其读者数量不是固定不变,而是稳定增长;反之,对于《致青春》的读者来说,这部作品则成为他们开启青春、开启言情、开启网络文学的钥匙。书里书外共同演绎一段青春岁月,成为粉丝铭记作品、感念陪伴的原因。

郑微、林静、陈孝正三个各具特点的人物,成为引发粉丝讨论评议的热点。郑微从纯真热烈到成熟稳重的成长变化,林静作为最后执手之人的温和与强势,陈孝正对郑微强烈的爱、对成功更强烈的渴望与性格中懦弱一面的局限阻拦,成为粉丝心目中几成定论的评述基点。在此基础上,终身误以金庸小说中的郭襄比附郑微,以慕容复比附陈孝正,用书评《当郭襄爱上慕容复》①来点评郑陈两人的爱情。一个是至情至性的勇敢女孩,一个是兼具才华野心的凉薄男子,两人的爱情无果而终也就是不可避免的了。不是就书论书,而是能将不同文学作品中的类似人物加以对比,分析人物性格带来的必然命运,成为这篇书评与众不同之处。而坎普分子的《跟陌生人,我可以认命;跟你,我不甘心。》②则指出,"当林静再也不似年少,郑微看着眼前这个陌生的男人,感觉着他的霸道和侵略性的占有,以及对她的耐心和包容,她的收枪缴械,不过是因为她把他当成了陌生人"。在故事看似圆满的"有情"背后,看出青春逝去的"无情"、看出"对着陌路,我们可以臣服于命运。可以认命。对着旧人,我们却不能对心迹释怀。不能甘心"的软弱与无奈,则是点明了这本小说之所以能以哀而不伤的情致打动一批批读者的关键。

而主人公郑微、阮莞两人各自曲折动人的感情经历,也引发了粉丝对于青春、爱情的感悟体会。七月在《我的青春,你来过》③中写道:"每个人或多或少都可以在郑微身上找到自己当年的影子,每个年轻的女孩都会遇到自己生命中的陈孝正,而每一个陈孝正都要在经历过失去后才会蜕

---

① 发表于旧版论坛,原址已失,转载于新版论坛,http://www.ixinyiwu.com/read.php?tid=303&page=1,发布日期:2012年1月19日。
② 豆瓣网,http://book.douban.com/review/2204288/,发布日期:2009年8月7日。
③ 豆瓣网,http://book.douban.com/review/1207875/,发布日期:2007年9月14日。

变成林静,而每个郑微在长大后都知道林静才是最终最好的选择。"延续了辛夷坞对郑微两段感情从纯真到成熟的叙述基调,并加以细致剖析,让众多粉丝产生共鸣,成为豆瓣两千多篇评论中热度最高的一篇。而容峥的《致,那一年的你我》[①],更是以"在我们的成长年纪里面,我们会遇到各种各样的人。经历各种各样的爱情。/但是,究竟哪一条路通往归宿。/没有一个人能给你正确的答案。/只有我们经历了,感动了。那才是属于我们的故事"将作为读者的"我们"带入故事中的青春,以主人公历经坎坷但最终美满的结局,肯定我们每一个人平凡至极而又波澜壮阔的青春与爱情。

粉丝对于《致青春》的感情,有作品本身带来的感动,更有自己人生与这部作品产生共鸣、互相影响、反复体认带来的交融之情。因而精英粉丝对《致青春》的解读与评论,亦是对自我青春与感情的回顾与总结,成为他们爱情观、世界观的集中展示。这些评论与《致青春》作品一起,共同构成了一代人对于爱情与青春的再叙述。

(本章撰写:薛静)

---

① 发表于旧版论坛,原址已失,转载于新版论坛,http://www.ixinyiwu.com/read.php?tid=303&page=1,发布日期:2012年1月19日。

第十一章 耽美:不止是"沉溺于美"
——以风弄《凤于九天》为例

如果说网络小说已经成为当代中国巨大的文学试验场的话,"耽美"文类就是其中最为激进和最富挑战性的部分:它描写"男男恋情",却主要由女性生产和消费;它的源起受到了日本"耽美"动漫和小说的启发,现在却在全球"腐文化"圈中形成了不可低估的影响力;它不断生产出新的人物类型、新的文类和新的审美旨趣,从女性和酷儿的混合视角,以一种前所未有的方式重新想象与诠释爱、情欲、亲密关系和性别角色。这种文类当然是敏感的,因此不断遭遇质疑和审查,甚至"耽美"本身也成了一个敏感词。① 但"耽美"的影响力并没有因此消歇。微博和微信上的"耽美"段子层出不穷,热映大片、英美日韩剧中的角色被观众私下暗"腐"——按照男-男、女-女的方式进行重新配对,国产剧也频频"卖腐"来促进营销。

随着"耽美"可见度的增强,那些曾经只能在半封闭的论坛上发布小说,与小圈子里的同好自娱自乐的耽美作者,也通过各种渠道被更多的人知道和喜欢,获得了不断增大的社会影响力和声望。比如耽美原创圈中最有影响力的作者风弄,从她 2000 年开始写作耽美小说以来,现在已经在线发布或正式出版了作品 50 多种,其中最受欢迎的作品《凤于九天》已经由台湾威向文化出版至第 29 册,被翻译成日语、英语、西班牙语和波兰语等语种,不仅在华语耽美圈中有数量众多的粉丝,影响力甚至波及其他语种的腐女群体。她的微博目前(截至 2015 年 8 月)粉丝量超过 43

---

① 号称中国最大的女性网络原创基地的晋江,在 2014 年"净网行动"后不得不将"耽美"版块拆散融入到其他区域中,并将"耽美"标签改为"纯爱"。

万。2014年8月风弄在微博上透露《凤于九天》影视版权被收购的消息,在短时间内即收获了5400多条留言。

如何对从各种交错混杂的资源、力量、立场和诉求中成长起来的耽美小说进行历史梳理和性状分析,是一项既富挑战性又充满趣味性的工作。本章将会以风弄的写作历程和代表作品(尤其是《凤于九天》)作为经典个案,对耽美小说和耽美社群的发展进行描述和讨论。文本分析是必不可少的,但只是这项研究的基础工作之一。对耽美社群历时十年的田野调查和与作者及读者的对话访谈也是本章获得论据的重要方法。

一、耽美的内涵及其在中国的发展

所谓耽美小说,就是在"男男恋"的基本设定上展开故事情节的小说,又称作BL小说,BL是Boys' Love的缩写,即男孩们之间的恋情。"耽美"一词自日本舶来,有"沉溺于美"之意。1960—1970年代,BL漫画和小说在日本兴起,吸引了越来越多的女性受众。早期的BL漫画和小说热衷于描写美少年之间哀伤凄美的恋情,因而被形容为"耽美",后来耽美就成为BL的另一称谓,传入华语圈之后使用频率更是高于BL,成为这一类型的小说、动漫、广播剧、MV、音乐和cosplay等形式的统称。[①] 这些文化制品大多以网络为平台制作发布。由于小说创作成本相对较低,流通起来更为快捷方便,因此在中国就成了耽美文化最具代表性和影响力的部分。耽美动漫和广播剧虽然也有专门的发布平台,但是创作群体较小说作者要少很多,并且大部分有影响力的作品都自小说改编而来。耽美MV、音乐和cosplay则更加零散。

喜欢、沉迷"男男恋"的女性,往往被称作"腐女"。"腐女"一词源自

---

① 耽美小说与描写现实中男同性恋生活的"同志小说"有显著区别:前者的作者和读者大多是女性,所描写故事带有唯美格调和浪漫传奇色彩;而"同志小说"则总体偏重写实风格,创作者和读者基本都是男性同性恋者。

于日语的ふじょし(fujoshi),意为腐女子。① 因此耽美有时也会被称为"腐文化"。除了"腐女"之外,女性耽美粉丝还可以被称为"同人女"或"耽美狼"②。这几种称谓虽然内涵相同,但时效性不同。在1990年代末和2000年代前期,耽美粉丝基本互称或自称"同人女","耽美狼"是带有戏谑性的称呼。③ 而到了2007年之后,"腐女"的使用频率急剧增高,逐渐取代"同人女"。④ 男性耽美粉丝则被称之为"腐男"。"腐男"来自于日语中的ふだんし(fudanshi),从"腐女"衍生而来。

中国大陆的耽美小说出现于1998年左右。最初的启发来自于日本的耽美动漫和由普通向动漫衍生出的耽美同人作品。动漫迷中的一些女性读者渐渐发现,那些以美少年之间的恋情为主线的动漫作品,比男女之爱更让她们着迷。同时她们也发现,在日本和中国台湾地区,有相当一部分喜欢BL的女性,开始利用网络创作和传播自创的耽美作品。随即中国大陆也开始涌现出一批以创作耽美作品为乐的网络写手和画手,她们所创作的小说和漫画既有同人衍生作品也有原创作品。

中国大陆这批最早的耽美写手活动的社区是动漫爱好者网站"迷迷漫画世界"和"桑桑学院",后来"迷迷漫画世界"与"桑桑学院"合并,于1998年5月建立新的"桑桑学院"(http://sunsunplus.51.net),并在其中设置了"耽美小岛"专栏,专门刊登BL作品。新的桑桑学院建立之初,所发布的耽美作品大多属于转载,一部分由日文翻译而来,更多的是来自台

---

① 参见附录"网络文学词条举要"之"腐/腐女"。需要补充说明的是,"腐女"不仅会喜欢虚构的BL故事,有时也会幻想正常向小说、影视作品中的男性主人公之间的"男男恋情",或者现实中男性之间的恋情。耽美论坛上有大量涉及此类内容的讨论帖,这种幻想和讨论也是"腐文化"的一个重要组成部分。

② "同人女"从词源的角度来讲,最初是指热衷于将影视、动漫和小说中的男性人物进行配对的女性群体,后来逐渐发展成为所有喜爱BL的女性群体的代称。

③ 虽然有耽美粉丝一直试图去区别这几种称谓内涵的差异,比如说"腐女"是否比"同人女"对BL的沉迷更深?"同人女"是否指热衷于创作同人衍生作品的女性?但在实际使用的时候并没有差异。而"耽美狼"则是本土的原创词汇,现在已经基本不再使用。

④ 在中国最受欢迎的"耽美向"论坛晋江文学城附属论坛"闲情"中分别使用"腐女"和"同人女"作为关键词进行检索,可以发现"腐女"的使用率在2007—2008年间急剧上升,而"同人女"的使用率逐渐下降。在微博上,"腐女"的可见度逐渐增强,很少见到"同人女"的称谓。

湾写手的创作。由于这些转载来的作品大多没有经过原作者授权同意，遭到台湾耽美写手一致抗议，于是大陆写手相互砥砺，发奋创作，于2000年初涌现出一个创作高峰。这一时期耽美写手、画手的增多和水平的提高，使大陆耽美作品摆脱了日系、台系的影响，形成了自己的风格与创作圈，不仅在大陆吸引了更多女性网民加入同人女的行列，而且开始向台湾"倒灌"——台湾耽美网站也开始转载大陆作品。桑桑学院之后，1999年"露西弗俱乐部"成立。露西弗与桑桑不同的是，前者是专门的耽美网站，并不仅仅将耽美版块视为动漫的延展。露西弗虽然设置了严格的准入制度——要通过耽美相关知识的考试，才能获得注册网站的机会——但由于其拥有许多耽美圈著名写手的支持、丰富的小说和动漫资源、人气旺盛的论坛，一时之间成为同人女的朝圣之地。最早一批具有较大影响力的耽美原创作者，如风弄、niuniu，都常在露西弗贴文，进而吸引了大量读者。但非常可惜的是，2007年左右，露西弗旗下写手出现了严重的抄袭事件，而版主处理不当，引起写手和粉丝们的反感，许多名ID纷纷撤离露西弗，露西弗的影响力大大减弱。与此同时，晋江文学城（www.jjwxc.net）、鲜文学网（www.myfreshnet.com）等商业网站逐渐发展成熟，有大批耽美作者加盟，形成了稳定的读者群。但同样可惜的是，鲜网却在2013年底爆出倒闭危机，2014年高层全部蒸发，积欠了作者大量稿费。① 目前鲜网的编辑和作者流失严重，有些作者入驻晋江，另一些选择了台湾龙马文化网站继续写作。

耽美小说的发展在中国可以划分为两个阶段：早期的"圈地自萌"和后期商业写作制度的建立。1990年代末至2000年初，大部分耽美粉丝都遵循着低调、谨慎的原则进行创作和阅读。当时的写作网站除了露西弗、晋江之外，还有许多其他的兴趣小站，比如墨音阁、秋之屋、雨之林、白草折、单行道、月夜下和魔宇。这些网站全部是同好站点，由志趣相投的朋友

---

① 王蕴琁：《台湾文创这么苦？失血十万稿费却见各大通路卖自己的书》，http：//www.setn.com/News.aspx?PageGroupID=4&NewsID=36399&PageType=3，发布日期：2014年8月22日，引用日期：2015年5月20日。另有作者之间传递消息，认为鲜网倒闭的原因是高管抽取大量资金另作投资，失败导致破产。

筹建，逐渐培育出自己的作者和读者群。后来，这些兴趣站点大部分因为各种原因消失，但仍有少数通过各种办法坚持到今天。

聚集在这些同好网站的作者都是因为对文学和耽美的喜爱而投入写作的。因为除了写作本身所带来的快乐之外，作者们另外能够得到的最大回报就是读者的热情。所以这一时期的写作被作者们自我调侃为"圈地自萌"：因为特别喜欢某段情节、某种形象、某种意境或风格，而通过写作去创造和表达，被有同样爱好的读者喜欢，并加以评论和推荐，在各种耽美网站转载和分享。因为没有后来商业写作网站日更数千字或万字的压力，没有必须写出长文才能赢得商业收益的预期，这种兴趣和分享式的写作无论在内容、形式还是时间安排上都是自由的。网站的管理者和读者对作者非常维护，大多数评论都旨在表达对作品的喜爱和对作者辛劳的肯定。

除了在网上发布之外，这一阶段耽美作者也在想办法寻找出版的路径。尽管大陆地区耽美小说出版困难，但是在台湾却能够顺利出版耽美商业志和印刷同人志。但是由于这些出版公司一般规模较小，台湾的市场也比较有限，因此作者的稿酬通常很低。大部分作者想要出书只是希望自己的作品能够通过正规渠道印刷出版，作为对自己写作生涯的肯定和纪念。只有极少数人能够成为畅销书作者，比如风弄、蓝淋和易人北。但是因为盗版的盛行、耽美话题的敏感性以及这种敏感带来的维权的困难，这些作者的实际收益往往和她们的名望不成正比。

这种兴趣分享式的写作气氛不只是耽美社群所独有，在网络文学发展的早期，其他网络文学类型，比如言情、玄幻，也都经历过这一阶段。但是耽美社群的独特之处在于，从一开始就表现出对性别政治的高度敏感，不仅对女性在历史和现实中所面临的不公正有诸多讨论，而且对同志社群表现出理解、接纳和支持的态度，同时也对亲密关系、情欲、性伦理和性禁忌有着很多经验性和理论性的表达和讨论。这种讨论和表达虽然是零散的，有着明显的草根特性，但却非常有生命力，并十分贴近中国现实。

正是因为有这种性政治立场和诉求，在商业化因素介入之后，耽美社群仍然在很大程度上保留了同好社群的性质。2008 年晋江开始实行 VIP 付费阅读制度，在随后的几年里，VIP 制度被越来越多的作者和读者适应并接纳,逐渐培育出了稳定的市场,一些作者走向了专职写手的道路,另一些作者把写文当作第二职业来认真经营。商业机制的介入带来了一些明显的变化:长度增加;与其他流行文类进一步结合,出现了若干新的亚文类;注重情节,淡化情感,许多耽美故事的重心不再写两个男人如何突破禁忌相爱,而是写他们如何携手并肩共同去达成某项人生目标,比如捍卫道义、修仙升级,或保家强国。① 但是 VIP 写作只是耽美小说创作的一个部分。在商业写作网站之外,仍然有一些作者习惯在兴趣站点写作,这部分写作很大程度上延续了早期耽美的特点:篇幅不太长,总体更注重写情感、写萌点②;在商业写作网站内,比如晋江,也有许多作者没有加入 VIP 制度,而只是凭兴趣写作。而那些加入了商业写作的耽美作者,兴趣和观念的支撑对她们来说也非常重要,耽美小说一直面临着更为严厉的审查,与其他网文类型相比收入偏低,在这种情况下,作者对表达的渴望和读者的热情支持,就成了社群发展最重要的动力。

二、《凤于九天》的"男男罗曼史"

风弄作为耽美社群最具代表性的作者,就是在这样的一种氛围下成长起来的。风弄在 2000 年开始耽美写作。最初曾尝试在台湾的网站 iclubs 发布小说,随后在大陆网站"露西弗俱乐部""月夜下"等网站发文,很快成为耽美圈的"大手"。风弄的小说不仅在网络上很受欢迎,而且开始受到台湾威向文化注意,被邀请成为签约作者。威向文化给了风弄很大的写作自由,很少因为耽美的敏感性和对市场的顾虑要求作者大幅删改文稿。风弄由此开始被更多台湾耽美书友了解和喜爱。从 2003 年开始,威向文化陆续出版了《奴才》《被享用的男人》《悲惨的大学生活》《凤于九天》《烟灰》《昨天》《主子》《并非阳光》《太子》和《金玉王朝》等小

---

① 有许多耽美粉丝认为,男男恋禁忌色彩的减弱不仅是因为耽美小说写作重心的变化,也和同志社群可见度增高,开始被更多的人,尤其是青少年群体理解和接纳有关,而在这一过程中,耽美社群起到了积极推动作用。

② 指作品中吸引人、触动人的地方。

说。其中最受欢迎的是2004年初开始推出的《凤于九天》系列,截至2013年已经出版了29部,第30部正在酝酿中。

《凤于九天》属于穿越类架空历史耽美:生活于现代的男孩凤鸣,因为救助一个孩子而意外死亡,死后魂魄落入一个类似春秋战国的异度历史空间,成为西雷国被软禁的"太子"——实际上是王室为了迷惑政敌、保护真正的太子容恬而设立的傀儡。"太子"原本懦弱而残暴,但在宫廷阴谋中落水死亡后被凤鸣替代。凤鸣赤诚善良,逐渐展露性情和才华,从一个被容王囚禁的棋子,成为让他倾心相爱的恋人。容王知道凤鸣只是因意外而来到西雷的孤魂,却仍对他付出了热情和信任,在容王的支持下,凤鸣利用现代知识改造梯田和水利,使西雷逐步消除灾荒和饥馑。西雷的强大使其他诸国惶恐,他们一方面对付西雷,另一方面又想尽办法抢夺能给国家带来繁荣的奇才凤鸣。容王和凤鸣携手并肩,突破重重困难,为开创一个没有饥饿和战争的太平盛世而努力。故事虽然还没有完结,但凤鸣在故事开始时还是一个天真好奇的大男孩,到第29部的时候,已经成长为一个有决断的青年了。

《凤于九天》作为成功的耽美小说,体现了耽美小说最具典型性的特质。首先,小说描写了细腻的爱情场景,但是陷入爱情的双方并非男女,而是按照耽美的设定,分为"攻""受"。"攻"是指男同关系中"1"的角色,而"受"则是"0"的角色。攻受角色很容易使人联系到异性恋关系中男女角色的划分,但实际上,耽美小说中的攻受组合远比后者灵活多变。不同于男女恋情普遍的男强女弱模式,攻受组合除了与男强女弱相似的"强攻弱受"之外,还有"强攻强受""弱攻强受""弱攻弱受""年上攻年下受""年下攻年上受""美攻丑受""腹黑攻小白受""女王攻忠犬受""少女攻健气受"等等类型,并且还在不断生产出新的类型①。这些攻受组合显示了耽美对亲密关系和性别角色的多元化想象。并且,即便攻受中的一方因年龄、地位、阅历和财富等原因暂时处于弱势,这种势头也并非不可

---

① 比如近年来兴起的ABO文。所谓ABO指男女每个性别下面又可以分为ABO三种亚性别,这样六种性别可以互相配对出现更多样化的亲密关系。参见附录"网络文学词条举要"之"ABO"。

逆转，因为作为同性，攻受并不存在如男女之间那种所谓的"自然"性别等级，攻受角色更接近于自由选择，因此这种关系也更容易被理解为一种平等的关系。事实上，很多读者也正是由于这一点，才成为耽美小说的忠实粉丝。Mark McLelland 在一篇讨论日本耽美动漫的论文中曾经记录过日本耽美粉丝的感叹："幻想男男恋是我们唯一与男性结成平等伴侣的机会。"他认为之所以会出现这样的现象，是因为奉行儒教的日本"妇女的性长久以来都和生育及家庭系统捆绑在一起，这使得女性很难真正作为平等的伴侣和男性产生深挚、富于激情的关系"。①

《凤于九天》中凤鸣和容王关系的发展，很能体现攻受关系富于弹性的一面。最初凤鸣对于容王来说，只是一个被囚禁的傀儡。而凤鸣显然无法容忍失去人格和自由的生活，于是积极地发挥聪明才智寻求改变，最终成为深受容王尊重和钦佩的伴侣。风弄笔下同样在成长中变得强大的受君，还有《血夜》中的夜寻、《奴才》中的玉郎、《金玉王朝》中的怀风，他们往往是单纯的，在权势、阴谋面前显得非常脆弱甚至笨拙。但在另一方面他们又是强大的，因为他们有自己的信仰和坚持，比如《血夜》中的夜寻不甘心当一个被囚禁的花瓶，不断逃离控制，最终成为一个统领一方势力的将军；《奴才》中的玉郎被当作玩物送到王府，但丝毫没有玩物的自觉，坚持作为一个平等的个体去接受王爷的感情，而不是被"宠幸"；《金玉王朝》中充满艺术天分的怀风，身处军阀割据、拿枪杆子说话的时代，却仍然坚持认为知识、艺术和美这些看似脆弱、无用的东西是有价值、有力量的。

强有力的受君得到了读者的喜爱。素素（另一个 ID 是"弄弄的小跟班"）曾这样表述对风弄作品的喜欢："喜欢感人的故事，喜欢故事里人物的善良。尤其喜欢故事里的强受，因为我讨厌女人柔弱，一直认为女人要靠自己努力来实现自身价值，和男人之间的关系应该基于互相欣赏，强受

---

① Mark McLelland, Why Are Japanese Girls' Comics Full of Boys Bonking? *Refractory*: *A Journal of Entertainment Media*, 10, 2006/2007. Accessed June 6, 2012. http://www.refractory.unimelb.edu.au/journalissues/vol10/maclelland.html.

折射出我对女人的期望。"①

然而,读者对受君的带入,只是耽美小说所提供的众多阅读乐趣的一个方面,很多时候,读者还可以无视阳刚男性气质对女性身体的排斥,把自己代入强有力的攻君的角色,去积极参与事件和推动剧情。比如在百度贴吧"凤于九天吧"发起的讨论"【假如】你穿到凤于世界☆你想成为谁,做什么事☆"中,有不少女性读者希望穿越到攻君容恬身上,去完成一统天下的梦想,并保护自己所爱的人。甚至还有人希望穿越到凤鸣身上反受为攻,一统天下并把容恬和若言都收入自己的后宫。② 借助攻受灵活的角色模式,女性读者可以抛开社会固化的性别角色,将原本分属于"男""女"的泾渭分明的特质进行自由组合,创造出新的关于自我、性与性别的想象。这种想象,发展到今天,已经成为年轻女性在现实生活中挑战性别陈规的重要力量和资源。

《凤于九天》另一个吸引耽美粉丝的特质在于,从女性的视角描写了众多美丽诱人的男性形象。作为小说的第一男主角,凤鸣的形象无疑是非常俊美的,他有着晶莹的眼睛、飞扬的神采、光滑的皮肤、甜美的笑容,在容恬眼中,"坚毅和脆弱的美,不可思议地融合在一身。而他知道,凤鸣还在雏形,他能变出更多的美态"③。而作为凤鸣爱侣的容王则有着深邃的眼睛、优雅的薄唇和健美的身躯,展现出一种桀骜不羁的英俊。不仅两个男主角外形出众,一些主要配角也展现了各有特色的美,比如俊美严正的侍卫子岩,慵懒而带有痞气的海盗贺狄,以及被浓墨重彩描写的绝世美男子东凡国师鹿丹:"眼前男子身材高挑,几可与容恬并高,身穿纯白长衫,系着天蓝色的腰带,连女子都要羡慕的纤细腰身现了出来,越发显得楚楚动人。中性的俊美脸庞可以用完美无瑕来形容,容恬已算是美男子,站在他身旁,却只剩豪迈气概和王者的气势可以夸耀,若论起俊美来,就算是凤鸣也不得不承认容恬连鹿丹的边都摸不上。更要命的是他一身

---

① 来源于2014年8月3日笔者对素素的访谈。
② 慕容扶苏(网名):《【假如】你穿到凤于世界☆你想成为谁,做什么事☆》,http://tieba.baidu.com/p/1858816792,发布日期:2012年9月13日,引用日期:2015年2月18日。
③ 风弄:《凤于九天》(壹),第31页,上海:上海人民美术出版社,2013年。

超凡脱俗的高雅气质,黑得发亮的眸子轻轻往四周一扫,屋内顿时响起一阵难以压抑的倒吸声。"①特别需要指出的是,鹿丹在小说中虽然兼具两性之美,甚至压倒了天下第一美女媚姬,但他实际上的角色却是攻君,和他配对的受君是有着一张国字脸的东凡王储印。

从女性视角对饱含诱惑力的男性身体进行细致刻画,是耽美小说最具突破性的特质。在耽美小说出现之前,华语文学传统中从来没有出现过如此鲜明的出自女性视角的男色描写。就如同攻受组合的灵活一样,耽美小说对男性美的刻画也是非常灵活的。早期耽美小说热衷于描写雌雄莫辩的美少年,这一传统一直延续到今天,在许多小说,包括风弄的作品中都有所体现。但是男性的其他特质,无论是阳刚还是儒雅、轻健还是稳重,甚至是一些怪异的风格,都有可能通过耽美小说得到体现。除风格的多样化之外,耽美小说还提供了许多关于男性身体的细节描写,甚至不避讳男性的私密部位。耽美小说不仅会对男性形象进行欣赏和品评,有时还会用诙谐的笔触表达出一种调侃甚至嘲讽的态度。"对充满爱欲色彩的男性身体的想象和消费,不仅是对女性欲望的释放,也是对男性权威的消解。男性的身体,不再是令人恐惧、憧憬、只能被动承受的东西,通过虚构出来的男男关系,男性身体也可以被接近、品鉴、把玩、挑逗甚至凌虐。换言之,耽美作品中男—男关系的预设,为女性观赏者提供一种以全新的目光打量和想象男性躯体的视角。而异性恋浪漫关系,无论在精英文学还是通俗小说中,无论对爱欲的描写多么大胆,迄今为止,仍然不能提供与这种阅读经验相匹敌的乐趣。"②

《凤于九天》里的这些主要人物——凤鸣、容恬、若言、鹿丹、子岩和贺狄,作为风格各异、性格鲜明的美男子,各自都收获了很多"死忠粉"。在晋江、露西弗、风弄无声、翼梦舞城及百度贴吧的相关论坛保存了许多书友们针对《凤于》中不同角色的讨论;有些粉丝还专门在百度为自己喜欢的角色建立贴吧,不仅有"凤鸣吧""容恬吧",还有"鹿丹吧""若言

---

① 风弄:《凤于九天》(贰),第163页,上海:上海人民美术出版社,2013年。
② 徐艳蕊、杨玲:《中国耽美(BL)小说中的情欲书写与性/别政治》,《台湾社会研究》季刊总第100期,2015年9月。

吧"。这些角色也吸引了许多 coser 来对他们进行再创作。杭州 304 工作室，就是通过 cosplay《凤于九天》里形色各异的美男子集聚了旺盛的人气。他们经常会被邀请参加各种形式的动漫展，每次展示都会得到腐女们的热烈欢迎。

三、从风弄的创作看耽美同好社群的文学理念

说耽美小说表达了多元化的、结合了女性和酷儿视点的性政治立场，并不是研究者对文本的过度解读，而是作者的创作自觉，同时也得到了读者的积极回应。作者写作专栏下的留言区、耽美论坛、耽美作者的微博群落以及 QQ 群，都成了讨论女性和酷儿话题的阵地。风弄也是这一话题的积极参与者。对于耽美社群来说，风弄之所以一直被当作耽美作者的典型代表，不仅是由于她的故事的生动、作品数量和题材的丰富，更是因为她承受了各种压力却一直没有放弃耽美写作，没有放弃耽美作者的立场和坚持："我喜欢耽美，是因为耽美让我感到另一种自由，和另一种抗争。社会不认可的东西，但是我可以去爱，坚持地爱。"①

风弄的写作理念非常严肃并带有理想主义色彩。从 2011 年开始，笔者和合作者杨玲开始对风弄进行持续访谈，并在同一时期访谈了风弄的个人小站"月夜下"和"风弄无声"的管理者素素和青儿，《凤于九天》漫画版的合作者王一，以及风弄在威向文化的责编龙 A。风弄在不同的场合一再表达了她对文学的尊重，她认为"文章千古事"，哪怕你只是写了一个小故事，这个故事被人读了，喜欢了，就会在这个人的生命里留下痕迹。她在大学读的是理工科，毕业后进入联想集团工作。虽然收入和职业发展都不错，但是她却对这样的生活前景感到茫然。她觉得人生如果只是挣得一份薪水糊口，只能算是活过，不能算是存在过。而写作却让她感觉到了自己存在的价值和意义。在慎重思考之后，风弄辞去了原来的工作，成为专职作者。②

---

① 来源于 2011 年 5 月 24 日徐艳蕊对风弄的网络访谈。
② 来源于 2014 年 2 月 10 日徐艳蕊、杨玲在上海同人漫展对风弄、王一的访谈。

作为一个专职耽美作者,风弄承担着比其他类型的作者更沉重的社会压力。风弄也曾经尝试写过言情,出版的唯一一部长篇言情小说《孤芳不自赏》,在台湾有四个版本,在大陆有三个,并被翻译出版到波兰和泰国。《孤芳不自赏》的漫画版立刻拿到了书号,影视版权也很快卖出。耽美小说《凤于九天》有更高的人气,但只出版过两个版本,分别是漫友的简体版和威向文化的繁体版。《悲惨的大学生活》(上)在越南出版被删改了很多内容,即便如此,下册的出版计划仍然被停。风弄其他的耽美小说,由于出版地在台湾,大陆无法购买,很多喜欢她的读者只能在网上追寻她的踪迹①,有一些则干脆去下载盗版。耽美作者由于处境尴尬,不断出现作品被抄袭而无法维权的现象,风弄的作品也不时遭遇抄袭者青睐。这都大大削减了作者的经济收益,并给作者带来巨大的心理压力。

风弄就是在这样的氛围中坚持她的写作。她说,一个人,可能从来也没有接触过同志,同志也从来没有伤害到他、触动过他的利益,但他却会很坚定地认为同性恋是异常的、有罪的,异常的东西就该被看不起、被清除。女生们喜欢的耽美,并不会教唆女生犯罪,也不会让她们去掰弯直男,只是寄寓了女生们自己的幻想。幻想并不会伤害到别人,但是因为这种幻想是不一样的,就会被敌视。她希望社会可以慢慢地接受不同的意见,容纳与大众有不同观点、性向和喜好的人。

而她之所以会觉得耽美是值得坚持的,是因为耽美"使女性通过一种朦胧、奇异的方式觉醒,体现了女性的追求和奋斗。喜欢看耽美的读者比较有独立的人格,很少依附性。耽美描写压制与反压制,充满了反抗精神,反抗社会、父母、男人设立的障碍。女性喜欢带入受的角色,够倔强、够硬朗的受,会受到很多读者的喜爱"。"女性的这种变化让许多人感到不安。但耽美的魅力就在这里,越是不让看的东西,大家越是想看。人性的东西是不可抑制的。道德虽然规范行为,但是僵化之后形成对人性的禁锢,就很可悲了。无论是什么文类,耽美也好,BG 也好,都是写人。"②

---

① 风弄早期的部分作品在露西弗、晋江,以及风弄的个人网站"风弄无声"存放,新作品则通过台湾威向文化旗下网站"米国度"发布。

② 来源于 2014 年 2 月 10 日徐艳蕊、杨玲在上海同人漫展对风弄、王一的访谈。

因此她不觉得写耽美就是不严肃的,就应该躲躲藏藏、畏畏缩缩,因为判断小说的好坏不能看这小说属于什么类别,应该看小说怎么写,写了什么。她认为自己的小说写得最多的就是两个主题:"一是讨厌奴性,厌恶践踏自己、奉承别人。对奴性的遗传,感觉超级悲哀。如果一个人对自己不尊重,Ta 就不能认定自己的价值。二是刚硬、勇气。在面对庞大的压力时,勇气在哪里。能否为了心目中执着的一点东西,去对抗。""希望社会能够和谐一点,彼此多一些尊重。民众有提意见、说出自己的想法的权力,但没有判断他人的权力。不能对他人随便下定义,自己也不要逆来顺受。"①

风弄的坚持,为她赢得了许多耽美粉丝的喜爱、尊重和认同。风弄在乐趣上的个人站点"月夜下",就是由她的粉丝发起和打理的。由于风弄在耽美社群中有很高的感召力,2003—2007 年间,除了风弄之外,"月夜下"吸引了很多其他作者来发文,所有作者的小说都是免费发布的,版主和版工也都是义务劳动,没有薪酬。连接作者、读者和网站管理者的,是共有的兴趣和观念。是情感和观念的流通,而非资本,支持着网站的运营。网站的管理者之一青儿在回忆那段时间的时候充满怀念:"当时耽美圈的环境非常美好,大家普遍重视版权保护,转载都是要授权的,盗文网站也是偷偷摸摸的。见证了弄弄写了许多新的文,挖了许多新的坑,印象最深的是她发《孤芳不自赏》和《蝙蝠》第一章时,我只记得当时月夜下人很多,非常热闹。有好多个作者都曾在那里发文,不少是在那里成长起来的。那段时光真的很美好,我觉得也是网络耽美的黄金期,作者和粉丝之间的交流渠道很通畅。"②青儿当时除了打理月夜下之外,还参与风弄在晋江粉红文库的专栏"风弄无声"的维护。后来因结婚生子,于 2005年逐渐淡出了论坛。而"月夜下"后来也因为各种原因而消失。2007—2008 年间,乐趣网和西陆网很多承载着同人女温暖回忆的小站都消失了。

---

① 来源于 2014 年 2 月 28 日杨玲在广州同人漫展前夕对风弄的访谈。BG 是指言情小说,是 Boy and Girl 的缩写。

② 来源于 2014 年 8 月 4 日徐艳蕊对青儿的访谈。

2008年,曾经是"月夜下"活跃成员的素素,与几位同好一起,设计和建立了"风弄无声"官方论坛。网站的运营,第一年由素素等核心成员集资,从第二年开始由经营风弄周边产品的淘宝店的收益来支持。"风弄无声"有一个子版块"风弄文章评论感想",专为书友发布对风弄各类作品的评论感想而设立,目前保存了860多份长评。① 与此同时,素素还参与建立了风弄的读者群和书友群,风弄每当有新章节写出的时候,会先在核心书友群贴出,倾听书友的评论和感想,修改过后才公开发布。网站和书友群的运营,素素都付出了很大心力,当被问及为什么会这么做的时候,她回答:"因为爱啊!因为想让弄弄写更多好看的文,也想让更多人了解到弄弄的文。弄弄的文说世界性有点夸张,但真的读者遍布全球,有腐女的地方就有弄弄的读者,以前论坛注册的ID真的五湖四海都有,管理员里集合了大陆、香港、台湾、加拿大的读者。我觉得现在虽然是小众文,但是随着时代发展,这个群体会越来越壮大的。"②

由于耽美文化有着显著的跨国特征,中国又是原创耽美小说的最大生产基地,许多耽美"大手"都拥有不少海外读者。作者冰魅在晋江的专栏下面,就有来自越南的读者的留言,希望作者能够同意她翻译转载小说。尼罗的小说也被翻译为数国语言。风弄读者群中的海外粉丝也很活跃,2014年7月在美国参加AX展会③的时候,风弄遇到了许多非华人粉丝,其中包括她的小说英文版的网络翻译者④,以及讲西班牙语的墨西哥裔读者,后者是在网上看了由英语翻译成西班牙语的《凤于九天》而喜欢上风弄的⑤。

耽美同好社群的性质并不仅仅体现为读者对作者的喜欢和支持,更是基于对社群责任的分担。无论作者和读者,首先都是以腐女的身份介

---

① "风弄文章评论感想","风弄无声"子版块,http://www.fengnong.net/bbs/forumdisplay.php?fid=25&page=1。
② 来源于2014年8月3日徐艳蕊对素素的访谈。
③ AX展会,即Anime Expo,每年独立日临近的周末在美国举办的动漫展会。
④ 风弄小说的英文译文网址,http://sookybabi.livejournal.com/50818.html。
⑤ 参阅徐艳蕊:《网络女性写作的生产与生态》,《北京大学学报》(哲社版)2015年第1期。

入社群的,这意味着,大家有着共同的身份,有着共享的兴趣及价值观,必要的时候,会共同面对压力。风弄在广州的家基本上已经成为了一个耽美工作室,许多作者和读者都曾经在风弄家住过。与风弄合作创作漫画版《凤于九天》的王一,曾经在风弄家待过半年时间。2014年2月杨玲到广州采访风弄的时候,风弄家里正住着6位画手。风弄开玩笑说,她的家就像人民公社,实行的是共产主义。另外,风弄的许多作品都被cos工作室和广播剧组申请授权改编,这些授权绝大多数都是作者免费赠予的。Cos的部分已经开始尝试进行商业化经营。而广播剧的发布,迄今为止仍然是完全免费的。除原作者的无偿授权之外,广播剧所需的导演、编剧、配音、配乐及后期制作,绝大多数由同好免费提供。不仅如此,制作广播剧所用的器械和耗材,也往往由制作者自行集资购置或租用。

结　语

风弄的创作,贯穿了整个耽美小说发展的历史。本土耽美小说在十几年的实践中,题材、主题、设定、萌点和趣味一直都在不断发生着变化。在这样一个不断变化的社群中,如何保持创新和活力,是一个作者必须认真面对的问题。从一开始,风弄的创作就发展出了两个不同的侧面:一方面是不断贴近粉丝的趣味,情节曲折、萌点十足;另一方面则是试图通过耽美这一设定去触动一些更为严肃的主题,就如同她在《金玉王朝》后记里所说的,想要写在不同的时代,不同的世道,人们不同的挣扎和选择;希望不仅能写出感情,还能显现出人性,使读者看过她的书还能小小思索一下。① 这两点实际上是相辅相成的。

书写情感和人性,这种写作动机看起来与精英文学强调的宗旨并无不同。但是,耽美小说处理这些主题的方式却与严肃文学有很大差异:对情感和人性的表达要通过趣味性来完成。小说要好看、有趣、有萌点才会有人喜欢,风弄之所以会成为最有影响力的耽美作者,就是因为她的小说在腐女圈中有广泛的受众基础,而并非如文学史教程上大多数的经典作

---

① 风弄:《金玉王朝》第五部《峥嵘》下,第186—187页,台北:台湾威向文化,2014年。

者,通过文化精英阶层的授权来获得超脱的地位。但是需要进一步说明的是,耽美小说的趣味从现有的社会常识来看是超出常规的,这种趣味中同时包含了女性和同性恋亚文化的视角,因此提供了一种和仍然占据主流的异性恋男性中心主义完全不同的价值观:消解父权制的等级秩序,反对异性恋的强制规范,书写和思考那些严肃文学很少触及的领域,比如说强奸、家庭暴力、性奴役和剥削。这些"异常"的趣味,恰恰就是耽美小说的核心领域。风弄的小说很好地表达了这些趣味,用丰富的细节为情感和人性提供了一种不一样的解读。

风弄和她的《凤于九天》为文学实践提供了一个不一样的典范。在差异性、多元性议题正渗透入不同的社会领域、以不同的方式被开启的今天,这种不一样是非常有价值的。

风弄创作年表

【风弄,中国原创耽美圈最有影响力的作者之一。2000 年开始耽美创作,早期作品大多在"露西弗俱乐部"首发,后来曾在晋江粉红论坛区设立专栏"风弄无声",另有自己的网站"月夜下"和"风弄无声"原创论坛。台湾威向文化签约作者,已出版《凤于九天》《不能动》《太子》《金玉王朝》等多部耽美小说和言情小说《孤芳不自赏》,深受读者喜爱。作品曾被翻译成英语、日语、波兰语、越南语等多国语言,在整个东南亚乃至全球华语耽美圈都拥有数量众多的粉丝。】

1. 2000 年,开始创作长篇耽美小说《血夜》。这是风弄创作的第一部耽美小说,在台湾的耽美小站贴出过一部分,并在"夜月飞翔"连载,后来被转载至露西弗俱乐部。

2. 2001 年 9 月,开始在露西弗俱乐部连载中长篇小说《害》。其后直到 2001 年底,又有《不要不要放开我》《烟灰》《被享用的男人》等中长篇陆续在露西弗贴出。风弄迅速成为非常受欢迎的作者。

3. 2002 年 6 月,在露西弗俱乐部发布中长篇小说《昨天》。

4. 2002 年 10 月,在露西弗俱乐部发布中长篇古风小说《奴才》。这是风弄早期小说中非常受欢迎的一部作品。

5. 2002 年 12 月,开始在露西弗俱乐部连载著名的长篇穿越小说《凤于九天》。

6.2002年12月,在露西弗俱乐部发布中长篇小说《相会于加勒比海》。这部小说是悲剧性结局,被很多读者推举为耽美悲文中的典范。

7.2003年1月,在露西弗俱乐部发布中长篇小说《悲惨大学生活》。

8.2003年4月,《奴才》由台湾威向文化出版。

9.2003年9月,《悲惨大学生活》由台湾威向文化出版。

10.2003年12月,《相会于加勒比海》由台湾三叶草文化出版。

11.2004年1月,《凤于九天》系列的第1—4部由台湾威向文化出版。

12.2004年7月,在露西弗俱乐部发布中长篇小说《不能动》。

13.2004年9月,在露西弗俱乐部发布长篇武侠古风耽美《蝙蝠》。

14.2005年7月,长篇古风言情小说《孤芳不自赏》由台湾威向文化出版。这是风弄迄今为止唯一的一部言情小说,同时也是一部非常受欢迎的小说,之后陆续出了几个简繁不同的版本,并被翻译到波兰、越南等地区。

15.2005年11月,在露西弗俱乐部发布中长篇古风耽美《主子》。《主子》延续了《奴才》的故事。

16.2006年5月,在露西弗俱乐部发布长篇古风耽美《太子》。

17.2006年9月,《主子》由台湾威向文化出版。

18.2009年3月,《太子》全5部由台湾威向文化出版。

19.2010年6月,与画手王一合作的《凤于九天》漫画版第1卷由台湾威向文化出版。

20.2010年10月,《金玉王朝》第1部由台湾威向文化出版。截至2014年1月,《金玉王朝》已经出版了5部,第6部正在酝酿中。

21.2012年8月,《凤于九天》第29部《残更不寐》由台湾威向文化出版。第30部尚在酝酿中。

22.2013年11月,《凤于九天》(1—2)简体典藏版由上海人民美术出版社出版。

23.2014年2月,与王一合作的《凤于九天》漫画版第2卷由台湾威向文化出版。

24. 2015 年 5 月,《凤于九天》(7—8)简体典藏版由上海人民美术出版社出版。

风弄小说粉丝评论综述

风弄的小说在网络上吸引了数量众多的评论。在风弄创作的早期,作品主要发布在夜月飞翔、露西弗俱乐部和风弄的个人小站月夜下,当时每发出一章,都会吸引大量回帖,而在故事完结的时候,则往往会有不少长评出现。但早期的耽美网站由于各种原因,要么销声匿迹,比如夜月飞翔和月夜下,要么频繁搬迁,比如露西弗俱乐部,数据流失严重,因此风弄创作早期的读者评论现在基本上已经难寻踪迹了。目前保存比较完好的书评集中在风弄的个人官方小站风弄无声原创论坛、百度贴吧、豆瓣网和米国度,另外在晋江的闲情论坛,以及新浪博客和微博上,也不时有评论或随感出现。还有其他一些零散的评论通过 QQ 群和邮件在作者和书友之间传播。评论最集中的地方是风弄无声原创论坛的子版块"弄墨草堂",这是一个给资深粉丝存放长评的专区,在 2008—2012 年间非常活跃,保存了 800 多篇长篇书评,每篇书评后面都有长短不一的回帖来响应。

1.《凤于九天》粉丝评论概况

《凤于九天》是风弄人气最高的作品,因此收获的反馈也最为丰富。在百度贴吧"凤于九天吧",迄今已经有了将近 74 万个帖子。许多重要的耽美论坛都有和《凤于九天》相关的内容。

《凤于九天》的相关评论从内容上来讲大致可以分为三类,第一类是表达喜爱之情,大多数的短评可以归为此类;第二类是对人物的解读以及对情节的分析;第三类是对小说的整体结构、创作手法和艺术成就的评价。

关于《凤于九天》为什么会受读者欢迎,粉丝评论很能说明问题。书友从来很安静这样描述自己被《凤于九天》吸引的过程:"在连城上找书,无意间看到了《魂落西雷》,居然瞬间就被吸引住了……此作者太强悍了,把故事写的一环扣一环,我用了三整天时间一口气看到 2009 年最新一本,意犹未尽啊,太过瘾了!险中险、计中计,尽管危机四伏、险象环生,可是作者真的是主角的亲妈啊!所谓兵来将挡,水来土掩啊,最后必定是大快人心的反扑,写得真是荡气回肠,作者的心思与文笔堪称经典!"①匿名读者在米国度上这样评价:"一直觉得凤于是很难得的好文,百看不厌⋯⋯不是要回忆剧情,而是要再次感受里面的那让我觉得很美好的东西。"②

《凤于九天》内容丰富,出场人物繁多,除了主角凤鸣和容恬之外,其他比较重要的人物,像鹿丹、烈儿、贺狄,甚至反派若言,都有各自的支持者。这些角色的性格特点和发展走向是粉丝们非常乐意讨论的话题。鹿丹是东凡国的国师,诡计多端,善于伪装欺骗,但是他的狡诈和诡计都是因为有想要维护的东西——东凡国的安危,以及与东凡国休戚相关的爱人东凡王。网友冰绡蕊珠这样评价鹿丹:"固然,他是那么阴险狡诈,总是在玩弄人心,耍着容恬和凤鸣。致使容恬丢了帝位,凤鸣在东凡如履薄冰,但他一切的疯狂全都有了道理,让我们不再对他有丝毫不满,而是不禁感怀他这悲惨痛苦的童年,感慨他这纯洁无暇的爱情,感伤他这转瞬即逝的生命。便是这般美好的男子,便是这般悲伤的结局,又怎能不让我们为之动容?"③反派若言总是给容恬和凤鸣制造各种劫难,是前者争霸天下的一个劲敌,但同时若言也深爱凤鸣,并对凤鸣的才华和超时代的奇思妙想非常感兴趣。作为一个强有力的敌人和一个深情的恋慕者,若言也赢得很多读者的好感:"他是那般的执着,像个任性的孩子,执意要得到自己想要的。只是,孩子终会得到棒棒糖,而若言,孤寂的若言,只能一直痛下去。因为,凤鸣是不会爱他的。可是若言与容恬之分,只是若言没有

---

① 从来很安静:《推〈凤于九天〉作者:风弄 经典的 BL 系列小说(22 本+番外)荡气回肠连载五年》,http://bbs.xs8.cn/thread-155768-1-1.html,发布日期:2008 年 12 月 11 日,引用日期:2015 年 8 月 7 日。

② 米国度匿名读者评论,http://mebook.comic-go.com/read/comment.jsp? id=330,发布日期:2010 年 2 月 2 日,引用日期:2015 年 8 月 5 日。

③ 冰绡蕊珠:《〈凤于九天〉中一些人物的私人评价》,http://tieba.baidu.com/p/2839086681? pn=2,发布日期:2010 年 2 月 5 日,引用日期:2015 年 8 月 5 日。

先遇到凤鸣而已。爱上一个永远不爱自己的人,是多么的可悲。"①

《凤于九天》设置故事线索和驾驭小说结构的能力得到了很多读者的认可:"风弄的作品(目前未完结)《凤于九天》是一篇架空历史的耽美文。说实话,要写一篇写史的小说的确难驾驭,人物众多且背景烦琐。政界与军事明争暗斗更是写历史小说的一大难点,好的文章既要写到真实又有创意实属不易。尤其是有160多万字数的小说,文章中有十数位主要角色。主角们的形象很清晰,每一位都在不同的生长环境下生成了他们独特的魅力,让读者了解他们的过去,同时对他们处事行为感到理解产生共鸣……若言、鹿丹、永逸、烈儿、每一个人都是一道独特的风景,每一个人都是有故事的人,每个故事都可以吸引大批目光。还有书中的女性光芒也十分耀眼,太后、妙光、繁佳三公主等都让人眼光一亮;这部书成功与人物的魅力息息相关。作为让读者看文的第一推动力,要完美而不落套的剧情是关键。不得不承认《凤于九天》是在这个方面设计得很成功。如同层层窗口,不同的视角,展现同一片多彩的风景。"②这一段长评很好地说明了在读者眼中《凤于九天》都取得了哪些艺术成就,以及读者喜欢《凤于九天》的原因。

2. 风弄其他重要作品评论概况

风弄是非常勤奋的作者,同时也是一个风格多变的作者。自开始写作以来,她尝试过现代都市文、现代校园文、古风穿越文、古风武侠文、古风宫廷文、民国文和架空玄幻文,大多数故事为正剧,也有少数悲剧。除了《凤于九天》已经成为古风穿越文的经典之外,其他每个种类里都有特别受欢迎的故事。

---

① 喵咪咪若言:《那骄傲的若言啊,是否也会在夜深人静时,哭泣?》,http://www.fengnong.net/bbs/viewthread.php?tid=36&extra=page%3D1%26amp%3Bfilter%3D0%26amp%3Borderby%3Ddateline%26amp%3Bascdesc%3DASC,发布日期:2008年4月22日,引用日期:2015年8月5日。

② sanolain:《(疯狂推荐)超级经典BL穿越小说凤于九天~(未完)》,http://blog.sina.com.cn/s/blog_626358be0100frwp.html,发布日期:2009年10月16日,引用日期:2015年8月5日。

《相会于加勒比海》是风弄早期作品中一个非常有代表性的现代都市悲剧故事,故事里的主人公面对禁忌之爱和现实压力不断左右摇摆,最终导致人生悲剧。小说对人物曲折的心理历程、对人物之间的感情纠葛,有非常精细的刻画,这引发了很多读者的共鸣和思索:"(出云)为了出人头地的捷径而背弃同性恋人选择正常婚姻获取名利,念念不忘对锦辉的爱和愧疚又决然和妻子离婚,导致对方无法接受而自杀。前车之鉴,于是不想再辜负对自己甚好的经世,却未曾料到作茧自缚,原本和锦辉相爱的加勒比海最终成了爱情的葬身之地,这无疑是对出云不负他人的初衷的最惨痛讽刺。"①

《奴才》是风弄早期古风文的代表,描写了包衣出身的贺玉郎被送给九王爷当书童,身边的人都当他不过是九王爷身边的奴才,但贺玉郎却一定要把自己当一个人来看,最后终于赢得了平等的尊重和爱。贺玉郎性格当中坚韧不屈的特质,特别受到读者喜欢:"(我)最最中意的,还是玉郎的性格。作者对他的人格的塑造、抉择的刻画,怕也正是《奴才》一文中想要表达的思想核心。玉郎他虽然文不行武不能,'没什么本事','姿色也一般','床技怕是更不怎么样',但他的心是一颗绝世珍宝,一颗绝世美玉!产自无名山川大泽,未经人工雕琢,世间仅此一颗,从一而终,能以真心换,却不得亵玩,只因美玉虽无价,却宁碎勿全。他富贵不能淫,威武不能屈,只想真实的活着,说真话,行正行,就算因此他得与整个世间作对,与最高权力作对,就算'十个人里有九个半说他错了',说他傻,说他脑子有病,他还要顽固不化的坚持自己的选择,还要用胳膊来拧大腿。命可抛,土不可辱,心更不能变!"②

《金玉王朝》则是风弄近期人气最高的作品,故事里的两个主人公在乱世中对自己价值立场的坚持、对感情的坚守,打动了很多读者。主人公之一的宣怀风,出身富裕家庭,受过良好教育,充满了艺术气息,看上去很

---

① 小妖 D_H:《相忘于加勒比海——〈相会于加勒比海〉》,http://tieba.baidu.com/p/93083311,发布日期:2006 年 4 月 10 日,引用日期:2015 年 8 月 5 日。

② 浅眠:《浅评〈奴才〉:惊喜,惊艳,酣畅淋漓,发人深省》,http://book.douban.com/review/6255716/,发布日期:2013 年 8 月 31 日,引用日期:2015 年 8 月 5 日。

脆弱易碎,但实际上却有坚定的内核:"宣怀风虽然不是强势的人,但他的心灵方面却是非常强而有力的。怎么个强而有力呢?我个人觉得,宣怀风虽然因为人好,所以老是吃亏,但他的内心却不轻而易举的妥协,甚至有些倔,天生带着一副谁都无法击碎的傲骨。"① 另一位男主角白雪岚对宣怀风浓烈专注的感情,令许多读者动容:"他们经历了那么多,我相信白雪岚绝非一时情迷,因为他对怀风从远远观望、心怀倾慕,到拥有怀风,得到怀风的爱这个过程中,没有一丝一毫的动摇,感情坚定有力而绵长。他的爱可以说非常俊美,毫无瑕疵,就像他们两个人一样⋯⋯"② 一些次要人物也被作者赋予了独特的品格,同样给读者留下深刻印象:"说到那个坚韧,其实白云飞也有这种特性。本来我不是很待见白云飞,谁让他一开始就被白雪岚拿来跟怀风比,说怀风嫌人家是个戏子如何如何啦⋯⋯但是细细想来,白云飞境遇也颇惨,从云端坠入地狱,却自食其力,默默地做自己的事,努力地过活,身边跟着两个吸血鬼一样的舅舅舅母,他竟然也能支撑那么久,令人钦佩。"③

3. 对风弄创作的整体性评价

风弄是个很有自己特点的作者,不少粉丝对风弄的创作主张、整体风格和价值立场进行了评价。在晋江粉红论坛的"闲情"(前"耽美闲情")版块,有数量众多的风弄相关讨论帖。比如《现在转过头来看,风弄果然还是个有名有实的作者》,总结了风弄作品吸引人的特质:"把《太子》和《金玉王朝》一口气看了,看法改变了许多。故事流畅,情节紧凑,狗血洒的足,心理描写细腻,人物形象鲜明,够抓人,一连几部的长篇看下来也不觉得累。联想起她这么多年写了几十本书,每篇的质量都不算差,各种题材,各种人物都拿捏得住,有本事写 H 也有本事跑剧情,通俗不装 X 其实

---

① YUU:《〈金玉王朝〉一点心情随笔》,http://www.fengnong.net/bbs/viewthread.php?tid=30204&extra=page%3D1,发布日期:2012年4月3日,引用日期:2015年8月5日。

② 四言之释:《在百度里看到的一篇书评很喜欢,拿来转了~~》,http://book.douban.com/review/5565007/,发布日期:2012年8月29日,引用日期:2015年8月5日。这个帖子是发布者的转帖,原帖地址在个人的百度空间,不对外开放。

③ 同上。

也算一种美德。尤其重要的一点,坑品好。"①另一个帖子《围观了几个作者讨论楼,发现最近 XQ 原耽聊天氛围变好了,于是跟个风,有人想一起聊聊风弄么?》,对风弄笔下的代表性作品和人物进行反复的分析和讨论,同时对作者的创作特点也有很精到的总结:"风弄发挥得比较好的几篇文在情节流畅合理程度和描写上简直让人心服口服";"非常狗血的剧情,但是叙述流畅,该虐的点虐得深深的,但该甜的地方又满心泛甜";"早期的太虐了,好多都是看一遍就哭成狗,再也不敢打开看第二遍,有时候还会不小心回想起来那些情节,因为确实给人留下很深刻的印象。……我最喜欢的还是凤于,世界观庞大设定的很完整,众多配角的性格都各不一样又刻画的很饱满,里面好几个配角我都很喜欢,后面的情节主线支线也跌宕起伏,读起来还是很精彩的"。②

风弄专注于写作耽美文,由于耽美文类的特殊性,读者对风弄的评价也往往会与对耽美群体的定位和反思挂钩。比如 Big Big Girl 在风弄无声上的帖子《弄情弄感》,记述了风弄的文怎么让她喜欢上了耽美:"我是从《凤于》开始接触耽美的……在那以后,我爱上了耽美,终于彻底摆脱了那些我觉得俗透了的 BG 文,而且真正的喜欢上了,那个穿越了的凤鸣。……弄弄搞这个论坛,除了是给自己提供一个和弄饭交流的平台外,也是想培养一些新的作者吧!总之,在坛子里,喜欢耽美就是王道,这是一群喜欢耽美喜欢弄弄的人的集合,知道有这么多人与自己同在,我就觉得不再孤单。"③闲情上的帖子《泪水,看到风弄新发的围脖,被感动了~~~》表达了对风弄坚持耽美创作的认同和感动。这个帖子的起因

---

① 《现在转过头来看,风弄果然还是个有名有实的作者》,http://bbs.jjwxc.net/showmsg.php?board=3&keyword=风弄&id=761259,发布日期:2011 年 7 月 8 日,引用日期:2015 年 8 月 5 日。

② 《围观了几个作者讨论楼,发现最近 XQ 原耽天氛围变好了,于是跟个风,有人想一起聊聊风弄么?》,http://bbs.jjwxc.net/showmsg.php?board=3&keyword=风弄&id=761259,发布日期:2015 年 3 月 13 日,引用日期:2015 年 8 月 5 日。

③ Big Big Girl:《弄情弄感》,http://www.fengnong.net/bbs/viewthread.php?tid=14345&extra=page%3D5%26amp%3Bfilter%3D0%26amp%3Borderby%3Ddateline%26amp%3Bascdesc%3DASC,发布日期:2009 年 1 月 18 日,引用日期:2015 年 8 月 5 日。

是风弄微博上的一段话:"今天,我在QQ群里告诉了我的大学同学,我在写什么。笑,写这么多年,才发现这是如此沉重的一件事,这么多年之后,我才鼓足勇气告诉网络那一头的老同学。坚持让人筋疲力尽,我听着《金玉王朝》的主题曲,感觉时光飞逝,青丝白发。我的青春、血汗、健康,都给了这个圈子。泪水氤氲,唇角还是带着微笑。"①帖主深深被这段话触动:"瞬间鼻子就酸了啊。她有可能无法成为所有人心中最爱的耽美作者,但她永远是最特别的。风弄这个名字,拥有了太多的含义,无法想象没有风弄的耽美圈。"而后面也不断有回帖响应:"的确让人佩服,我们坚持的,或许就是别人不屑的,不是一定要让人认同,但能自我承认是重要的",同时,这种感动还延及其他作者,"我是觉得坚持写下来确实挺不容易的,包括风弄,也包括很多其他坚持的作者"。② 这些评论不仅对风弄的作品进行了肯定,同时也从不同的侧面说明了耽美作者在创作中承受的压力,以及耽美群体是如何通过共享价值观和情感应对这种压力的。

通过上述对风弄粉丝评论的收集,可以看到,读者是通过对风弄故事的人物、情节以及由此引发的阅读快感的共享而成为作者的粉丝的。在这样的阅读体验和围绕这些阅读体验展开的交流中,情感的流通和分享至关重要,理性思考必须要熔铸到情感交流中,才会得以流通并产生效用。另外,风弄的读者非常具有耽美粉丝的自觉,对自身趣味和社群定位的思索也一直贯穿在阅读活动中。

(本章撰写:徐艳蕊)

---

① 风弄2011年5月25日的微博,http://weibo.com/p/1035051530239714/home?from=page_103505&mod=TAB#place,引用日期:2015年8月7日。

② 《泪水,看到风弄新发的围脖,被感动了~~~》,http://bbs.jjwxc.net/showmsg.php?board=3&keyword=风弄&id=582950,发布日期:2011年5月25日,引用日期:2015年8月5日。

第十二章 "废柴"精神与"网络女性主义"
——"女性向"代表作家妖舟论

作为晋江最具代表性的作者之一，妖舟的作品涉及"古代言情""现代言情""耽美""同人"，涵盖了"女性向"网络文学最主要的几个类型①。2006年晋江"穿越文"热潮发展到顶峰时，妖舟的首部长篇作品《穿越与反穿越》就已成为"架空穿越"的经典之作；2007—2009年，三部"耽美"作品《弟弟都是狼》(2007)、《入狱》(2008)、《留学》(2009)奠定了她在"耽美"领域的"大神"地位；《不死》作为日本动漫《Hunter × Hunter(全职猎人)》的"同人"作品，问鼎2009年晋江年度作品排行榜首位，把"动漫同人"这一"同人"类型下的子类型推到了巅峰；而2010年引领"血族(吸血鬼)"元素热潮，并成为2011年"末世"元素发端的《Blood × Blood》，作为妖舟迄今为止最后一部完结作品，时隔五年有余，截至2015年12月31日仍在晋江的原创言情总积分排行榜上名列第四。妖舟搁笔五年后的今天，仍有铁杆粉丝蹲坑②守望，这在作家作品迅速更新换代、读者不断流动的网络文学世界，算是一个罕见的景象。

极具辨识度的语言风格是妖舟区别于其他晋江作者的原因之一。然而，当预期读者涵盖了各大类型文的受众群体时，仅此一点，显然不足以使妖舟跨越不同阅读趣味之间横亘的壁垒。那么，妖舟的作品何以能够

---

① "女性向"网络文学也包括玄幻、奇幻、科幻、悬疑等传统类型，以及灵异、仙侠、网游等新类型。但古代言情、现代言情、耽美、同人的四分法是最通行的分类法，晋江文学城的编辑部和相关榜单即是按照这个分类分为四组。

② 妖舟的"坑"主要是指仅连载了7万字的《小贼》和尚未开始连载的"李笑白系列"第三部《留学》。

成功破壁,甚至在"言情"与"耽美"之间进退自如,收获铁杆读者的忠诚?作为晋江"女性向"网络文学的代表作者,妖舟的作品究竟缓解了当代女性读者什么样的困惑与焦虑?这种缓解作用是如何奏效的?妖舟的创作又是如何承前启后地影响着"女性向"网络文学的创作趋向?在笔者看来,妖舟的作品所传达的"废柴"精神和"网络女性主义"的内涵,以及对爱情神话的重新诠释,才是使她成为"女性向"最具症候性的作者的真正原因。

一、"小市民"的"废柴"精神

妖舟作品的独特之处首先在于,她将当代都市的丛林法则内化于作品的背景设定当中,作为主要叙述视角的女主角(或"耽美"作品中的"小受"),被放置于弱肉强食的食物链最底端。这种极端的方式,将女性读者现实生活中面临的压抑与困境,放大为生死存亡的迫切问题。正是通过这些女主角("小受")独特的处世哲学,妖舟言传身教地向女性读者提供了一种释放自我或迂回妥协的可能办法,即"小市民"的"废柴"精神。

妖舟笔下的"小市民",不同于上世纪八九十年代池莉、方方、刘震云等"新写实主义"作家们笔下的"小市民"——他(她)们是小林、张大民们的下一代,汲取着ACG文化养分长大的"85—95"[①]一代,被称作或自称为"网络一代"。他(她)们乖顺地接过了"青春"的旗帜,并乐于以孩子惯常用来搪塞大人的方式,一面心口不一地承认大人世界的秩序,一面保留着一个属于自己的小宇宙。由于行动力的缺失,思想上过剩的巨大动能转换成了另一种无处安放的"青春"能量,被投入到网络世界中。外界在他们身上打上的"××后""宅""腐"等标签,造就了某种群体性身份;在这些标签的庇护之下,他们反而能够获得法不责众的安全掩护。在

---

① 自1980年12月中央电视台引进第一部国外动画《铁臂阿童木》以来,中国开始有了看着日本动漫长大的第一代人,即"80后"。事实上日本的"御宅文化"起源于1980年代初期,而耽美文化虽早在1960年代初就已在日本兴起,但直到1990年代后期才进入中国大陆,因此当下真正带有"宅""腐"属性的网民大多于1985—1995年出生。可参考肖映萱:《"宅腐"挺韩,"85—95"的逆袭——解析微博"肘子体"》,《网络文学评论》第三辑,广州:花城出版社,2012年。

这里,他们凭借对网络自媒体的率先入场而获得场内的话语权,畅所欲言,无所畏惧。在这里,他们物以类聚,避开一切异质性,设立准入门槛,形成一个个相对封闭、无限细化的圈子。在这里,他们将个人价值按照次元划分,重新定义等级秩序,在次元墙内醉心膜拜二次元的"大神""大触",也乐于以"屌丝""废柴"自称,将自己与三次元的成功标志"高富帅""白富美"区分开来——这些词汇在二次元的价值体系中往往带有"吃不着葡萄说葡萄酸"的嘲讽意义,所以"升职加薪、当上总经理、出任CEO、迎娶白富美、走上人生巅峰"①才会成为经典的调侃桥段。作为双面人的"小市民"们,往往能够熟练穿梭于两个次元的价值体系之间,一旦与三次元对接,这些词汇又在强弱秩序中转换为另一种字面的正面意义。

网络"小市民"们口中的"屌丝""废柴",虽然一无是处,却有着草根的顽强生命力。无论三次元的生活多么无聊乏味,都不影响他们在二次元寻求新鲜刺激的游戏人生;反过来,正是因为三次元的日常生活太过无望,二次元非日常的幻想虚构才能够更为奏效地抚慰"小市民"们空洞的精神世界,为他们提供重新投入到现实奋斗中的勇气和能量。而妖舟笔下的"废柴",正是这样一种双面人,他们面对的现实几近绝望,却能从内心的小宇宙获得精神支柱,并凭借着一种"小心谨慎地抵抗,精打细算地顺从"的"废柴"精神,成功地在弱肉强食的秩序中求得了生存之道。

在文本中,妖舟将女性读者日常生活中时刻需要面临的困境和压抑,转换成非日常背景下的强弱等级序列。都市生活的丛林法则,首先在妖舟的"耽美"代表作《入狱》和《留学》中投射为枪林弹雨的黑道。作为"李笑白系列"的前两部,《留学》和《入狱》讲述了出身杀手世家的李笑白为摆脱父亲的控制而离家出走,周游各国,随后为躲避追踪而故意入狱期间的所见所闻。小说中的人物,按武力与权力的强弱程度,形成了一个鲜明的金字塔结构。文本中对强者的描述,是与"真"和"美"挂钩的——强者的纯真和俊美,在妖舟的笔下显得格外可爱。强弱秩序已经内化于每个角色的价值观之中,在李氏父子眼中,弱,是李笑白的原罪。李笑白

---

① 出自网络自制迷你喜剧《万万没想到》(2013年由万合天宜和优酷出品,被誉为"2013第一网络神剧")第一季第二集。

从未对金字塔的权力体系发生过质疑,相反地,他从心底里接受了强者欺凌弱者的合法性。他对抗父亲的方式,是使自己变得越来越强大,直到足以得到父亲的认同,来挣得在他面前站着说话的资格。因此,在强于自己的父亲面前,李笑白一直是一副低眉顺眼的服从姿态,未曾撄其锋芒。李笑白故意入狱后,监狱形成了一个区隔于外部世界的独立空间。然而"每块土地上都有所谓超越规则的强权,而规则,存在的意义在于约束弱者"(《入狱》第1章),监狱与外界并没有实质上的区别,这里的游戏规则仍是弱肉强食。然而正如文中所述:"你制定规则的世界我呆不下去,逃到这里总该让我喘息一下了吧?"对于李笑白来说,这里已经是他逃离外界、自我放逐的小宇宙。监狱的小世界,让李笑白遇见了一个"想做一辈子朋友的人"和一个"真的动了心想在一起的人",获得了与父亲正面相抗的勇气。虽然,故事的结尾,整个监狱在地震中轰然坍塌,兄弟、爱人反目成仇,李笑白的内心亦遭遇重创。我们并不知道,在尚未发布的《回家》当中,李笑白将会以什么方式与父亲对抗。但可以确定的是,妖舟笔下的"小市民"主角向来擅长发挥"废柴"精神,从周遭的一切事物中汲取正能量,使自己继续存活下去。

　　李笑白是文本叙述视角的切入点,女性读者的阅读体验是跟随着李笑白去承受来自食物链更高位置的压制甚至凌虐。然而这种凌虐对女性读者来说并不陌生①——"虐"是"女性向"读者快感机制中不可或缺的一环。其中,"虐身"是"虐"的重要手段之一,也暗合了"女性向"网络文学中"H"元素"情色"或"男色消费"的诉求。女性读者沉浸在这种阅读快感的刺激之中,对丛林法则视若无睹,轻易接受了相关情节的合法性——事实上,合理性和合法性对于她们来说不再重要,她们在"耽美""H"、父子乱伦、"虐身"、强暴等诸多应接不暇的刺激中,早已获得了身心的满足。李笑白面对强权的乖顺,和他私底下冷静淡然的态度,以及对

---

① 黑道杀手文中较偏重暴力、虐身或 SM 描写的作品并不罕见,如飞烟的《夜凝夕》(2006,言情,四月天即17K女生网,已删文;纸版书2009年1月由北京燕山出版社出版)、刹那芳颜的《入狱丨荆棘王冠》(2013,耽美,文章已锁,晋江作者专栏地址为 http://www.jjwxc.net/oneauthor.php?authorid=685085)等。

不断变强的渴望,则潜移默化地为读者输送了乖巧地、淡定地、努力向上地投入现实生活的能量。在李笑白身上,我们已经可以初步看到,当一个不那么"废"的"废柴"在比他强大的世界中生存时,"废柴"精神是如何发挥作用的。而妖舟在接下来的《不死》和《Blood × Blood》中,则对"废柴"精神做了更为生动的诠释。

《不死》讲述了女主角小宝进入日本动漫作品《全职猎人》的世界之后,凭借死而复生的特殊能力努力生存的经历。《不死》所基于的原作《全职猎人》,一直是晋江"同人"作者最乐于进行二次创作的文本之一①,而妖舟笔下的女主角小宝,无疑是晋江历来的猎人"同人"乃至所有"同人"作品中,最"炮灰"的一个。妖舟采用了加入原创角色的"同人"创作手法,加入了这样一个《全职猎人》原作中并不存在的角色。在进入《全职猎人》的世界后,她迎来的第一件事就是自己的死亡。身为一个手无缚鸡之力、连罐头也拧不开的弱女子,她在强人遍地的猎人世界中不断被杀、被误杀、被当作试验品杀上一遍又一遍,可以说亲身诠释了百无一用的"废柴"定义。而《Blood × Blood》的女主角高小小被设定为"末世"背景下的最后一个地球人,当飞船降落在一个满是吸血鬼的星球上时,她甫一苏醒,就被一个从天而降的血族将军扑倒啃着脖子吸了血。人类与血族无论体力还是脑力都存在天差地别的种族差异,从一开始就决定了高小小无从反抗。与小宝相比,高小小的生命并没有重来的机会,而每个将她的血液视作珍馐美食的血族都可以轻易将她置于死地,她的生存之路越发艰难了。

妖舟以一种冷静而淡漠的笔调,将弱肉强食设定为她笔下世界的通行定律,生存作为头号难题被提出,每个人都必须想方设法地活下去,就连强者也都保持着强烈的危机意识。小宝和高小小都迅速接受了这样突

---

① 2006年进入晋江前30榜单的有子独《猎人同人——真的,什么,假的。》、楼西《猎人之梦——血湮》、火之楼阁《猎人同人之平民穿越记》三部(同人作品共上榜7部)。2007年有千夜绯雪《[网王、火影、死神、猎人]穿梭在动漫世界——流星雨般的爱恋》、搞笑艺人《猎人之三眼神童》、变化系的月亮《穿越猎人世界之我是伊耳迷》三部(同人作品共上榜4部)。2009年,除妖舟《不死》外,还有花命罗《猎人同人——无处不在的龙套生活》一部(同人作品共上榜6部)。参考网址 http://www.jjwxc.net/sp/6years/main/web.html。

如其来的残酷设定,以一种老成的洞见寻觅着弱者的生存之道。正如妖舟在《不死》的后记中所说:

> 在这篇文里"不死"有两层含义:第一,是指不死的能力;第二,是指不想死想活着的精神。前者只不过是个铺垫……而后者,才是真正想表达的。……小宝的人生轨迹其实就跟我们每个人一样:在强大的生活面前感到力不从心,受到不公正的待遇,遇到挫折和打击,但还是会欣赏世界美好的部分,怀抱自己的希望,享受小小的成功。阿Q也好,逃避也好,努力改变也好,虽然活着不容易,可大部分人都不会去死。以前回复读者留言时写过一句话,用在这里就是全文中心思想:"笔下的是一个小市民,造不出大风大浪,可大风大浪,也拍不扁她。"……我说这文讲的是"一个普通废柴的奋斗史"。一点点希望+微薄的能力+很多很多的努力=不想死,想活着,想好好活着。

这或许是广大都市女性读者生存困境的投射,是弱者的妥协。但这种妥协却绝不是放弃希望的认命。女主角们的人生观可以说是丛林法则的内化:与其天真而徒劳地质疑规则、怨天尤人,不如安安分分地做一个乖顺、无害、向上的弱者,以鸵鸟的姿势躲开所有可避免的伤害,牢牢抓紧自己手中的全部筹码去交换不过分触及强者利益的权利,必要的时候,甚至弱者的身份也可以成为博取强者同情、内疚的武器。只要暗地里打的小算盘赢得了分毫的利益,得逞的喜悦和成就感便足以支撑着"废柴"们一直走下去。她们内心始终存在一个熊熊燃烧的小宇宙,在"废柴"脆弱的面具之下,隐藏着一股百折不饶的韧性。当"精打细算的顺从"失效时,"废柴"们便选择了"小心谨慎的抵抗"——高小小正是在被侵犯、怀孕后失去丈夫陪伴这些本该最脆弱的时刻,筹划并顺利实行了逃跑和拯救丈夫的计划。无论是死亡次数和疼痛多到让人崩溃的"不死"期间,还是不堪一击的"可以死"期间,小宝都明确地知道自己想要过什么样的生活,乐观地面对接踵而至的考验,"欠了钱就想办法还,是文盲就学识字,体力差就努力锻炼身体,没有一技之长就去学"(《不死》后记),使自己变得越来越适应生存。读者们的视线之所以更容易被"废柴"的小宝和平凡的高小小吸引,是因为她们正是"网络一代"的"小市民"形象的缩影,读者可以从她们身上看到自己的弱小和强韧,也会为她们暗地里打的小算盘会心一笑。

这种绕开议题合法性的正面、从当前业已形成的局面入手的做法,更类似于学校里背着老师家长偷偷看小说、打游戏的好学生,在承认大秩序的前提下,仍保留着自己内心的小小世界。妖舟笔下的女主角向读者们传达的"废柴"精神,为弱小的女主角逆袭强大的男主角提供了可能性,也为追求平等、暗含着女性主义诉求的女性读者们提供了一种现实生存方式的参考。

二、"网络女性主义":幻象空间的性别革命

作为"女性向"网络文学的代表作家,妖舟笔下描绘的不仅是"小市民",更是"网络一代"颇具时代症候性的独特女性心态,这也是"女性向"被笔者定义为"女性在逃离了男性目光的封闭空间里以女性自身话语进行书写的一种发展趋势"的应有之义。妖舟的作品,与同时期部分其他女性作者的作品,共同经历了从传统(台湾)言情到"女尊"(或"逆后宫")再到"耽美"的交互发展过程,一种属于"网络一代"的"新女性主义"或"网络女性主义"随之渐渐浮出水面。称之为"新",是相对于"启蒙"时代和社会主义革命时代女性主义发展脉络而言的。

五四新文化运动之后,"女性解放"与"民主革命""个性解放"并置在一起,成为"启蒙"精神统领之下中国社会变革的一项重要且必要的历史使命。1949年,新中国颁布《中国人民共和国婚姻法》,为中国妇女带来了一次空前的历史机遇。在法律的保障下,一系列"女性解放"的变革措施开始实行。女性享有了缔结或解除婚约、生育与抚养孩子、堕胎的权利;她们还被鼓励走出家庭,参与社会事务,享有与男人平等的公民权、选举权;男女平等就业,同工同酬。在主流意识形态话语的描述中,中国妇女已经从吃人的黑暗旧社会,进入了充满希望的光明新世界,"女性解放"的任务就此告一段落,被盖上了"已完成"的定论。然而,这一时期的"男女平等"实际上指的是"男女都一样",就是说男人能做到的,女人一

样能做到。

经历了漫长的"男女都一样"时代,在"铁姑娘"与"贤内助"①双重性别角色的重负之下,女性陷入了一种极度的疲惫,"女性解放"的口号不再那么诱人。改革开放以后,中国重新被纳入全球化体系,社会主义单位制度、与阶级话语伴生的性别话语开始松动,女性被重新判定为弱者,被召唤回归家庭,做贤妻良母。这种明显倒退的潮流却得到了多数女性的默许——因为在这里,性别差异被重提,似乎可以成为女性主体重新被认识的契机。然而,当西方传来的女性主义仍基本停留在学院阶段时,"下岗女工"和"全职太太"的现实身份已经大幅度改变了中国女性的生存状态和性别地位。"新时期"以来的女性写作也没有承担起群体性话语表达的任务,进入主流文坛的女性作家与男性知识分子分享着相同的价值体系,写作时几乎从不标榜自己的女性身份,更拒绝被冠上"女作家"或"女权主义者"的称号。以女性身份写作的作家,又往往是以孤独艺术家的身份"拉上窗帘"进行"一个人的战争"(如"60后"作家陈染、林白),或以自传体、半自传体的方式展示一种叛逆的姿态(如"70后"卫慧、棉棉)。直到1980年代中后期琼瑶、亦舒,以及1990年代席绢等港台女作家的作品先后进入中国大陆并迅速掀起"言情"热潮,女性写作才真正与女性的性别群体紧紧地联系在了一起。

琼瑶的言情小说不再是"自叙传"式的自我书写,而是以传统通俗小说的方式,为女性读者编织一个集体性的梦境。这个梦以另一种叙述给了女性读者某种"男女平等"的假象,在梦里,无论男女,爱情都是他们实现自我价值认同的必需品,没有爱情,其他方面再好,也终究是缺失的、不完整的。这个梦从1980年代的电视剧《烟雨蒙蒙》②、《庭院深深》③,一

---

① 相关论述参考了戴锦华:《涉渡之舟:新时期中国女性写作与女性文化》,北京:北京大学出版社,2007年。

② 1986年台湾华视首播电视剧《烟雨蒙蒙》,根据琼瑶1964年创作的同名小说改编,1965年已有同名电影上映。

③ 1987年台湾华视首播电视剧《庭院深深》,根据琼瑶1969年创作的同名小说改编,1971年已有同名电影上映。

直延续到了世纪之交的《还珠格格》①、《情深深雨蒙蒙》②。这些影视作品承担的角色,恰好是"85—95"一代童年回忆中最深刻的陪伴。当伴随1980年代"启蒙"文化成长的父母犹豫着不知该将"男女平等"还是"性别差异"传递给他们的下一代时,"台湾言情"重新演绎的爱情神话凭借将近50%的收视率传奇③,已经潜移默化地进入了"85—95"一代的青春梦。这个爱情神话更像是"启蒙"爱情罗曼史神话的世俗版,二者在本质上并没有太大的不同。然而,正值花季的"85—95"一代要面对的情感世界已然不同。

当"网络一代"的女性读者成长到足以发现琼瑶式"传统言情"(一般称"台湾言情")编织的爱情神话的欺骗性之后,她们在吸取前辈经验的基础上,进行了诸多大胆的甚至有些离经叛道的尝试。1998年"红袖添香"的前身论坛在"世纪青年"网站上设立文学版块,2002年晋江原创网的前身"原创试剑阁"也由一群文学爱好者建立起来。红袖与晋江后来成为"女性向"网络文学的两大主要阵地,与2002年成立的起点中文网所代表的"男性向"网络文学对应,"女性向"真正成为了支撑起网络文学"半边天"的一个文学类别。网络平台的低门槛设置,使千千万万的女性作者终于得到了群体性话语表达的机会,乍看起来泥沙俱下鱼龙混杂,拨开纷乱的表象,内里却潜藏着对"女性解放"和"男女平等"一轮又一轮的重新诠释。其中,妖舟是最具代表性的诠释者之一。在她进行网络创作的五年中,陆续探索了"穿越""现代耽美""同人""末世"等晋江最主流的"女性向"文学类型。我们可以从中大致看出"网络女性主义"的一部分重要概念在"女性向"网络文学中的发展历程。

在继承创新"台湾言情"传统模式的同时,"女性向"网络文学在很早的阶段就已经开始挑战传统的性别秩序。2004年晋江脱离"台湾言情

---

① 电视剧《还珠格格》一、二部由台湾中视与湖南经视联合出品,分别于1998、1999年在台湾与大陆播出,琼瑶后来根据电视剧改编成小说。

② 电视剧《情深深雨蒙蒙》也是根据《烟雨蒙蒙》改编的,由台湾中视与中国国际电视总公司联合出品,于2001年播出。

③ 《还珠格格》第一、二部在中国大陆的平均收视分别为47%和54%,创下保持至今的亚洲收视纪录,同时也是1990年代至今重播率最高的电视剧。

影响、形成独立风格与题材的标志，便是"清穿""女尊""耽美"三个类型的初露锋芒。其中，"女尊"和"耽美"都是对男女性别秩序最大的反叛——"耽美"试图通过书写男男相恋，实现爱情双方性别身份的平等；而"女尊"的"逆后宫"模式，则以"女尊男卑"彻底颠覆了"男尊女卑"的固有观念，表现出某种激进的革命性。2006年，妖舟的长篇处女作《穿越与反穿越》，既是晋江"穿越文"的代表作品，也可以看作是一部典型的"言情逆后宫"之作。小说中，女主角赵敏敏先后与五位男性产生了带有某种暧昧倾向的互动关系。这种以女性视角对男性评头论足的观视方式，在引导读者进行"男色消费"之外，还赋予了女性在两性关系中积极主动的选择权，而不是一味地被动接受。

然而"女尊"显然不是真正实现"男女平等"的有效办法，这一类型与传统"言情"同样具有"安慰剂"式的欺骗性。当女性读者陆续从"女尊男卑"的快感中苏醒过来，意识到这只是不切实际的自欺欺人，这一类型便难以为继。事实上，"女尊"在2007—2008年发展到极盛之后，就开始逐渐下滑。相对而言，更加持久而稳定的类型无疑是"耽美"。这一受到20世纪中后期日本"YAOI"文化影响、1990年代传入中国大陆的重要文类，与大陆的"原创言情"几乎同时出现并发展，迅速得到了一部分女性读者的接受和喜爱。早在2003年，晋江原创网成立伊始，便已邀请风维、慕容等圈内小有名气的"耽美"作者入驻；2004年之后，"耽美"作品在晋江已经具有与"言情"作品争夺排行榜的实力。"耽美"以两个男性之间的相爱，看似狡猾地避过了性别差异的难题，然而与欧美的"slash"同人文化不同，中国的"耽美"沿袭了日本"YAOI"文化划分攻受的倾向①，这在某种程度上又是性别差异在两性关系中的投射。例如2007年妖舟的首部"耽美"作品《弟弟都是狼》，一受多攻的模式，就与《穿越与反穿越》中一女多男的模式是一脉相承的，可以看作是"耽美逆后宫"。

无论是"耽美"还是"言情"，描绘的终归是女性对于两性相处模式的设想。在妖舟之前，明晓溪、顾漫是对琼瑶式"台湾言情"真爱至上传统

---

① 在中国和日本的"耽美"或"YAOI"作品中，通常会打上"A×B"的标签，一般情况下前者为攻、后者为受，即"攻×受"。

的复归和创新;匪我思存则延伸了以亦舒为代表的"香港言情"更冷漠、更现实的一面,开始强调女性的自尊自爱和个人价值——与妖舟一样从2006年开始网络写作的流潋紫,其代表作《后宫·甄嬛传》则是这一倾向继续发展、直到女性的个人价值超越男女之情的经典产物。而妖舟的处理方式,则是借用了这一时期"女性向"写作最为流行的"强强"①CP模式中的强弱概念,将男女的性别差异化作强者与弱者的等级秩序,去探讨女性作为弱者,如何与强者和睦共处甚至征服强者的可能性。

在妖舟的作品中,男女平等,或强者与弱者精神上的平等,首先体现在女性(或"小受")个体的绝对独立上。在强弱秩序面前,妖舟的主角们即使不得不以弱者的卑微姿态生存,内心深处却始终坚持捍卫着自己不依附于任何人、独立地选择生活方式的自由。这一点在李笑白身上体现得最为明显,他从不曾天真地幻想摆脱杀手的身份,从头到尾追求的仅仅是能够自主掌控自己的生活,而不是作为杀手世家或父亲李啸白的附属品——"我是你的儿子,但我,不是你的"(《入狱》第18章),也不是任何一个拥有强大势力(罗伦佐的雷奥家族、狼牙的切斯家族、Blade的杀手组织刃)的"小攻"的寄生虫。而小宝和高小小在趋利避害步步为营的过程中,哪怕被迫成为某个饲主临时的附庸,也会立刻明修栈道暗度陈仓地开始摆脱控制的计划。

不死的能力和人类珍稀血液的设定,从未成为女主角有恃无恐的凭仗,只作为她们心安理得地接受自己被特殊对待的原因——无论是特殊的欺压还是特殊的优待。高小小在被血族们当作最珍贵而脆弱的食物保护起来之后,曾有一度无意识地把强者举手之劳的帮助看作理所当然。在逃离贵族世界后,她遇到了失去味觉的欧德老人,她的血液作为珍馐的价值在他那里不再成立,她失去了潜在的砝码。面对欧德"我为什么要收留你?"(《Blood×Blood》第24章)的诘问,她才发现自己竟已习惯了强

---

① "强强"指的是言情或耽美中,女主角(或"小受")与男主角(或"小攻")具有平等的身份地位,或是各自有其超乎常人的独特之处,女性化的一方能够与投射了女性读者对理想男性美好想象的男性化一方相配,使读者能够承认爱情发生的合法性。"强强"往往与"相爱相杀""虐恋情深"等标签挂钩,与"总裁文"有较为明显的区分。

者对弱者带着施舍性质的帮助,于是立即调整心态,很快重拾了一个普通人的生活方式。作为异世界最柔弱的存在,"废柴"们本应是最需要他人帮助的角色,但她们却宁愿近乎顽固地打着小算盘,用等价交换的方式"公平"地索取,就连小宝拧不开罐头时的哭泣,也是带着"弱者的眼泪,从来都是武器"(《不死》第5章)的自觉演的一场戏。她们凭着自己的主动示弱而占了强者的便宜,通过这种算计,仿佛获得了某种弱者的自主性。尽管这种自主性带着自欺欺人的性质,但却给了她们坚信自己能够独立生存的信心。

这种对个体的独立近乎偏执的追求,正是"85—95"一代对于"男女平等"的全新理解,也是当代女性读者生存状态的必然需求。在这个男女从小被以同一套教育标准培养长大的别一种"男女都一样"时代,女性既被赋予了获知"启蒙"的"男女平等""个体独立"概念的权利,又在"后启蒙"默许的性别差异、男女秩序下受到压抑,并且不想做任何"无谓的反抗";她们一方面渴望得到自由选择生活方式的权利,另一方面却仍隐隐期待受到一个强大可靠的男性的引导。然而在同一套培养标准下长大、许多时候与女性呈竞争关系的男性,却越来越不能够承担这种期待。再加上网络媒介在使个人与外部世界更为便捷地联系成一体的同时,也加深了实体社会关系中每个个体之间的区隔,相对于"集体","个体"对于"网络一代"来说是更为鲜明的概念。在"女性依附男性""男性作为女性的人生导师"等期许难以实现的情况下,女性开始倾向于追求独立性的彼端。于是,"理想女性"成为她们幻想中那个强大而可靠的"女汉子"。

近年来,网络上持续开展了一系列关于女性主义的讨论。一方面,物化女性、消费女性的歧视性言论随处可见;另一方面,每当女性权利遭到侵害的事件受到网络的关注,都会有相关的女性主义论题迅速被重新谈论。仅以2015年为例,年初央视春晚对"女神"与"女汉子""剩女""女领导"的公然调侃,三八妇女节百度与Google图标的差异①,6月26日美国

---

① 2015年3月8日,百度搜索页面的图标是一个在八音盒上旋转的女玩偶,悬浮文字为"祝各位女神节日快乐!"而Google的图标则是手绘的不同职业的女性,主题为"Make It Happen(让一切发生)",悬浮文字为"三八妇女节快乐"。这一对比引发了强烈的争议和讨论。

同性恋婚姻合法化,7月28日"最美乡村女教师"郜艳敏①的重新被发现……一个接一个争议性事件,都伴随着中国女性主义者的发声。但这些事件在爆炸的网络信息潮流中,仅仅是昙花的匆匆一现。再加上将"女性主义"看作"女性霸权主义"的普遍误读,在公众视野中,女性主义的许多基础观念都难以成为一种社会共识。唯有通过"女性向"网络文学,才能持续不断地以YY的方式向"85—95"一代的女性读者有效地传递和表达这样一些"网络女性主义"的观点:"网络一代"的女性所追求的"男女平等",是在承认男女性别差异的前提下,尊重女性作为独立个体去自由选择生活方式的权利——这一场发生在幻象空间的性别革命是不动声色的,它避开了意识层面的争论,直接作用于人的潜意识,在性幻想的层面上颠覆着千年打造的性别秩序。

三、"我爱你"不如"在一起"

当爱情神话解体之后,如何再造爱情的童话?这是琼瑶之后所有的"言情"作者都需要面临的问题。"宫斗/宅斗文""种田文"虽然以"反言情的言情"模式给女性焦渴的心灵涂上一层清凉剂,但顽固的心依然需要做梦,需要新的"言情"模式换种语法说爱你。于是,网络作家们普遍采用"设定"的方式代替"信仰":不再论证两个人为什么相爱,而是设定他们必须相爱。其中,最流行的一种设定是"总裁文",也就是所谓的"霸道总裁爱上我"。这个"霸道"里,"总裁"的偏执来源于设定的强制性。或者说,设定的强制性之一,正表现在"霸道总裁"对爱偏执,并且这份偏执的爱不偏不倚正砸在"我"的头上——至于貌美多金的"总裁"为什么爱上无比平凡甚至不算漂亮的"我"(这样的想象最适合一般读者自我代入),是不需要论证的。在默认设定的前提下,女性读者

---

① 2015年7月28日,新浪微博重新发布了搜狐资讯一篇题为《[最美乡村教师候选]郜艳敏:被拐女成为山村女教师》(2013年5月31日)的新闻报道,郜艳敏被选为"2006年感动河北十大年度人物"的事件,以及根据其事迹改编的电影《嫁给大山的女人》(2009年上映)受到了广大网民的热烈讨论。

可以代入"傻白甜"的女主角，做一场任性的受宠梦。

"总裁文"往往也会打上"宠文""甜文"的标签，虽然在心灵按摩的意义上，能给女性读者提供一些功能性的心理满足，但作为一种"女性向"文类，存在着严重缺陷：一方面，这种白日梦过于虚假，成熟的读者很难从这种自欺欺人的 YY 中真正获得抚慰；另一方面，这种高高在上的"霸道总裁"宠爱卑微弱小的"傻白甜"的模式，加剧了男权社会"男尊女卑"的现实秩序，在"女性向"的创作中，可以看作是一种女性主义的倒退。

妖舟虽然不以"女性主义者"自命，但她笔下的女主角（或"小受"）无一不体现着自尊自强的奋斗意识。TA 们从不自欺欺人，所有的梦都是睁着眼做的。两个来自不同世界的人是否能够相爱？妖舟在《不死》中给出了否定的答案，小宝没有对猎人世界的任何一个角色产生爱情。那么，两个来自同一世界的人，又该如何相爱？理想之火燃尽后，如何为爱情找一条生路呢？妖舟依靠的方式也是设定，但是她没有设定"我爱你"，而是设定"在一起"——《入狱》中，李笑白与 Blade 在勾勒未来的美好蓝图时，得出了"在一起"比"我爱你"更重要也更现实的结论。妖舟用"在一起"，安定了当代女性比"缺爱"更恐惧的"不安全感"，再在此基础上去讨论"相爱"和"在一起"的关系，重新界定爱的内涵，探讨相爱或相处的情感模式。这种探讨的过程主要表现在《Blood × Blood》上。

在这部作品中，男主角对女主角的感情，一开始建立在对珍稀食物的独占欲基础上，饲主与饲养物的关系是先于爱情存在的。妖舟在后记中这样写道：

> 血族没有爱情，甚至直到最后，也许梵卓和布鲁赫也分不清他们自己对小小的感情是不是有很大一部分是建立在对血液的渴望之上的。可是夹杂着这些欲望，就不算爱了吗？崇敬、怜悯、同情、占有、惯性、食欲、金钱、性欲、责任，这些干扰因素统统都要剔除，才叫纯粹的爱情。那么纯粹的爱情里到底还剩什么呢？总觉得，那样纯粹的东西，脆弱得无法依靠呢。有时候我会觉得，对高大胖来说，有一个不纯粹的"嗜血的欲望"掺杂在爱情中作为彼此的联系，反而是一种幸运。因为只要她还有一滴血，她对他来说，就是这个宇宙的独一无

二!还有什么,比这个更可靠呢?

借由血液的设定,高小小成了梵卓的独一无二,弱者获得了被强者需要、珍视的合法性。对于妖舟和她的读者们来说,这种不可取代的可靠联系,或曰"安全感",才是爱情最重要的部分,甚至已经成为爱情某一个侧面的本质。这种设定的办法并非妖舟的独创,比《Blood × Blood》稍早一些,晋江的另一位代表作者饭卡的"言情"作品《他,来自火星》[①]也采取了类似的办法。通过二者的对比,我们可以更清晰地看出妖舟是如何重新界定"在一起"和"我爱你"的。

《他,来自火星》的背景放在了2010年的愚人节,地球毫无征兆地被迪肯星人占领。征服仪式上,凭着皇族特有的、无法解释的优质"基因程式",迪肯星王子卡修发现地球少女路漫漫就是他寻觅已久的"命定之人"。这种传统到不能再传统的"一见钟情"式设定,比贪恋血液的口腹之欲更加蛮不讲理,两人的结合与繁衍事关整个种族的进化质量,势在必行、无可置疑。路漫漫于是承担起整个地球的希望,接受了王子卡修的求婚,婚后渐渐爱上了温柔细心的卡修。然而回到母星后,王子的父亲索伦皇帝惊觉路漫漫竟也是他的"命定之人"。路漫漫与卡修的爱情随后遭到了毁灭性的打击——卡修在星际大战中壮烈牺牲,已经怀孕的路漫漫被索伦带走。故事的结尾,路漫漫接受了霸道皇帝索伦的爱。

从结果上来看,《Blood × Blood》和《他,来自火星》的女主角最终的归宿都是"霸道总裁"。但从女主角的角度来看,同样是地球的平凡少女,同样面对陌生而强大的外星环境,同样被迫接受设定的迷恋和爱情,高小小与路漫漫的处理方式和态度却不尽相同。在路漫漫这里,"霸道总裁"因为设定而爱上"我"之后,"我"就天经地义地同他相爱了。而高小小却在问:当"霸道总裁"爱上"我"之后,"我"凭什么一定会爱上"霸道总裁"?"我"是否有拒绝的权利?面对男主角梵卓不择手段的追逐,出于自我保护的本能,高小小在心门之外建起了重重防卫——"废柴"作为绝

[①] 饭卡《他,来自火星》连载时间为2008年12月28日至2010年1月26日(原文网址为http://www.jjwxc.net/onebook.php? novelid=414238),成为当年晋江最具人气的"言情"作品。之后陆续登出番外篇,2009年10月由辽宁教育出版社出版。

对的弱者,可以给出身体(被侵犯),可以给出血液(当食物),甚至给出尊严(策略性示弱),但坚决不给出爱情。这是弱者的底线,也是与"爱上征服者"的屈服者最根本的区别。这里的"废柴",是有自我、有坚持的弱者,是在不反抗的前提下谨慎的抵抗者,而不是屈服者。只有当梵卓甘愿"自降身份",伪装成一个完全没有攻击性甚至需要依赖她的"弱者"亚伯时,高小小才放下防备,以平等的位置与他"在一起"。

对高小小而言,梵卓与其他男性角色最大的不同,一开始当然是"霸道总裁"的"总裁"所带来的位高权重的"安全感"。因此,当第一次面对死亡的威胁和被侵犯的恐惧时,高小小第一个想到的求救对象是梵卓。然而高小小对爱情的本质是怀疑的,在她给亚伯讲的睡前故事中,田螺姑娘的传统爱情童话在新的世俗法则下被重新诠释并解构了——小伙子之所以爱上田螺姑娘,是因为她很美很富有。哪怕是在与梵卓彼此确认心意、共同返回帝都之后,高小小在被迫与一众贵族"相亲"的过程中,仍在一次次确认着,反复问自己:他与别的贵族有何不同,为什么不是他就不行?这一阶段,"安全感"的重心已经从"总裁"身份背后隐含的权力体系,逐步转移到了"霸道"的偏执和"总裁"的"腹黑"①属性上——梵卓正是在"腹黑"这一点上胜过了直来直往的布鲁赫,比起一味的深情如许,适当的智谋和狡诈在当今社会似乎正在成为一种新的性吸引力。于是梵卓建立在欺瞒上的追求,轻易就得到了高小小的原谅和接受。

决定了"在一起"之后,高小小最终找到了自己对爱情的定义:"发现对方的缺点,包容或者改正,争吵或者和好,然后两人携手走到最后,那才叫爱情。两个完美无缺的人在一起,那叫配种。"(《Blood × Blood》第45章)微妙的是,正是在又一次的死亡威胁中,当高小小真正需要梵卓时,梵卓却因一时疏忽而没有保护好她,致使高小小身受重伤。这一本该严重摧毁"安全感"的事件,反倒成了高小小确认她爱梵卓的契机——她意识到,即使这个男人不能提供绝对的安全,她也做好了接受他所有缺点的准备。这份爱,一开始是靠着设定强行拼凑出来的,在历经重重拷问之

---

① 腹黑,在ACG文化中指表面温和善良、人畜无害,内心却老谋深算、阴险狡诈的属性。在"霸道总裁"模式中,腹黑、冰山、忠犬等是总裁的惯有属性。

后,终于脱离了理性的自我说服,进入了感性的情不自禁。不可能变成了可能,这无疑比单纯的"霸道总裁"套路更为坚定。当梵卓陷入无限期的沉睡,对于寿命有限的人类来说,几乎可以认为他已经死亡。同样是面对生死离别,路漫漫在失去卡修之后选择"爱上"索伦,而高小小却毫不犹豫地拒绝了布鲁赫,坚信梵卓总有办法回到自己身边,并做出积极主动的努力去将他唤醒。这样看来,妖舟对爱情的追寻,无疑比同时期晋江其他"言情"作者更为固执。在这一点上,高小小与小宝、李笑白有着相同的信仰。爱情,重新被放到了一个更加崇高的位置,在幻灭的废墟之下,隐藏着执着的期待和坚持。

2010年9月《Blood×Blood》完结之后,11月25日"古代言情"作品《小贼》开始连载,仅发表7万余字就宣布暂停。自那之后,到2015年底,妖舟的网络创作已经中止了将近五年。① 五年来,晋江"女性向"创作的流行元素经历了"末世""重生""机甲""种田"等多重转变。"言情"承接2007年之后"清穿文"日常化、谐谑化的趋势,转向日常流的"职场""宅斗"。随着2012年电视剧《甄嬛传》的热播,爱情在"甄嬛式"只关乎女人之间的战争中,逐渐变成了一个被消解、被悬置的概念。另一方面,"耽美"与"网游""系统""美食"等流行文化元素相结合,在设定上不断推陈出新,一部分作品的叙事套路也出现了类似的日常化、职场化趋向。今天的女性作者与读者,已经可以自然地接受"言情"或"耽美"不再言情的趋向,也不再有对爱情"打破砂锅问到底"的热忱。作为一个曾经将爱情放置在丛林法则、性别(强弱)差异、原初驱动力等各个面向中叩问其合法性的作者,妖舟的"言情"或"耽美",以与后来的"宫斗/宅斗""种田"相反的路径,走向了另一种意义上的"反言情",成为女性读者成长道路上前置的宝贵经验。

2014年6月22—26日,妖舟在新浪微博上以每日发表一张长微博图

---

① 2011年2月2日开始在晋江连载的《坏故事》,仅发布18000字就暂停了,未标明"言情"或"耽美"。文案中有"本文写实派,没有美丽的爱情,美型的攻受、暧昧的你侬我侬、动人的结局,只有谢顶脚臭长肚腩的现实白描,打个比方就是:就算性向是BL也不是耽美"这样的说明。已有章节表现出类似短篇小说集的形式,暂时不计算在本章的研究范围内。

片的方式,连载了《留学》的番外《那些年,我们一起犯过的罪》。① 读者至今仍不知道,"李笑白系列"的最后一部《回家》中,李笑白对父亲李啸白的感情,在恨意之外,是否存在爱情的另类可能性。然而,在《那些年》中,作者描写了李笑白与罗德在路途上的几个温暖的小片段,用日常生活的点滴细节,作为献给等待多年的读者们的福利。这篇番外,恰恰是当下晋江"女性向"创作日常化趋势的又一典型文本。这或许也暗示着,妖舟作品中曾经执着询问的纯粹爱情,已经在日常生活的细节中,得到了新的建构和诠释。

在网络媒介日趋多样化的今天,"女性向"网络文学仍然在"网络一代"女性读者的日常生活中占据着难以替代的位置。它们或以日常升级流投射真实职场,向女性提供一份可供参考的生存指南;或重构爱情叙事,成为抚慰女性心灵的"安慰剂"。无论是在哪种功能的作品当中,我们多多少少可以从主角身上看到"小市民"心态和"废柴"精神。随着"男女平等""性别差异"等女性主义议题的凸显,一些读者已经开始意识到"女性向"网络文学各个类型所蕴含的多元革命性。妖舟的作品,以丰富多样且切中要害的尝试,与同时期的"女性向"网络文学最先锋、最深层的探索潮流保持着惊人的一致性,为"85—95"一代的女性读者提供了一个最为典型的"女性向"作品序列。

妖舟创作年表

【妖舟,曾以笔名"桃之舟"出版作品《穿越与反穿越》,2006年1月开始在晋江原创网连载小说,2011年2月停止发表作品。(由于耽美类型的特殊性,出于保护作者的目的,此处不公开其个人信息。)】

1. 2006年1月19日,在晋江原创网发布第一部短篇耽美作品《叶孤

---

① 妖舟新浪微博ID为"妖舟lmy",http://www.weibo.com/u/1072943284。《留学》番外的五个链接分别是:http://www.weibo.com/1072943284/BadbNB2Rr?from=page_1005051072943284;http://www.weibo.com/1072943284/BanvSbGzS?from=page_1005051072943284;http://www.weibo.com/1072943284/BaxfufWfz?from=page_1005051072943284;http://www.weibo.com/1072943284/BaGZftSmR?from=page_1005051072943284;http://www.weibo.com/1072943284/BaPZD25xH?from=page_1005051072943284。

城》,全文5129字。

2.2006年2月5日,在晋江原创网开始连载言情小说《穿越与反穿越·第一卷》,2006年8月完结,全文约26.8万字。这是妖舟的第一部长篇作品,在晋江2006年所有作品的总排行榜中名列第7位。2008年5月,《穿越与反穿越》作为"磨铁图书系列"之一,由北岳文艺出版社出版,出版时作者笔名为"桃之舟"。

3.2007年1月6日,在晋江原创网开始连载耽美小说《我的弟弟都是狼》,后改名为《弟弟都是狼》,全文约23万字。这是妖舟的第一部长篇耽美作品,在晋江2007年所有作品的总排行榜中名列第24位。2007年3月10日,《弟弟都是狼》与磨铁文化签订出版协议。

4.2008年1月11日,在晋江原创网开始连载耽美小说《入狱》,全文约18.8万字。这是"李笑白系列"的第一部,在晋江2008年所有作品的总排行榜中名列第14位。2010年1月12日,《入狱》实体书由夏熙工作室制作并开始发售。

5.2009年1月26日,在晋江原创网开始连载同人小说《[猎人同人]不死》,2009年5月完结,全文约33.4万字。这是妖舟的第一部同人作品,在晋江2009年所有作品的总排行榜中名列第1位。

6.2009年6月1日,在晋江原创网开始连载耽美小说《留学》,全文约24万字。这是"李笑白系列"的第二部。2014年6月22—26日,妖舟在新浪微博(ID:妖舟lmy)上以每日发表一张长微博图片的方式,连载了《留学》的番外《那些年,我们一起犯过的罪》。

7.2010年1月1日,在晋江原创网开始连载言情小说《Blood × Blood》(期间,晋江原创网更名为晋江文学城),2010年9月完结,全文约34.8万字。作品积分位列晋江2010年所有作品的第1位。2010年10月,《Blood × Blood:血族传说》作为"磨铁彩虹堂 Magic Box 系列"之一,由时代文艺出版社出版,内容为全文的上册;下册《Blood × Blood:血族传说大结局》于同年12月出版。2012年9月25日,《Blood × Blood》漫画版《血族传说》开始在微漫画连载,由砚七绘制,地址:http://manhua.weibo.com/c/34381,截至2015年12月31日,连载至"第二十四滴血(一)"(正文共"五十九滴血")。2013年8月,漫画版第一卷《血族传说1》由湖南美术出版社出版。

8.2010年11月25日,在晋江文学城开始连载言情小说《小贼》,2011年2月1日暂停更新至今,目前发表约7万字。2012年7月26日,《小贼》签订出版协议。

9.2011年2月2日,在晋江文学城开始连载《坏故事》(未标明言情或耽美,已有章节的形式类似于短篇故事集),连载至1.8万字,暂停更新至今。

妖舟小说粉丝评论综述

妖舟的网络小说创作以晋江文学城为主阵地,关于妖舟作品的粉丝评论也主要集中在晋江文学城的评论区。作为当时晋江最具人气的作者之一,妖舟的作品每发布一章,读者都在评论区积极地留下短评以及数量众多的长评。这一方面与短评刷分、长评奖励机制有关,一方面也得益于晋江网站培养的作者、读者之间良好的互动氛围。2014年4月"净网"展开后,妖舟在晋江的专栏进行了冻结、封锁处理,妖舟的所有作品及评论区的粉丝评论都已经无法查阅,给笔者的整理造成了较为严重的困境。幸运的是,笔者对妖舟的研究始于2013年末,及时保存了部分原始的粉丝评论资料。

1.《穿越与反穿越》粉丝评论概况

作为妖舟的处女作,《穿越与反穿越》最先引起晋江读者关注的,是搞笑的语言风格。

正如网友阿少所言:(妖舟)"令人叹为观止的搞笑功力使得《穿越与反穿越》在泛滥成灾的穿越文里独树一帜,一改普通穿越文的腻腻歪歪,以清新的笔调,讨喜的人设赢得了众人的拥戴"。除此之外,女主和男主当然也是读者们讨论的中心。网友Doria分析道:"赵敏敏是一个矛盾的人,但并不是一个复杂的女生。她有着现代女学生的普遍期望与心思,例如说对于金钱的小小渴望;例如对于自身的或者说对于女性的价值的肯定;例如对于美好的爱情和漫画中的奇遇的期许。"(Doria:《桃花尽》)也有网友认为,正是赵敏敏的不完美,教会了读者"与其死躺着做梦,不如放手一搏"的道理(尖酸刻薄:《完美的不完美人生》)。小说中的五位男性角色也是读者乐此不疲的争论主题,一些读者认为,女主角的光芒过于灿烂,使男性角色相对暗淡(网友苍月纱)。

一些读者多年之后再来重温时,则难免察觉到其不成熟之处。部分读者也给予了充分的理解,并替妖舟向后来的读者解释道:"该文写于2006年,那时正是穿越文刚开始兴起,所以在当时看文读者眼中,妖舟的文的确是有很多搞笑的亮点。在后来几年里各种穿越文层出不穷,看多了同样的情节,也就自然感官疲劳了!现在再回头看《穿越与反穿越》就没有初见那时的惊艳了!"(网友 rain)

2.《弟弟都是狼》粉丝评论概况

《弟弟都是狼》是妖舟的第一部耽美作品,因其对另一部现代耽美经典之作《不疯魔不成活》(作者微笑的猫,2006年11月在晋江连载)的借鉴,虽然妖舟明确表示了作品对《不疯魔不成活》的致敬之意,连载过程中仍引发了读者的一些争议。

此外,读者讨论最多的,依旧是"小受"在众多"小攻"之间的选择问题,四个"小攻"的角色各有坚定的支持者,有读者把他们形容为"一匹睿智聪慧满腹心计的狼,一匹冷酷绝情眼神锐利的狼,一匹执著倔强坚韧易怒的狼,以及一匹披着羊皮的狼,各自出招攻击一只善良温和平凡简单的大兔子"(我是花儿:《狼》),也有读者对比了木文君与赵敏敏的相似性(^^:《两个攻》)。

3.《入狱》《留学》粉丝评论概况

《入狱》和《留学》同属于"李笑白系列",中心人物李笑白是贯彻整个系列的灵魂。在读者的评论中,李笑白集无情、纯真、象征着光芒的存在等特质于一身,"在李笑白的身上有着某种特质,他有他的思想与原则,适应着生活的环境却绝不是妥协。以致让我在看文的过程中,直追随着他的目光,没有在这样黑暗的环境中感到绝望"(网友莫林草)。正是出于对自由生活的向往,才能如此坚定、不畏任何困难地走下去,无论前面的路多么黑暗(网友 silence)。

《留学》原文中的一句"在年轻的时光满世界游荡,学杀人,学做人,学爱人",被读者诠释为学杀人(李啸白)、学做人(黑川龙一)、学爱人(罗德里安)。Artless 将李笑白与父亲李啸白的矛盾,解读为中国传统的父子问题:"中国的父亲对待自己儿子一直是苛刻而严肃的,就如同他们对待自己的工作一样。他们总是千方百计地想把自己的'复制品'打造得更加完美",而黑川龙一则以普通人的角度,提供了"父亲"角色的填补(网友=.=)。罗德教会李笑白的,则是"杀人是罪,而罪是很沉的",他们的相遇"如同洞穴隐喻。笑白生来就在黑暗的洞穴里,只熟悉杀戮的阴暗和死亡的回音。而罗德就是照亮那漆黑之处的阳光"(潇篱:《小白不计其数的炮灰攻》)。也有读者表现出了对罗伦佐的理解和喜爱(墨仔:《多情总被无情恼(无意义)》)。而 Blade 和狼牙,一个是"有一个男人,他假装自己爱上了一个男孩,于是他就开始了欺骗",最终却假戏真做、深陷其中;另一个是"有一个男人,他意识到自己爱上了一个男孩,于是他就去爱了"(vv:《人间的面见一面,少一面》)。也有读者将《人狱》的主线归纳为:小白与大白,刃与狼牙,即"变态的父子与诡异的兄弟"(网友 Dixia)。

"李笑白系列"显示出妖舟在人物塑造、叙事风格等方面的实力,一些读者开始对她的作品做出综合性的评论:"能从各个方面去深入描写不同人物的内心世界"(网友未央),"无论 BG 还是 BL,妖大笔下的主角都是通透自然的……聪明,但不世故,正直,但有着自己的原则"(网友 diya);妖舟的作品"总是慢慢地把所有的出路都堵了,让人看不到一点光明,只能顺着她留下的暗黑通道一直走下去,不知道什么时候会突然冒出来一把尖刀、陷下去一个大坑,坑里却也堆满荆棘。但她也会不时地给人一点温暖,就像给将溺死的人一根稻草,让人明明知道不起作用、而且随时会失去,但却也不得不紧紧抓住它。就是这难得的一点温暖,也不让人安心享受,因为它明确告诉了你,它会随时逝去,也许是明天、也是下一秒,也许就在一个无人的小巷不经意的一眼中。因为那一点点的温暖,总是让人无法完全冷下心肠,心里总存有一丝希冀。而这也只把失去温暖后的凄凉、无助衬得更加突出"(hurry.peng;《为小白的幸福请愿的长评》)。

4.《不死》粉丝评论概况

《不死》是日本动漫《全职猎人》的同人作品,连载后获得了极高的人气,最终问鼎晋江2009年排行榜首位,女主角小宝受到了众多读者的喜爱。读者首先感受到了小宝内心的强大:"小宝的不死,更重要的是在精神上的永不放弃。一路走来,看着她不断的死去,又不断的在痛苦中复活,看着身量小小的她在猎人世界里苦苦挣扎,胼手胝足,只为求一席之地。老实说,很难不肃然起敬。"(鲜蔬汤:《评〈不死〉》)小宝作为"精神上的至强者",实践着"弱者的生存方式"(沧痕遗墨:《浅评〈不死〉——执念》)。作为一个弱者,她做到了很多强者做不到的事,这是她的"光亮",而她的这点光照亮了很多人的黑暗(vivianadai520:《光与暗》)。网友yoyo提出,血液的设定来源于深深的不安全感:"在BLOOD里面,以血为媒介作为不可代替的存在,这样的牵绊才是不可放开,才是有安全感的存在,才不会被背叛才会安心。感觉真的小心翼翼真的很不敢相信的样子。其实这真的是没安全感的代表,或许没有足够的信仰去支持去相信罢了。"(《给小宝同学》)

《不死》的粉丝评论,甚至涉及了一些网络文学创作的理论视野,有读者梳理了晋江同人文的女主角从"穿越女主"到"玛丽苏"再到"废柴"的发展历程(caizhefengya:《从〈不死〉看穿越女主的地位如何一步步下降》)。还有读者开始探讨"主角"与"配角"的写作套路,希望《不死》的创作能够朝着"让主角们做真正的配角"的方向努力(须句言:《主角?配角!》);这一要求得到了妖舟的回应,妖舟点明了作品的主线并非情爱,而是一个肯动脑筋努力活着的平凡人的故事。

5.《Blood×Blood》粉丝评论概况

《Blood×Blood》引领了"血族(吸血鬼)"元素热潮,并成为2011年"末世"元素的发端,截至2015年12月31日仍在晋江的原创言情总积分排行榜上名列第4。小说开始连载后,关于两位男性角色梵卓与布鲁赫孰为良人的争论从未停止。有读者认为,梵卓之所以能成为最终的男主,是因为他掌握了对待小小的正确方法(sph:《你的脚尖踏过我的让步》);而布鲁赫虽然有着崇高的责任感和忧国忧民的情怀,对待爱情却沉默而笨拙,想爱却不懂得爱的方法,才会错失先机(Ling:《坏男人好男人,选哪一个》)。

而女主角的世界观也成为读者关注的问题。读者提出,"我一定会活下去"是高小小心中最为根深蒂固的信念,自己弱小,就必须要依附强大的血族,为了最值得她去争取的东西而放弃其他多余的包袱。这样的女主理性而实际,但是却不得不承认,有着这样信仰的女主是强大的(习惯被忽视:《论"小市民"高大胖的爱情观》)。

关于"高小小和梵卓之间为什么会产生爱情"这一问题的讨论,则更为深入。读者讨论了梵卓为何会爱上高小小的问题,一种意见认为"好吃的=对食物的占有欲=对女人的占有欲=需要食物喜欢自己"or"食欲=X欲=爱情=地球人和外星人共创美好新生活"以及"胖是外星人……和她在一起不会腻啊……思想在碰撞",这三种对高小小和梵卓关系的理解,基本上否定了梵卓爱上高小小的可能性(忍不住了冒泡泡:《关于喷文的真谛》);另一种观点则认为在鲜明的强弱对比之下,爱情原本是不可能产生的,"没有人可以真正地靠近她,除了一个对世界上的一切毫无所知的'婴儿',即失忆者,正是抓住了这一点,梵卓才使得高大胖爱上了他。对于一般人,在高大胖的这种状况里肯定会选择退缩,可是高大胖没有。我坚信,这是由于她还相信着希望——必定还是有些事物是值得等待的,例如爱情、友情……甚至于一种模糊暧昧不清的感情。她坚持了,几经生死的考验,最后她得到了"(芷兮:《读〈Blood〉随感》)。

(本章撰写:肖映萱)

第十三章　"情怀""世俗意""文青范儿"
——"最文青网络作家"猫腻论

"如果文青是一种病,我是不愿意治的。"素有"最文青网络作家"[①]之称的猫腻在《择天记》的新书发布会上如是说。[②] 猫腻这句自我调侃的戏言,恰好标示出猫腻在网络文坛的特殊位置。在当前网络文学作家阵营中,根据作品质量和创作风格,大致上可分为"小白"作家和"文青"作家[③]两大类。如果说唐家三少、我吃西红柿、天蚕土豆是网络文坛最有商业价值的三位"小白"作家,那么猫腻便是网络文坛最有"文青范儿"的一位作家。

从2003年至今,猫腻先后创作了《映秀十年事》(2003—2006)、《朱雀记》(2005—2007)、《庆余年》(2007—2009)、《间客》(2009—2011)、《将夜》(2011—2014)、《择天记》(2014—),共六部小说。猫腻"封神之作"《庆余年》自连载以来,在起点中文网的总点击量超过2000万,一度成为"2008年度最受欢迎的网络小说之一"。而接下来的《间客》在起点中文网首届"金键盘奖"年度评选中,受到精英粉丝们的热烈推崇,以97882票打败《凡人修仙传》(69840票)、《斗破苍穹》(18689票)等高人

[①] 最早比较正式地称呼猫腻为"文青"的是同为网络作家的烽火戏诸侯。烽火戏诸侯曾发过一组题为"网文十年"的微博,将他眼中的网络作家分为四种,分别是"文青""主神""散仙""总管",其中的"文青"类,烽火戏诸侯选择的代表作家正是猫腻。许多读者也多用"文青"来指认猫腻。如网友落寒帧将猫腻称为"文青大神"致以敬意,而网友楚辞则亲昵地称猫腻为"永远的文艺胖子"。2014年,腾讯文学特约评论员狠狠红在一篇评论文章中,更是直接将猫腻称为"最文青网络作家"。

[②] 2014年5月29日,猫腻《择天记》的新书发布会在上海徐家汇举行。参见叶清漪:《猫腻无猫腻》,《壹读》2014年第12期(总第47期)。

[③] 参见附录"网络文学词条举要"之"文青/文青文""小白/小白文"。

气"小白文",荣获"起点中文网 2010 年度作品"称号,被称为"文青的逆袭"。① 此后,又凭《将夜》拿下最能证明作家人气的年度月票总冠军,以及"金键盘奖"的"年度作家"和"年度作品"。至此,猫腻可谓在网络文学商业机制内拿下了"大满贯"——网络文学兴起以来,拿下如此代表全面实力"大满贯"奖的,作家中只有猫腻和月关,作品唯有《将夜》。2014 年 5 月,猫腻离开起点中文网,签约腾讯文学,又迎来了一个新的发展契机②,持续巩固了其在网络文坛的"大神"地位。

与此同时,猫腻也获得学院评论界和主流文学界的特别青睐,先后在由精英评论家担任评委的类型文学大奖中获奖(2013 年凭《间客》获首届"西湖·类型文学双年奖"银奖,金奖为刘慈欣《三体》;2015 年凭《将夜》获"腾讯书院文学奖·类型小说"的"年度作家奖","致敬作家"授予刘慈欣)。紧随被誉为"单枪匹马把中国科幻文学提升到世界水平"(严锋语)的科幻作家刘慈欣之后,猫腻逐渐被公认为网络类型小说作家中文学成就最高者,并具有被经典化的趋向。③ 这样一位集"情怀""文青范儿"和"商业大神"为一体的作家,为我们研究网络类型文学的经典化进程提供了一个极佳的个案。本章试图以如下几个问题作为探讨路径:其一,猫腻写作的"爽文"背后蕴含着怎样的"情怀"?这种"情怀"又是如何在当今时代实现平稳落地的?其二,猫腻小说中是否存在一种比较统一的价值立场?这种立场和猫腻对儒家文化的重塑有着怎样的关系?其三,猫腻的"文青范儿"在"文学性"层面有哪些表现?猫腻小说的"文学性"在

---

① 详见《2010 起点首届金键盘奖评选十佳名单》,http://5240.lingw.net/article-4248854-1.html,发布日期:2011 年 1 月 13 日。

② 猫腻是腾讯文学从起点中文网挖到的首位"大神"级作家,目前在腾讯文学旗下创世中文网,无论从作品声誉、读者人气还是创作阅历看,都鲜有及者,可谓一家独大。腾讯文学也极为重视猫腻,专门为猫腻启动"作品制作人"制度,为猫腻配备一支专属团队,团队包括作家、编辑、运营、商务团队等角色。

③ 2015 年"腾讯书院文学奖·类型小说"的"年度作家奖"的授奖词为:在"大神"林立的网络文学界,素有"最文青作家"之称的猫腻独树一帜,《将夜》继续以"爽文"书写"情怀",力图在一个功利犬儒的"小时代",重书"大写的人格"与"大写的国格"。继金庸之后,猫腻继承和发展了五四新文学运动以来中国现代类型小说的传统,其写作代表了目前中国网络类型小说的最高成就。

"媒介变革"的网络时代又有哪些新的特点?

一、"情怀":启蒙精神的网络回响

"你们都知道我是伟大勤奋的,而且被人赞扬有情怀的,不是秦淮……"①猫腻在自己微博主页的宣传栏如是写道。在这句半严肃半调侃的话中,猫腻显示了他乐于以"情怀"自诩。"情怀"在当今"小白""伪文青"横行的网络文学场域被视为稀缺之物,有读者更是宣称"没有情怀的作品,就不是好作品"②。在笔者看来,猫腻所津津乐道的"情怀"其实是启蒙主义精神在网络时代的一种回响。

首先,猫腻的"情怀"体现在对人的关注。对人的关注,衍生出两个副命题:一是独立人格的自我实现,二是对人生意义的积极肯定。

在猫腻小说中,如何成为一个"大写的人"是一个核心命题。独立自我人格的实现,常会面临来自集权主义的阻挠。比如在其成名作《朱雀记》中,佛祖成了最大的集权主义者——悟出"有生皆苦"而选择自杀,同时切断六道轮回,拉着三界众生一起走向寂灭。佛度众生,就是要毁灭众生,这样的安排,主人公易天行显然是无法接受的。易天行认为佛祖你可以毁灭自己,但是你没有权力拖着众生一同走向毁灭。这是猫腻对集权主义话语的一种反叛,而支撑这种反叛的是一种"自我的哲学"——我要为我自己而活,活着,就是要好好地活下去,且活得更美好,让身边的人更幸福。在《将夜》一书中,凌驾于人类世界之上的昊天被视为规则本身。昊天主宰着《将夜》世界的运行,也阻碍了以夫子为首的大修行者探索新世界的步伐。于是这位以孔子为原型的夫子化月登天,与昊天激战,表现出了一种敢于追求自由、勇于实现自我的五四叛逆精神。此外,对人生态

---

① 猫腻微博主页,http://weibo.com/u/1769747100? from = feed&loc = avatar。
② 网友 javiduk 在评价猫腻小说《庆余年》时,认为《庆余年》是一部有情怀的作品,并提出"没有情怀的作品,不是好作品"的观点。详见帖子《好就好在多元价值观的碰撞——解构〈庆余年〉,迎接大结局》,百度贴吧"庆余年吧",http://tieba.baidu.com/p/524345581,发布日期:2009 年 1 月 9 日。

度与意义的思考,也是猫腻小说常有之义。"人为什么活着,人该怎样活着?"成为猫腻小说主人公反复思考的问题。《庆余年》中的主人公范闲,是一位拥有第二次生命的穿越者。在前世他是一个重症肌无力患者,生命的热量处于闲置状态。而重生后,他的生命能量发挥到了极致,正如他所说,那是一种"抡圆了活"①的状态。"抡圆了活"其实是一种极为珍视生命的态度。不单是范闲,猫腻其他小说的主人公,如许乐、宁缺、陈长生等,也都具有这种生命态度。他们往往具有极强的自律精神、对大是大非的辨别能力、不妥协的硬气以及对爱和勇气的坚守。《间客》中的许乐,是一个正义感有些爆棚的"三好青年",他说自己之所以竭尽全力坚守道德的原则,是因为不想受到心中那根道德的鞭子的抽打。"我就按照这些人类道德要求的法子去做事儿,一辈子不挨鞭子,活的心安理得,那不就是愉悦?"②《择天记》中的陈长生,是一个执着于逆天改命的少年,"顺心意"是其最重要的人生态度。"大道三千,他求的是顺心意——所谓顺心意,就是心安理得。"③"顺心意"并非那种唯我独尊、恣意妄为的狂傲,相反,是一种极为自律、躬身自省之后的坦然无碍。总之,从猫腻的小说中,我们能够读出对理想人格的一种感召力量以及一种极度热忱的生命态度。

其次,猫腻的"情怀"还体现在对现实的关注上,他能够紧扣社会思潮,把握国民情感心理走向。正如网络文学资深研究者庄庸所认为的,猫腻作品找到了私人叙事与宏大叙事的完美接洽点,"真实地反映了我们身处的这个'中国式时代'的整体印记,记录了我们当下生活、生存状态的集体记忆"④。

---

① 范闲说:"我这一生阴晦久了,险些忘了当年说过自己要抡圆了活,经历了这么多的事情,我才明白如果要活地精彩,首先便要活出胆魄来。"《庆余年》第5卷第166章"有尊严的生存或死亡",http://www.xbiquge.com/3_3078/574.html。

② 《间客》第4卷第46章"疯狗、死亡、大自私",http://free.qidian.com/Free/ReadChapter.aspx? bookId=1223147&chapterId=29029029。

③ 《择天记》第1卷第3章"这是个俗气的名字,但——",http://chuangshi.qq.com/bk/xh/357735-r-6.html。

④ 庄庸:《猫腻作品:解读"中国我"》,《网络文学评论》第二辑,第125页,广州:花城出版社,2012年。

在猫腻的作品中，我们不难发现许多社会思潮的投射，他以长线跟踪的方式表了对某些时代命题的思考。2007年开始创作的《庆余年》主要探讨民主制度问题，通过塑造一个希望通过科技文明、制度改革促进社会进步的穿越者叶轻眉的形象，表达了对制度理性的向往——这体现了1980年代以来中国知识界的主流思想倾向。此时的猫腻，应该是一个比较典型的"自由主义者"。然而在下一部小说《间客》中，猫腻却很快开始了对这一思维定势的反思。在《间客》一书中，存在两种对立势力，分别是标榜民主自由的联邦社会与独裁专制的帝国社会。从表面上看，联邦社会是先进光明的，帝国社会是落后愚昧的。实际上，联邦社会背后最大的受益者是以七大家为主的金融寡头和部分军事强权主义者。民众在联邦"第一宪章"无处不在的监控之下，毫无半点民主和自由可言。而独裁专制的帝国虽然存在恐怖的杀戮，但是以苏珊大妈为代表的普通民众却也能享受到短暂的祥和安乐的日子。值得玩味的是，《间客》中的联邦，标榜自由民主，实为金融寡头所统治，很容易让人联想到现实中的美国社会。以美国为代表的民主制度，1980年代是国人梦寐以求的"彼岸图景"，然而到2008年金融危机之后，开始不断受到质疑，如一位粉丝评论者所言："皇权社会固然很糟，但所谓的民主政体，也不过是一张爬满了虱子的华丽袍子而已。"①猫腻在《间客》中流露出的对西方民主制度从无条件向往到理性怀疑的转向，可以说是和整个社会思潮的转变暗中契合的。然而，这并不意味着猫腻改变了对民主价值观的信仰，他只是不再把这种信仰寄托于制度崇拜，而是从更宽广的视野、更复杂的角度思考文明道路的问题。在此后的《将夜》中，猫腻通过隐喻中华文明的方式，实现了对传统儒家精神的创造性重塑，在儒家人本主义基础上加入西方人道主义精神及五四叛逆主义精神，反映出对时代浪潮的敏锐感知力和把握力。

无论是对人的关注，还是对当下现实的观照，我们从猫腻的"情怀"中不难看出启蒙话语的影响。自1990年代以来，1980年代兴起的启蒙

---

① 狠狠红：《"最文青网络作家"猫腻的新旅途》，腾讯网，http://cul.qq.com/a/20140609/029667.htm，发布日期：2014年6月9日。

主义浪潮逐渐退却,到了新世纪,中国更进入了"后启蒙时代"。① 作为1970年代生人(1977年生),猫腻的青少年时代刚好跨过启蒙主义高涨的1980年代,他因此接受过启蒙文化的洗礼,启蒙所留下的烙印不自觉地影响了他的网文写作实践。

在当前的网文语境中,"情怀"本是稀缺之物,但同时也是棘手之物,如果处理不当,便会惹来讥讽,从而被弃之如敝屣。而猫腻对"情怀"的处理是颇为巧妙的,他没有照搬传统的启蒙主义话语,而是对其进行了契合当下国民心理结构的改造。比如,在处理"友爱""博爱"等命题时,猫腻没有一味拔高人的道德意识,而是小心翼翼地将其与一种"亲我主义"话语相结合,从而避免了人物行为逻辑的失真而引起读者的排斥——"亲我主义"是笔者对网络小说中普遍存在的一种价值形态的概括性总结。它不是极端的"个人主义",不是那种以自我为中心、只关心自我得失的狭隘的个人主义价值观,而是在一定差序格局内能够舍弃"自我"、关爱他人的价值观——我们首先应该对自己最亲的人负责,然后再对比较亲的人负责,以己为中心,根据亲疏关系依次向外围拓展,感情的强度也依次减弱。"亲我主义"实际上是儒家以血缘为基础的仁爱观在当代的一种变体,"亲亲""差序格局"同样是"亲我主义"的重要特征。"亲我主义"在当下国民心理情感结构中有着广泛的基础,猫腻立足于此,才确保了启蒙话语的有效性,实现了"情怀"的平稳落地。

二、"世俗意":从草根立场肯定"中国精神"

如果说"启蒙情怀"是猫腻从1980年代走来不自觉地被熏陶出的一

---

① 许纪霖先生曾将改革开放后的中国思想界分为1980年代、1990年代与2000年以来三个阶段。按照他的说法,1980年代是"启蒙时代",1990年代是"启蒙后时代",所谓later enlightenment,而2000年以来则是一个"后启蒙时代"。这个"后"是"post"的意思。1980年代,虽然人们对于启蒙路径的选择存在争议,但是在启蒙的态度上具有高度的"同一性"。1990年代,市场经济虽然冲击着启蒙主义,但启蒙仍然是一个合法性命题。2000年以后,启蒙似乎被消解了,人们迈入了一个"告别启蒙"的年代。详见许纪霖:《启蒙的遗产与反思》,第16页,南京:江苏人民出版社,2010年。

种精英情怀，那么"世俗意"则是猫腻多年来扎根于世俗生活中滋生的一种草根立场。

何为"世俗意"？这种立场主要表现为猫腻对儒家现世精神的重新指认以及对世俗之趣的认可。"世俗"并非"庸俗"，也不是"市侩"，而是指民间有着深厚历史积淀、具有某种普遍性的生活态度乃至生活哲学。

首先，猫腻在小说中为我们呈现了一个全新的"民间景观"。在已有中国现当代文学作品中，知识精英们对民间的呈现大抵有两种倾向：一种如沈从文、汪曾祺的乡土小说，将民间进行诗意化处理，民间被塑造成人类得以救赎的"乌托邦"，民间的意义虽然被凸显，却因过度诗意化而失去了市井凡俗之气。另一种如1980年代末的"新写实"小说，民间被置于待拯救的结构中，被塑造成庸常、烦琐和无意义的聚居之所，遮蔽了民间潜在的诗意性。无论上述哪一种倾向，知识精英们对民间的呈现都是有所欠缺的，世俗生活世界及其内部远为复杂的经验和可能并没有获得结构性的显现。诚如乔焕江所言："相对于生活世界复杂多样而言，文化精英式的审美理论显得过于简单和武断，其结构性的'盲视'使它既不能深入阐释当下社会文化中的矛盾冲突，也不能为社会结构转向提供创造性想象的支持。"[1]而猫腻作为网络时代从民间摸爬滚打出来的作家，他对民间的呈现，既保留了民间固有的世俗气息，又升华了民间的诗意气质。巧妙地融合民间的凡俗性与"乌托邦"属性，这是猫腻小说中"民间景观"的独特意义所在。

猫腻曾在《将夜》后记中这样写道："我较会写人，那些世俗的、琐碎的，我很擅长抓细节，因为我有生活呀，不管是酸辣面片汤，还是桌上的两盘青菜，不管是两口子的吝啬还是后来杯茶赐永生，都是我的嗨点与趣点。"[2]猫腻的小说中洋溢着一种对民间世俗之趣的由衷体认和鲜活再现。从《朱雀记》开始，猫腻就热衷于书写日常生活中的点滴之趣。《朱

---

[1] 乔焕江：《日常的力量——后新时期文学与文化反思》，第68页，桂林：广西师范大学出版社，2011年。

[2] 《将夜》第6卷《无穷的欢乐——将夜后记（上）》，http://www.biquge.la/book/111/1684281.html。

雀记》里的主人公易天行是善财童子转世,生在人间,与世俗大众的品位无甚差别,没有半点清高之意。"热爱美女、喜欢 AV,爱蕾蕾,像自己的红鸟儿子一样贪吃,无比热爱自己生存着的这个花花世界。"①《朱雀记》中原本是文殊菩萨转世的叶相僧,一直过着与市井隔绝的僧侣生活,然而在即将现身登天之前,心头突然升起一股强烈的对人间的留恋之情,这时才明白同为神仙转世的易天行为何一直努力把自己嵌入到俗世的生活里。神佛在人间,神佛也留恋人间。叶相僧情不自禁地感叹道:"世俗之中,亦有真趣。"②"世俗之中,亦有真趣"不经意间揭示了猫腻小说的"世俗本位"立场③。

  猫腻对世俗生活发自内心的热爱及敏锐的感知力,催生了一个又一个鲜活的"民间景观"。其中,《将夜》中浓墨重彩塑造的唐国,可谓探究猫腻小说"民间景观"的一个典型的意象结构。猫腻选取中国历史上最辉煌的一个朝代唐朝,来命名小说中一个虚拟的国度,其含义不言自明。猫腻借此虚构的"唐国"来隐喻中国的历史现实,进一步摹写中国历史长河中沉积下来的广袤的民间社会精魂。在唐国,民众极会享受生活,尤重世俗之趣,日常的饮食起居,虽然简单却不乏精致与情趣。无论是书院后山还是长安城随处可见的街道小巷,尽是一派其乐融融的生活景象。唐国的缔造者夫子,就是一个极爱世俗的人。他善于享受生活中的每一件乐事,比如,不远万里跑到极北的热海只为吃到一条新鲜的牡丹鱼,"只要有牡丹鱼入腹,再漫长艰苦的旅程也是值得的"④。宁缺和桑桑初入唐国的都城长安时,虽然也曾为这座"一文钱难死主仆俩"⑤的城市而头

---

  ① 《朱雀记》第 2 部第 74 章"白日梦啊",http://read.qidian.com/BookReader/37287/1425684.aspx。

  ② 《朱雀记》第 7 部第 3 章"叶相的旅程(上)",http://www.biquge.la/book/239/189449.html。

  ③ 参阅邵燕君、猫腻:《以"爽文"写"情怀"——著名网络文学作家猫腻专访》,《南方文坛》2015 年第 5 期。

  ④ 《将夜》第 1 卷第 188 章"来了辆牛车",http://www.biquge.la/book/111/88784.html。

  ⑤ 《将夜》第 1 卷第 31 章"一文钱难死主仆俩(上)",http://www.biquge.la/book/111/88626.html。

疼,但不久便爱上了充满世俗之趣的它。主仆两人开了一个名为老笔斋的铺子,每日煎面卖字,日子过得不亦乐乎。"一世人,不过两碗煎蛋面。"①这是宁缺常常对人说的话,其实也是猫腻本人生活态度的一种间接流露。

综上所述,猫腻笔下的民间社会是凡俗的、普通的,但并非庸俗的、无意义的。在这种凡俗的民间土壤中滋生着一种极具生命力的价值观,诸如"饮食男女"这种浸润在日常生活中的"不似信仰的信仰"。夫子为了阻挡昊天的化身桑桑返回神国,带她吃遍了人间最美的食物,穿过了最好看的衣裳,和相爱的人度过了最美的春宵。这些对人类而言无疑最美好也最寻常的事情,对于昊天来说,却是一种毒药。它们降低了昊天的神格,使之沾染上人间的印记而难以磨灭。夫子用来对抗昊天的最厉害的武器,其实就是人间的"饮食男女"之道。古语讲"民以食为天",对于中国人来说,吃饭就是信仰。对生活的爱,本身就是一种信仰。这种力量看似很微小,但由其汇聚而成的"红尘意"却可以拖住人间主宰者昊天返回神国的步伐。猫腻对民间这种"不似信仰的信仰"的肯定,与中国儒家的现世主义精神极为接近。"孔家本是赞美生活的,所有饮食男女本能的情欲,都出于自然流行,并不排斥。若能顺理得中、生机活泼,更非常之好的。"②

在猫腻的小说中,与"民间景观"相匹配的是猫腻对中国儒家文化的借鉴和再演绎。中国传统儒家文化是猫腻汲取故事元素和思想资源的重要来源之一。《将夜》颇值得称道之处在于它塑造了一批以儒家人物为原型的人物形象,如夫子的原型是孔子,小师叔的原型是孟子,大师兄李慢慢的原型是颜回,二师兄君陌的原型是子路③,在保持小说人物与历史

---

① 《将夜》第 1 卷第 63 章"一世人,两碗煎蛋面",http://www.biquge.la/book/111/88658.html。

② 梁漱溟:《东西文化及其哲学》,第 133 页,北京:商务印书馆,2005 年。

③ 《将夜》中的夫子化月登天之后,人皆叹惋"天不生夫子,万古如长夜",很容易让人联想起被后人称为"天不生仲尼,万古如长夜"的孔子;惊采艳绝的小师叔所使用的浩然气,不难看出源自孟子的"浩然之气";书院大师兄那惯常的打扮,手握一卷书,腰间别一瓢,处事淡然、性格温润、天赋极高,颇有夫子第一爱徒颜回之风;而书院二师兄君陌那种勇敢与狂傲,又很容易让人想到"道不行,乘桴浮于海,从我者,其由与"的子路。

人物共性的基础上,赋予他们鲜活的时代精神。以夫子形象为例,小说对夫子的塑造在继承了孔子"温而厉,威而不猛,恭而安"的性格特点基础上,为其增添了极浓的凡俗气息。小说中的夫子和历史中的夫子,都具有"知其不可为而为之"的理想主义性格特点,但最大的不同在于,历史中的夫子长期以来被封建统治者搬上神坛,成为"礼"(规矩)的守护者,而小说中的夫子则颇具"革命导师"的气质,毕生的追求是要打破昊天制定的种种规矩。

猫腻对儒家精神的再演绎,已经超离了儒家文化的内部范畴,广泛吸收中西文化中积极向上的元素,重塑了一种儒家精神为主体但内涵更为广泛的"书院精神"。在《将夜》一书中,佛宗、道门、魔宗、书院四大势力并存:佛宗一直在做他们认为应该做的事;道门是在做他们认为正确的事;魔宗则是为了反对而反对,只要佛道两宗想做什么,便反其道而行之;唯有书院,只做让自己高兴的事。书院反复称,书院什么最大,道理最大。凡事道理最大,做事讲求让自己高兴,正是在这一思想的主导下,书院成了世间最敢于蔑视权威、挑战规则的地方。夫子及书院这种敢于挑战一切规则的"逆天"精神,与"破旧立新、追求自由"的五四精神极为相近。此外,"书院精神"还汲取了启蒙思想中的人本主义因子。《将夜》中有一个情节值得玩味:夫子登天后,人间第二的修行者知守观观主突袭长安城,书院弟子宁缺依托长安城惊神阵与之周旋,在长安城生死存亡之际,宁缺受到长安城民众众志成城、抵御外敌的精神启发,写出"人"字大符从而击败了观主。猫腻独具匠心设计的"人"字大符乃是对启蒙思想中的人本主义精神的隐喻,"以人为本""众志成城"也是"书院精神"的应有之义。以儒家精神为主体,融合了中西文化中积极向上的精神品格的"书院精神"是猫腻对儒家精神再演绎的一个创举。

在中国现代以来的文学作品中,儒家思想一直被视为封建社会的毒草,不断遭受抨击和指责,似乎很少有文学作品从正面诠释儒家思想。到了新世纪,基于"中国崛起"的时代背景,出现了一股儒家复兴的热潮。作为时代精神的晴雨表,网络文学领域也相继涌现出一批"尊儒"的文学作品,比如永恒之火的《儒道至圣》①,但作者对儒家文明的处理却显得稚嫩生硬,儒家文明只是被当作一种争霸夺权的工具手段,儒家内在的精髓并没有表现出来,反而多了一股狂狷之气。与《儒道至圣》的生硬狂狷不同,《将夜》对儒家文明的演绎显得更为灵活合理。猫腻对儒学的指认,是基于民间"儒学热"背景之上的一种自主性选择,并非是响应统治阶层的某种号召。从新世纪之初起,"儒学热"在民间社会便时有起伏。"儒学热"某种程度上体现了国人对民族文化、民族道路的一种自觉。民间自发所体认的儒家文化,并非是以往封建统治者所宣扬的那种保守、反动的儒家文化,而是一种活泼、生动、更加契合国民心理情感结构的儒家文化。

三、"文青范儿":文学传承、网络性与个人风格

被粉丝誉为"网文瀚海中辟浪而出的一朵奇葩"②的猫腻,以其独特的"文青范儿"在网络文坛独树一帜。从广义上说,猫腻的启蒙情怀、思想态度等,也是"文青范儿"的一种内在表现。从狭义上说,本节所讨论的"文青范儿"主要是指猫腻小说的审美风格和文学特性。

猫腻的小说就像是百川汇聚的海洋,不仅有来自传统经典文学(如《红楼梦》《西游记》《平凡的世界》等)一脉的文化资源,而且有来自中国通俗文艺(如金庸、古龙等)一脉的资源,还能看到日本 ACG 文化(如《银河英雄传说》《机器人高达》《聪明的一休》等)和欧美影视剧(《楚门的世界》《黑客帝国》等)激起的波澜,更有对时下网络流行话语和流行文化的吸收和容纳。正因如此,猫腻才能既恰到好处地保持十足的"文青范儿",又避免落入因过于"阳春白雪"而不受待见的尴尬局面。基于此,我们对猫腻小说文学价值的考察应该建立两种维度:其一是从传统经典文

---

① 《儒道至圣》,永恒之火著,2014 年 5 月开始连载于起点中文网,http://read.qidian.com/BookReader/3173393.aspx。

② Yangzhan192526:《猫腻简评及主要作品表》,百度贴吧"猫腻吧",http://tieba.baidu.com/p/1392664776,发布日期:2012 年 1 月 30 日。

学的文学性角度出发,去考察猫腻小说对传统文学性有哪些继承,又有哪些新变;其二是从网络文学的特性角度出发,去考察猫腻小说和同时代其他网络小说作家的共性与特性。

首先,从经典文学性这一维度出发,我们需要确立衡量猫腻小说"经典性"的参照系。对于经典作品参照系的选取,除了应该考虑其公认的经典地位,还应该重点关注其与猫腻小说的可比性如何、对猫腻写作有无切实影响力等。① 综合上述几方面原因,笔者选取了金庸小说、古龙小说、《红楼梦》《平凡的世界》等文学经典作为衡量猫腻小说"经典性"的参照系。下面主要从小说结构布局、人物塑造、细节烘托等方面着手,探究猫腻小说对已有经典作品的继承与新变。

从结构布局来看,猫腻小说很少采用传统说部那种单线串珠的形式,也迥异于大多数"小白文"那种"打怪升级"的简单图谱,而是继承了富有现代小说精神的总体性框架结构,突出表现在:其一,猫腻小说大都采用一种双线并存甚至多线并构的格局。以猫腻的封神之作《庆余年》为例,它设置了两条主线,一条是理工科女博士叶轻眉穿越之后试图推动那个世界文明进程的"奋斗史",另一条是重症肌无力患者范慎(穿越后名"范闲")在庆国波澜壮阔的"重生史"。叶轻眉和范闲这两条主线,在《庆余年》这部小说中是缺一不可的。猫腻巧妙地将两条主线融合在一起,一前一后,一虚一实,相得益彰。总体而言,猫腻在情节框架和人物塑造上学金庸较多,而在人物气质和语言气韵上颇有古龙神采。但不同于二者的是,由于网络文学的篇幅要远远长于金庸、古龙的小说②,猫腻在谋篇布局上格局更为阔大,在小说节奏上不能如金庸、古龙等一直紧绷到篇末,而是要适当加入一些舒缓的部分。此外,在世界观的营建上,猫腻小说可以广泛杂糅"穿越""权谋""科幻"等新的类型元素,为小说结构的大厦添砖加瓦,这也是较金庸、古龙等前辈作家新变之处。

---

① 猫腻自认对其影响最大的三位现当代作家是金庸、路遥和鲁迅。邵燕君、猫腻:《以"爽文"写"情怀"——著名网络文学作家猫腻专访》,《南方文坛》2015年第5期。

② 猫腻如今完本的小说,除了《朱雀记》,每部均在300万字以上。一部《庆余年》洋洋300万言,比金庸《射雕》三部曲加在一起还要多。

在人物塑造方面,猫腻小说给我们留下了很多立得住的人物形象:嫉恶如仇如许乐,肝胆相照如七组,为国为民如军神,仁爱诚信如大师兄,有恩必报如陈萍萍……这些人物形象有一个共同的特征,即表现出一种较为突出的"春秋人格"[1]。"春秋人格"是中华民族传统美德在历史中的沉积,在中国侠义小说中影响深远。金庸、古龙小说中也有许多闪耀着"春秋人格"光辉的人物形象:忠信正直如萧峰,侠义为民如郭靖,智勇双全如楚留香,爱憎分明如傅红雪……猫腻延续了金庸、古龙等前辈塑造人物"春秋人格"的笔法,其中也不乏鲁迅《故事新编》人物的风骨。与其同时,猫腻也没有忽视在刻画人性的复杂性、多样性层面下功夫。以范闲和宁缺两个人物为例,很难进行好与坏的评价。他们身上都有极为浓郁的负面因子,比如自私、偶尔的虚伪与狠戾等。这些性格中的负面特征又与他们对爱、对温暖、对信念的坚守紧紧交融在一起,性格的多面性由此而生。在写人物方面,猫腻有一个特别值得称道之处,即他笔下很少有单纯的"龙套",每一个出场的人物都是一个角色,许多配角也给读者留下了深刻的印象。比如《将夜》中的农夫杨二喜,在上百章的小说中,仅有短短几章的出场,但带给读者的冲击力并不逊于主要人物。猫腻把一个普通农夫的憨厚朴实、勇敢无畏表现得淋漓尽致,让人看到一个活脱脱的筋骨与精神都健旺的"大唐"国民形象。

在细节烘托方面,猫腻对于人物心理的把握能力令人称赞。网友安迪斯晨风曾这样评价:"猫腻的细节功力在网文界里无人可比,小说中间甚至花费大量笔墨写了一只蚊子的内心世界……"[2]在处理儿女情长、家长里短的日常化叙事方面,《红楼梦》可谓树立了一种典范。猫腻在处理日常生活细节方面,尤其是对人物心理的摹写,颇有《红楼梦》的细腻功

---

[1] "春秋人格"是著名史学家雷海宗在《中国文化与中国的兵》一书中提出的,指春秋时期所形成的一种文武兼备的人格特征,刚毅不屈、慷慨悲壮、光明磊落,这种人格在汉代以后开始丧失,此后逐渐形成一个崇尚文治、缺乏尚武精神的社会。网友风之翼-HBH 在评论《猫大的内心》中,用"春秋人格"来概括猫腻几部书中的主角性格,指出猫腻几部书的主角都具有"守信,忠诚,复仇,富有刺客精神"的"春秋人格"。详见本章"粉丝评论综述"。

[2] 安迪斯晨风:《〈庆余年〉:我和你红尘做伴,活得潇潇洒洒》,山坡网,http://www.shanpow.com/article/53a4344aaf5ccc6ac8004f04,引用日期:2014 年 8 月 27 日。

夫。比如《庆余年》中,京都大乱之后,范闲回府探亲,正巧二房太太思思为其生了一女。但范闲从迈入家门那一刻起,只顾问候家里长辈,未向孩子望上一眼。思思便在心底琢磨起来,难道是生了个女儿,少爷不喜欢?范闲的正室林婉儿注意到了思思神情的变化,提醒范闲去看孩子。范闲解释道,"不过你是知道我的,进屋不看孩子,倒不是不喜欢女儿,只是在我眼中,小孩子总是不及大人重要,你能平安才是最关键的。"①本来一场寻常的省亲之旅,被猫腻写得如此细腻感人。

此外,在人物成长模式上,猫腻小说又有一种路遥式"成长小说"的味道。一般"小白文"中的主人公,从出场到结尾基本上性格特征没有什么变化,唯一变化的只是等级(功力)的提高,但猫腻小说却有一条清晰的人物成长轨迹。比如《庆余年》中的主人公范闲,最开始一直无法在重生后的国度找到归属感,曾一度怀疑这是一个"楚门秀";他最初基于本能的自保,只是为了活着而活着,对于为什么活着,心里并不十分清楚。直到他在重生后的世界找到了情感上的羁绊——母亲叶轻眉、妻儿、妹妹、五竹叔、陈萍萍、范建等,他们让他感受到爱与温暖,明白了活着的意义。为了保护亲人的利益,为了还逝去的人一个公道,他开始不再那么贪生自私,变得勇敢和无畏。小说开始和结尾,人物性格经历了具有成长意义的转变。

其二,作为"土生土长"的网络作家,猫腻小说也具有充分的"网络性",主要表现在:"数据库"写作特性;"泛娱乐"开发;与ACG文化、时下网络流行语的互通性。

首先,网络写作是一种"数据库写作",写作者在那些"萌元素"和"爽元素"的数据库里,有选择地挑选若干元素,进行某种排列组合,以满足读者不同的阅读需求。比如某些经典桥段(退婚流、种田流、废材翻身等)、某些性格元素(呆萌、热血、冷酷等),都可以在不同的文本中反复书写。猫腻小说同样会出现这些所谓的"爽元素"(《庆余年》中范闲抄诗的情节)、"萌元素"(《择天记》里落落的"萝莉"气质)来取悦读者。有人会

---

① 《庆余年》第6卷第173章"你是我的小棉袄",http://www.qingyunian.org/dianqianhuan/588.html。

据此认为这是一种媚俗。其实不然,"数据库"写作并非是简单的传统意义上的媚俗,而是一种在类型文学框架内逐渐形成的稳固的、便捷的写作策略,带给读者的是稳定的愉悦感和安全感。猫腻同其他网络文学作者一样,同样是立足于类型的写作,只不过敢于在类型的基础上追求个人的特色,以求花样翻新。

其次,基于媒介融合时代"泛娱乐"开发对于网络小说的新诉求,猫腻在写作策略上做出了适当的调整和新变,这也是猫腻小说"网络性"的一种体现。

2012年以来,网络文学进入一个IP(Intellectual Property,即知识产权)开发的"泛娱乐化"时代。网络文学作为足以孵化ACG的"母体",其价值也不再局限于文字阅读,网络文学与周边产品的"相通性"被不断提及。猫腻入驻腾讯文学后,其新作《择天记》被腾讯文学作为"泛娱乐"战略的首选优质IP,得到了较为充分的开发。为了配合"泛娱乐"战略,《择天记》在人物对白、神情动作、场面调度等方面均有新的尝试和突破,比如增加以往并不擅长的对打斗场面的描写,增加人物的对白,详细地摹写周边人物的神情心理,等等。

再次,猫腻小说的"网络性"还体现在其与网络流行语、ACG文化的互通性关系上。从语言风格上看,猫腻小说的语言呈现出极强的杂糅属性,不但有对以上各种文学资源的汲取,更有对时下网络流行话语和流行文化的吸收和容纳①。这种杂糅并不是简单的移植和照搬,而是经过了巧妙的改造和变形,从而化为己用。如猫腻对网络流行语或流行文化的挪用,以诙谐或夸张的方式呈现出来,有的时候颇具"冷笑话"的色彩。如《将夜》中宁缺和一个挑战他的僧人之间的对话:

> 宁缺接着问道:"那你为什么非要这么折腾我?"
> 中年僧人看着他的眼睛说道:"在荒原上,十三先生辱过姑姑。"
> 宁缺微微皱眉,说道:"你又不是杨过。"(《将夜》第1卷第165

---

① 比如《将夜》第5卷第4章"我爱世人"中女主角桑桑托人给宁缺传的口信"世间每一次死亡,都是久别重逢",就是对2013年年初上映的电影《一代宗师》中"世间所有的相遇,都是久别重逢"这一台词的模仿。

章"馒头")

《间客》中许乐和宪章局官员的对话：

> 卷发官员沉默片刻后，勉强一笑说道："你懂的。"
>
> 如果不是许乐身后的几座靠山，都是联邦中最为雄阔壮丽的景色，宪章局出来的高级官员，根本不会像此时这般说一句软话，退让一步。
>
> 然而许乐并不领情，神情凝重认真地盯着他的双眼，轻声骂道"懂个屁，难道你还指望小爷给你留个邮箱，你给我发几段色情视频？——"(《间客》第3卷第750章"军旗沉睡或飘扬（三）")

从第一个例子，我们能够看出金庸小说对猫腻乃至绝大多数玄幻小说创作者的影响。① 金庸小说里的人物时常会在猫腻的小说中诙谐地"露一个面"，调动起读者以往的阅读记忆。第二个例子中，"你懂的"是网络上流行的一句俏皮话，其后面常常衔接一些对话者约为共识但不便明面讲出的内容。猫腻对这一网络俏皮话的吸纳，增加了文本的生动性，不经意间引读者会心一笑。较一般的"小白"作家而言，猫腻的语言显得厚重、"有品"；较传统文学作家而言，猫腻的语言则显得活泼有生气。猫腻的文字更能折射出这个时代的信息和气息。

结　语

"最文青网络作家"猫腻的出现，在网络文学发展史上具有重要的意义。首先，在"媒介变革"的网络时代，猫腻的小说具有某种文化"引渡"的功能。他有效地承接了鲁迅、金庸、路遥等人的思想、文学、精神，将启蒙主义诉求和现实主义文学传统引渡到新时代的网络文学中去。其次，草根出身的猫腻以其独特的视角呈现了全新的"民间"景观，并颇具新意地对儒家文化进行了契合时代精神的再演绎。其三，"文青范儿"十足的

---

① 这里的"姑姑"专指金庸小说《神雕侠侣》里的小龙女，她的弟子兼恋人杨过一直称她"姑姑"。

猫腻,在博采众长的基础上推陈出新,吸纳了当下最有活力的表达方式,从而开创出一种有别于"小白文"的审美风格,丰富了网络文学的审美表达。网络文学发展十余年间,"大神"层出不穷,但"大师"尚未得见。猫腻的作品中所蕴含的"情怀""世俗意""文青范儿"三种特点,分别显示出庄重、活泼、雅致这三种"大师"的品相。笔者认为,文学性和思想性俱佳的猫腻,在当前网络"大神"作家阵营中,是最有可能进阶为"大师"的一位。

猫腻创作年表

【猫腻,原名晓峰,1977年生,湖北夷陵人。1994年考入四川大学,后来退学打工。2003年开始写作网络小说,原起点中文网白金作家,现为腾讯文学旗下创世中文网签约作家。】

1. 2003年(月份不详),以"北洋鼠"为笔名在"爬爬书库"上传小说《映秀十年事》。这是猫腻网文创作的处女作,但没有写完。

2. 2005年8月19日,开始在起点中文网连载《朱雀记》。

3. 2007年2月13日,《朱雀记》连载完毕,总字数1581724字。该作获2007年新浪原创文学奖玄幻类金奖。

4. 2007年5月,《朱雀记》由花山文艺出版社出版。

5. 2007年5月1日,开始在起点中文网连载《庆余年》。

6. 2008年7月,《庆余年》由中国友谊出版公司出版,目前已经出版1—6部。

7. 2009年2月28日,《庆余年》连载完毕,总字数3988572字。该作曾被起点高层誉为一部不可多得的作品,一度成为2008年度最受欢迎的网络小说,总点击量超过2000万。

8. 2009年4月27日,开始在起点中文网连载《间客》。

9. 2009年6—7月,《间客》与同时期的《斗破苍穹》展开激烈的月票争夺。曾一度领先于《斗破苍穹》29天的《间客》,在7月1号凌晨被《斗破苍穹》赶超,引发《间客》粉丝的愤慨。

10. 2011年1月,《间客》在2010年首届"起点中文网金键盘奖"评选中,以97882推荐票击败《凡人修仙传》(69840)、《斗破苍穹》(18689),荣获

"2010年度起点中文网年度作品"称号。该奖项主要靠粉丝投票得出。

11. 2011年5月27日,《间客》连载完毕,总字数3484949字。

12. 2011年8月15日,开始在起点中文网连载《将夜》。

13. 2012年1月,凭借《将夜》的精彩表现,在2011年"起点中文网金键盘奖"评选中获"2011年起点中文网年度作家"称号。

14. 2012年4月,《将夜》由武汉出版社出版。

15. 2012年,《将夜》分别拿下了起点中文网5月、11月、12月三个单月的月票冠军以及2012年年度月票总冠军。据悉,年度月票总冠军一向被视为网络作家实力和人气的证明,是起点"大神"必争之地。

16. 2013年1月,《将夜》在2012年"起点中文网金键盘奖"评选中获"2012年起点中文网年度作品"称号。

17. 2013年3月,《间客》获"西湖·类型文学双年奖"银奖。

18. 2014年4月30日,《将夜》连载完毕,总字数3808725字。

19. 2014年5月28日,离开起点中文网,开始在创世中文网连载《择天记》。腾讯文学为猫腻启动"作品制作人"制度,对《择天记》进行"泛娱乐开发",同步开发同名网游、动漫。这意味着《择天记》将成为中国原创文学界首部正式宣布动画化的网文作品。

20. 2015年6月,凭《将夜》获"腾讯书院文学奖·类型小说"的"年度作家奖"。

猫腻小说粉丝评论综述[①]

关于猫腻小说的粉丝评论主要集中于猫腻小说的百度贴吧以及起点中文网相应的书评区[②],此外在豆瓣网、"龙的天空"论坛、山坡网、猫扑网、天涯论坛等也有散见的粉丝评论。其中百度贴吧和起点书评区粉丝

---

① 本综述是在以2013—2014学年第一学期北京大学"网络文学重要作家作品选读课"搜集整理的粉丝评论为原始材料的基础上完成的,在此,对于所有参与过该课程的同学表示感谢。

② 分别为百度贴吧"猫腻吧""朱雀记吧""庆余年吧""间客吧""将夜吧""择天记吧",起点中文网《朱雀记》书评区、《庆余年》书评区、《间客》书评区、《将夜》书评区,以及创世中文网《择天记》书评区。

评论数量极为庞杂,排除一些与评论无关的帖子,大部分粉丝评论是一般意义上的读后感,诸如对小说人物形象和故事情节的喜好评说、对小说情节走向的猜想等。这些评论大多为读者一时感慨之言,较为零碎、短小,缺乏一定的系统性和深度性。不过在庞杂的粉丝评论中,也闪现出一些具有土著理论倾向的精英粉丝评论,主要表现在开始对某种创作现象、阅读风向进行分析概括,并展示出一定的理论视野。这些理论是直接依托于网络的语境的,因而具有一定的本土性色彩。而豆瓣网、"龙的天空"论坛、山坡网、猫扑网等的粉丝评论较之百度贴吧及起点书评区,呈现出少而精的色彩,许多高质量的评论文章均出自这些网站。笔者根据猫腻的写作历程,对猫腻小说的精英粉丝评论情况作一简短的梳理。鉴于猫腻第一部书《映秀十年事》影响较小,粉丝评论数量有限,暂不予评述。

1.《朱雀记》粉丝评论概况

《朱雀记》是猫腻第一部完本的小说。相对于猫腻后来的其他小说,《朱雀记》的知名度和影响力要低得多,因此关于《朱雀记》的粉丝评论也较少。仅从百度贴吧的帖子数量来看,"庆余年吧""间客吧"有200多万,"将夜吧"更是高达千万,而"朱雀记吧"只有3万,且质量高的相对较少。综合具有代表性的粉丝评论,网文对《朱雀记》的品评讨论主要集中在如下几个方面:

第一,浓厚的佛学气息。《朱雀记》是一本具有极强佛教色彩的小说。网友安第斯晨风指出,"网络神话小说大多数都是重点写道教诸仙,主要写佛教的凤毛麟角,这(朱雀记)是其中之一"[①]。网友小小人鱼儿认为,《朱雀记》是他了解佛教常识的"入门教材"[②]。像小小人鱼儿这样感慨的还有很多,比如网友marionette1120声称,读完《朱雀记》如同"被狠

---

① 安迪斯晨风:《我的微推书合集》,天涯社区,http://bbs.tianya.cn/post-funinfo-3296113-1.shtml,发布日期:2012年4月28日。

② 原文是这样说的:"那些佛道之间的历史演化,不同朝代写的故事又不同,我又懒得去看佛经这种翻译过来之后拗口无比的东西,反正看也看不懂。恩,于是觉得这本书对于我来说实在是非常好的入门级教材啊。"小小人鱼儿:《佛与道~~〈朱雀记〉读后》,豆瓣网,http://book.douban.com/review/2594668/,发布日期:2010年5月5日。

狠地作了个扫盲透析"①。此外,粉丝们谈论的焦点还集中在书中提出的"有生皆苦"这一命题。猫腻提出"有生皆苦",是为了论证"生命虽然有苦,但苦中有乐"。然而许多粉丝根据个人感受将这一命题做了一番延伸,如网友87老男人将"有生皆苦"的根源归于命运的不受控制②;而网友"传说的起源"则在此基础上探讨了"有生皆苦"能否解脱的可能性问题③,但仍局限在佛学的框架内,所论并不新颖。

第二,幽默风趣的语言。对于《朱雀记》幽默的语言风格,不同的读者表现出不同的态度。网友87老男人在猫扑网发表的关于《朱雀记》的长评中提到,"重复一百遍都还是觉得搞笑的经典台词,这些妙笔简直点缀这朱雀记的每一个段落,让一部本来略显简单的小说,呈现出'空山新雨后'的脱俗气质",并且幽默的语言与《朱雀记》"有生皆苦"的沉重主题相融合,呈现出"黑色幽默"的独特魅力。而ID为czrdzzy的网友则认为《朱雀记》中"许多幽默太突兀做作",是一大缺憾。④

第三,人物关系的CP问题。网络小说中的CP问题,向来是粉丝们津津乐道的焦点。本来粉丝对于小说人物CP问题的讨论并没有多少研究的价值,但是笔者在收集《朱雀记》的粉丝评论时发现,粉丝们对于该书CP问题的讨论所占比例极高,并且出现了具有"耽美同人"色彩的解

---

① marroinet1120:《为了不忘却的朱雀记》,天涯社区,http://bbs.tianya.cn/post-no124-300-1.shtml,发布日期:2007年3月8日。

② 原评论文字如下:"朱雀记最大的亮点,在于作者在文中的思考:'有生皆苦'。……朱雀记中最大的特点,就在于故事里的每个人,都已经注定了自己的命运,只是大家都堪不破,以至于痛苦不堪。所以人要修仙,要成佛,要能够让自己的命运不受控制。但是,成佛了以后呢?六道轮回之外的世界还不是一样的不受自己控制?所以佛也受不了自杀了。这才是真正意义上的有生皆苦,充满着黑色幽默的味道。"猫扑网,http://dzh.mop.com/whbm/20120314/0/O7OFS3I29133ffF3.shtml,引用日期:2014年8月15日。

③ 原评论文字如下:"众生有情,有生皆苦,何能真成解脱?解脱者,超度脱解生与死的苦厄。人世的纸醉金迷、炎凉世情、交替轮回种种,再不受拘束。或者,可以这么形容,解脱者已离开了人与人的往来,离开了人与社会的关系,臻至一种无求亦无得的地步。""龙的天空"论坛,http://lkong.cn/thread/109749,引用日期2014年8月22日。

④ czrdzzj?:《看了小说十多年推荐一些个人认为的佳作》,天涯社区,http://bbs.tianya.cn/post-no124-13305-1.shtml,发布日期:2010年2月10日。

读倾向。这是粉丝评论中的一个新亮点所在,故而在此评述。如网友marionette1120以"如果爱的末法时代"为章节标题,以"传统同人女"的趣味分析了小说男一号易天行和男二号叶相僧之间的暧昧情感。①

2.《庆余年》粉丝评论概况

2008年度大红大热的《庆余年》是猫腻的封神之作,也是猫腻文风真正成型的作品。这部作品极大地提高了猫腻的影响力和知名度。网友对这部作品的讨论较《朱雀记》而言更为充分。与《朱雀记》的粉丝评论相比,《庆余年》的粉丝评论出现了两种可喜的变化:第一是网友们对《庆余年》的评论中开始涌现一些具有一定理论视野,试图对某种创作现象、阅读风向进行分析概括,并表现出某种土著理论色彩的文字。第二是《庆余年》引发了网友们的"再创作"热潮,其中涌现的一些诗歌、古文、同人小说、段子新意迭出,颇具症候性。

《庆余年》粉丝评论的第一个热点集中在对《庆余年》一书的评价上。绝大多数粉丝对《庆余年》做出了肯定,其中不乏深刻的赞扬。如网友八圈认为"猫腻的小说具备一流文学作品的深刻内涵——至少猫腻试图将他所秉持的世界观,比如个人自由、对皇权的祛魅、对弱者的同情、对专制的反抗等具象化在一次次刻骨的隐忍,一幕幕铁血柔情,一曲曲挽歌之中"②。粉丝们因何喜欢《庆余年》?在许多粉丝的评论中,笔者发现一个高频词汇——"情怀"。粉丝们认为《庆余年》好就好在是一部有"情怀"的作品。如网友javiduk认为《庆余年》之所以吸引他,就是因为从中找到了"属于自己并能依附于其中的情怀"。网友安迪斯晨风也认为"最让人着迷的,还是小说里弥漫着的那种醉人情怀,让人如饮清酒,不觉自醉"。究竟这种"情怀"为何物?评论者们并没有展开。

除了一般意义上偏于感性的评论,《庆余年》的粉丝评论中涌现出一些具有土著理论色彩的文字。比如网友十分光滑在评论《庆余年》时,对

---

① marionette1120:《为了不忘却的朱雀记》,天涯社区,http://bbs.tianya.cn/post-no124-300-1.shtml,发布日期:2007年3月8日。

② 八圈:《其实我是来评间客的》,豆瓣网,http://book.douban.com/review/2121005/,发布日期:2009年7月6日。

"YY文学"的创作特点、核心思想进行了概括和总结,他指出:"不管是从语言的层面还是从文学的内容、思想方面,YY文学都有自己的符号系统。""YY文学有自己的核心思想,就是追求自由。"①他将"追求自由"视为"YY文学的核心思想",虽然这一论断尚待商榷,但他敢于分析概括、抛出论断的勇气还是值得肯定的。在诸多粉丝评论中,既有对传统评价词汇的运用,也有对一些陌生词汇的创造性转化,新鲜评价术语的使用,增强了网络评论的趣味性和丰富性。如网友chenhui888曾用"变态"二字总结猫腻小说中人物的性格特点,他说:"不得不再次借用烧鸡之话:'有生皆变态也。'何谓变态?非常态也。每个人的心中都有一座变态山。换句话说,没有变态,是万万不能的。"②在这里,原本具有贬义色彩的"变态"两个字被赋予褒义色彩,指一种执着朴素的理想型人格。此外,一些游戏术语也被应用到粉丝评论中来,比如网游中的术语"地图"与"副本",被用来指称《庆余年》中的情节设计和世界观构造。③

在《庆余年》的粉丝评论中,还有一个现象值得探讨,即这部作品激发了粉丝的再创作浪潮。再创作包括对小说人物的诗歌点评、对小说情节的文言复写,以及一些同人短篇小说写作。其中一位书友的《七律——庆都雨中送陈萍萍》被猫腻看中,写入《庆余年》中。此外有一篇《庆史·范闲本纪》,套用《史记》的格式,将范闲在小说中的事迹,无论巨细,一一概括出来,基本可以视为《庆余年》一书的故事梗概。

3.《间客》粉丝评论概况

猫腻2009年开始创作的《间客》是一部机甲类小说。它在猫腻的整个创作序列中略显另类,夹杂了很多"私货",比如对道德问题的形而上

---

① 眩彩柠檬:《此书已脱离了纯粹为了讨好读者的网络小说的范畴》,起点中文网,http://forum.qidian.com/ThreadDetailNew.aspx? threadid=110611313,发布日期:2008年12月8日。

② chenhui888:《关于庆余年变态理论中的人文关怀》,起点中文网,http://forum.qidian.com/ThreadDetailNew.aspx? threadid=108712584,发布日期:2008年9月8日。

③ 玉昆仑:《网络小说之"地图与副本":单地图小说中无限升级流的弊端及配角运用》,"龙的天空"论坛,http://www.lkong.net/forum.php? mod=viewthread&tid=225168&bid=23&extra=page%3D1,发布日期:2010年4月10日。

思考，不过依然赢得了粉丝们的喜爱。《间客》的粉丝评论数量与《庆余年》大体相当，但高质量的文章比《庆余年》要多。根据粉丝评论的关注点，笔者将《间客》的粉丝评论划分为如下三个方面。

一是人物品评。人物品评向来是粉丝评论的一大热点。但在《朱雀记》和《庆余年》的粉丝评论中，高质量的、较为完整的人物品评文字较为少见，大部分还停留在碎片性、主观性的对人物的好恶评说层面。而在《间客》的粉丝评论中，开始出现比较完整并且有理论概括的文章。如前所述风之翼-HBH的《猫大的内心》用"春秋人格"来概括猫腻几部书中的主角性格，指出猫腻几部书的主角都具有"守信，忠诚，复仇，富有刺客精神"的"春秋人格"。① 与风之翼-HBH从中国传统文化中寻找理论视角不同，网友jeffri转向西方政治学去挖掘理论资源，他在《论〈间客〉之男子气概》一文中援引了美国哈佛大学政治哲学教授哈维·C.曼斯菲尔德的《男性气概》中的观点，认为《间客》中的男性形象大都是具有男子气概的人，具有男子气概的人是坚守自我的人，他们敢于唤醒自己认为重要的东西并寻求社会的广泛关注。两篇文章在分析人物性格的基础上，提出了具有建设性的观点，虽然所论并不丰满，但较之读后感式的人物品评文字，高下立判。

二是对《间客》名称含义的探讨。有读者认为《间客》的"间"是"间谍"的"间"。《间客》是一部具有科幻色彩的谍战小说，其中网友风中的流逝岁月的"离间说"就很有代表性。② 另外有读者认为《间客》的"间"也可以作"空间""间隙"来理解："间客，顾名思义，就是在夹缝中生存的人，夹缝，包括社会的，也包括内心的。这里蕴含的是挣扎和无奈。"③还有读者指出《间客》的内涵与鲁迅先生《过客》一文的意境相仿，"间客"

---

① 风之翼-HBH：《猫大的内心》，起点中文网，http://forum.qidian.com/ThreadDetailNew.aspx?threadid=147794776，发布日期：2011年5月14日。

② 风中的流逝岁月：《突然觉得有大坑》，起点中文网，http://forum.qidian.com/ThreadDetailNew.aspx?threadid=147885470，发布日期：2011年5月17日。

③ 红色荆棘：《间客人物谱总序》，"龙的天空"论坛，http://www.lkong.net/forum.php?mod=viewthread&tid=309828&extra=%26page%3D1&page=1，发布日期：2010年10月3日。

乃"此间的过客"。① 从上述讨论可以看出,讨论是逐步升级的,讨论的成果也有目共睹。

三是对小说中所反映的体制问题的探讨。网友颠茄以"政治体制的试验田——从《庆余年》到《间客》"为题,详细分析了"庆国""联邦""帝国"为代表的三种政治体制的特点。他认为猫腻以此"庆国""联邦""帝国"为"体制的试验田"而折射社会现实。猫腻的政治理想寄托在主人公许乐身上,而许乐是一个敢爱敢恨、具有极强道德感的无政府主义者,因此猫腻的政治理想最终只能靠公民道德的自我完善来实现。② 网友八圈也对《间客》中所折射出来的体制问题做出了探讨,认为从《庆余年》到《间客》,猫腻对制度理性越来越怀疑:"《庆余年》中备受推崇的现代政府体制的作用,在《间客》中猫腻用后现代的方式,以畸形的模型,消解了原来残存在其心中的制度崇拜,无情鞭挞了体制的弊端。"③

此外,与《朱雀记》和《庆余年》的粉丝相比,《间客》的粉丝们自发组织了一次征文活动,并集结成《"席勒杯"猫腻后援团征文结集》在起点中文网上公开发布。由此可见,粉丝们的评论意识到了《间客》这里已趋于自觉。

4.《将夜》粉丝评论概况

在起点中文网累计3000多万点击量的《将夜》是猫腻作品中点击量最高的一部。前几部作品的成功,使得猫腻小说的品质得到了网友们的认可,这为《将夜》奠定了足够坚实的粉丝基础。粉丝对《将夜》的评论热情也空前高涨,"《将夜》吧"的帖子数量高达千万,远远超出猫腻其他几部小说百度贴吧的帖子数量。和前几部作品的粉丝评论相比,《将夜》的粉丝评论显得更为"高大上",突出表现在出现了一批极具宗教学、科技

---

① 昵称是啥:《或许这才是〈间客〉真正的含义》,起点中文网,http://forum.qidian.com/ThreadDetailNew.aspx? threadid = 136069587,发布日期:2010 年 7 月 15 日。

② 颠茄:《政治体制的试验田——从〈庆余年〉到〈间客〉》,纵横社区,http://bbs.zongheng.com/viewthread.php? tid = 88560,发布日期:2011 年 9 月 5 日。

③ 八圈:《其实我是想评〈间客〉的》,豆瓣网,http://book.douban.com/review/2121005/,发布日期:2009 年 7 月 6 日。

学色彩的分析帖。

一是对《将夜》世界观架构的猜想。网友 hjb3000 援引西方基督教的有关知识对《将夜》一书中昊天与桑桑的世界观设定进行了详细的分析。他指出,昊天在将夜世界中发动的"永夜",同《旧约》中上帝发动的很多场大屠杀一样。"旧约中的上帝是非常冷酷的,而且睚眦必报",可以视为《将夜》中昊天神国的原型;与《旧约》中冷酷无情、睚眦必报的上帝形象不同,《新约》中的上帝是降神格来到人间,替人受难的形象,可以视为《将夜》中桑桑(早期瘦黑桑桑)的原型。① 网友新浴而振衣认为昊天是世界运行的规则,"永夜"也并非昊天创造的,而是昊天世界自然运行规律之一。人类对自然规则整齐一致的信仰,唤醒了世界规则的自主意识,使其真正成为有思想的高等级生命,成为昊天;而桑桑其实就是昊天世界的运行规则具备了自主意识之后,形成或出现的高等级生命体。②

二是对猫腻哲学思想的讨论。网友明玑敏锐地指出从《朱雀记》到《将夜》,猫腻小说中的尊佛气息逐渐减弱。"在《朱雀记》中,老猫爱佛,常讲佛宗禅语,讲普渡,讲因果。"而到《庆余年》,猫腻称佛教中人为"剃光头的人",隐有厌弃之意。最后到《将夜》,猫腻浓墨重彩地设计了"灭佛"的情节。明玑认为,从《朱雀记》到《将夜》,猫腻完成了从佛家到儒家的转化,并认为猫腻小说中的儒家思想不是注重"三纲五常、父子君臣"等级论的儒家思想,而是侧重于强调人本精神的儒家思想,并称"儒家思想中,关于世界观极其优秀的一方面,被老猫保存了下来"。③

三是对小说主角人物性格的讨论。在猫腻其他小说的粉丝评论中也有对主人公性格的讨论,但是不如《将夜》的粉丝评论谈论得充分且具有症候性。网友彼岸之花认为,"宁缺在猫腻的几本书中性格几乎是最复

---

① hjb3000:《最近将夜看点少,就谈谈桑桑的宗教原型吧》,百度贴吧"将夜吧",http://tieba.baidu.com/p/2460393819,发布日期:2013 年 7 月 15 日。
② 新浴而振衣:《将夜的世界架构、阶级和价值观》,起点中文网,http://forum.qidian.com/NewForum/Detail.aspx? threadid = 180946581,发布日期:2013 年 7 月 1 日。
③ 明玑:《喵星人的传统思想与朴素的世界观》,起点中文网,http://u.qidian.com/vm26Jf,发布日期:2013 年 5 月 24 日。

杂的"①。其中最鲜明的一点要数宁缺的"自私"。诚如宁缺自己所言,大师兄是仁人,二师兄是志士,而他自己只想做一个自私的俗人。但是这种"自私"只体现在与自己无关或者对自己有害的人身上,对自己亲密的人,宁缺却是"无私"的。网友"唐峥"则认为宁缺的"自私"是建立在"大勇气""大坚持"之上。"无论他(宁缺)在别人眼中多么无耻,贪生怕死;终有心,有情,有坚持。对桑桑的情谊,对复仇的坚持,即使因此丧命也绝不动摇,这就是他的天下,他眼中的世界。宁永劫受沉沦,不向诸圣求解脱。这是大勇气,也是大坚持。"②由此可见,读者对于宁缺这一人物"自私"的品性是抱有理解和宽容态度的。

5.《择天记》粉丝评论概况

《择天记》是猫腻2014年5月28日开始在创世中文网连载的东方玄幻小说。小说延续了猫腻所擅长的东方玄幻题材,主要讲述了一个名为陈长生的少年,因命有隐疾而离开自己的师父,带着一纸婚书,前往京都参加大朝试,逆天改命的故事。这是猫腻创作生涯中的第六部作品,也是他加盟腾讯文学后推出的第一部作品。作为"文青大神"猫腻转战创世中文网的首部作品,《择天记》一经推出,便迅速跻身推荐榜前列,目前仍稳居总人气榜首位。由于《择天记》正在连载当中,且创世中文网的书评区不如原有起点书评区火热,与猫腻前几部小说相比,有关《择天记》的粉丝评论数量较少。网友对《择天记》的讨论主要集中在如下几个方面:

一是陈长生的性格问题。陈长生这个人物,在猫腻小说人物谱系中很特殊,不似年少轻狂的范闲,不像一腔热血的许乐,也不同于外冷内热的宁缺。网友只爱晨晨宝指出,猫腻在《择天记》这部小说中花了大量的笔墨来描写陈长生的内心世界,为读者呈现出了一个"七巧玲珑心,感知敏锐"的人物形象。他从陈长生身上读出一股命运的味道,认为"从避世

---

① 彼岸之花:《刀锋上的天魔舞,小记枯守长安的宁缺》,起点中文网,http://forum.qidian.com/ThreadDetailNew.aspx? threadid = 176167851,发布日期:2013年4月10日。

② 唐峥:《小人物也有拥有的权力——宁永劫受沉沦,不向诸圣求解脱》,起点中文网,http://forum.qidian.com/NewForum/Detail.aspx? threadId = 166320992,发布日期:2012年8月5日。

到人世的转折也是入道的过程,入道多途,读万卷书,行万里路都是入道的结果,这过程中会遇到很多的人,身份也会发生多重转变,这便是命运"①。而网友乌拉里苏认为,陈长生并非是一个多愁善感、脆弱无力的人,相反是一个有底气的人:"我说,这个是长生的底气,做人的底气!不服输,抗争命运的信心和决心那口底气所在。"②正是这种底气,使他能够扼住命运的喉咙。

二是围绕《择天记》节奏推进快慢的争论。在《择天记》连载之前,腾讯文学宣称斥资千万拍摄同名动画。如前所述,腾讯文学专门为猫腻启动"作品制作人"制度,为猫腻配备了一支专属团队。为了便于周边开发,猫腻在写作《择天记》时在人物对白、神情动作、场面调度等方面进行了一些新的探索,比如增加以往并不擅长的对打斗场面的描写,增加人物的对白,详细地摹写周边人物的神情心理,等等。受网文的更新节奏所限,一场细致打斗往往需要连载四五天才能结束,这引发了部分读者的吐槽,认为这是老猫在注水的节奏,"30秒看完这章,什么都没写,进度为0,越来越水了"。但也有网友认为猫腻的节奏没有问题,现在的写法和《冰与火之歌》相近,"一开始的设定就是走宏大路线,就像冰与火之歌那样,总是在转换场景和人物,从而让整个故事结构宏大"③。更有网友指出,猫腻这种处理情节节奏的方式正是他区别于其他"小白"作家的独特之处。不同于"小白"作家"遇上美女就推倒,遇上敌人就打败,遇上宝物就收取"的狂飙突进模式,"深情的文字氛围、细腻的人物刻画不正是猫腻吸引大家之处吗?"④

近些年来,随着猫腻在网文界声誉的提高,越来越多具有一定影响力

---

① 只爱晨宝宝:《书评:玄幻中的"人性",〈择天记〉书里书外的唏嘘》,百度贴吧"择天记吧",http://tieba.baidu.com/p/3245534158,发布日期:2014年8月21日。

② 乌苏里拉:《择天记:扼住命运的喉咙——漫谈陈长生的气》,百度贴吧"择天记吧",http://tieba.baidu.com/p/3222572161,发布日期:2014年8月11日。

③ 李凌霄:《猫腻真英雄,节奏没问题!》,创世中文网,http://chuangshi.qq.com/bk/xh/357735-94ff80b0ba999117966a9638215a79.html,发布日期:2015年3月28日。

④ heyu2311794:《我来为猫腻说说公道话及谈论吧里的现状》,百度贴吧"择天记吧",http://tieba.baidu.com/p/3521419992,发布日期:2015年1月11日。

的文化人开始品评猫腻,开始改变猫腻粉丝评论无名化的特征。如著名编剧史航在微博中称:"世上幸有康熙来了,猫腻小说,扬州评话,吉卜力动画,高阳小说,汪曾祺文字,三国游戏,郭德纲单口,李娟散文,王朔小说,金庸小说,表坊舞台剧,姜文电影,杨德昌电影,上译老电影,焦晃朗诵,麦兜故事,屎捞人故事,井上靖,话剧茶馆,徐浩峰书,兰晓龙剧本,刘和平剧本,欧亨利短篇……轮流抚慰我。"另有文化记者叶清漪在《壹读》杂志刊发了《猫腻无猫腻》的人物报道,其中论及猫腻小说颇有见地,是一篇极有价值的评论文章。

(本章撰写:孟德才)

网络文学词条举要①

【A 站/B 站】（高寒凝编撰）

A 站和 B 站都是弹幕视频网站 niconico 在中国的翻版。其中 A 站指 AcFun,2007 年成立,最初主要是连载动画,2008 年 3 月开始模仿 niconico,建立即时评论系统。此后 A 站越发倾向于鼓励原创作品,题材也不仅仅局限于 ACG,在弹幕功能的催化下,很快形成了独特的网站生态和网站文化。B 站指 bilibili,2010 年正式成立,最初以搬运日本动画和各国电视剧、纪录片为主,后来也出现大量原创视频。近年来网络视频版权管理越发严格,B 站也积极购买了一些正版动画、电视剧版权,继续发挥其弹幕文化的优势。

【ABO】（徐艳蕊编撰）

ABO 是一种源自欧美同人圈的世界设定。ABO 三个字母分别指 Alpha,Beta 和 Omega,这三个单词源于希腊语,Alpha 有首要、领头的意思,Beta 包含跟随、辅助的意涵,Omega 则表示从属。Alpha,Beta 和 Omega 经常被用来表述狼群的阶级划分,Alpha 是狼群头领,Beta 是辅助者,Omega 是最底层的跟从者。ABO 文的流行直接受到美剧 Supernatural（简称 SPN,中译《邪恶力量》）同人圈的影响。2010—2011 年间,SPN 粉丝群对电视剧里的狼人故事进行了创造性的发展。Supernatural 里的狼人有着等级鲜明的阶层划分,啮咬自己属意的人的后颈以示占有,这些后来发展成为 ABO 文的经典设定。ABO 设定最初流行于欧美影视剧同人圈,2012 年逐渐被中国欧美影视剧同人圈接受,很快中国原创耽美圈也开始有了 ABO 文。

理论上男女 ABO 共六种性别相互都可以配对,实际上大多数 ABO

---

① 关于网络文学与网络文化的词条,本团队还有深入研究,参考《破壁书——网络文化关键词》（北京三联书店即将出版）。

文钟情于描写男性 A 与男性 O 之间的故事。ABO 文往往包含有非常浓烈的、戏剧性的情欲描写，这是 ABO 文一个非常重要的吸引人的因素。同时 O 的生物本能和社会处境也是对现实世界中女性生存境况的隐喻，并由此引发了一系列讨论：O 即便具有天生的生育本能，是不是就该因此被禁锢在家里，一生致力于生儿育女，对 A 表现出绝对的服从？O 如何突破自身困境，活得更像一个人而不是性玩具和生育机器，也是 ABO 文经常呈现的主题。

【ACG/ACGN】（高寒凝编撰）

ACGN 是 Animation（动画）、Comic（漫画）、Game（游戏）、Novel（小说）这几个英文单词首字母的合并缩写，其中，Animation（动画）、Comic（漫画）、Game（游戏）在此处特指日本动画、日本漫画和日系游戏，Novel（小说），准确地说应该是 Light Novel（轻小说）。由于它们都是日本"御宅族"文化最具代表性的文化产品，因此往往被爱好者们并列起来，用于指认自己的趣缘对象。事实上，ACG/ACGN 这样的缩写形式，仅仅流行于华语地区，在日本本土，常用的缩写则是 MAG（Manga 漫画、Anime 动画、Game 游戏）。ACG 即 Animation（动画）、Comic（漫画）、Game（游戏）。近年来，日本也有 ACGN 的说法，其中 N 即 Novel（小说），主要指日本独具特色的"轻小说"。中国网络上仍普遍采用 ACG 的说法。

【百合】（高寒凝编撰）

"百合"也可以被称为 girl's love，简称 GL。与 lesbian 所指代的现实中的女性同性恋群体不同，百合主要指动画、漫画、游戏、轻小说等二次元作品中女性角色间的恋爱或爱慕关系。百合一词，通常认为起源于 1976 年耽美杂志《蔷薇族》上所设立的收集女性读者投稿的"百合族的房间"栏目。此后，该杂志主编便将"女性间的同性之爱"命名为"百合"，作为与"蔷薇"（耽美同义词）相对的概念，并沿用下来。

【BDSM】（高寒凝编撰）

BDSM 与 ABO、哨兵向导并称欧美同人圈三大设定。所谓 BDSM，指的是一系列相关的人类性行为模式，包括绑缚与调教（bondage & discipline，即 B/D），支配与臣服（dominance & submission，即 D/S），施虐与受虐(sadism & masochism,即 S/M)。在中国,由于审查政策和社会文化环境的不同,描写 BDSM 的小说只可能在网络空间或地下悄悄流传。然而近年来,基于 BDSM 设定的美国网络同人小说《五十度灰》在全球范围内引起的热烈反响,却令这一边缘文类得以进入大众视野。

【BL/BG】(高寒凝编撰)

BL 全称 boy's love,与"耽美"意义相近,具体参见"耽美"词条。BG 全称 boy and girl。在网络文学中,BL 文指描写男性间恋情的作品,而 BG 文则指描写男女间恋情的作品。因此,各大文学网站和读者也常用 BL/BG 作为标签,用以标明不同作品中主要感情线的性别配对。

【重生/重生文】(肖映萱、王玉玊编撰)

"重生"包含狭义和广义两种含义。狭义上,"重生"指主人公保存记忆回到若干年前重新经历自己的人生,可以依照前世的记忆和经验重新规划未来,趋利避害,弥补遗憾。狭义的"重生文"与"穿越文"的区别在于,"穿越"主人公在新的时空以新的身份生活,而"重生"主人公则回到过去重新经历自己的人生。广义上,"重生"指主人公死亡之后,在原来的时空或者新的时空之中的另一个人身上复生,带着前世的记忆重新生活。广义的"重生文"与"穿越文"之间的界线比较模糊,但广义的"重生文"主人公在"重生"之后,往往是从婴儿阶段开始新的生活,而"穿越文"则没有这一限定。"重生文"的代表作包括青罗扇子《重生之名流巨星》、吴沉水《重生之扫墓》等。

【穿越文】(拓璐编撰)

"穿越"指带有穿越情节的网络小说。穿越,指某人从一个时空进入新的时空,新的时空可以是过去、未来或任何一个平行空间。"穿越"作为一种文学形式并非中国网络文学首创,在 19 世纪西方科幻类小说中已经出现。在中国的网络小说写作中,玄月汐《北风》被认为是第一篇言情穿越小说,而"清穿三座大山"的出现使网上"穿越文"数量迅速形成规模,之后"穿越文"开始特指一种网络小说类型。

【COSPLAY】(陈子丰编撰)

COSPLAY 是英文 Costume Play 的简写,即日文コスプレ,指利用服

装、饰品、道具以及化妆来扮演动漫、小说、电影、游戏中的角色。

【CP】(陈子丰编撰)

CP 是英文 Coupling 的缩写,即日文カップリング或カプ。这一词汇最早出现于日漫,表示人物配对关系。在同人作品的创作中,同人作者将原作中有恋爱、暧昧关系或希望存在恋爱关系的人物配对成为 CP,并展开故事。最初的 CP 多为男男动漫 CP,后来逐渐出现一次元、三次元和女女、男女 CP。

【D&D】(王恺文编撰)

D&D 是欧美经典奇幻体系"龙与地下城"(Dungeon and Dragon)的缩写。D&D 最初是指 1974 年由加里·吉盖克斯(Gary Gygax)发明的桌面角色扮演游戏(Tabletop Role-playing Game,简称 TRPG),这也是世界上第一款商业化的桌上角色扮演游戏。在这个游戏中,玩家围坐在桌边,扮演虚构世界中的一个角色,与其他玩家进行交互合作,完成游戏世界中的冒险。其后发展出小说、漫画和电子游戏,在 1980 年代至 21 世纪初占据欧美奇幻文学的主流地位。在纷繁复杂的欧美奇幻文化脉络中,D&D 体系对中国早期网络文学影响最大。它于 1990 年代被翻译至台湾地区,并在 1998 年由《大众软件》增刊正式引进中国大陆,以《无冬之夜》《博德之门》《冰风谷》等欧美电子游戏为主要载体,经由中国最早的一批网民的传播,直接影响了中国网络奇幻文学的产生。中国本土的网络奇幻小说从 D&D 处获得了成熟的世界设定、故事类型和语言风格,并确定了写作范畴:西方中古世界背景下"剑与魔法"的故事。

【大触】(肖映萱编撰)

"大触"指 ACG 领域具有超高绘画及其他相关技术的高手。专业的 ACG 绘制技术需要的基本设备有手绘板、触感笔等,因此 ACG 领域的绘制高手也被称为"触手",也就是触感笔绘制高手的简称。"触手"中的"大神",便成为"大触"。

【大人/大大/巨巨】(肖映萱编撰)

"大大""巨巨"是粉丝对各领域"大神""大触"等高水平能力者的通

称,在偏 ACG 的圈子里,也有"大人""SAMA/傻妈(日语'大人'的读音)""太太"(多用于画手圈称呼女性画手)的说法。"巨巨"在部分语境下比"大大"更高一层,更高层次的说法还有"查查"(取字形的"大巨"之意);更多情况下"大大"和"巨巨"并没有实质的层次区分意义。一般情况下这些都是粉丝对高手们致敬的褒义词,但当写作"菊巨""菊苣"时,则带有贬义和讽刺意味。

【大神】(孟德才编撰)

"大神"一词是粉丝们对那些站在网络文学商业机制顶端的作家们的昵称。"大神"作家,主要指在作品点击量、粉丝规模、作品影响力等方面突破一定规模的"超级"网络作家。

【耽美】(徐艳蕊编撰)

"耽美"又称为 Boy's Love,简称 BL,是一种主要由女性书写、供女性阅读的男男同性情爱故事。"耽美"是一个来自日语的汉语词汇,在日语中,"耽美"(たんび;tanbi)与"唯美"是同义词,指对于美的崇拜高于道德和现实,这种作品中往往包含着同性欲望。1970 年代,由女性创作的描绘男男恋情的作品开始在日本的职业漫画圈和业余漫画圈出现并流行,其后迅速在东亚和世界范围内广为传播。1990 年代末,受日本耽美动漫、小说以及台湾地区耽美小说的影响,中国大陆的耽美创作群体逐渐孕育成型。其作品以小说为主,也包括漫画、广播剧、原创音乐和同人视频短片。尽管日语中的たんび已经被"BL"取代不再频繁使用,华语圈的腐女仍然钟爱"耽美"这个名称,因为"耽美"在汉语中的字面含义是"耽溺于美",非常契合腐女对于男男恋情的唯美幻想。不过,在华语腐文化圈中,"BL"一词也很常见,往往可以和"耽美"换用。

【盗墓文】(陈子丰编撰)

"盗墓文"是网络小说类型之一,由天下霸唱的长篇小说《鬼吹灯》(2005)开创,"同人小说"《盗墓笔记》(2006)的出现更使其壮大为一个类型。这两部作品在长期"被跟风"中成为经典,并以其光环效应为整个类型捕获了庞大的读者群。略微夸张地说,"盗墓"这整个类型都可视作这两部作品的"同人小说"。狭义上的"盗墓文"指以盗墓贼在古墓中的冒险经历为主要内容的作品,广义上的"盗墓文"也包括惊悚悬疑风格的考古、探险等题材小说。"盗墓文"综合性很强,一般会容纳灵异元素、历史传说、民间习俗、自然科学等方面的材料;同时也普遍接受"黑话",如"倒斗"(指盗墓)、"粽子"(指僵尸)、"龙脊背"(指价值高的古物)等,形成自成一统的话语体系。

【屌丝】(肖映萱编撰)

"屌丝"源自2010年百度贴吧"雷霆三巨头吧"与"李毅吧"的争吵。"雷霆三巨头吧"的会员将"D丝"(即"李毅吧"的会员名称)中原指"毅丝/帝丝"的"D"替换为读音相近的"屌"字,创造出"屌丝"一词,以这个容易令人联想到男性阴毛("屌"是男性阴茎的俗称)的词语作为一种侮辱性称谓来指称"李毅吧"的会员。但"李毅吧"的会员却以某种"不以为耻,反以为荣"的姿态领受了这个称谓,并自此以"屌丝"自称。随后,"屌丝"一词便迅速流行,并与"矮矬穷"("高帅富"的反义词)、"土肥圆""女屌丝"等词构成一整套网络符号体系。

【弹幕】(高寒凝编撰)

"弹幕"原本是军事术语,指火炮密集射击时炮弹像是在天空中张开一张幕布的景象。在二次元领域,这个词指的是在带有即时评论功能的视频网站上,一条条评论从视频画框的一端快速飘向另一端或者在画面固定位置悬停造成的类似弹幕的视觉效果。据最早的弹幕视频网站,即日本网站niconico的百科页面记载,这个词最早出现在网站运营初期,一个叫レミオロメン(《粉雪》)的视频里(现已被删除)。由于弹幕比一般的评论更具有即时性、交互性和视觉效果,很快经由niconico这个二次元向视频网站流行开来,不仅影响了日本本国的大众流行文化,还辐射到东亚地区乃至全世界。

【二次元】(林品编撰)

"二次元"(にじげん;nijigenn)是一个在"御宅族"的亚文化圈中广泛使用的词语,指称的是动画、漫画、电子游戏(ACG)所创造的二维世界;与之相对应的,则是"御宅族"的肉身所置身于其中的三维世界,也就是所谓的"三次元"。乍看来,"二次元"/"三次元"的区分,似乎只是构成了"虚拟"/"现实"、"虚构"/"真实"的二元对立；但问题的复杂性在于，由于漫画读者、动画观众、游戏玩家的移情作用，"御宅族"在"二次元"中往往会有相当真诚的情感体验，甚至相对于那个需要戴着某种假面去阳奉阴违地应对的"三次元"社会，"御宅族"在"二次元"的情感投入可能是更为真挚而强烈的。在这里，"真"与"假"、"实"与"虚"的关系，显然不能用二元对立的思维框架来简单地分辨；而"御宅族"对"二次元"的迷恋，也并不是诸如"逃避现实""沉溺幻象"这样带有责难意味的判断就能有效解释的。

【凡人流】（吉云飞编撰）

"凡人流"由忘语的《凡人修仙传》（起点中文网，2008）得名并发扬光大，是目前幻想小说中最流行的流派之一。"凡人流"的男性主角形象与"龙傲天"可谓是两个极端，如果说"龙傲天"是含着"金钥匙"出生且永远不会失败的"高富帅"，"凡人"就是一直艰苦奋斗最终取得超人成就的普通人。"凡人流"的主要特点有：其一，主角的各方面条件极其平凡，是最普通不过的凡人；其二，世界架构非常严谨，等级体系尤为严密，并且特别贴近现实社会，有严密的现实逻辑；其三，虽然有各种机缘，但都是主角通过奋斗所得，主角实力的提升必然是辛苦付出的结果。其四，主角虽然达成了最初的梦想，但得到的是一个有缺憾的人生；其五，主角性格有明显的成长，最终成为一个适应丛林法则的好人。总之，"凡人流"的核心便是凡人抓住一点机缘，通过自身的不断努力，在严酷的异世界中成就不凡的功业。

【废柴/废柴流】（吉云飞、肖映萱编撰）

"废柴"或写作"废材"，源于粤语，在ACG及网络中用于指百无一用、没有任何反抗能力的废人。

"废柴流"是由天蚕土豆《斗破苍穹》（起点中文网，2009）引发的一个目前在幻想小说中常见的流派，主角兼具"凡人流"主角和"龙傲天"的部分特点。"废柴流"中的主角出场时原本资质极差，受尽欺辱和白眼，但必然会获得超强的"外挂"，几乎不需要太多的努力，就能很快通过"外挂"拥有远超常人的成就并且满足自己的各种欲望。不同于"龙傲天"式主角的不劳而获,也不同于"凡人流"里主人公能看到希望的艰苦奋斗,"废柴流"的主要快感来源是"屌丝逆袭"和"扮猪吃老虎",而"扮猪吃老虎"的场面也是"屌丝寻求逆袭"的心理需求的必然结果——原本像猪一样处于食物链底层的屌丝拥有了一个不被人知的外挂,在"老虎"不明情况的时候把"老虎"吃掉了。

【腐/腐女】(徐艳蕊编撰)

在汉语和日语中"腐"字原本都有腐坏、不可救药的意思,而且是"妇女"中"妇"字的谐音。以"腐女"自称的女性耽美粉丝赋予了"腐"新的内涵,不再是一个单纯的贬义词,而带有自我调侃的意味。

"腐女"即热衷于幻想男男同性情爱的女性,源自日语中的"腐女子"(ふじょし;fujoshi)。2000年初,日本最大的网络论坛2channel上开始有人使用ふじょし一词来指称喜欢将万事万物都解读、联想为男男同性关系的女性。2005年以后,日本媒体开始关注"腐女"现象,并将"腐女"视为"宅男(男性御宅族)"的对应人群。经过十余年的传播,"腐女"一词现已进入日本大众的日常语汇,尤其在年轻人中获得了广泛使用。2004年以后,"腐女"也进入汉语词汇系统并占据了一定的使用空间。在"腐女"这个词汇出现之前,耽美粉丝往往自称为"同人女"或"耽美狼"。

【腐男】(徐艳蕊编撰)

喜爱幻想男男恋的男性被称为"腐男"。腐文化圈并非完全由女性组成,耽美作者和读者中都有一定数量的男性。这些男性并不都是同志,有一些腐男只是喜欢二次元的男男恋作品,并不会把这种爱好带入实际生活。

【高度幻想(High Fantasy)/低度幻想(Low Fantasy)】
(陈新榜、吉云飞编撰)

幻想小说中对"高度幻想/低度幻想"的区分,也主要依据虚构世界(尤其是其中角色的力量)与现实世界之间的差异程度,远远高于现实世界法则的类型,如修仙、玄幻、奇幻,称为"高度幻想";相对接近现实法则的类型,如武侠、骑士,属于"低度幻想"。不过,这种分法大都用在与"力量""魔法"相关的小说类型中,往往与"高魔"/"低魔""高武/低武"的概念共同使用。通常"高度幻想"泛指小说中的虚构世界不以现实世界为依据,是完全由幻想构成的"第二世界"。

不过也有人从另一意义上区分这一组定义,通常用高度/低度幻想来形容幻想世界背景设定、故事情节、人物塑造是否逻辑自洽。世界背景与力量体系设定合理,人物塑造与情节发展内在逻辑一致,就属于高度幻想,反之,则属于低度幻想。

这两种定义彼此有冲突之处,本书对这组概念的使用采用第一种定义。

【高魔/低魔世界】(吉云飞编撰)

高魔/低魔世界,又称高武/低武世界,通常用来形容幻想世界的武力值高低。如金庸武侠小说构建的世界是低魔/低武世界,小说中武力值最高的人物也仍然属于凡人的范畴;而《西游记》的世界则是高魔/高武世界,其中有大量拥有超自然能力的神仙鬼怪的存在。现今流行的幻想小说所构建的世界大多是高魔世界,这或许是因为我们身处的现代社会本身已足够科幻,低魔/低武世界已无法承载现代人幻想中的生活状态。

【攻/受】(徐艳蕊编撰)

攻/受是"耽美"对男男关系的基本设定:在性行为中,被插入的一方是受,而插入的一方是攻。攻受划分使得"耽美"小说呈现出丰富的性政治意涵。一方面,"耽美"中的攻受带有异性恋模式的影响,并不完全等同于同性恋的身体实践,插入行为在同性恋性活动中,只是诸多快感模式的一种,但"耽美"作品中的人物会将插入行为视为确定亲密关系的一个至关重要的仪式,并由此进行角色划分。但在另一方面,攻/受关系又不同于异性恋男/女的性秩序。首先,攻和受是相对平等的,因为有着同样的身体基础;其次,攻受关系是灵活的,可以角色互换;最后,攻和受的气质也是非常多元化的,导致了攻/受组合方式的多变:强攻弱受、强攻强受、弱攻强受、弱攻弱受、美攻丑受、女王攻忠犬受、忠犬攻女王受、一受多攻、一攻多受……攻受关系的平等、灵活和多元是对建立在男女二元对立基础上的固有性别权力秩序的有效拆解。

【宫斗】（王玉玉编撰）

"宫斗"是以事实存在或者虚拟架空的古代宫廷为背景的一种网络文学类型，主要讲述与后宫斗争、嫔妃争宠、前朝禁苑息息相关的情感纠葛或权力倾轧。同题材的古装电视剧则称为"宫斗剧"。"宫斗小说"是宫廷背景的古代言情小说的一个分支，最初作为一种情节元素往往出现在"穿越""重生"等题材的古代言情小说之中。爱打瞌睡的虫于2007—2008年间在起点女生网连载的小说《宫斗》首次在标题中使用"宫斗"一词，可以看作是"宫斗"这一题材独立的标志。同一时期，百度贴吧"宫斗吧"成立，至2009年，百度百科收录了"宫斗"和"宫斗文"两个词条，"宫斗文"成为"女性向"网络文学的一个重要组成部分。

【H】（肖映萱编撰）

H，日语Hentai的缩写（エッチ），原义是变态，后来引申为性行为，常用于日本的色情产业。在ACG产品中，包含直接的性或其他色情内容的漫画被称作"エロ漫画"或"H漫画"等，18禁游戏标为"H-Game"。在中国，"女性向"作品一般用"H漫画/小说"，"男性向"则更常用"工口（エロ的字形）漫画"的说法。

【后宫/逆后宫】（肖映萱编撰）

"后宫"指的是一个男主角对应多个女主角的模式，在"男性向"ACG文化中是一个较为成熟的类型或元素。而"逆后宫"则是"女性向"网络文学中一个女主角对应多个男主角的模式，对应日本ACG文化中的"乙女"类型，发展到极致则产生了"女尊""耽美"中一受多攻的NP等倾向。2004年，蒋胜男《大宋女主》、姒姜《情何以堪》、倾泠月《且试天下》都或多或少地展现出了晋江言情文中"逆后宫"的倾向。2005年9月，葡萄《青莲记事》和流玥《凤霸天下》几乎同时开始在晋江连载，共同创造了"女穿男"的"（伪）耽美"经典穿越模式，并掀起了2006—2007年间晋江"逆后宫"模式的风潮。

【机甲/机甲文】（肖映萱编撰）

"机甲"来自日语"機甲"（きこう；kikou）一词，英语为Super Robot，

意思都是超级机器人。在科幻中被定义为相对机动装甲、大型双足或多足战争机器人,后来多指有人操纵的战斗机器人,多采用人物直接操作或者远程信息连接,通过智能化的计算机系统控制机体战斗。机甲是 ACG 文化的常见元素,2013 年美国电影《环太平洋》(*Pacific Rim*)中所展示的就是最典型意义的机甲。机甲文的代表作有犹大的烟《机甲契约奴隶》、衣落成火《机甲触手时空》等。

【羁绊】(白惠元编撰)

"羁绊"(きずな;kizuna)一词来源于日本动漫文化,在日语中表示人与人之间难以断绝的情感联结,通常表现为"剪不断,理还乱"的友情或爱情。"羁绊"之所以能够引起中国独生子女一代的情感共鸣,正因为它有效地慰藉了这群空前自由却又空前孤独的现代个体。当然,"羁绊"一词所指向的情感纽带又与现实世界不同,它是"二次元"人物在冒险过程中建立起来的,是战斗热血的燃点。在世界规模的危机持续深化的过程中,人物之间的"羁绊"也不断受到近乎生离死别的威胁和考验;为了在极端情境下维系这份虽然脆弱但必须守护的"羁绊",人物必须让"因缘的纽带"化作激发潜能的钥匙,从而经受住超乎常人的磨难和历练。

【架空小说】(陈新榜编撰)

"架空"本指建筑学上房屋凌空的构架形态,文学中刘禹锡《答饶州元使君书》也曾有"游言架空"一语。现在所谓"架空"常用于包括小说、动漫、游戏等各种叙事,"空"指与现实不同的世界或历史,即虚构性;"架"则指其设定建构性,即叙事以某种设定作为基础。综合而言,"架空"就是指脱离具体时空背景建构虚拟世界及其历史,如"穿越文"中的"架空文"。按照虚构的程度,"架空文"通常分为全架空和半架空。在中国,"架空"概念主要来自《龙与地下城》《指环王》、蒸汽朋克小说。国内最有影响的架空叙事是江南、今何在、沧月等人 2002 年开始联合创作的"九州世界"系列。

【坑】(肖映萱编撰)

网络读者戏称作品为"坑"。作者开始一部作品的连载是"挖坑",更新作品是"填坑",读者随着作品连载追文是"入坑/跳坑",作者停止更新叫"挖坑不填/挖坑不埋",未完结就宣布停止更新叫"坑了"或"太监了",所以产生了"蹲在坑里等更新"的调侃说法。

【练级小说】(陈新榜编撰)

网络连载小说中主角不断在力量等级体系中上升的常见套路与电子游戏同气连枝,因此人们直接采用电子游戏里的名词"练功升级"来描述此类小说,又常被称为"升级流"。由于它是起点中文网最有影响的类型,也常常被网文读者称为"起点文";又由于其读者主要是"小白"读者,也常被称为"小白文"。"练级小说"大都属于玄幻类型,被称为"玄幻·练级"或"玄幻·升级"小说。

【龙傲天】(王恺文、陈新榜编撰)

"龙傲天"是早期网文YY过度产生的一类男性主角形象,主要特征包括:名字里常出现龙、唐、汉、天等字样,外貌身材极为突出,通常会出现"眉清目秀""虎背熊腰"这样的描写,并且经常被强调家世显赫。与强调努力奋进的普通"练级文"不同,其爽点在于主角的不劳而获。在穿越到异界之后往往会具有极高的魔法/武学天赋,在各种机缘巧合之下迅速提升实力,很轻易地就能收伏其他男性做手下,征服女性并开后宫。这类主角在早期网文中极为泛滥,但并没有一个统一的命名。在网文创作逐渐走向成熟之后,一些有经验的读者对于此类主角十分厌烦,于是总结出了"龙傲天"这一名词来专门加以指代。其后不少作品专门塑造了这样的人物来供主人公"打脸",如《天生王者龙傲天》《崩坏世界的传奇大冒险》。但这并不代表这类角色从此消失:在很多YY过度的"小白文"中,还是会出现改头换面的"龙傲天"。诡异的是,随着"龙傲天"这一名称在网文圈内普及,部分不明所以的新作者毫无反思地直接正面挪用此设定写出新作(如《异世傲天》)。这种作品却正好投合了为数不少的追求不劳而获爽感的读者,"龙傲天"一词开始走红,从2012年7月开始百度搜索指数陡然上升。

【玛丽苏】(王玉玊编撰)

"玛丽苏"即Mary Sue的音译,最初来源于保拉·史密斯《星际迷航》(1973年创作)的同人小说《星际迷航传奇》。这篇带有恶搞性质的小说的女主人公玛丽苏上尉是一个只有十五岁半的完美角色,小说借此讽刺了《星际迷航》同人小说中那些由于过于完美而显得虚假的人物。这个概念在进入中国后也被运用到除同人文以外的动漫、网络小说、电视剧等领域。"玛丽苏"式人物是作者为了满足自我欲望(如对爱情、财富、权力的欲望,以及自我表现欲等)和虚荣心而创造的自我替代品,因而往往具有出众的(或令人怜惜的)身世、完美的外表或强大的能力,并为众多异性角色所爱慕,面对事业与爱情都能够无往而不利。这一概念也被扩展应用于某些具有类似特征的男性角色,称为"汤姆苏"或"杰克苏",亦可简称为"苏"。

【卖腐】(徐艳蕊编撰)

"卖腐"指以制造男男暧昧话题吸引关注的行为,又被戏称为"麦麸"。腐圈的扩大使得一些影视剧注意到了腐向作品的广大潜在市场,因此它们会故意设计一些男男暧昧情节来吸引观众,尤其是女性观众。有些作品通过这种方式获得了巨大成功,比如英剧《神探夏洛克》、好莱坞电影《雷神》。

【末世/末世文】(肖映萱编撰)

"末世"也称世界末日,即宇宙系统的崩溃或人类社会的灭亡,以后者为主。通行的版本之一是源于玛雅人的2012世界末日寓言。对末日原因的想象有磁场变化、行星撞击、太阳活动等多种说法,在网络小说中以丧尸爆发最为常见。2011年末至2012年,"末世文"在晋江风靡一时,经常与"修真""重生"等元素结合,同时伴生了一些其他分支,其中"机甲""异形""异能"也形成了较为成熟的类型。代表作有非天夜翔《二零一三》、月下金狐《末世掌上七星》等。

【男性向】(李强编撰)

"男性向"源自日本ACG文化,特指以男性为消费对象的影视、漫画、游戏类型。"男性向"小说是读者对一些表达、满足男性欲望的网络小说的称呼,这些小说的表现手法与角色设定一般会刻意迎合男性的征服欲,核心"爽点"就是"升级""开后宫",作品中女性角色较多,且不时会有性爱描写。"男性向"小说的主要类型有历史军事小说、玄幻小说、修真小说等。

【虐/虐身/虐心】（肖映萱编撰）

虐与甜对应，是网络文学的一种情节元素或情节发展倾向，即以"虐身"或"虐心"的方式，使小说中主角的一方或双方遭遇各种痛苦折磨，虐主角的同时达到虐读者的最终目的。"虐身"与"虐心"都与 SM（Sadomasochism）"虐恋文化"有某种内在关联性。在"耽美"小说中，受虐方能够在受虐过程中使自己的爱情获得合法性，而施虐者往往成为其俘虏。"耽美"的一种经典情节模式便是"虐受——在施虐与受虐的过程中相爱——虐攻"。

【女性向】（肖映萱编撰）

"女性向"是女性在逃离了男性目光的封闭空间里以女性自身话语进行书写的一种趋势，与"男性向"相对。这种书写所投射的，是只从女性自身出发的欲望和诉求。在这样的界定下，"女性向"文学与传统女性"言情"之间存在大面积的过渡阶段、灰色地带。如果以基本不存在争议的部分举例，"女尊"和"耽美"可以说是"女性向"网络文学的典型文类，与传统男性天空下的女性"言情"遥相对峙，走到了这一端的极点。网络的出现，为"女性向"文学空间的形成提供了技术支持，代表网站有晋江文学城、红袖添香、起点女生网。

【女尊文】（肖映萱编撰）

"女尊"即"以女为尊"。作为网络文学的一种类型，"女尊文"中往往以架空的方式建构一个以女性为尊、以女性话语为主体的时空背景，女主角的社会地位高于男主角，或女主角的能力强于男性，由此形成"女尊男卑"的相处模式，甚至发生女性奴役男性、男女颠倒、男性生子等情节，暗示了某种激进的女性主义倾向。有传统的 1 对 1 配对，也有一女 N 男的模式，后者有时带有玛丽苏情结。代表作有蒋胜男《大宋女主》、逍遥红尘《笑拥江山美男》、宫藤深秀《四时花开之还魂女儿国》等。

【炮灰】（肖映萱编撰）

"炮灰"原意是指战争中为了全局而注定要牺牲的士兵，在网络文学中一般指为了衬托主角的高大形象而被干掉的龙套,或是为了情节需要而死掉的路人,是与"主角光环"相反的概念。

【奇幻小说】(王恺文编撰)

"奇幻"这一概念来自英文"fantasy",台湾奇幻文学翻译家朱学恒在其1990年代撰写的文章《西方奇幻文学简介》中将其译为"奇幻"。在文章中,朱学恒这样描述"奇幻":"这类的作品多半发生在另一个架空世界中(或者是经过巧妙改变的一个现实世界),许多超自然的事情(我们这个世界中违背物理定律、常识的事件),依据该世界的规范是可能发生的,甚至是被视作理所当然的。"朱学恒对于"奇幻"的阐释界定了这一文类的写作范畴:基于西方风格的架空异世界的作品。这一界定也沿用到了网络文学中。目前中国奇幻类网络小说的基本特征有:西式的人名、地名,主要以"魔法"命名的超自然力量,兽人、精灵、矮人、天使、恶魔等西方风格的超自然种族。符合这些基本特征的,通常意义上可以被归入"奇幻"范畴。奇幻网文又分为两个脉络:"正统西幻"和"西式奇幻"。"正统西幻"的世界设定会较为严格地遵循桌游"龙与地下城"(D&D)为主的经典西方奇幻设定;"西式奇幻"则大刀阔斧地改变经典设定,让整个世界体系趋于中国化。

【清穿三座大山】(拓璐编撰)

"清穿"是穿越小说的一种,主要是写女主穿越到清朝各个皇帝的朝代,与众多帝王将相龙子龙孙发生情爱故事。特别是康熙、雍正两朝的夺嫡之争,是"清穿"小说最为热衷的题材。其中促使这一题材走红的三部作品《梦回大清》(金子,2004)、《步步惊心》(桐华,2005)、《瑶华》(晚晴风景,2006),以现代社会女主人公在机缘巧合之下发生时空旅行回到古代社会展开故事情节。因为这三部小说完成度高,人物丰满,情节紧凑,得到了众粉丝的追捧,影响力极大,粉丝们为了表达对它们的喜爱和强调其在同类作品中优秀又难以超越的地位,爱称为"清穿三座大山"。

【RPG/MMORPG】(王恺文编撰)

RPG 是 Role-playing game(角色扮演游戏)的简称,电子游戏和桌面游戏最主要的类型之一。在角色扮演游戏中,玩家在游戏规则的支持和约束下控制单个或多个角色行动,对依照游戏规则生成的内容进行反馈。现代的角色扮演游戏最早成型于 1960—1970 年代,玩家通过纸笔和骰子来进行游戏,由游戏管理员来制定规则和监督游戏,这一阶段被称为桌面角色扮演游戏。进入 1980 年代后,计算机成为角色扮演游戏的重要载体,玩家通过键盘、鼠标和手柄等设备操作虚拟世界中的角色,计算机执行游戏设计者构建的规则,通常 RPG 指称的是这一类游戏。进入 21 世纪以后,在网络空间进行的大型多人在线角色扮演游戏(Massive Multiplayer Online Role-Playing Game,缩写为 MMORPG)逐步兴起,大量玩家通过网络在虚拟世界中进行互动。21 世纪以来最为重要的 MMORPG 是《魔兽世界》。

【圣母/白莲花】(王玉玊编撰)

"圣母"与"白莲花"含义大体相同,均用来形容和讽刺文学、影视作品中大量出现的一类女性角色:柔弱善良,逆来顺受,毫无心机,同情心泛滥,对爱情忠贞不渝,总是无原则地原谅所有伤害过她们的人,并试图以爱和宽容感化敌人。两词亦可连用为"圣母白莲花"。琼瑶作品《梅花烙》中的白吟霜、《还珠格格》中的紫薇等都是典型的"圣母白莲花"式女主人公。两者的区别在于,"圣母"产生于动漫圈,常被用来评论动漫人物,而"白莲花"则很少被用来描述动漫人物,基本上仅用于评论小说和电视剧,特别是"重生""穿越""宫斗"类的小说和电视剧。2009 年前后,对于"白莲花"的反感开始成为一种普遍的国民心理,"反白莲花"的浪潮在网络文学及影视评论等领域兴起。在此之前,动漫圈已有颇多对于"圣母"形象的批判,这也影响到"反白莲花"浪潮。

【爽/爽点/爽文】(李强编撰)

"爽"是读者评价网络小说时经常用的词。读者阅读小说使自己的欲望得到了满足后的一种痛快感觉,就可以称为"爽"。在读者那里,"爽"与"闷"是一组对立词,区分标准就是能否适当满足读者的欲望。但实际上在网络小说中,"爽"和"闷"是对立统一、相互依存的关系,优秀的网络小说一般都是先有"闷"才会"爽"。"爽点"是网络小说中最集中满足作者欲望的部分,依据小说类型而异,可以是情感爆发点("泪点"),也可以是情节反转点("打脸")。"爽文"就是让读者感到"爽"的小说。但也有读者用"爽文"来指"小白文",这种小说的主角无往不利,读者的欲望被无节制地满足,一爽到底。

【哨兵向导】(高寒凝编撰)

"哨兵向导"与 ABO、BDSM 并称欧美同人圈三大设定,传入中国之后,在文学网站和同人站点上也形成了一定的创作规模。在这一设定中,部分人类在青少年时期会发展出超能力,其中的一部分成为哨兵,一部分成为向导,其中向导的数量十分稀少。哨兵的特点是五感非常发达,视觉、听觉、触觉、味觉等等都远胜常人。但是当哨兵把注意力集中到其中一感上时,就无法再关注除目标之外的事物。向导的存在就是要阻止这一点,在哨兵失控之前把他们拉回来。哨兵和向导会组成搭档一起上战场执行任务,组成搭档的过程包括肉体和精神结合。这种结合是终生制的,除非一方死亡。"哨兵向导"这一设定在欧美同人圈非常流行,而在中文网文圈却显然不如 ABO 文繁荣。

【Slash】(肖映萱编撰)

Slash,即斜线符号,在英文同人圈用于连接两个人名,表示二者间的(同性)恋人关系。这种用法最早开始于美国 1970 年代的科幻媒体同人圈,当时出现了大量围绕 1960 年代的电视剧《星际迷航》展开二次创作的同人作品,其中描述两位男主角柯克舰长和斯波克之间可能的同性爱情关系的一类写作被标注为"K/S"。后来,这类重新建构原作中同性之间的关系,对他们进行爱情甚至性描写的同人作品,通常会打上"A/B"的标签,标明是对原作中 A 与 B 关系的重新想象,与中文同人圈的"A×B"标注法类似。但 A 与 B 在斜线前后的顺序并不代表其攻受位置,这是与中文同人圈的标注法最大的区别。

【同人】(白惠元编撰)

"同人"一词来自日语的どうじん/doujin,这个词在日文中有两种含义,一是"同一个人、该人",二是"志同道合的人、同好"。真正使"同人"成为关键词的是日本 ACG 文化,其"同人"取第二个意思,即业余动漫游戏爱好者所进行的非商业的自主创作,本质上是二度创作,是同好者在原作或原型的基础上进行的再创作活动。换言之，同人创作往往需要遵从原作的基本设定，其人物性格、主要情节等都和原作基本相符；然而，同人创作的真正乐趣并不在于复述，而是可参与的改写。在日本同人文化中，它指向"自创、不受商业影响的自我创作"，或"自主"的创作，比商业创作有更大的创作自由度，传达出"想创作什么，便创作什么"的创作理念。与之相关，"同人志"指的是这种创作的自制出版物，"同人界"则是指这个文化圈。在中国，曾经较有影响力的同人创作包括"四大名著"同人系列、古装剧《逆水寒》系列、军事剧《士兵突击》系列，等等。

【VIP 收费制度】（王恺文编撰）

"VIP 收费制度"是目前中国网络文学商业体系中最为主流的收费制度。2003 年 10 月 10 日，起点中文网开始试行 VIP 会员·作品订阅制度，这也是中国网络文学第一个成功的商业机制，其后各文学网站纷纷效仿。在 VIP 制度下，网站方选择在平台上连载的作品，与作品作者签约，作品签约后的连载章节即被划为 VIP 章节（俗称"入 V"），读者需要按章付费阅读 VIP 章节。最初规定 2 分/千字的稿费标准，后来这成为网络文学行业收费的基本标准。读者支付的费用由网站和作者按一定比例分成。根据消费金额，读者将获得一定的投票权利（主要为月票和推荐票），用于支持自己喜爱的作品和作者。网站根据读者的点击、消费和投票，制定不同的排行榜，例如月票榜、点击榜和推荐榜。2009 年起，起点中文网开始在 VIP 制度中加入"打赏"机制，读者可在按章付费之外对作者、作品支付更多费用，并由此获得表彰（例如"盟主"等头衔）。

【外挂/金手指】（李强、吉云飞编撰）

"外挂"本来是电子游戏的作弊程序（有时也称"金手指"。最初在游戏里，"金手指"主要用于单机游戏，"外挂"主要用于网络游戏，但读者用它们来评论网络小说时，意思并无区别），后来被读者借来描述网络小说中给主角带来帮助的法宝，可以是器物，也可以是主角的独特经历。网络小说中，主角总是能利用"规则之外的规则"来获得成功的情节被读者称为"开外挂"。

【无限流】(吉云飞编撰)

"无限流"的得名和流行都与科幻小说《无限恐怖》(zhttty,起点中文网,2007)相关。"无限"即无止境之义,"无限流"小说的精华便在于一切皆有可能,有囊括所有类型、整合一切元素的冲动。"无限流"小说的基本设定是"主角"为一定的目的穿梭在不同的时空之中,奇幻、修仙、武侠、都市、科幻、历史等不同的背景世界都可能出现在同一本书中,并且被一个共同的世界观所统辖。"无限流"小说被戏称为"原著粉碎机",其所描写的不同世界通常是已有的电影、小说、动漫和游戏作品的同人创作,因此写作门槛较低,同时也带来了一系列版权问题。"无限流"小说理论上可以兼有各类型的精华,并且对人物在极端境遇中的命运以及时空等宏大命题天然有足够的观照,拥有解读一切世界一切文化一切智慧生命的无限书写空间;但也因此难出精品,"无限流"中的大多数作品只是在不同背景世界中升级的故事。

【位面(Plane)】(王恺文编撰)

"位面"原本是 D&D 战役模组"异度风景"(Planescape)中的一个名词,指一个相对独立的空间,拥有自己独特的物理法则与超自然力量法则。这一名词其后逐渐成为 D&D 的通用设定,在国内的奇幻类网文中代指"宇宙""世界"等概念。经典的位面设定有主物质位面(即最为接近现实中中古地球的位面)、无底深渊(充满混乱与邪恶的世界,恶魔的家园)、星界(时间停止、凭借精神力量行动的位面)等。多个位面组成了一个相对完整的多元宇宙,而不同的多元宇宙间则由"晶壁"隔离,一个多元宇宙即是一个"晶壁系"。依照这个设定,我们所处的宇宙其实也只是一个晶壁系,因此按照 D&D 的世界观,"穿越"实际上并不是特别稀奇的事情,只不过是从一个晶壁系进入了另一个晶壁系。

【文青/文青文】(孟德才编撰)

"文青"即"文艺青年"的简称,是针对"小白"并有意与之相区分而提出来的一个概念。网络上对"文青"的讨论极为多样,且褒贬不一。褒扬者肯定"文青"在文学风格和思想内涵方面的开拓意义,贬损者多认为"文青"曲高和寡且显得"无病呻吟"。在本书语境中,"文青"主要指那些具有某种情怀，表现出某种创新性诉求，文学性和思想性俱高的网络作家。"文青"作家的粉丝团人数不及"小白"，但文化层次和忠诚度却高于"小白"。"文青"的代表作家有猫腻、烽火戏诸侯、骁骑校、徐公子胜治、烟雨江南、酒徒等。与之相对应，"文青文"主要指"文青"作家创作的作品，但不排除某些非"文青"作家也可以创作"文青文"。总体来说，"文青文"代表了一种异于"小白文"的审美风格。代表作品有猫腻《间客》《将夜》、烽火戏诸侯《雪中悍刀行》、骁骑校《橙红年代》、徐公子胜治《惊门》、烟雨江南《尘缘》、酒徒《隋乱》等。

【系统/系统文】（肖映萱编撰）

"系统"由网络游戏的操作系统这一概念引申而来。网络文学中的"系统"元素，是主角的一种"开挂"方式，一般是主角获得了某种带有系统的道具，从而获得了生存攻略、储物空间或强大的武力，换言之就是一个随身携带的智能万能装置。例如日本动漫《哆啦A梦》里哆啦A梦的口袋，就可以算作最早的系统。代表作品有风流书呆《快穿之打脸狂魔》，衣落成火《我有药啊》。

【仙侠小说】（吉云飞编撰）

仙侠小说本来是武侠小说向修仙小说过渡的产物，是修仙小说的先声与第一个子类。早期的仙侠小说大多是表面上的武侠、本质上的修仙，是直接从武侠小说中生长出来的。由于武侠小说深入人心的影响力，至今在主要文学网站的分类中，仍然使用"仙侠"而非"修仙"作为这一类型小说的统称。但作为一种独立的小说类型的仙侠并不存在，我们称之为仙侠的实际上是以中国古代文化为背景的修仙小说。仙侠绝不只是在武力值上超过武侠，仙侠小说写的也不是江湖侠客寻仙访道的故事，仙侠的核心是由人修炼成仙的过程，没有也不需要侠的存在，修仙与游侠是两种截然不同的精神气质与行为方式。在修仙小说刚刚出现时，仙侠小说的提法曾经有利于借助武侠小说的力量推动这一类型的发展，但如今已经是一个有着相当误导性的概念。

【吐槽】（高寒凝编撰）

"吐槽"是日语"突っ込み"的中译。这个词来源于类似相声的日本漫才,指某种不顺着对方的话头说话,故意说实话或者拆穿对方,并用夸张的方式加以表现,以取悦观众的语言技巧,有些类似相声中的捧哏。在中文里本无可以完全对应的译法,台湾地区将其译为"吐槽",后传入大陆,并由于弹幕网站和网络社交平台的兴起迅速流行起来。而且相比于日文原意,这个词在中国又增加了"挖苦""抱怨""找茬"等意味。

【小白/小白文】(陈新榜、孟德才编撰)

"小白"这个词汇诞生于网络文学兴起之初,"白"是指不花钱"白看书"之意。后来"白"则隐晦地指涉"白痴",是阅读网络文学多年、阅读量极大的较深度用户"老白"对新进用户的蔑称。与此相应的"小白文"即指针对"小白"用户的作品,也即针对初级网文用户的网络小说。由于"小白"主要是指那些初高中学生,他们最感兴趣的文类是以升级体系为核心的玄幻小说,因此"小白文"的内容特征也是基于以上读者而来:简单化。"小白文"以"爽文"自居,遵循简单的快乐原则,主人公往往无比强大,情节以"打怪升级"为主。"小白"的代表作家有被誉为"中原五白"的唐家三少、我吃西红柿、天蚕土豆、梦入神机、辰东等。"小白文"的代表作品有《斗破苍穹》《星辰变》《斗罗大陆》《神墓》《阳神》等。

【小白/傻白甜】(肖映萱编撰)

"女性向"言情文中的"小白"与"男性向"中的"小白"含义略有不同。这里的"小白"或称"傻白甜",指的是毫无心机、毫无防备、天真无知到有点"傻"、有点"白痴"的女主角,往往与"霸道总裁"相对应,共同构成"霸道总裁爱上我""小白与精英"的经典 CP 模式。代表作品有顾漫《小白与精英》、长着翅膀的大灰狼《然后,爱情随遇而安》等。

【修仙/修真小说】(吉云飞编撰)

"修仙"又称"修真",长期也被混称为"仙侠",是在欧美与日式幻想文艺的刺激下,从传统武侠和神魔小说中生长出来的一种中国风格的网络幻想小说类型,讲述的多是由人修炼到仙的故事。修仙小说是最流行的网络小说类型之一,也是最具本土特色的小说类型。按照故事发生的世界背景,可以分为四个子类:以中国古代文化为背景的古典修仙;以宇宙星空等奇幻世界为背景的幻想修仙;以现代社会为背景的现代修仙；以创世神话、《封神演义》和《西游记》为背景的洪荒封神。

"修真"原为道教术语，学道修行，求得真我，去伪存真为"修真"，俗称"修道"。"修真"之名古已有之，但成为一种小说类型，则是从萧潜的《飘邈之旅》开始的。《飘邈之旅》中引入道教修真体系，将凡人修炼成仙的过程划分为十一个层次，从最初的旋照、开光到最终的渡劫、大乘，是第一部非仙侠类的修真小说。这一类修真小说写的都是从人到仙的修行成长历程，其"修真"大多可视为"修仙"，已无原有的"借假修真"之义，只以追求长生不老、神通广大为最终目的，只是因为《飘邈之旅》中使用的是"修真"这一概念，因此相继沿用。但到今天网文界也普遍意识到"修仙"比"修真"更能概括这一类型小说的特点，主流文学网站已在分类中用"修仙"代替了使用多年的"修真"。

【玄幻小说】（陈新榜编撰）

"玄幻"一词最初被香港作家黄易用来描述他自己"建立在玄想基础上的幻想小说"，后来广泛流传衍化，蔚为大观。广义的"玄幻小说"相当于"高度幻想"型小说，与"低度幻想"型小说（如武侠小说、骑士小说等等）、科幻小说、写实小说对应，泛指小说中的虚构世界与现实基本甚至完全脱钩，不遵守现实经验规律，任由幻想构成。在网络小说界，狭义的"玄幻小说"是指其世界设定的文化背景和根源不是来自于系统化的中国传统的"修仙小说"或西方传统的"奇幻小说"，主要由作者自己根据需要而构造的。

【YAOI】（肖映萱编撰）

YAOI 是日语词，取"没有高潮，没有结尾，没有意义"的日文原文"ヤマなし、オチなし、意味なし（yamanashi ochinashi iminashi）"的首字母缩略而成，用来戏谑地形容没有情节、专门描写情色内容的同人作品。后来，YAOI 在日本本土得到广泛使用，外延越来越广，渐渐被用于指称所有带有男性同性爱内容的"女性向"作品。

【有爱】（林品编撰）

"有爱"是一个在中国"御宅族"的网络交流中流传甚广的常用语。借助互联网的传播效应，这个词还流传到 ACG 爱好者之外的其他网络社群,成为一个获得广泛使用的网络流行语。"有爱"的词性具有相当大的灵活性,既可以作为动宾短语,在句子中充当谓语,用来表达一种充满爱意的主体状态,如"我对 ACG 很有爱";也可以单独作为褒义形容词,在句子中充当谓语或定语,用来表示所指对象所具有的某种可爱的性质,这种性质能够戳中"御宅族"的"萌点",激发"御宅族"的爱意,如"泉此方太有爱了""真是一对有爱的 CP"。此外,"有爱"还常常被用来描述"御宅族"为他们心中所爱而倾注心血的种种行为,用来形容"御宅族"那些富有情感热度的同人活动,如"这么做真是太有爱了""这个活动好有爱啊",等等。"御宅族"在积极参与同人文化的时候,又会展开线上和线下的社交,许多"御宅族"会将由此形成的趣缘社群比喻为"有爱的大家庭"。

【御宅族】(林品编撰)

"御宅族"(おたく;otaku)作为一个源自日本的人称代词,指代的是 ACG 文化的爱好者。"御宅"在日语中本是一个并不常用的敬语,原意是"贵府""您家",也可以引申为"您""阁下";在出品于 1982 年的日本著名动画片《超时空要塞》中,主人公林明美和一条辉曾使用这个词来互相称呼,引起了众多动画迷的争相模仿,此后,"御宅族"这个词逐渐约定俗成而具有了现在的语义。中文语境下对"御宅"一词的使用,最先流行于港台地区的 ACG 爱好者中,随后经由 ACG 爱好者的网络交流传入中国内地,人们自称、互称为"御宅族",以此表明对 ACG 文化的钟爱。在从日语到汉语的跨语际接受与转化过程中,由"御宅族"这个人称代词又逐渐衍生出"宅男/宅女"这样的称呼。由于互联网络的传播效应,"宅男/宅女"这两个较之"御宅族"更为本土化的词语,逐渐被越来越多并不爱好 ACG 文化的人所使用,在指代对象上也由 ACG 爱好者置换为那些"长时间待在家里的人",或者说那些更乐于将时间花在室内文化娱乐项目而非室外活动上的人。

【YY】(李强编撰)

"YY"是"意淫"的汉语拼音 YiYin 的首字母缩写,最早源自《红楼梦》。在网络语境中,YY 并非特指与性有关的幻想,而是泛指人们(多数是底层青年)超越现实的幻想,即白日梦。YY是网络小说的基本特征,因此也有人将网络小说统称为"YY小说"。网络小说借助YY来表达一些在现实生活中没法实现的欲望或者夸张的情感,让读者得到某种程度的满足。YY本身并无绝对对错之分,但也是有一定限度的,一些不合乎读者期待视野和理解逻辑的YY也会引起读者的反感。

【宅斗】(王玉玊编撰)

"宅斗"是以古代大家族(商贾世家、官宦世家、王府等)后宅为背景的一种"女性向"网络文学类型,往往以后宅之中的妻妾较量、嫡庶之争,以及男女主人公之间的爱情为核心内容。"宅斗文"基本上与"宫斗文"同时产生和发展,在叙事模式、主人公塑造等方面与"宫斗文"皆有相似,可以看作是同源双生的两个类型。代表作品有吱吱《庶女攻略》等。

【中二病】(白惠元编撰)

"中二"是日语对"初中二年级"的称呼,"中二病"(又称初二症)则是伊集院光在广播节目《伊集院光深夜的马鹿力》中提出的,是比喻日本青春期的少年过于自以为是等特别言行的俗语。"病"字多具有戏谑自嘲意味,因为这种自我意识一般都强化自己希望的状态(如智慧、慈悲、优越、成熟、与众不同),并且暗暗排斥不希望的状态(如愚蠢、恶毒、平凡、无力感)。比如"我与别人是不同的""错的不是我,是世界""这才是真正的智慧"等常见说法就是中二病的病征。基本上,这是很多人都经历过(或正经历)的一种成长情况。因此,网络发展出"人不中二枉少年"的夸张说法。

【种马文】(李强编撰)

种马是给母马配种的雄马,"种马文"是读者对某些将男主角对众多女性的占有以及性爱描写作为全书核心"爽点"的小说的称呼。这类小说一般采用"一男对多女"的设定,人物形象多数面目模糊,女性角色多为男性附庸,情节推进方式简单粗暴,情感粗糙,缺少必要的铺垫。

【种田文】(王玉玊编撰)

"种田"一词最早出现在SLG(Simulation Game,策略类游戏)中,玩家以"高筑墙,广积粮,缓称王"为宗旨,保护和发展自己的领地,待实力壮大,则开始征服其他玩家,以扩张势力。"种田文"是在此基础上出现的一种网络小说类型。早期"种田文"主要出现在"男性向""历史""玄幻"等类型里带有争霸元素的小说中,主要内容是主角建立自己的根据地和人脉,在此基础上一步步发展农业、经济、军事和政治制度,并通过经济优势、科技优势、制度优势压倒对手。在"种田"过程中,主角不会与其他势力发生不可控的大规模冲突,而是等待自身足够强大之后再征服天下。"女性向""宅斗"小说借鉴了这种叙事模式,发展出了"宅斗种田文",又称"家长里短文",集中描写穿越到古代家族中的女主人公经营家宅的生活琐事。

【总裁文】(肖映萱编撰)

"总裁文"是言情小说较为流行的题材类型。男主角一般是企业CEO或其他高管人员,帅气多金,且往往兼具腹黑、冰山、偏执等属性,因此又被冠上"霸道"之名。"总裁文"的一种经典桥段是天真无知的女主角不明就里地冲撞了总裁,从此被总裁看上并不由分说地强行独占,即"霸道总裁爱上我"。代表作品有顾漫《杉杉来吃》、长着翅膀的大灰狼《盛开》《应该》等。

网络文学重要类型文发展简史

"后西游"故事（白惠元整理）

网络文学"后西游"故事是指由今何在《悟空传》开启的、解构重述《西游记》的网络小说序列，初期集中体现为对周星驰喜剧电影《大话西游》的仿作，后来融合玄幻、重生、宅、萌、娘等多种网络小说类型元素，呈现出不同的文本风格。

1995—1997年：前史

"后西游"故事的精神之父是周星驰主演的香港电影《大话西游》。1995年，《大话西游》在大陆院线公映，票房惨淡。一个重要原因是，彼时大陆仍处于前网络时代，本片"解构经典"（"解构一切，除了爱情"）的后现代气质意外走到了媒介环境的前面。1996年，《大话西游》开始在北京高校内部轮流放映，以"民间"方式浮出水面。1997年，《大话西游》在CCTV-6春节档放映，获得"官方"认可。

然而，《大话西游》得以广泛传播的真正原因却是互联网，更准确地说，其直接媒介语境是中国的网络论坛文化，而论坛也恰是从web1.0向web2.0时代过渡的标志之一。1997年，随着高校网络社群文化的兴起，水木清华BBS开始出现《大话西游》的"贴台词"运动，网友通过电影台词问答对话，"紫霞仙子""至尊宝""菩提老祖"等用户名俯拾即是。于是，"大话"成为"网络一代"登场所必需的语言形式，其戏谑权威的语言特质正构成了网络民主的醒目标志。

2000年

从1998年到2000年，中国的网络论坛文化逐渐成熟，出现了越来越多具有民主议事等公共领域功能的文化特色论坛,诸如"西祠胡同""天涯社区"等,而新浪"金庸客栈"也是其一。

2000年2月,今何在正是在"金庸客栈"上发布了网络文学"后西游"故事的开山之作《悟空传》。在"后西游"的网络文学脉络中,《悟空传》之文体意义主要有三:其一是将"同人"一词带入文学视野,展现了"有爱"的二度创作;其二是创立了"后西游"故事的一种体例——传记体,化神圣为世俗,化集体为个体;其三是延续"大话"风,坚持解构的态度与戏谑的精神。

2001—2004年:"大话西游派"

2001年4月,《悟空传》的纸书版本由光明日报出版社出版,销量惊人,其油滑、戏谑、桀骜不驯的腔调收获了一大批追随者,开启了网络文学"后西游"故事的第一个重要脉络:"大话西游派"。同时,《悟空传》的传记文体引发了"大话西游派"的"传记热"。

从2001年开始,重写《西游记》的各种传记体小说竞相涌入网络市场,其中比较重要的作品有明白人《唐僧传》(巴蜀书社,2001年6月)、火鸡《天蓬传》(光明日报出版社,2002年4月)、慕容雪村《唐僧情史》(天津人民出版社,2003年6月)等。

2002年10月,林长治推出《沙僧日记》,在"后西游"写作中开启出一条新路——日记体。日记体更加私密,更加凡俗,而以"沙僧"为切入角度,更说明了作者将英雄还原为普通人的基本诉求。随后,"日记体"成为"后西游"写作的热点,其中,吴俊超的《八戒日记》(花城出版社,2003年11月)和《唐僧日记》(花城出版社,2004年7月)较有影响力。

2005—2007年:"玄幻西游派"

2005年是中国网络文学的"玄幻年",从这一年开始,作为类型的"玄幻"风靡网络。《西游记》(还有《封神演义》)奠定的佛/道神话体系成为"玄幻"所借助的重要资源,是其支流"仙侠""修真""封神"的基本叙事元素,这也是"后西游"写作的全新变化。

2006年,起点中文网开始连载猫腻的《朱雀记》(2007年2月完结,共75万字)和梦入神机的《佛本是道》(2007年3月完结,共206万字),都是影响较大的玄幻/修仙小说。主角虽都是现代少年,但却不约而同地陷入了佛/道神话世界,在成长过程中,他们都遇到了经过作者重新改写的孙悟空,亦师亦友。至此,网络文学中的"西游"元素开始从"故事"变为"故事背景",从"世界"变为"世界观"。

2008 年

2008 年,"重生文"成为网络文学写作的新热点,有效融入了诸多既有类型的写作。这一年,起点中文网开始连载蛇吞鲸的《重生成妖》(2008 年 8 月完结,共 119 万字)和宅猪的《重生西游》(2008 年 8 月完结,共 107 万字),可看作"玄幻西游"的变体。

2008 年以后,网络文学的"后西游"写作渐趋式微,主要原因是网络原生想象力的迸发,以及多元类型的崛起。与此同时,"西游"开始成为影视、动漫、游戏产业的热点。

2011 年

2011 年,"后西游"写作呈现了全新的变化,以"宅""萌""娘"为主要特征,显然来自日本轻小说与宅文化的影响。这一年,起点中文网开始连载哀伤的鲍鱼的《娘西游》(已下架)和寻幽问胜的《宅在西游》(已下架),二者皆是以日本式"宅男"为主角,同时引入中国古典文学的"书生/女妖"模式,形成了反英雄的阅读趣味,其独特的性别置换也值得玩味。然而,由于其轻小说与宅文化的情色特征,这一类型在 2014 年的"净网行动"中被下架。

奇幻类(王恺文整理)

网络奇幻小说主要指以西方风格架空世界为故事背景的小说类型,其子类型包括 D&D 小说、西式奇幻、蒸汽朋克奇幻等。与修仙、科幻、玄幻等其他幻想文学类型相比,"奇幻"拥有较为鲜明的特征:以"魔法"命名的超自然力量、精灵、矮人等虚构种族,西式的人名地名与翻译文风。中国的网络奇幻小说主要以"男性向"为主,"女性向"的幻想小说时有加入奇幻元素,但并没有形成可供讨论的类型潮流。

1998—2001 年:前史

《大众软件》1998 年增刊刊登了朱学恒《TSR 与角色扮演游戏的起

源》《奇幻文学的今昔》《黑暗之剑》等5篇文章,首次系统地向国内读者介绍"龙与地下城"等西方奇幻体系。与此同时,朱学恒所译的《龙枪编年史》等西方奇幻小说开始在网络间流传。在此期间,一些国内奇幻文学爱好者开始进行线上和线下的跑团活动(即共同进行桌上角色扮演游戏),将跑团记录整理为文字,或直接创作D&D小说。

来自日本的一些奇幻角色扮演游戏(例如《最终幻想》系列、《勇者斗恶龙》系列)通过网络和盗版光盘在大陆流行,提供了简化的设定参照。

2002年

蓝晶的《魔法学徒》在台湾出版,其后又在起点中文网发布。作品采用了日式奇幻角色扮演游戏的简化设定,懦弱的废柴主角与同伴一同迈上冒险路途,成长为"先知",影响了世界的历史。

8月,"龙的天空"网站与天津人民出版社合作出版长篇奇幻小说套系"奇幻之旅",首批推出《迷失大陆》《秘魔森林》《阿尔帕西亚佣兵》三部作品。这三部奇幻小说最初都发表于网络,基本采用了西方奇幻经典的小队冒险故事,其中《迷失大陆》影响最为广泛。

宝剑锋(林庭锋)、剑藏江南(商学松)、黑暗之心(吴文辉)、意者(侯庆辰)、黑暗左手(罗立)等人创立了起点中文网。黑暗左手将自己在其他论坛创作的奇幻类网文《异域扬威》转载至起点中文网。这部作品讲述了穿越的主角在异世界成长、冒险的故事,在早期网文读者中影响较大。

2003年

11月,烟雨江南开始在起点中文网连载《亵渎》,2006年6月完结,共263万字。主角罗格猥琐肥胖的形象与邪恶残忍的行为最初在读者中引起极大争议,但宏大的故事架构、鲜活丰满的人物与残酷的情节,使《亵渎》最终成为奇幻类网文的经典之作。

2006年

3月,瑞根开始在起点中文网连载《魔运苍茫》,2009年1月完结,共213万字。这部作品讲述了获得邪恶力量传承的主角建立自己的势力并参与大陆争霸的故事。该作品是奇幻类网文中"种田流"和"争霸流"的经典之作。

6月,《亵渎》连载结束,烟雨江南离开起点中文网,签约17K小说网。

11月,奥丁般虚伪开始在起点中文网连载《圣徒》,2008年3月完结,共78万字。该作品构造了一个几乎没有魔法的异世界,主角作为一名被诬陷而家破人亡的检察官,在奇异力量的帮助下逃脱了死亡并展开复仇。作品出色地讲述了一个奇幻版的"基督山伯爵"的故事,是小众的经典作品。

静官在起点中文网开始连载《兽血沸腾》(2007年9月完结,共470万字,目前已被删除)。该作品在西方奇幻的魔法设定中加入了"战歌"体系,并且将西方奇幻中"兽人"(Orc)典型的绿皮丑陋形象变成了具有动物特征的人类形象。主要情节是特种兵刘震撼穿越至异世界后误被当作"猪人",从此在兽人社会中凭借祭祀的身份一路高升,参与兽人与人类、魔族的斗争,广收美女。该作品以"爽"字为先,追求写作与阅读的快感,且有大量情色擦边球,连载期间长期位于月票榜前列。

2007年

7月,三生蘸酱开始在起点中文网连载《魔装》,2009年6月完结,共107万字。这部作品遵循了经典的D&D设定与故事模式,主角四十七在地球时本是一名智能机器人,穿越至托瑞尔世界的魔像上,与自己的女法师同伴一同冒险。该作品由三名作者使用同一笔名共同创作,内部风格高度统一,属于西方奇幻中较为优秀的作品,同时也是非常罕见的公开声明的集体创作,某种程度上继承了桌面游戏时代的跑团小说传统。

2008年

7月,老老王开始在起点中文网连载《穿越时空的蝴蝶》,2012年6月完结,共462万字。该作品对D&D设定里中世纪的费伦世界进行历史推演,构建了魔法引领"工业革命"之后的异世界,用疯狂而滑稽的故事对经典西方奇幻中的人物进行解构和嘲弄,以穿越者主角的视角见证了一场传统事物解体沦落的狂欢。

8月,逆苍天开始在起点中文网连载《大魔王》,2010年1月完结,共373万字。这部作品讲述了在地球卷入佛道魔三家战斗的普通青年韩硕被魔种附身,穿越至异世界,一步步成长为魔王的故事。该作品把仙侠修真的体系作为主角的金手指引入西方风格的异世界,一时间引领了"修真对抗魔法"的潮流,属于黑暗向的爽文。

博得之门开始在起点中文网连载《娶个姐姐当老婆》(2011年6月被网站删除,下架前总字数250万字)。尽管名字颇为庸俗,但作品本身属于严格遵循D&D设定的奇幻类网文,主角自以为是穿越带来的金手指最终显示为庞大阴谋的一个环节。该作品故事细密,实现了西方奇幻经典的冒险模式与网文节奏的结合。然而文中加入了很多极为细腻的性描写,再加上作者执着地不肯修改作品名,导致该作品在2011年的网络扫黄中被下架,至今未恢复。作者在2011年8月以《阴魂》(2014年11月断更,总字数33万字)为名连载了余下的章节。

2010年

2月,盘古混沌开始在起点中文网连载《魔王奶爸》(2013年完结,共617万字,目前已被删除)。这部作品是奇幻类网文乃至整个网文界在叙事结构上最接近日式轻小说的作品,每一卷完成一个结构完整的单元故事,所有故事连缀出庞大脉络。主角名为白痴却拥有极高的智力与无情的性格,被魔王附体却抗拒诱惑,只相信自己的理智和力量,属于网文中非常罕见的角色设定。整部作品情节严密,常有推理桥段,是奇幻类网文中较为冷门的经典。

4月,银灰冰霜开始在起点中文网连载《术士的星空》(2013年完结,共约400万字,目前已被删除)。该作品延续了《娶个姐姐做老婆》的风格,遵循D&D设定,穿越者主角要对抗围绕在自己身边的阴谋,并且也同样存在细腻的性描写。

2012年

2月,穆斯塔法本哈立德开始在起点中文网连载《沙漠圣贤》(截至2015年12月31日未完结,总字数113万字)。该作品使用了D&D中较为冷门的"浩劫残阳"(Dark Sun)设定,这是阿拉伯式的沙漠奇幻世界。作品的情节遵循了奇幻类网文中D&D文的经典路线,主角在冒险中升级。值得注意的是,由于作者本身有伊斯兰教背景,作品中也涉及了对现实宗教的影射,这一敏感问题在书评区引发过激烈讨论。

2013年

3月,爱潜水的乌贼开始在起点中文网连载《奥术神座》(2014年7

月完结,总字数309万字)。该作品在传统的奇幻设定中引入了现代数理科学,穿越者主角在异世界重新演绎了一遍近现代科学史,大量翔实的实验与理论细节支撑了创造与发现带来的爽感。这部作品堪称奇幻类网文中具有突破性的作品,但标签却是"玄幻",这恐怕与2013年前后"玄幻"的火爆与"奇幻"的凋敝有关。此外,该作品将理论突破设置为升级的主要动力,被读者戏称为"写论文升级流"。

12月,笑狮弹剑开始在起点中文网连载《法师三定律》(2014年3月完结,总字数约70万字,目前已被删除)。该作品此前已经在台湾以《玺克·崔格》为名出版,作者将其放在起点中文网再次发布,并且坚决不与起点签约(其原因作者并没有说明,可能与版权问题有关)。这部作品构建的异世界带有一定的"蒸汽朋克"风格,魔法已经被纳入了工业化的体系。作者在其中直接影射台湾地区的法律、文化和其他社会现状,进行了尖锐的讽刺与批判。

2013年以后

2013年以后,奇幻类网文整体进入低潮,很少有作品能够进入月票榜前列。一些老作者出于成绩考虑,在奇幻类网文中加入网游的设定,从而直接将作品放在游戏类中发表。而由于D&D实际上是对于网游最好的设定支撑,一些游戏类奇幻文反而回到了D&D的道路上,例如《深渊主宰》(2014年10月开始连载,截至2015年12月31日未完结,总字数224万字)和《暗夜游侠》(2015年3月开始连载,截至2015年12月31日未完结,总字数177万字)。

而奇幻类网文本身也发生了变化,"二次元"文化的广泛影响使得日式奇幻轻小说在网文中一度流行,2012—2014年间出现了大量此类作品,例如《妖精的魔匣》(2014年2月开始连载,截至2015年12月31日未完结,总字数159万字)。这些作品遵循日式奇幻的设定、语体和故事模式,在一段时间内受到热捧,但往往半途而废。

2014年,奇幻类网文整体质量继续下滑。除了个别老作者仍然连载的旧作,例如银灰冰霜的《心猎王权》(2012年5月至2015年6月连载于起点中文网,目前已被删除,总字数586万字)、necroman的《暴风雨中的蝴蝶》(2006年至2015年4月连载于起点中文网,目前已被删除,总字数

158万字),其他作品不论成绩还是口碑都较差,在情节和设定上都缺乏创新。到了2015年上半年,甚至一些同人作品(例如《哈利波特的防御术课教授》)也得以在起点奇幻区排在月推荐榜前列,不得不说,这令读者感到沮丧。

2015年下半年,奇幻类网文有所回暖,D&D类作品以《二十面骰子》(2015年7月开始在起点中文网连载,截至2015年12月31日未完结,总字数141万字)为代表,开始出现一些回归经典、注重文字质量的作品;《寂静王冠》(2015年7月开始在起点中文网连载,截至2015年12月31日未完结,总字数103万字)则代表了创新设定、注重心理描写的一种奇幻新派别,在风格上对纸质奇幻作家江南多有模仿致敬。

"修仙类"(吉云飞整理)

修仙小说,又称修真小说,长期也被混称为仙侠小说,是在欧美与日式幻想文艺的刺激下,从传统武侠和神魔小说中生长出来的一种中国风格的网络幻想小说类型,讲述的多是由人修炼到仙的故事。修仙小说是当下最流行的网络小说类型之一,也是最具本土特色的小说类型,按照故事发生的世界背景,可以分为四个主要子类型:以中国古代社会和古典文化为背景的古典仙侠;以宇宙星空和架空世界等幻想空间为背景的幻想修仙;以现代社会为背景的现代修仙;以创世神话、《封神演义》和《西游记》世界为背景的洪荒封神。

1995—2001年:前史

1995年,台湾大宇资讯公司开始制作发行《仙剑奇侠传》系列单机游戏,《仙剑奇侠传》系列游戏包括盗版在内售出数千万套,并在2004年改编为电视剧,2012年由管平潮改编为小说。并称"三剑"的《仙剑奇侠传》《古剑奇谭》《轩辕剑》都是从武侠向仙侠过渡的游戏,而古典仙侠最初的代表作都是"仙剑"类小说。

2000年4月5日,今何在完成《悟空传》。此后《悟空传》迅速被经典化,被视为网络小说开山作之一,而作为"后西游故事"的《悟空传》同样也被认为是最早的修仙小说。虽然与商业化之后的修仙小说相比,《悟空传》的形式更接近传统文学，但其对本类型的影响一直持续到今天。

2002年

2002年，萧潜的《飘邈之旅》在台湾鲜网连载，并由鲜网出版社于2005年出版；2003年开始在大陆连载，2004年完结，共179万字，2006年由南海出版社出版。《飘邈之旅》使"修真"成为一个新的小说类型，化用了道教修真体系，也引入了宇宙等现代概念，构建了一个完全不同于古典仙侠的修行世界，在西方奇幻之外首次开辟了中国风格的奇幻修真，堪称网络修真小说的鼻祖，并改变了网络小说初期西方奇幻一家独大的格局。

2003年

萧鼎的《诛仙》最早连载于幻剑书盟，2003年7月4日，转至起点中文网连载，总字数153万。先在台湾由小说频道出版社出版繁体版，2005年在大陆出版（1—6册由朝华出版社出版，第7册开始转由花山文艺出版社出版，并于2007年出版完最后一册，即第8册）。2007年4月，小说被完美世界网络技术有限公司改编为同名网游。《诛仙》是古典仙侠最重要的代表作，相比当时中西混搭且有不少现代气息的修真小说，归入古典仙侠的《诛仙》有更纯粹的本土气质和古典风格，并与武侠小说有着直接的渊源。

2004年

3月，以写"流氓系列"著称的血红开始在起点中文网连载《升龙道》，2006年4月完结，共229万字。血红借用刚刚开始流行的修仙体系开创了"都市修仙"这一类型，并成为当年起点中文网唯一一位年薪过百万的作者。

12月，管平潮开始在起点中文网连载《仙路烟尘》，后转向实体出版，并未在网上发布全部内容。出版时书名更为《仙剑问情》，第1版共7册8本，由花山文艺出版社出版，第2版共6册，由北京联合出版有限责任公司出版，总字数208万。管平潮以"文人小说"的标准来创作网络小说，追求古典韵味，注重文字与意境的美感，在"浅白化"的主流写作风潮中别具一格。

2006年

2月，梦入神机开始在起点中文网连载《佛本是道》，2007年3月完结,共202万字。《佛本是道》被起点中文网官方评价为"独自扛起2006年仙侠小说的大旗",并被广泛认可为修仙小说中"洪荒流"的开拓者。此后以上古神话、《封神演义》和《西游记》世界为背景的修仙小说都被归入了"洪荒封神",但这一类型除《佛本是道》外并无其他特别有影响力的作品。

3月,流浪的蛤蟆开始在起点中文网连载网游修仙小说《蜀山》,2007年4月完结,共122万字。这是第一部以"网游+仙侠"模式写作并完全以"蜀山"作为世界背景的修仙小说。

6月,徐公子胜治开始在起点中文网连载《神游》,2007年9月完结,共166万字。此前,现代修仙小说大都以"修仙"为皮,以"都市"为实,而《神游》是第一部以丹道修行为主要内容的现代修仙小说,贴近现实乃至让人以为能真的跟着小说修行。可以说,没有《神游》,"现代修仙"这一类型便有名无实。

7月,烟雨江南开始在17K中文网连载《尘缘》,2009年7月完结,共129万字。《尘缘》被认为是仙风入骨、最有灵气的修仙小说之一,在2008—2009年的"网络文学十年盘点"中,《尘缘》获得"十佳作品"与"最具人气作品"称号。

2007年

5月,我吃西红柿开始在起点中文网连载《星辰变》,2008年4月完结,共280万字。从2007年11月20日到2008年5月4日,《星辰变》蝉联百度小说风云榜第一名,取得了迄今为止星球宇宙类修真小说的最佳成绩,并一度被视为"小白文"最重要的代表作。

2008年

2月,忘语开始在起点中文网连载《凡人修仙传》,2013年9月23日完结,共760余万字。《凡人修仙传》在连载半年以后才获得签约机会,一直到2009年才迎来一个大的爆发,但却成为目前修仙小说中影响最大的作品,截至2015年12月31日,仍以1330余万张推荐票位居起点中文网总推荐榜第一名。由《凡人修仙传》所引发的"凡人流",不仅成为此后相当长一段时间中修仙小说的绝对主流,还影响到了玄幻、都市和科幻等其他主流类型。

2009 年

7月,梦入神机开始在起点中文网连载《阳神》,2010年7月完结,共308万字。《阳神》在传统的以练气为主的"神仙"体系之外,开创了以武道修行为核心的"人仙"体系和以神魂修行为核心的"鬼仙"体系,曾在起点中文网创造了连续8个月月票排名第一的纪录,是梦入神机至今最具人气的作品。

2010 年

1月,说梦者开始在起点中文网连载《许仙志》,2012年1月完结,共230余万字。《许仙志》的主角穿越成为"白娘子传奇"中的许仙,重新演绎了这一段家喻户晓的民间传说,并在此基础上构建了一个完整的本土神话世界设定。

2011 年

5月,荆柯守开始在起点中文网连载《易鼎》,2012年6月完结,共190余万字。荆轲守把"东方神道"体系与"气运"之说引入《易鼎》,将历史与修仙充分结合,坚持"仙道"以"人道"为根基的理论,重新平衡了"仙"与"凡"的武力值,创造了一个"低魔"的修行世界。

2013 年

10月,缘分0开始在纵横中文网连载《仙路争锋》,至2015年12月31日仍在连载中,总字数已超过400万。《仙路争锋》提出要用"治世之争"来取代"乱世之争",创造了一个并非由赤裸裸的"丛林法则"统治的修行世界,并且引入大篇幅高质量的智斗情节,跳出了盛行多年的将所有斗争都简化为纯粹的暴力斗争的老套路。

2013 年以后

2013年以后,修仙小说仍是最受欢迎的小说类型之一,但缺少称得上开创某种潮流或是集大成的作品。其中最具代表性的就是《我欲封天》。耳根从2014年3月1日开始在起点中文网连载《我欲封天》,至2015年12月31日,字数已接近500万,并获得了2015年起点中文网月票总冠军。商业上固然很成功,但这本书在资深读者当中评价却不高。

玄幻练级类（陈新榜整理）

玄幻练级类小说是玄幻小说中的一种，因其受众广大而占据主流位置，常常被用来指代整个玄幻类小说。玄幻练级小说世界设定的文化背景既非来自中国修仙传统，也非来自西方奇幻传统，而是由作者根据升级需要而自创的体系，因而可以给读者提供极致力量所带来的想象快感。其故事情节以主角不断在能力等级体系中上升为主线，因而常被称为"升级流"，或被直接简称为"练级小说"；又因其快感模式相对简单，也有"小白文"之称。不过，在读者逐新需求、类型本身内在演化趋力等因素综合作用下，玄幻练级小说也开始从简单化慢慢向复杂化方向发展。由于"升级"是所有类型网文的基本模式，玄幻小说的世界设定背景与奇幻小说和修仙小说又没有特别严格的区分，所以，一些典型的"升级流""小白文"也常常被同时划入几个网文类型中。

2003—2004年：前史

玄幻练级的直接文化源头是日本漫画《龙珠》以及各种升级型的电子游戏、网络游戏。2003年红遍大陆网文界的《飘邈之旅》在网络小说界首创了较完整的修真升级体系，为玄幻升级类小说提供了设定模本。在网络小说连载体制刚建立时，《传奇》等网络游戏也正好风行，二者结合产生了网游小说热潮。网游小说中描述游戏世界中升级部分的内容可视为练级小说的前身。

2005—2009年：第一波高峰

2006年后，中国网民人数激增（尤其是18岁以下的网民人口比率增大），出现向"三低"（低年龄、低学历、低收入/低社会融入度）方向倾斜的趋向。简单明快的练级设定最易被接受。初期的练级小说设定非常简单，如云天空《邪神传说》（2005年10月10日—2006年7月11日，起点中文网，共约278万字）的等级体系仅有几个等级：武士，剑士，大剑士，剑师，×级大剑师等（各分初级、中级、高级）。随着练级小说不断丰富其设定文化资源，等级也越来越复杂。

2006 年

2 月 27 日,方想开始在起点中文网连载《师士传说》(2008 年 6 月 29 日完结,共约 216 万字),开创了独特的机甲类等级体系。其后的《卡徒》(2008 年 6 月 30 日—2010 年 5 月 18 日,起点中文网,共约 209 万字)引入卡片类战斗体系,含有智战因素,别具一格。

5 月 25 日,辰东开始在起点中文网连载《神墓》(2008 年 11 月 24 日完结,共约 312 万字),以层出不穷的悬念、伏笔使得升级过程笼罩在神秘魅力中。

2007 年

3 月初,梦入神机开始在起点中文网连载《黑山老妖》(2008 年 5 月 31 日完结,共约 130 万字),另辟蹊径,将传统思想学说和神道设定为小说世界中的修行之法,开创了"(诸子)百家流"。

4 月 6 日,zhttty 开始在起点中文网连载《无限恐怖》(2009 年 1 月 3 日完结,共约 271 万字),借鉴日本漫画《杀戮都市》以未知科技创造空间召唤进行试炼的现实和非现实交错的世界设定,将各种经典恐怖电影场景融入,让主角带队完成游戏任务并提升能力与装备。作品紧张刺激,富有悬念,大受欢迎,并引发诸多题为《无限 XX》的跟风之作,形成了"无限流"。

5 月 19 日,我吃西红柿开始在起点中文网连载《星辰变》(2008 年 4 月 29 日完结,共约 285 万字),主角的内在修炼和外在宇宙相对应:星云→流星→星核→行星→渡劫→恒星→暗星→黑洞→原点→乾坤,最终突破宇宙,成为"鸿蒙掌控者"。这部小说以其情节进程之快速、主角升级之快速、世界设定之宏大令读者入迷,被称为"无限升级流"。他之后的《盘龙》(2008 年 5 月 21 日—2009 年 6 月 12 日,起点中文网,共约 339 万字)结合"位面"和"规则"概念并引入"主神"神系斗争元素,形成新的升级体系。

9 月 9 日,皇甫奇开始在起点中文网连载《飞升之后》(2009 年 10 月 15 日完结,共约 327 万字)。值得注意之处在于,他令小说中的主角分裂为三,各自代表他的欲望、理性、情感,分别在各自世界中升级到极致最终合三为一,终结了世界的人、神、魔三界对峙。

2008 年

5月31日,梦入神机开始在起点中文网连载《龙蛇演义》(2009月11月10日完结,共228万字),采用武术理论体系,创造了武术格斗升级体系,流风所及自成一脉,形成了"国术流"。

12月14日,唐家三少开始在起点中文网连载《斗罗大陆》(2008年11月24日完结,共约303万字)。这部小说不但以"小白"的情节吸引读者,作品中关于男女主角纯真专一爱情的描写也深得读者的好评,可以说是唐家三少有意识地满足特定年龄段读者群心理需求的商业成功之作。

2009—2010 年:极度"小白化"时期

2009 年

4月14日,天蚕土豆开始在起点中文网连载《斗破苍穹》(2011年7月20日完结,共约530万字),在方兴的手机无线阅读热潮中获得极大的商业成功。此后相当长一段时间,最有影响的练级流作品都是极度"小白化"的产物,不但设定单调,殊少新意,而且文字浅俗,情节简单到极点。

7月27日,梦入神机开始在起点中文连载《阳神》(2010年7月初完结,共约308万字),虽然创造了连续八个月月票排行榜第一名的成绩,但叙事已明显"小白化"。梦入神机其后的《永生》(2010年7月18日—2012年2月5日,共约508万字)等一系列作品都乏善可陈。

12月22日,苍天白鹤开始在起点中文网连载《武神》(2011年1月10日完结,共约470万字)。

2010 年

7月20日,我吃西红柿开始在起点中文网连载《吞噬星空》(2012年7月21日完结,共约479万字)。

10月14日,辰东开始在起点中文连载《遮天》(2013年5月21日完结,共约628万字)。这部作品真正的旨趣并不在于一步步证道成帝的升级过程,而在于"挖坑"的悬念技巧的充分发挥,一开篇即以九龙拉棺这充满神秘和瑰丽的想象引人入胜。整部作品笼罩在各个时代的帝皇级高手之间跨越时间的斗争下。虽然其升级过程也和其他同期作品一样流于单调乏味,但是这种大跨度设定使得小说整体气氛恢宏而深邃。

2011年以来:提升与丰富

随着读者群的稳定和作者自身技艺的提高,尤其是一线作者技术上日趋成熟稳定,不少练级小说作品有了新的元素,整体质量逐渐提升,出现了一些有意识突破类型的作品。

2011年

9月15日,风凌天下开始在起点中文网连载《傲世九重天》(2014年8月27日完结,共约849万字),以热血友情作为主基调,慷慨激昂。

12月24日,烟雨江南开始在纵横中文网连载《罪恶之城》(2014年2月28日完结,共约425万字),引入了献祭许愿以获得神恩来提升能力的设定。

8月15日,猫腻开始在起点中文网连载《将夜》(2014年4月30完结,共约427万字),令穿越者来到异世界,将关于神的起源、信仰与权力、人的自由与反抗等深刻的思想议题带入网络文学空间,是对练级小说最深刻的反思之作。

2012年

5月6日,无罪开始在纵横中文网连载《仙魔剑》(2013年6月30日完结,共约280万字)。

6月29日,烽火戏诸侯开始在纵横中文网连载《雪中悍刀行》(截至2015年12月31日未完结)。

2013年

3月20日,爱潜水的乌贼开始在起点中文网连载《奥术神座》(2014年7月10完结,共约309万字),引入巫术、西方古典音乐元素,而且其中的巫术非常近乎现代科学技术,具有极强的理性主义色彩。

6月29日,国王陛下开始在创世中文网连载《从前有座灵剑山》(2015年7月26完结,共约287万字),以无下限、无节操的吐槽兼具热血的主角设定取胜。

7月1日,天蚕土豆开始在起点中文网连载《大主宰》(仍在连载中,目前423万字),中规中矩,虽然没有引人注目的创新,但文字清晰流畅,情节快速紧凑。

8月1日,荆轲守开始在创世中文网连载《青帝》(截至2015年12月

31日未完结),采用以"气运"为中心的新等级体系,灰、白、红、黄、青、蓝、紫等颜色的气运对应着从平民凡人到真人、仙人、天仙、界仙、帝君、天帝的等级位阶。他还相应地演绎出世界体系的演化历史,以及相应的权力格局。这种设定暗含着对世界历史演化的独特认识,尤其值得注意。

8月16日,辰东开始在起点中文网连载《完美世界》(截至2015年12月31日未完结),在讲述主线故事之余,掺杂逗乐笑料,有效地调节了气氛和节奏。

10月15日,一向以构思奇特著称的老牌作者流浪的蛤蟆开始在纵横中文网连载《鬼神无双》(2014年9月9日完结,共约192万字),不但有灵动的"命魂"等级体系,更以第一人称"我"来叙述,这种实验性的尝试在网络小说中极为少见。

2014年

3月1日,耳根开始在起点中文网连载《我欲封天》(截至2015年12月31日未完结)。

5月12日,永恒之火开始在起点中文网连载《儒道至圣》(截至2015年12月31日未完结),进一步发挥了"百家流"。

5月28日,猫腻开始在创世中文网连载《择天记》(截至2015年12月31日未完结)。

9月1日,无罪开始在纵横中文网连载《剑王朝》(截至2015年12月31日未完结),带来玄幻武侠风的回归。

值得特别一提的是,虽然玄幻练级小说是玄幻小说(甚至是整个网文)的主流,但并非玄幻小说的全部。一些有追求的作家一直尝试突破练级的模式,或者说借助练级的爽文模式,建立可与"西方奇幻"对应的"东方玄幻"——这一目标自网络文学诞生之初便被不断提及且反复实践,直到猫腻的《将夜》将故事背景落实进"大唐"和"书院"(以孔子师徒为原型),东方玄幻才开始有了"中国气派"。半年之后,无罪和烽火戏诸侯两位大神也转向了东方玄幻,随着无罪的《仙魔变》《剑王朝》、烽火戏诸侯的《雪中悍刀行》以及猫腻的《择天记》陆续推出,东方玄幻开辟出本土化道路——热血和升级虽然还是主菜,但东方背景再也不只是拉近与读者距离的手段,日系热血漫画和美韩网络游戏也不再是玄幻文的唯一内核，中国风格和中国气派被融进小说，支撑起东方玄幻的"精气神"。

"盗墓类"（陈子丰整理）

盗墓小说指以盗墓为主要题材的考古探险小说。一般以中国传统文化为背景，以广博的知识涉及和悬疑推理为看点，热衷于营造惊悚、神秘的氛围，也包括不以盗墓为主线但风格类似的其他考古探险作品。因为这一类型相对小众，且《鬼吹灯》《盗墓笔记》等体量庞大、连载时间长的经典作品占有极重要的地位，并影响其他大部分作品，故简史将主要围绕重点作品、重要年份展开。

2005年以前：前史

在中国冒险、惊悚固然可以追溯到《镜花缘》《聊斋志异》甚至魏晋志怪笔记，但当代意义上的盗墓小说显然有很大一部分外国血统。小说《所罗门王的宝藏》(1885年在英国出版)、电玩和电影《古墓丽影》系列(最早推出于1996年)、电影《盗墓迷城》(即《木乃伊》系列，最早推出于1999年)、电影《夺宝奇兵》系列(最早推出于1981年)、小说《达芬奇密码》(2003年)等，这些典型的豪华欧美出品和网络上低调接地气的盗墓小说有非常相似的本质，只不过前者殖民色彩浓厚，扎堆于埃及、秘鲁丛林、印度等所谓"失落的文明"；而后者偏爱"国产化"的西藏—昆仑山—南疆、南海西沙群岛、滇黔之交和考古重镇黄河中下游，虽然仍有他者化少数民族的倾向，但比起猎奇夺宝，"自数家珍"已经多了底气。

2005年：盗墓小说的"元年"

天下霸唱开始在天涯论坛连载《鬼吹灯》，开了国内此类网络小说的先河。此前，网络上也多见恐怖悬疑类作品，部分恐怖小说如周德东的数部作品、蔡骏的《诅咒》等在文化背景上已经和《鬼吹灯》略有相似之处，但它们(也包括霸唱自己的一些作品)基本沿袭了通俗恐怖杂志的路数，篇幅小、体积单薄、以恐怖为核心目的，与盗墓类小说的特征有较大区别。《鬼吹灯》时间线复杂，在塑造新老两代盗墓者形象的同时，有意识地构建了包括摸金校尉、发丘中郎将、搬山道人、卸领力士等流派在内的盗墓者世界体系,并以盗墓者的行动为框架容纳了大量奇闻异事、历史传说、地理风物。据网上流传,天下霸唱儿时曾随身为地质工作者的父母在大兴安岭生活,成年后爱好收集旅游见闻,经常看战争、探险题材电影,熟悉《易经》,因此他的小说文化背景较之侪辈更为扎实。①

2006年:盗墓小说的"大年"

这一年,受到图书策划人项竹薇的支持,《鬼吹灯》在起点中文网、新浪读书等平台的大力推介下开始在网络上广为传播,迅速吸引了庞大的"灯丝"(《鬼吹灯》粉丝群体的简称)群体,作者也成了各大媒体争相采访的热门人物。小说更新迅速,一年内前4部《精绝古城》《龙岭迷窟》《云南虫谷》《昆仑神宫》已由安徽文艺出版社出版,荣登新浪读书风云榜。《鬼吹灯》的大热和仿作的层出不穷宣告了盗墓小说的异军突起。

同年,《盗墓笔记》问世,最初作为同人作品连载于"鬼吹灯吧"②,很快被引入起点中文网并被中国友谊出版社购买版权出版。在互联网上,"灯丝"多以天涯论坛为大本营,而"稻米"集结于百度贴吧。两书粉丝之间的相互攀比甚至攻讦至今一刻不停。《鬼吹灯》颇有民国武侠神韵,人物出身平平而草莽气、匪气十足,倡导个人英雄主义,比较符合传统正面人物塑造的方式。而《盗墓笔记》带有现代精英气质和都市黑帮色彩,故事结构也更加多元,更受青年读者欢迎。两部作品各有侧重,几年内霸占畅销网络小说书榜,即使不爱悬疑惊悚、不关心网络小说的人也难免通过各种媒介对它们有所听闻。

除了这两大IP,另外一些广受好评的作品或受到它们影响,或独立产生灵感,也在2006年问世。《我在新郑当守陵人》最早连载于郑州大学西亚斯学院(小说中主人公小娄毕业的学校)论坛。作者阴阳眼(刘伟鹏)自小对传奇稗史兴味浓厚,毕业后在黄帝故里文化研究会工作,小说

---

① 天下霸唱的个人信息保护得很好,公布于网络的真实姓名"张牧野"也是化名,对媒体谈到个人经历有数个不同版本,网上号称熟人的起底帖也真假难辨,笔者只是引用广泛采信的说法,并不排除有讹误。

② 在早期版本中,可以看到《盗墓笔记》王胖子、陈皮阿四、金万堂等人物形象有脱胎于《鬼吹灯》的痕迹,但正式出版后,这些人物均获得了独立属性。

的背景大多来自工作中对新郑的实地考察,行文很有底气,语言干净利落,结构严谨,虽然因宣传原因点击量较小,但口碑不亚于《鬼吹灯》和《盗墓笔记》。

同样面世于这一年的《盗墓之王》作者飞天是山东省散文学会会员,是有创作经验的职业作家。他借鉴了之前创作武侠小说的经验,有意识地将武侠和同样流行的科幻、玄幻元素加入了小说,可惜失于生硬,且人物动辄被冠以"世界第一""天下为最"的称号。除这些之外,《茅山后裔》《葬地玄经》《西双版纳铜甲尸》等点击量较大的小说也都在这一年进入读者视野。

2007—2014 年:整体下滑期

在 2006 年数箭齐发的辉煌之后,"盗墓"基本成为网络小说稳定的类别。这意味着难以统计的大量作品的诞生,也往往意味着批量生产和平均水平的下降。直接以盗墓为题材或广义上的灵异悬疑小说,很大一部分无论是人物形象、关系还是世界观架构都是《鬼吹灯》和《盗墓笔记》的"旧瓶装新酒"。大部分作者的笔力止于编造新的墓道僵尸、阴谋诡计,能够作为满足读者猎奇心理的枕边读物,而其文学价值就微乎其微了。

这一时期基本上是老手的写作支撑着整个类型的质量,但也有新人佳作。盗墓类小说大都和美国探险大片一样,用多个单元串联成系列作品。

2008 年,《鬼吹灯》完结,共出版 8 部。

2008 年 1 月,何马的长篇小说《藏地密码》在新浪小说馆惊艳亮相,立刻引来上百家出版社争夺版权。小说以西藏和藏文化为核心,涉及世界上众多文化遗迹、宗教传说、野外探险、特种作战,热衷描写神奇的人、事、物,略显夸张冗繁但的确引人入胜。重庆出版社得到版权后,2008—2011 年间共 10 部面世,在年轻人普遍的"朝藏热"上又浇了一把油。

2009 年 10 月,天下霸唱的新作《谜踪之国》由安徽文艺出版社出版。小说共分 4 部,延续着好莱坞式的光怪陆离,对崇山峻岭、地质风貌的描写引人入胜。

2010 年 5 月,部分由南派三叔创作的《黄河鬼棺》由文汇出版社出版。

2010 年 11 月,南派三叔的《怒江之战》由文化艺术出版社出版。

2011 年,南派三叔的《大漠苍狼》在磨铁中文网首发。《怒江之战》

和《大漠苍狼》以军事斗争和地质勘探为背景,将更丰富的内容带入"盗墓"的大类,其悬念设置和天马行空的想象力依旧扣人心弦。

2012年,南派三叔的《盗墓笔记》续篇《藏海花》和《沙海》分别在《超好看》和《漫绘SHOCK》上连载。

2014年,《盗墓之王》的作者飞天在17K小说网推出藏族文化背景的《伏藏师》,讲述画师关文斩除被伏藏师封印于唐代的罗刹魔女的故事,较之前作在故事的体系性上有很大进步。

除去得以付梓或连载于重要网站的小说,这七八年中盗墓小说还有一个数量庞大的组成部分:同人小说。同人小说依赖现成的世界观架构和人物设定,创作难度较低。其作者有有酬连载的知名写手,也有自娱自乐的中小学生,质量自然良莠不齐,很大一部分甚至不能算作是完整的作品。但大样本决定了其中亦有佳作。珠海出版社曾先后挑选《鬼吹灯》的部分同人如大刺猬的《加勒比墓岛》(2007年)、求道的《六银棺》(2008)等,出版为系列图书;《盗墓笔记》虽未有获得出版商认可的同人系列,但三品不良、六欲浮屠、线性木头等作者在原作读者中都有很高的好评度。

2015年:影视第二春

2006年爆发性的辉煌过后,是长达七八年的"不求有功,但求无过"。但就在2015年,盗墓小说似乎以另一种方式迎来了第二春。

这一年被媒体称为影视"盗墓年",《盗墓笔记》季播电视剧第一季《七星鲁王宫》、陆川执导的电影《鬼吹灯·精绝古城》、乌尔善执导的电影《鬼吹灯·寻龙诀》都在千呼万唤中面世,《盗墓笔记》大电影也启动拍摄。几乎和季播剧同时,《盗墓笔记》小说大结局放出(仍未完结),沸腾的"稻米"将盗墓小说重新推向了社会公众视野。这些内容题材颇涉敏感的影视周边能够通过广电总局的审查,一定程度上代表着主流文化时隔多年伸出的橄榄枝,对于小说本体也有少许盖棺定论的意味。电视剧和电影有不同的快感机制,产生着新的粉丝;与此同时,敲完"桃李春风一杯酒,江湖夜雨十年灯"的南派三叔迫不及待地告别了《盗墓笔记》沉重的光环。影视的狂欢之后,逐渐走出《鬼吹灯》和《盗墓笔记》羽翼的盗墓小说是逐渐归于平庸沉寂,还是融合新鲜的血液重振雄风,就要看时间来作答了。

"历史类"(李强整理)①

网络历史小说是指以真实存在的具体历史时空或相似时空(架空历史)为故事背景的小说类型,其子类型包括历史穿越小说、军事历史小说、架空历史小说、半架空小说、历史传奇小说等。一般来说,网络历史小说是典型的"男性向"小说,而那些在历史时空里重点表现言情、宫斗等内容的小说是"女性向"小说,是参照脉络之一,但并不做详细讨论。

2001年以前:前史

黄易的《寻秦记》于1994—1996年在香港、台湾出版(港版25卷,修订珍藏版6卷、台湾时报版7卷)。小说讲的是21世纪的中国特种兵项少龙回到了战国时代的各种神奇经历。该作2001年被改编成电视剧后在香港、内地上映,反响巨大,刺激了大陆"历史穿越"题材小说和影视剧的兴起。

2001年

2月,梦回汉唐的《从春秋到战国》在网络论坛上传播(出处已不可考),在传播过程中小说名被改为《开战中国》(有的将作者署名改为周梅森)、《从春秋走向战国》等。这是已知的最早的网络穿越小说。它开启了网络军事(幻想)战争小说的类型,写的是2009年台海危机引发战争,解放军战胜诸多外国势力,最终收回台湾的故事。在大的类型划分中,军事类小说后来与历史类小说合并为"历史军事小说",也有读者笼统称其为"历史军事类小说"。

2002年

大陆首部历史穿越剧《穿越时空的爱恋》热映,继《寻秦记》之后,进一步对穿越小说创作的兴起形成了刺激。

---

① 本资料参考了诸多网站的栏目资料以及资深读者的相关文章,虽然读者口味存在差异,但他们的一些基本判断给了笔者很多提示。特别感谢资深网文读者、"龙的天空"论坛创始人weid(段伟)的《一部标签的丰富史,一则原创小说类型谈——试论二十一世纪以来大陆网络类型小说的兴起与演变》,"龙的天空"论坛,http://www.lkong.net/thread-527863-1-1.html,发布日期:2011年12月23日。

9月，中华杨开始在幻剑书盟连载《异时空——中华再起》，2006年9月完结，共432万字。这是第一部获得商业成功的网络历史穿越小说。小说写的是现代人杨沪生、史秉誉因为车祸穿越到了太平天国时期的浙江一带，他们加入太平军，后来拥有了自己的武装，建立武装根据地，最终复兴了中华。

2003年

4月，月兰之剑开始在起点中文网连载《铁血帝国》（截至2015年12月31日未完结），该作是著名的"群穿"作品。小说中的主角们知道自己能穿越时空，所以进行了大量的准备，他们回到慈禧时代，迅速改变了中国的面貌，最终战胜了日本和俄国。

11月，酒徒开始在起点中文网连载《明》，2006年完结，共146万字。小说讲的是登山爱好者武安国穿越到明朝初年建功立业的故事。

这一时期，以汉末三国为背景的"三国穿"开始风靡，主人公一般都是现代的年轻穿越者，他们将现代的商战、军事等知识运用到三国时期，为"三国"这一古老历史题材注入了很多现代元素。"三国穿"的代表作品有浴火重生的《风流三国》（起点中文网，2003）、赤虎的《商业三国》（起点中文网，2004）、猛子的《大汉帝国风云录》（起点中文网，2005）、吴老狼的《三国董卓大传》（起点中文网，2006）、庚新的《恶汉》（起点中文网，2008）、寂寞剑客的《混在三国当军阀》（起点中文网，2008）等。

2004年

5月，阿越开始在幻剑书盟连载《新宋》，后来该书转向实体出版，先后在四川科学技术出版社出版《新宋·十字》（上下卷，2005）、花山文艺出版社出版《新宋·权柄》（共5卷，2008）、《新宋·燕云》（共4卷，2008—2010）。2014年2月作者在电子书阅读客户端多看阅读推出完结版《新宋·燕云》（共5卷，湖北今古传奇数字新媒体有限公司）。整部《新宋》共312万字，写的是历史系学生石越穿越回北宋中期，利用现代知识进行改革的故事。《新宋》并没有把主要笔墨放在军事战争的描写上，而是开辟了历史小说的"文官路线"。作者用较为出色的历史知识驾驭能力开创了"知识考古型"历史穿越小说的先河。

6月,锋锐开始在起点中文网连载《复活之战斗在第三帝国》(截至2015年12月31日未完结),首开"穿越出国"的先河。穿越者到国外的历史穿越小说里影响较大的有冬天里的熊《战国福星大事记》(起点中文网,2005)、天空之承《请叫我威廉三世》(起点中文网,2006)等。

6月,无语中的《曲线救国》首发于幻剑书盟(后来作者改签起点中文网,写了《曲线救国》的续集《二鬼子汉奸李富贵》,2007年完结,共158万字)。小说的主角本来是一个高中毕业生,结果穿越到了太平天国时期的晚清,投靠了洋教会,改名为李富贵,成为洋买办"二鬼子"。他逐渐壮大了自己的势力,割据称雄,最终功成身退。

2005年

5月,随波逐流开始在起点中文网连载《随波逐流之一代军师》,2006年4月完结,共155万字。小说讲的是江哲在南楚和大雍等国之间,运用智慧谋略,"随时代之洪波,逐朝廷之暗流"的经历。该作是最早的有影响力的"架空历史小说"之一,也是少有的女性作者"入历史书写"的成功之作。如果说历史穿越小说是"半架空历史小说",那么这类小说就是"(全)架空历史小说",具有与中国历史文化相似的背景,但没有完全贴合真实的历史时空,因而具有更大的想象空间。这类小说严格意义上来说并不是"历史小说",但在节奏和快感机制方面与历史小说相似,读者和网站在划分类型时都自觉地将其归入"历史小说"。

2006年

2月,天使奥斯卡开始在起点中文网连载《1911新中华》,2008年4月完结,共233万字。小说讲的是现代人雨辰穿越到另一个平行世界的1911年,遇到了起义失败后的溃兵,并带领他们占领了上海。他后来当选总统,在复杂的国内外局势下,凭借现代智慧影响了国运。

3月,石悦以"就是这样吗"的ID(后改为"当年明月")在"天涯社区"的"煮酒论史"版块发了一个名为《明朝的那些事儿——历史应该可以写得好看》的帖子,引发轰动。后来,作者开始在新浪博客上连载,全书于2009年3月21日连载完毕,共147万字。当年明月借助网络媒介,成为"草根说史"的代表作家。这类作家中有影响力的还有赫连勃勃大王、十年砍柴等。

8月,多一半开始在起点中文网连载《唐朝好男人》(截至2015年12月31日未完结),开创了"生活流"的历史小说。穿越者在历史时空里不再通过军事战争来建功立业,而是追求个人的闲适生活,居家过日子。这种潮流也很快影响到了言情小说的创作领域。

11月,月关开始在起点中文网连载《回到明朝当王爷》,2008年1月完结,共370万字。小说讲的是郑少鹏穿越回明朝正德年间,化身为秀才杨凌,利用自己的现代优势"避免后世悲剧"的故事。月关文笔轻快,爽点拿捏得恰到好处。《回到明朝当王爷》是历史穿越小说的代表作,获得起点中文网2007年度月票冠军。写明朝较有影响力的作品还有灰熊猫(大爆炸)的《窃明》(起点中文网,2007)、特别白的《锦衣当国》(起点中文网,2010)。

12月,宁致远开始在起点中文网连载《楚氏春秋》(截至2015年12月31日未完结)。小说采用"架空"背景,写的是现代的公务员化身为世家公子楚铮,修习武功、施展谋略的故事。

2007年

3月,禹岩开始在起点中文网连载《极品家丁》,2008年11月完结,共325万字。小说的主角是销售经理林晚荣,他意外坠崖而穿越到了一个类似于宋代或者明代的架空世界,成为一名家丁,然后一步步振兴家族、建立功勋,最终受封为"天下第一丁"。

5月,沐轶开始在起点中文网连载《纳妾记》,2008年2月完结,共183万字。小说讲的是现代的法医杨秋池借尸还魂到明朝成了仵作的故事。同名网剧2015年7月上线,连播两个月点击量突破6亿,被业内赞为"本年度以小博大的现象级网剧"。

5月,猫腻开始在起点中文网连载《庆余年》,2009年4月完结,共398万字。小说写的是现代人重生到一个架空世界,成为庆国伯爵府的私生子范闲,他逐渐弄清了自己的身世,知道了自己已经去世的母亲叶轻眉其实也是重生者。小说将两个重生者的遭遇作为明暗两条线索贯穿小说,探讨了包括制度与人性在内的许多当代社会的重要问题。

7月,酒徒开始在17K小说网连载《家园》,2009年1月完结,共233

万字。该作与酒徒的另外两部小说《开国功贼》《盛唐烟云》一起被称为"酒徒隋唐三部曲"。它是难得的主角为"历史土著"（没有穿越设定）的历史类小说,写的是底层出身的李旭（以虬髯客为原型）在隋末乱世之中坚守信念,守卫家园的故事。

2008 年

1月,张小花开始在起点中文网连载《史上第一混乱》,2009年5月完结,共185万字。这是一部有很大影响力的集体"反穿越"的历史小说（有时也被归类为都市小说）。小说讲的是现代人萧强与历史名人之间发生的各种令人捧腹的故事,他还穿越时空化解了许多历史人物之间的"宿怨",故事架构颇有新意,文笔幽默。

2月,天使奥斯卡开始在起点中文网连载《篡清》,2009年12月完结,共203万字。小说写的是现代的公务员徐一凡穿越到晚清之后凭借现代知识,发展军事,拯救国难,最终改变国运的故事。

7月,雁九开始在起点中文网连载《重生于康熙末年》,2012年6月完结,共570万字。

8月,样样稀松开始在起点中文网连载《一个人的抗日》,2009年1月完结,共129万字（作者后来又于2011年5月开始在起点中文网连载《一个人的抗日Ⅱ》,2012年8月完结,共235万字）。小说讲的是一个现代杀手穿越到抗日战争战场后的经历,引领了网络抗战历史小说的潮流。有影响力的网络抗战历史小说还有骠骑的《抗日之铁血远征军》（起点中文网,2009）、寂寞剑客的《驻马太行侧》（起点中文网,2010）等。

2009 年

1月,月关开始在起点中文网连载《大争之世》,2009年8月完结,共145万字。

8月,三戒大师开始在起点中文网连载《官居一品》,2012年6月完结,共575万字。

9月,贼道三痴开始在起点中文网连载《上品寒士》,2011年2月完结,共156万字。

9月,吹牛者开始在起点中文网连载《临高启明》（截至2017年3月

21日未完结)。

11月,月关开始在起点中文网连载《步步生莲》,2011年3月完结,共357万字。

2010年

7月,老白牛开始在起点中文网连载《明末边军一小兵》,2016年8月完结,共350万字。

12月,cuslaa开始在纵横中文网连载《宰执天下》(截至2017年3月21日未完结)。该作堪称"知识考古型"历史穿越小说的高峰之作。

2011年

5月,月关开始在起点中文网连载《锦衣夜行》,2012年9月完结,共382万字。该作荣获起点中文网2011年"年度作品"称号,2015年被改编为电视剧。

5月,愤怒的香蕉开始在起点中文网连载《赘婿》(截至2017年3月21日未完结)。

6月,录事参军开始在起点中文网连载《我的老婆是军阀》,2012年12月完结,共240万字。

2012年

1月,贼道三痴开始在起点中文网连载《雅骚》,2013年8月完结,共178万字。

7月,酒徒开始在17K小说网连载《烽烟尽处》,2014年6月完结,共210万字。

8月,柯山梦开始在起点中文网连载《晚明》,2014年3月完结,共227万字。

9月,孑与2开始在起点中文网连载《唐砖》,2014年6月完结,共446万字。

10月,月关开始在起点中文网连载《醉枕江山》,2014年5月完结,共408万字。

2013年

6月,三戒大师开始在创世中文网连载《大官人》,2016年1月完结,共 397 万字。

10 月,何昊远开始在起点中文网连载《明扬天下》,2015 年 7 月完结,共 322 万字。

2014 年

1 月,孑与 2 开始在起点中文网连载《大宋的智慧》,2015 年 7 月完结,共 337 万字。

7 月,月关开始在起点中文网连载《夜天子》,2016 年 5 月完结,共 343 万字。

8 月,石章鱼开始在起点中文网连载《医统江山》,2016 年 10 月完结,共 540 万字。

12 月,贼道三痴开始在起点中文网连载《清客》,后来作者不幸罹患肝癌,于 2015 年 9 月 21 日去世,小说未能完结。

2015 年

9 月,庚新开始在起点中文网连载《盛唐崛起》,2017 年 2 月完结,共 211 万字。

11 月,第十个名字开始在起点中文网连载《南宋不咳嗽》,2016 年 10 月完结,共 251 万字。

11 月,孑与 2 开始在起点中文网连载《银狐》(截至 2017 年 3 月 21 日未完结)。

官场类(李强、石岸书整理)[①]

"官场小说"是指以当代官场生活为背景的小说,描写主人公(一般是男性)的官场沉浮经历,表现官场生态。它是一种容易受时代热潮(如

---

① 本资料参考了资深网文读者、"龙的天空"论坛创始人 weid(段伟)的《一部标签的丰富史,一则原创小说类型谈——试论二十一世纪以来大陆网络类型小说的兴起与演变》("龙的天空"论坛,http://www.lkong.net/thread-527863-1-1.html,发布日期:2011 年 12 月 23 日),特此鸣谢。此外,官场类小说在网站连载时易受审查影响,有些会被下架甚至永久删除,目前有些小说具体信息已不可考,故有些只能精确到年份。

"公务员热")和外部政治经济形势影响的小说类型。作为都市职业小说的子类型,网络官场小说在发展过程中也会受到都市职业小说乃至整个网文类型风潮的影响。

前史

在当代文学的脉络里,"官场小说"的大规模出现是在 1990 年代中期以后,在传统生产机制下比较有影响力的官场小说主要有陆天明的《省委书记》、周梅森的《人间正道》、肖仁福的《官运》、王跃文的《国画》、阎真的《沧浪之水》等。这些作品在一定程度上影响了网络官场小说的发展。

2004 年

天上人间开始在起点中文网连载《官场风流》,2008 年 10 月完结,共 116 万字。小说写的是一个出身于高干家庭的年轻人逐渐走上权力巅峰的故事。该作曾获得起点月票榜单月冠军(2005 年 7 月)。

2008 年

1 月,小桥老树开始在起点中文网连载《官路风流》,作者本人也是公务员。实体书改名为《侯卫东官场笔记》(8 卷本),于 2010 年由凤凰出版社出版。该书在实体书市场大获成功,销量达到 500 多万册。

4 月,更俗开始在起点中文网连载《重生之官路商途》,2010 年 5 月完结,共 450 万字。小说中的主角张恪重生到了 1994 年,他凭借前世的记忆在官商两界风生水起。该作对具体时代背景的展现、对情节的掌控都十分精当,成为众多官场重生小说的效仿对象。

6 月,陈风笑开始在起点中文网连载《官仙》,2014 年 3 月完结,共 144 万字。

10 月,录事参军开始在起点中文网连载《重生之官道》,2011 年 6 月完结,共 382 万字。该作长期占据起点都市类小说点击榜榜首。

Robin 谢开始在起点中文网连载《官路迢迢》,2009 年 4 月完结,共 256 万字。

2009 年

浮沉开始在起点中文网连载《重生之官路浮沉》,2010 年完结。

不信天上掉馅饼开始在起点中文网连载《重生之衙内》,2011 年 6 月完结,共 730 万字。

瑞根开始在起点中文网连载《弄潮》,2011 年完结,共 657 万字。

石章鱼开始在起点中文网连载《医道官途》,2013 年完结。

低手寂寞开始在纵横中文网连载《官道之色戒》,2012 年 2 月完结,共 308 万字。

万马犇腾开始在起点中文网连载《宦海纵横》,2010 年 9 月完结,共 257 万字。

断刃天涯开始在起点中文网连载《仕途风流》,2010 年完结,共 307 万字。

2010 年

2 月,寂寞读南华开始在起点中文网连载《布衣官道》,2011 年完结,共 437 万字。

2 月,梦入洪荒开始在 17K 小说网连载《官途》,2013 年 7 月完结,共 950 万字。

3 月,何常在开始在起点中文网连载《官神》,2012 年 9 月完结,共 844 万字。

2010 年底,黄晓阳开始在新浪读书连载《二号首长》(全称《二号首长:当官是一门技术活》),后转至实体出版,于 2011 年由重庆出版社出版,共 147 万字。

2011 年

不信天上掉馅饼开始在起点中文网连载《官家》(2012 年被删除)。

5 月,可大可小开始在起点中文网连载《误入官场》,2014 年完结,共 610 万字。

2012 年

3 月,御史大夫开始在起点中文网连载《通天官路》,2013 年 4 月完结,共 249 万字。

不信天上掉馅饼开始在起点中文网连载《绝对权力》,2013 年完结,共 279 万字。

瑞根开始在起点中文网连载《官道无疆》(截至 2015 年 12 月 31 日未完结)。

2013 年

录事参军开始在创世中文网连载《红色权力》(连续六个月蝉联创世中文网月票榜冠军,2014 年 5 月被下架删除)。

2014 年

4 月,国家五部委联合开展了严厉的"净网行动",网络文学网站开展自查,官场小说也成为重点整顿对象。

7 月,司马白衫开始在 17K 小说网连载《办公室十年》(截至 2017 年 3 月 21 日未完结)。

古代言情类(王玉玊、肖映萱整理)

古代言情(简称"古言")即以真实或"架空"的古代社会为背景的言情小说,主要包括"穿越"("清穿"即"穿越"到清朝是其中最具代表性的子类)、"宫斗""宅斗""种田"等几个类型,大都采用"穿越""重生"模式。这几个子类型间有起承转合的关系,显示出一条"女性向"情感探索的轨迹。

1992—2004 年:前史

"古言"历史可上溯至 20 世纪初以鸳鸯蝴蝶派为代表的通俗小说中的言情类。古代言情网络小说则主要在借鉴古装历史/言情电视剧及港台古代言情小说的基础上产生,并吸收借鉴了以《红楼梦》为代表的古代章回体小说中的人物关系、人情风貌与语言风格。琼瑶创作(编剧)的小说(电视剧)《梅花三弄》系列(1993)、《还珠格格》(1998),等均对古代言情网络小说创作有较大影响,席绢的小说《交错时光的爱恋》(1993 年出版)更是启发了"穿越"类古代言情小说的发展,而古装"宫斗"电视剧《金枝欲孽》(2003)则为"宫斗"小说提供了重要素材。

2004 年

7 月,金子开始在晋江原创网连载《梦回大清》,2007 年 10 月完结,共 56 万字。这是最早的"清穿"网络小说,讲述了女主人公穿越到康熙年间"九龙夺嫡"时期,与胤祥(康熙十三子)、胤禛(康熙四子,即雍正帝)等阿哥发生的爱情故事。《梦回大清》引领了此后的"清穿"潮流,"九龙夺嫡"时期也成为此后"清穿"小说最热衷的"穿越"年代。

2005 年

5月,桐华开始在晋江原创网连载《步步惊心》,2006年完结,共40万字。小说中的女主人公同样穿越到"九龙夺嫡"时期,与八爷(康熙八子胤禩)和四爷(康熙四子胤禛)先后产生爱情,最终选择了四爷。

6月,晚晴风景开始在晋江原创网连载《瑶华》,2006年6月完结,共32万字。与《步步惊心》不同,《瑶华》中的女主人公选择了与夺嫡失败的八阿哥胤禩在一起。此后,女主人公选择四阿哥/四爷还是八阿哥/八爷成为"清穿"小说中一个重要的分类标志,前者被称为"四爷党",后者被称为"八爷党",此外还有"十三爷党"(如《梦回大清》)和"九爷党",但都比较小众。总体而言"清穿"小说中以"四爷党"为最多,这与四爷最终取得皇位,成为夺嫡之战中的胜利者有着密不可分的关系。

7月,月下箫声开始在晋江原创网连载《恍然如梦》,2007年6月完结,共46万字。《梦回大清》《步步惊心》和《恍然如梦》(一说为《瑶华》或《独步天下》)并称为"清穿三座大山",至此,"清穿"成为古代言情网络小说中一个成熟的子类。

2006 年

3月,李歆开始在晋江原创网连载《独步天下》,2007年10月完结,共57万字。小说中的女主人公"穿越"到皇太极时期,与皇太极产生爱情。这类作品被称为"皇太极党"。"穿越"到皇太极时期的"清穿"小说在数量与质量上都低于"穿越"到"九龙夺嫡"时期的作品,《独步天下》是"皇太极党"最早、最有影响力、最重要的一部作品。

8月,海飘雪开始在晋江原创网连载《木槿花西月锦绣》,2014年3月完结,共138万字。《木槿花西月锦绣》是一部"穿越""架空"小说,初步具有了"宅斗"小说的一些情节特征,是"2007四大穿越奇书"之一(其余3部为《鸾:我的前半生 我的后半生》《迷途》《末世朱颜》)。

2006年,流潋紫开始在晋江原创网连载《后宫·甄嬛传》,后转而在新浪博客连载,共190万字。2007年2月—2009年9月先后由花山文艺出版社出版 1—3 册,广西师范大学出版社出版 4—5 册,重庆出版社出版 6—7 册。2011 年 12 月浙江文艺出版社出版《后宫·甄嬛传》(修订典藏版)。《后宫·甄嬛传》是"宫斗文"的集大成者,标志着"宫斗"这一类型最终完成。

9 月,天夕开始在晋江原创网连载《鸾:我的前半生 我的后半生》,2008 年 8 月完结,共 57 万字,"2007 四大穿越奇书"之一。《鸾:我的前半生 我的后半生》是"康熙党""清穿"小说的代表作品,女主人公穿越为苏麻喇姑,与康熙帝相爱。除穿越到"九龙夺嫡"时期的"四爷党""八爷党""九爷党""十三爷党",穿越到清初的"皇太极党""康熙党"外,也有部分"清穿"小说选择穿越到顺治年间等其他时期,但数量较少。

2007 年

7 月,桩桩开始在晋江原创网连载《蔓蔓青萝》,2008 年 2 月完结,共 40 万字。《蔓蔓青萝》是一部"穿越""架空"小说,小说前段讲述女主人公在右相府中生活的段落与后来的"宅斗"小说几无差别。

7 月,扫雪煮酒开始在起点中文网女生频道连载《明朝五好家庭》,2008 年 4 月完结,共 84 万字,是最早的"宅斗·种田文"。

8 月,沐非开始在起点中文网连载《宸宫》,2008 年 1 月完结,共 46 万字。小说中的女主人公前世是开国将军,重生为宫女后以复仇为目标搅动后宫前朝,这与典型的"宫斗"小说以女主人公的晋升之路为核心情节尚有不同,体现出了"宫斗"小说从"穿越""重生"小说中独立出来时的过渡性特征。

10 月,爱打瞌睡的虫开始在起点女生网连载《宫斗》,2008 年 3 月完结,共 62 万字。

10 月,谈天音开始在晋江原创网连载《皇后策》,2009 年 12 月完结,共 66 万字。

2008 年

5 月,慕容湮儿开始在起点中文网连载《倾世皇妃》,2012 年 4 月完结,共 44 万字。

5 月,Loeva 开始在起点女生网连载《平凡的清穿日子》,2009 年 1 月完结,共 130 万字。这是一部"清穿"反类型小说,在致敬了此前所有"穿越"经典的同时反其道而行之。穿越到康熙年间的女主人公既不与诸位皇子恋爱,也不试图推动历史走向,而是选择融入整个时代,度过平凡的"清穿"日子。《平凡的清穿日子》同时也是早期"宅斗·种田文"的代表作之一。

2009 年

2 月,小晚开始在晋江原创网连载《下堂妻的悠哉日子》,2009 年 5 月完结,共 33 万字。

9 月,一个女人开始在起点女生网连载《妾大不如妻》,2010 年 4 月完结,共 209 万字。《妾大不如妻》与《下堂妻的悠哉日子》都是早期"宅斗·种田文"的代表作品。《妾大不如妻》的女主人公穿越初始便嫁为人妻,因而区别于此后出现的重视嫁前生活和择婿过程的"庶女文"及"重生嫡女文"。

2010 年

2 月,"晋江原创网"更名为"晋江文学城",分为"原创言情""耽美同人""台湾言情"(原来的"晋江文学城")、"晋江商城""晋江论坛"几个版块。

2 月,阿昧开始在起点女生网连载《北宋生活顾问》,2010 年 7 月完结,共 82 万字。此后,"宅斗文"进入繁荣期,而"宫斗文"则相对衰落。

6 月,吱吱开始在起点女生网连载《庶女攻略》,2011 年 11 月完结,共 247 万字。《庶女攻略》开"庶女文"风气之先,此后,以庶女为主人公的"庶女文"成为这一时期最为重要的"宅斗文"类型,篇幅也随之大大增长。

10 月,关心则乱开始在晋江文学城连载《知否?知否?应是绿肥红瘦》(又名《庶女明兰传》),2012 年 12 月完结,共 137 万字,成为晋江"庶女文"的经典之作。

11 月,某某宝开始在起点女生网连载《种田纪事》,2011 年 4 月完结,共 88 万字。

11 月,弱颜开始在起点女生网连载《锦屏记》,2011 年 11 月完结,共 130 万字。

2011 年

4月，御井烹香开始在晋江文学城连载《庶女生存手册》，2012年10月完结，共147万字，是"庶女文"的又一部代表作。

11月17日，由《后宫·甄嬛传》改编的电视剧《甄嬛传》在大陆地区首播。该剧由郑晓龙导演，流潋紫、王小平编剧，孙俪、陈建斌等主演，于2010年9月18日—2011年1月30日拍摄完成，2012年3月26日在安徽卫视、东方卫视上星播放，2012年3月20日起在台湾地区华视首播，2012年5月16号在新加坡Singtel有线电视台播出，2012年9月17日起在香港高清娱乐台首播，2013年6月18日起在日本BS富士台播出，此外亦在韩国CHINGTV及一些东南亚国家播出，并被剪辑为6集系列电影（每集90分钟），于2015年3月15日起在美国Netflix网站付费播出。《甄嬛传》一经播出便引起了观剧热潮，并迅速推广至港澳台地区及东亚、东南亚各国，在台湾地区及日本、新加坡等国亦得到很高评价，成为国剧输出的成功案例。

2012 年

3月，顾婉音开始在起点女生网连载《嫡女重生》，2013年1月完结，共204万字，成为"重生·嫡女"模式早期的经典作品。以重生的嫡女为主人公的"重生·嫡女文"，取代"庶女文"，成为"宅斗文"的主流，"宅斗文"更加多样化。

7月，我想吃肉开始在晋江文学城连载《奸臣之女》（又名《大家认为爹太抢戏》），2013年3月完结，共167万字。

2013 年

3月，面北眉南开始在起点女生网连载《嫡谋》，2014年10月完结，共175万字。

2014 年

2月，我想吃肉开始在晋江文学城连载《诗酒趁年华》，2015年1月完结，共209万字。

4月，祈祷君（曾用名绞刑架下的祈祷）开始在晋江文学城连载《老身聊发少年狂》，2014年9月完结，共159万字。

9月,明月珰开始在晋江文学城连载《千金裘》,2015年2月完结,共63万字。

都市言情类(薛静整理)

都市言情小说是指以都市为背景,描写青年男女爱情故事的小说类型。广义来讲,作为现代言情,区别于古代言情;狭义来讲,在现代言情类型内部,也区别于校园言情。都市言情小说以"女性向"作品为主,常常通过男女主人公的情感关系,呈现当代社会的现实问题,关注女性的自我认同与自我成长。

2003年以前:前史

1990年代,港台文化涌入大陆,琼瑶、亦舒、席绢的作品先后进入大陆的大众文化历史之中。三位言情鼻祖的作品,都不可避免地以商业与权力作为背景,然而处理方式又各不相同。

琼瑶塑造的主人公,大多在物质充裕的环境中谈情说爱,建立起纯爱的脉络。而作为经济后盾与权力象征,父辈的身影(如1973年的《心有千千结》中的富豪父亲)则为后世的"总裁"形象提供了原型。亦舒的作品中,男女主角的结合从不纯粹,而是带着种种条件的权衡算计。女性以独立的姿态,希望获得纯粹的爱情,展开了都市言情文的另一脉络。而席绢则为"霸道总裁"奠定了坚实基础,其作品《罂粟的情人》(1995),集总裁、暴君、虐恋、囚禁于一身,为网络小说都市言情文诸种类型开拓了先河。

2003年

8月1日,晋江原创网①成立,后逐渐发展成为中国大陆著名的女性文学网站。

9月,顾漫开始在晋江原创网连载《何以笙箫默》,2006年1月完结。7.9万字的篇幅,校园青春与都市爱情的结合,连载更新的方式,既继承

---

① 即晋江文学城,"晋江原创网"为其初名。

了口袋书读者的阅读习惯,又开始向网络原创连载转型,都为此后的网络文学都市言情类型奠定了基础。本书引发网友追捧,成为网络文学都市言情类型的早期代表作。

2005 年

8 月,明晓溪开始在晋江原创网连载《泡沫之夏》,2007 年 6 月全三部完结。两位男主角欧辰和洛熙,分别成为都市言情经典的"总裁"和"明星"形象,开启了"总裁文"和"娱乐圈文"的风潮。

12 月,缪娟开始在晋江原创网连载《翻译官》。

2005 年前后,网络言情小说创作进入兴盛期。网络上流传"四小天后、六小公主、八小玲珑、三十二小当家"的座次排列,这种说法源于网友评选,具体名次意见不一,但名单大体涵盖了当时的网络知名言情作家。当然因为创作情况不一,很多作家现今的评价和地位已发生变化。具体名单参见本书 241 页注释。

2006 年

9 月,匪我思存开始在晋江原创网连载《佳期如梦》,2007 年 1 月完结。男主角孟和平、阮正东都是军队大院出身的高干子弟,作者此后围绕《佳期如梦》的架构,创作了一系列关于"京城四少"的作品,许多人物设置都为高干子弟,引领了"高干文"这一子类型的形成。和继承港台商业文化的"总裁文"相比,"高干文"的诞生更具有大陆特色,也反映了人们对于权力的想象。

2007 年

2 月,自由行走 andrea 开始在晋江原创网连载《第三种爱情》,2007 年 11 月完结。

4 月,辛夷坞开始在晋江原创网连载《致我们终将腐朽的青春》。8 月由朝华出版社出版,更名为《致我们终将逝去的青春》。

8 月,安宁开始在晋江原创网连载《温暖的弦》,2008 年 6 月完结。

12 月,九夜茴开始在晋江原创网连载《匆匆那年——80 后情感实录》。

2008 年

2 月,田反开始在晋江原创网连载《你是我学生又怎样》。

4月,景行开始在晋江原创网连载《听风》。

8月,顾漫开始在晋江原创网连载《微微一笑很倾城》,2009年11月完结,开启了言情"网游文"的先河。

2009年

3月,长着翅膀的大灰狼开始在晋江原创网连载《盛开》。此后,长着翅膀的大灰狼逐渐形成了在都市言情类型中以亲密描写见长的个人特色。

2010年

2月,晋江原创网更名为"晋江文学城",分为"原创言情""耽美同人""台湾言情"(原来的"晋江文学城")、"晋江商城""晋江论坛"几个版块。

5月,由《泡沫之夏》改编的同名电视剧在台湾首播,同年8月在大陆首播,引发讨论热潮。

2010年前后,网络文学都市言情小说的影视化渐成风潮。

2013年

4月,由《致我们终将逝去的青春》改编的同名电影(赵薇导演)上映,获得7.19亿票房,将网络言情影视化推向高潮。

7月,丁墨开始在晋江文学城连载《他来了,请闭眼》,2013年10月完结,将都市言情与侦探题材相结合。

2014年

4月,全国"扫黄打非"工作小组办公室、国家互联网信息办公室、工业和信息化部、公安部为依法严厉打击利用互联网制作传播淫秽色情信息行为展开"净网行动"。在这次行动中,"高干文"因其敏感性被各大网站大量下架,晋江文学城禁止签约作者创作高干题材。

7月,中央电视台《新闻联播》通报"净网行动"成果,披露长着翅膀的大灰狼因在定制作品中掺杂大量露骨描写,被以涉嫌贩卖淫秽物品牟利罪依法刑事拘留。

7月,由顾漫《杉杉来吃》改编的电视剧《杉杉来了》热映,其中男主角封腾"我要让所有人知道,这个鱼塘,被你承包了"的台词,让"霸道总裁爱上我"的类型模式进入大众流行文化。

12月,由《匆匆那年——80后情感实录》改编的电影《匆匆那年》上映,获得5.88亿票房,成为小成本高票房的黑马。

2015年

1月,百度贴吧"高干文吧"被封禁。

1月,由《何以笙箫默》改编的电视剧在大陆首播,引发热议。同年4月,电影版上映,获得3.52亿票房,但也因其质量饱受诟病,网络言情影视化飞速上马、飞速圈钱的不良状态也得到反思。

2015年全年,由网文都市言情小说《第三种爱情》《他来了,请闭眼》《夏有乔木,雅望天堂》《欢乐颂》等作品改编的影视剧纷纷开始制作,正陆续与观众见面。

耽美类(肖映萱整理)

耽美小说是主要由女性作者写作、以女性读者为预设接受群体的男男同性爱情或情色故事。一般根据时代背景划分为现代耽美和古代耽美(或古风耽美)两大类。题材既囊括了言情常见的历史古风、穿越架空、青春校园、都市职场、星际未来,也吸收了"男性向"的奇幻科幻、末世修仙、系统无限流,还衍生出一些耽美独有的特殊类型。耽美是与言情双足鼎立的"女性向"另一重要脉络。

2000年以前:前史

中国大陆的耽美创作受到日本耽美动漫及其衍生的耽美同人作品影响,最早的一批作品出现在1998年左右,例如筱禾的《北京故事》。早期的耽美写手活动于"迷迷漫画世界"和"桑桑学院"等动漫爱好者网站,1998年5月"迷迷漫画世界"与"桑桑学院"合并,建立了新的"桑桑学院"(http://sunsunplus.51.net),并设置"耽美小岛"专栏,专门刊登耽美作品。新的"桑桑学院"建立之初,所发布的耽美作品大多不是原创,一部分由日文翻译而来,更多的是转载台湾写手的创作,大多没有经过原作者授权同意,因而遭到台湾耽美写手一致抗议。于是,大陆耽美爱好者开始自己创作。1999年11月28日,"露西弗俱乐部"(http://www.lucifer-club.com/)成立,这是大陆第一个专门的耽美文学网站,成为当时耽美同人女的主要聚集地。

2000—2002年:发展初期

2000年

年初,大陆耽美、同人开始涌现一些原创作品,作品大多发表在墨音阁、秋之屋、雨之林、白草折、单行道、月夜下、魔宇等小站。

6月,"鲜文学网"(www.myfreshnet.com)成立,在这里发布作品的耽美作者来自台湾、香港、大陆各地。

2001年

10月,柠檬火焰开始在露西弗俱乐部连载《束缚》,2002年6月完结。

11月,嫣子危开始在露西弗俱乐部连载《流莺》,2001年12月完结。

12月,暗夜流光开始在露西弗俱乐部连载《十年》,2002年1月完结。

2002年

年初,福建晋江电信局的网络信息港面临关停,一批爱好小说阅读和创作的网友接管了信息港的"晋江文学城"版块。一开始以扫校、转载台湾言情小说为主,后来逐渐发布了一些原创作品。

9月,米洛开始在鲜文学网连载《被囚禁的爱》,2003年7月完结。

11月,米洛(*mirror*)开始在露西弗俱乐部连载《天使之音》,2003年3月完结。

12月,风维(Niuniu)开始在露西弗俱乐部连载《一个爹爹三个娃》,2003年2月完结。

12月,风弄开始在露西弗俱乐部连载《凤于九天》,截至2015年12月31日未完结。

2003—2007年:成型期

2003年

8月,在非原创的"晋江文学城"之外,发表原创作品的"晋江原创网"(www.jjwxc.net)逐步建立,后来逐渐成为网站的主体。此后,"晋江原创网"(简称"晋江")成为大陆原创言情、耽美作品发布的主要阵地。

晋江的耽美作品根据所描述的时代背景,大体上可划分为古代耽美和现代耽美两大类。

2004 年

小周 123 开始在晋江原创网连载《十大酷刑》。

8 月,蓝淋开始在鲜文学网连载《不可抗力》,2006 年 3 月完结。

8 月,闪灵开始在晋江原创网连载《终身操盘》,2015 年 1 月完结。

2005 年

7 月,大风刮过开始在晋江原创网连载《又一春》,2006 年 9 月完结。

9 月,葡萄开始在晋江原创网连载《青莲记事》,2008 年 11 月完结。同月,流玥开始在晋江原创网连载《凤霸天下》。这两部作品共同创造了"女穿男"的"(伪)耽美"经典穿越模式,并掀起了 2006—2007 年间晋江"逆后宫"模式的风潮。

2006 年

2 月,天籁纸鸢开始在晋江原创网连载《花容天下》。作品中含有"男男生子"元素,后来成为耽美中极具争议性的情节元素。其续作《十里红莲艳酒》《月上重火》(言情),都在晋江积分总榜上名列前茅。

7 月,戎葵开始在晋江原创网连载《暮云深》,2006 年 9 月完结。

以上都是这一时期古代耽美的代表作品,大体上以"虐"为基调,情节多属于"正剧",行文夹杂搞笑风格。

9 月,天籁纸鸢开始在晋江原创网连载《天神右翼》,2008 年完结。小说以基督教的《圣经》与《创世记》神话为蓝本、路西法叛变堕天为主线,描写了大天使长米迦勒与骄傲魔王路西法的爱恋,是较为少见的西方奇幻类型。

10 月,周而复始开始在晋江原创网连载《晨曦》。

11 月,微笑的猫开始在晋江原创网连载《不疯魔不成活》,2006 年 12 月完结。

这些都是这一时期现代耽美的代表作品,其中《晨曦》和《不疯魔不成活》都有较多篇幅的校园生活描写,前承风弄的《悲惨大学生活》(露西弗俱乐部,2003),后启妖舟的《弟弟都是狼》(晋江原创网,2007)、蝶之灵的《微微的微笑》(晋江原创网,2008),形成了较为清晰的"校园文"脉络。

2007年

露西弗俱乐部旗下写手出现了严重的抄袭事件,由于版主处理不当,引起写手和粉丝们的反感,许多名ID纷纷撤离,露西弗的影响力大大减弱。

11月,晋江原创网接受盛大文学投资。

2008—2010年:商业化成熟期

2008年

1月8日,晋江原创网的VIP阅读收费系统正式上线,晋江耽美进入了商业化的VIP付费阅读时期。

1月,妖舟开始在晋江原创网连载《入狱》,加入了"黑道""杀手"元素。

10月,尼罗开始在晋江原创网连载《残酷罗曼史》。此后,尼罗陆续发表了多部民国背景的耽美作品,成为"民国耽美"的代表作者。

10月,桔子树开始在晋江原创网连载《麒麟》,获得巨大成功。一方面,"军旅文"开始成为耽美一个独立的子类型;另一方面,由于此文衍生于电视剧《士兵突击》的同人创作,作者"同人转原创"的尝试在同人圈遭到了一些抨击。

2009年

2月,蝶之灵开始在晋江原创网连载《给我一碗小米粥》,2009年4月完结。该作与后来非天夜翔的《飘洋过海中国船》(晋江文学城,2010)、蝶之灵的《最强男神(网游)》(晋江文学城,2014)共同成为耽美"网游文"的代表作。

7月,张鼎鼎开始在晋江原创网连载《三步上篮》,2010年4月完结,成为体育题材的代表作品。

12月,青罗扇子开始在晋江原创网连载《重生之名流巨星》,2011年10月完结。小说作为较早的"重生"之作,开启了晋江延续至今的"重生"风潮,也是"娱乐圈文"的早起代表作。

2010年

2月,"晋江原创网"更名为"晋江文学城",分为"原创言情""耽美同人""台湾言情"(原来的"晋江文学城")、"晋江商城""晋江论坛"几个版块。

2011—2012年:"男性向"元素的进入

2011年

2月,非天夜翔开始在晋江文学城连载《灵魂深处闹革命》,2011年4月完结。这是在天下霸唱的《鬼吹灯》、南派三叔的《盗墓笔记》等"男性向"作品影响下的耽美"盗墓文"。

此后,"末世""异形""异能""机甲""修真""空间""系统"等较具"男性向"特色的元素,在"女性向"作品中绽放出截然不同的光芒。

4月,老草吃嫩牛开始在晋江文学城连载《重生夜话》,2011年6月完结,进一步发展了"重生"元素。此后,"重生"元素遍布现代言情、古代言情和耽美、同人各个类型,取代"穿越"成为一个更为重要的情节元素。

8月,非天夜翔开始在晋江文学城连载《二零一三》,2011年9月完结,成为"末世文"的开山之作。

11月,犹大的烟开始在晋江文学城连载《机甲契约奴隶》,2014年8月完结,成为"机甲文"的代表作。

2012年

3月,水千丞开始在晋江文学城连载《养父》(又名《捡到一条小龙人》),是最著名的"异形文"之一。

7月,月下金狐开始在晋江文学城连载《末世掌上七星》,2013年6月完结,是典型的"修真文"。

2012年下半年至今:探索边界

2012年

2012年下半年开始,在末世的异世界之外,晋江的耽美作者还做出了许多大胆尝试。

7月,楚寒衣青开始在晋江文学城连载《沉舟》。小说在感情线之外,以较大的篇幅虚构了政界、官场高层的厚黑斗争,作为一篇典型的"政斗文",打了审查标准的擦边球。

2013 年

2013 年 3 月,水千丞开始在晋江文学城连载《寒武再临》,2013 年 11 月正文完结,2014 年月外传完结,是较为成熟的"异能文"。

5 月,来自远方开始在晋江文学城连载《谨言》。小说中的主角穿越到民国,与爱国军阀联手发展实业、提升军备,最终成功抵御外寇,将中国发展为世界强国,彻底改变了历史。这一尝试也引发了读者的诸多争议。

9 月,淮上开始在晋江文学城连载《银河帝国之刃》,2014 年 4 月完结。11 月,蝶之灵开始在晋江文学城连载《在校生》(又名《军校生》),2014 年 4 月完结。这两部作品将"ABO"设定从同人创作引入到原创耽美当中,成为原创"ABO"的代表作。

2014 年

2 月,priest 开始在晋江文学城连载《山河表里》,2014 年 5 月完结。这是另一部较为罕见的奇幻作品,与后来的《杀破狼》(晋江文学城,2015)一起,开拓了 priest 独树一帜的奇幻疆界。

4 月,全国"净网行动"开始后,为规避危机,大批晋江的耽美作品进入锁文状态,作者们纷纷调整创作状态,以最严格的标准进行自审。此后,创作开始倾向于"娱乐圈""美食"等相对安全的题材。

4 月,非天夜翔开始在晋江文学城连载《金牌助理》,2014 年 5 月完结。5 月,楚寒衣青开始在晋江文学城连载《纯白皇冠》,2014 年 12 月完结。这两部作品都是典型的"娱乐圈"文。

9 月,缘何故开始在晋江文学城连载《御膳人家》,2014 年 12 月完结,是这一阶段人气最高的"美食"文。

9 月,梦溪石开始在晋江文学城连载《成化十四年》,2015 年 2 月完结,是近年来古代耽美作品中难得的"悬疑探案"类型。

11 月,非天夜翔开始在晋江文学城连载《国家一级注册驱魔师上岗培训通知》,2015 年 3 月完结。小说开创了"驱魔"题材,继续探索着奇幻、玄幻类型在耽美作品中的可能性。

2015 年

3 月,风流书呆开始在晋江文学城连载《快穿之打脸狂魔》,2015 年 8

月完结,开启了晋江耽美新一轮的"快穿""系统"风潮。

同人类(叶栩乔整理)

"同人"一词来源于日语的"同人(どうじん)",同人小说(也称"同人文")指的是由已有文学、影视、动漫、游戏作品衍生出来的相关作品;时至今日,同人小说已成为网络文学中的重要部分。同人文的写作和传播主要以同好组成的"同人圈"为依托,内部分化为以作品甚至细到人物为中心的多个小圈子。同人作品在网络上的发布渠道也多种多样,由于同人文(至少在早期)并不追求商业盈利,发布在各个博客网站上的也不在少数。

2003年以前:前史

这一时期的网络上论坛盛行,各个作品爱好者论坛成为该作品衍生同人文的重镇。

1998年5月,"迷迷漫画世界"与"桑桑学院"合并成立新"桑桑学院"。后"桑桑学院"的ACG厅开辟"同人小说"分区,2001年12月31日始有同人小说在这一分区发布,主要是《银河英雄传说》和CLAMP漫画的同人作品。这一分区至少活跃到2007年2月。

2001年12月,美狄娅(沧月)在"桑桑学院"的"银英分院"区发布《随风而逝》,这是一篇《银河英雄传说》的同人。《银河英雄传说》是日本作家田中芳树的经典小说,后改编为动漫《银河英雄传说》,以未来宇宙为背景,架构了宏大的架空历史和众多形象丰富的人物。《银河英雄传说》深刻地影响了我国网络时代早期一批架空大历史创作者,在很多人的早期作品中都能找到其同人,如沧月、萧如瑟等。《紫川》(起点中文网,2003)的历史架空亦受到了《银河英雄传说》的较大影响。

2002年11月,Bucock(马伯庸)在"桑桑学院"的"同人小说"区发布《元杂剧·忠感动天齐格飞义勇救主》。这是这一时期《银河英雄传说》的同人中较具代表性的作品。

2002年底,"纵横道"论坛(http://www.zonghengdao.net/index.php?m=bbs)诞生。这是一个以武侠历史同人为主的同人论坛,其中"鼠猫"

CP又占大多数。此后,"纵横道"渐渐成为四大"鼠猫"同人站点之一。"纵横道"只是一个同人站点的个案,而这样的作品中心或CP中心站点并不在少数。

2003—2007年:化暗为明

2003年

8月1日,"晋江原创网"成立。同人文在晋江原创网中占有一席之地,成为晋江原创网作品的一个重要分类。晋江同人小说的衍生来源相对多样化,动漫、影视、小说、游戏、真人的衍生同人作品比比皆是,且包含了言情、耽美、良识、百合等多个方向,数量庞大,是同人作品的重要园地。

9月,晋江论坛"小粉红"的"同人文库"分区发布第一篇同人文。"同人文库"分区的同人作品主要为耽美向。

11月,百度贴吧诞生。此后,同人文渐渐占据了作品贴吧、人物贴吧以及CP贴吧,成为这些贴吧的重要内容。进入百度贴吧的门槛几乎为零,百度贴吧以其开放性,吸引到了更多的同人作者和读者。但是,论坛的私密性、同好性又能够为同人这一灰色地带提供安全感,其存在对于很多同人作者来说仍旧重要而不可取代。

年中,Ecthelion在龙骑士城堡奇幻论坛发布《The Legend of Ecthelion》。这是魔戒圈内的第一部长篇作品,意义重大。

2004年

6月,萧如瑟在晋江论坛"懒慢带疏狂"区①(即萧如瑟在晋江论坛的个人分论坛)发布《银英同人 狮泉之章》的7个短篇。这是《银河英雄传说》同人的代表作之一。

由温瑞安同名小说改编的电视剧《逆水寒》播出。同人作者们从电视剧《逆水寒》中解读出了戚少商与顾惜朝的复杂情感关系,"戚顾"CP由此大热。

---

① 萧如瑟曾以多个笔名在数个"银英"论坛发布这组短篇,但这类"银英"论坛中,大多数的域名已经失效;其发表时间也更早,首章《昼夜》的首发时间可能早至2003年。《银英同人 狮泉之章》的初发表情况,参见"懒慢带疏狂"分区帖子《狮泉之章 罗严塔尔篇〈昼夜〉》,http://bbs.jjwxc.net/showmsg.php?board=159&boardpagemsg=7&id=29。

2005 年

8 月,"随缘居"论坛建立,成为欧美圈同人作品的大本营之一。

2006 年

"不老歌"博客(http://bulaoge.net)建立,并因其较强的私密性和较高的自由度,成为同人圈写手的一大重镇。

2007 年

漫展 ComicCon 于上海召开。这一漫展是国内较早的同人活动,至今已连续举办 16 届。漫展又称同人贩售会,是同人作者线下交流的平台,同人作者得以与同好交流,发售或免费发放同人本;亦可称同人祭、同人展。

yuxiuyi 开始在"纵横道"论坛连载《浣溪沙》。这是 1994 年版《七侠五义》电视剧同人创作的代表作,CP 为"鼠猫",即"白玉堂×展昭"。"鼠猫"CP 是国产武侠影视剧 CP 的经典代表,在早期的同人圈内热度极高,也出现了诸多优秀的同人文。

我心中的断背山开始在百度贴吧"鸠吧"连载《鸠》。这是韩国娱乐组合"东方神起"成员的同人创作代表作之一,CP 为"郑允浩×金在中",简称"允在",亦可称为"豆花"。这一 CP 是韩娱同人圈最早、影响最大、创作活跃度最持久的 CP,也是最早的真人 CP 之一。

2008 年后:同人本、收费与多样化

2008 年

晋江 VIP 付费系统启用后,曦宁若海月的《奉剑女》等一批同人作品入 V。这是晋江文学城首批入 V 的同人作品,标志着同人作者也可以通过 VIP 订阅得到稿费,赚取利润。同人的版权、利润等问题一直相对暧昧,在很长一段时间里,"同人作者以其作品谋取利润"是个伪命题,大部分同人作者认为同人创作不应谋取利润。但同人本的发售行为以及将同人作品一并接纳的 VIP 制度,还是意味着同人作者与读者在这一问题上的态度慢慢松动了。

3 月,楚云暮开始在晋江原创网连载《一世为臣》,2008 年 9 月完结。这是清代历史的衍生同人作品,在历史同人中比较有代表性。历史同人指的是根据真实历史事件及人物进行二次创作的同人作品。历史同人将

真实历史视为"原作",视为可衍生新文本的"文本",我国漫长的历史则为同人作者提供了极为丰厚的素材。

下半年,"天窗联盟"问世。天窗联盟为"自助式的同人志搜索引擎",供创作者发布同人本的基本信息及其贩售信息。在此之前,同人作者们已经开始将自己的小说制作为同人本,发售或无料发放给同好者,但这些信息散见于各处。天窗联盟成立之后,同人本作者得以将作品信息集中公布于此。

《倾斜》在百度贴吧"庚澈吧"连载(作者"这个公主啊"),这是韩国娱乐组合"Super Junior"的成员同人创作的代表作之一,CP为"庚澈",即"韩庚×金希澈"。这篇作品未完成,由于2009年韩庚与韩国SM娱乐公司解约,以及此后粉丝圈内外的诸多纠纷,百度贴吧"庚澈吧"最终也被封禁。

2009年

2009年前后,《黑塔利亚》《家庭教师》等作品成为日漫同人圈内的大热门,优秀之作层出不穷。

1月,伊泽尔库罗斯开始在百度贴吧"黑塔利亚吧"连载《鱼的夜歌》。这是日本动漫《黑塔利亚》同人的代表作之一,CP为"独普",即"德意志×普鲁士"。

同月,妖舟开始在晋江原创网连载《不死》,2009年5月完结。这是日本动漫《Hunter×Hunter(全职猎人)》的同人代表作之一,在晋江同人榜单上长期高居前列,享有"神作"盛名。2月14日,《黑塔利亚》同人合志《万红至理》发售,CP为"露中",即"俄罗斯×中国"。在《黑塔利亚》的王耀(即《黑塔利亚》中将"中国"人格化后的人物)相关CP中,"露中"是最为活跃的CP,《万红至理》则是一部非常重要的"露中"同人作品集。

2010年

"长佩"(http://173.255.216.198/allcp.net/forum.php)文学论坛成立,管理者脱离于晋江论坛,延续了晋江论坛"同人文库"的同人创作氛围,成为同人创作的一个更为小众的平台,随后也逐渐有原创作品发布。

1月,天望开始在晋江原创网连载《生而高贵》,2010年5月完结。

这是《哈利波特》系列的同人代表作，CP 为"德哈"，即"德拉科·马尔福×哈利·波特"，也是《哈利波特》同人创作的重要 CP 之一。

3 月，梦溪石开始在晋江文学城连载《山河日月》，2010 年 11 月完结。《山河日月》是清代历史同人，CP 为"胤禛×胤禵"，即通称的"四八"。1990 年代以来的"清宫戏"，以及后来的"清穿"言情作品中的"九子夺嫡"情节，为同人作者提供了丰富的阐释和衍生空间，《山河日月》就是其中"四八文"的代表。

9 月，tangstory 开始在"随缘居"连载《归剑入鞘》，2010 年 9 月完结。这是英剧《神探夏洛克》的同人代表作之一，CP 为"福华"，即"福尔摩斯×华生"。

10 月，uuuuhlhl（蓝莲花）开始在"随缘居"连载《协奏、交响与独自沉迷》，2011 年 1 月完结。这是英剧《神探夏洛克》的另一部同人代表作，在《神探夏洛克》同人圈内部享有盛誉。

2011 年

2 月，ACG 网站"Bangumi"收编旧天窗联盟网站，新天窗联盟（http://doujin.bangumi.tv/，后改为 http://doujin.bgm.tv/）成立，成为新的同人社团、作品、展会信息的集散地。

8 月下旬，网易推出轻博客 LOFTER（www.lofter.com/），并首次采用独立域名，口号为"专注兴趣，分享创作"，12 月 1 日开放公开注册。此后，LOFTER 成为同人作品发布的又一重要平台。

12 月，许维夏开始在百度贴吧"瓶邪吧"连载《万古如斯》，2012 年 6 月完结。这是《盗墓笔记》中"瓶邪"CP 的同人作品，在圈内具有经典地位。"瓶邪"CP，即"张起灵×吴邪"，是《盗墓笔记》乃至整个同人圈内最具影响力的 CP 之一。

2012 年

上半年，ABO 设定流传到国内。比较公认的说法是，ABO 设定来源于美剧《supernatural》（中译《邪恶力量》）的一篇同人作品，后流传到国内，成为欧美圈同人作品的三大重要设定之一（另两大设定为哨兵向导设定、BDSM 设定），ABO 设定的影响相对较大。

2013 年

原创作品也开始应用 ABO 设定,重要作品有淮上的《银河帝国之刃》(晋江文学城)、蝶之灵的《在校生》(晋江文学城)等。

12 月,烈焰琴魔和两个小矮人开始在 LOFTER 上连载《原点》,2014 年 5 月完结。这是蝴蝶蓝《全职高手》的同人代表作之一,CP 为"喻黄",即"喻文州×黄少天"。《全职高手》虽是"男性向"作品,却衍生出了数量庞大的"女性向"同人作品,受到广泛欢迎。"喻黄"在《全职高手》同人圈内是热度相对较高的 CP 之一。

2014 年

7 月 4 日,受"大灰狼事件"的影响(据 7 月 2 日央视新闻报导公开报道,晋江文学城作者长着翅膀的大灰狼因涉嫌非法出版和传播淫秽色情读物被刑拘),晋江"小粉红"论坛的"同人文库"等分区紧急关闭。关闭期间,"随缘居""长佩"等论坛成为同人创作更为集中的平台。17 日,"随缘居"论坛迎来建站为止的访客数峰值,达 8900 余人。

8 月,"全职圈"人肉事件爆发。小小小小的良狐狸的作品《影城旧事》(《全职高手》BL 同人,CP 为"喻文州×黄少天")因其暗黑风格,遭到众多同好的质疑。不久,有匿名网友在晋江"小粉红"论坛宣称,自己已经以匿名信的形式,将《影城旧事》作者举报到了其工作单位。其时净网行动的影响尚未退潮,一时间"全职圈"内同人作者人人自危,新浪微博"全职圈人肉事件警醒号"在整理这次事件始末时,称其为"二次元伸到三次元的破壁之刃"。后来,有网友于 2015 年 7 月发帖宣称"举报"事件子虚乌有。然而不论事件真假,"全职圈"人肉事件确实映射出了现实生活中的权力对看似自主、自足、自律的二次元同人圈无形的凝视。

2015 年

4 月 11 日,晋江"小粉红"论坛"同人文库"分区重新开放,同人圈慢慢恢复了日常状态。

年中,"小粉红"论坛帖被纳入晋江的读者评审系统,与晋江主站的作品章节、评论一样,需要接受读者评审。其中当然也包括"同人文库"分区的连载作品和回帖。

后 记

这本书是北京大学网络文学研究课程开设五年以来的成果结晶。

首先,感谢本书责编艾英女士。如果不是她两年前的提议,这本书真是不可能完成。虽然早就"蠢蠢欲动",但总是懒着不动。她一挥鞭子,我们也就"受虐狂"般兴奋起来了!

感谢庄庸老师,五年来他以各种方式深度参与我们的课堂建设,对这本书更是从大纲到细节,多方指教,知无不言言无不尽。感谢目前正在美国华盛顿大学东亚系攻读博士学位的郑熙青女士。正当我们对自己的研究立场和方法困惑时,她从天而降,带来自己翻译的《文本盗猎者》译稿(亨利·詹金斯著,北京大学出版社即出),为我们确立自己"学术粉"的研究身份和研究方法提供了"理论利器"。熙青还帮我审定了"导言"中关于粉丝文化研究的理论部分,并且对欧美网络文学现状的描述做了补充,非常感谢!

感谢《南方文坛》张燕玲主编、《网络文学评论》杨克主编、《文艺报》行超编辑,为本书单篇论文提供了宝贵的发表园地,这些"阶段性"成果大大鼓舞了士气!

最后,感谢两年来饱受我折磨的本书作者们。这些论文都经过反复修改,少的三四次,多的七八次,可以说得寸进尺、吹毛求疵,甚至不断增加要求,推倒重来。他们都默默忍受着。开始我以为"淫威得逞"是因为有学院体制撑腰,后来,当文章日见丰满,特别是当词条举要和类型简史卓然成型时,我终于明白,他们怕的不是我,而是他们自己——终于有机会为自己多年的热爱写史作论了,不敬心诚意,如何对得起自己?他们让我见识了什么叫"学者粉"。他们做的比我期望的更好。

还要特别感谢叶栩乔同学,因出版篇幅限制,她写作的"种田文"部分最后并入"宫斗文"等其他类型,她自己则花了大量时间为大家做最后的审校工作;杨梦皎、陆正韵、金恩惠同学也参与了审校工作,非常辛苦,特此致谢!

邵燕君

2016 年 2 月 21 日